生死裁决

梦魇

张海生 著

重庆出版集团 重庆出版社

图书在版编目(CIP)数据

生死裁决．梦魇 / 张海生著．— 重庆：重庆出版社，2021.11
ISBN 978-7-229-16560-4

Ⅰ．①生… Ⅱ．①张… Ⅲ．①长篇小说－中国－当代 Ⅳ．① I247.5

中国版本图书馆 CIP 数据核字 (2022) 第 005908 号

生死裁决·梦魇
SHENGSICAIJUE MENGYAN
张海生 著

责任编辑：张继佳 杨海涛
责任校对：唐联文
封面设计：苏静宇
版式设计：李巧娜

重庆出版集团
重 庆 出 版 社 **出版**

重庆市南岸区南滨路 162 号 1 幢 邮政编码：400061 http://www.cqph.com
重庆博优印务有限公司印刷
重庆出版集团图书发行有限公司发行
E-MAIL:fxchu@cqph.com 邮购电话：023-61520646
全国新华书店经销

开本：710mm × 1000mm 1/16 印张：25.5 字数：430 千
2022 年 8 月第 1 版 2022 年 8 月第 1 次印刷
ISBN 978-7-229-16560-4
定价：**65.00** 元

如有印装质量问题，请向本集团图书发行有限公司调换：023-61520678

目录

楔　子

2013 年 9 月 25 日，无风，晴。

S 市气象台发布高温橙色预警，预计最低气温 32 摄氏度，最高气温 38 摄氏度，局部地表温度将达 70 摄氏度。

下午一点二十分。

S 市公安局主管刑侦工作的副局长刘天明坐在自己的专车里，不时抬起手腕看一眼表，脸色阴沉。

“还联系不上吗？”他问坐在副驾驶上正拨打电话的秘书。

秘书回头，在开了空调的车里，他的额头上却依然汗流如注。“刑警队所有人的手机都关机了。”他擦了擦汗，惶恐地说道。

“嗯。”刘天明应了一声，干脆闭上了眼睛，面无表情，“还要多久？武警那边怎么样了？”

“武警那边已经在集结了。”秘书转头看了一眼窗外，一辆警用摩托就在车前引路，疏导着交通，“看情况，我们大概还得 20 分钟才能抵达现场。”

“嗯。”刘天明又应了一声后就不再说话，可呼吸却慢慢粗重了起来。他怎么也没想到，他就去市里参加了一个会议，短短几个小时的时间，市局整个刑警队就被雷鸣带入了危险中。

S 市北郊。

下午一点三十分。

实习警员许浩躲在一辆警车的车门后，握枪的手架在车门上，目光一动不动地盯着 50 米外一栋烂尾的写字楼。

他保持着这个握枪的姿势有半个小时了，毒辣的太阳晒得他皮肤生疼，他却不敢动。汗水沿着脸颊淌下来，流进嘴里，咸涩刺激得他咽了口唾沫，嗓子眼儿里就像冒烟了一样难受。

有些脱水了。

这个念头一起，许浩就觉得身上的防弹衣都变得异常沉重，像一座小山一般随时都能把他压垮，眼前那栋烂尾楼似乎也动了，摇摇晃晃的。他猛地晃了晃头，将汗湿的手在裤腿上擦了擦，同时，快速转头，向车里瞥了一眼，车里的温度计显示，此时警车内的温度已经高达55摄氏度。

他又将头转向另一边，想看看同事们的举动。

不远处有几道人影正不停地移动着，他们手上拿的可不是许浩手里这种小巧的警用手枪，而是长得多的步枪，那是刑警队长雷鸣从特警队调来的狙击手，可是他们显然还没有找到合适的狙击阵位。

对于持有枪械的犯罪分子来说，这个地方实在太好了，烂尾楼孤零零地矗立在那里，周围没有任何建筑物掩护，警方只能选择强行突击，而犯罪分子却可以在烂尾楼里打游击，要是再抱着同归于尽的态度的话，这一次的任务，对于警方来说，就是九死一生。

“害怕了？”雷鸣洪亮的声音里带着些讥讽，他把一瓶矿泉水随手丢给许浩，随后走到车前，将腋下夹着的一张建筑图在发动机盖子上铺开，大大咧咧地俯下身看了起来。

“雷队！”许浩立时紧张了起来，雷鸣所站的位置，如果犯罪分子开枪，他会第一个中弹。

“他们在等我们进去。”雷鸣笑了一下，掩饰不住眼角的嘲讽。

“还是穿上吧。”副队长孙林手上拿着一件防弹衣，走到雷鸣的身边，雷鸣乖乖展开了手臂，任由孙林将防弹衣套到他的身上。

“看，我也不是不怕死吗。”雷鸣调笑了一句，旋即收敛起了笑容，“我们怕，可是那帮孙子更怕，要不然他们刚才就应该给我一枪，我保证不跑。”

大战前的紧张因为雷鸣的这一句话骤然松弛了不少，不少警员都忍不住笑了出来。

有胆大的警员更是反问道：“雷队，是不跑还是跑不了啊？”

“就你事多！”雷鸣瞪了那个说话的警员一眼，“都好好检查你们的装备，把眼睛瞪大点，要是谁被流弹打中了，我可不会给你们申报烈士。我把你们活蹦乱跳地带出来，就得全须全尾地把你们都带回去，一个都不能少。现在，我要告诉你们，你们将要面对的是什么人。”他回头看了一眼那栋烂尾楼，深吸了一口气，“毒蝎，都听说过吗？”

有些警员茫然，有些警员却骤然凛然。

“是那个毒蝎吗？”还是之前那个说话的警员不确定地问道。

“对。”雷鸣淡然一笑，“要不咱俩搭伙说相声去吧，你这捧哏的太合格了。”他笑道，旋即又收起了笑容，严肃地说道：“我们将要面对的就是那个毒蝎，那个国际最大的制贩毒集团，掌控了我们S市所有毒品交易的毒蝎，持有枪械武器的毒蝎，和我们斗了好几年，还能跑出来兴风作浪，让我们这群警察灰头土脸、无地自容的毒蝎！告诉我，你们怕了吗？”

他看了一眼许浩，被雷鸣的眼神一激，许浩下意识地站直了身子，吼道：“不怕！”

雷鸣点了点头，“怕也没关系，谁不怕死呢？咱们在毒蝎身上，可没捞到过什么好处。这些年，光死在他们手上的我们的同行，两只手都数不过来。”他看了一眼周围的同事，“可我们是警察，这个时候我们不上，什么时候上？我可以向你们保证的是，就是死，我也是死在你们前面的！现在，都给我各就各位，等我命令，随时准备进攻。”

他挥了挥手，所有人都进入了各自的岗位，而他自己，则再次研究起那张建筑图来。

“雷头儿，我能单独和你说几句吗？”从雷鸣说出“毒蝎”那个词开始就惊讶不已的孙林终于找到了说话的机会，异常严肃地走到了雷鸣的身边。

“说。”雷鸣头都没抬。

“换个地方。”孙林看了一眼周围的同事，犹豫了一下。

“就在这说，没看我忙着呢吗？”雷鸣微微皱眉。

“不，换个只有我们两个人的地方。”孙林坚持。

“你今天怎么了？”雷鸣抬起头，有些不耐烦，见孙林的目光中充斥着不容拒绝，不由哂笑了一下。“行，听你的，那就……”他看了一眼四周，不远处有一台废弃的搅拌机，他抬手指了指，“那里，行吧？”

孙林脸色阴沉地点了点头，转身走了过去。

“这小子。”雷鸣笑了一下，抽出一支烟点上，跟在了孙林的身后。

“雷头儿，你可没告诉我，我们面对的是毒蝎。”刚转过那台搅拌机，孙林就迫不及待地说道。

“是谁又有什么关系？只要他们是犯罪分子，危害到了人民群众的生命财产安全，我们就有义务将他们一网打尽！”雷鸣义正词严地道。

“可他们是毒蝎！”孙林忍不住加重了语气。

“我知道，那又怎么了？”雷鸣吸了一口烟，看着孙林。

“你知道？！”孙林忍不住提高了声音，“雷头儿那你更应该知道，毒蝎的狡猾和残忍不同于一般的制贩毒团伙，针对他们，厅里部里组织的行动不是一次两次了……”

“这次就是个好机会。”不等孙林说完，雷鸣开口打断了他，“我接到线报，毒蝎高层将在这里组织一次聚会，进行一桩涉及金额数亿元的交易，将他们一网打尽，洗刷我们这些年的耻辱，这是绝佳的机会。”

“雷头儿，你怎么不明白？”孙林有些无奈，“你看看这个地方，我们的狙击手连狙击阵位都找不到，就凭我们手里这点武器，你让兄弟们往前冲，和送死有什么区别！你不觉得，这里更像个陷阱吗？”

“你想的也太多了。”雷鸣失笑，“说到底，毒蝎只是个贩毒集团，是商人，商人总是以利益为重的，他们闲得蛋疼了才来给我们设陷阱。再说……”他突然沉默了一下，低下了头，再抬起头时，目光中是不容置疑的坚定，“我相信我的情报来源。”

“好，我知道我说服不了你。”孙林咬了咬牙，“我只问你几个问题，这次行动刘局知道吗？”

“刘局他们在市里开会，这你知道吧？”雷鸣不耐烦地挥了挥手，“今天中午我才接到线报，又要汇报又要请示，等领导们研究完了，这帮孙子早跑了，下一次再有这样的机会，不知道猴年马月呢。”

“雷头儿，不是我不愿意相信你，我也不是怕死，可是我不能让你拿兄弟们的命去赌！我们不能死得不明不白。”

“孙林，是你没明白。”雷鸣瞪着孙林，“毒蝎特意选在这一天，就是知道我们的主要负责人都会在这一天无法到达现场，我有充分的理由相信，我们已经被人渗透了，如果我在接到消息的时候就向上面汇报，我打赌，这里不会有任何一个毒蝎的人等着我们来抓。”

孙林不敢置信地看着雷鸣，慢慢地，神色中带上了一丝哀求，说道：“十分钟，就十分钟行不行？你让我给领导打个电话，只要领导说没问题，我第一个往上冲！你放心，我直接打给刘局。”

“不行，我们没有时间了。”雷鸣断然拒绝道。

“雷头儿，你不相信我？你觉得以我的家世背景，我犯得着和他们穿一条裤子？”孙林急道。

“雷队，有动静！”许浩突然喊了一声，雷鸣和孙林都是一愣，同时从搅拌机后走了出来。烂尾楼上不知何时打出了一条横幅，上面歪歪扭扭地写着几个红色的大字：雷鸣，打开手机！

看到这几个字，雷鸣的心猛地一沉，他掏手机的手竟然有些颤抖，按了几次开关，才成功打开了手机，刚一开机，一条彩信就弹了出来，那是一张照片，很普通的照片，照片上是一个看上去大约三十几岁的女人和一个五六岁大小的小女孩儿。

可看到这张照片，雷鸣和孙林的脸色却同时大变，雷鸣的脸色阴沉得随时可能刮起一股风暴，孙林的脸上却是写满了惊讶和不解。

“你的消息是他传出来的？”孙林试探着问。

雷鸣点头。

“我坚决反对这次行动。”孙林几乎是用吼着喊出了这句话，“雷鸣，雷头儿，雷队长，你知不知道你在干什么？这个人，他本身就是我们警界的败类，他贩毒，他赌博，他把咱们局里收缴上来的毒品都偷出去换了钱，五年前他就已经叛逃了，这种人的情报你也敢信？你别忘了，他当初可是抢了你的枪跑的！你的腿，也是他打断的！”

“听着，孙林！”雷鸣一把抓住了孙林的衣领，将他薅到了自己的眼前，瞪视着他的眼睛，“我不许你那么说他，那是我的兄弟！”

“那我们呢？”孙林惨然一笑，目光划过了四周错愕的同事们，“他是你的兄弟，你为了他，宁可赌上我们的命，我们是什么？”

雷鸣的手下意识地松了松，他看了看围在身边那些平时对他的命令从没有质疑过的同事，嘴角微微动了动，“他是，你们也是。”

他伸手，想要抚平孙林褶皱的衣领，却被孙林轻巧地躲开了，雷鸣的手尴尬地停在了半空，苦笑了一下：“孙林，你说得对，我没有资格拿你们的命去赌！”

“所有人都有！”他转身喊道，“保持你们现在各自的位置，没有更新的命令之前，你们谁也不许擅自行动。我走之后，这里由孙林负责。以后……”他又看了一眼孙林，见他正气哼哼地看着自己，歉意地笑了一下，“孙林就是你们队长！”

“这事，你说了可不算！”孙林冷笑道，“我们还是听听刘局怎么说吧。”

他冲雷鸣的身后努了努嘴，雷鸣回头，就见刘天明的专车正向他们冲过来，不等车停稳，刘天明就从车里跳了出来，他只看了一眼紧张布控的警员，就径直走向了雷鸣，说道：“我需要一个解释！”

“我收到线报，毒蝎高层将在这里聚集。”雷鸣的回答没有丝毫犹豫。

“所以你就带着他们来了？”刘天明深吸了一口气，锐利的目光盯着雷鸣，良久才道，“你跟我来。”

他说着，转身钻进了车里，雷鸣略一犹豫，也上了车，而原本待在车里的司机和秘书却在同一时间下了车，关上车门远远地走开。

“告诉我你的情报来源！”刘天明面无表情。

“是……”雷鸣犹豫了一下，“我不能说。”

“是不能说，还是不敢说？”刘天明的声音骤然提高，“为了打进毒蝎，我们组织了不下十次的卧底行动，只有一次成功，可就算这唯一一次的成功，五年来也只给我们传递过一次不痛不痒的消息，我们只知道毒蝎的两个高层代号分别是青竹和黄蜂，一女一男，到底谁是毒蝎真正的幕后大老板，我们一无所知。从三年前开始，这个卧底对指令甚至都不再有任何反馈，毒蝎的任何一次行动，他都没有提前告知，与此同时，他的老婆孩子也从我们眼皮子底下失踪。雷鸣，你告诉我，我有什么理由相信他没有变节，我有什么理由相信他这次给你的消息就是真的？！”

“你给我好好看看这个地方。”刘天明抬手指向了车外，“这他妈就是个陷阱，别告诉我你看不出来！”

“我想不出毒蝎这样做的理由。”雷鸣平静地道。

“理由？”刘天明气得忍不住笑了出来，“毒蝎是贩毒集团，是一群穷凶极恶的亡命之徒，他们设陷阱需要理由吗？能要了你们的命，让我们之后再采取任何行动都投鼠忌器就是他们的目的。就算是为了报复我们，他们也完全有可能这么做。你当了这么多年的警察，这点道理你不懂？”

“可是……”

“没有可是。”刘天明挥手打断了雷鸣的话，不容置疑地道，“这次行动取消。”

砰砰砰。

车窗上突然传来了急促的敲击声，刘天明微微皱眉，降下了车窗，就见孙林神色古怪地站在车边。“什么事？”他不耐烦地问。

“刘局，他们，投降了。”孙林有些不敢确信地说道。

“投降？”

刘天明和雷鸣均是一愣，两人匆忙下了车，只见烂尾楼里打出了一面白旗。接着，两道身影走了出来，一个成年女性带着一个大约五六岁的小女孩儿。

映入眼帘的两个身影，让在场的人都为之一震，那是怎样的两个人啊。

从警至今，刘天明自诩见过各式各样的犯罪分子和受害人，除了自己的同事在眼前牺牲，已经没有任何一种景象能让他如此震撼。

那名成年女性身上的连衣裙破烂不堪，和碎布条无异，只勉强遮住了她的身体，更是被红色浸染得早已看不出它原本的颜色。小女孩儿身上的衣物也同样破烂不堪，只是手里死死地抓着一个破破烂烂的海绵宝宝玩偶。

两人的头脸都被看不出来源的污物裹挟着。

两人走路的姿势也都有些怪异，似乎下体受到了严重的伤害。成年女子面无表情，那是绝望过后的心如死灰。她一只手拉着小女孩儿，另一只手费力地拖动着一个硕大的行李箱，小女孩儿的脸上满是惊恐，一只脏兮兮，还带着血的手死死地抓着女人的手。

随着她们的走动，从她们的腹部缓缓淌下来的鲜血染红了她们脚下的地面，留下了两条触目惊心的痕迹。

雷鸣恍若被一辆高速驶来的货车迎头撞上，头晕目眩，险些跌倒。

这两个人他都认识，正是那个成功潜入了毒蝎的同事的爱人和孩子，她们身上斑驳的暗红色毫无疑问都是新鲜的或是已经干涸的血迹。

他猛地抬头看向了那条横幅，他已然知晓，那上面的红色字体是用什么写就的。

他下意识地往前冲了几步，女人却连忙举手示意他不要动。

她看着雷鸣，嘴角扯动，竟露出了一抹释然的笑容。“他在这里。”她拍了拍行李箱，声音沙哑，“雷鸣，希望你们能好好安葬他。”

“我……”

雷鸣想走上前，女人却再次抬手制止了他，“站在那别动，我身体里有炸药。”她低头看了一眼小女孩儿，面色凄然，“她也有。”

女人深吸了一口气，目光从包围着这里的警察身上一一扫过，突然提高了声音，“我希望你们记住一件事，他从来没有忘记自己是一名警察。”

说完这句话，她没有理会那些警察错愕的反应，只是看着雷鸣，说道：“给我一瓶水！”

“水！”雷鸣头都不回地吼道。

孙林连忙递过两瓶水，雷鸣接到手里就要送过去，女人却微笑着摇了摇头：“扔过来就好了。”

雷鸣愣了一下，还是点了点头，蹲下身，将手里的水轻轻扔了过去。矿泉水瓶滚到女人的身前，她弯下腰，伸手去捡那两瓶水，这个简单的动作对于此刻的她来说却是如此艰难，面容都因为疼痛出现了些微的扭曲，可是，她却坚定地要完成这件事。

当那两瓶水被她握在手里的时候，她的鼻尖已经布满了晶莹的汗珠，她用颤抖的手拧开了瓶盖，却没有喝，而是小心地清理着女孩儿和自己的脸，她清理得非常仔细，不肯放过每一个角落。

从始至终，她的脸上都带着解脱和慈爱的笑容，只是偶尔，因为动作牵扯了伤口，她的笑容才会有一瞬间的扭曲，但很快，她就调整好了表情。

女孩儿看着自己的母亲，目光中带着茫然，她似乎还不知道，接下来，迎接她们的又会是什么。

“妈妈，我好疼，我们要回家了吗？”女孩儿怯生生地问了一句。

女人的手停滞了一下，旋即恢复了擦洗的动作，“不，”她微笑着对女孩说，“我们去找爸爸。”

“可是，他们说……”女孩儿回头看了一眼烂尾楼，眼中充满了恐惧，“他们说，爸爸已经死了。”

“他们在逗你玩，爸爸那么爱我们，怎么会丢下我们呢？”女人笑着说道。

雷鸣逃一般将头转向了一边，不敢再去看她们。

突然，雷鸣眼角的余光里出现了什么奇怪的东西，他匆忙转过头，只见烂尾楼里伸出了一只手，那只手里抓着一个遥控器，轻轻晃动着，像在嘲讽雷鸣此刻的软弱和无能为力。

“不！”雷鸣发出了一声撕心裂肺的嘶吼，那只握着遥控器的手也在同时按下了遥控器上的按钮。

时间在那一刹那定格，雷鸣听不到任何声音，和女人之间那三十米不到的距离此刻恍若天涯，他努力伸长了手臂，却不得寸进，女人和孩子的身体在他眼前四分五裂了开来。

雷鸣下意识地闭上了眼睛，浓重的血腥味刺激着他的鼻腔，没有恐惧，没有厌恶，只有一腔无处发泄的怒火在雷鸣的身体里肆意流窜，仿佛随时都可能将他撑爆。

“开枪，为什么不开枪！”终于，那股愤怒找到了发泄口，从他的喉咙里喷薄而出，发出了震耳欲聋的怒吼。

突如其来的变故让所有人都陷入了震惊之中，雷鸣的这一声怒吼终于让他们清醒过来。

“队……队长……”狙击手有些慌张，“我们，找不到角度。”他的声音里充斥着懊恼和沮丧。

雷鸣却突然平静了下来，他看着烂尾楼里那只收回去的手，抬手抹了一把脸，默默地走到了行李箱边，俯身提起行李箱，走回到警车后。从始至终，他都没有看那栋烂尾楼一眼，也根本不在意里面的人是否会趁他不备冲他开枪。

我要带兄弟回家。那时的雷鸣只有这一个想法。

他把行李箱小心地在地上放好，单膝跪倒，打开了行李箱。

最先映入眼帘的是一只手臂，那是一只左手，虎口处还留着一处刺目的伤疤。看到这道伤疤，雷鸣闭起了眼睛，将眼中的泪水狠狠地憋了回去，良久，他深吸了一口气，睁开眼睛，继续看着行李箱里的东西：一具已经被肢解的尸体。尸体的脸部一片模糊，容貌难辨，显然经历了难以想象的折磨。

可雷鸣知道，这就是那个人，虎口的伤疤和尸体上放着的身份证件已经说明了一切。

他默默地合上了行李箱，问道：“武警到了吗？”他的声音平静，却无比嘶哑。

“到了。”孙林连忙道。

“我要活的，至少，要有一个活的。”雷鸣说。

孙林将目光投向了刘天明。

“按他说的做。”刘天明阴沉着脸，“另外，给我一套防弹衣。”

孙林刚要拒绝，就听刘天明又说道：“他们持有爆炸物，排爆这种事，你们都不行，只有我能做。”

十分钟？还是十个小时？这场战斗到底持续了多久，雷鸣已经完全不记得，想必应该结束得很快。在全副武装的武警面前，即便是持有武器的毒蝎也毫无意外地被击溃，打垮，撕毁，甚至连阻挡一下警方前进的脚步都没能做到。

对于雷鸣来说，时间完全失去了意义，他只想知道，他们究竟对那个人做了什么，他只记得，在楼顶看到张铭的时候，这个按下起爆器的男人已经失去了反抗的能力。

他的左胸被一颗子弹贯穿，难得的是并没有立刻死去。

他靠在一根水泥柱子上，嘴里叼着一根烟，不时咳嗽几声，嘴角不停地涌出血沫，但在这个男人的眼睛里，雷鸣却看不到任何恐惧，只有癫狂和讥讽，他的右手中还捏着一个起爆器，不停地按动着开关，却没有任何反应。

他的枪丢在一边，已经空仓挂机。

“他妈的。”张铭骂了一句，将起爆器丢到一边，深吸了一口烟，开始剧烈地咳嗽起来，嘴里不停地喷涌着的血沫打熄了烟，这让他更加懊恼。

“喂，有烟吗？给一根。”张铭抬头看向雷鸣，毫不客气地向他伸出了手。

在他那只手的虎口处，一枚蝎尾文身格外刺眼。

雷鸣只是略一犹豫，就从口袋里摸出烟，点上一支塞进了张铭的嘴里，自己也点上一支，吸了一口。

“想知道什么？”张铭过足了烟瘾，这才问道。

“你们对他做了什么？”雷鸣问。

“看不出来吗？”张铭讥笑，“分尸了啊。哦，活着分的，哈，你们一定不知道那种感觉吧？”

“用菜刀，一点一点砍下来的，砍废了我们好几把菜刀呢。”张铭好像更加在意那几把菜刀的命运，语气中带着些心痛，随即笑了一下，“警察怎么了？警察不也是怕疼的？我们砍他的时候，他号得比任何人都响，他那号叫声太吵，我们只能把他的嘴堵上，你知道我们用什么堵的吗？”他看着雷鸣，故作神秘地笑了一下，“用他老婆的内裤！哈哈哈哈。”

雷鸣感到心中的那团怒火再一次燃烧了起来，他要以极大的毅力才能压制住自己不去扣动扳机，这让他浑身都开始战栗。

“哦，我没跟你说吧？”张铭笑够了，似乎这才想起来什么，“我们一边砍那个条子，一边让他看着我们干他的老婆，你还别说，他命可真好，他老婆可是极品啊……”

“闭嘴！”雷鸣终于忍不住吼道。

“我还没说完呢。”张铭毫不在意地笑道，“就算他不是条子，我都想弄死他，抢了他老婆。对了，你知道他是怎么被毁容的吗？我告诉你，我们玩够了，就告诉他老婆，只要她亲手杀了他，我们就放过那个孩子。结果你猜怎么样？那个出气多进气少的女人，一听我这话，竟然一骨碌爬了起来，然后亲手把那个条子扔进了硫酸桶里，一点都没犹豫。”

“然后，你们就往她们的身体里装了炸药？你不是说，只要她那么做了，就放过孩子吗？”

张铭目瞪口呆地看着雷鸣，就像在看一个傻子，语带嘲弄地问道：“这种鬼话也信，你和那女的是不是都是傻 × 啊？”

咔嗒。

雷鸣终于忍不住举起了枪，枪口对准了张铭的脑袋。

“对，这就对了。”张铭费力地举起手，指了指自己的脑袋，“往这打。”

“雷头儿。”匆匆赶来的孙林赶忙劝阻，雷鸣却对他竖起了一只手，目光死死地盯着张铭。

“开枪啊，你这个废物，我杀了你兄弟，玩了他老婆孩子，你他妈的倒是开枪啊！”张铭嘶吼着。

“我不会杀你！”雷鸣声音低沉，突然放下了枪，“我要毒蝎的情报，我要你知道的一切有关毒蝎的线索。”

“你觉得我会说？”张铭看向雷鸣的目光充满了嘲讽，“是你傻，还是我傻？”

“你会说的，想想你的老婆孩子。”

“别傻了，大哥。”张铭嗤笑了一声，“我老婆孩子？我老婆孩子都他妈的让你们那个条子给毙了！他以为我什么都不知道，他刚进组织，被派到我身边的时候，我就认出他来了，当年在边境，面对我的老婆孩子，他可是一枪一个，我可没见过他眨眼睛。”

“张铭，这次你别想再躲过法律的制裁，我们那个同事，也绝不是你说的那种人！”眼见雷鸣的眼里已经闪过了杀机，枪口又要再次抬起，孙林连忙厉声道，“嫂子杀人，只是不想让他再承受折磨和痛苦！”

“我好怕怕啊！”张铭抬手拍了拍胸口，脸上的笑意却更加浓郁了，“我干的那些事，随便哪一个拿出来不是死刑？我怕你这个？这么跟你们说吧，我享受过一切，也失去过一切，早活够本了。要不是有人在炸药上做了手脚，今天你们所有人都得给我陪葬！”他啐了一口唾沫，“我只有一件事不甘心，除了你们那个，这群人里竟然还有一个条子，不过无所谓了，反正他们已经死在了你们的手里，亲手杀掉自己同事的感觉，很爽吧？啊？哈哈！”

张铭再一次大笑出声，良久，他才止住笑，继续说道：“接下来，你们要面对的是我们疯狂的报复，永无休止的报复，你们走在路上都要小心，说不定迎面向你走来的人，会突然一刀捅进你们的心脏！”

“雷队，孙队。”许浩从楼梯上走了上来，脸色古怪，他走到雷鸣和孙林的身边，看了一眼坐在地上的张铭，压低了声音，“炸药找到了，刘局已经都给拆了。另外，我们在这一克毒品都没有找到。”

雷鸣只是微微皱了皱眉，就扔掉了手里的烟蒂，抬脚踩灭，说：“我知道了，把这里的证据也固定一下。”

说完，他就走到了一边，从口袋里掏出了嗡鸣不止的手机。电话是他爱人李雅打来的，他神情中露出了一抹不耐烦，按下了接听键，“什么事？快说，我忙着呢。”

“对……对不起。”对面的那个声音却让雷鸣愣了一下，那并不是李雅的声音，而是一个怯生生的女声，“你是机主的什么人？”

“我是她爱人，你是谁？”雷鸣看了一眼张铭，就见张铭笑意盈盈地看着他，嘴巴动了动，那口型分明在告诉他，报复已经开始。

雷鸣没来由地心头一紧，却不动声色地对着电话道：“她的电话怎么会在你这里？”

“太好了。”电话那头的人似乎松了一口气，“我这里是人民医院，你爱人出了车祸，现在昏迷不醒，请你马上过来！”雷鸣感到全身冰冷，在他要挂断手机之前，电话那头的人不忘补充了一句，“还有一个小姑娘，情况等你到了再详细说吧。”

第一章　无主凶器

决　心

雷鸣想抽支烟，他哆哆嗦嗦地翻遍了身上的每一个口袋，却连根烟丝都没有找到，这时他才想起，自己五年前就已经戒烟了。

林菲没有给他任何准备的时间，连个招呼都没打，就那么直接干脆地把那件事拿到了台面上，那份厚厚的卷宗就像一把锋利的刀，划开了他内心深处最不愿触及的地方，而她的目光就像X射线一样，将他照得通透，他感觉像被人扒光了所有的衣服，扔在人群里，游街示众。

雷鸣觉得自己应该恼火，应该愤怒，可是此刻，这样的念头他统统生不起来，他唯一的想法就是逃，逃离这个地方，逃到一个无人的角落，再也不要回来，那些伤口，他只想独自一个人舔舐。

“你在害怕什么？”林菲红唇微动，声音无比清冷，如同凛冽的寒风一般刮得雷鸣生疼。

“我能害怕什么？”他牵动嘴角，扯出了一个难看的笑容。

是啊，我能害怕什么？

如果你也曾亲历过生离死别，亲历过你最疼爱的人就在你的眼前，却连最后一眼都没能看到你，最后一句话都没能对你说，你是不是还能轻飘飘地问出这么一句不疼不痒的话？

那一天，雷鸣疯了一般闯进人民医院，迎接他的却是一个又一个噩耗。

那个给他打电话的护士看到他就是一惊，他脸上的血迹都还没来得及擦，身上还穿着防弹衣。

“我的天啊，你没事吧？你是刚下战场吗？”护士惊叫，“大夫，大夫，有人受伤了！”

雷鸣一把抓住了她的胳膊，“我没事，带我去……”

他突然不知道该先去看谁。

“先去看看孩子吧。”雷鸣那嘶哑却不容拒绝的声音让护士下意识地说，“你太太还在手术室抢救。你真的没事吗？”她忍不住问。

雷鸣略略点头，就跟在护士的身后走到了急救室，年仅12岁的女儿就躺在急救室里，心脏复苏仪贴在她瘦弱的胸膛上，一下一下稳定有力地冲击着她的胸口，然而雷鸣知道，她很可能再也不会睁开眼睛，再也不会对他吼“警察有什么好？像你一样吗？妈妈被人当成寡妇，我被当成没有爸爸的野孩子？我不想当警察，这辈子都不会想！”这些话了。

那是女儿对他说的最后几句话，也是两个人最后一次交流。雷鸣想把女儿像个男孩子那样养着，将来去考警校，当警察，而女儿只想安安静静地做一个女孩子。父女俩为数不多的交流里，这样的争吵永远是一成不变的主题。

而此时，少女的脸上毫无血色，那些插进她血管里的吊针，药液根本没有流入的迹象，就连病床边都没有了忙碌的医护人员，现在所有的一切都只不过是医院不得不进行的程序。

他站在急救室的门边，根本没有勇气走进去。

就好好地当个女孩子，爸爸再也不会逼你剪头发、当警察，只要你能睁开眼睛，再站起来，再叫我一声爸爸。

雷鸣很想这样说，可是他知道，她听不到了。

他努力张了张嘴，声音里夹杂着无法遏制的颤抖：“她怎么样了？”

“你看不出来吗？”小护士不解地看了一眼雷鸣，“送来的时候就不行了。唉……”她轻叹了口气，“多小的孩子啊，也不知道是造了什么孽。”

尽管早已知道这个结果，可从护士的口中说出来，还是让雷鸣无法接受，他的身体摇晃了一下，忙不迭地抬起手，抓住了门框，才稳住了身形。

“呕……”他张了张嘴，想要说点什么，可喉咙却像被什么堵住了，一个字都没办法完整地说出来，只发出了一阵怪异的呕声。

背对着雷鸣的护士好奇地回过头，就看到雷鸣紧闭着嘴唇，喉头滚动，一阵阵呜咽从他的喉咙里硬挤出来，又被他硬生生地逼了回去，那只抓着门框的手鲜血淋漓，指甲都磨掉了。

“我的天啊，你在做什么？”小护士惊道，“你别这样，会出事的。”

雷鸣突然长出了一口气，摆了摆手，整个人都显得虚弱不堪，已涌到嘴边的悲痛却被他硬生生地堵了回去。

“我没事。”他疲惫地道，嘴角微微扯动，露出了一抹笑容，“这样，挺好。”

“挺好？”护士有些莫名其妙。

“是啊，你看，她没受伤，就是累了，睡着了。”雷鸣目光柔和地看着自己的女儿，竟笑了一下，“她啊，总是这样，不爱说话，一遇到什么麻烦，就喜欢睡觉，好像睡一觉，那些麻烦就能自己消失了一样。”

护士摇了摇头，她知道，雷鸣还无法接受女儿去世的现实，这和疾病、自然死亡不同，那个时候，人们总是有准备的，可突如其来的意外，却总是让人无法释怀。

“你得抓紧处理了，这床位不能一直占着。要我帮你联系殡仪馆吗？”这样的说辞冷冰冰的，可是小护士却不得不说出口，这是她的工作。

“不用，让我陪她一会儿，一会儿就行。”雷鸣甚至都没有看护士一眼，慢慢走到了病床边。

“那……”护士只是略一犹豫，看了一眼雷鸣那身防弹衣和警服，“有什么事你就叫我，我就在护士站。”

她等了一会儿，见雷鸣没有任何回应，这才转身离去，将急救室留给了这对可怜的父女。

李雅的手术持续了将近七个小时，转入病房的时候，小护士第一时间去找雷鸣，却发现不知什么时候，雷鸣已经带走了那个小女孩的尸体，此刻，他正躺在小女孩最后躺的床上，双眼圆睁，怔怔地看着天花板发呆。

“你爱人醒了，你跟我来吧。”小护士说。

雷鸣没有任何反应，小护士不得不提高声音又说了一遍，雷鸣的眼睛这才动了动，他没有说话，起身，下床，他的动作生涩，僵硬，就像……就像一具行尸走肉。小护士用了很久才想到这么一个形容词。

雷鸣跟在护士的身后进了李雅的病房，李雅静静地躺在病床上，还没有从麻醉中苏醒，她的双眼被厚厚的绷带紧紧地包裹着。

雷鸣站在病床边，突然觉得松了一口气，至少怎么对李雅说女儿已经不在了这件事，他还有些时间去考虑。

“如果不是王洋……我就叫他王洋吧。”林菲指了指卷宗，“卷宗里没有提到他的名字，如果不是王洋的父母在他年幼的时候离婚，他跟随母亲生活，而在出事前，他的母亲已经去世，恐怕他的父母都难逃毒手吧。”

雷鸣下意识地点头。

“但是这个案子，最终是以非法持有枪支弹药罪和故意杀人罪结案的，贩毒这件事上，没有足够的证据支撑，法院没有定罪。”

雷鸣再次点头。

“可是，”林菲蓦然加重了语气，“我们都知道，张铭是毒蝎贩毒集团的高级成员，代号黄蜂，王洋更是你们派入毒蝎的卧底，我们的最终目标应该是毒蝎，而不是张铭。”

“你想干什么？”雷鸣准确地捕捉到林菲说的是“我们”，他马上戒备地问道。

“不是我想干什么，是我们要一起去做一件事。”林菲轻轻一笑，“对于毒蝎来说，损失那么几个微不足道的人不会有什么太大的影响，所以我需要更多的线索，将毒蝎彻底摧毁，就算做不到，也要把他们打服打怕，再也不敢在中国境内出现。”

会议室外的门边，姜斌搽了护手霜的手一滞，不可置信地看着戴梓萌，随后，他抬手使劲掏了掏耳朵，说道：“我没听错吧？你菲姐是疯了吗？打击毒品，那是缉毒警察的事啊，她就是一个检察官，她哪有权力去做那事啊！”

“纠正一下，不是她，是我们！”戴梓萌靠在门边说道，对于林菲会做出这样的决定，她丝毫不觉得意外。

“对，是你们。”姜斌从善如流。

“包括你。”戴梓萌又说。

“别，可别包括我，我还想多活两年呢。”姜斌忙道，“你知不知道，中国的缉毒警察平均寿命只有 41 岁，比全国人均寿命低了 32.5 岁，缉毒警察的死亡率是其他警种的 4.9 倍，受伤率更高出 10 倍。我还年轻，我还单身呢，我还有大把的年华要去挥霍，我还要走进百老汇，做一个艺术家呢！你们啊，知不知道现在你们只是有这个想法，一条腿就已经踏进了深渊？”

“对于菲姐来说，这只不过是从一个深渊走进另一个深渊，如果这个新的深渊是九死一生，那么原来的深渊简直就是有去无回。相对而言，我还是更希望她走现在这条路。”

“疯子！你们两个简直是无可救药！”姜斌气急。

“反正都无可救药了，那干吗不让残余不多的生命有点价值呢？”戴梓萌耸了耸肩。

林菲竟然有这样的想法，这让雷鸣也感到不可思议，他怔怔地看着林菲，想从她的脸上看出这只是一个玩笑，可林菲的脸上带着淡淡的笑意，丝毫不让地和他对视着。

“毒蝎……”雷鸣略一犹豫，说道，“已经被摧毁了，彻底摧毁！”

“你信吗？”林菲笑道，“雷检，这里只有我们两个人，有什么话都可以开诚布公地说了。百足之虫死而不僵，何况是毒蝎这样一个架构完善的庞大组织？我知道……”看着雷鸣张嘴想要说话，林菲抬手阻止了他，“我们只是检察官，去做这种事有点名不正言不顺，可是，在检察官之外，我也是个普通人，打击毒品也不只是缉毒警的事，我们都有义务。何况，”她顿了一下，抿了抿嘴唇，似乎下了很大的决心，“我有必须要这样做的理由。”

雷鸣沉默了，他觉得嗓子有些发紧，用了很大的力气才挤出一句话，“你知道这样做，你面临的可能是什么吗？”

他问林菲，更像是在问自己。

2008 年。

雷鸣的面前摆放着凌乱的卷宗，一张张血腥残忍的照片堆在他的案头，一旁的烟灰缸里，烟蒂早已满溢而出。他下巴上一圈凌乱的胡楂，双眼布满了血丝。

卷宗上的被害人曾是一名警察，两年前因为违反纪律被警队开除。半个月前，他支离破碎的尸体在一处出租屋中被发现。

法医在他的尸体内发现了大量的安非他命，这意味着，在遭遇这种非人的折磨时，他的意识依然保持着清醒，而折磨的过程可能长达 45 个小时。

全身上下没有致命伤，法医判断，此人死于神经性休克。

换句话说，他是活活疼死的。

雷鸣不知道他得罪了什么人，竟被这样残忍地杀害。

“老雷，刘局让你去他办公室一趟。”正当雷鸣盯着卷宗出神时，王洋的声音突然传了过来。

“知道了。”雷鸣烦躁地摆了摆手，抓起烟盒，里面空空如也，他将烟盒揉成了一团，扔进了被快餐盒填满的垃圾桶。

王洋从口袋里摸出半包长白山，丢给雷鸣，“多的可没有了，我正戒烟呢。”

“谢了。”雷鸣笑了笑，叼起一根烟，去了刘天明的办公室。

虽然刘天明是雷鸣的直属领导，可他今天的命令，却让雷鸣无法接受。办公室门刚掩上不久，就传出了雷鸣夹杂着愤怒的质问声：“刘局，你开什么玩笑？这么大的案子，你说不查就不查了？我不管他曾经干过什么，现在，他只是一个受害人，如果不能破获这个案子，我们怎么向他的家人交代？”

面对雷鸣的质问，刘天明只能摇头苦笑，然后一脸苦涩地说道：“没有家人了，没有人会来追责。”

雷鸣不解。

“一天前，辖区派出所发现，他的家人集体煤气中毒，一个都没救过来。”

“怎么可能？”雷鸣难掩震惊。

“没什么不可能。”刘天明抬起手用力搓了搓脸，又抽出一支烟，点燃，深吸了一口之后，才下定了决心，“事到如今，有些事情，你也应该知道了。”

雷鸣心头一凛，意识到这个前同事的死，还隐藏着他不知道的秘密。

“我们的行动失败了。”刘天明整个人都瘫进了椅子里，苦笑不已，“我以为我已经够高看他们的了，现在看来，我还是低估了他们。”

“行动？什么行动？我怎么不知道？”雷鸣急切地问。

“这个行动，是在你调来刑警队担任队长之前开始的，你不知道也很正常，因为这是针对毒蝎集团的一次秘密行动。”刘天明看着雷鸣，长叹了口气，“除了毒蝎，你以为还有谁会用这么残忍的手段去折磨虐杀一个人？”

“怎么会这样？”雷鸣再次震惊。

“没什么不可能的，我小瞧了毒蝎。”刘天明无力地摆了摆手，“所以，雷鸣，接下来针对毒蝎的行动，我不会参与。”

“刘局，你……”短短的时间里，雷鸣接二连三地被震撼到了，只是一次打击，竟然让刘天明失去了信心。

“我的意思是，接下来的行动，由你来主导，你不需要向任何人汇报，包括我。”刘天明严肃地说道，“你可以启用任何你认为合适的人，但是，你必须清楚，这件事很危险。”

“什么事？快说。”

刚一回到办公室，李雅的电话就打了进来，这让雷鸣有些不耐烦。

“很忙吗？”李雅怯生生地问，“你能回家一趟吗？”

“不行，我没时间。”雷鸣毫不犹豫地道。

“大夫说，雅鸣的情况不太好，可能是心理疾病。”

“心理疾病？她病个屁，小屁孩就是没事找事。”雷鸣更加焦躁了。

“可是……”李雅也有些急。

“我说了我没时间，你看着办吧。”雷鸣说着挂断了电话，“心理疾病，还不就是骗钱的玩意。”

他骂了一句，收起手机，看了看案头的卷宗，想了想，一股脑将它们收进了抽屉里。

用不着了，这东西，彻底没什么用了。

“嘘，嘘，老雷。”坐在他对面的王洋招呼道，“老雷，我觉得，这个事，我比你合适。”

“什么事？”雷鸣警觉。

“行了，别装了。”王洋笑了，“你和刘局说的，我都听到了。不是有意的啊，”他举起手边的水杯晃了晃，“刚去打水，路过的时候听到了。”

“你听错了。”雷鸣沉着脸说道。

“我还不知道你想什么？”王洋撇了撇嘴，“从交警队的时候，咱俩就一起搭档，我太了解你了，啥事都写在脸上，你一撅屁股，我都知道你要放什么屁。我说真的，老雷，就你这个德行，别说你不知道怎么接近他们，你往他们面前一站，他们都不会给你说话的机会，直接一枪崩了你。”

“我是真不知道你说什么呢。”雷鸣不再搭理王洋，自顾自地拿起另一个案子的卷宗看了起来。

“你也知道，我们家老太太没几天可活的了，现在就靠止痛药顶着呢。”王洋却继续说道，“我有便利条件，我也不怕告诉你，他们已经有人找到我了。”

“你说什么？”雷鸣抬头，难以置信地看着王洋。

“后来呢？”林菲问。

“后来……”雷鸣深吸了一口气，“我当然不能同意，做卧底很危险，一不小心就会丢掉性命。我不怕死，可我怕我身边的战友一个个死去，我却无能为力。但是，第二天，他就做了一件事，脱离了警队。后来的事，你都知道了，2013 年，他殉职，那次行动终归还是失败了。许浩也是那个时候被发现在之前的案子里犯了个致命的错误，终止了学业，失去了成为一名警察的机会。”

“王洋，真的就一点有价值的线索都没有传递出来过？”林菲又问。

“没有。”雷鸣摇头苦笑，“那次应该是我去的，本来应该是我。你知不知道，王洋死后，大家都不相信他是我们安排进毒蝎的卧底，我四处为他奔走，没有人相信我，在局里的档案里，他就是犯了事逃走，成了毒蝎的一员。”

“我相信你！”林菲说。

“那有什么用？”雷鸣低下了头，“那时候，我耳朵里，就像有一团棉花一样，把所有的非议全部过滤掉，只想让他恢复警察的身份，可是我做不到，他连进入集体公墓的资格都没有。我就像丧失了存在感，像被罩进玻璃缸，什么都感觉不到。”

“你明白吗？”雷鸣抬头，他目光灼灼地看着林菲，“禁毒，要面临的不仅仅是生命的危险，更可怕的是孤独，和看着身边的人一个个离开却无能为力的挫败感。这种挫败感和孤独远胜于死的痛苦。”

“如果毒蝎现在就站在你的面前呢？”林菲笑了一下，“如果他们就站在你面前，你是转身就走，还是拿起枪，和他们拼命？”

雷鸣张了张嘴，林菲却打断了他，“你不用回答我。我说过，我有必须这么做的理由，我要找到……找全我的妈妈。而你，就不想知道王洋是不是真的已经殉职了吗？”

毁　灭

初时的震惊过去之后，雷鸣的脸上又恢复了一如既往的平静，仿佛什么事情都没有发生过，只是他的声音在喑哑之余，显得更加低沉和抗拒。

“我不知道你在说什么，我也不想知道在你的身上发生了什么，那和我没关系。但你想去做这件事，就要想清楚后果。”

“我很清楚。”林菲笃定地道。

“我看未必。”雷鸣却是轻轻一笑，说道，“你根本不知道，这条路上等着你的都是什么，你连回头的机会都不会有。”

将王洋牺牲的消息告诉他的父亲，默默接受他的谩骂、殴打。背着爱人销掉女儿的户口——那可能是女儿留在他们身边最后的印迹，而他还要保持着平静。陪伴在妻子的身边，安慰妻子，让她接受自己失明和失去女儿的现实。接受来自朋友的、同事的慰问——他们没有经历过，根本就不会懂，那些看似感人肺腑的理解，只不过是隔靴搔痒，而他，还要为他们的好心表达感谢。为了恢复王洋的声誉四处奔波，雷鸣和局长拍桌子，和副厅长拍桌子，在终于看不到希望的时候，他只能亲手为王洋选择一块墓地。那段时间，雷鸣忙得团团转，也把自己活成了一台机器。他不再爱说话，也收敛起了脾气，脸上再看不到任何表情。

“你……”在王洋那简单到只有两个人参加的葬礼上，面对眼前的雷鸣，刘天明不知道该说些什么，“我给你放假，好好照顾自己，什么时候觉得能继续工作了，你再回来。”

雷鸣真的没有再去上班，每天就陪着李雅，洗衣、做饭、洗澡，天气好的时候，就带着她去公园，却刻意避过了女儿生前每一个可能走过的地方。他甚至卖掉了房子，搬了家，和过去诀别，尽可能小心地维系着自己已经支离破碎的家庭。

接二连三的打击让雷鸣身心疲惫，以至于他都忘记还有张铭那件事。

2016 年，在近三年的调查取证审理后，最高法核准了张铭的死刑判决。

法医刘鹏告诉他这个消息的时候，他才恍然。王洋究竟是怎样暴露的，他还是没搞明白。张铭曾说，王洋一到他的身边就已经暴露了。这是一个让雷鸣无法信服的理由，王洋曾说过，他是被策反的。

他恍惚想起，那场战斗之后，前 S 市公安局局长接到了一封密信，言明那场战斗中，除了张铭真正隶属毒蝎之外，其他人都是全国各地警方安插进毒蝎的卧底，随信附上了一份名单。

经过比对，并与各地警方负责人沟通后，警方确认这封密信所言非虚，局长自责地将自己关进了办公室，注射了过量胰岛素后，撒手人寰。

但他也在遗书中将所有的责任都揽到了自己身上。

孙林把这个消息告诉他的时候，他全部的心思都在李雅的身上，根本就没有过多地关注，只是淡淡地说了一句“知道了”。

刘天明就是那个时候接任局长的。

“安插卧底，并不是只有我们警方才能做得出来。”在听完了雷鸣的疑问之后，刘天明只是淡淡一笑，给出了这么一个不疼不痒的答复，“总之，这个案子，现在终于可以告一段落了，王洋如果在天有灵，也会欣慰的。”

雷鸣没说话，如果他是王洋，他并不会对这个结果满意，毒蝎，根本就没有受到任何打击，相反，看似大获全胜的警方却损失惨重。

雷鸣一直都想知道，毒蝎究竟用了什么手段，将这些人一一甄别，然后送上了刑场。

但是，他知道，他已经不能完全信任刘天明了。

毒蝎的报复似乎也从张铭被执行死刑的那一刻开始，骤然间猛烈了起来。

雷鸣至今无法忘记那一天。李雅失明三年后，眼伤迎来了转机，国内眼科泰斗仔细研究了李雅的病例后，认为李雅的眼睛还有恢复的可能。

这是一个让人喜出望外的消息，雷鸣当即开车带着李雅赶往医院，李雅的脚步都因为这个消息轻盈了不少，女儿去世对她的打击似乎也没那么大了。

没人知道意外和惊喜哪个先来，在医院门口，雷鸣准备驶入停车场的时候，一辆货车迎头撞了过来，速度快到雷鸣都来不及反应，他眼睁睁地看着那辆货车狠狠地撞在他车上，挡风玻璃片片碎裂，碎片飞向副驾驶座上的李雅，他想扑过去，挡在李雅的身前，安全带却死死地限制了他所有的行动，他最后看到的画面是李雅的惊慌失措，是那辆货车后闪烁着警灯的警车。

雷鸣再次醒来的时候，已经是一天之后了。

他清醒过来的第一件事，就是拔掉输液管下床，脚刚落地，腿上传来的剧痛让他摔倒在地。腿断了，他意识到了这一点，却顾不上去管，挣扎着爬向病房外。

病房里的动静引起了护士的注意，她匆忙赶来，就看到雷鸣正倒在地上，一点一点向外挪动。

“天啊，你在干什么？”护士惊叫道，“你的腿断了，你现在不能动！”

她俯身想拉起雷鸣，雷鸣却一把抓住了她的胳膊，焦急地问道：“她怎么样？”

“你说谁？”护士不解。

“我老婆，车里那个女的。”

“她，她没事。”护士忙道，“她系了安全带，只是受了点擦伤，就是……”

“就是怎么？”雷鸣一下子紧张了起来。

“她的眼睛被玻璃碎片刺伤，王大夫说，这下要彻底失明了！”护士终于扶起了雷鸣。

雷鸣不说话了。

“哦，对了，她早就醒了，她让我告诉你，不用担心她，看不到也挺好的，要不然，她还得想她的女儿。你们的女儿……”

护士还没说完，雷鸣就一把推开了她，随手拿过一个吊瓶支架，一瘸一拐地向外走去。

“哎，你不能离开病房。”护士叫道。

雷鸣置若罔闻，径直走出了病房，一出病房他就愣住了，隔壁的病房门外，两名全副武装的警察静静地站着。

看到雷鸣，这两名警察脸上也露出了喜色，激动地问道：“雷头儿，你醒了？”

雷鸣看了一眼他们守着的病房，问道：“怎么回事？”

“昨天撞你们那小子。”一个警察啐了口唾沫，“毒贩子一个，开车的时候嗑药了。”

雷鸣的呼吸骤然变得急促起来，他一把推开门，径直进了病房。病床上，那人全身都插满了管子，体征监护仪显示状态还算平稳。

“大夫说，基本脱离生命危险了，现在昏迷不醒是因为嗑药太多了。”跟在雷鸣身后的警察连忙说道，“雷头儿，这回你又要立功了，你不知道，这小子拉的那一车都是制毒原料，只要他一醒，我们马上就能撬开他的嘴。”

“嗯。”雷鸣含糊地应了一声，目光却落在了那人的手上，一枚蝎尾文身格外刺眼。

“水。”病床上的司机含糊地说。

雷鸣一个箭步就冲了过去，扔掉了手上的吊瓶架，一把抓住了司机的衣领，吼道：“上线是谁？你这车原料要送到什么地方去？三年前到底是怎么回事？”

货车司机在雷鸣声若雷鸣的怒吼下，终于彻底清醒了过来，他睁开眼睛看了一眼雷鸣，却突然笑了。

“你完了。”货车司机努力抬起头，在雷鸣的耳边低声道。

雷鸣只是稍一愣神，监护仪就发出了一阵刺耳的嗡鸣。

“那就是一个死士。”雷鸣慢慢收回了游离在外的目光，看着林菲，“当时他的生命体征明明很平稳，却在我问话的时候突然死亡，他们就是想要搞死我。他在一颗假牙里藏了毒品，见到我之后，就咬破了包装。所以，你明白吗？危险无时无刻不发生在我们身边，你根本不知道它会以什么样的方式到来。”

“我知道我阻止不了你，但是，我希望你能想清楚，毒贩都是惨无人道的，在找到真相之前，你就可能先遭他们毒手！”

林菲弹起那枚斑驳的检徽，淡淡地说道：“我不在乎，他死的时候，我就已经支离破碎了。我的余生只剩下两件事，第一，做好我的检察官，第二，找全我的母亲。”

抢劫犯姜斌

排队等电梯的警员看到刘天明进来，纷纷往两侧让了让，刘天明却径直走向了办公楼另一端的步行梯。

快到走廊尽头的时候，刘天明放缓了脚步，墙上那块写着“S市检察院驻S市公安局检察官办公室”的牌子，让他微微皱了皱眉，这块崭新的牌子亮得有点刺眼。

他明白，也能理解，在强调程序正义，公平、公正执法的大背景下，加强公检法三部门之间的联动，发挥各自的执法优势联合办案这样的司法改革势在必行。但他还是有些落寞，这就像在自己的地盘上被人楔进了一颗钉子，让他浑身不自在，偏偏还无力阻止，这是公安局和检察院党委经过充分磋商后做出的决定，甚至给出了最高授权——在驻局检察官认为有必要时，可以直接参与警方的案件侦办工作而无需再行汇报申请。

他丝毫不怀疑，市检察院派过来的那几个让他无比头疼的人，是林礼祯祸水东引的策略。

但是他无法拒绝，他从未见过向来刚毅的林礼祯流露出过那样的神情。

“一年，就一年，行吧？”林礼祯近乎哀求一般，“帮我看住她，一年就行。”

看着林礼祯眼中那丝毫不加掩饰的哀求，刘天明犹豫了。随后，他长叹了口气，说道：“一年，唉，那就一年吧，但愿我的人能安安稳稳扛过这一年。”

刘天明走过了检察官办公室的门，他黯然地叹了口气。身后办公室突然传来的开门声，刘天明下意识地停下脚步，他回过头，见孙林正从那间办公室里走出来，这让他原本就没有舒展开的眉头皱得更紧了。

“刘局！”孙林下意识地打了个招呼。

刘天明却做了个噤声的手势，一把拉起孙林，几步就走到了一二楼之间的缓步台。

“刘局，你……”孙林有些不明所以。

“我问你。”刘天明舔了舔嘴唇，看了一眼林菲办公室的方向，见那里大门紧闭，才压低了声音，继续道，“他们来这几天，都干什么了？”

“办案子啊，就那个涉枪的那个。”孙林说。

“还没批呢？这都多少天了？快到期限了吧？”刘天明愕然。

“没啊，林检察官说了，证据不足。”孙林一脸的无奈，“她给延长期限了，还有二十多天呢，让我们抓紧落实证据。”

“除了这个呢？”刘天明又问。

“除了这个？”孙林更迷茫了。

“我听档案室那边的人说，林菲借了几份档案，那个，和你们眼下的案子没什么关系吧？”刘天明问。

“借档案？”孙林皱眉，“这事，我不知道啊。”

“嗯？”刘天明也皱了皱眉，“那没事了，你忙去吧。”

“哦。”孙林应了一声，“那我先走了，今天还有个大案子要弄。”

走了没几步，孙林突然回头，嘿嘿一笑，说道：“刘局，你是怕他们翻旧账？不能啊，林检察官那人你还不知道，手是长了点，但翻旧账那事，可不归她管，这事她拎得清。”

刘天明有些烦躁地摆了摆手，心想：她当然拎得清，但是雷鸣能不能拎得清，可就不太好说了。想了想，刘天明转身去了档案室，问档案室的管理员：“林检察官他们借的是哪几份档案？”

管理员查了查记录，回道：“是张铭那个案子的。”

“嗯？”刘天明微微一愣。

“刘局，有问题吗？”见刘天明神色不对，管理员也有些紧张。

“哦，没事，你忙吧。”刘天明随口应道，匆匆回了自己的办公室，还没在椅子里坐下，就拨通了林礼祯的电话。

“老刘？小林他们这就给你惹麻烦了？”林礼祯对于刘天明打来的这个电话充满了疑问。

刘天明强笑了一声，说道：“那倒没有，不过林菲从我们这里借了几份档案。”

“她是检察官，看卷宗……”

不等林礼祯说完，刘天明就说道：“是张铭那个案子的。”

电话那头，林礼祯的呼吸一下子粗重了起来。

“老林，依你看？”刘天明试探着问了一句。

“给她看吧，这件事，她早晚都要去查。”林礼祯的声音里突然充满了疲惫和苦涩，“但是，老刘，我有一个要求。”他的语气变得严肃。

“你说。”刘天明下意识地回应道。

“她要做的事，就让她去做，但无论如何，你都要保护好她。我……”林礼祯似乎有些为难，但他深吸了一口气后，还是说道，“我不能再失去她了。”

没等刘天明说话，林礼祯就继续道：“你不必把这当成是公事，你就当这是一个父亲对你的请求吧。”说完，他就挂断了电话。

刘天明并不知道，挂断电话的林礼祯仿佛失去了全身的力气，他瘫坐在椅子里，看着办公桌上那个倒扣着的相框，笑容中既有欣慰，也带着苦涩和担忧。

工商银行蒲河路支行位于S市两条主干道蒲河路和蒲河大道的交叉口，是S市北郊重要的银行网点之一。

一个看似和平时没有区别的早上，两辆运钞车停在银行门前，正在交接当日银行运营所需的现金，四名武装押运人员手持枪械负责警戒。这份工作很轻松，在治安环境大好的今天，除非劫匪的脑子坏了，才会在早高峰的时候实施抢劫。

运钞车的几个安保人员一直都没有注意到，停车场里那辆有着明显异常的面包车，从车轮凹陷的程度看，这辆车基本处于满载状态。

更反常的是，车窗竟还拉上了窗帘。

车里坐着六个形色各异的人，身高胖瘦各不相同，唯一相同的就是每个人的脸上都戴着生肖面具。

“老鼠，还干吗？”戴着牛头面具的人问。

“老鼠”将窗帘拉开一角，观察着车外的情况，明显有些犹豫。

就在这时，车门突然被拉开，所有人的呼吸顿时停止，目光瞬间都被吸引了过去，几个人甚至将手伸向了后腰——那里都藏着匕首。

气氛一时间变得无比诡异。

一个戴着口罩的人将一个大旅行袋扔进了车里，随后大大咧咧地上了车，找了个舒服的姿势坐了下来。

直至此刻，他似乎才意识到情况有些不太对。

“你们这是干吗？”他不解地问。

“你不是说，这会儿会被封路吗？”“老鼠”拿出一摞打印纸，“这上面说，待会儿这有一场抢银行的戏要拍，所以会提前清场，封路。”

“那当然。”“口罩男”扬扬自得，“这还是我争取来的，为了力求真实，运钞车和钱都会是真的。”

“封路呢？剧组呢？你说的这些，一样都没有，就凭我们手里这几把刀就去抢银行，我看，这玩笑开得有点儿大吧？”“老鼠”言辞不善。

“协调上出了点问题，不用担心，很快就好。”“口罩男”说，“再说，你们以为，我会没有备用方案吗？”他嗤笑了一声，伸手拉开了旅行袋，几支长短不一的枪支就展现在了几人面前。

“枪？”众人的呼吸一下子急促了起来。牛头面具男一把抓起一支步枪，随手拉动了几下枪栓，看着黄澄澄的子弹弹出来，兴奋地说道：“干吧，有这个东西，封不封路都无所谓啊。”

“你从哪弄来的？”老鼠狐疑地盯着口罩男，戒备地问道。

“这你就不用管了。”口罩男嘿嘿一笑，“干这玩意，我比你们有经验得多，如果几支枪都搞不到，你们凭什么跟着我？”

“干吗？”老鼠明显还有些犹豫，抢劫和持枪抢劫，事情的严重程度可截然不同。

“干吧。”牛头男没有丝毫犹豫，他拍了拍手里的枪，“咱手里有这玩意，怕啥，抢完了就跑，警察的喷子也没咱这玩意好使吧？”

“对，干了。”几名同伙异口同声。

“那就，干吧。”老鼠有些不太情愿，极为勉强地点了点头，又警告似的看着口罩男，“我们兄弟的命可就交到你手上了，这票要是栽了，你第一个死。”

“放心，我第一个上。”口罩男笑了一下，拉开车门下了车。

口罩男下了车，神情却有些恍惚，他眼前浮现出了一间简朴却收拾得很整洁的房间，房间的地板上躺着两个人，其中一人胸口中枪，显然已经丧命，而另一个人则昏迷不醒地倒在死者身边，手里握着一把制式警用手枪，从枪口上的血迹来看，就是这把枪抵在了死者的胸前，射出了那枚索命的子弹。

口罩男用力晃了晃头，让自己从虚无的幻象中清醒过来，深吸了一口气，走向了运钞车。

虽然天气还没有炎热到汗流浃背的地步，但此时也已经是初夏，这个戴着厚厚口罩的男人立时引起了押运员的注意，一名押运员下意识地举起了枪，喝道："干什么的？"

这一声质问同时吸引了其他几名押运员的注意，他们戒备的目光齐刷刷地落到了口罩男的身上，手中的枪口有意无意地指向了他。

"别误会。"口罩男连忙举起了手，慢慢摘下了口罩，露出了姜斌那张保养得让人嫉妒的脸，"我是这场戏的主演。"

"戏？"押运员皱眉道。

姜斌急道："你们领导没跟你们说吗？这儿待会儿要拍一场抢银行的戏，我就是那个劫匪！"

"站在那别动！"看着姜斌有接近的意图，押运员紧张地道，"我们没接到任何通知，现在，请你马上离开。"

"怎么会呢？"姜斌有些懊恼，"明明都打好招呼了啊。"

就在这时，哗啦一声，面包车的车门大开，牛头男第一个跳下了车，举起手中的枪对着押运员就是一顿扫射，清脆的枪声在这个清晨格外刺耳。

突如其来的变故让几名押运员都没有来得及有任何反应，等他们意识到自己遭到攻击的时候，每个人的身上都至少中了一发子弹，几名押运员俱是脸色惨白。

银行工作人员尖叫着躲了起来，一时间，警铃大作。

然而接下来，他们却意外地发现，那些子弹对他们没有造成任何伤害，弹头打在身上，只有轻微的阵痛。而从车里跳下来的人越来越多，扫射过来的子弹也越来越多，可押运员们脸上的神情却也越来越古怪，一名押运员还有闲暇看了一眼运钞车，弹头打在车上，连一点痕迹都没留下。

他举起了手中的枪，瞄准了姜斌。

"我投降！"姜斌大吼了一声，高高举起了双手，扑通一声跪到了地上。

看着身中数弹仍旧活蹦乱跳的押运员，劫匪们终于意识到事情有些不太对劲，转身想要跑回车里，可面包车周围的几辆车却突然动了，一辆重装版G500直接横在了面包车前，随后，从几台车里涌出了十几名警察，不由分说地将劫匪按倒在地。

“你阴我们？”牛头男不甘地冲着姜斌吼道。

姜斌看着牛头男无奈地说道：“那他妈是剧组的枪，剧组的枪能是真的吗？我们是来抢钱的，又不是为了杀人，威慑！威慑，你不懂吗？”

“闭嘴吧！”小警察瞪了一眼姜斌，粗暴地把他塞进了车里。

“疼疼疼，轻点，好歹咱们也算共事过！”姜斌不满地说道。

“共事？”小警察哼了一声，“我为此感到耻辱！”

枪

林菲独自坐在办公室里，她的身后的窗台上，一盆黄色的郁金香开得正旺。

今天的她明显有些心不在焉，那本卷宗看了半天，却还只是停留在第一页上。过了一会儿，她干脆停了下来，转身面对那盆郁金香，深深地吸了口气，脸上露出了陶醉的神情。

“咳。”戴梓萌推开办公室的门，一眼就看到了“不务正业”的林菲，忍不住轻咳了一声。

林菲却没有丝毫的不适，甚至连头都没回，“送进去了？”

戴梓萌点头，回道：“一切顺利。”

“靠谱吗？”林菲回过头问道，脸上的笑意渐渐收敛。

“只要他不太蠢，应该不会出问题……吧？”戴梓萌自己也有点不太确信，“那几个人，都是孙队那边盯了很久的，保真，在那几个人眼里，他也是真的，所以，应该不会有问题。”

与其说是在说服林菲，倒不如说她在努力说服自己。林菲显然也意识到了这一点，不由得苦笑道：“让他不犯蠢，你觉得，现实吗？”

“好像……”戴梓萌只是略略想了一下，有些丧气，“确实有点难，但愿他能严格遵循剧本。毕竟，那可是集合了我、江华、李沁、孙队和雷哥五个人的智慧设计的，反复推敲，绝无任何漏洞。”

一周前。

金山路和兴华街的交叉路口，一辆巡逻车停在路边，一老一少两名警察坐在车里趁着短暂的休息时间填补肚子。

看着餐盒里的两荤两素，老警察乐了，笑着说道："哟，你小子，这是中彩票了？这可是超高待遇了。"

小警察嘿嘿一笑，扒拉了一口饭，回道："彩票，那就是智商税，我才不碰呢，我这个月涨工资了。"

老警察点头，说道："那确实该庆祝一下。不过我说你小子也得注意点，将来买房结婚，哪个不得用钱啊，干咱们这行，可不能想那些不正经的收入，就指着这点死工资呢。"

"知道，师父。"面对老警察的谆谆教诲，小警察忙不迭地点头。

"各单位注意，接群众报案，兴华小区疑似发生涉枪案件，请附近的巡逻单位前往核实。"对讲机里突然传来的警情让两个人都愣了一下。

"兴华小区？"小警察探头看了一眼车外，问道，"师父，咱旁边这就是吧？"

老警察没说话，只是把盒饭一扣，随手塞进了塑料袋里，一把抓起了对讲机，"053收到，我们就在附近，这就过去查看。"

说完，老警察却先点上了一根烟，抽了一口。

小警察正收起盒饭，看到老警察这样，愣了一下，问道："师父，怎么不走？"

"你先吃。呵呵。"老警察笑了一下。

"那可是涉枪啊。"小警察急道，"先不吃了，这案子，搞不好就是个大案。"

"屁的涉枪。"见小警察坚持，老警察发动了车子，"咱们国家哪那么容易弄到枪！"

报案人住在兴华小区14栋3单元，据他说，他对面15栋3单元5楼，经常会有狙击枪的瞄准镜出现。

作为一名资深军迷，报案人信誓旦旦地表示，他绝不会认错。

老警察站在窗边看了看，15栋2单元6楼那户人家的窗帘紧闭，3单元5楼的那户人家开着窗，房间里看不到人，似乎没有什么异常。

“警察同志，你们可得好好查查，那玩意可是大杀器，有效射程 1300 米呢。”报案人催促。

“好好好，我们这就过去查看。”他耐心安抚了一句，和小警察一起走进了 15 栋。

“看吧，就是虚惊一场，还狙击枪呢，他怎么不说有榴弹炮呢。”老警察一边和小警察说笑，一边爬到了 5 楼，敲响了房门。

等了一会儿，房间里没有任何回应。老警察又敲了敲门，这一次，隔壁的门却开了，一个只有一条胳膊的中年男子沉着脸问：“你们找谁？”

老警察向他出示了自己的警官证，指了指自己刚刚敲过的门，问道：“这家人呢？”

中年男人摇了摇头，“不知道，没见过几次。”

“是他自己的房子，还是租的？”老警察又问。

“租的。听说是个快递员，整天早出晚归的。”中年男人有些不耐烦。

“你有房东的电话吗？”

中年男人抬手指了指那扇门，老警察看过去，笑着对中年男子说：“不好意思，打扰你了。”

两个人都没有注意到，见到他们肩上的执法记录仪时，中年男人将那只独臂向上抬了抬，有意无意地将虎口处一个蝎尾样的文身对准了记录仪。

听说是警察找自己，房东吓了一跳，忙不迭地表示自己马上就赶过来。在等待房东的这段时间里，二人回到楼下，看了一眼一楼的信箱，对应 5 楼那户房间的信箱已经被塞满，全都是订阅的军械杂志。

“看来，只是一个枪械爱好者，可能持有模型枪。”经验丰富的老警察略一思考，就做出了自己的判断，“不是什么大事，走吧，出去抽根烟，车里等着去。”

两人走出了楼道，和一个形容猥琐的男人擦肩而过。

一根烟还没抽完，房东就拎着一整盘钥匙赶到了现场，听了警察说的情况后，毫不犹豫地否定道：“涉枪？这不太可能吧？那屋里住的叫唐晓，挺俊的一小伙，干快递的。”

一边上楼，房东一边向二人介绍住户的基本情况：“好像二十三四，看着挺腼腆的，平时也没什么交流，每个月的房租都是微信转给我的。”

砰——

当几人走到3楼的时候，一声沉闷的枪响从楼上传来，老警察脸色一变，匆匆几步就跑上了楼，发现此前敲了几遍都没人回应的房子，此刻却是房门大开，一名长相英俊的青年男子仰躺在地上，左胸处血迹氤氲。他身边，趴伏着一个看不清面貌的男子，这名男子的手上握着一把枪，硝烟还未来得及散去。

老警察上前检查后叹了口气，拿起对讲机说道：“指挥中心，053报告，兴华小区发生枪击案，一死一伤，请求支援！”

他抓着那个握枪男人的肩膀将他翻了过来，一下子愣住了，这个男人，正是在楼下和他擦肩而过的那个人。

警方对涉枪暴力案件的反应一向高效迅速，老警察向指挥中心汇报后不过十分钟，孙林就带着刑警赶到了现场。

通过现场的一些痕迹分析，警方基本还原了案发情况，昏迷者赖清华通过和平手段进入了死者唐晓的家中，使用一支制式警用枪支杀害了唐晓。但不知什么原因——或许是心理素质堪忧，在枪杀唐晓后，赖清华也晕倒在现场，被警方当场抓获。

经查，赖清华无业，有赌博前科，无其他案底，杀害唐晓的动机和枪支来源暂不清楚。

然而，赖清华醒过来后，对警方的推断却断然否认，坚称自己并没有杀人，那把枪也和他没有任何关系。

面对拒不认罪的赖清华，孙林说道：“你是不是以为你不说我们就拿你没办法？枪上的指纹是你的，微量物证鉴定也可以证实，开枪的人就是你。就算你什么都不说，现有的证据也足够给你定罪了，你说了，还能争取个坦白的态度，量刑上法官也会考虑，原本的死刑或许就能改成死缓呢。”

“我真的是被陷害的！”赖清华苦着脸说道，“我什么都没做。”

“那你为什么出现在那里？”孙林问。

“我……”赖清华张了张嘴，欲言又止。

“编好了再说，逻辑上要能说得通，别让我们彼此浪费时间。”孙林笑了一下，抬手指了指摄像头，“检察院的同志就在那头看着呢，对于你这次案件的性质，量刑，他们的权力可大着呢，你现在的一切表现，他们都看得一清二楚。”

“这个孙林！”在监控前密切关注着审讯的雷鸣忍不住骂了一句。

“孙队说的也不算错，这不算是诱供吧？”戴梓萌回头看了一眼林菲，问道。

“不算。”林菲说，“他只是在告诉嫌疑人我们的政策而已，而且，他说的也没错。”

“咦？”雷鸣突然轻“咦”了一声，监控里，审讯室的门被打开，痕检的一名小警察手里扬着一张纸，冲孙林挥了挥，孙林走到门边，接过那张纸看了看，眉头紧皱，突然就走出了审讯室。

没一会儿，监控室的门就被敲响了，孙林将房门打开了一条缝隙，探进头看着雷鸣，说：“雷头儿，我有点事。”

孙林的神情格外严肃。

雷鸣略一犹豫，走出了监控室，孙林随手关上了监控室的门，没给林菲和戴梓萌任何解释。

“孙队这是什么意思？”戴梓萌不解地看向了林菲。

林菲淡然一笑，“有些秘密不想让我们知道罢了，但是，只要和案子有关，他迟早得告诉我们。”

有些秘密，确实不能让林菲他们知道。孙林一看到那份鉴定报告就知道，这个案子麻烦大了。

经鉴定，现场发现的制式警用手枪在警方的档案库内有据可查，它曾属于雷鸣，十年前，这把枪和一名警察同时失踪。

那是雷鸣决定亲自去做卧底的第二天。

但是说实话，他还没准备好，女儿和他的关系越来越僵，以往虽然争吵，可还能说上几句话，现在，女儿甚至不愿和他在同一张饭桌上吃饭，更不愿多看他一眼。自己将要去做的这件事，他还没想好该怎么对李雅说。

王洋对他说的话也时时在他耳边回响。

“没有什么比毒品的镇痛效果更好了，他们完全击中了我的软肋。我有必须和他们合作的理由。老雷，你总不能让我看着她活活疼死！”

这句话就像一记记重锤，砸得他整晚都没睡好，一大早，他整理好自己的装备，浑浑噩噩地走进局里，往日人声鼎沸的办公楼今天却格外宁静，空空荡荡的，连个人影都见不到。

“人呢？都去哪了？”雷鸣有些生气。

“雷头儿？你怎么在这？”值班室里探出了一个脑袋，留守的警察惊讶地看着雷鸣。

“出了什么事？”雷鸣急忙问道。

“王洋一早上说，你堵住了几个毒贩，他让全局的人都支援你去了啊。”

雷鸣感到脑袋里嗡的一声，嗓音干涩地问道：“知道他去哪了吗？”

“那他没说。”警察摇头。

雷鸣掏出手机，拨打王洋的电话，可王洋的电话此时却处于关机的状态。

他二话不说，转头跑出了办公楼，一辆警车正开进公安局的大院，车刚停好，王洋就打开车门，下了车，他的动作有些迫不及待。

看到雷鸣，王洋愣了一下。

“王洋，你到底在搞什么？”雷鸣问。

“老雷，别逼我。”王洋苦笑道。

“我逼你？”雷鸣一脸不解，问道，“我逼你什么了？”

语音刚落，雷鸣的眼睛骤然瞪大，因为王洋竟举起了手中的枪，枪口对准了他。

“你要干什么？”雷鸣大喝。

“我只是想拿走点东西。”王洋有些无力地道，“我不想杀人，你让开，我拿到东西就走。”

“你想要那些毒品？”电光石火间，一个念头从雷鸣的脑海里闪过，“你疯了？你这是犯罪你知不知道？”

“我是要去救命！”王洋吼道，“你给我让开！”

“你这是在逼我啊！”雷鸣苦笑了一下，手伸到了腰间的枪套上，摸到了握柄。

砰——

王洋毫不犹豫地扣动了扳机，弹头在坚硬的地面上留下了一个浅浅的弹痕，随即弹进了雷鸣的小腿，雷鸣当即捂着腿倒了下去，不敢置信地看着王洋。

王洋的脸上露出了一丝不忍，却转瞬即逝。他苦涩地一笑，说道：“老雷，我真的敢开枪的。你让我过去，拿到我想要的东西我就走，不会伤害你们的。”

“你想都别想，你别忘了，我们是警察！”雷鸣强忍着疼痛，沉声道。

“警察！”王洋笑了一下，笑容中带着些凄凉，“我连自己的老妈都保护不了，这个警察，当不当又有什么意义？”

他再一次对着雷鸣扣动了扳机，砰的一声，接着就是一声惨号。

本以为必死的雷鸣愕然地睁开了眼睛，看见王洋捂着手蹲在了地上，他手里的枪已经炸裂成了一地的零件。

雷鸣掏枪，上膛，瞄准，一气呵成，可在扣动扳机前，他却犹豫了，就是这一瞬间的犹豫，让王洋得到了机会，他猛然前冲，一脚踹在了雷鸣受伤的腿上，嘎嘣一声，雷鸣只感到腿上传来一阵剧痛，整个人不由自主地蜷缩成了一团，手中的枪也远远地摔了出去。

受伤的野兽才是最可怕的。

手掌被炸伤的王洋爆发出了难以想象的恐怖速度，在雷鸣反应过来之前就扑到了枪前，那只完好的手捡起了枪，他有意想在雷鸣的身上补上一枪，可远处警笛的鸣叫已经越来越近。

他不甘心地看了一眼捂着腿却强忍着不肯发出一声呻吟的雷鸣，咬牙跑出了公安局。

“鉴定报告……”雷鸣觉得嗓子有些紧，他咳嗽了一下，才继续问道，“准确吗？”

孙林郑重地点了点头，说：“鉴定科怕出意外，连续做了三次鉴定，结论一致。”

雷鸣一言不发地把鉴定报告塞给孙林，转身下楼，进了审讯室，一见到赖清华，他就上前一把扒掉了他的衣服。

“你干吗？”赖清华惊慌失措地扭动着身子，想要躲开，可他被铐在了椅子里，根本无从躲闪。

雷鸣仔仔细细地打量着赖清华赤裸的上身，没有找到自己想要的东西，于是又伸手去拽他的裤子。

“要流氓啊！”赖清华忍不住惊叫。

“雷检察官，你这个爱好，有点特殊啊。”一个戏谑的声音传来，接着，律师夏铭走了进来，挡在了赖清华身前。

“你让开。”雷鸣沉着脸说道。

“不行。”夏铭摇头，“雷检察官，你这是对我当事人人身权利的侵犯，我不能允许你这样做。”

“你给我让开！”对于夏铭的警告，雷鸣置之不理，他一把抓住了夏铭的肩膀，稍一用力，就把他甩向了一边，径直抓住了赖清华的裤子。

“雷鸣，住手！”一声怒喝让雷鸣清醒了一些，虽然没有继续下一步的动作，却也没有放开抓着赖清华裤子的手，他看了一眼匆匆赶来的林菲和戴梓萌，“我只是想要确认一些东西。”

“但你不能用这种方式！”林菲道。

雷鸣深吸了一口气，慢慢松开了手，说道：“好吧，孙林，我要知道，他身上有没有蝎尾文身！”

“傻 × 才去文身呢。”赖清华一边缩着身子一边惊恐地大叫，“那玩意多疼啊，我怕疼！”

姜斌晃晃悠悠地走到了公安局的门前，看了一眼表，已经十一点半了。他报了今年的司法考试，上午特意请了假去填写相关的资料。他卡着点回来的，是因为这个时间公安局的食堂就快要开饭了，公安局的食堂可要比检察院的食堂好太多了，红烧肉做得尤其够味。光是想想，他就吞咽了几口口水。

进了大门之后，他脚步不停地直奔食堂，完全没注意到办公楼里一个西装革履、侧着头，正在骂骂咧咧的人一脸愤怒地走了出来。

两人谁也没注意到彼此，毫无意外地直接撞到了一起。

“哎哟。”

啪嗒。

两声痛呼中夹杂着一个清脆的碎裂声。姜斌抬起脚，发现一支断成了两截的派克钢笔躺在他的脚下。

“这……”姜斌有些尴尬地捡起了笔，抱歉地说道，“实在不好意思，是你？”

这时，姜斌才看清，和他撞在一起的人竟是夏铭。

“哟，姜检察官啊。”夏铭啐了一口唾沫，“真晦气！”

“你啥意思？”姜斌怒道，“不就踩坏你一支笔吗？多少钱？大不了我赔你一个就完了呗，你咋还骂人呢？”

“不是你，不是你。”夏铭连连摆手，忙说道，“我说我接这个案子，真是太晦气了。一支破笔，没多少钱。”

姜斌却愣了一下，问道：“有新案子了？”

“啊，你不知道？”

“别说话，快走。”姜斌一把揽住了夏铭，随手把那支笔塞进了口袋里，路过保安室的时候，见里面的保安好奇地看着自己，他笑了一下，说：“准考证忘拿回来了，你帮我跟林检察官说一声，谢谢啊！”

“需要律师在场吗？这是你的权利。”孙林似笑非笑地看着赖清华，这次的审讯简直就是一出闹剧，先是雷鸣闹了一场，接着律师又来捣乱，搞得孙林想要知道的东西到现在还一个都没问出来，他憋着一口气，忍不住发泄到了赖清华的头上。

可赖清华却摇了摇头，说：“他不是我的律师！”

“不是你的律师？那他跟着瞎掺和个啥劲啊！”孙林啪的一下摔下了笔，冲着摄像头努了努嘴，抱怨道，“林检，戴检，你们都听着了吧？这事你们可得好好管管，怎么什么臭虾烂鱼都敢骑我们脖子上拉屎啊！”

“行了，你赶紧问，我们抓紧结了这个案子才是正事！”林菲忍不住给孙林发了一条微信。

孙林笑了一下，收起了手机，正色道：“赖清华，我劝你还是早点交代的好。”

赖清华点头，说：“我交代，我是去抢劫的。”

“遭到了被害人的反抗，所以杀人？”

赖清华连连摇头，急忙说道：“那可没有。我可没杀人。”

“证据确凿，你还想抵赖？”孙林忍不住提高了声调。

赖清华苦着脸说道：“孙警官，你听我说完啊。我是带了一把枪，可那就是一把仿真玩具枪，你们找到的那把枪不是我的。”

“我之前怎么跟你说的来着？编好了再说！”

赖清华委屈地道：“我没编啊。我是真不知道发生了什么。我就随便找了一家，撬门，进屋，哪知道我这刚进屋，后脑勺就让人来了那么一下，后边发生了啥，我是真不知道啊！孙警官，你不想想，我要有真枪，我去抢银行不好吗？那个破地方，有啥玩意值得我去抢啊！”

“抢银行？抢银行你得能跑得了啊！”孙林冷笑道，“把你作案前前后后的经过详详细细地给我说一遍，我看看你编得怎么样。”

物证遗失

按照赖清华的供述，嗜赌成性的他不仅败光了家产，还欠了一屁股的债。整天被追债的人堵着家门，轻则言语威胁，重则一顿毒打，他早就习以为常，但是没钱去赌，这是他万万不能接受的。

他想搞点钱，但他又不是什么胆大妄为的人，让他去绑架富豪，还没动手，恐怕自己就得先吓尿了裤子。

第一次，应该从一个不太引人注意的目标开始，然后再慢慢做大。所以，他准备了一把仿真玩具枪，走进了兴华小区——兴华小区是本市最大的回迁小区，里面居住的大多是外地人，身上没什么钱，就算抢劫的时候被抓了，说点好话，兴许对方都不会报案。

只是他万万没想到，他第一次作案就惹上了一场人命官司，更倒霉的是，他根本就不知道到底发生了什么。

孙林把审讯笔录交给林菲，抱怨道：“纯属胡扯！这小子就是块滚刀肉，说的都是一些无足轻重的东西，还都是瞎编的，谁抢劫不宰大户啊！一问他杀人的事，就说自己什么都不知道，非说自己遭到了袭击，我们在现场根本就没发现第三个人留下的痕迹。林检，戴检，我可不是说给我们刑警队找借口，我们动用的可都是最专业的人才，最精尖的设备，现场就是多出一只蚊子也跑不了。”

“查他的行动轨迹，验证他的作案动机，最重要的是那把枪的来源。”林菲犹豫了一下，才继续道，“其实以现有的证据已经足以给他定罪了，但是这种涉枪案件，我们不能以结案为主要目标，我的意思，你能明白吧？”

孙林有些沮丧，老旧的兴华小区根本就没有配备相应的监控设备，对于那把枪，赖清华又一问三不知，他叹了口气无奈地说道：“看来，我们只能希望雷头儿那边能有所发现了。”

相比于孙林的沮丧，雷鸣的日子似乎要好过得多。

雷鸣负责的部分是监督一队警察对赖清华家中的搜查。赖清华的家用家徒四壁来形容一点都不为过，就是简单的一室一厅，客厅里别说茶几，就连沙发都没有，只是简单地摆放着几个塑料凳子，一面墙边放着一台老式的电视机，连个机顶盒都没有，一根铜线从电视后扯出，伸出窗外，权作天线。

卧室里没有床，只在靠墙边的位置摆着一个简易的衣柜，破破烂烂的不知从哪里捡回来的，被褥就直接凌乱地铺在了地上。

房间里有什么几乎一目了然。

带队的警察看着雷鸣，问道："雷头儿，还搜吗？"

"搜！"雷鸣从牙缝里蹦出了这个字。

"搜什么？"警察一摊手，有些无奈。

"找通信工具。"雷鸣想都没想就说道，赖清华被捕的时候，从他的手上可没找到手机一类的东西。

警察指了指电视机，说道："那不用搜了，就在那呢。"电视上就放着一部正在充电的手机，充电器的一头插在插座上，只是这样一来，电视机的电源就不得不被拔掉了。

负责搜查的警察戴好了手套，拿起那部手机看了一眼，笑道："这小子还挺时髦，iPhone10 呢，小一万了吧？"

"谁知道从哪弄来的？"旁边的警察撇了撇嘴，接口道，"好好看看，不是双卡双待的吧？"

"你还别说，这还真是正品。"检查手机的警察摆弄了几下，说道，"九千多。"

"给我看看。"雷鸣伸手接过了手机，只看了几眼，就松了口气，挥手跟众人说，"回去吧。"

赖清华承认，这部手机就是他的，对于手机的来源，他表示是捡来的。

对这个答案，孙林有些哭笑不得，调侃道："那你命可够好的。你就是把这个手机折价卖了，也够你挥霍几天的吧？"

对孙林的这个问题，赖清华的头摇得像个拨浪鼓，说道："那可不行。像我们这种人，在外面混，混的就是一个脸面，有这个东西在手里，没钱了，抽水的也愿意借你。你要拿个老头机，那地方你都别想进去。"

"行了，说正事吧，我没时间听你扯，这手机里，我们发现了一些东西，是你自己交代，还是我替你说？"孙林不耐烦地道。

警方在手机里发现了至关重要的证据，赖清华建了一个 QQ 群，除他之外，群里还有六个人，这几个人在考虑做一个大案子，虽然无从得知他们准备干什么，但其中一人提到，他知道一个叫唐晓的快递员手里有枪，而赖清华则直接表示，他会去搞来那些枪。

“这个我是真不知道，不会是你们编的吧？”面对着聊天记录，赖清华却大呼冤枉，一再表示自己对此完全不知情，“你们看看这个QQ，名是我的没错，头像也是我的，可这号根本就不是我的啊？还黄钻呢，孙队长，求求你稍微想一想，我哪有钱去搞这玩意啊！我搞这玩意也没用啊。”

案情研判会上，孙林倒是没有受到赖清华拒绝招供的影响，依旧自信满满发言：“再怎么嘴硬，在证据面前也是白搭。这个QQ号就是用赖清华的手机号码注册的，肯定是他的没错。有了目前这些证据，我觉得，一切都能说得通。”

“首先，赖清华受生活所迫急需搞到一笔钱，至于是抢银行还是干什么，暂时不得而知，但这件事，他需要同伙，也需要用到枪，而他的同伙恰恰知道被害人唐晓手里就有枪。我们不知道出于什么理由，赖清华揽下了去搞枪这件事。

“案发当天，赖清华试图进入唐晓家中——我认为，他起初，至少在进入唐晓家的时候，他的说辞是交易，否则没有理由是和平进入现场的。但我们都知道，赖清华穷得跟什么似的，一见到唐晓的枪，他就抢到了自己的手里，然后枪杀了唐晓——这小子胆子小得要命，当时自己也被吓晕了。

“这就是全部的案发过程。”孙林摊开了双手，示意自己的发言结束。

林菲摩挲着那枚陈旧的检徽，问道：“也就是说，你认为，赖清华的枪实际来源于唐晓？”

“不是我认为，实际情况只能是这样。”孙林说。

林菲似笑非笑地问道：“那指纹你怎么解释？那把枪上可没有唐晓的指纹。”

“嗨，这就更简单了。”孙林说，“那可是真家伙，唐晓平时一定特别注意保养，他的指纹被擦拭掉并不奇怪。案发当天，唐晓应该是还没拿出枪来，就被赖清华抢过去了，这样一来，枪上只有赖清华的指纹就不奇怪了。”

“你说赖清华胆子太小，开枪杀人后，自己就被吓晕了？”戴梓萌停下了翻看卷宗的动作，抬头问。

“怎么搞得我像是犯人，你们在审我似的？”孙林不满地嘟囔了一句，“从现场的痕迹和他自己交代的情况来看，应该就是这样了。”

戴梓萌笑道：“那就不应该是这样了。”

“怎么就不应该了？”孙林反问。

戴梓萌回道：“如你所说，如果赖清华是被自己开枪杀人这事吓晕的，那他根本就不可能敢开枪。人是永远不可能脱离本性去做一件事的。”

“那你说是怎么回事？”孙林挠头。

“杨志卖刀，记得吗？”戴梓萌笑着问道。

“杨志卖刀？”孙林愣了一下。

“这是《水浒传》里的一个故事，青面兽杨志办差出了差错……”

“简单啊，”戴梓萌笑了一下，“赖清华和唐晓当时发生了类似的情节。唐晓坚称自己这把枪没有问题，是真的。赖清华就问他拿什么证明，唐晓就说你开一枪不就知道了，于是，赖清华拿起了枪，对着唐晓就是一枪。可能临死的时候，唐晓还在问‘这回你信这把枪是真的了吧？’而赖清华，在晕倒前大概还说了一句‘果然是真枪！’”

扑哧一声，孙林忍不住笑了出来，打趣道：“戴检，你当检察官屈才了，你应该去当编剧，情景喜剧编剧。”

戴梓萌微微一笑，继续说道：“事实可能比你想象的还要离奇。当时唐晓可能真的让赖清华试枪，但赖清华没那个胆子，而在他拿起枪的时候，砰——走火了。”

“那可就不是故意杀人了，这案子的性质可就全变了。”孙林神色微变。

林菲接口道：“我们不能否认有这种可能。所以，我们仍然需要他的口供，结合现场痕迹进行现场还原。另外一点，这些聊天记录虽然能作为证据使用，但只是孤证，我们需要在现实里找到嫌疑人的同伙进行佐证。”

孙林有些沮丧地说：“这可有难度。QQ 号都是新注册的，对应的手机号全国各地哪的都有，八成是买的，都不知道转了多少手了。”

眼见着林菲想要说话，孙林连忙道：“我知道，再麻烦我们也得去查，我们干的就是这个。”

孙林话音刚落，林菲开口问道：“还有一件事，唐晓从哪弄来的这把枪？”

“我靠，林检察官属地鼠的吧？挖起洞来没完没了的，唐晓从哪弄来的枪跟这案子有什么关系？赖清华要么有罪，要么无罪，赶紧搞完了就得了呗。”男厕所里，孙林不满地跟雷鸣抱怨着，“我说你也是，研判会上你怎么一句话都不说？跟老僧入定似的，你知不知道，这事要让她查下去，早晚会让她查出当年那事，那时候倒霉的可是你。”

“想不让她查，现实吗？”雷鸣走到洗手池边，慢悠悠地洗着手，“你也知道，现在涉枪的案子查得严……”

孙林急道：“那你也不能让她胡搞啊，当年的事情曝光，对你，对我们都没有好处。”

雷鸣笑了一下，说道：“这你放心。有人比我们更不愿意她追查下去。”

赖清华的案子到现在已经过去了一段时间，警方的调查看似有条不紊，稳步推进，但实际上，林菲却认为他们并没有取得什么实质性的突破。按过往的证据规则，有凶器，凶器上有指纹，凶手身上有物质交换的痕迹，这个案子实际已经符合了起诉的标准，可在林菲这里却行不通，赖清华的作案动机只有孤证，而且与他自己的交代矛盾。

从那份孤证中来看，那把枪是属于唐晓的，这就牵扯到了现场赖清华与被害人唐晓之间进行了什么样的交流；赖清华在现场究竟是故意杀人还是过失杀人；这是两个性质完全不同的罪名，面临的量刑也有着天壤之别。这是林菲没法忽略的细节。

当务之急就是确认那份孤证的可信度，但孙林说的也有道理，这些QQ号不知转了几手，甚至有可能都是偷来的，要在这上边取得线索，希望并不大。

“我看，还是得考虑那把枪的事，说不定，那把枪在档案里有记录呢？看着可不像是山寨货。”戴梓萌边说边翻着卷宗，随即她的眉头蹙了起来，“菲姐，枪支的鉴定报告怎么还没出来？”

“嗯？”林菲也愣了一下，她匆匆翻看了一遍卷宗，眉头紧皱了起来。枪支鉴定到底需要多长时间，她不是专业人士，也不是很清楚，但拖了这么多天还没有结论，这不太正常。

随后林菲拨通了孙林的电话，开口就问道：“孙队长，关于那把枪的鉴定……”

林菲的电话让孙林有些措手不及，他在电话里支支吾吾地说：“哦，那个啊，嗯，怎么说呢，局里不具备这样的条件，得送到省厅去做鉴定，省厅那边案子比较多，比咱们这复杂的案子也更多，所以可能往后拖了吧。”

林菲不由自主地冷笑出声，全国范围内，涉枪的案子一年也没有几起，何况是S市。

“那你催催吧。”她不动声色地说道。

挂断了电话，随手又拨通了一个号码，说道：“我是林菲，市局有一把枪送到你们那里做鉴定，结论什么时候能出来？”

电话那头，一个疲惫的声音说道：“我的菲姐，你跟我开什么玩笑呢？咱们省的枪支鉴定中心就设在市局，哪还用得着往我们这儿送啊！”

“这样啊，我知道了。”林菲说着，挂了电话，站起了身，看着戴梓萌。

戴梓萌若有所思，“看来这里面事还不少，那接下来，咱们怎么办？”

林菲果断地说道：“去调物证，我们亲自盯着他们做鉴定。”

片刻之后，脸色阴沉的林菲和一脸无辜笑容的戴梓萌就站在了市局物证保管室的门前，管理员看着她们俩，一脸委屈地说：“林检察官，戴检察官，真不是我不给你们，那把枪早就送到鉴定中心去了，还没还回来。”

戴梓萌笑吟吟地说：“可是鉴定中心说，他们根本就没收到过什么枪。你们不会是把枪弄丢了吧？”

保管员连连摆手，急忙说道：“这话可不能乱说。那可是重要物证，而且是枪，我就是把命丢了，也不敢把它丢了啊。”

林菲冷笑道：“你知道就好。我要那把枪不为别的，只是想请你们再做个鉴定。唐晓就算再仔细，也一定会和那把枪有接触，有接触就会有物质交换，我只想让你们查明这件事。”

保管员两手一摊，无奈地说道：“那你可难为我了。我就是个物证保管员，鉴定那种事，你找孙队，找刘局都行，我一没那个技术，二来我也没那个权力啊。”

林菲说：“那你把枪给我，我去找人做这个鉴定。”

“林检察官，”保管员一脸苦笑地说道，“我不是说了，别说那把枪不在我这儿，就是在我这儿，你也没权力就这么调走啊。”

“别难为他了。”孙林突然从楼梯另一边上了楼，看着林菲和戴梓萌，叹了口气说道，“刘局想跟你们谈谈。”

“不见了？刘局，你这是什么意思？”刘天明的办公室里，林菲一脸不敢置信地看着刘天明。

刘天明坐在椅子里，和林菲对视着，“意思就是字面意思，那把枪不见了。”

“怎么会不见？”林菲依然难以理解。

刘天明说：“那把枪牵扯到一桩陈年旧案，已经被上级提走了。具体的，我不能多说，我没有那个权力说，你也没有那个权限知道。”

“那眼下这个案子，你让我怎么办？关键证据缺失，我不能让这个案子进入下一步程序。”林菲问。

“我相信你会有办法的。”刘天明不负责任地说了一句。

“我相信你会有办法的。”同样说出这句话的，竟然还有市检察院的副检察长林礼祯，这让林菲更加恼火。

“菲姐，加油！”戴梓萌却是用力握了握拳头，鼓励道。

“我以为你会告诉我，这案子水太深，让我适可而止呢。”林菲勉力笑了一下。

“我是那种人吗？”戴梓萌嘿嘿一笑，“要是雷哥说出那话来，还有可能。”

“雷检也不是那种人吧？”林菲愣了一下。

话音刚落，雷鸣就走了进来，他看着林菲，欲言又止。

林菲看了一眼戴梓萌，又转头看向雷鸣，说道：“有什么事，雷哥你就直说吧。”

“关于那把枪……”雷鸣犹豫了一下，小心地思考着措辞，“水太深，你不要追着不放。”

林菲惊讶地看着雷鸣，又看了看戴梓萌，忍不住苦笑了一下，摇了摇头。

“怎么？有什么问题吗？”雷鸣被林菲的笑容弄得不明所以，狐疑地问道。

“问题大了。”戴梓萌道，“雷哥，我们之间不用藏着掖着，你实话实说，那把枪你是不是认识？”

“不！”雷鸣断然否认道，“我就是来传个话。”

说完，他转身就离开了办公室，那样子，看上去就像落荒而逃。

“那把枪一定和他有关系。”看着雷鸣的背影，戴梓萌笃定地道，“提审的时候，孙林给雷哥看了什么东西，那之后，雷哥就很不正常，我严重怀疑，鉴定报告其实早就出来了，而这个报告牵扯到一个大秘密，所有人都不敢公开，宁可让我们在这个案子上抓瞎。”

“所以，权力是一个多可怕的东西。”林菲摇了摇头说道，“在权力面前，我们什么都不是。但是你不用劝我，无论如何，我都要把这个案子搞明白。”

“我可没有要劝你。”戴梓萌耸了耸肩，笑道，“我会帮你的。”

林菲愣了一下，看着戴梓萌，突然笑着说：“我以为……”

“拉倒吧。”戴梓萌摆了摆手，“我只是看穿了一个真相，我从来就不能阻止你，那还不如帮你一把。”

“可你能怎么帮我？”

“那就是我要操心的事了。”

“关了吗？”枪支鉴定中心，一名小警察坐在电脑前，忐忑地问道。

“关了关了，我能让你在监控底下干坏事吗？报告呢？你行不行啊？”戴梓萌就站在他身边，不耐烦地说道。随后她干脆弯下了腰，看着电脑屏幕。

年轻的小警察赶忙俯身，小心地和戴梓萌拉开了一定的距离。

“萌萌姐，男女有别啊！”眼看着戴梓萌离他越来越近，小警察忍不住出言提醒。

“那也是我吃亏。你赶紧把报告给我找出来。”戴梓萌毫不在意地道，“监控可只能关五分钟，五分钟你要找不出我要的东西，咱俩都得玩完儿。”

“这不在给你找吗！”小警察抱怨道，双手噼里啪啦地在电脑上操作着，片刻之后，他脸上的神情就变了，再也顾不上身边还有戴梓萌，整个人都扑到了屏幕上，喃喃地说道，“怎么会？”

“怎么了？怎么了？”戴梓萌连忙问道。

“不见了。”小警察的声音里都带着些微的颤抖。

“什么不见了？”戴梓萌愣了一下，随即反应过来，“你说报告不见了？”

小警察一屁股瘫坐进了椅子里，无力地道：“要不然还能是什么？这回我们可是彻底完了。”他突然回头，一把抓住了戴梓萌的胳膊，“你可得救我！你看到了，我什么都没做，我不想坐牢。”

戴梓萌无奈地看着这个小警察，说道：“行了行了，看你那个没出息的样。”随即她抬起手腕看了一眼表，补了一句，“我没来过，你什么也没干过。”

“可是东西没了啊。”小警察哭丧着脸。

“那也不是你弄没的，你怕啥？”戴梓萌抬脚就向外走，“你也不想想，你有那个权限删除报告吗？”

重要物证遗失，鉴定报告也莫名失踪，这让赖清华涉嫌谋杀唐晓的案子几乎失去了继续调查下去的可能。然而让人意外的是，无论是雷鸣还是孙林，对此似乎都并不意外，案情研判会上，孙林甚至提出，完全可以从赖清华的犯罪动机上着手，找到那几个和他合谋的人也算铁证。

然而林菲对此却持有不同的意见。

“凶器遗失，就意味着基于凶器的一切鉴定都是不成立的，也就无法证明赖清华枪杀了唐晓，尤其是在鉴定报告都不能提供的前提下。”

“这一点，我想我们可以说服鉴定人员出庭作证。”孙林说。

“你觉得法庭采纳的概率有多大？”林菲反问。

孙林只是略一思索就知道，自己的这个想法，有些异想天开了。

第一次参加研判会的姜斌清了清嗓子，开口道：“我理一下。我是不是可以这么理解，这个案子，赖清华有没有枪杀唐晓，那把枪至关重要。”

他看了一眼孙林，见孙林点了点头，继续说道：“现在枪让你们搞丢了，鉴定报告也没有，也就是说我们缺乏给赖清华定罪至关重要的证据。”

孙林又点了点头。

“那你们还不赶紧把人放了，还关着人家干什么啊？”姜斌一拍大腿，“等着人家申请国家赔偿吗？国家的钱不是钱啊？”

孙林忙道：“话不能这么说。第一，唐晓确实是被枪杀；第二，赖清华就在现场；第三，赖清华的手上有开枪后留下的痕迹；第四……”

“我们有现场的照片和执法记录仪的影像。”雷鸣替孙林说完。

“咦？那这案子就是证据齐全了啊。那你们还在这讨论个什么劲啊，该咋整咋整啊！”姜斌不解地道。

“因为……”孙林看了一眼林菲，继续说道，“执法记录仪没有能够记录下案发的过程，而你们林检察官也还有别的想法。”

“菲姐想查清楚赖清华用的那把枪到底是从哪来的，只是赖清华一直拒绝承认那把枪和他有关。”戴梓萌说，“我有个想法。”

“其实我也有个想法。”孙林笑了一下。

“你先说。”戴梓萌示意道。

孙林脸上露出了一抹为难的表情，他偷偷瞄了一眼姜斌，对戴梓萌说：“要不还是说你的想法吧。里面关的大部分人都是我们送进去的，我们的人要进去，第一眼就得让人认出来，别说办事了，能平安出来就算万事大吉。”

“我的人选倒是现成的。”戴梓萌也看了一眼姜斌，“演技虽然非常拙劣，但要是准备充分的话，应该也没大问题。”

“不去，别想拉我下水。”不等戴梓萌说出自己的办法，姜斌就跳了起来。

“你急什么啊，我还什么都没说呢。”戴梓萌有些无奈。

“你不用说，我看你那个眼神就不像在琢磨好事。”姜斌果断地说道。

“给你个体验生活的机会不好吗？你也不想一辈子都演尸体吧？”戴梓萌脸上保持着笑意，双手已经握到了一起，慢慢地活动着，纷杂的会议室里，清晰地响起了骨节活动的嘎嘣声。

“这个你想都不要想，戴梓萌同志，请你搞清楚，咱们是检察官，我要是去搞侦查，那就是越权，违法的，获取的任何证据都是无效的，不会被法庭采纳，而且还会被追责。你想死，别拉我下水啊！你就是打残我，这次我也不会同意的！”姜斌扯着嗓子说道。

“这个，你倒是不用担心。”看着姜斌扭曲的脸，孙林悠悠地说道，“我以刑警队长的身份正式邀请你，姜斌同志，请协助我们执行一项机密的调查任务。我会和雷鸣检察官，戴梓萌检察官，以及局里的心理顾问江华医生、李沁医生共同制订这次侦查任务的方案，希望你不要辜负了大家对你的信任。”

失败的表演艺术家

“新人，招待一下。”武警押着一身崭新囚服、扭扭捏捏的姜斌进了一间监室，交代了一句。

这是一间八人间的监室，其中七张床都已经被人占据，只有一张靠近门边的上铺还空着，姜斌自觉地把自己的被褥放了上去。

对于姜斌的到来，监室里的人没有任何反应，都乖乖地站成了一排，等着管教训话，管教只是看了这些人一眼，没说什么，就转身离开。

他一走，这些人的神情马上就变了，除了一个人。姜斌认出，那人就是赖清华，管教走后，他就回到了自己的床上，在床边坐了下来，眼神茫然，不知在想些什么。

他抬脚就要走向赖清华，却猛然间停下了脚步，悚然一惊，打量着监室里的另外六个人，他们的目光在姜斌的身上梭巡，那眼神就像饿狼看见了一只剥光了的绵羊。

“你们干什么？”姜斌下意识地后退了一步。

“兄弟，我看你这一身都是新的，家里关照过了吧？”一名囚犯问。

姜斌哼了一声，说道：“那是，你们不看看我是谁？”

那人撇了撇嘴，“因为啥进来的？”

“凭什么告诉你？”姜斌有些不屑。

“这是规矩。”那人冷笑，“没人交代过你？那有人交代过我们，咱这舱要换老大了吗？”那人环顾四周，同舱的狱友纷纷摇头。

姜斌莫名地打了个冷战，“抢银行来着！”他不情愿地嘟囔道。

“杀人了？”那人又问。

姜斌摇头。

“那不应该送我们这来啊，你不是得罪什么人了吧？”那人有些迷茫，“我们这儿关着的，要么是等着挨枪子的，要么是等着牢底坐穿的，你够不上啊。”

姜斌苦笑了一下，“一个人，一把刀，对面十几个警察，我硬生生砍出了一条路，妈的，最后没跑了。”

“你不是都砍出了一条路了吗？”

“倒霉就倒霉在我砍出这条路上了。”姜斌懊恼地说道，“我他妈奔着主干道砍的，那是正上班的点，直接给我堵里边了。唉，”他叹了口气，“那要是让我跑出去，几千万没有，几百万还是妥妥的。”

“兄弟，你牛！”那人冲姜斌竖起了大拇指，“拎着片刀就敢去抢银行，全中国也没几个。”

“除了精神病，谁干那蠢事啊！”旁边的一个人笑道。

“关键是他抢到手了啊，还没被警察当场击毙，这可不是一般身手的人能做到的。”之前说话的那人道，“你和那哥们估计能有共同语言。”他指了指床边坐着的赖清华。

“他？他能跟我比？”姜斌仰起了头，一脸的不屑。

“那可是开枪杀人的主，你说呢？”那人说道。

姜斌愣住了，下一刻，监室里的几人目瞪口呆地看到，他一溜小跑地跑到了赖清华的身前，一矮身蹲了下去，抬手捶捏着赖清华的腿，一脸谄媚。

赖清华也被姜斌的这个举动弄愣了，他下意识地向旁边一躲，惊恐地看着姜斌，紧张地问道：“你干吗？”

“别误会，哥哥。”姜斌笑嘻嘻地道，“哥哥你是个猛人，我在外面就听说你的事了。”

“我可没杀人！你别听他们胡说。”赖清华连连摆手。

“我知道，我知道。”姜斌嘿嘿一笑，赖清华再一次愣住了，慢慢地，他的眼睛里竟然氤氲上了一层水汽。

他垂下头，抬起手捂住了脸，双肩一耸一耸地哽咽道：“终于有人信我了。”

姜斌似乎并没有注意到他的激动，反而有些莫名的亢奋，语气兴奋地说：“哥哥，有没有兴趣咱俩干一票。我第一回抢银行，经验不足，下回就不一样了。你不知道吧，其实我这回是故意被抓进来的，我知道你能弄着枪，咱有了枪，别说是几百万了，几千万都没毛病，一银行的人质，咱就是敲政府几个亿，他们也得给啊！”

“终于有人……”喃喃自语的赖清华这时候终于反应过来，抬起头，愕然看着姜斌，“你说什么？”

“咱哥俩一起抢银行去啊，他们说你能弄着枪。”姜斌说，“那哥们跟我说，S市你要是弄不着枪，那就没人能弄着枪了。”

“谁说的你找谁去！”赖清华一把甩开了姜斌，躺到了床上，拉过被子，将自己蒙了起来。

“这怎么说的？”姜斌愣住了。

他看了一圈周围的几个人，这几个人也一脸看傻子一样看着姜斌，最后还是那个最先跟他说话的人开口了：“兄弟，你脑子不是真有问题吧？就咱这屋的，别说没机会出去，就算出去，也都七老八十了。你是打算拄着拐棍抢银行去？”

姜斌煞有介事地点了点头，接口道：“那也不是不行！没看过《三个老枪手》吗？再说了，出不去的那是你们。”他不屑地撇了撇嘴，手伸进衣服里掏了掏，不一会儿就摸出了一枚老式飞鹰剃须刀片，得意地扬了扬，“我早就准备好了！”

“报告，有人要抢银行，有人要自残！”一声高亢的叫声突然响起，姜斌目瞪口呆地看到，赖清华连鞋都顾不上穿，跑到门边，双手抓着栏杆，用力摇晃着，喊得声嘶力竭。

江华手肘撑在桌子上，双手死死地捂住了脸。

他面前的电脑上，姜斌正半跪在赖清华的面前，一脸谄媚地给赖清华捶着腿，好事的戴梓萌抓起鼠标，截图，放大，姜斌脸部的特写瞬间铺满了整个屏幕。

“关了，关了，太辣眼睛了。”江华连连摆手，头都扭到了一边。

李沁幽幽地道：“我现在知道，姜检察官为什么放着好好的演员不当，非要考检察院了。就他这个水平，混演艺圈不饿死他天理难容。”

“可惜了我们精心设计的剧本了，你看看他演的这叫什么玩意！”江华愤愤不平地骂道，“我是让他去当老大的，他这干脆就是马仔啊。丢人啊！”江华长叹一声。

“这话你别跟我说啊。”戴梓萌道，“等会儿他来了你直接跟他说呗。”

“我不想和他说话。”江华抬手捂住了左胸，“下次再有这事，你们也别叫我，我心脏不好。我怕让他活活气死。”

“谁啊？谁那么不开眼，把咱们江医生气成这样啊？”江华话音刚落，会议室的门就被推开了，姜斌的身上还穿着囚服，一脸的八卦，在一名狱警的陪同下走了进来。

他的目光在众人的身上一一扫过，当落到戴梓萌身上的时候，他轻咳了一声，挺了挺腰板，脸上的笑意更浓，只是眼神下意识地看向了地面，头也微微低了下去，虽然只是短暂的一瞬间，他就恢复了正常，找了个地方坐了下来，但目光却再也没有看向戴梓萌一眼。

“你怎么回事？！”一看到姜斌，江华就忍不住咆哮道。

“让人举报了。”狱警面部的肌肉不停地抽搐着，强忍着笑，这让他整张脸都有些扭曲，“这哥们脑回路太清奇，吞刀片一般都是想弄个保外就医什么的，这哥们竟然想用这招越狱。你们聊，我就在外面，有事随时叫我。”

狱警说完，飞快地跑了出去，顺手带上了会议室的门，那压抑着的笑声却透过门缝肆无忌惮地溜了进来。

“你自己说，我们当时是怎么教你的？”江华指着姜斌的鼻子问。

“当老大吗？”姜斌摊了摊手，一脸无所谓的样子，“先得震慑住他们，然后许以重利，让这小子咬钩。”

“那你看看有你这样的老大吗？”江华腾地站起身，一只脚都踩到了椅子上，一只手就快点到姜斌的鼻子上了，“装 ×，嘚瑟，迫不及待，低三下四，你是从哪部戏里学来的这么中二的表演？《教父》《美国往事》《纽约黑帮》，我让你看的你都看了吗？《追龙》《跛豪》《杀破狼》你好好研究了吗？你就是好好琢磨琢磨《古惑仔》，也不是这样的吧？你敢告诉我，你都看了些什么玩意儿吗？”

“《疯狂的石头》，跟黄渤老师学的，我觉得他那个小人物……”

姜斌还没说完，就听啪的一声，江华一巴掌拍在了自己的脑门上，“《疯狂的石头》也行，你学道哥，学连晋，就算学徐峥都没毛病，你学黄渤，他那个角色和你要演的有什么一样的地方吗？”

姜斌下意识地缩了缩脖子。

“还《三个老枪手》，我看你就是《一杆大烟枪》！”江华骂道。

“江老师，这我就得说你两句了。”姜斌来了精神，“你批评我没关系，但是牵扯到经典，你可不能搞错了，是《两杆大烟枪》，盖·里奇导演的处女作，《疯狂的石头》就是学的这个。”

他向后靠了靠，毫不掩饰脸上的自得。

“你配吗？”江华骂道，“你不配！你只配一杆，还是赝品，年久失修的，坏的，该扔的！你看你这都是些啥玩意啊，是我剧本写得不明白，还是你的理解能力有问题？”

姜斌摇头，神色颇为自得地说：“都不是，表演，有时候是需要即兴发挥的。”

“屁。”江华啐了口唾沫，“你那是大型翻车现场。还越狱，我们给你的剧本里有这个？”

“所以……”始终一语未发的林菲嘴角带上了一抹笑意，接口道，“你们苦心孤诣策划的这次行动，算是失败了？”

林菲明明在笑，可看在姜斌的眼里，却让他下意识地打了个寒战，连忙说道：“也不能这么说，还是有些收获的。”

“哦？”林菲的回应看上去更像是一种本能反应，丝毫不相信姜斌所谓的“收获”。

“那当然。”姜斌笃定地点了点头，“我可以确认，赖清华就是凶手无误。”

“哦？”

林菲的语调都没有丝毫的变化，这让姜斌更心虚了，声音都不由自主地低了下来，小声说：“你们看，如果他不是凶手，他不会这么急着争取立功表现，这不就是试图争取一个死缓吗？”

“我们的目标是这个？我怎么不知道？”林菲看向了戴梓萌。

“要说那把枪，会不会赖清华真的不知道来源？”孙林皱着眉，突然问坐在他身边的雷鸣，“毕竟，如果把这个交代了，那可是大功一件，他没必要非得纠结在自己带去的是一把仿真枪这事上。”

“未必！”不等雷鸣说话，姜斌就抢先摇了摇头，“你们别忘了，咱们可是发现他一直在谋划一件大事，咱们弄明白枪的事时间越长，他就越有时间安排。没准儿，他那几个同伙还能帮他解决一下后顾之忧什么的呢，你们忘了田成和刘成那哥俩了？”（田成刘成案见《生死裁决·追寻》“炸响春雷”案。）

林菲没说话，只是看了一眼戴梓萌，戴梓萌心有所悟地冲她挤了挤眼睛，笑嘻嘻地道：“要找到那群人，可得花上点时间，最直接的突破口，还是在赖清华身上。这件事怎么办，还是得着落在你姜大帅哥的身上。”

“哼，我就知道你们缺不了我。”姜斌得意地哼了一声。

“那你不赶紧走，还等什么呢？”林菲问。

“得嘞，等我好消息吧。”姜斌起身，志得意满地走出了会议室。

看着他的背影，江华和李沁都有些目瞪口呆。

“这姜检察官，怕不是个傻子吧？”李沁不太确信地问。

“我不知道。”江华没好气地道，“我知道林检察官，孙队长，你们肯定是群傻子！姜检察官要是不第二次把这事搞砸，我跟你们姓。”

“今天姓林，明天姓孙，后天姓雷，大后天姓李，星期五姓戴，周六周日回归本姓。可以啊，江哥，你这安排的，都赶上上班了。”戴梓萌笑道。

“第二次搞砸同一个事情，是他的天赋技能，我一点都不奇怪。”林菲起身收拾东西准备离开。

“那你还让他去？”江华愈发气恼。

“看着他烦，关他两天，清净清净！”

我是杀手

赖清华目瞪口呆地看着那个躺在他床上，还跷着二郎腿，哼着歌的男人，他有点想不明白，怎么就是出去一趟，一切就都变了。

那个男人，策划抢银行，自残，越狱，这么大的事，竟然没有受到任何惩罚，连禁闭都没关，就回来了？

看到赖清华，姜斌一骨碌从床上坐了起来，笑嘻嘻地看着他，“回来了？”

他主动招呼道，伸手拍了拍身旁空着的地方，“来，华哥，请床上坐，放心，被窝我都帮你暖好了。”

“你怎么？”赖清华一脸茫然。

“有什么奇怪的吗？”姜斌起身走到赖清华的身边，一把揽住了他的肩膀，赖清华下意识地就想躲开，可姜斌却用了用力，似笑非笑地看着他。

看到姜斌的笑脸，再想想就发生在不久前的事，赖清华有一种错觉，眼前的姜斌，和那个二百五一样的抢劫犯根本就不是同一个人。

又或者说，这个人的演技实在太好了，究竟哪一个才是真实的他根本无从分辨，而这种人，往往都异常危险。

他下意识地放弃了抵抗，只是看向了监室里的其他几个人，希望能得到他们的帮助。

见赖清华不再反抗，姜斌回头冲着其他几个人说道：“我跟华哥有点事要谈，你们就当没听见好了。”

姜斌笑意不减，语气也没什么特别的，可却莫名地传递出一股不容置疑的气势。

姜斌话音刚落，这几个人就像同时接到了什么指令一般，乖乖地回到床上躺好，还无一例外地用枕头蒙住了头，对赖清华求救一般的眼神视而不见。

“你们不讲义气！”赖清华很想吼上一嗓子。

可他知道，在这个地方，没有义气，舒舒服服地在这里活着的人，都有着非同一般的眼力，姜斌能够不受任何惩罚地回到这里，至少说明了一件事，这里的狱警不敢招惹他。这里的囚犯明白想安稳地过日子，最好也不要去招惹他。

“来来来，现在我们可以好好谈谈了。”姜斌不管赖清华愁眉苦脸的神情，拉着他在床边坐了下来，“现在你应该知道，我没和你开玩笑吧？”

赖清华木然地点了点头。

“事到如今，我也不瞒着你，我的关系硬着呢，我想走，根本不用费那么大的劲。”姜斌讪消地说。

“那你家应该很有钱吧？”赖清华突然问了一句。

“那当然，这还用问吗？”姜斌理所当然地回道。

“那你还抢什么银行啊？”赖清华一脸不解。

姜斌一滞，尴尬地挠了挠头，嘿嘿一笑，说道：“钱这种东西，谁嫌多呢？你说是不是？再说这也不是重点啊，重点是你！”

“我？”

“对。”姜斌重重地点了点头，“我家里不光有钱，权也有那么一点儿，你的事情我了解得八九不离十，这么说吧，以现在的证据来看，你必死无疑！”

“那不可能，我根本没杀人！”赖清华脸色沉了下来。

“问题不在你杀没杀，而是证据证实你杀了。”姜斌笑了一下，“与其纠结这件事，倒不如考虑一下我说过的事，你告诉我你到底从哪弄的枪，有了枪，我就能干票大的。你放心，这事做成了，我会念着你的好，必然不会亏待了你的家人。怎么样？考虑一下？”

“我还是那句话，谁说的，你找谁去！”赖清华说完，就躺回了床上，拉过被子，蒙住了头。

“你这人，怎么冥顽不灵呢？还在等你那几个小伙伴帮你照顾家里？”姜斌讥笑了一声，“别等了，你进来之后，那几个人就找到了我，很不好意思，他们跟我一起，都进来了。”

“我不知道你在说什么。”赖清华冷冰冰地道。

“扛，接着扛，我看你能扛到什么时候。”姜斌再次讥笑了一下，“你看看这是什么？”

他在衣服里掏了掏，掏出了几张皱巴巴的纸，展开，一把拉开了赖清华的被子，将那几张纸在赖清华的面前抖了抖。

最先映入赖清华眼底的就是S市公安局那个鲜红刺目的印章，他腾地坐起身，一把抓过那几张纸，快速地浏览了起来，慢慢地，他的双手开始不受控制地颤抖起来。

“看明白了？”姜斌哂笑了一下，“枪上有你的指纹，你的手上有开枪后的痕迹，这就是铁证。你知道我为什么之前不碰枪吗？按咱们的法律，什么东西一涉枪，那就是顶格判刑，换句话说，华哥，你这回必死无疑！”

赖清华手一抖，那几张纸轻飘飘地飘落，似在嘲笑他的无知一般。

他慢慢抬头，看向姜斌，脸上血色褪尽，一脸死灰，说道：“我上当了！”

S市公安局检察官办公室，林菲和戴梓萌的案头放着赖清华一案的卷宗，里面的每一个细节其实都已经印在了两个人的脑袋里，但是，在姜斌那边未取得进展之前，他们暂时也只能从这里面寻找线索。

指望姜斌有突破，还不如指望赖清华哪天想开了，主动招供。林菲毫不犹豫地放弃了姜斌那条线，专注于眼前的卷宗上。

戴梓萌突然抬头，跟林菲说道："菲姐，你注意到没有。这个赖清华开始可是拒不交代的。"

"对，他见过夏铭之后，才主动交代自己的罪行的。"林菲点头。

"可是菲姐，你不觉得奇怪吗？"戴梓萌微蹙着眉头，"赖清华否认夏铭是他的律师啊。"

"不仅如此。"雷鸣接口道，"赖清华和夏铭之间素来没有交集，他凭什么掺和这件事？"

"夏铭那个人，你又不是不知道。"孙林嗤笑了一声，摆弄着从赖清华家里搜来的那部手机，"那就是属苍蝇的，哪地方有蜜他不知道，但要说哪地方有屎，那找他准没错。我看，他是盯上这个案子了。就目前的案情来说，赖清华的死刑很难逃脱，他完全可以借题发挥，给自己炒一波热度。这小子不是律师，是个网红，臭名昭著的那种红。"孙林厌恶地说道。

"咦？这是什么？"他突然收回脚，快速在那部手机上操作了几下。

"怎么？"雷鸣好奇地问。

"这小子，竟然把微信删了，我还以为他没有微信呢。"孙林冲雷鸣晃了晃手机，手机正在登录一个微信。

雷鸣微微皱了皱眉，神色慢慢舒展开，问道："孙林，赖清华是和平进入唐晓家的吧？"

"对啊。"孙林点头，"有问题？"

"有。"雷鸣肯定地点头，"问题大了。"

"啊？"孙林愣了一下。

孙林一边开车，一边激动地说道："根据赖清华和他同伙的聊天记录推测，赖清华找上唐晓，就是为了枪械，而且他是和平进入唐晓家中的，现场也没有任何打斗的痕迹，我们有理由认为，唐晓和赖清华在见面前有过联系。"

"可是赖清华的手机里没有相关的痕迹。"林菲道，"唐晓的手机里也没有。如果说赖清华一开始就打算杀人灭口，抹掉和唐晓的联系说得过去，但唐晓没有理由在交易完成前删掉赖清华的联系痕迹。"

"而且，之前我们竟然一直都没注意到，赖清华的手机里只有 QQ，没有微信，这个疏忽，太大意了。"戴梓萌看似沮丧地道，却又透露着一丝兴奋。

“我也就是随手那么一试，没想到他不仅有，而且和唐晓的微信里有同一个联系人。雷头儿，给林检和戴检看看。”孙林说。

雷鸣回头，将唐晓和赖清华的手机举了起来，那上面分别显示着两个微信名片，看上去两人的头像一致，可昵称似乎并不一样。

在唐晓的那部手机里，这个人叫“小宝贝”，在赖清华的手机里，这个人却叫“富婆一号”。

雷鸣收回手机操作了一下，再举起来的时候，两部手机上展示的人虽然备注不同，但微信号却是同一个，昵称都是“香水百合”。

“我怀疑，这个人就是唐晓和赖清华中间的联系人，我已经让技术科找到了这个人的位置。”孙林冷笑道。

“可是，”雷鸣却微微皱眉，“有些地方仍然说不通，他既然知道删掉微信，为什么留下了 QQ 呢？”

“只要能撬开那个女人的嘴，不就什么都知道了？”孙林哼了一声。

姜斌盘腿坐在赖清华的床上，和赖清华大眼瞪小眼地对视着，只不过这一次，目瞪口呆的人换成了姜斌，而赖清华则是一脸的苦涩。

“我捋捋啊。”姜斌咳嗽了一声，“你的意思是你本来是个杀手？”

他打量着赖清华，摇了摇头，调侃道：“就你这个㞞样，你能是杀手？我他妈的还是恐怖分子呢！”

赖清华点头，又摇了摇头说道：“我本来就是个赌鬼，赌得倾家荡产了，就想弄点钱。听人说，当杀手能挣着大钱，就跟人说我是个杀手，刺杀过美国总统。”

“这也有人信？”姜斌叫道。

赖清华再点头，继续说道：“吹牛逼嘛，也没指望谁信，可架不住那个有钱又脑残的女人，就对我这种人感兴趣，我就想，这没准还能捞着个富婆包养，那我下半辈子就不用愁了。”

“然后你就接了个任务，去杀唐晓？”姜斌问。

“也不是杀，就是吓唬吓唬他。”赖清华不好意思地挠了挠头，“雇主说能让他受点伤就行，需要在床上躺个个把月的，给她一个照顾他的理由。”

“这要求还真是……”姜斌一时间竟找不到合适的语言来描述，他摇了摇头，问道，“你能告诉我，你和那个雇你的人都怎么想的吗？这是悬疑刑侦剧，不是玛丽苏言情剧。这么狗血的剧情你们都能策划出来？”

“《天网》。”赖清华说。

“啥？”姜斌愣了一下。

“《天网》，中央台那个法制栏目。”赖清华说，“《天网》里演过类似的案子，我当杀手钓富婆，也是从那里面学的。”

“你！”姜斌抬手指着赖清华的鼻子，无语地说道，“你让我说你什么好！法制节目是给你们这么用的？那是警示世人，告诉你们天网恢恢疏而不漏，千万不要有什么不该有的想法，那是法制教育片，不是犯罪教学片！”

赖清华连连摆手，说道：“这可不是我想出来的。我就是想赚点钱，把外边的赌债还一下。”

“你是想再赌一把吧？”姜斌啐了一口，将话题拉了回来，“别扯没用的，那你见过雇主没？”

“没有。我们一直都是微信联系的。”赖清华摇头，随即突然面露戒备地问姜斌，“你打听这个干吗？”

“屁话。”姜斌微微一愣，就笑道，“你都出不去了，小富婆总得有人替你照顾吧？万一那要是个家产上亿，一根独苗，父母双亡的，泡到手，傻逼才去抢银行呢。”

“对了，那枪你到底从哪儿弄来的，你就跟我说了呗？”姜斌又问。

“哪儿有枪啊！”赖清华苦笑道，“你怎么就不信我呢？我真的就带了一把仿真枪过去的。”

“仿真枪也是枪啊。”姜斌道，“那玩意改造改造也有杀伤力。说说，从哪儿能弄到？”

“我都快冤死了，我还给你弄枪？你怕我死得不够快吧？”赖清华一下子跳了起来，“我告诉你我弄不着，那破仿真枪也是坑我那娘们给我的，快递寄过来的。”

“她联系方式你总有吧？”姜斌又问。

“在我微信里，你应该能弄到。”赖清华说。

“苹果 10？你那手机是真不错。”

“我要能用得起苹果 10，我能干这事去？”赖清华白了姜斌一眼，“合着我刚才白说了？那压根就不是我的手机！”

“行嘞，你爱说不说，我得找小富婆去了。”

姜斌起身下床，走到了门边，用力敲了敲铁门，回头看着赖清华说道："我得跟你说清楚，这可是你最后的活命机会了。"

"你啥意思？"赖清华愣住了。

姜斌没答话。

一脸铁青的狱警此时已经走了过来，喝道："干什么？"

"劳驾，兄弟，把你们头儿叫来吧，我没时间在这儿浪费了，得赶紧出去。"姜斌笑嘻嘻地向狱警扬了扬手，狱警的脸色变了变。

"您稍等。"狱警说着，慌慌张张地跑了出去。

赖清华瞠目结舌地看着这一幕，疑惑地问姜斌："兄弟，你？"

姜斌在胸前鼓捣了一会儿，转身，微笑地看着赖清华。此时，他的胸前多了一样东西，那是一枚散发着光芒的检徽。

喏——

赖清华只觉得眼前一黑，毫无征兆地一头栽倒，只不过在摔倒之前，他还知道后退了几步，倒在了床上。

肇源有点心神不宁，看着许浩那张永远带着人畜无害的笑容的脸，他很想一拳头砸上去。自从认识了许浩，他的日子就没好过过。诚然，许浩总能给他弄来一些稀奇古怪的情报，让他在处理案子的时候减轻了不少负担，但是，他偶尔丢过来一个雷，也能炸得他人仰马翻。

"我能不接吗？"肇源试着问道。

许浩摇头。

"那你还跟我商量个什么劲啊？"肇源把手里的卷宗啪的一下拍到了桌子上。

"法治社会，你有拒绝的自由吗？"许浩微微一笑。

"那你……"

"我也有不同意你拒绝的自由。"许浩笑道，"你放心，这个案子，对你只有好处，没有坏处。"

肇源拎起卷宗，嫌恶地抖了抖说道："林检牵头，戴检、雷检、孙队策划，外加江华和李沁两个专家辅助人，这就是超五星的豪华战队，你让我跟他们玩？你是想玩死我！"

"我有他们没有的东西，而这个东西，足够你打赢官司。你放心，我什么时候坑过你？”许浩喝了一口咖啡，淡然一笑。

“拉倒吧，你坑我的时候还少吗！”肇源忍不住翻了个白眼。

最毒妇人心

“我真傻，真的，他都那么问我了，我都没想到，他竟然是检察院的人。”赖清华失神地坐在床上，双目无光，反复地念叨着这一句话，“那可是我最后活命的机会啊。”

监室的老大把一床被子裹在了赖清华的身上，退开几步，看着赖清华的造型，满意地点了点头。

“你这就跟张大民媳妇一个德行了。”

“你说我怎么就那么傻呢？”

监室老大微微皱眉，有些不耐烦：“行了行了，这么一会儿，你都嘚嘚多少遍了？烦不烦啊，你现在交代也不晚嘛。”

“可我真的没什么交代的啊，我没策划抢银行，我也没有真枪，我就是去吓唬人的，还没拿到酬劳。”赖清华无力地说，“我要早知道这会要了我的命，我就是去卖肾，我也不能挣这个钱啊。”

“你还真是死鸭子嘴硬。”老大撇了撇嘴，“我也是闲的，操心你这事干吗？哎，你要卖肾的话，我倒是可以给你介绍个人，一个肾怎么也能换俩苹果。”

他转身刚要回自己的床上，衣袖却被人抓住了，他愕然低头，就见赖清华抓着他的衣服，一脸哀求地看着他。

“你真要卖肾啊！”老大愣了一下。

“我不要苹果，我就想知道你是检察院的，还是法院的？都不是？那是公安的吗？我说，我什么都说。”

老大扯了扯衣袖，可赖清华抓得太紧了，他连用了几次力都没能挣脱，无奈地叹了口气后，随后深吸了一口气，放声喊道：“有人疯啦！救命！”

“喊什么？”狱警不耐烦地吼道，走到了监室边，“赖清华，出来，有人要见你。”

姜斌悄无声息地回到了公安局，先鬼鬼祟祟地躲在办公室外探头看了一眼，发现林菲和戴梓萌、雷鸣都不在，松了口气，转身向物证室走去。

从看守所出来的时候，他有心想给林菲打个电话，通报一下情况，但就在按下通话键的那一刹那，鬼使神差地，他又停了下来。

“赖清华的手机给我一下。”他敲了敲物证保管室的窗，叫醒了正在打瞌睡的管理员。

管理员迷迷糊糊地睁开眼睛，看到姜斌，愣了一下，突然大喊，“有人越狱啊！”

“你喊什么！”姜斌连忙伸手去捂保管员的嘴，保管员却后退了一步，随手抓起一把裁纸刀，对准了姜斌。

“我警告你别乱来啊！”保管员厉声喝道，“这里是公安局，你想清楚这么做的后果。”

“别别别别别！”姜斌连忙举起了手，“你听我说，你先把枪放下，我不是越狱！”

“你少来！”保管员拉动枪栓，将子弹上膛，“姜检察官，你说你干什么不好，抢银行，你还有点国家公务人员的觉悟吗？我劝你放下武器，束手就擒！”

“我跟你怎么就说不明白呢？”姜斌气急败坏，“拿着武器的是你，我两手空空的，我就是来调一下物证，赖清华的那部手机。”

“你没有权力。你现在是犯罪分子，咱俩势不两立！”保管员义正词严地道，“向后退，靠墙蹲好！别乱动啊，我现在就出来抓你！”

“我没抢银行，我那是组织安排的任务，卧底，卧底！你知不知道什么叫卧底？”姜斌急道。

“卧底？”保管员微微一愣，随即冷笑道，“你当拍电影呢？姜检察官，对不住了！”

“我退后，我退后，你能不能把你们局长叫来？这事我得亲自跟他说。”姜斌乖乖后退到了墙边，老老实实地蹲下，双手抱住了头，“这样行吧？你看我都退了一步了，你就跟你们局长核实一下，你放心，我不跑。”

五分钟后，刘天明挂断了电话，脸色阴沉地看着笑嘻嘻的姜斌，说道：“你们可真行啊，这么大的行动，竟然连我这个局长都被你们蒙在鼓里，说说吧，你们还打算干什么？”

姜斌嘿嘿一笑，说：“没了，该干的都干完了。”

“真没了？”刘天明可不信，冷笑了一声。

“我发誓，真没了！”姜斌举起了右手，“我只负责从赖清华嘴里套出枪是怎么来的。”

“那你查出来了？”刘天明的呼吸骤然急促了起来。

“那倒没有。”姜斌摇头，说道，“这小子是真不知道，咬死了自己带过去的是一把仿真枪。”

“那就好。”刘天明下意识地道。

“啊？”姜斌愣了一下。

“我是说，”刘天明连忙轻咳了一声，“你们没搞出大乱子来就好，林检察官他们正在调查一个证人，没什么事的话，你就去和他们会合吧。”

“好嘞。”姜斌起身，转身刚要走，突然一拍脑门，看了一眼神情尴尬的物证保管员，“那个，刘局，你还得给我批个条子，我得看看赖清华的手机。”

“去吧去吧，这事还用得着条子？！”刘天明不耐烦地摆了摆手。

“好嘞。”姜斌冲保管员挤了挤眼睛，“那咱这就去拿吧。”

“拿不了。”保管员却摇了摇头。

“也丢了？”姜斌一怔，急忙问道。

“那倒没有，就是孙队长提走了，还没送回来。”保管员说。

“哦，那我直接去找他们了。”

路过物证鉴定室的时候，姜斌的脚步顿了一下，眉头也慢慢皱了起来。突然，他想起了什么，转身小跑着回到物证鉴定室的门前，推门跑了进去，张嘴就问：“赖清华那部手机上，检测出几个人的指纹？”

“两个人的啊。”痕检员不假思索地答道。

“都是谁的？”姜斌急促地问道。

痕检员看着姜斌，有些莫名其妙，他双眼直勾勾地盯着痕检员，眼神里充满了催促的味道，就连呼吸都异常粗重。

“我看看。”痕检员说，连忙低下头，躲开了姜斌的视线，手忙脚乱地翻看着一堆卷宗，“找到了，找到了，一个是赖清华本人的，另一个身份不明。”他抬起头时，眼前已经没有了姜斌的身影。

姜斌一阵风一般冲进了检察官办公室，跑到自己的办公桌前，拉开抽屉，伸手在里面寻找着，“哪去了？我记得就放这里了。”他的动作颇为急促，就连额头上都冒出了细密的汗珠。

抽屉里有些凌乱，除了卷宗，还有一些化妆品之类七零八碎的东西，几次寻找未果，急躁的姜斌一把卸下了抽屉，一股脑地把里面的东西都扣在了办公桌上，随后就在那堆东西里翻找了起来，那些往常他像宝贝一样护着的昂贵化妆品此刻都成了累赘，就连摔落到地上，摔得粉碎，他也顾不上了。

终于，他找到了自己想要的东西。那是一支断裂了的派克钢笔。他的眼睛亮了一下，小心翼翼地戴上了手套，拿起了那支笔，像冲进办公室的时候一样，又如一阵风一般冲了出去。

衣着华贵的女人看上去大约二十五六的样子，但资料显示，她已经40岁了。她坐在主位的沙发上，双腿叠加，跷着二郎腿，手里拿着一支女士香烟，看着眼前的两男两女，一个警察，三个检察官。

“我再说一遍，在我的律师到场之前，我什么都不会说的。”女人吸了一口烟，“至于我的律师什么时候能来，我也不知道，他今天有个案子开庭。”

“没关系，我们可以等。”林菲微微一笑。

面对林菲这样的态度，女人有些不耐烦，她掏出手机，拨通了一个电话：“夏律师，我不管你现在在干什么，在什么地方，十五分钟之内，如果你不能出现的话，那我就换个律师。”

“这气势，倒是有你们林检察官的感觉。”孙林冲戴梓萌眨了眨眼睛，低声道。

“菲姐才不是这样的呢。”戴梓萌说，“菲姐最多只会说，姜斌，五分钟内你要不出现的话，那就哪来的回哪去，我想让你待多久，就能让你待多久。”

阿嚏——

姜斌正擦掉手上的印泥，毫无预兆地打了个喷嚏，他抬手揉了揉鼻子，嘟囔道：“至于这么想我吗？”

他抬头，问鼓捣打印机的痕检员：“还有多久能好？”

“快了快了。”痕检员忙道，“姜检，你从哪弄来的指纹？根据初步鉴定来看，那支笔上，除了你的指纹外，另一个指纹和赖清华手机上的不明指纹有百分之九十的可能是同一个人的。”

“才百分之九十啊，就不能精确到百分之百？”姜斌对这个结果有些不太满意。

“你那是笔，留下的指纹本身就不是很全，又碎了，可不就更麻烦了吗？”痕检员也有些无奈，“不过，要做到百分之百也不难。”他话锋一转，“找刘法医就行了。不管是手机上的，还是那支笔上的，都有体液交换，没准他能提取点东西出来，做个 DNA 鉴定呢。”

“那个得多久？”姜斌忙问。

“以咱们局里的技术水平，两个小时吧。”痕检员说。

“我哪有两个小时浪费啊。”姜斌苦笑了一下，摸出了手机，打开微信，林菲的头像上，一个鲜红的数字“1”赫然在目，他沮丧地点开，林菲清冷的声音传了出来：“姜斌，五分钟内你要再不出现的话，那就哪来的回哪去，我想让你待多久，就能让你待多久。”

“你看，我说什么来着？”姜斌叹了口气。

“你们林检的脾气，还真是。”痕检员笑着摇了摇头，啪的一声，合上了打印机的盖子，接通了电源。

打印机开始工作，慢慢吐出了一张纸，不等那张纸完全落到托盘上，姜斌就一把抓了过来，看了一眼，说道：“这个我就先拿走了。对了，待会儿还得麻烦你把笔给刘法医送过去，让他做一下，就是你说的那个 DNA。”

“你说做就做啊。”看着姜斌的背影，痕检员有些无奈地说，“知不知道一份材料好多钱呢。”

姜斌赶到戴梓萌告诉他的那个地址时，险些和一个人撞到一起。

“对不起，让一让，赶时间！”姜斌连忙喊道，看都没看对方，就一把把那人拉向了一边，闯进了屋子里，“不好意思，来晚了。”他双手拄在腿上，弯着腰，大口大口地喘息着。

“是你？”戴梓萌却发出了一声惊呼。

“什么是我？”姜斌有些不明所以，“梓萌你傻了吧，不是我，还能是谁？”

他抬头，却看到除了林菲之外，戴梓萌、孙林和雷鸣看向他的眼神都有些奇怪，那是惊讶和不解，慢慢地，孙林和雷鸣的眉头竟皱了起来，还对视了一眼。

“你们没事吧？”姜斌问。

“因为我。”

姜斌的身后突然传来了一个有些熟悉的声音，他吓了一跳，连忙起身，向前走了几步后才转过身，就见夏铭正站在门边，微笑地看着房间里的人。

“他们那副表情，是因为看到来的人是我。”夏铭解释了一句，又冲林菲点了点头，“林检察官，咱们还真是有缘。”

“这样的孽缘，我们情愿不要。”戴梓萌撇了撇嘴。

“那么，你就是林水香女士……”

“请叫我小姐。”林菲的话只说到一半，就被贵妇打断了，“叫林小姐更合适。”

林菲甚至都没有看林水香一眼，就继续说道：“你是她的律师？”

夏铭点头。

“那么。”林菲将目光转到了林水香的身上，“现在你可以回答我们的问题了。”

孙林清了清喉咙：“你和唐晓、赖清华是什么关系？”

“不认识。”林水香又抽出一支女士香烟，点燃吸了一口，吐了个烟圈后答道。

她面前的烟灰缸里，堆满了烟蒂。

“我提醒你一下，”孙林微微一笑，“你是他们两个人共同的微信好友。”

“孙警官，那也只能说明林小姐和他们是网友关系吧？”夏铭插话道，“网友，互相之间未必认识，甚至相互加了好友之后，都未必说过话。对吗，林小姐？”他看向林水香。

林水香神情冰冷地点头。

“这样说，倒也能说得过去。”孙林点了点头，“不过我还是有些地方不太明白，以林小姐的身份地位，交往的也都应该是差不多身份的人，他们两个一个快递员，一个赌徒，怎么会加上你的微信的？”

“唐晓可能给我送过快递吧，至于赖清华我就不知道了。”林水香将烟在烟灰缸里按灭，不耐烦地道，“我的微信又没设什么限制，谁想加就加了。”

“可是，我好像没说过快递员是唐晓吧？”孙林冷笑了一声，“林小姐真的不知道我们为什么而来吗？”

戴梓萌笑吟吟地道：“想好再说。从我们进屋开始，你就一直不停吸烟，你自己可能都没意识到，这是安慰反应的一种。”

“我烟瘾大，怎么了？”林水香反问。

“我们来的时候，烟灰缸里干干净净，房间里也没有烟味，你是在我们到了之后才开始不停吸烟的。”雷鸣干巴巴地说。

“你们到底还有没有事？没有事的话，我还有事，就不送了。”林水香站起身，冰冷地道。

“还是我来说吧。”姜斌看了一眼林菲，“给我一次机会。”

林菲不置可否地点了点头。

征得林菲同意后，姜斌跟林水香说：“林小姐，我这有一个故事，不知道你有没有兴趣听一下。”

眼看着林水香要说话，姜斌忙道：“哎，别急，不差这几分钟。有人受雇去威胁一个人，结果过程中出了点岔子，被威胁的人死了，去威胁人的人也被捕了。于是雇凶者让律师去找凶手，承诺他只要不供出内幕，除了一大笔钱以外，还能保住他的命。”

“姜检察官，”夏铭嗤笑了一声，说道，“我怎么听不明白你这是什么意思？”

“咦？你怎么会不明白？”姜斌玩味地看着夏铭，“我还以为你和林小姐最明白我在说什么呢，雇人的不就是林小姐，去见凶手的不就是夏律师你吗？”

“你这样说的话，我可是会告你污蔑的！”夏铭道。

“你们就不想知道，赖清华都跟我说了些什么吗？”姜斌看着夏铭和林水香，一脸的跃跃欲试，眼神里写满了“快问我”。

“我们没兴趣听一个杀人犯的胡说八道。”夏铭沉下了脸。

林水香又抽出了一支烟，点燃，说道：“你说吧，我听着。”

“好。”姜斌松了口气，声情并茂地道，“这是一个很凄美的爱情故事。”

L 小姐的人生是幸运的，含着银汤匙出生，一路顺顺利利长大成人，结婚生子，丈夫家世显赫，底蕴颇丰，婚后的 L 小姐无须为生计发愁，只需做一个全职太太就好。多少受传统教育的女人梦寐以求的人生终点，L 小姐从出生那一刻就已经拥有了。

L 小姐的人生也是不幸的，孩子长大成人，出国留学，一年半载也不会回家一趟，丈夫工作忙碌，一年到头，在家的时间屈指可数。她空有一个大房子，身边却连一个说话的人都没有。

指腹为婚的夫妻二人之间更遑论爱情。

唐晓就是在那段 L 小姐最空虚的日子出现的。他比 L 小姐小了 15 岁，面容俊朗，身形端正，看到他的第一眼，L小姐第一次有了心动的感觉。

两人之间的爱情水到渠成，至少在L小姐看来是这样。唐晓每每在她的耳边呢喃低语，诉说着对她的爱意都能让她心花怒放。

但L小姐可从来没想过和唐晓长相厮守，她很清楚，自己的身份地位不允许那样的事情发生。

两人之间的感情维系了三年，三年之后，唐晓突然告诉L小姐，他要结婚了。

“好啊，恭喜你！”L小姐笑容不变，甚至送上了自己的祝福。

但唐晓并不知道，L小姐转身就加了一个QQ群，在里面遇到了一个自称从未失手，连美国总统都刺杀过的杀手。

“我不想要他的命，你只需要让他受伤，最好躺在床上几个月下不了床就好了。”L小姐这样告诉杀手，“事成之后，我会给你一万，每个月都给。”

杀手只是想吹个牛，天上掉馅饼的事，他不是没想过，只是没想到会掉到自己的头上，杀人这种事他当然没干过，但是找上门的生意，他没理由推托。

“我是个杀手，是要人命的，你这不要人命，不太好干啊。”杀手为难地回道，背地里却在偷笑。

“两万。”L小姐没有丝毫犹豫。

“成交。不过，武器得你来提供。”杀手回道。

“可以。”L小姐说，“给我个地址，我会让人给你送武器过去。”

杀手发了个定位给L小姐，又问道：“最后一个问题，我做任务，必须有一个明确的理由，盗亦有道，所以，你为什么要我去搞这个人？”

“我要让他知道，谁对他才是真的好。”L小姐说，“你只要让他在床上躺两个月，我悉心照顾他一阵子，他就应该明白，他不应该离开我。”

“要不，你拿我代替他吧？我觉得我的条件也不错。”杀手冲动地在聊天框里打下这段话，犹豫了一下，终归还是一个字一个字地删掉，重新编辑了一条信息：

“理由成立。”

失踪的目击者

姜斌的话音刚落，夏铭腾地站了起来，喘着粗气，指着姜斌的鼻子吼道："你们这是赤裸裸的构陷，我要起诉你们！"随后转身看着林菲，问道："林检察官，你也这样认为吗？"

"虽然姜检察官这个人不是很靠谱。"林菲抿了一口已经凉掉的咖啡，微微一笑，"但是在这件事上，我不得不承认，他做得还不错。"

"好，你们很好！"夏铭点头，咬牙切齿，恶狠狠地说道，"既然如此，你们等着法院的传票吧。"

"别急啊。"得到林菲鼓励的姜斌有些得意地道，"夏律师你最好看看这个再说。"

他掏出那纸鉴定报告，递到了夏铭的面前，夏铭接过去看了一眼，冷笑了一声，说道："这我就不太明白了，赖清华的手机上检测出了不明指纹，和你送检的一支派克笔上的指纹一致，这能说明什么？"

"那支派克笔是你的，还记得吗？我不小心踩碎，你不要了的那支。"姜斌笑嘻嘻地道。

夏铭的脸色变了，瞬间血色褪尽，细密的汗珠奔腾而出，他蓦地转头看向了林水香，突然笑了，说道："这是假的。林检，这回你们可又多了一条伪造证据的罪名。"

"如果有人预料到了可能会有这一天，特意留下了你的指纹给自己脱罪呢？"姜斌笑道。

夏铭愕然，随即看向了林水香，却见林水香不紧不慢地端起了咖啡，轻啜了一口，没有说话，那一瞬间，夏铭突然明白，自己也不过是一个弃子。

扑通一声，他无力地坐回到了沙发里。

"看来，伪造证据的不是我们，而是你夏大律师啊。"林菲讥诮地说道。

"我以为，我计划的已经很精密了，你是怎么发现的？"林水香看着姜斌，微笑着问道。

"苹果10。"戴梓萌看着姜斌，恍然道，"我就觉得有什么地方不太对劲，一直没想明白，赖清华说是他捡来的，可是苹果手机都有定位功能，失主完全有能力找到。如果是他偷的，那凭他这样的手艺，他就没必要去做这么危险的事。”

“嗯，赖清华也是这么跟我说的。”姜斌点了点头，补充道，“他说他要能用得起那个，还用得着来干这事？”

“苹果10很贵吗？”林水香愕然。

“对于你来说可能不贵。”戴梓萌叹了口气，摇了摇头说道，“你应该听说过‘何不食肉糜’的典故吧？在我看来，你这就是活生生的‘何不食肉糜’现代版。你的生活环境决定了你的思维，让你以为有了最新一代的手机之后，用前一代手机就已经是穷人最基本的生活配置了，但是，你恐怕不知道，赖清华穷得连张床都买不起。”

“原来是这样啊。”林水香恍然大悟，“为了真实一点，我注册了新的QQ号，伪造了他和人策划抢银行的聊天记录。没想到，却栽在这么一个不起眼的细节上。”

林水香苦笑了一下。

“你还真是……”夏铭无力地抬手，指着林水香说，“你可真是个蛇蝎心肠的女人，你连我都算计在里面了。”

“你就没算计她吗？”姜斌白了一眼夏铭，说道，“你俩谁也别嫌谁臊。用不用我替你回忆一下，你是怎么跟赖清华说的？”

“不……”夏铭刚说了一个“不”字，就听姜斌得意扬扬地继续说道：“你告诉赖清华，到时候不管警察提出有关手机什么样的问题，都要承认那就是他的，但是对于里面的聊天记录，一个字都不能承认。然后你还要走了他的微信账号和密码，告诉他你不仅会保住他的命，还能给他弄到一大笔赔偿。”

听完姜斌的话，林水香冷哼了一声，说道：“夏律师打得一手好算盘啊。姜检察官说的没错，你和我，根本就是同一类人，谁也不比谁好到哪去。”

“还是有区别的。”林菲说。

林水香看着林菲，等着她继续说下去，可林菲只是向孙林使了个眼色，孙林就掏出手铐，走向了林水香。

“嗯，确实还是有区别的。”姜斌认真想了想，“夏律师的这个套子是下给我们的。他是想等这个案子提起公诉后，或者一审宣判，甚至终审判决生效之后再跳出来把这个证据公之于众，好狠狠地打我们的脸，给自己造一波声势，既赚了名，又赚了你的钱。对吧，老夏？”

夏铭哭丧着脸，点了点头。

“只不过他没料到，你留了一手。”林菲说。

“这就叫报应。”姜斌幸灾乐祸地道。

在孙林给林水香戴上手铐的时候，戴梓萌突然说道：“我有个问题。林小姐，你想过离婚和唐晓在一起吗？”

“离婚？”林水香讶然地看着戴梓萌，摇了摇头，“从来没想过。可我为他付出了那么多，他想买什么我就给他买什么，就连枪支模型都能摆满一屋子，他想创业，开快递站，也是我给他拿钱，生意赔了，我一分钱都没跟他要，还和他在一起，到头来，他竟然想抛弃我。”

“你这不是爱情，只是单纯的控制欲啊。”戴梓萌叹了口气。

“你说，他买了很多枪械模型？”从头到尾没怎么说话的雷鸣这时候突然问道。

林水香点了点头，说：“花的钱也有几十万了吧。”

“在哪儿？”

“他家，还能是哪儿？”林水香讥笑道，“为了那些个破枪，他自己都可以打地铺。我真是猪油蒙了心了才看上他。”

雷鸣的眉头慢慢皱了起来。

林水香到案后，对自己的罪行供认不讳。法医刘鹏遵照姜斌的指示，对赖清华的那部手机进行了检测，与预料中的完全一致，在那部手机上发现了夏铭的DNA，却没有赖清华的，证实那部手机是夏铭放到赖清华家中的。

有鉴于此，夏铭第一时间被吊销了律师执业资格证，涉嫌其他违法犯罪的问题，交由警方展开进一步的侦查工作。

看着孙林接二连三送来的消息，姜斌第一次有了扬眉吐气的感觉。

至此，困扰林菲等人的问题就只剩下凶器这一点。

“我认为，凶器这事这完全不是问题。”姜斌双腿搭在办公桌上，意气风发地说道，“林水香已经交代她雇用了赖清华故意伤害唐晓的犯罪事实，赖清华也认可了这一点，至于凶器，赖清华手上有开枪的痕迹，这还不够吗？”

“不够，这大大地不够。”肇源嘿嘿一笑，现在，他是赖清华的合法代理律师了，“我不是故意要找你们的不痛快，但既然接了这个案子，我就得尽到律师的义务是吧？有事你找许浩去。”

“怎么哪儿都有他？”姜斌麻利地坐起来，转回头看着肇源，“这小子和我们有仇还是咋地？”

“那我哪儿知道？”肇源双手一摊，一脸的无辜，“我只知道，你们现在没有凶器，林水香交代她给赖清华的是一把仿真枪，赖清华交代，他带去现场的也是一把仿真枪，这两个人的证词是可以相互印证的。而杀死唐晓的是另一把真枪，但是你们手里没有这把真枪，鉴定证明就只是孤证，因为你们没法证明那把枪上有赖清华的痕迹，不能形成完整的证据链条。姜检，我建议你问问林检，她做了这么多年的检察官，应该知道，这样的鉴定报告，在法庭上是很有可能被排除掉的，是吧？”

“而且，”肇源喝了一口水，继续道，“林水香和赖清华的供述里，交代的都是试图故意伤害被害人唐晓，可没说是故意杀人。所以这个案子到底怎么定性，你们是不是应该慎重考虑一下？”

“考虑那个干吗？”姜斌嘿嘿一笑，“咱有执法记录仪，那里边清清楚楚地录下了那把枪就握在赖清华的手里。”

随即姜斌抬手看了一眼表，继续说道：“你等会儿吧，林检和戴检调视频去了，等会儿你就知道自己是怎么被干掉的了。”

孙林一脸凝重地拉着雷鸣走进自己的办公室，回头看了一眼走廊，见没有人过来，麻利地反锁上了门。

“确定吗？”雷鸣的声音里竟也夹带着一丝战栗。

“在我电脑里，你自己看吧。”孙林说，“这是我们最直接的证据了。”

雷鸣没有推辞，走到孙林的办公桌后坐定，抓起鼠标操作了几下，一段视频呈现在了电脑屏幕上。

执法记录仪的镜头原本对准的是唐晓的家，在几次敲门无果后，身后却传来了开门声，镜头的角度迅速变换，一个壮硕的独臂中年人出现在了镜头里，看到这个人，雷鸣眉头一皱，迅速暂停了播放，整个身子前倾，脸都要贴到了屏幕上。

他静静地看了片刻之后，深吸了一口气，慢慢吐出，随后靠坐在了椅子里，缓缓吐出两个字：“是他！”

“你再往下看。”孙林却是不动声色地道。

“不用看了，我确信，那就是他。”雷鸣缓缓摇头，平静的神情下，内心里却是翻江倒海，他怎么也想不明白，那个五年前就应该已经死去的人，那个他亲手埋葬了的人，怎么会在五年后突然出现在自己的面前。

“还是看看吧。”孙林苦笑了一下。

雷鸣带着疑惑，继续看了下去，带着执法记录仪的民警似乎也在打量着这个中年人，给了他一个全身的镜头，当镜头对准中年人的手时，雷鸣下意识地暂停，放大，那只手上，一枚蝎尾文身赫然在目。

似乎是怕看这份视频的人注意不到，中年人甚至还晃了晃手。

“跟我走！”雷鸣腾地站起身。

“干吗去？”孙林问完，就想抽自己一个嘴巴，这个问题实在太蠢了，他连忙改口道，“你等我一下。”他走到电脑前，删掉了这份视频，“这个东西，绝对不能让林检她们看到，至少现在不行。”

面对物证保管员的无奈，林菲怒道：“没有？怎么可能没有？这么重要的资料，你们也能弄没？”

“林检，并不是我们弄没了，是被上边调走了，和那把枪一样。”保管员赔笑道，“具体的情况，你最好去问问刘局，我就是一个保管员，上边怎么安排，我怎么做事，您就别为难我了。”

戴梓萌想了想，说道：“厅里应该还有备份吧？我记得孙队长说过，现在的执法记录仪都自带4G网络，执法视频会实时上传到省厅的服务器。”

“你觉得，他们会忽略这个？”林菲冷笑道。

在唐晓家对面的那户人家门前，雷鸣和孙林靠墙站着，他们在等房东赶过来给他们开门，从震惊中冷静下来的雷鸣突然想起了什么，说道：“那份视频怎么早没出现？如果有全部的执法过程，应该不用这么麻烦了吧？”

“只有一部分。”孙林说，“我带人过来的时候，民警说他们的执法记录仪坏了，没录到唐晓被杀后的那部分。”

“你们的记录仪呢？”雷鸣又问。

“视频都被收走了。”孙林道，“说服务器遭到了黑客的攻击，当时的所有视频都被破坏了，无法恢复。就是你看到的这段视频，都是我当时提取出来的，要不然……”他摇头苦笑，“听说最重要的部分根本没录到，我也没想那么多，我要是早点看到就好了。”

雷鸣没说话，半仰着头，看着楼梯，良久，他才吐出了一口浊气，问道：

“你信吗？”

“你觉得我信吗？”孙林笑了一下，“那么重要的东西，安防的规格就不用我说了，黑客有那个能耐，早就招安了。”

“看来，认出他的不止是我们。”雷鸣若有所思。

“有权限删除数据的，也就那么几个人。”孙林道，“我就是不明白，他为什么要那么做。”

“我更好奇，他为什么出现在这个案子里。”雷鸣说。

两个人口中的“他”各指不同，但要表达的意思彼此之间却都已经明白无误。

楼梯上传来了一阵急促的脚步声，雷鸣和孙林下意识地站直了身体，片刻后，一个气喘吁吁的男人出现在了他们的面前。看着这个男人，孙林觉得有点面熟，一时间却想不起来在哪儿见过。

“孙队长，不好意思，我来晚了。”男人主动打了个招呼。

孙林恍然，他终于想起来，这个男人是唐晓的房东，他回头看了看唐晓的房间，刚要说话，男人却先说话了，他指了指唐晓对面的那间房子说：“这房子，也是我的。”

他说着，从背后拿出了一盘钥匙，在里面找了一会儿，找出一把钥匙，插进了门上的锁孔，扭动，咔嗒一声，房门应声而开。

孙林目瞪口呆地看着他的举动，男人已经退到了一边，看了一眼孙林，明白了他眼神中的意思，不由得有些得意地说道：“这个单元都是我的。”

孙林默默地竖起了大拇指，跟在雷鸣的身后，走进了房间，只是略一打量，他就知道，在这里他们不会有任何收获了。房间显然经过了精心打扫，就连床上的被褥都已经撤走，只留下光秃秃的床板。

“这房子的租客你有印象吗？”孙林回头问房东。

房东摇了摇头。

“你们的合同有吗？他的身份证什么的，你总有复印件吧？”孙林又问。

房东有些无奈地说：“我这房子一直在网上挂着，也没租出去过啊。”

“被人占了，你都不知道？”孙林不由自主地提高了声调。

“房子那么多，我哪照顾得过来啊。”房东苦笑。

“别难为他了，他给我们留了东西了。”雷鸣突然说道，随后他径直走到了电视柜前，弯腰从电视柜里拿出了一个鞋盒，打开后愣了一下，“看来，赖清华是真的不知道发生了什么。”

他把那个鞋盒递给孙林，里面是一把仿真枪和一张存储卡。

凶手是谁?

房间里有些阴暗，窗帘拉得严严实实，只有一盏低功率的白炽灯，显然不能给这间屋子提供足够的亮度。

房间里的装饰也有些过于简单，几乎没有任何家具，四面墙壁上都安放着巨大的木柜，木柜的最高点几乎都贴到了顶棚，这些木柜上摆放着的是一把把型号各异的枪支，从手枪到步枪，甚至连反器材狙击步枪都有。粗略看过去，不下几百把。

倒吸冷气的嘶嘶声接二连三地响起，走进这间屋子的人根本无法掩饰内心的震惊。

雷鸣戴着白色手套的手从木柜上取下一把枪，熟练地检查了一下，转身，面向了房间正中竖着的一块靶子，上膛，瞄准，击发，一气呵成，伴随着啪的一声，一枚钢珠从枪口喷射而出，钉在了不远处的靶子上。

随后他走上前，看了看，说道：“改造过了。目测枪口比动能绝对超过 1.8 焦耳每平方厘米，妥妥地超标。”

雷鸣把仿真枪向门边的孙林扬了扬，收进了物证袋，转身从架子上又拿起了另一把仿真枪，上膛之后，再一次对准了那块靶子。

“先收了，回去再慢慢测吧。”孙林道，脸上难以掩饰兴奋之情。

林水香归案后，不仅如实交代了自己的犯罪行为，更交代了唐晓专门用来收藏仿真枪的房屋地址，就在他死亡那间屋子隔壁单元的顶楼——林水香一直以为，唐晓只有这一间房子。

“没错，这上面，只有赖清华的指纹。”S 市公安局，物证鉴定实验室，技术员从雷鸣和孙林带回来的那把放在鞋盒里的仿真枪上提取到了几枚指纹，在系统里匹配后，给出了这样的结论。

“看来，林水香没撒谎。”孙林看向雷鸣。

“赖清华也没撒谎。”雷鸣微微一笑，“这里面的东西对我们就异常重要了。”他扬了扬手里的存储卡，却有些失落，存储卡上没有提取到任何指纹。

孙林和雷鸣也是老搭档了，只是细微的表情变化，他就已经知道雷鸣在想些什么，于是说道：“要不，把这些给老刘看看？说不定，他能查出点东西来。”

“那就……这样吧。”雷鸣只是略一犹豫，就同意了孙林的办法，虽然他并不认为刘鹏能查出什么来，但有一线希望，总还是好的。

此时的刘鹏也没闲着，他正在电脑前紧张地忙碌着，屏幕上的数据以肉眼难辨的速度刷新着，从案发现场找到的弹壳和从唐晓的尸体里提取出来的弹头就放在手边。

“老刘，你这干什么呢？”孙林不解地问道。

“姜检给了我一个思路。”刘鹏的眼睛都没离开电脑，说道，“我们都知道那把枪是谁的，假设赖清华没撒谎，那真正使用这把枪的人，说不定会在枪上留下线索。”

“枪不是被提走了吗？”孙林更加疑惑，但随即反应过来，恍然大悟。

刘鹏抬起头，笑道：“明白了？弹壳和弹头还在啊。”

“分析出什么了？”雷鸣问，他虽然极力控制着情绪，但心里的紧张却还是流露了出来。

“暂时还不知道，我在等这个哥们的结论呢。”刘鹏指了指工作中的电脑，又抬手看了一眼表，“数据库太庞大了，大概还得一个小时，然后还得人工复核一下。”

“那正好，你先给看看这个。”孙林把装在物证袋里的存储卡递给刘鹏。

“什么玩意儿？”刘鹏接过去看了一眼，随即说道，“分析视频那不是我的专业啊。”

“他留下的。”雷鸣沉声道。

刘鹏一愣，瞬间就明白了雷鸣的意思。他戴好手套，小心地从物证袋里取出了那枚存储卡，放到了显微镜下，仔细地观察着。这似乎是一项很耗费精力的工作，只是片刻，他的鼻尖就已经露出了细密的汗珠。

孙林和雷鸣大气都不敢出一口，只是静静地等待着。

存储卡并不大，只有拇指指甲大小，可刘鹏却看了足足有五分钟，这才呼出了一口浊气。

“怎么样？”雷鸣忙问。

刘鹏苦笑了一下，摇了摇头，说：“使用存储卡的人，要么戴了手套，要么根本就没用手接触过，这上面什么也没留下。”

“知道了。”

对这个结果，雷鸣并不意外，但却还是难掩失落，他将目光转向孙林，说：“我们先看看这里面有什么吧。”

孙林点头，拿起存储卡，和刘鹏打了个招呼，就离开了实验室，准备关门的时候，雷鸣突然回头，看着刘鹏说：“有结果了告诉我一声。”

“知道。”刘鹏说，“放心，我第一时间通知你。”

公安局局长办公室里，刘天明正盯着一台电脑屏幕看，老花镜放到了一边，一张脸都快贴到屏幕上去了。

他用的并不是办公桌上那台屏幕超大的电脑，而是一台小巧的笔记本电脑，以他目前的视力，想要看清那上面的东西，着实有些强人所难，尤其，屏幕上播放的显然是一段实时监控视频。

他把两根手指放到了触控板上，向两边拉开，动作略显笨拙，一个没控制好，画面就变得超大无比，他只好又缩回去，连续几次之后，这才找到了一个大小让他满意的画面。

屏幕上，法医刘鹏正坐在电脑前，等待着分析结果。

刘天明只是略一犹豫，掏出一部老式的按键手机，从里面找到一个号码，拨了出去，片刻后，电话接通，他只简短地说了一句“他们又找到了新的线索”就挂断了电话，随后在笔记本电脑上操作了起来，进入了一个后台管理系统。

林菲怎么也没想到，事情会发展到现在这个地步。

林水香认罪，赖清华认罪，尽管他们的供述和现场的实际情况还有一些出入，但在目前“重证据，轻口供”的法治大环境下，赖清华的手上有开枪后留下的痕迹，这一点，法院审理时也会慎重考虑，但突然出现的这份视频让事情有了新的变化。

视频明显是偷拍的，而视角就在唐晓家对面的房子里。

视频中赖清华鬼鬼祟祟地出现在唐晓家门前，他深吸了几口气，摸了摸后腰，那里鼓出来一块，显然是藏着什么东西。

随后，他抬手敲了敲门。

"门没锁。"唐晓的房间里传出来一个含糊不清的声音。

赖清华也有些发愣，他小心翼翼地抓住门把手向外拉了一下，门应声而开，随即他就怔住了，门口的地板上，唐晓仰躺着，人事不省。

这一幕让赖清华有些手足无措，就当他犹豫着该怎么做的时候，画面出现了一阵晃动，视频的视角也随之发生了变化，有人将摄像头放在了胸前，慢慢接近了赖清华。随即那人扬起手，将一块手帕迅速递出，从后面捂住了赖清华的嘴。

赖清华剧烈地挣扎了几下，便失去了意识，慢慢瘫倒，人事不知。

此人戴着白色手套的手随即在赖清华的身上摸索了起来，轻车熟路地从他的后腰处摸到了一把枪，他掏出来放在眼前看了看，卸下弹夹检查了一下，那是一把发射钢珠的仿真枪。

袭击者把这把枪收好，随后，他也不嫌费劲，拖着赖清华来到了唐晓的身前，有些费力地让他在唐晓的身前跪好，又从自己的身上摸出了另外一把枪，塞到了赖清华的手里。

袭击者站到了赖清华的身后，握着赖清华的手将那把枪对准了唐晓的胸口。

砰——

枪声响起，视频也到此结束。

从始至终，那个人都没有露过脸，更没有显露出任何可识别性的特征。

唐晓的死至此和赖清华、林水香彻底割裂，然而凶手是谁，却彻底毫无线索。

"有思路吗？"林菲看向孙林和雷鸣。

此时两人的神情却有些心不在焉，显然心思根本就不在眼下这个案子上。

林菲轻咳了一声，两人这才回过神，对视了一眼，雷鸣才道："赖清华不是凶手，至于凶手是谁，我想，我们还得从……"

雷鸣的话还没说完，办公室的门就被敲响了，不等林菲等人回应，来人推门就走了进来。

来的一共是三个人，林菲并不认识，可看他们身上的检察官制服，众人又有些发愣。

"哟，新来的同事？"姜斌没心没肺地打了个招呼。

戴梓萌和林菲却是皱起了眉。

来人中一个看似领导的人没有理会姜斌，只是从随身的公文包里掏出一张纸递给了林菲。

林菲接过去看了一眼，一脸不解地问道："提级管辖？"

她对这个词并不陌生，《中华人民共和国刑事诉讼法》第二十三条规定：上级人民法院在必要的时候，可以审判下级人民法院管辖的第一审刑事案件；下级人民法院认为案情重大、复杂需要由上级人民法院审判的第一审刑事案件，可以请求移送上一级人民法院审判。

这一制度同时也在检察系统和公安系统推广，为统一执法尺度、重大疑难案件的办理作出了重大贡献。

但是提级管辖应用到赖清华这个案子上，林菲却有些不太理解。

"是的。"来人解释道，"省检察院研究后决定，对这个案子提级管辖。"

"可这个案子并不需要提级管辖吧？我们有能力把这个案子办好，现在我们已经掌握了充足的线索和证据。"林菲争辩道。

"这是省检察院、省高法和省公安厅的一致决定。"来人道，"稍后我们会提走所有的物证卷宗，包括嫌疑人。你们还有……"他看了一眼表，"三个小时，我们允许你们最后一次提审赖清华，取得办理林水香一案所需的相关证词，但不得提问和林水香一案无关的任何问题。"

"这不公平！"林菲冷声道。

"有意见你可以通过内部流程向上反映，我们也是执行公务。"来人笑了笑，说道，"林检，别让我们为难。"

林菲还想再说点什么，一旁的戴梓萌连忙拉住了她说道："菲姐，冷静！"

她看了一眼省检察院的这几个人，笑了一下，"不好意思，我们林检，你们应该有所耳闻，到手的案子让她吐出去，跟要了她的命没什么区别。"

"这我们当然知道。"省检察院的检察官苦笑了一下，"林检的大名，早就如雷贯耳了，可是……"

"我会劝她的，你们放心，她就是暂时转不过这个弯来。"戴梓萌说，凑到了林菲的耳边，低声道，"这个案子，水太深！"

"这个案子，水太深了。"雷鸣的家里，卧室的门关着，不时传来唐珂和李雅的笑声，客厅里，刘鹏、雷鸣和孙林坐在餐桌旁，刘鹏一口干掉了杯里的酒，脸色却依旧有些苍白，显然对两个小时前的事依旧心有余悸。

两个小时前。

电脑里传来了嘀的一声，刘鹏精神一振，连忙看过去，DNA 的匹配工作已经完成，可看到匹配上的那个对象，他却有些发愣，那是一个已经有些陌生的名字，那个名字在五年前就应该已经消失了。

看着这个名字，刘鹏抓鼠标的手都有些颤抖，他很想快点把这份报告打印出来，可是偏偏在这个时候，办公室突然断电了，尽管只是短短的一瞬间，可能连三秒都不到，但电脑却是忠实地执行了指令，断电关机了。

刘鹏第一时间重新启动了电脑，焦急地等待着，电脑刚刚完成启动，他就迫不及待地进入了系统，试图重新调取出那份报告，然而让他意外的是，那份报告已经不翼而飞。

他赶忙在电脑里搜索那个人的名字，可系统却提示他根本没有这个人的资料。

他下意识地打了个哆嗦，回头看了一眼角落里的摄像头，那个闪烁的红点就像魔鬼的眼睛，摄人心魄，让他瞬间就失去了所有的力气，脸上血色褪尽。

“你不会看错了吧？”孙林问。

“我就是认错了自己闺女，也不会看错报告的，那人在系统里一直用的是化名。”刘鹏笃定地道，“我们的一举一动都在别人的监视之下，有人不想让我们查到他。”

“有这个权限的，能是谁？”他又喝了一口酒，问，但他脸上的表情却显示，他早就知道了答案，只是不想亲口说出来。

“除了他，还能有谁？”雷鸣冷笑，“我只是不明白，他为什么要这么做。”

“你们别忘了。”孙林道，“当年就是他一力主张王洋已经变节的。”

“王洋不会变节的。”雷鸣却无比坚定地道。

“都已经这样了，你还相信他？”孙林气恼。

“如果他真的变节，为什么有人阻止我们继续查下去？”雷鸣神秘地笑了一下，“而且，他不可能知道赖清华和林水香的计划，那个摄像头自然也就不是用来监控他们的，只能是监控唐晓的。”

“能让上面这么紧张，能让孙队长和雷哥这么紧张的，除了王洋，我想不到别人，那把枪一定和王洋有关。”戴梓萌盘腿坐在沙发上，舀了一勺冰淇淋塞进嘴里，肯定地道，“没准他就在现场，虽然我不认识他。但是，唐晓的这个邻居很可疑，手上实打实有毒蝎的蝎尾文身标志，还是个独臂，说不定他就是王洋。这也就能解释，孙队长和雷哥为什么要跑去那边调查，更能解释我们问他们理由的时候，他们一直吞吞吐吐避而不谈，最后被逼急了才给了我们这么一张照片。”

“他明明已经消失了五年，却在这时候突然出现，到底有什么目的？”林菲神情淡然，坐在戴梓萌的身边，她身上的制服都还没换，目光直直地盯着电视，电视上是一张放大后的图片，正是唐晓的那个独臂邻居，他靠在门边，那只举起的手上蝎尾文身赫然在目。

“枪！”戴梓萌思考了一下，啪地打了个响指，“毒蝎要自保，要扩张地盘，就需要武器，而我们国家，在枪支管理上一向严苛，在搞不到真枪的情况下，他们只能转向获取仿真枪，而唐晓恰恰就具备了改造仿真枪的能力。毒蝎想要招募唐晓。”

“那依你看，王洋到底有没有变节？”林菲侧头问戴梓萌。

雷鸣阴沉着脸说：“唐晓准备接受招募，所以，王洋只能杀了他。”

“雷头儿，你这就有点主观了，为什么不能是唐晓拒绝招募才招来了杀身之祸？王洋有一百种办法通知我们唐晓涉枪，事情根本就不会发展到今天这个地步。”孙林也沉下了脸。

“他可能也是身不由己吧。”雷鸣叹了口气，转身从衣架上拿起一件外套，披在了已经趴在桌子上酣睡的刘鹏身上，继续道，“我怀疑，他也时刻处在别人的监视之下，只能通过一些隐蔽的手段来传递信息，比如那把枪，他有很多方式杀人，却选择了一种最可能留下自己线索的方式，而且留下了赖清华的枪给他脱罪，必有深意。”

“可这说不通。”孙林摇头，“监视他的人会让他留下枪吗？”

雷鸣说：“留下来，只会让我们以为赖清华通过某种手段得到了这把枪，而赖清华根本就什么都不知道，这个案子最后只能不了了之，如果不留下来，我们自然而然就会想到毒蝎的身上去。那时，他们才会有大麻烦。”

“可他到底想要传递什么信息？”孙林问。

“第一，他还活着。第二，”雷鸣犹豫了一下，“毒蝎近期可能有大动作。”

“可是不管怎么样，他都不应该杀人，尤其是一个无辜的人。”林菲听着戴梓萌的分析，淡然一笑，“就算他是警方的卧底，也不行，这是最后的底线。”

“可是菲姐，如果他没杀人呢？”戴梓萌歪头看着林菲，“你想啊，如果凶手真的是他，还有什么比露脸更直接的线索证据吗？雷哥肯定也想到了这点，才会给我们这张照片，要不然，以他的性子，肯定会把这条线索死死地藏起来，到真相大白那天才会给我们看。”

“随你们怎么猜吧，我最后只看证据说话。”林菲起身，“早点睡吧，我还得准备下明天的发布会。”

许浩家依旧凌乱不堪，阴暗逼仄。

许浩却全然不在乎，他正坐在那张狭小的书桌前，手中把玩着一把警用手枪，他的手掌在那把枪上一寸一寸地摩挲着，有些失神。

如果雷鸣看到这一幕，一定会认出，这把枪就是王洋带走的那把。

就是这把枪，开始了一段悲壮的卧底生涯，引导了一场惨烈的惊天大战，也让许浩的生活一夜之间从天堂堕入地狱，从天之骄子成了无业游民。

许浩深吸了一口气，收回了思绪，双手快速地舞动了起来，瞬间，这把枪就被拆卸成了一堆零件，随后，他拉开抽屉，从里面拿出一把小镊子。他一手拿着枪管，另一只手里拿着镊子，小心翼翼地从枪管上往下揭着什么东西，那是薄薄的一张纸，他的动作极为缓慢，生怕一不小心就毁掉了这张纸。

与拆卸枪支时的速度截然不同，这一次，足足过了十分钟，这张纸才被他完整地揭下，他把这张纸举到了眼前，正对着灯，一组经纬度的编码和两组十六位意义不明的数字清晰地呈现在了他的眼前。

他默默地看了一会儿，嘴角微微一挑，笑了一下，便把那张纸揉成一团，扔进了垃圾桶，转身打开了电视，电视里正在播放一条本市新闻，S 市检察院每半个月一次的媒体发布会如期进行。

林菲站在发言席上，神情冰冷地读着通稿，赖清华涉嫌故意杀人一案，已经由省检察院提级管辖，因证据线索发生变化，以故意伤害（未遂）定案，因有举报立功表现，检方决定对其不予批捕，批评教育后释放，市检察院坚决支持省检察院的裁定，并将加大学习力度，坚决贯彻省检察院的指导精神，坚决制止任何一名犯罪分子逃脱法律的制裁，努力杜绝任何一宗冤假错案的发生。在此基础上，林水香雇凶伤人一案，经侦查，亦判定为故意伤害（未遂），因未造成严重后果，检方决定不予批捕，由警方依据相关法律法规给予适当处罚。

伴随着电视机里林菲清冷的声音，许浩双手律动，看都不看身后，那一个个零件就到了他的手里，变魔术一般转瞬就重新组成了一把枪。

他举起枪，枪口对准了电视上的林菲。

啪。

他嘴唇微动，模仿着开枪的声音。

第二章　爱的供养

野　心

东南亚热带雨林，世界三大雨林之一。

静静的池水、奔腾的小溪、飞泻的瀑布随处可见；参天的大树、缠绕的藤萝、繁茂的花草交织成一座绿色的迷宫。

这里是植物的王国，是动物的天堂，是地球之肺，但同时，雨林深处的某个三角地带也成了毒枭的乐园。

地形、地貌和地理气候的特殊性和复杂性，给这个区域众多民族的生存繁衍和各式各样的割据势力、区域力量、民族武装创造了极好的生存和回旋之地。让这个落后狭小的死角源源不断地散发着腐蚀文明社会的能量，顽强地向世界宣布着它的存在。

在雨林的掩护下，这里成了世界上最大的鸦片、海洛因类毒品产地，罂粟种植面积在100万亩以上，年产鸦片2650吨至2800吨，全球20%鸦片的供应源于此处；年产海洛因约200吨，甚至能满足全球海洛因市场两年的消费量。

让中国缉毒警察和林菲、雷鸣等人立誓要摧毁的毒蝎制贩毒集团，就隐藏在这个被称为世界三大毒品基地之一的地方。

绿树掩映之下，一幢钢筋混凝土建筑耸立在雨林深处，金属的银色熠熠发光，彰显着这里和现代社会并未脱节，只是墙壁上爬满了植被，就是高分辨率的卫星镜头抵近侦察也难以捕捉。

这是一座颇具规模的现代化工厂，又与人们传统印象中的工厂截然不同，高墙上的绿植之下铺满了铁丝网，每一个出口处，都有不明身份的武装人员持枪戒备着，就连偶尔行走在厂区里的工作人员，身上也都无一例外地配备着武器。

这些人的装扮完美地融入了丛林的环境中，和工厂一样，受到雨林的保护。

空气中，处处弥漫着一股海洛因特有的醋酸味，就连植物的清香也无法将其完全掩盖。

就在这股醋酸味中，却有一群悠然自得地生活着的人。

生活区和生产区之间似乎并没有太严格的分割线，孩子们就在厂区里跑来跑去，恣意玩耍，女人们则做着家务，唠着家常，脸上带着满足的笑容。

对于近在咫尺的毒品，他们早已习以为常。枪械带来的紧张和肃杀并没有能够影响到他们享受正常的生活。

生活区里甚至还有一所学校，适龄的孩子们就坐在教室里，如饥似渴地听着那个看上去绝不到30岁，将自己包裹在白色大褂里，干练中不失妩媚的女教师讲着课。黑板上写满了复杂的化学式，就是那些常年和这种东西打交道的人也未必能一眼认出，这些都是各类型毒品主要成分的化学式，有一些在细节处还做了微小的变化，那将发展出一个全新类型的毒品。

“你们生于斯，长于斯，从出生的那一天起，你们就是组织的人，是组织给了你们生命，给了你们生活，你们的一生都要为组织的荣耀奋斗。”女教师面带微笑，语气平和，“你们能坐在这里，说明你们是有天赋的，你们不用拿着枪冲锋陷阵，也不用把身体当成工具当一头运送产品的骡子，你们的未来在实验室里，在为组织研究更新、更能引导世界潮流的新型产品上。组织的未来，也在你们的手里！我不管你们的家人在组织里曾经是什么地位，但从你们走进这间教室那一刻起，你们就已经脱离了最低的那一层，至于能走到哪里，那就要看你们自己了。”

“老师，你说的话，主席承认吗？”一个孩子不太确信地问。

女教师只是微微一笑，那笑容中却隐隐透露出丝丝寒意。

这里俨然就是一个机构和功能都相当完善的小社会，和外界最大的区别也许就是每个人触手可及的地方都放着一把枪，即便是那些正在玩耍着的孩子。

厂区的一角，是一座略显矮小简单的厂房，似乎早已不再使用，但其中一间屋子的换气扇仍在工作着，缓慢的旋转让房间里的光线明暗不定。

这间屋子没有窗，所有的采光除了屋顶那盏白炽灯之外，就只有换气扇窗口投射进来的阳光。房间里的摆设也异常简单，除了一张简易的行军床，一把铁椅，一台电视之外，再无他物。

此时，在房间正中的那把铁椅上，笔直端正地坐着一个西装革履的独臂男人，他脸上的线条如刀削一般刚硬，面无表情，整个人都散发着一股肃杀之气，目光一动不动地盯着面前那台小小的电视，嘴角偶尔扯动一下。

他在笑，只是他似乎早已忘了正常的笑该是什么样子，每一次嘴角的扯动都像是扯动了什么痛苦的神经一般让他的表情看上去有些狰狞，而电视上正在播放的，也仅仅是一部儿童动画片——《海绵宝宝》。

随着时间推移，透过换气扇投进屋里的阳光照在了独臂男人的脸上，他那古井一般波澜不惊的双眸和面容清晰地显露了出来。

王洋。

“派大星，我们一起去捉水母吧。”

房间外的铁门边，一个穿着一身白色西装，面容儒雅的男人正透过铁门上的一扇小窗看着王洋，当房间里传来海绵宝宝那略显刺耳的声音时，他脸上的肌肉下意识地扭曲了一下。

身后传来了一阵高跟鞋敲击地面的清脆声音，男人回头，一个身形苗条，面容俏丽，眉眼间有着无法掩去的妩媚却神态冰冷的女人正走过来。

几分钟前，她还站在课堂上，笑容和善，循循善诱地教导着那些孩子。

现在她已经脱掉了大褂，露出了里面一身修身的职业装，勾勒出了她身体完美的线条，那双修长圆润的腿格外引人注目。

她走到男人的身边时，男人便主动向旁边退让了一步，甚至微微低下了头，嘴角微微动了动，露出了一抹阴鸷的笑容。

女人透过铁窗往里看了一眼，声音清冷地问道：“蝎针怎么样？”

“还能怎么样？回来后就一直那样呗。”男人轻佻地说道，目光掠向了女人修长的后颈，一枚蝎尾刺青赫然在目，给她平添了几分别样的风情。

男人嘻嘻笑了一下，向女人贴近了一步，一本正经地道：“青竹，这蝎针到底是什么毛病？这么大的男人了，竟然热衷于看《海绵宝宝》这种动画片？”

被称为“青竹”的女人眉头微蹙，突然抬手，啪的一声拍掉了男人正攀上她翘臀的手。她冷冷地看了一眼男人，说道：“黄蜂，管好你的爪子。”

黄蜂讪讪地笑了一下，抬起手摸了摸鼻子，他右手的虎口处，一枚蝎尾文身露了出来。

“我只是不明白，他都这样了，组织为什么还是不肯放弃他。”黄蜂道，

“我们在他身上投入的精力是不是有点太大了？”

“他有我们需要的资源。至于他这点爱好，”青竹笑了一下说道，“这是让他平静下来的最好办法，我想，那里一定隐藏着什么对他特别重要的东西，组织的专家已经对此展开研究了，一旦找到了这个秘密，就能更好地控制他。”

“那群专家？”黄蜂不置可否地说道，“我真不明白，我们是玩毒品的，花钱养那么一群心理学家有什么意义。对了，你们在S市的行动，组织的评估应该已经出来了吧？”

“那和你没什么关系吧？”青竹目光凛冽地看着黄蜂。

“我只是好奇，组织到底会怎么惩罚你们。”黄蜂不怀好意地笑了一下，“不向组织请示就擅自动手，这是组织的大忌，你们可能给当地警方留下线索。你们处理掉的人对组织又异常重要，如此草率的决定，严重损害了组织的利益，作为这次行动的监督人，青竹，你的责任不可推卸，而我，作为执法堂的负责人……”他顿了一下，抬起那只刚刚抓揉过青竹臀部的手放在鼻下，用力嗅了一口，神情陶醉，“如果你愿意做出一点小小的让步，完全站在你这一边虽然不可能，但是，让你少受一点折磨，我还有这个权力。”

“那恐怕要让你失望了。”青竹嘲讽地看着黄蜂，“我们的手尾处理得很干净，那个人反悔了，他想要更多。”

“再多也没有那几个心理学家多吧？而他的价值，我认为一打那些专家也比不上他一个。”黄蜂说，“我还是希望组织能够好好评估一下这件事。”他向坐在主位的一个躲在黑袍后，整张脸都被面罩遮挡的人微微点头，结束了自己的发言。

“已经完全超出了他应有的价值，如果蝎针的手还健康，他可以做得比那个人更好。”青竹安稳地坐在自己的位子上，声音依旧平静。

“可他现在做不到。”黄蜂不无讥讽地反驳着。

“换作是我，我也会毫不犹豫地杀了他。”青竹微微一笑，“他已经接受了我们竞争对手的邀请，留着他对我们没有任何好处。而蝎针，他可以花些时间培养属于我们自己的技术人员。”

“我可不这样认为，如果是你出手，我相信只要一点小小的手段，他就会成为你的胯下之臣。抱歉，”黄蜂毫无诚意地道，“我是说他就会对你俯首称臣的。而蝎针，我认为他已经失控。”

“并没有。”青竹道，“蝎针只是选择了他认为对组织最有利的方式来处理这件事。别忘了，是他亲自策划了那件事，甚至自废了一条手臂，他再忠于自己的职业和国家，可他毕竟还是人，是人就不会做出那种事，既然做了，就说明他已经彻底成了工具。”

黄蜂刚要说点什么，青竹就阻止了他，继续说道：“别忘了，他一直在接受失乐园 0 号的注射，作为下一代的产品基础，失乐园的精神控制作用不是生命体可以抗拒的。”

“蝎针意志坚定，他不会轻易成为工具。”黄蜂毫不犹豫地说道。

“那你可就错了。”青竹再次笑了一下，“意志越是坚定的人，崩溃得就会越彻底。”

黄蜂有些无奈，他看了一眼黑袍人，说道：“好吧，既然青竹坚持，那我不再追究，但我保留意见。而且我认为，对蝎针的控制目前还不完全，必须让他彻底陷入其中无法自拔才行，而这次行动的失败，蝎针和青竹都有责任，我请求，对蝎针的处理，接下来由我们执法堂接手。”

“药量已经达到了极限，再继续加量会有生命危险。”青竹的脸色阴沉了下来。

“不。”黄蜂阴沉地一笑，“要减量。我知道，他现在对这种药已经形成了强烈的依赖，一天没有这种药，都会让他痛不欲生，我要让他知道不听组织的话就要付出代价。”

他看向黑袍人，却见黑袍人有意无意地看向了青竹的方向，随后才略点了点头，黄蜂心中一喜，竭力控制着脸上的表情，问道：“那么，关于青竹……”

“她不是你能处罚的！”黑袍人威严地道，他的声音带着一丝怪异的粗砺，就像石子在铁板上摩擦发出的声音，似乎声带受过损伤，“这件事就到这里。”

黄蜂一愣，愤愤地看了一眼青竹，又道：“那关于毒骡，我们是不是应该抓紧时间了？我们已经蛰伏了五年，现在货源的垄断已经完成，整个地区都在我们的控制之下，下一步就该是踢掉所有的中间商，直接面向最终的消费者了，市场只有掌握在自己的手里才能做到价值的最大化。”

黑袍人再次看了一眼青竹，点了点头说道：“这件事，就交给你去办，以此作为对青竹这次办事不力的责罚。”

“我没有意见，荣幸之至。”黄蜂迫不及待地道。

“我也没有。”

让黄蜂意外的是，对此，青竹甚至连反抗的意图都没有，要知道，这个决定等于是禁止她染指组织在中国的生意，削弱了她在组织中的地位，他愕然看向青竹，却见青竹正玩味地看着他。

黄蜂执掌执法堂，负责对触犯了组织规矩的人实施惩罚，看上去只是一个心狠手辣神经大条的人，但只有组织的高层才知道，他的心思同样缜密。此时，他已经察觉到了一丝异常，但黑袍人并没有给他过多思考的时间，就继续说道："黄蜂，毒骡你要亲自挑选，我不希望出现任何差池。"

"一定。"黄蜂一凛，忙应道。

"那就这样。"黑袍人说完，随即起身，像有急事一般急匆匆离开了屋子。

黄蜂躬身，恭敬地送他离开，直到黑袍人的身影彻底消失，他才直起身，却感到后背一阵阵发凉，身上的衣服已经被冷汗湿透。

黑袍人是组织里最神秘的人物，他被称为 1 号，是组织的最高领导人，可自幼就在组织里长大的黄蜂却从未见过他的真面目，甚至在平时都见不到他的身影，他多大，是男是女，黄蜂一概不知，黑袍人只在关系到组织未来出路的会议上才会出现。

在上一任黄蜂，也就是现任黄蜂的父亲接受了那个死士的任务，死在中国大陆后，他接任父亲黄蜂名号的同时，也接任了他的位置，但就连这个任命，竟然都是青竹通知他的。

咔嗒一声轻响，打断了黄蜂的思绪，他转头看向青竹，却见青竹点上了一支烟，正似笑非笑地看着他。

他再次悚然一惊，想起似乎刚刚 1 号离开的时候，青竹就坐在原处没有任何表示。

"执法堂向来处于半独立的状态，对组织内部人的处理，并不完全服从于我，必要的时候，堂主有自主决定的权力。"青竹平静地道，"现在看来，让你执掌执法堂，可能是个错误的决定。"

黄蜂面露不解。

青竹嗤笑了一声，继续说道："你以为我在组织里仅仅是地位很高，组织里从来没有人拒绝过我是因为什么？就是你的父亲，也不敢对我有什么过分的举动。从我还是个孩子的时候就是如此。"

"所以我才不服。"黄蜂颇为不忿地冲着青竹做了一个极为下流的手势，说道，"你比我还小一些，比我进入组织晚了十几年。我自出生就在组织，而你呢？教父从什么地方把你带回来的都从来没说过，可凭什么最后是你占据了2号的位置？就因为你是个女人，就因为教父喜欢你的浪荡？！”

黄蜂越说越激动，说到最后，甚至站起了身。

青竹沉下脸，随即却莞尔一笑，说道：“看来，你这些年压抑得不轻。你认为教父是那样的人？那如今你被外放一点都不冤。你得知道，1号之所以是1号，那是因为……”

“早晚有一天，我会成为1号，而你……”黄蜂彻底爆发了，他粗暴地打断了青竹的话，几步走到了青竹的身边，一把抓住了青竹，将她推倒在会议桌上，随后，压在了青竹的身上，在她的耳边凶狠地说道，“我会让你成为0号！”

青竹的脸上不见有任何慌张，甚至没有丝毫的反抗，只是妩媚地一笑，抬手理了理凌乱的头发，另一只手里的烟都没扔掉。

她一把抓住了黄蜂的衣领，让他更贴近自己，红唇微启，诱惑的声音脱口而出：“你想让我说什么，祝你成功？我无所谓，可是你行吗？”

黄蜂终归没有下一步的举动，而是慢慢起身，甚至举起了双手，他的脑后不知何时顶上了一把枪，而握枪的男人，脸上没有丝毫表情，虽然只有一只手，可威势却宛如一座大山一般压得黄蜂喘气都有些费劲。

“蝎针，连你也和我作对？”黄蜂寒着脸问身后的人。

“谁阻挡了我的理想，我就和谁作对！”蝎针的声音里散发着一股寒气。

“你的理想？”黄蜂愕然，“你现在不过是组织的一条狗。一条狗，也配谈理想？”

蝎针看了一眼青竹，说道：“我的理想就是她的理想，她的理想，就是……”

“世界和平？”黄蜂冷笑道，“你们俩，一个女人，一个残废，有个屁的理想！”

蝎针持枪的手抖了一下，黄蜂的额头顿时浮现了一层细密的汗珠。

青竹起身，熄了手里的烟，好整以暇地整理着稍显凌乱的衣服，淡淡地说道：“1号之所以是1号，只是因为我不想当1号，换句话说，教父赋予我的权力，是我想让谁是1号，谁就是1号。”

说到后来，青竹的脸上升腾起了一丝冰寒，语气冰冷地对黄蜂说：“本来我不想跟你说这些，看在你父亲的面子上，给你一些权势也无所谓，可组织的崛起在即，这时候，我们容不得一分一毫的内讧。黄蜂，别让我失望，如果你真能完成教父的梦想，我当你的 0 号，也不是不可能的事。”

“还有，我的理想也是教父的理想，他的理想不容任何人玷污，再有下一次，蝎针不会像今天这么冷静。”

青竹说完，走向蝎针，将一支针剂递到了他的面前。

看着青竹手里的那支注射器，蝎针平静的目光发生了变化，一股狂热喷薄欲出，他持枪的手颤抖得愈发厉害，然而，他却只是艰难地咽了口唾沫，就将目光转向了一边，说道：“我还不需要！”

火，大火

“梁导，你上次跟我说的那个事，有着落了吗？就是你让我把那个戏让给别人的时候，不是说过阵子给我一个更好的角色吗？”

清瘦的郝龙穿着一身略显宽大的西服，对着手里那部翻盖的老式手机诉说着，哀求着，虚弱至极。他身上的西服款式是时下最流行的，但用料做工却不怎么样，一看就知道是廉价货，好几处线头都没有处理好。

这套西服是他花了 50 块钱从二手市场淘来的，已经是他最好的一身衣服了。

此时的他脚步虚浮，走起路来摇摇晃晃的就像个醉鬼。他耳朵里嗡嗡作响，夕阳的余晖在他的眼里就是一片光怪陆离，肚子不停地传来一阵阵咕噜咕噜的声音，抗议他已经一整天没有吃过东西了。

但是，他的口袋里没有钱。一个月前，原本定好的一部戏突然被人顶替了，而就在几个小时前，他又刚刚丢了工作，因为客人觉得他身上有一股难闻的味道，扫了他的兴，老板一分遣散费都没有给他，因为他进这家公司还不到一个礼拜。

“小龙，不是我不帮你，现在这个环境你也知道，政策随时都可能变动，资方手里的钱抓得紧着呢，别说我现在没新戏，就是几部老戏，不也因为资方撤资都停了吗？房子，车子，能抵押的，我全都抵押了，公司都半年没发工资了，一群人追着我要债，法院的传票我一天能收三四张，我孩子下学期的学费都还没着落呢。不过你放心，我看好你小子，只要我这头有戏，我肯定叫你。”电话里，梁九水的声音里也极尽悲凉，突如其来的政策变动让他拍好的几部戏无限期搁置，拍摄中的项目也集体停工，资方撤资的时候连句对不起都没有。

郝龙默默地挂断了电话，从口袋里摸出一个矿泉水瓶，这是他唯一从公司带走的东西，里面灌的是自来水，他拧开瓶盖，狠狠地灌了几口，胃部因饥饿带来的灼烧感更加强烈了。他扶着墙，不让自己倒下去，喘息越来越剧烈，细密的汗珠几乎是在一瞬间就布满了脸庞，他却感到浑身一阵阵发冷。

低血糖了。

不顾街上行人诧异的目光，他靠着墙慢慢坐倒，闭上眼睛等待着虚弱感过去，也思考着接下来该做些什么。

必须尽快找到一份工作。

不，还是必须尽快弄到一些钱。

同居的女友赵晶昨天告诉他，她怀孕了，已经三个月了，他因为这个消息一整个晚上都没睡，他实在太兴奋了，但他万万没想到，即将到来的那个小生命没有给他带来好运，他弄丢了工作。

这时候，正是赵晶需要补充营养的时候，至于他自己，饿上一天半天的，就当是减肥了。

感到体力恢复了一些的时候，他脱下了鞋，伸手揉了揉酸胀的脚，看着打了补丁，却又破了几个洞的袜子，郝龙一阵苦笑。

他叹了口气，穿好鞋，站起身没走出几步，脚下就踉跄了一下，他低头一看，脚边躺着一个黑色的钱包，看上去就价值不菲。他疑惑地看了看四周，俯身捡起了钱包，让他惊讶的是，钱包里鼓鼓囊囊的满是现金，少说也有几千块。

看着那一沓粉粉的票子，郝龙先是感到一阵狂喜，随即却被一抹纠结取代，他仔细地检查了一遍钱包，除了现金，还有几张银行卡，银行卡的密码就写在背后，除此之外，再没有任何多余的东西，没有身份证件，也没有联系方式。

拿着钱包，郝龙犹豫了半晌，几次想把钱包揣进口袋，却又拿了出来。

“同志，需要帮助吗？”一辆巡逻的摩托车在他的身边停下，驾车的警察问道。

郝龙一惊，忙道：“没，没什么。”低头看了一眼手里的钱包，终于做出了决定，将钱包递给了警察，“这个，我捡的，您能帮我找到失主吗？这时候出门还带这么多现金的，肯定是急用。”

警察接过钱包，检查了一下，说：“有点难，我试试吧。”

“嗯，那谢谢了。”

郝龙再次看了一眼那个钱包，面露不舍，随后转身走进了一条小巷。

刚进小巷没几步，一块牌子就引起了他的注意，那是一个大大的“當”字，略一犹豫，他举步走了进去。

“需要点什么？”一个慵懒的声音问。

“你们这里招人吗？”郝龙开口问道，随即有些尴尬，这间当铺简简单单，除了角落里一张藤椅上躺着的一个中年人，并没有其他人的影子，整个店里一片冷清。

中年人脚上穿着拖鞋，身上一件泛黄的老头衫和一条短裤，手里拿着一把破蒲扇，有一下没一下地晃动着，显然，这间当铺的生意并不好。

“没事别捣乱。”果然，中年男人眉头皱了皱，没好气地说道。

“那……你看看这个能当多少钱？”郝龙掏出自己的手机递到了中年人的面前。

中年人没有接，只是随意地打量了一眼，有些恼火地说：“你是来找事的吧？这是哪个年代的老古董了？扔大街上都没人捡。”

“几十块行吗？”郝龙哀求道。

“没事赶紧走。”老板不耐烦地挥了挥手。

郝龙叹了口气，收回了手机，老板却愣了一下，目光盯住了郝龙的手腕，那里挂着一块手表，看上去有些年头了，皮质的腕带都磨损得不成样子。老板的眼睛却亮了起来，问道：“小伙子，这块手表你当不当？我给你这个数！”他伸出了一只手，“五千！”

郝龙只是略一愣神，眼中闪过了一丝光芒，但他看了一眼手腕上的手表，就坚定地摇了摇头，说道：“这表对我意义重大。”

老板不屑地嗤笑了一声，说道：“人要是饿死了，就什么意义都没有了。”

“谢谢，不过，真的不行。”郝龙微微一笑，坚定地拒绝了老板的提议，转身要走，步伐却有些沉重，肚子不合时宜地又叫了一声。

“哎，小伙子，我这确实有一份工作，不知道你愿不愿意。”老板突然道。

“我愿意，我愿意。”郝龙转身，欣喜若狂。

“别那么急着答应我。”老板笑了一下，“报酬是很丰厚，但是要求也很严格，要对所有人保密，要经常出国。”

“出国？”郝龙一愣，燃起的火苗一下子又黯淡了下去。

“考虑考虑，考虑好了，打这个电话。”老板说着从茶几上拿起一张名片，又找出一个信封，一并塞给了郝龙，“里面是两千块钱，当是预支给你的，不愿意干也没什么，把钱还回来就行。”

郝龙拿着名片和信封，双眼水汽氤氲，他声音哽咽地说道："谢谢！你就不怕……"

"我这点眼光还是有的。"中年人摆了摆手，重又躺回到了藤椅里。

郝龙恭恭敬敬地鞠了个躬，这才转身离开了当铺，他自然没有注意到，在他的身后，中年人的嘴角露出了一抹轻蔑的笑容。

患有严重神经衰弱的郝玉躺在床上，翻来覆去地睡不着觉，他抓起枕边的手机看了一眼，才十点多，他忍不住苦笑，这个时间就上床睡觉，对于他这个岁数的年轻人来说，实在有些太早了。

但大夫交代过，他必须得早睡早起，想了想，他抓过床头柜上的安眠药瓶，倒出一粒，犹豫了一下，又倒出了一粒，丢进了嘴里，就着凉开水吞了下去，重新躺回到了床上。

手机就在这个时候突然响了，他吓了一跳，看了一眼来电号码，是一个自称郝老师的人打来的，他连忙接起了电话，问道："郝老师，这么晚了，您有事吗？"

"小玉啊。"电话那头传来了一个有些苍老的声音，"没什么事，我就是想问你一下，你帮我办的那个人身意外伤害险，是今天生效吧？"

"对啊，您问这个干吗？"郝玉不解。

"哦，没事，没事，我就确认一下，你家灯都关了，没吵到你睡觉吧？"那个声音问。

"没有没有。"郝玉苦笑，"郝老师，您真的没事吗？"他不放心地确认了一下。

"没事。人老了，就是有点啰唆，你忙吧，我挂了。"说着，那人就挂断了电话。

郝玉举着手机，看了一眼时间，无奈地笑了一下，躺回到了床上，眉头却慢慢地皱了起来，他愈发觉得有些不安，几个翻身之后，他终于还是坐起了身，叹了口气，下床，换好衣服走了出去。

夜色深沉，戴梓萌驱车行驶在回家的路上，她的车开得很稳，以至于副驾驶上的林菲都陷入了梦乡。

然而，就算此刻睡得正香，林菲的腿上都还摊开着一本卷宗。

一辆消防车闪着警灯，鸣着警笛从后面呼啸而来，戴梓萌连忙把车靠向一边，给消防车让出了通道，突发状况也吵醒了熟睡的林菲。

消防车从她们身边呼啸而过的时候，头车鸣笛向她们表达了谢意，林菲看了一眼，说道：“那是李队长吧？”

“哪个李队长？”戴梓萌有些发蒙。

“消防队的李健。”

戴梓萌还是有些茫然。

“你还给他带了份鸡蛋饼。”无奈的人换成了林菲。

“哦。”戴梓萌尴尬地应了一声，但她显然还是没想起李健是谁，恐怕更多的心思还在那份鸡蛋饼还不错的回忆里。

“火不小啊。”看着接二连三从她们身边开过去的消防车，林菲说，“去看看。”

戴梓萌并没有觉得意外，驾车跟在了几辆消防车后。

“还是没想起来，就记得鸡蛋饼挺好吃的了。”她突然说。

起火的地方并不远，戴梓萌只跟了几分钟就看到消防车停了下来，停车的位置就在一个略显老旧的小区外，奇怪的是这些消防车却没有直接开进小区里。

林菲微微皱眉，推门下车后才看到，消防通道的铁门被一把锈迹斑斑的巨大铁锁锁着，门内还停着一辆厢式货车将通道堵得死死的，即便打开了铁门，消防车也一样无法顺利进入。

经验老到的李健二话不说，指挥消防员们从车里拿出设备，冲进了小区。训练有素的消防员很快在消防栓上连接好了水带，一路铺设到了起火房屋的楼下，起火的房间就在二楼，随着李健的一声令下，消防战士打开了消防栓，然而让所有人意外的是，消防栓里没有一滴水流出。

“×！”李健忍不住破口骂娘。

浓烟滚滚，火苗已经冲出了窗口，形势危急，李健却有些束手无策，水车来了不能进入小区也无济于事。

围观的群众越来越多，李健也越来越急躁，吼道：“拿灭火器！”终于，他一咬牙就要冲进火海。

“等一下。”

忽地，一个清脆的声音传来，李健停步，转身就看到戴梓萌和林菲站在身后。

“林检，戴检，你们怎么在这儿？”他愣了一下，“这太危险，你们赶紧走。”

“货车。”戴梓萌急道，“那辆车里拉的应该是碳酸饮料，用那个灭火。”

李健瞬间恍然大悟，碳酸饮料里含有大量的二氧化碳，应急灭火确实是一个不错的选择，他没有丝毫犹豫，转身冲消防战士们喊道：“把货车给我砸开，把里面的东西搬过来！”

“可是……”消防战士明显有些犹豫。

此时的李健已经顾不上对群众私有财产的损害了，吼道：“都他妈什么时候了，还在乎那点破事！谁要告，老子担着。”

消防战士们领命而去，只片刻，便搬来了一箱一箱的碳酸饮料，随着李健的一声令下，战士们毫不犹豫地将碳酸饮料扔进了火场，只是十几分钟的时间，一货车的碳酸饮料就消耗殆尽，伴随着一声声闷响，火势慢慢熄灭。

人群里响起了稀稀拉拉的掌声，李健这才长出了一口气，冲戴梓萌和林菲竖起了大拇指。

“赶紧进去看看，有没有人员伤亡。”林菲催促道，随后竟也抬脚就向里面走。

“还不确定是否绝对安全。”李健连忙拦住了林菲，“这事还是我们干比较合适。”

他冲几名消防战士挥了挥手，那几名消防官兵便毫不犹豫地走进了火场。

“应该没事。”看着一脸担忧的林菲，李健安慰道，“我们问过，他们说里面没有人。”

“队长，发现一名死者。”

李健话音未落，对讲机里就传来了消防战士的汇报，他的脸色一下子就沉了下来。

“怎么回事？”他忙问。

“是一名老人。”消防官兵道，“不过，看上去不像是烧死的。”

林菲和戴梓萌对视了一眼，不再犹豫，几步就进了火场，眼前的一幕让她们悚然一惊。

一个老人趴伏在客厅的电视柜前，身上并没有火烧过的痕迹，可他的脑下却是一片殷红的血迹，客厅里凌乱不堪，似乎经受过一番剧烈的打斗，一只破碎的花瓶就在老人的身边。

林菲走到老人的身边，俯下身看了看，伸手拨开了老人的头发，他的后脑处有明显的塌陷。

“不要动现场的任何物品。”林菲起身严肃地命令道，“马上通知刑警队的孙林队长，让他带人到现场。梓萌，打电话给雷检和姜斌，让他们马上过来。”

雷鸣和孙林两人绕着尸体转了一圈，观察了一下现场后，孙林说道：“这是凶杀现场。”

“我再补充一点。”法医刘鹏检查着尸体，“初步判断，死者是被浓烟呛死的，也就是说，被害人死前陷入了深度昏迷，随后吸入了大量浓烟和一氧化碳窒息死亡。”

“那不重要，重要的是凶手杀人了。”躲在门外的姜斌说。

“这很重要，关系到是故意杀人还是故意伤害致人死亡。”林菲冷声道，“既然你回来了，是外围的调查有进展了吗？”

“嗯。”姜斌闷闷地应道，“报火警的人已经找到了。不过他什么都不知道，他是到楼下的时候，发现这屋里往外冒烟报的警。”

“安排人去对面看看。”雷鸣站在窗边，看着对面的一栋楼，大多数人家都亮着灯。起了火，死了人，邻居们的目光都盯着这里，然而遗憾的是，正对着这里也是观察视野最好的那家却拉着窗帘，关着灯。

“看过了，人我也带来了。”姜斌说，他抬脚就想进屋，目光却落在了那具尸体上，迈出去的脚一下子又收了回去，喉头滚动了一下，转头就冲向了一边。

呕——

剧烈的呕吐声随即传进了每个人的耳朵。

警方的指挥车里，这个声称目睹了全部案发过程的邻居穿得颇为正式，端端正正地坐在孙林等人的对面，笃定地道：“郝龙，就是郝龙干的！”

“你是谁？”孙林问。

“我叫郝大海，郝家村的村长。”郝大海尴尬地挠了挠头，“哦，这一片就是郝家村，这小区里的都是我们郝家村的村民。”

孙林点了点头，在笔记本上记录着，问：“你说的郝龙又是谁？”

“郝建的儿子，养子，死的那个就是郝建。”郝大海说，“这老郝啊，是个退休老教师，没退休的时候年年优秀教师。郝龙呢，是郝建的养子。老郝捡到郝龙的时候，郝龙还是个襁褓中的婴儿，为了这个孩子老郝终身未娶，又当爹又当妈地将郝龙拉扯大，哪承想那郝龙就是个白眼狼。”

“怎么说？”孙林问。

“从小，这郝龙的学习成绩就特别稳定。”郝大海说，“稳居全校倒数第一的位置，九年都没变过。守着一个优秀教师的养父，最后连一个普通高中都没考上，就混了个中专，毕业之后无所事事了好几年，全靠老郝接济。三年前吧，郝龙找了个女朋友，马上就搬出去和人同居了，那房租还得时不时靠老郝接济。

“搬出去之后，郝龙对老郝是不闻不问，没事就回家来，走的时候大包小包地拿，就跟鬼子进村似的。”郝大海的声音里充满了鄙夷，“打小我就觉得这小子就是个混蛋坏子，你是没看他现在瘦成那个样，百分之二百是吸毒了。我早就劝老郝别管这小子，让他自生自灭去，你看，这到底出事了吧？”

“你说郝龙是凶手，你都看到什么了？”孙林问。

“嗨，打架呗。”郝大海道，“我就住对面那楼，顶楼，靠山那户。我看得真真的，两人先是吵吵，然后就动手了，那郝龙下手是真狠啊，一花瓶就把老郝削趴下了，完了也不知道他在找啥玩意儿，把家里翻了个乱七八糟，临走的时候去了趟厨房，肯定是把煤气阀打开了，他走没一会儿，那火就起来了。”

“能核实吗？”林菲转头看着孙林，低声问。

孙林微微摇了摇头，说：“火灾现场最难核实的就是是否遭到人为翻动，消防员在救火的过程中会对现场造成二次破坏。”

“想想办法。”林菲道，示意孙林继续询问。

“你知道他在找什么吗？”孙林又问。

“那谁知道。”郝大海摇头，“不过我估计他是没找着，我没看他拿东西走。”

“这个郝龙的联系方式，你有吗？”

“那没有，我这辈子都不想和他有什么联系。”郝大海一脸的嫌弃。

“他女朋友呢？你认识吗？”

“没见过，郝龙女朋友的事还是闲聊的时候老郝自己说的呢。”郝大海叹了口气，“都不一定有这事，要我看老郝就是给自己找个好听点的借口。”

“好，谢谢你了。”孙林合上笔记本，说道，“接下来可能还会再找你问些问题，别嫌麻烦。”

“不麻烦，不麻烦，老郝死得冤啊，我们几十年的老邻居了，没上楼的时候，我们就一个大院住着，关系好着呢。”郝大海抬手抹了抹眼角，挤出了几滴眼泪，“老郝是个好人啊，你随便去打听，这小区里的孩子，哪个没找老郝补过课？！老郝一分钱都没收过，谁家里要是有个困难，老郝那可是二话不说就往外拿钱。”

“最后一个问题。”林菲冷冷地看着郝大海，突然道，“你看到他们俩打架的时候，为什么没报警？”

在她冰冷目光的注视下，郝大海下意识地偏移了视线，低声道：“郝龙连自己爹都下得去手，我能看到他干啥了，他也能看到我，这万一要是来找我，我这又是糖尿病，又是心脏病的，我可打不过他。不好意思，我接个电话。”

他掏出了响个不停的手机，接起后一脸不耐烦地说：“说过多少回了，你们要找的人我不认识，你们还有完没完了？上门？你来吧，我等你们？在哪儿？你们不是啥都知道吗？郝家村派出所。”

郝大海愤愤地挂断了电话，转头又换上了一张笑脸，说：“几位领导，咱们继续？”

“今天就到这吧。”孙林说完，随后拉开了车门。

“怎么样？他的证词，可信吗？”送走了这个目击证人，孙林就迫不及待地问道。

“可信不可信的，既然出现了郝龙这条线，就先找到他再说。”林菲果断地说道。

戴梓萌却有些犹豫，她站在指挥车边，看向了郝大海的家，眉头微皱，两栋楼之间的距离不过十几米，她要微微仰头，才能看清那扇窗户。

“戴检有想法？”见戴梓萌神情有异，孙林留了个心眼。

戴梓萌却摇了摇头，说：“菲姐说得对，先找到郝龙再说。对了，姜哥和雷哥呢？”

“没注意。”孙林想了一下，“老雷好像还勘查现场呢，姜检，按他那个吐法，这会儿没送医院也好不到哪去。”

医院手术室。

郝龙坐在一把椅子上，神态焦急，不停地看向放在一边的手机。

一名头发花白的老医生正在一名护士的协助下，清理着郝龙头部的伤口，伤口有些骇人，布满了不知名的碎片，医生小心翼翼地用镊子夹出那些碎片，放到护士手上的托盘里，碎片和托盘碰撞到一起，竟发出了叮的一声清脆的撞击声。

“小伙子，和人打架了？”上了岁数的老大夫和颜悦色地问。

“没，摔的。”郝龙下意识地答道。

老大夫呵呵一笑，像郝龙这样的年轻人他见得多了，打架打到伤痕累累，不想惹麻烦，就随便编一个理由，免得遇到一个好事的大夫再报了警。

片刻之后，医生清理好了伤口，示意护士把东西拿走，开始缝合郝龙头上的伤口。一针下去，郝龙就脸色苍白，紧咬着嘴唇，双拳死死地抓着腿，控制着身体的战栗。

他没打麻药，一针麻药要不少钱呢，要不是流了太多血，又有碎片在里面，他甚至连医院都不想来。

放在一边的手机振动了一下，郝龙的目光瞬间被吸引，他伸手就去抓手机。这个动作吓了老大夫一跳，连忙喊道：“别动别动，缝针呢。”

郝龙却全然不顾，一把抓起手机，翻开，是一条银行发来的短信，提醒他有一笔三十万的款项进入了他的个人账户。

看到这条短信，郝龙长出了一口气，整个人都轻松了下来。他想了想，按动了手机上的拨号键，只是他拨打的电话却是110。

手术室外。

正在处理医疗垃圾的小护士看着托盘里的那些碎片，有些不解，她戴着手套的手捏起一枚碎片，擦拭掉上面的血迹，放到眼前看了看，眉头微皱，从碎片断口材质来看，这更像是瓷器的碎片。

只是略一犹豫，小护士就掏出手机，拨通了报警电话。

神秘同伙

“摁了吧，林检，郝龙都交代了。”

S 市检察院驻 S 市公安局检察官办公室，姜斌进门就说道，随后便一脸企盼地看着跟在他身后的孙林。

孙林有些无奈地笑了一下，说道："这回你们可得给姜检记头功。"

"可不是嘛。"姜斌得意扬扬地说道："要不是我，可有你们受的了，审到明天早上，你们都未必能审出啥东西来。"

没人说话，林菲只是冲孙林伸出了手。

孙林看了一眼尴尬的姜斌，便将审讯笔录递了过去，林菲拿过去看了一眼就递给了雷鸣。

"我说你们到底听没听我说话？这回的头功可是我的。"姜斌急道。

回应他的，依然是无人理睬。

"都什么人啊。"姜斌嘟囔了一句，悻悻地在自己的办公桌后坐下。

半个小时前，在法医刘鹏检查了郝龙头上的伤口之后，姜斌陪同孙林开始了对郝龙的审讯，只是看郝龙的神情，孙林就知道，这是一块难啃的骨头。明明已经身陷囹圄，可郝龙一脸的无所谓，摆明了什么都不想说。

"咦？这不是那谁吗？"一见到郝龙，姜斌就有些诧异，这个人他觉得非常眼熟，"你别说，我想想，我肯定见过你，在梁九水那死胖子那，拍戏不要命，叫什么来着，怎么想不起来了呢！"

"郝龙！"郝龙笑了一下说道，"圈里的都叫我大龙，姜哥不记得我，情有可原，我就是个龙套，台词没有一句，正脸没露过一次。"

"对，就是你，大龙。"姜斌恍然大悟，"老梁可挺看好你的，上回要不是为了配合我们行动，那角色就是你的了，别说台词了，少说一集的戏得给你呢。得嘞，咱哥们都是熟人，你也就别给哥添麻烦了，有什么就说什么吧。"

郝龙的脸色一下子就沉了下来，冷冷地问道："抢我戏的人，就是你？"

"没办法，一切都是为了工作。"姜斌全没注意郝龙的异常。

"哈。"郝龙笑了一下，恶狠狠地盯着姜斌，"要不是你，我怎么会走到今天这个地步？！"

姜斌愕然地问："这怎么还和我扯上关系了？"

"就因为你，我到手的钱没了，就因为没钱，我才会干出这些事来，你说，怨不怨你？"郝龙咬牙切齿地道。

据郝龙交代，案发当天是郝建的生日，每年的这一天郝龙都会回家，说是给郝建过生日，其实不过是蹭顿饭吃，只是今年郝龙还有额外的一个目的。

他到家的时候，郝建已经准备好了饭菜。

“老头儿，挺丰盛的啊。”郝龙随手抓起一只鸡腿啃了一口，开门见山地说，“通知你个事，你儿子我要结婚了。”

郝建的脸色当时就有些难看，他沉着脸，没有言语。

“小晶怀孕了，这事不能再拖了，你得给我准备点钱。”郝龙放下鸡腿，擦了擦手，说得极为自然。

“没有。”出乎他的意料，郝建的回答也异常干脆。

郝龙愣了一下，说道：“没有？你跟我开什么玩笑呢？你的退休金，补助金，平时还给人家补课，我都给你算着呢，你现在起码攒了三十万了。连儿子都骗，你到底是不是我爸？”

郝建哼了一声，说：“那是我的钱，你都二十大几的人了，整天游手好闲的，凭什么我就得养着你？”

“你这话可就不对了。”郝龙抓起桌子上的酒杯，喝了一口，说道，“当初谁让你把我捡回来的？你要不捡我，没准我现在就是富二代了。你自己说说，这二十几年你都给我什么了？书书书，除了书，你给过我一样值钱的东西吗？有你这么当爹的吗？好人做到底，送佛送到西，我结婚这事儿，你还就得管！”

听着郝龙胡搅蛮缠的话，郝建只觉得气血上涌，让他恨不得亲手宰了眼前这个人。

“哟，生气了？”看着郝建阴沉的脸，郝龙却笑了，“老东西，给你脸了是不？跟你要钱我是看得起你，那孩子是不叫你爷爷还是咋地？你今天把钱给我啥事没有，你要硬说没有，那就别怪我啊！”

“我说没有就是没有，你爱咋地咋地，没事赶紧滚。”一向涵养极好的郝建怒气勃发，一把拉起了郝龙，将他推向了门外。

“哎，这可是你先动手的啊，我现在就算宰了你，我也是自卫。”

“有能耐你动手，照这来！”郝建指着自己的脑袋喊道。

“这可你说的啊。”郝龙一把抓起电视柜上的一只花瓶，照着郝建的后脑就砸了上去。

啪。花瓶一下子摔得粉碎。

扑通。郝建也应声倒地，鲜血汩汩地从他后脑涌了出来。

郝龙却是一脸的无所谓，他啐了一口唾沫，踹了踹倒在地上的郝建，见他没有反应，呵地笑了一下，就开始在房间里翻找了起来，很快，他就从衣柜顶上找到了一个柳条箱，打开之后，里面是一捆一捆的鲜红大钞。

“我本来也不是那么混蛋的人，实在是这回被逼急了。”面对孙林的审讯，郝龙也有些无奈，“工作丢了，我女朋友又怀孕了，别管结婚还是生孩子，你说哪样不得用钱？我们俩都还年轻，花钱一向大手大脚的，没什么积蓄，我都不怕你笑话，我差点把我那手机都给当了。”

“你那个手机，当收藏品都没人要吧？”姜斌忍不住道。

郝龙忽地转头，死死地瞪视着姜斌，说道：“那部戏，我要是顺利上了，梁导答应给我五万块的片酬，就因为你，我失去了那个机会。我就是个小角色，没别的戏可拍，我只能去兼职打工，还丢了工作，你也是杀人凶手。”

郝龙冲着姜斌发泄了一番，重新看向孙林，说道：“你说我都这样了，那死老头子还见死不救，这不就是把我往死路上逼吗？你要想弄死我，当年你别捡我啊，让我冻死，饿死。那时候还是一小屁孩子，啥都不知道，怎么不比现在好啊。”

“所以你就杀了他？”孙林问。

“我不杀他我拿不着钱啊。”

“杀了他你就拿着钱了？”

“可不是，三十万，一分不少，现在都在我银行账户里呢。”郝龙一脸的得意，“拿着钱之后我就放了把火，想毁尸灭迹来着。这跑的时候，不还摔了一下么。”

他指了指自己脑袋上的绷带，“倒霉透了。你们说，我怎么就摊上了这么一个爹呢？”

“所以，你也觉得现在批捕郝龙，证据已经足够了？”林菲似笑非笑地看着孙林。

孙林还有些犹豫，姜斌就已经迫不及待了，“他这都坦白了，有口供，这还不行？”

“可除了口供，其他什么实质性证据都没有。”雷鸣从审讯笔录里抬起头，说。

“对啊，你见过只拿口供抓人的吗？现在的情况，你们只能依法对他进行传唤，讯问，想要批捕，还需要去找更多能够证明他杀人的证据。”戴梓萌擦了擦刚拿过巧克力的手，说道。

“你们又准备以什么罪名申请批捕？故意杀人，故意伤害，还是抢劫？”

林菲抛出了一连串的问题，让姜斌急得抓耳挠腮。

“对了，那个郝大海的证词啊，那个可以吧？”姜斌突然拍了拍脑袋。

“呵。”林菲嗤笑了一声，“要不是那个目击证词，你以为你们有机会对郝龙进行审讯？”

“林检，”姜斌的无奈中多了一丝不耐烦，“至于这么认真吗？错了再放了呗，就是个批捕，又不是定罪，你干吗非得抠这些细节啊。都像你这样，警察兄弟们得累死，多少犯罪分子都得因为你这样贻误战机而潜逃。”

“错了再放？”林菲脸色一沉，“你说得轻松。你错了可以再改，当事人呢？他们因此受到的身心伤害你能弥补吗？批捕就意味着接下来的工作是基于有罪推定，意味着接下来的办案人员在主观上就认定了此人有罪，将会不遗余力地确认有罪的证据，却很容易忽略疑点，忽略无罪的线索，会造成无法挽回的后果。检察官百分之一的疏忽，就是对当事人百分之百的伤害，这是我们的原则，不管是批捕还是诉前审查，这个原则都不能变。”

林菲的语气异常严厉，姜斌感到自己就如狂风骤雨中的一叶扁舟，随时可能倾覆，他的脸色都有些发白，嘴唇颤抖了几下，最终，也没能说出一句话来。

“钱的事，我们核实过了，郝龙账户里确实有三十万。”孙林自信满满地道，“我个人认为，这案子目前事实还是很清晰的，我们只要根据郝龙的供述，再匹配上相关的证据，这案子可以说就算是破了。”

“我同意。而且我认为他太嚣张了，认罪是认罪，可就这个态度，明显没有忏悔的意思，还把责任往我身上推，凭什么啊？我强烈建议公诉量刑的时候往上限走。”姜斌第一个举起了手表示赞同。

就在他对面，摆放在会议室里的白板上面贴着几张案发现场的照片，让他心底发虚，目光低垂，不太敢看。他侧头看向戴梓萌，问道：“梓萌，你怎么看？”

此时的戴梓萌正专心致志地在手机上翻看着什么，姜斌扫了一眼，那是一家肉串吧的外卖页面，他顿时脸色苍白，他抬起手指着戴梓萌，嘴唇微动，接着他起身冲出了会议室，随后剧烈的呕吐声在隔壁的洗手间里响起。

“废物！”戴梓萌不屑地撇了撇嘴，下了订单，收起手机，“我说我的问题。”她打开投影仪播放了一段影像，是警方抓捕郝龙时医院的监控视频记录下来的影像。

两名民警走进医院的时候，郝龙也从手术室里走了出来，他头上已经缠好了绷带。看到警察，郝龙微微一笑，步履轻快地迎了上去。

“你们不觉得这个时候，郝龙的表现很奇怪吗？”戴梓萌暂停了视频问道，“他似乎一直在等着警察的到来。”

“自首嘛，这个时候，人会放下所有的压力，感到轻松，不奇怪。”孙林说。

“他报警的时候，说要自首了吗？”戴梓萌反问。

孙林愣了一下，仔细想了想，慢慢摇了摇头。

“我们继续往下看。”

戴梓萌继续播放视频，郝龙很快就走到了两名警察的身边，似乎想要说点什么，两名警察却拿出了手铐，看到警察的这个举动，郝龙脸上满是诧异和不解。

“郝龙，你涉嫌杀害郝建并故意纵火焚尸，我们依法对你进行传唤，请你配合我们的工作。”一名警察严肃地说道。

郝龙震惊中带着一脸的不敢置信，像一具木偶一样被警方戴上了手铐带离了医院，从始至终没有说过一句话。

“很显然，郝龙不知道郝建死了，更不知道火灾的事，要不然不会表现得如此震惊。”戴梓萌悠悠地道，“他打电话报警，明显是想说别的事。”

“可他什么都没说，对杀害郝建和纵火这事倒是供认不讳啊。”孙林摊了摊手。

“所以我想知道，到底发生了什么，让他突然有这么大的转变。”戴梓萌看着孙林，“他隐藏起来的才是案件的真相。”

“恐怕，他什么都不会说。”想起郝龙认罪时的态度，孙林有些不太自信。

“凶器，指纹，血迹，现场形态，郝龙是在哪家银行，什么时间将钱存入账户的，一样一样去查，总能找到和他的供述不一致的地方，在证据面前由不得他不说。”林菲道。

“还有郝龙的伤。”雷鸣也说道，“他受伤的地方是后脑，他供述是逃离的时候摔伤的，但是刘鹏的鉴定则是钝器击打伤，这一点也很重要。”

“这有什么？”孙林不解。

“退一步讲，就算郝龙的供述我们最终无法推翻，这个伤痕的形态也可能直接关系到案子的定性和量刑。”林菲道，“现场谁先动手，起初郝龙是否想要杀人，都可以从这个伤痕形态上得到证实，这对于之后的定罪量刑都是一个不容忽视的关键点。”

“我明白了。”孙林只是略一思索，就明白了林菲的意思。

“你们就没想过这么一个问题吗？”姜斌靠在门边，甩着手上的水渍，整个人看上去显得有点虚弱，“案发时间是在晚上，我们大半夜就把这小子逮回来了。大晚上的，哪家银行还开门营业？就算是自助存款机，要存进去三十万，也没那么容易吧？他有那个时间吗？”

“你的意思是……”孙林微微皱眉。

“我的意思是，他还有同伙。”姜斌道，“梓萌有一句话我还是认可的，就是郝龙起初可能并不知道郝建死亡的事，听到这个消息后，他却又突然认罪，他在保护自己的同伙，你们觉得，谁值得他搭上性命去保护？”

林菲和戴梓萌对视了一眼，又看了看眉头紧锁的雷鸣。

“他女朋友。”雷鸣道，“他女朋友怀孕了，就算为了自己的孩子，郝龙也会顶罪。”

“那就去找他女朋友，换一个新的突破口啊。”姜斌得意地一笑。

值班室里的小警察到现在还有点无法接受，在那么残忍的照片下，还是火灾现场的照片，戴梓萌还能把烧烤吃得那么津津有味。他知道，队里的那些老警察都能做到，法医刘鹏还经常对着尸体吃饭，但是才入警两年的他还没有那样的能力。一声难以抑制的干呕之后，没有丝毫犹豫，放在桌子上的那份外卖就被他丢进了垃圾桶，似乎这还不足以让他恢复平静，想了想，他干脆把垃圾桶拿到了值班室外，又在房间里喷洒上了大量的花露水，这才感觉舒服了一些。

他看了一眼表，五点多了，再有两个小时，就有人来接班了，这个白天，他不打算吃早饭，吃了也得吐，他要好好睡一觉，好把看到的那一幕彻底忘掉。

“请问，郝龙是在这里吗？”一个脆生生的声音传了进来，拉回了小警察的思绪。他看过去，就见一个脸上粉黛未施，一头长发简单地束成了马尾扎在脑后，上身一件白色的T恤，小腹微微隆起，下身一条有些发白的牛仔裤，脚上一双虽然仔细清洗过但仍旧有些泛黄帆布鞋的女孩儿站在值班室外，一脸焦急。

“郝龙？就是那个为了三十万，杀了自己爹，还放火毁尸灭迹的那个？”小警察下意识地问，“你是谁？”

“我叫赵晶，是他女朋友。”

坐在审讯室的椅子里，赵晶没有任何的紧张和不安，只是略显得有些焦急。

“大龙不会杀人的，他没有理由杀人。”看到孙林和林菲等人进屋，不等他们坐好，她就迫不及待地说道。

“你知道他因为什么杀人吗，你就说他没有理由杀人？”姜斌撇了撇嘴。

“说他为了钱，把他爸杀了。”赵晶说，“那不可能。”

“为什么？”孙林问道。

和林菲、雷鸣等人一样，他看向赵晶的眼神里也充满了好奇。

被带进了审讯室审讯，而不是询问室问询，换做一般人，这时候早就急着为自己开脱了，可赵晶却并未如此。

“能为什么？”姜斌笑了一下，“她就是同伙，真杀人的那个是她呗。我没说错吧，赵晶同学？郝龙是在为你顶罪。”

“我没有。”赵晶摇头否认道，“大龙也不可能杀人。”

“你要不想也坐在那个地方，就把嘴闭上。”林菲看了一眼姜斌，冷冷地说道，又看向了赵晶，微微一笑。

赵晶感激地冲林菲点了点头。

“你都知道什么？说说吧。”孙林问。

“我们不差钱，大龙不会去杀人的。”

“可是据我所知，郝龙刚丢了工作，你又有孕在身，没有固定工作，你们平素根本没有什么积蓄……”

“大龙找到工作了。”赵晶打断了孙林的话，急切地说道，“前一天刚刚找到的工作，老板人很好，还预支了工资。”

“两千是吧？”孙林看了一眼审讯笔录，“对于你们来说，这是杯水车薪吧？”

“不是的。”赵晶摇头，“两千已经足够我们用很久了，我们并不是那么特别急用钱。”

赵晶说，案发前一天的傍晚，郝龙兴冲冲地回到家，手上拎着一只鸡，还有一条鱼。看到这一幕，赵晶有些不敢相信自己的眼睛。

“大龙，你哪来的钱买这些东西？”她紧张地问。

“我找到工作了啊。”郝龙宠溺地摸了摸赵晶的脑袋，“一个月有四千的保底工资，再加上提成，能到五六千呢。老板人很好，给我预支了两千块的工资，这些钱可够我们撑一阵子的了。看老公给你做顿好吃的。”

郝龙说完就钻进厨房忙碌了起来，赵晶却有些心神不宁，郝龙要学历没学历，要技能没技能，什么样的单位会给他开那么高的工资？他要做的工作会不会有什么危险？

她这么想的，也就这么问了。可郝龙却只是微微一笑，将她揽进了怀里，轻轻摩挲着赵晶的小腹，说道：“你老公我又不是傻子，我还要照顾你们娘俩呢，怎么会去干有危险的事？”

“郝龙的新工作，究竟是什么？”孙林问。

赵晶却只是摇了摇头，说：“我也不知道，他不肯跟我说。”

赵晶回忆着。那天有些食不下咽地吃完了晚餐，郝龙收拾好了餐具，在她的面前坐了下来，眉宇间似乎带着一丝忧虑。

“你怎么了？”赵晶担忧地问。

“没事，就是有点累了。”郝龙笑了一下，笑得很勉强，“让我听听咱儿子干吗呢。”

他说着，就躺在了赵晶的腿上，双手揽住了赵晶的腰，侧耳贴在她的小腹上。

“才三个月，你能听出什么来啊？”赵晶脸色绯红，有些娇羞。

“这么多年，你跟着我受苦了。”郝龙没头没脑地说了一句。

“说这些干吗？”赵晶笑了一下，说道，“我又不图名，不图利，就是喜欢你人好，能给我安全感。所以，不管发生了什么，你都不能瞒着我，知道吗？”

“我怎么敢瞒着老婆大人呢？”郝龙道，“我确实有些想不清楚该怎么办。”

他坐起身，看着赵晶，“我们得结婚，可是，你也知道，我现在没钱，我爸的钱，我不能动，我也没资格动，那是他一分一分攒下来的养老钱。我也不想委屈你，我真的很难办。”

“这不就是又当又立吗？两边都想讨好，结果就是两边都不讨好，你觉得是郝建毁了你们俩的幸福生活，所以，你杀人，对吧？”姜斌忍不住笃定地说道，“我了解大龙那个人，杀人这事，他还真干不出来，至于你说你不图名不图利，这话，说说就完了，我更相信宁可坐在宝马车里哭，也不愿坐在自行车后面笑。你没看那个新闻吗？那女的让她男朋友好几次给拖出宝马车外，打得她妈都不认识她了，就那样还要爬回车里呢，你换个捷达桑塔纳试试？”

赵晶脸色涨红，面对得意扬扬的姜斌，有心想要反驳几句，可还不等她说话，林菲就已经抬手指向了门外，冲着姜斌冷冷地道：“要么闭嘴，要么出去，这话我不会说第二遍。”

姜斌立时乖乖地闭上了嘴。

林菲这才冲着赵晶歉意地笑了一下，说道：“你继续，不用管他。”

赵晶点了点头，继续说道：“大龙的心思我能理解，他不想再麻烦郝叔叔。我也不是非得有什么豪华的婚礼才行，一直租房子住下去也行，我就是想和大龙在一起，能共同养大我们的孩子，就够了。”

“那你家里那关你能过得去？现在谁结婚，光彩礼就往少了算不得个十万八万的？”姜斌不屑地嗤笑了一声。

“我，我没有家人，大龙是我唯一的家人了。我是个孤儿。”

姜斌惊讶地看着赵晶，张了张嘴，想要说点什么，终归还是什么都没说。

“认错道歉不丢脸，死要面子才活受罪呢。”戴梓萌的声音很小，却清晰无误地传进了每一个人的耳朵里，饶是姜斌脸皮再厚，此刻也是老脸一红，决意在这场审讯里，决不再说哪怕一个字。

“郝龙说他没有资格动郝建的养老钱，这是什么意思？”孙林问。

“大龙是被郝叔叔收养的，这你们应该都知道了吧？”赵晶问，见众人点了点头，这才继续道，“但是三年前，他的亲生父母就找到了他，想接他回家。”

合法来源

三年前，正是郝龙刚刚毕业，和赵晶确定关系的时候，他在第一时间就想把这个好消息告诉自己的父亲郝建。可是回到家的时候，却发现家里坐着两个他不认识的人，男的高贵大气，女的雍容典雅，在他们的面前，郝建那一身简朴的衣服简直拿不出手，但知识分子的气势却丝毫没有被压下，从容淡定地坐在这两个人的对面，喝着茶，有说有笑地交谈着什么。

“爸，他们是？”郝龙问。

“小龙回来了？来，这是给你的见面礼，这是小龙的女朋友吧？我一看见你就喜欢，你也有。”女人起身，从包里拿出了两个红包，塞到了郝龙和赵晶的手里。

两人有些手足无措地看着郝建，等着他能给一个解释，可此时的郝建却只是微微笑着，什么都没说。

“孩子还不知道我们的身份，你这样做太唐突了。”中年男人责备道，看了看郝建，“这件事，还是郝老师来说比较合适吧？”

“小龙知道自己的身世，谁来说都一样。”郝建的目光里流露出一丝难以掩饰的不舍，但他强打起精神，兴奋地说道，“小龙啊，我给你介绍一下，这两个人就是你的亲生父母。当年他们受条件所迫，没法养活你，就把你放到了我家门口，后来的事，你都知道，我一辈子没结婚，就咱们爷俩相依为命，总算把你拉扯大了。”

郝龙的脑子里嗡嗡的，除了那一句“亲生父母”，后面的话，他一个字都没听进去，郝建的声音似乎就在耳边，又好似远在天涯。

他呆呆地看着眼前这两个人，一句话也说不出来。

“这孩子是高兴坏了。”郝建说，“跟着我这个清贫书生，除了书，我是啥也给不了他，可惜这孩子的长处不在读书上，我是没那个条件供他，要不然他现在没准也是个明星了，你们是没看到他演的戏……”

“不，我不认识你们。”郝龙沉下脸，打断了郝建的话，“我没有妈妈，我只有一个爸爸，他叫郝建。”

中年男女略显尴尬，郝建却拉下了脸，说道：“小龙，你怎么能这么说话？你知不知道，他们为你受了多少苦？遭了多少罪？他们一直都没要孩子，就是希望有一天事业有成了能领你回去，补偿亏欠你的一切，当年他们也是没办法，你可不能恨他们，毕竟，没有他们生下你，没有他们把你送到我门口，就没有咱们俩的缘分。”

“爸。”郝龙苦笑了一下，说道，“我明白你的心思，我不恨他们，他们对于我来说，就是两个陌生人而已。”

“这孩子，怎么这么说话呢！”郝建皱着眉，偷眼打量了一下郝龙的亲生父母，叹了口气，“唉，是我没教育好，有负二位所托啊。”

“我理解大龙。”赵晶说，“他和亲生父母一点感情都没有，突然让他接受他们实在太难了。可是大龙也知道，郝叔叔让他回去也是为他好，将来买房子，结婚，生孩子，哪样都得不少钱，他想走演艺圈，那更得不少资源，郝叔叔清贫了一辈子，他负担不起，但他的亲生父母可以。但是大龙不觉得，不管那两个人有多少钱，都和他没关系，他只认郝叔叔是他爸爸，可是另一方面，他也确实觉得那些钱不能再由郝叔叔来出，不能再给郝叔叔增加负担，所以他就搬了出来，和我住到了一起。但是同时他又觉得自己还得尽赡养郝叔叔的义务，所以就经常回去看看。郝叔叔是个好人，经常接济我们，钱我们不要，郝叔叔就时常给我们准备一些菜，让大龙带回来。”

“那天到底发生了什么，你知道吗？”孙林问。

出乎意料地，始终坚持郝龙没有杀人的赵晶在面对孙林这个问题的时候，却摇了摇头。

“你不知道？”孙林愣了一下，“那你怎么就肯定郝龙不是凶手呢？”

“那天是郝叔叔生日，每年我们都会一起去给他过生日，今年我们的计划也没有变，只是那天我突然身体不舒服，大龙才自己去的。”赵晶说。

“回家之后，郝龙有什么异常吗？”孙林又问。

赵晶却再次摇了摇头，苦笑了一下，说道：“大龙根本就没回家。我是接到你们电话，才知道他被你们抓了。”

“这完全是在浪费时间。”姜斌一屁股坐进了椅子里，“这个赵晶是来找碴儿的吧？合着她根本就啥都不知道，就敢在这胡说八道，早知道，我就不搁那演混蛋刺激她了。上回让我抢银行，这回让我装混蛋，我看你们就是一肚子坏水，存心看我出丑，下回谁爱干这事谁干，反正我是不干了。”

“还有啊孙队，她这可算是干扰办案了，这要不给她点教训，没准她还能干出什么事来。要我说，先关起来再说，完了抓紧时间查她和这案子的关系。”发完了牢骚，姜斌提出了自己的处理意见。

“她怀孕了。”林菲淡淡地说道。

“怀孕怎么了？菲姐，你这个说法，就跟他还是个孩子一样，你知道我通常怎么说吗？他还是个孩子，千万不要放过他！”姜斌“切”了一声。

孙林笑了一下，说道：“打不得骂不得，说话稍微重一点，刺激到了，万一孩子再有点啥事，这责任我可承担不起，要不，姜检，你去？”

戴梓萌却是若有所思地看了一眼雷鸣，见雷鸣翻出了审讯笔录，她的眼睛一亮，问道：“郝龙是不是提到了当铺？”

“是啊，那和这案子有什么关系？”姜斌不解地问。

“他已经被逼上了绝路。”雷鸣突然笑了一下。

“这不恰好说明，他有充足的作案动机吗？”姜斌说。

“可是，赵晶明明说，郝龙找到工作了，工资比你还高呢，还预支了工资，至少在短时间内，他们不用为生计发愁。”戴梓萌道。

“哎，咱说郝龙，你别总带上我啊。”姜斌不满地说道。

“我明白了。”孙林却点了点头，“戴检你的意思是，郝龙是故意提到当铺，让我们相信他是凶手的。可他为什么要这么做？”

“就是，他为什么要这么做？”姜斌附和着，“再说了，赵晶的话能信吗？她和郝龙的关系在那摆着呢，自己还指望着郝龙养活，那肯定往好了说呀，说难听点，她现在也还是嫌疑人呢。我认为，那些与他没有利益关系的邻居的证词才更有说服力。”

“证据才更有说服力。”林菲突然开口道，“咱们去查查接诊的大夫，看看他对郝龙头部的伤有什么意见。”

“肯定不是摔伤。”给郝龙处理伤口的医生和护士面对孙林和林菲等人，没有感到丝毫的紧张，只是略一回忆，医生就笃定地说道，“他口口声声说是摔的，但是，我清理创口的时候，可看得清清楚楚的，摔可摔不成那样。”

“以你的专业角度来看，你觉得伤口是怎么造成的？”雷鸣问了一句。

“打的呗，现在这群小年轻，不都这样！看几个黑道的电影，就觉得自己也能当大哥了，成天打打杀杀的，整到医院来，就说自己摔的，生怕把警察招来。”医生的不屑中更多的却是无奈，“说句你们不爱听的，现在真混黑道的，有几个还动刀动枪啊，都文明着呢，就怕惹事把警察招来。张老爷子说得好，江湖不是打打杀杀，是人情世故！”

姜斌忍不住竖起了大拇指，说道：“看得明白，说得也明白。”

“谁还没年轻过啊？”医生笑了一下，扯了扯衣袖。

姜斌眼尖地看见，这个医生的胳膊上竟然有一大片文身，他不由得惊讶地张大了嘴巴。

“你们就没发现有什么异常的地方吗？”孙林问。

“异常？”一旁的小护士皱了皱眉，“李大夫，你记不记得，咱们从患者创口清理出来的碎片？”

“碎片？”李大夫想了一下，说道，“不算什么异常吧，看着就是几块瓷器碎片，我估计是在室内打起来的。”

“什么样的瓷器碎片？”雷鸣赶忙问道。

“像花瓶吧。”护士想了一下，“我觉得像花瓶。然后我就报了警，没两分钟吧，警察就来了。”

“你说，是你报的警？”林菲微微皱了皱眉。

“是啊。”护士点头，“我还没见过那么快的出警速度呢。”

林菲不再说话，只是皱眉思索着，似乎有什么地方想不通。

“碎片还有吗？”雷鸣又问。

“你这不是难为人吗？”姜斌不满地看着雷鸣，说道，“医疗垃圾能随便留吗？”

“你们等我一下，我记得，我锁在更衣柜里了。”护士却说道，让姜斌难掩震惊。

“你留那个干吗？”他忍不住问。

“我觉得那可能会是重要线索嘛。”小护士嫣然一笑，“我是个推理小说爱好者，雷米、秦明、九滴水，专业警察写的刑侦小说我看得多了，好多案子都是这么不经意间找到重要线索的。”

“这也太粉碎了，你们想让我查啥啊。”看着物证袋里的碎片，最大的一块还没有1/3的指甲盖那么大，痕检员一脸的茫然。

“查指纹，我想知道上面都有谁的指纹。”雷鸣说。

“办不到。”痕检员径直把物证袋塞回给了雷鸣，“雷头儿，不是我推托，你觉得这玩意儿全拼起来有没有一个手指肚大？”

“有没有，先拼了再说。”孙林说道，“你都没拼呢，就说不行，警察的觉悟呢？就饭吃了？”

“孙队你可以质疑我的专业能力，但你不能诋毁我的职业尊严。”痕检员急道，“事有可为有不可为，这一看就不行的事，还做，那不叫信仰，那叫傻，叫浪费生命，浪费你们的也浪费我的。”

“你偷听林检说话了？”孙林震惊地道。

“行了行了，给刘鹏送过去，看看有没有其他的痕迹。”眼看着孙林还想再争辩几句，雷鸣忙道，“让他做做微量物证，说不定有什么发现。”

“你看，还是雷头儿明事理。”痕检员瞪了一眼孙林，得意地哼了一声，拿着物证袋出了办公室。

姜斌满头大汗地走进办公室，把一张纸放到了林菲的办公桌上，就跑到了空调出风口前，张开了双臂，一脸的享受。

“菲姐，你要这玩意干啥？你不知道，今天这天，老晒了，出去走五分钟，比健身两小时出的汗还多。”他不满地抱怨着，“也就我用的都是进口的防晒霜，要不然，我得亏死，你可得给我个正当的让我觉得值得的理由。”

戴梓萌凑到林菲面前看了看，那是一份报警记录，她略一思索，就明白了过来，“菲姐，你是觉得？”

“郝龙报了警，那个护士说她也报了警，警方到底是因为哪个报警电话才出的警，出警的原因又是什么？”林菲笑了笑。

“嗨，那还用说吗！”姜斌回头道，“咱们这儿的出警效率你还不知道？护士报完警两分钟警察就到了现场，这不现实，郝龙的报警电话又在前，肯定是因为郝龙报警，警察才去的啊。再说，你老纠结这些细枝末节的干啥？谁报的警，有关系吗？”

“就冲你这态度，你今年这法考又够呛。”戴梓萌叹了口气，说道，“你就没想过，如果郝龙被抓是因为他自己报的警，他可就算是自首了。”

“可郝龙在报警电话里说的是他被人骗了。”林菲抖了抖那份报警记录，“不奇怪吗？”

“人是我杀的，我没有同伙，钱，我就是存到了别人的卡里，然后给我转回来的。”面对林菲等人，郝龙显得极为平静。

“你自己听听，你说的是人话吗？”孙林说道，“你自己明明有卡，你非要存到别人的账户里，然后再给你转回来，脱裤子放屁，你费那事干吗啊？”

“经手得越多，你们不就越不好查吗？”郝龙微微一笑。

“行，那我算你计划周密，但是你能不能给我解释一下，哪家银行大半夜的营业，让你存那么多现金进去？”

面对孙林的质问，郝龙淡淡地答道：“自动柜员机。要不然能那么长时间我才收到钱吗？”

“嗯，这个理由好，又给我们增加了不少工作量，哪家银行，哪个存款机存的？说了吧，我们好挨个去核实。”

“记不清了。”郝龙一脸的无所谓，“遇到个自助银行就进，怕被发现异常，分了好多个存款机呢。反正，就沿途那几家，你们去查呗。”

孙林有些无助地看了一眼林菲，却见林菲一脸的平静，于是他知道，自己的一句玩笑，恐怕不得不变成事实了。

“行，说说吧，为什么抢钱，杀人？他不是你爸吗？一个人把你拉扯这么大，你小子就一点都不感恩？”

郝龙的神情有一瞬间的凝滞，随即便淡淡地笑了一下，说道：“我不都说了吗？我要结婚，要用钱。”

“想听你再说一遍。”孙林道。

“我不是他亲生的，你们也知道。他养我，没别的目的，就是想让我给他养老送终。但是赡养和抚养是对等的，你不能光索取不付出啊！打我和小晶公开关系那天，他就口口声声说给我攒了一大笔钱，结婚用的，然后呢？我现在要结婚，要买房子，要用钱了，你猜他怎么说？他说没钱，扯淡呢，没钱我怎么办？我们俩就这么打起来了。”

“他也动手了？”林菲敏锐地问道。

“那倒没有，可他骂人太难听了，说我是没人要的野种。”郝龙说，“我打小就知道我不是他亲生的，打小身边的孩子就那么说我，那是我心里最痛的地方，所以我就动手了。”

“你头上的伤，不是他打的？”孙林问。

“摔的，我不是说过了吗，跑的时候太紧张，摔了一下。”

“咱们还是开诚布公吧。”林菲笑了一下，看了一眼孙林，孙林当即点了点头。

“你女朋友赵晶已经把有关你的一切都跟我们说了，包括你的身世。你的亲生父母事业有成，有意想恢复你们之间的关系。据我所知，别说三十万，就是三百万，对于他们来说，也不是特别困难的事，为了三十万，你连自己的养父都杀，这说不过去吧？”

听孙林这么说，郝龙愣了一下，眼神里闪过了一丝不易察觉的慌张。

“那傻妞，真是说什么信什么。”郝龙突然长出了口气，说，“都是假的，老郝家那条件你也看到了，臭老九一个，没多少钱，我要不编一个像样点的家世，那丫头能跟我吗？”

“你就不想想赵晶，不想想她肚子里的孩子吗？你就不想想，因为故意杀人，你要在牢狱里待多久，甚至可能是死刑吗？你想让他们孤儿寡母怎么办？”戴梓萌看着郝龙，问。

“想，怎么没想？”郝龙笑了一下，“我要是没想，我能报警吗？我要是没想，我能这么主动交代吗？我不就是想争取个宽大处理吗？”

“可你报警的理由是你被诈骗给骗了。”孙林说。

“是吗？那可能是我说错了吧。”郝龙淡淡地道，“摔了脑子，没准是糊涂了。”

郝龙的油盐不进让林菲等人颇有些无可奈何，无奈之余，孙林只能安排人去把从郝建家到医院沿途的银行监控调了回来，从中寻找着郝龙，或者是赵晶的身影。

同时，对那个给郝龙汇钱的账户，警方也开始了细致的调查。

对于这种费时费力的工作，姜斌难得地没有表达不满，用他自己的话说，最早这个疑点就是他提出来的，在这件事情上，就算是错的，他也得一条道走到黑。幸好，雷鸣坚定地站在了他这边，甚至亲自下场查看起了监控录像。

“无论是作为一名检察官，呃，未来的检察官，还是人民警察，这种工作态度和工作方式，都是必须要掌握且始终如一的。”姜斌站在门边，一边搽着护手霜，一边给所有查看监控视频的警察们打气，招来一个又一个白眼，然而他却完全无动于衷，“这小子，就是罪无可恕，咱们必须用确凿无比的证据把他钉死在耻辱柱上，让他的同伙也无所遁形。”

“闭嘴吧你。”孙林忍不住呛声道，“说好的和我们一起查呢？”

“我这不是陪着你们吗？”姜斌无辜地道，“你们不能指望我真下场啊，这玩意我不专业，万一再给你们惹麻烦。但是你们放心，我就在这儿，哪儿也不去，你们看到什么时候，我就陪你们到什么时候，同吃同住，各位，加个油！”

迎接他的是一个又一个白眼，孙林无奈地从文件夹上找出一张外卖单，准备叫几份外卖。

“别订川菜湘菜啊，太辣，我这皮肤受不了。”姜斌扫了一眼外卖单说道。

孙林头也不抬，狠狠地冲他竖起了中指。

而此时，林菲的办公室里，戴梓萌和林菲看着眼前的肇源，有些意外。多日不见，肇源的气色明显改善了很多，脸色红润，精神饱满，双眼闪烁着精光，难得的是，面对林菲，他竟然还能保持着满满的自信。

“我为郝龙的案子来的。”肇源开门见山地说道。

“他请辩护律师了？”林菲不解。

“请不起吧？”戴梓萌也有些不太确定，“按肇律师的收费标准，他要能请得起，还用得着去当铺卖手机？”

“咳。”

肇源尴尬地咳嗽了一声，说：“我是郝龙的父亲聘请的辩护律师。”

“郝建？他不是死了吗？”林菲更加不解。

“不是郝建，是郝龙的亲生父母。”

“他不说那都是假的吗，为了骗赵晶，专门编的。”

“真的，都是真的。”肇源连忙道。

“哦，你来干什么？”林菲问。

“我来是想告诉你们一件事。”林菲和戴梓萌的一唱一和搞得肇源毫无脾气，他打开公文包，从里面拿出了一张纸，递到了林菲的面前，那是一张汇款回执。

“郝龙账户里那三十万，是他父亲汇给他的。”肇源说，“是完全合法的，与郝建没有任何关系。”

残留物

那天晚上，栗国清回到家里的时候，已经夜里十一点多了，卧室还亮着灯。

他走进卧室，就看到妻子李芬坐在床边，手里捧着一个小小的襁褓，黯然垂泪，襁褓里空空如也。

叹了口气，栗国清在李芬的身边坐下，伸手将她揽进了怀里，李芬顺势靠在了他的肩膀上，悲伤终于难以遏制，痛哭出声。栗国清没有说话，只是轻轻拍打着李芬的后背。

良久，李芬才停下哭泣，抬手擦了擦眼角，说道：“国清，我们得帮帮大龙，就算他不愿意认我们，可那毕竟是我们的骨肉啊。”

“怎么帮？”栗国清长叹一声，“大龙那孩子，脾气倔，要是知道我们帮了他，还不得彻底消失，让我们连影子都找不到？”

“可你看看他过的都是什么日子啊？”李芬打开床头柜，从里面拿出了一沓照片，那分明都是从各个角度偷拍的，照片里，郝龙和赵晶穿着简朴，在菜市场里和人讨价还价着，挑拣着商贩处理的菜品，尽管如此，可他们的脸上却带着满足的笑意。

“你再看看他们住的地方，这是人住的吗？”李芬说着，从照片里挑选出了一张，那是一处处于拆迁中心的老楼，周围的建筑都已经拆掉，就是这栋楼，也已经基本没什么人住了，窗户破破烂烂，有些甚至只是用几块塑料布简单地包裹了一下。

看着这张照片，栗国清一阵阵心疼，说道：“咱们最难的时候，也就是这样吧？那段日子咱们到底怎么熬过来的？”

“你也知道难熬，你就忍心看着咱们孩子再遭一遍罪吗？当初迫不得已把他送出去，就已经是罪孽深重了，现在，我怎么还能坐视不理啊？”李芬抹泪道。

“可是，大龙不开口，你让我怎么帮啊？”栗国清一脸为难，“我给这孩子送过钱，托人送的，结果呢？他一分都没要。我都按肇律师说的故意把钱包丢到他面前过，可这孩子却把钱包交给警察了，那可是五千多块钱现金，还有银行卡，我连密码都留下了，我……”

栗国清的手机突然响了，他掏出手机看了一眼，愣了一下，脸上露出了一抹狂喜，激动地说道，“是大龙，他，他主动给我们打电话了。”

“快，快接，大龙是不是愿意回来了？”李芬连忙催促道。

栗国清的手都在颤抖，他定了定神，按下了接听键，将手机举到了耳边。

“喂？”他故作镇定地道。

“栗国清吗？我是郝龙，我要三十万，现在就要，我的账号你知道。”郝龙的声音里听不出任何感情，说完这句话，他就挂断了电话。

“怎么样？大龙是不是愿意回来了？”看着栗国清呆愣愣的神情，李芬急切地问道。

“他要三十万，现在就要。”栗国清慢慢放下了电话，眉头紧紧地皱到了一起。

“那你还等什么？赶紧给他啊。”李芬道。

栗国清却缓缓摇了摇头，说：“你不觉得奇怪吗？我们之前给他钱他都不要，现在却突然要三十万……”

“那肯定是遇到什么急事了啊，这时候不帮他，那还等什么时候？”李芬说着，掏出手机，打开了手机银行。

“可我总觉得事不太对。”

“有什么不对的，也等先把钱给大龙了再说。”李芬埋头操作着手机，头都不抬地说道。

栗国清想了想，看了一眼忙着汇钱的妻子，从通讯录里翻出了一个电话，打了过去，说道：“肇律师吗？我想让你帮我去看看大龙是不是出了什么事。”

“就这么回事？”看着那张汇款的回执，姜斌挠了挠头，“不会是伪造的吧？听你说的，这两个老头老太太为了这个郝龙可什么事都干得出来。”

“盖着银行的戳呢，也都核实过了。”戴梓萌撕开一袋薯片，往嘴里塞了一片，“系统里都有记录。”

“那郝龙为什么非要说，那三十万是从郝建那抢来的呢？”姜斌紧皱着眉头，一脸的不解。

面对栗国清和李芬，郝龙一脸的冷漠，一言不发。

面对孙林那句“不解释解释三十万到底是怎么回事”的问题，郝龙干脆闭上了眼睛，一副随你们怎么想的样子。

“大龙，为了那个老头儿，担着杀人的罪名，值得吗？”

听到李芬的话，本是闭着眼睛的郝龙猛地睁开了眼睛，双眼中射出了两道寒光，死死地瞪着李芬，冷冰冰地吐出了两个字，“出去！”

李芬吓得一个激灵，她看到郝龙浑身的肌肉紧绷着，双拳紧握，仿佛下一刻，那重重的拳头就会砸到她的脸上。

而在她看不到的地方，郝龙的腿微微动了动，脚尖对准了李芬。

“你说的那个老头儿，是我爸爸，是他把我养大的，你们除了给了我生命，还给了我什么？这么多年不闻不问，说是为了我好，说到底还不是怕我成了你们的累赘！”郝龙咬牙切齿地说道，随即嗤笑了一声，“好笑，现在老了，想起我来了，你们以为我不知道你们在想什么？还不是想让我给你们养老送终？我看郝建那个老头儿不顺眼都能宰了，何况是你们？”

面对突然爆发的郝龙，就连孙林都有些手足无措，更遑论李芬和栗国清，可旁听的林菲却笑了一下，她看了一眼戴梓萌，戴梓萌耸了耸肩，说道：“所以你没想杀他，相反，还很感激他。”

"我感激他？"郝龙看着戴梓萌，嘴角露出了一抹不屑的笑容，"你跟我开什么玩笑，我跟没跟你说过，要不是他，我要么在什么都不懂的时候就死了，要么活得比现在好多了，我会感激他？"

"当然。"戴梓萌说道，"你母亲说你这样做不值得的时候，你的表情告诉我，你很厌恶她说出这种话，甚至出奇地愤怒，你下意识地在维护你的养父，尽管她并没有说什么侮辱你养父的话，而你细微的举动则告诉我，为了维护郝建，你甚至不惜对你的生母动武。"

"还有你自己也说你希望过得比现在好，回归你亲生父母那边，等着继承遗产不好吗？养老送终？他们那么有钱，你雇两个保姆不就完了？大龙，我承认你演技比我好，可论起说谎来，十个你也不行。"姜斌迫不及待地说道。

"所以，我就不明白了，这样的你，怎么可能会杀害郝建？我有理由相信，当你们两个人同时面对危险的时候，你会毫不犹豫地把郝建护在身后。"林菲说道，"告诉我，究竟发生了什么？你为什么一再强调那三十万？或者说，你到底把那三十万放到了哪里？"

她的目光和郝龙对视着，森然的气息自她的身上散发着。

片刻，郝龙的额头就冒出了细密的汗珠，艰难地咽了口唾沫，不由得移开了和林菲对视的目光。突然间，他往椅子里一靠，整个人无比放松，似笑非笑地看着林菲，"随你们怎么想，反正钱我拿了，人我也杀了。"

"当真是蒸不烂煮不熟捶不破炒不爆响当当的一粒铜豌豆！"姜斌一屁股坐进了椅子里，一把抓起了肇源送来的那张汇款回执，看了一眼，撇了撇嘴，随手折成了一个纸飞机，放在嘴边哈了一口气，对着雷鸣就丢了过去，"想从这小子的嘴里套出两句实话来，太难了！"

"我们的证据规则就是重证据轻口供，当口供与证据无法相互印证的时候，我们选择相信证据。"林菲说。

"菲姐，这证据我看也不可信吧？你们别忘了，如果栗国清和郝龙是同伙，那完全有可能是栗国清把现金藏了起来，根本没存进银行，然后用自己的钱给郝龙转账，这就能解释为什么他的银行流水没有异常，这可是一次完美的洗钱行动。"姜斌说。

"那他干脆不说不就完了？"戴梓萌撇了撇嘴，"没有任何证据说他拿走了三十万，也没有任何目击证人看到他拿走了三十万，都是他自己说的，我看，这更像是他给我们提供的一个作案动机，让我们相信他是凶手。”

雷鸣深以为然地点了点头，又看了一眼林菲，说道：“林检，我想做一次现场还原。”

“我没意见。”林菲点头，她看了一眼戴梓萌和姜斌，“我还有件事需要你们两个去办一下。”

“了解。”戴梓萌干脆地应道，“是现在就去，还是等现场还原完再去？”

“现在就去。”不等林菲说话，姜斌就收回了脚，麻利地站起了身，“现场还原那玩意儿，老雷，孙队，那都是专家级的，咱们俩去，那就是凑热闹，帮不上忙不说，还给人家添乱。”

“你倒是有自知之明。”林菲冷笑道。

“拉倒吧，啥自知之明啊。”戴梓萌却不屑地撇了撇嘴，“他就是害怕。反正我要跟现场还原去。”

“那我自己去查。”姜斌已经走到了门边，脚步却不由自主地慢了下来。

终于，他回头无奈地看了一眼林菲，问道：“林检，能交代一下，让我去干什么吗？”

火灾现场依旧保留着案发时的状态，地板上画满了各式各样的白色粉笔痕迹，标记着死者郝建被发现时的位置和姿态以及房间里物品的位置。

客厅那被烧得残破不堪，只拉到一半的窗帘随风摆动着。

房间外传来了杂乱的脚步声。

楼梯间，姜斌喘着粗气，微微弯着腰，脸色有些不正常的苍白。他已经很努力说服自己，只是一个案发现场，没什么可怕的，他也不是第一次出现场了，可现在，越是接近现场，他的双腿就越是不受控制地战栗。

走在最前面的雷鸣和孙林突然停下了脚步，姜斌就势靠住了墙，大口大口地喘息着，他甚至不得不将双手撑在了膝盖上，支撑着身体。

他们停留的地方是楼梯的转角处，在郝龙的供述中，他头上的伤就是在跑到这里的时候，脚下一滑，磕到楼梯扶手上造成的。

雷鸣微微俯身，观察着斑驳的木质楼梯扶手。

“这还看啥啊？”刘鹏不解，“木质扶手确实可以说是钝器，不过要造成郝龙脑袋上那种伤口，这块儿肯定不行。再说，就算是他真在这儿摔的，伤口留下的也应该是木屑碎片，而不是瓷器碎片。”

雷鸣没说话，只是往旁边挪了挪，给刘鹏留出了位置，示意他仔细检查一下。

“有必要吗？肉眼就可见了，不必浪费检材了吧？”刘鹏有些不太情愿。

“我要切实的证据，不是主观的推测。”林菲冷冷地道。

刘鹏颇有些无奈地打开工具箱，从里面取出了一张试纸，在扶手上用力蹭了蹭，解释说：“联苯胺试纸，专门检测潜血反应的。”

他说着，把试纸拿到眼前看了看，又递给林菲等人看了一眼，那张试纸没有任何反应。

“看到了吧？潜血预实验表明，这里没有留下任何血迹，以郝龙的创口形态，现场不可能不留下血迹。不信？”他瞟了一眼姜斌，嘿嘿笑了一下，“不信就让姜检闻闻，他那个鼻子，比我这试纸还好用。”

林菲点头，轻飘飘地说道：“那就继续吧。”

孙林和雷鸣一人拿着一个档案袋走进了郝建家，林菲和戴梓萌紧随其后，唯有姜斌，站在门边踟蹰不前，而刘鹏却不见了踪影。

看着客厅中间那道清晰地勾勒出了郝建死前状态的白色痕迹，姜斌的脸色愈发苍白。

雷鸣和孙林走到郝建死亡的地方，蹲下身开始工作，雷鸣的目光更多的却是放到了旁边原本碎裂的花瓶所在的地方。

“前期的侦查显示，”孙林打开了档案袋，从里面拿出了一沓照片，说道，“凶器是一只放在电视柜上的花瓶，结合郝龙的供述，他当时用花瓶袭击了郝建，将郝建砸晕之后，对房间进行了翻找，拿到自己想要的东西后纵火离开的。”

“要听听最新的鉴定结论吗？”刘鹏举着电话，从门外走了进来，他脸上的表情极为精彩，像是受到了震惊，又像是在极力忍耐着什么。

所有人的目光都看向了刘鹏。他微微一笑，打开了免提。

“刘主任，根据我们的鉴定，凶器上除了死者自己的指纹和血迹外，没有其他人的痕迹。”

这个消息犹如一记炸雷，让所有人都面面相觑，唯有林菲依然维持着那份冰冷，没有任何的变化。

“还有，”电话那头传来了一阵翻动纸张的声音，片刻之后，那人才继续说道，“从嫌疑人的创口提取到的碎片经鉴定，与杀害死者的凶器高度相似。”

听到这句话，戴梓萌的眼睛亮了一下，她几步走到了电视柜前，蹲下身，仔细看了看，嘴角露出了一抹意味不明的笑容，看向了雷鸣。

“雷哥，你过来看。”她叫道。

雷鸣和孙林走到戴梓萌的身边，俯下身看了看，对视了一眼，同样露出了一抹笑容。

电视柜上，两处明显的痕迹告诉他们，这里曾经摆放着两只花瓶，可现在，却一只都没有了。

“鉴于郝龙所说的那三十万没有证据能够证明存在，这案子的性质恐怕要变了啊。”孙林直起腰，摩挲着下巴上青色的胡楂，“两人先是发生了口角，郝建就用花瓶殴打了郝龙，郝龙被迫反抗，却意外失手杀死了郝建。”

“这也就能解释，郝龙为什么要一口咬定他就是凶手，甚至伪造了作案动机。因为两个人的关系太密切了，他认为只有自己被判死刑，才能赎罪。”戴梓萌也说。

林菲没说话，但她的神情却告诉孙林等人，她对这个推论依然持保留态度。

略略思考了一下，林菲将目光投向了雷鸣。

此时的雷鸣就蹲在发现凶器的地方，紧皱着眉头，思考着什么。突然，他一把抓过档案袋，将里面的照片一股脑地倒在了地上，在里面翻找了起来。

片刻之后，他从那一堆照片中拿出了一张，仔细看了看，笑了一下，将照片展示给了众人。

那是凶器被发现时候的照片，凶器碎裂了一地，却并没有分散，而是聚集在了一个特定的区域里。“这不是手持凶器去击打被害人应有的痕迹形态，更像是将凶器摆好后，被害人自己撞上去留下的形态。”雷鸣沉声说道。

“那不可能。”不等众人说话，姜斌就叫道，“他没有理由那样做，再说，这不就和目击证人的证词完全不符了吗？”

没有人说话，戴梓萌只是走到了窗边，看了一眼窗外，纳凉的居民们在楼下有说有笑，孩童们无忧无虑地嬉戏玩耍着。这里发生的那场惨案对他们的生活没有造成任何的影响，只是偶尔，有人将目光投向了案发现场，似乎是在讨论这起案子，可他们的表情里没有惋惜，没有不安，只有一丝丝的兴奋。

戴梓萌叹了口气，收回了目光，抬眼看了一眼窗帘挂钩的位置，“谁说目击证人的证词就一定是可信的呢？”

姜斌愣了一下，愕然道：“这可是人命官司，这些人，总不会拿人命开玩笑吧？”

林菲也走到了窗边，她看了一眼当晚那个提供证词的目击证人郝大海的家，森然一笑，说道：“拿的是别人的命，又不是他们的命，有什么不可能呢？”

“还有，”刘鹏打断了几个人的对话，冲着电话道，“你继续说。”

“是，刘主任，根据我们的鉴定，”电话那头的警察似乎对结论也有些不太自信，犹豫了一下，才继续说道，“现场目前没有发现嫌疑人郝龙的任何痕迹。”

消失的礼物

毒辣的太阳猛烈地照射着大地，工人们光着膀子，挥舞着手里的铁锤，用力敲击着混凝土块，汗水和铁锤留下白色的印迹几乎同时出现在混凝土块上。

不远处，挖掘机轰鸣着，将已经残破不堪的建筑推倒，砸碎，装上卡车。

灰尘四散飞扬。

姜斌默默地掏出了口罩，在原本的口罩外又加戴了一层，愁眉苦脸地看着远方那栋孤独地矗立着的小楼，从这里过去，根本就没有一条成形的路，他们必须穿过废墟，翻过残土堆，然后，再跨过一座几块木板拼接成的小桥，才能到达那座小楼的外围。

“这地方，也能住人？”姜斌看了一眼神情万年不变的林菲，“我真不明白，我们到这个鸟不拉屎的地方来，到底是为了什么？”

“那不是人吗？”林菲抬了抬下巴示意道。

顺着林菲的目光，姜斌看到一个娇小的身影正熟练地穿过废弃建筑物的窗户，消失在了他们的视野里。

他叹了口气，说道：“那咱们也走吧。”

他很清楚，就算雷鸣能在监控里找到些什么，翻山越岭地去找那个目标，林菲也不会做出任何改变。

赵晶把那袋大米倒进已经空了的塑料桶里，又把那袋青菜在厨房里放好，打开煤气罐，烧上了水，把鸡蛋放了进去。

当郝龙被捕的时候，她觉得自己的天已经塌了一半，但是，至少她相信郝龙绝不会做出那种事。尽管不知道为什么，郝龙一口咬定自己就是杀人凶手，但她相信警察一定会查出真相，还郝龙一个清白。

那个短发的女检察官，显然也不相信郝龙就是凶手。

为了肚子里的孩子，为了郝龙出来的那天他们能真正组建一个新的家庭，她默默地坚持了下来。可是，就在几小时前，因为工作上的失误，她被辞退了，彻底失去了经济来源，这让她感觉整个天都塌了。

那袋大米和那些青菜是她离开兼职超市时，那个面容凶狠、亲自辞退她的店长给她。她仅仅工作了几天，店长还是按一个月给她结算了工资，那是她这一天里唯一感受到的温暖。

她浑浑噩噩地回到卧室，拿起一条毛巾擦拭着脸上的汗水。

房间并不大，窗户上的玻璃大多已经碎掉，只是用纸板简单地挡着，虽然环境十分简陋，赵晶也将屋子收拾得十分整齐。卧室的一角就放着一个木制的简易衣柜，衣服叠得整整齐齐地放在上边。

房间里没有床，只是一个床垫子，上面铺着一床干干净净的床单。在床垫子边上放着一个简易的书架，上面整齐地摆放着一些书，只是那些书看起来都有些老旧泛黄，应该是从地摊上网罗回来的，更有可能是从废品里捡回来的。

擦完了汗，赵晶觉得有些累了，便在床垫上坐了下来，从书架上拿起了那本欧·亨利的小说集看了起来。

还没翻几页，门上就传来了敲门声。

赵晶愣了一下，略一犹豫，才起身理了理头发，走到门边，打开了门。

门外站着的，是林菲一行人。

十分钟后，林菲一行人坐到了一家肯德基餐厅里。

尽管戴梓萌一再声明这顿孙林请，想吃什么随便点，但是赵晶却只是点了一份最便宜的儿童套餐，然后，小口小口地吃了起来，和几口就解决了一个汉堡的戴梓萌比起来，简直就淑女得不能再淑女了。

“你看看人家，你再看看你。”姜斌唉声叹气地说道，“你就不能像个女孩子一点吗？人家都是吃饭饭、睡觉觉……”

砰的一声，戴梓萌把手里的可乐杯用力蹾在了桌子上，吓得姜斌一个激灵。

赵晶强忍着才没让自己笑出声来，她吃完了手里的汉堡，揉了揉肚子，把玩着儿童套餐赠送的玩具，看向林菲，问道：“你们找我有事吗？”

“先吃，吃完再说。”林菲把自己的那份薯条向前推了推，转头看着孙林说道，“孙队，再来几份那个套餐。”

姜斌好奇地看了看窗外，咂了咂嘴说：“今儿是太阳打西边出来了？”

赵晶也连忙道：“不用了，我吃饱了！”

“我才半饱还没到呢。”戴梓萌笑了一下，看着孙林，说道，“孙队，你把那套玩具给我集齐了呗。”

“多大人了，还玩玩具。”姜斌撇了撇嘴，孙林也是欲言又止，当他看到赵晶正爱不释手地把玩着玩具的时候，却又恍然大悟。

“得嘞，这个交给我了。”

“真的不用了。”赵晶忙道。

可孙林已经起身走到了前台，不一会儿就拿着套餐和玩具回到了座位上。

“给孩子的。”林菲把那几份玩具推到赵晶的面前。

面对她这副样子，就连赵晶都有些无奈。

“说到礼物，我们还真有个情况想跟你了解一下。”孙林说，“你们今年给郝建准备生日礼物了吗？”

赵晶点了点头，说：“我们每年都会准备的。”

“今年准备的是什么礼物？”孙林又问。

面对孙林的问题，赵晶为难地摇了摇头，说道：“这我也不知道。每年我们准备的也就是一份蛋糕，一束花。大龙搬出来之后，我们一直过得很拮据，今年更是如此，本来我是还想像每年那样准备的，但是大龙没让，他说一切有他呢，让我不用操心。”

说到这里，赵晶苦笑了一下，说：“其实，他以为自己瞒得很好，可是我全都知道，他把自己的手表卖了，那块表是块老古董，值点钱，他现在戴的是块高仿品。就像我为了这个家卖了从小就一直戴着的一条项链一样，那是我被送到孤儿院的时候，身上唯一值钱的东西。”

“《麦琪的礼物》？”姜斌问。

赵晶苦涩地点了点头。

几个人又闲聊了几句，从赵晶口中得知了往年他们买蛋糕和鲜花的蛋糕房和花店的地址后，便起身准备离开。

看着没能吃完的快餐，赵晶显然有些不舍。

看着她的神情，林菲了然，冲服务员招了招手，要了几个塑料袋，一股脑把所有的食物都装了进去，递给了赵晶。

赵晶的表情有些僵硬，脸色也瞬间通红，她连连摆手，慌忙地说道：“不，不用了。”

“拿着吧。”林菲说，“本来就是给你点的。”

“那……”赵晶犹豫了一下，说道，“谢谢你们。”

她微微鞠了一躬，这才接过袋子，跟在林菲等人的身后出了快餐店。

“对了，我这有份工作，不知道你有没有兴趣。”

临上车的时候，孙林突然想起了什么，在公文包里掏了掏，摸出了一张名片，递给了赵晶，“方便的时候，你打这上面的电话。”

赵晶接过那张名片看了看，轻轻咬了咬嘴唇。

“工资虽然不高，但可以预支，他们那也有食堂宿舍，怎么也能比你现在的环境要好一些。就当是为了孩子。”看出了赵晶的犹豫，孙林微微一笑，说道。

对于郝龙，无论是蛋糕店的员工还是花店的员工都颇有印象，这么多年来，他每年订的蛋糕和鲜花都是一模一样的，最便宜的那个，今年也是如此。然而，听到这个消息，无论是孙林还是林菲，却都皱紧了眉头。

“我可以确定，现场没有鲜花，也没有蛋糕。”孙林笃定地说道。

“他订了，也取走了，为什么现场会没有呢？”戴梓萌满脸的不解，看了一眼无精打采的姜斌，问道，“姜哥，你觉得呢？”

“我的人生充满了黑暗。”姜斌答非所问地回了一句，“蛋糕，鲜花，掌声，荣誉，一切的一切都在随风远去。”

“他怎么了？”孙林不解。

“有些人终其一生都在为一口饭挣扎，有些人却一个电话就能决定一个人的命运，我的人生啊，就这样被颠覆了。”姜斌瞪了一眼孙林，无限感慨。

“完了，孙队，你摧毁了一个孩子天真纯洁又远大的梦想。”戴梓萌笑道。

“那叫不切实际的幻想。”林菲也说。

“可是，”孙林却摇了摇头，有些不解，“蛋糕和鲜花，在这个案子里很重要吗？就像那三十万一样，郝建有没有三十万，并不影响郝龙杀人的事实吧？”

“现在还不能说是事实。我们还不知道它们是否重要，但终归是一个疑点。”林菲说，“说到那三十万，那关系到作案动机和最后对案件的定性，是必须查明的，如果不是三十万引来的杀身之祸，那会是什么？会不会有更深层次的隐患？孙队，我们去看看雷检那边怎么样了。梓萌、姜斌，你们去看看对郝建的资金查得怎么样了。”

林菲说完，就走向了孙林的车。

孙林看了一眼戴梓萌，却见戴梓萌耸了耸肩，一脸的爱莫能助。

奇怪的邻居

“停！”

案发小区的监控室，孙林坐在电脑前昏昏欲睡时，身后的雷鸣突然喊了一句，他一个激灵，下意识地暂停，这才将注意力集中到屏幕上，就看到这个位于小区入口处的监控摄像头刚好拍下了郝龙进入小区的画面。

监控里的时间是晚上八点三十分。

“和郝龙供述的时间是一致的。”孙林说。

“注意看他的手。”林菲提醒道。

孙林放大了画面，尽管视频有些模糊，但还是能清晰地辨认出，郝龙手里是一个蛋糕和一束花。

“这可是个重要证据，能证明郝龙在现场出现过。”孙林说，“继续？”

林菲点了点头。

孙林点击了播放，问道：“快进行吗？这得看到什么时候去？”

毫不意外，林菲坚决地摇了摇头，说：“一帧线索都不能放过，真相也许就隐藏在某一个不为人注意的角落里。”

孙林尽可能轻地叹了口气，他现在有点明白，为什么姜斌总会对林菲的命令有那么强的抵触情绪了。

“我们推测，任何人都不可能随随便便在家里长时间存放三十万的现金，尤其是郝建那个岁数的人。在他们看来，钱只有放在银行里才最保险。”一名警察带着姜斌和戴梓萌一边向银行网点的监控室走去，一边介绍着他们的调查结论，“所以，郝建应该是最近才把钱取出去的。这不，网侦的同事没费多大劲就查到，案发前一周，被害人郝建就是在这个网点取了三十万。”

“还真有三十万的事啊。”姜斌惊讶不已，“那看来，栗国清是没跑了，那三十万肯定在他手里。”

“这个，你们还是先看看监控再说吧。”小警察犹豫了一下，推开了监控室的门。

“停！”

这一次是林菲发出的命令，孙林已经彻底麻木了，他机械地将视频暂停，转头看着林菲，看上去是想要问点什么，却没开口，但是他的双眼看上去却空洞无神。

连着看了两个多小时的监控录像，孙林已经身心俱疲了。在局里，有专门查视频的警察，以往他只需要看结果。然而，这一次要他自己从浩如烟海的视频里找出想要的答案，他充分体会了一把那群兄弟的痛苦和煎熬，难怪他们总是一副精神不足，严重肾亏的虚弱样。不说每个人的保温杯里都泡着枸杞，起码浓重的黑眼圈和凌乱的胡楂绝对是标配。为这，他可没少取笑他们。

回去得对他们好点。他暗暗道。

“十点十分，郝龙出门，手上没拿任何东西。”林菲说。

孙林回头看到监控录像上是郝龙走出单元门的画面，他的手上空空如也，一手捂着头。

“看来，他确实有同伙。”他略一思考，点了点头，说，“火是十一点多，快十二点的时候起来的，这个时间不对。我的人已经查明，郝建在案发前确实从银行取了三十万现金出来。现场没有发现郝龙的痕迹，显然，是有人在他走后，对现场进行了清理，并且拿走了那笔钱。继续看？”

他问道。见林菲和雷鸣点了点头，他重新播放起了监控视频，这一次，他终于打起了精神，目不转睛地盯着画面。

然而，接下来的监控视频却再没有给他们任何信息，直到大火熊熊燃起，他们都没能从监控视频中看到任何可疑的人出现，甚至在那段时间里，这个单元根本就没有人进出过。

“邪了门了！”孙林不服，将监控视频向前倒了倒，决定从郝龙离开的时候再看一遍。

“等一下，再往前一点，从郝龙进去开始，到他离开这段时间。”雷鸣说。

孙林惊讶地看向雷鸣。

“如果留下来清理现场的是郝龙呢？”雷鸣说道。

孙林一愣，不由得失笑，说道：“真有你的，我怎么就没想到呢。”

他重新将视频向前倒了倒，开始播放。

从银行里走出来的时候，姜斌的脸色阴沉得吓人。

郝建的确从银行取出了三十万现金，但这笔钱他并没有带回家中，而是直接存进了另一个账户。

这个过程在监控视频里被清晰地记录了下来，然而，对于那个收款账户，要查询起来可就没有那么容易了。

在分别请示了刘天明和林礼祯后，两人都同意尽快出具一份文件，请银行方面配合调查。

“还没联系上吗？这么重要的线索，咱们得抓紧时间告诉菲姐他们，要不然可就被动了。”姜斌问正举着手机的戴梓萌。

“一个一个的，电话都打不通。”戴梓萌也有些烦躁，“菲姐的雷哥的孙队的，全都无法接通。”

“服了。哎，你说，这老头儿不会让人骗了吧？”

姜斌上了车，突然想起了什么，说道：“咱们汇款，不是可以直接从账户上划走吗？他干吗非得先取钱再汇款啊？”

戴梓萌也愣了一下，她仔细回想着视频里郝建的神情，坐在银行的柜台前，他仔细又慎重地填写着汇款单，脸上的神情既紧张又带着些兴奋。

“肯定是这样了。”姜斌笃定地道，“只有骗子才会想出这么复杂的汇款办法，目的就是给我们的调查增加难度。而且，你想啊，梓萌，这个老郝头儿，那么大岁数了，辛辛苦苦把郝龙拉扯大，结果郝龙还是个白眼狼，那他的心绝对拔凉拔凉的，孤独，寂寞，冷，这个时候的人是最脆弱的，骗子乘虚而入，嘘寒问暖，老郝头儿一步步就掉进了骗子设计好的陷阱，无力回天。”他越想越觉得这是最合理的推测，不禁有些得意，“现在这些骗子，就喜欢从这些老头儿老太太身上骗钱，一骗一个准，你要是敢拦着他，他还得说你就是个坏人，阻拦他追求幸福。”

“你去找老林，让他赶紧把手续开了，我去找菲姐。”她说着就走向了路边，摆弄着手机叫了一辆网约车。

坐在电脑前的孙林再一次显得有些无精打采，此时林菲和雷鸣也是眉头紧皱。从郝龙走进单元门开始，一直到他离开那段时间，竟没有一个可疑人物离开，现在，他们只能继续看下去，从火灾发生的时候开始看。

林菲坚定不移地相信，如果郝龙真的有同伙，那这个人很有可能就在这栋楼里，他不可能一直不离开，不去处理那三十万现金，这么一大笔钱留在家里，就是一枚定时炸弹，随时可能会被发现。

当监控器上的时间跳到凌晨四点三十分，天色蒙蒙亮的时候，视频画面让所有人都精神一振，小区出入口处的监控里终于发现了异常，一个清洁工人骑着电动三轮车驶出了小区。这在往常是一个再正常不过的场景，然而，他们却发现，在这辆电动三轮车的把手上，挂着一个蛋糕盒子，清洁工人的座位旁，也放着一束花。

“看来我们都猜错了。”孙林长出了一口气，说道，“同伙的确有，但这个同伙从始至终就没进过现场，郝龙是把钱装进了这里面，丢到窗外，同伙再来取走的。”

他说完，就看着林菲和雷鸣，等着两人对接下来的侦查提供意见，可无论是林菲还是雷鸣，两人都是眉头紧锁，一言不发。

“怎么？我说的不对吗？我知道有点匪夷所思，但如果你们看过《捕蝇纸》，就知道这太有可能了。别忘了，郝龙可是个演员，这种片子他肯定没少看。学着片子里的方式作案，正常人一般想不到，但是他们这种搞演艺的，绝对有可能，越是匪夷所思越是能扰乱我们的视线嘛。”孙林说。

“我不否认你说的这种可能，只是有些地方想不明白。”林菲说，“郝龙为什么要替这个同伙顶罪，最关键的是，他为什么要找自己的生父要那三十万？既然他都能从别的渠道弄来钱，为什么一定要做这种犯罪的事呢？”

“这个，”孙林略略想了一下，“咱们去查查不就知道了？”

刘志国今年五十八岁了，干保洁二十几年，一直以来兢兢业业，从没出过差错，生来一副老好人的性格，跟谁都没红过脸，检察院和公安局的人突然找上门，让他有些手足无措。

给林菲等人倒上茶水后，他在沙发边坐了下来，一脸的拘谨。

“我……”不等林菲等人开口，刘志国就先说话了，“我这几年身子骨不咋好了，老伴又常年卧床，所以，有时候干活确实会偷点懒，但是大面上的事可没出过错，都收拾得干干净净的，坏事我可没干过，不至于就因为这点事就报警抓我吧？”

“别紧张，和你了解点情况。”孙林说着拿出手机，愣了一下，手机上十几个未接电话，全是戴梓萌打来的。他扭头看向林菲，“林检，戴检打过好几个电话，不知道什么事。”

林菲连忙掏出手机看了一眼，未接来电提示比孙林的只多不少，她微微皱了皱眉，走出了房间。

孙林这才从手机里调出了几张照片，递给刘志国，问道：“照片上的人是你吧？”

刘志国戴上老花镜，接过手机，举到眼前仔细看了看，点了点头，回答道：“是我。”

“蛋糕和花呢？”

刘志国一脸不解也说道：“在家里啊。”他指了指窗台，一个简易的花瓶里，一束鲜花开得正旺，“那就是捡回来的花，蛋糕，没吃完，在冰箱放着呢。”

“我能看看吗？”

听到孙林的话，刘志国更加疑惑了，但他还是起身打开了冰箱。如他所言，那个蛋糕盒子端端正正地放在冰箱里。他把蛋糕拿出来放到茶几上，孙林和雷鸣看到，这盒蛋糕才吃了一半不到。

“两位同志，这花和蛋糕都是我捡的，不会有什么问题吧？”刘志国问。

“没。”孙林看了一眼雷鸣，雷鸣摇头，他又问道，“你还捡到别的东西了吗？”

“那还真没有了。”刘志国说，“我就看花挺好的，这蛋糕就摔了一下，动都没动过，就捡回来了。我说同志，我捡这东西，不犯法吧？”

“应该，不算吧。”孙林有些尴尬。

“查清楚了？”戴梓萌坐在一辆保时捷911里和姜斌通着电话。

“那你不看看是谁出马。”姜斌不无得意地道，“郝建汇款的账号是一个对公账号，一家网贷公司的，俗称的‘714高炮台’，案发前一天被警方一窝端了。”

“好，我知道了。”

“还有，”姜斌还想再说点什么，戴梓萌那边却已经挂断了电话，他拿着手机苦笑不已。看了看身边林菲的那辆车，代驾司机正眼巴巴地看着他。“别那么看我，该给你的钱一分都少不了，不过你还得送我去一个地方。”姜斌说。

“得嘞，您钱到位，就算天涯海角我也能送您去。”司机笑了一下，“这车保养得是真好，不过小兄弟我就想不明白了，你们有钱人都这么任性吗，自己不考驾照就敢买车？还是说这是有意贴补我们呢？”

坐在一辆保时捷 911 里的戴梓萌刚挂断姜斌的电话，林菲的电话随即就打了进来，她连忙接起电话，说道：“谢天谢地，菲姐，你电话总算通了。听我说，郝建确实取了三十万现金出来，但是这三十万他根本没带回家里，而是直接汇入了一个对公账号，对方是做非法网贷的，我们现在严重怀疑，他是上当受骗了，郝龙的那个报警电话，说不定要说的就是这个事。”

“你到哪儿了？”林菲问。

戴梓萌看了一眼车外，车子正驶进郝家村的小区，回道：“我就快到郝建家楼下了。”

“我们马上就过去。”林菲说着挂断了电话。

林菲回到屋里时，孙林正小心翼翼地在蛋糕盒上提取指纹，刘志国在一边看着，有些手足无措，一脸慌张。

“你在现场还捡到什么了？”雷鸣问他。

“没，真没有了。”刘志国摇头，“早知道有这么大的麻烦，这点儿玩意我也不捡，我就是猪油蒙了心了，我那点儿工资全给我老伴买药了，这不就想着给她改善改善嘛。”

“花瓶没捡到过？碎的。”雷鸣又问。

“嗨，你都说是碎的了，我捡那玩意儿干吗？”

“那就是说，现场真有碎的花瓶？”雷鸣露出了一抹高深莫测的笑容。

刘志国完全没有意识到雷鸣笑容的含义，点了点头回答道：“碎得都不成样了。”他突然想起了什么，连忙补充道，“我收拾起来扔垃圾桶了。”

“真扔了吗？”雷鸣脸上保持着笑容，语气却略有些严厉。

刘志国愣了一下，目光不由自主地偏向了一边，说：“太碎了，也没全收。”

“带我们过去。”见孙林已经提取完了指纹，雷鸣就站起了身，不容辩驳地说道。

保时捷 911 缓缓在郝建家的楼下停好。

戴梓萌掏出手机，问司机：“多少钱？”

“哦？哦。”司机郝玉有些心不在焉，他打开储物箱，从里面随手抓出了一把零钱，一股脑地塞给了戴梓萌，说道，“不用找了。”

戴梓萌愣了一下，说：“我说，我得给你多少钱？”

“啊？”郝玉这才反应过来，不好意思地笑了一下，“二十。”

戴梓萌扫了一下二维码，付了车费，对司机说：“师傅，你精神头不太好啊，太累了吧？这个状态开车，可不太安全。”

“不开了，今天就到这儿了。”郝玉挤出了一抹笑容，却显得有些力不从心。

戴梓萌下了车，随后就惊讶地看到郝玉也下了车。只见他锁好车门后，径直走进了对面那栋楼里。

她愣愣地看着郝玉的背影，觉得这个人有点奇怪，走路的姿势颇为僵硬，似乎想要跑起来，却又极力控制着，这让他看起来就像一个生了锈的机器人。

证　人

郝建卧室的楼下是小区的一块公共绿地。

说是公共绿地，但实际上平日里并没有人打理，荒草足有一人多高。按照刘志国的说法，他当时就是在荒草里捡到的蛋糕和鲜花。

可是看着眼前的情景，别说孙林和雷鸣，就是姜斌都忍不住露出了狐疑的神色。

“来，你跟我说说，到底是什么样的一个正常人，会没事钻草地？你一天天的就扫个大街，你当是两万五千里长征呢，又是爬雪山又是过草地的？”姜斌说，“还是说，你有什么了不得的怪癖，欲望无处发泄了要跑这儿钻草地？”

刘志国老脸一红，向前走了几步，伸手拨开了杂草。众人惊讶地发现，郁郁葱葱的杂草底下一片狼藉，各式各样的生活垃圾几乎铺满了地面。

“有时候实在懒得往外运，我就把垃圾都扔到这里了。”刘志国解释道，“警察同志，这事儿你们可别往外说啊，要是让我们领导知道了，我肯定得被开除。”

孙林没说话，看了一眼刘鹏，刘鹏唉声叹气地戴上了手套鞋套，小心翼翼地钻进了草丛里，抬头看了一眼郝建的家，找准了位置后蹲下了身，强忍着不适，在那堆垃圾里翻找了起来。

正值夏季，天气炎热，垃圾堆里蚊蝇肆意飞舞，一只只老鼠也被惊扰得四散逃窜。

十分钟后，刘鹏涨红着脸，从草丛里钻了出来，手上提着一个物证袋，物证袋里装着大量的瓷器碎片，几枚碎片上暗红的血迹清晰可见。

“总算没白忙。”刘鹏长长地出了口气。

三个小时后，DNA 的鉴定结果出炉，从郝建家楼下取回的瓷器碎片上发现了郝龙的血迹，足以证明，案发当晚郝龙曾在郝建的家中遭到了花瓶击打。

可在确凿的证据面前，面对孙林等人的讯问，郝龙却一口咬定自己就是出门的时候摔伤的，自己在郝建家中没有遭到任何殴打，而郝建就是他亲手杀害的。

“动动你们的脑子行吗？我没病，我是个正常人，入室抢劫是重罪，又杀了人，更是死罪，我犯得上为没做过的事顶罪吗？”郝龙一脸不屑地看着孙林。

“行，你要非得这么说，我们就这么记。”孙林有些无奈地笑了一下，“那你要不要解释一下那三十万是怎么回事？我们已经掌握了确凿的证据，郝建家里根本就没有三十万现金，他在取出现金后不久就汇给了别人。”

“就因为这事，我才杀人的啊。”郝龙说，“凭什么啊！说得好好的，那三十万是留给我买房子结婚用的，转手他就给别人了，换了你，你不生气？”

“嘿嘿，他还真不能生气，他不差那三十万。”姜斌不合时宜地笑了一下，招来孙林一个白眼。

“那你为什么说你亲生父亲转给你的那三十万，就是你从郝建家里拿走的那笔钱？”孙林问。

“我这么说过吗？”郝龙一脸迷茫。

孙林被气得笑了出来，他从审讯笔录里找出一页，递给郝龙，说：“白纸黑字，你按了手印，亲自画押的，现在不承认了？”

“可能是我说的吧。”面对孙林的质疑，郝龙一脸的无所谓，“我摔了脑袋，说不定是脑震荡了，你们又没让我留在医院观察，当时大概脑子不清楚才那么说的吧。我不就为那三十万去找的郝建吗，他没钱，可不就赶紧让有钱的给我拿了？”

“简直是冥顽不灵，愚不可及！”姜斌终于展现了一次自己的文化水平，接连用了两个成语来评价他，“林检，这小子不就是一心求死吗？干脆我们就遂了他的愿得了，费那么大的劲儿查什么啊？查完了他又不承认。”

“别管是诉前审查还是法庭审理，是信他的口供，还是信证据？”林菲从卷宗里抬起头，看着姜斌问道，“还有，你最好收回你刚刚说过的话，这样的话我不想听到第二次。如果一个人想死，法律就判他死，这样的法律是你想要的？你记住，我们的工作就是不放过任何一个坏人，也绝不会冤枉任何一个好人。如果不能解开所有的疑点，落实确凿的证据，就算天下人都认为他是凶手，我还是不会批捕，不会送他上法庭的。法律惩罚的是犯罪分子，而不是可能犯了罪的人，否则，那和岳飞的莫须有，和希特勒的纳粹主义还有什么区别？！懂了吗？”

姜斌尴尬地笑了一下，“我说，你们谁看见老雷了？他这一天天总这么不声不响的，我老忘了，咱们这组还有他了。”

“去现场了。”林菲头都不抬地说，“看看能不能找到其他的线索。”

“说起去现场，菲姐，咱们也再去一次吧。”戴梓萌突然说。

林菲抬头，目光中带着些疑惑。

“我们应该去找目击证人问问情况。”

“孙队和雷检就在做这件事。”林菲道。

“不，菲姐，我的意思是，我们去找别的目击证人。”戴梓萌说。

林菲眼中的疑惑更加浓厚了。

“我是这么想的。”戴梓萌耐心地解释道，“孙队长那个单线条的，肯定是去问之前已经问过的目击证人，但是那个目击证人的家所处的角度其实恐怕并不能直接看到究竟发生了什么，我们要去找一个目睹了全程的人。”

林菲皱着眉，略一思考，就点了点头。

随即她站起身和戴梓萌一起往外走去。两人同时忽略了姜斌的意见。

姜斌无奈地叹了口气，跟了上去。他现在已经很清楚，自己的意见在这两个人的眼里，一个不屑听，一个根本就不在意。

三人到达郝建家的时候，并没有看到雷鸣的身影，只有孙林站在客厅的窗前打着电话。

“能看到我吗？”他问了一句。电话那头的人似乎发出了什么指令，孙林向左手边走了几步，让自己离窗帘远了一点。“现在呢？”他又问。

等了一下，他又向左边走了几步，再有一两步，就要走出窗户的范围了。随即，他回头看了一眼，见林菲和戴梓萌、姜斌站在门边，一副不明所以的样子，抬手示意他们稍等，目光落在了地上郝建原本躺的地方，冲着电话说道：“不行，郝建当时在右边，不是我站的地方。”

说着他就挂断了电话。

“林检，你们来了。”他招呼道。

“你这是在干什么？”姜斌问。

“一个侦查实验。”孙林答道，“雷头儿觉得，郝大海其实并不能看到现场都发生了什么。”

“结论呢？”林菲问。

“雷头儿是对的，确实什么都看不到。”孙林说。

随后他有些纠结地看着林菲，问道：“林检，雷头儿真没有再回我们队里的想法吗？”

“不是他有没有，而是能不能的问题。”林菲难得笑了一下，只是那笑容中多了一丝惋惜，“我也知道，在刑警队他才能发挥最大的优势，在检察院，他到退休可能也就是个助理检察官。只是，他做过的那些事，现在还能有这份工作，已经是上边网开一面了。”

“唉。”孙林叹了口气，说道，“我又何尝不知道。只是，我是真的不甘心啊。”

让雷鸣重回刑警队的想法，孙林不是第一天有了，和雷鸣在一起的每一秒钟，他都会无法遏制涌起这个念头，他也不止一次和局长刘天明提起过。而刘天明除了摇头就是摇头，在这件事上，刘天明难以想象地固执。

“凭什么啊？考试挂科还有个补考的机会呢，犯人服刑还给重新做人的机会呢，整天喊着治病救人，惩前毖后，怎么到老雷这儿，就这么一竿子打死？”孙林甚至不止一次跟自己的老婆唐珂抱怨过。

“让他回去跟你们一起才是害他吧？”唐珂倒是看得通透，“依我看，这是上边对他的保护，你不看看他家里都成什么样子了！家破人亡啊。孩子那么小就没了，嫂子双目失明，哪一件不是因为他在刑警队的时候干的那些事？要我说，现在这样还挺好，他不用冒险上一线，嫂子也放心。你是不是就见不得人家好啊？”

“哪有，哪有。”孙林连连摆手。

“我看，过几年你申请去检察院得了。”唐珂说。

“那哪儿行！”孙林嘿嘿一笑，“你老公我啊，这辈子最大的理想就是当警察，雷头儿就算这辈子回不来了，刑警队也是他家，我得帮他把家看好了。”

“那你就不想想我和孩子啊？”唐珂不满地问道。

“想啊，怎么不想。”孙林说，“那不是有你吗！就你那份工作，说出来都能把人吓死，谁敢对咱家人动手啊，前脚刚商量怎么动手，后脚就得让人送大西北劳动改造去。”

“你自己说，为什么做假证？！”

雷鸣那嘶哑的嗓音把孙林从感慨中拉回了现实，那个在案发当晚衣冠楚楚、言辞凿凿的目击证人郝大海，此刻就像换了个人，一脸哀求地看着他们。

无论是雷鸣，还是林菲，都只是冷冷地看着他。

“我说，”郝大海垂头丧气地道，“我叫郝大海，是郝家村的村长，这小区里的所有人都是我们郝家村的村民，这块地当初也是我们郝家村集体所有的，给我们留出来的回迁地。”

按郝大海的交代，在农改非的历程中，郝家村的土地被征收，所有的村民都集中迁到了现在的这个小区。农民们失去了土地也就意味着失去了经济来源，虽然有一大笔拆迁补偿款，但是钱一到手就花个精光这种事，并不少见，到了那时候，所有人就要被打回原形。背井离乡都算是好的，他更担心的是，这些没什么文化，手里有钱了的农民们会走上赌博、吸毒的犯罪道路，这种事情就像瘟疫，一旦有一个人这么干了，用不了多久，村子里的所有人都会这么干，到那时候，郝家村毁掉的就不仅仅是一代人。

有点学识的郝大海深刻地意识到了这一点，他不能做郝家村的罪人，他选择了分期付款，除了给村民们分安置房和第一笔几十万的补偿款外，剩下的钱统一都在村委会的账户上，由村委会定期分给每一位村民。

而在此期间，这笔钱也可以用来投资，所有的盈利，每一位郝家村的村民都有份儿，自然也就得到了大家的一致认可。

“问你为什么做假证，你怎么还给我们上起历史课来了？郝家村的变迁史我们不关心。”姜斌不耐烦地说道。

“我做假证其实就和这件事有关系。”郝大海苦笑了一下。

案发那天，郝大海因为觉得有些累，早早就睡下了，还特意把手机调成了静音。

直到被消防车吵醒后，郝大海起身才看到郝建家起火了。

他连忙换好了衣服，下了楼。

小区里都是一个村的，多多少少都沾亲带故，郝建家一起火，大家都围在楼下看了起来，议论纷纷。

郝大海下楼的时候，警察也到了现场。

看到郝大海，人群中的郝玉迎了上来，在他耳边低声说了句什么，郝大海眉毛一挑，刚想说话，人群里就有人喊了起来。

“村长。这郝建要是烧死了，他那钱怎么算？”

“想啥呢？”郝大海虎着脸，“该是谁的就是谁的，郝建死了，那不还有他儿子吗！”

“他儿子？”村民撇了撇嘴道，“村长，不是我贪那几个钱啊，他儿子咋回事，咱们谁不知道？！那可不能算是咱们村的，那卖的地是咱们村的集体地，凭啥给一个外人啊。”

郝大海愣了一下，就在这时候，姜斌走了出来，看着外面围观的人群，喊了一句：“有看到火怎么起来的没？”

没有人说话，所有人的目光都集中在了郝大海的身上。

“你看到了？”姜斌一眼就看到了郝大海，“那你跟我来吧，有几个问题，要跟你了解一下。”

郝大海茫然地看了看周围的村民，看着他们带着些殷切的目光，他又看向郝玉，却见郝玉神情纠结，面露痛苦，微不可察地向他摇了摇头。郝大海咬了咬牙，就在这时，他的手机又响了，他看了一眼，不耐烦地直接挂断，转头冲着村民们喊道：“散了吧，都散了吧，没啥好看的，回家去都好好检查检查，可别再整出这事儿来，出去也别胡说八道啊，这都是咱们自己村的事儿。”

“我也是想瞎了心。”郝大海唉声叹气地道，“我差那点钱吗？当初卖地，我家的地最多。唉，我都说不上我当时到底怎么想的。”

他抬手擦了擦眼角，偷偷看了一眼眼前的几个人，除了那个年轻的小检察官一脸惋惜的样子外，所有人的目光里却都充斥着淡漠。

“有句话，我不知道该说不该说。”戴梓萌看着郝大海，笑了一下，“心理学研究早就做出过一个结论，人不可能违背他的本性去做什么事。换句话说，你现在跟我们说的，根本不符合你的人物逻辑。”

“这咋不符合逻辑了？”姜斌叫道，“他也是被逼的啊。”

“你一辈子在做的就是阻止你身边的人走上违法犯罪的道路，怎么可能在这件事情上就突然自己犯了错？”戴梓萌说，“告诉我，到底为什么？”

“我……”郝大海张了张嘴，结结巴巴地道，“我也想不明白啊，我当时怎么就那么做了呢！”

“电话。”戴梓萌突然说，指了指郝大海的口袋。口袋里，郝大海的手机正振个不停。

郝大海手忙脚乱地掏出手机，看了一眼，按了拒接。

“怎么不接？”雷鸣警觉地问道。

“骚扰电话。”郝大海说。

他刚说完，电话就又响了起来，这一次，不等他拒接，身旁的孙林就先一步接起了电话，顺手还开了免提。

“郝大海，你儿子我现在找不着，但他是你儿子，他的债你得管，明天我们要见不到钱，那可就别怪我们不客气了。油漆什么的我们可都准备好了，既然你们不嫌丢人，那我们也不给你们留脸面了。没能力还，你们当时借什么钱啊？”

“你是谁？他借了多少钱？”林菲不动声色地问道。

“哟呵，跟我装傻是不是？”电话那头的声音无比嚣张，“三十万，一分都不能少。明天我们收不到钱，可就不是这么客客气气地跟你们说话了。”

林菲伸手挂断了电话，玩味地看着郝大海，问道：“不解释一下吗？”

郝大海瘫坐在沙发里，仿佛浑身都失去了力气。

“我说，都怪我，都怪我没教育好我那个儿子。”郝大海痛哭流涕，“他成天大手大脚的，我不给他钱，他就去借什么网贷，开始就几千块钱，慢慢地还不上，开始拆东墙补西墙，就到了三十几万了。我哪有那么多钱啊，刚好出了郝建这档子事儿，我就……”

“套路贷啊。”姜斌恍然大悟，“那也不够吧？郝建那钱，也不是你说拿就能拿的啊。”

“我们村里当时签的协议就是，谁要是出了事死了，他那笔钱是能全拿出来的。”郝大海抬手扇了自己一个嘴巴，“我真是混蛋啊我，我怎么连死人的钱都不放过啊。”

他双手抱住了头，用力地撕扯着自己的头发，可林菲等人却没有一个人上前阻拦。

“你是不是傻？这事儿你怎么不报警呢？”姜斌问。

“报警？”郝大海顿了一下，抬起头不敢置信地看着姜斌，说道，“警察管这个吗？欠债还钱，天经地义啊！”

“屁话！”姜斌终于忍不住发了脾气，“非法的高利贷，警察凭什么不管？欠债还钱是没错，那也得合理合法啊。你平时不看法制节目啊？你不看看多少借网贷的被逼得家破人亡了？哪次不是提醒你们遇到这事赶紧报警啊，警察都抓了多少放贷的了？你啊，我都不知道说你点什么好。你这是草菅人命，你这是渎职，你这是在犯罪，你懂不懂？”姜斌一脸的哀其不幸，怒其不争。

“真的，我真傻，我怎么没想到去找警察呢！我一天天还跟人家说有困难找警察呢。”郝大海失魂落魄。

“去反渎局，自首。”林菲冷冰冰地说，“你儿子的事，也去跟经侦警察说清楚。”

郝大海几乎是无意识地点了点头，站起身，摇摇晃晃地走了出去。

他甚至不知道自己是怎么下的楼，磕磕绊绊的，几次都险些摔倒，直到走到楼下，他才稍微清醒了一些。他回头看了一眼郝建的家，扑通一声跪倒在地，重重地磕了几个头，起身毅然决然地走远。

在窗边将郝大海的一举一动尽收眼底的姜斌不住地摇头，说道：“太……我的内心啊，此刻简直难以言表。一个致力于让全村人远离犯罪的人，却是最先落入法网的，这都叫什么事儿啊。”

“你在凝视深渊的时候，深渊也在凝视你。你以为自己在努力抗拒诱惑的时候，就已经被诱惑腐蚀了。”

“所以面对诱惑，应该顺其自然，随波逐流？”姜斌回头，看了一眼慨叹不已的戴梓萌。

“无视它。你以为它是诱惑，它才是诱惑。”

“太深奥。你还是告诉我，接下来怎么办，干什么吧。”

“问菲姐。”

“嗯？”自郝大海离开后就陷入了思考中的林菲听到戴梓萌的话愣了一下，才开口道，“我觉得，接下来我们有必要对非法网贷展开一次专项行动了。”

姜斌又看了一眼戴梓萌，无奈地摇了摇头，说：“算了，我还是问老雷吧。”

他把目光投向了身边的雷鸣。

此时的雷鸣站在窗边，锐利的目光透过窗户，落在了对面的一户人家。那户人家拉着窗帘，但是窗帘后却明显站着一个人，那人的目光透过窗帘的缝隙，也在偷偷观察着雷鸣等人。

有风吹过，吹起了窗帘的一角，也露出了窗帘后，离窗台不远的地方放置着的一个奇怪的像是三脚架的东西，一闪即逝。

这该死的爱

郝玉小心翼翼地掩好衣柜门，轻手轻脚地后退了几步，仍旧有些不放心，目光在房间里打量了一下，落在了床头柜上，他略一犹豫，就走过去，把床头柜挪了过来，抵住了衣柜门，又把几件衣服胡乱地丢在上面，这才松了口气。

他刚做好这些，外面便传来了一阵陌生的对话声。

“这家？老雷，你这回搞错了吧。”一个有些嘲讽的声音说，“那天晚上我问得很清楚，这家没人。”

接着又是一个嘶哑的声音回应道：“这家的视线是最好的。”

郝玉的心一紧，他蹑手蹑脚地走到了门边，不等他的眼睛贴到门镜上，门外就传来了敲门声。

尽管已经有了准备，可郝玉还是吓了一跳，他连做了几次深呼吸，本想不去理会，可敲门声却没有任何停止的意思，甚至带上了一丝不耐烦。

“我知道你在家，我看到你了。”那个嘶哑的声音不带任何感情地说道。

郝玉无奈地苦笑了一下，他抬手揉了揉头发，让自己看起来一副没睡醒的样子。

“来了来了。”他慵懒地应道，略等了一会儿，才抬手开门，门打开一条缝隙的时候，他有些夸张地打了个哈欠，“谁啊？”

下一刻，他就僵住了，来的有五个人，其中一个是警察，另外四个人穿着他不太熟悉的制服，但就在后面这四个人里，他却看到了一张有些熟悉的脸孔。

“真巧啊。”看到郝玉，戴梓萌也愣了一下，郝玉竟然就是她乘坐的那辆保时捷 911 的车主，随即她微微一笑，“没想到你住在这里。”

“是啊。”郝玉勉强笑了一下，“你们是？”

“公安局的。”孙林出示了自己的警官证，“这几位是检察院的。”

“有事儿吗？”郝玉舔了舔嘴唇，竭力控制着发颤的声音。

“在这儿说吗？事还挺多的。”见郝玉始终堵着门，没有请他们进去的意思，戴梓萌微微皱了皱眉，便问道。

“哦，你看我。”郝玉这才恍然大悟一般侧了侧身，“你们请进。”

他虽然这样说着，却并没有做出任何“请”的手势，就连语气也不怎么热情，这让戴梓萌的眉头皱得更紧了。但她没说什么，只是进了屋，在沙发上坐了下来，视线在房间里游移着。电视柜上的一张照片引起了戴梓萌的注意，那是一张毕业合影，穿着学士服的郝玉笑容灿烂地站在一个老人的身边，而那个老人不是别人，正是郝建。

然而郝建不过只是一个初中老师，他出现在郝玉的毕业照上，让戴梓萌对二人的关系有些好奇。她下意识地看了一眼郝玉。

看到戴梓萌的目光，郝玉又一次舔了舔嘴唇，视线也转移到了一边，有些手足无措。好在孙林开口，打破了屋里的沉默。

“前几天，你们小区里发生了一场火灾，你知道吧？”孙林问。

郝玉点点了点头，回道：“知道。郝老师遇害了，对吗？他们都说是郝龙干的。”

“他们？”戴梓萌笑了一下，问道，“所以你不觉得是郝龙干的？”

“我……”郝玉再一次舔了舔嘴唇，目光看向了窗外，“我不知道，那天晚上，我没在家，什么也没看到。”

郝玉的异常别说戴梓萌，就连林菲都看得一清二楚，她看了看孙林，又看了看戴梓萌，点了点头。

“你知道吗？”戴梓萌说，“集体无意识理论认为，人都有一种从众心理，他们觉得在对一件事情的认知上，与众不同会给自己带来麻烦。但这不一定是对的。你们的村长希望你们什么都没看到，但他有自己的目的，很快他就会知道这样做的后果。”

郝玉看着戴梓萌，艰难地咽了一口唾沫，说：“我不太明白你的意思。”

“从见到我们开始，你一共舔了三次嘴唇，但不是口渴，而是一种自我安慰。你不想让我们进来，直到我主动提出，但即便如此，你也并不热情。就算是一个陌生人到你家里做客，你也应该会准备水，可你没有。所有这些都告诉我，你不想和我们有任何接触。你的目光始终游离不定，这是一种逃避反应，你害怕一不小心就说出和别人不一样的东西。种种迹象都在告诉我，你不仅知道那天晚上究竟发生了什么，你所看到的知道的，和我们已经调查到的截然相反，对吗？”

戴梓萌一口气说完这些，看了一眼目瞪口呆的孙林，又补充了一句：“你如果不信，就把执法记录仪的录像给江华和李沁，看看他们说的和我说的是不是一样的。”

“不用了，不用了。”孙林连忙摆手。

“认栽吧，兄弟。”姜斌撇了撇嘴，“骗我一次就得了，这姐们儿，可不是你这个段位的人能骗得了的，我要是你，就有什么说什么。说句实话，你那天在没在家，监控一查就全都知道了。你知道现在犯罪成本有多高吗？遍地都是监控，你跑得了吗？我们来找你，就是已经掌握了一些证据，现在，只不过是给你一个坦白的机会，给你一个重新做人的机会，别让我们失望啊。你觉得，我们为什么在问完你们村长之后，就来找你了？”

“我……”郝玉张了张嘴，第四次舔了舔嘴唇，随即突然垂下头，双手用力地抱住了头，极力地压抑着自己的嘶吼，“我能怎么办？我该怎么办？你们说，我到底该怎么办啊？”

他猛地抬头，众人惊讶地看到，此时此刻的他已经泪流满面。

“郝大海不让你们说，要是说了就扣你们的补助？”孙林问。

郝玉却摇了摇头，说：“我不在乎，我根本不在乎那几个钱，我就是，我……”他侧头，看了一眼和郝建的合影，“我不知道怎么面对郝老师啊。”

“让他这么不明不白地死了，你才更没脸去面对他吧？”林菲道。

“你懂什么？”郝玉转头盯着林菲，“就因为我知道他为什么死，就因为我知道他不想让自己死亡的真相公之于众，我才不知道该怎么办啊。”

“我懂了。”始终没说话的雷鸣突然起身，说道，“你有你的难处，我能理解。”

“但作为公民，配合司法机关办案是你应尽的义务。”林菲说。

“但是，没人能强迫他履行义务吧？”姜斌不太确定。

“包庇罪了解一下。”戴梓萌居高临下地俯视着郝玉。

郝玉只觉得自己就像狂风巨浪中的一叶扁舟，也许下一瞬就要被惊涛掀翻，可是他却真的不知道该怎么办。

“《中华人民共和国刑法》第三百一十条，明知是犯罪的人而为其提供隐藏处所、财物，帮助其逃匿或者作假证明包庇的，处三年以下有期徒刑、拘役或者管制；情节严重的，处三年以上十年以下有期徒刑。犯前款罪，事前通谋的，以共同犯罪论处。”提到法条，姜斌侃侃而谈。

“可如果，他看到的，并不是犯罪的场景呢？”雷鸣突然说。

所有人都愣了一下，愕然地看着雷鸣，郝玉更是一脸的难以置信。

雷鸣没说话，只是走到窗前，蹲下身仔细观察着地板，甚至伸出手摸了摸，几个清晰的划痕构成了一个三角形。

他转头看向郝玉，嘴角微微上挑，露出了一个难看的笑容，随即站起身，目光开始在房间里搜索着，当看到了紧闭着的卧室门时，他看了一眼郝玉，几步走到门前，抬手开门，随后转身看了一眼郝玉，然后向旁边侧了侧身，将卧室里的场景一览无余地展示给了众人。

孙林的脸沉了下来，他清楚地看到，一个床头柜就抵在衣柜门前，那显然是刚刚挪过去的，床头柜原本的位置处还没来得及清扫，地上的痕迹清晰可见。

肇源愁眉苦脸地送走栗国清和李芬夫妇。

这两人的确是一个大主顾，可他面对的对手是林菲，他自觉想在林菲的手上讨到便宜无异于天方夜谭。郝龙想要留下一条命不难，林菲绝不是那种把人往绝路上逼的检察官，可是要往无罪的方向上辩护，至少，以目前他掌握的情况，肯定做不到。

“肇律师，我儿子必须无罪。”

李芬那副颐指气使的样子让他极不舒服，可也只能赔着笑脸。

“我尽力。”

我尽力的意思就是我做不到，这个，你们得先了解。不自觉地，他就把姜斌的口头语在内心里复述了一遍。

“不是尽力，是你必须要做到。我儿子就是无罪的。”栗国清也说。

“看证据吧。”肇源打着哈哈，把栗国清和李芬送进了电梯，转身回了办公室。

刚一进屋，助理就拿着一份档案走了进来，说道：“肇律，保险公司那边转过来的案子，想让我们帮帮忙。”

“具体什么案子？”肇源问。

“说是一个客户，前一天投保了意外伤害险，第二天就出事死了。保险公司怀疑是保险诈骗，希望咱们查查。”助理说。

“放那儿吧。”肇源说着走到咖啡机前冲了杯咖啡，回到座位上喝了一口后才拿起档案，接着嘴里还没来得及下咽的咖啡猛地喷了出来。

他顾不上清理被咖啡玷污了的档案，径直抄起了电话，激动地说道：“林检察官吗？郝龙那个案子，我有新的情况想和你沟通一下。”

人民医院妇产科检查室外，李雅坐在长椅上，一手紧紧地抓着雷鸣，格外紧张，尽管她的双眼不能视物，可她的耳朵却不时动一动，显然异常关注检查室里的动静。

紧张之余，她的脸上还带着些莫名的兴奋，嘴角不由自主地上挑，露出一抹笑容。

坐在她旁边的唐珂忍不住扑哧一声笑了出来，说道：“嫂子，又不是你做产检，看把你紧张得。”

“能不紧张吗？”李雅说，“那孩子一看就是营养不良，当妈的都那么不注意自己身体，孩子要是发育不良怎么办？”

“嫂子，你那么喜欢孩子，怎么没想再要一个呢？你和雷哥这情况，也符合再要一个的政策吧？”唐珂好奇地问，“我们家孙林跟我说好几回了，让我劝劝你们。”

“他事可真多。”雷鸣板着脸说道，“孩子对于我来说只是个意外，你嫂子才是我生命中的必然。我们有彼此就够了，我没有多余的爱可以分给别人。告诉你们家孙林，管好自己得了。”

“哟，这浓浓的霸道总裁风是怎么回事？”一个略显轻佻的声音传来，雷鸣转头，就见姜斌身上挂着大包小裹地走了过来，包裹里全是各种各样的营养品，他把那些包裹放到地上，“一共两千三百二，这钱我找谁报？这可不算办案经费。”

“你就当献爱心了不行吗？”唐珂问。

“拉倒吧，献爱心也得量力而行啊。”姜斌摆了摆手，“我一个月工资才几个钱？”

“行行行，算我的算我的。”唐珂鄙夷地说道，“我转给你。小气。”

“我小家小业的，哪有你们家那么阔气啊。”姜斌忙不迭地掏出手机，打开收款码，递给了唐珂。

唐珂愕然地看着姜斌，说：“我就那么一说，你还真要啊？”

“两千多块钱呢，不要我就是傻子。”姜斌说，看着唐珂掏出手机给他转了账，才心满意足地收起了手机。随后又将目光转向了雷鸣，“老雷你迷上那些下三滥的言情小说了？你也看点好的啊，赘婿进门不香吗？一胎多宝不给力吗？”

“有没有人说过你三观不正？那是正常人看的书吗？是正常人干的事吗？一胎多宝，拿女人当什么？生育机器啊还是猪啊？你肯定单身对不对？”唐珂没好气地问。

“对啊。”

“那我祝你一辈子单身。”

“欸？探讨归探讨，不带人身攻击的啊。”姜斌不满地道。

“你这样的，就欠攻击。”雷鸣哼了一声站起了身，看着检查室的门打开，赵晶在护士的搀扶下走了出来。

“怎么样？怎么样？”李雅急忙问道。

“挺好，胎儿发育正常，回去之后注意补充营养。”护士说。

李雅这才松了口气。

“谢谢你们。”赵晶由衷地说道。

“应该的，走，那我送你回去。”唐珂大气地挥了挥手，又看了一眼姜斌，“我车太小，坐不下你，你自谋出路吧。”

郝龙微笑地看着面前的孙林和林菲、戴梓萌，神情平静，一言不发。

“你有没有想过，你就这样去服刑，甚至可能是死刑，赵晶和她肚子里的孩子怎么办？”孙林问，“你想让你的孩子一出生就失去父亲，让他一辈子都活在自己的父亲是杀人犯的阴影里吗？”

郝龙平静的神情终于有了一丝变化，他的眼眸里露出了一抹挣扎，一抹不甘，但很快，他就苦笑了一下，问道：“她，还好吗？”

“挺好的。雷头儿、姜检察官、我老婆、雷头儿的老婆，四个人陪着她产检，生怕她出事儿。”

听孙林这么说，郝龙怔了一下，松了口气，说道：“这几天没想别的，就想着这些事了。小晶跟着我，没享过什么福，净吃苦了，离开我可能还是件好事。三个月，孩子还来得及引产，虽然有点残忍，但是总比她以后痛苦地活着更好。”

“明明有别的办法，你知道你说的并不是真相，这件事可以有一个圆满的结局，你为什么一定要坚持选这条路？”林菲忍不住问道。

“林检察官，你为什么不肯相信一个坦白的犯罪分子的供述，偏要去寻找你以为的真相呢？”郝龙反问。

“给他看看。”林菲冲孙林示意道。

孙林从文件夹里拿出了一份文件，递到了郝龙的面前，说道：“认识吧？人身意外伤害险，郝建投保，如果因意外事故死亡，受益人可以获得100万的高额赔偿，而受益人，就是你。”

郝龙平静地点了点头，说：“被杀害的话，也在理赔的范畴内。”

“所以你想告诉我们，这才是你真正的作案动机？”孙林问。

郝龙点头。

“那之前那三十万你怎么说？从栗国清那里要来三十万，你又怎么解释？”

“这……”郝龙有些犹豫。

“不想说，还是说不明白？”林菲问，“你现在什么都不需要说，我带两个人来，见过他们之后，你再告诉我究竟发生了什么。”

林菲说完，转头冲审讯室外喊道：“雷检，姜斌，麻烦你们把人带进来。”

审讯室的门上传来一声轻响，门开之后，郝龙惊讶地看到，在雷鸣和姜斌小心翼翼地搀扶保护下，赵晶走了进来，在他们的身后，还有一个人，他也认识，曾经他们也是邻居，这个人正是郝玉。

郝玉冲他点了点头，没有说话。

“大龙。”赵晶快走了几步，想要走到郝龙的身前，却在几步远的地方停下了脚步，双唇翕动，却吐不出一个字。

“晶。”郝龙也是嘴角扯动了几下，才艰难地吐出了一个字。

这一个字就让赵晶忍不住泪流满面。

“大龙，雷检察官和姜检察官都跟我说了，我知道你怎么想的，你不能要那笔钱，你也不想要郝叔叔拿命换回来的钱，你一辈子都没法安心。大龙，这笔钱我们不要，可是，你想没想过，郝叔叔这么做，是想让你活下去啊。你如果就这么死了，那他为你付出的，才是真的失去了所有的意义啊。”

郝龙咬了咬嘴唇，猛地把头转向了一边，吼道：“你胡说什么呢？人就是我杀的。”

“大龙，承认了吧。”郝玉突然开口，“那天的事，我都看到了。你没杀人。”

“你说我没杀人我就没杀人？那老郝头儿是怎么死的？”郝龙反问。

“他，”郝玉犹豫了一下，似乎那个真相他有点不太敢说出口，连续鼓了几次勇气，却一个字都没能吐出来。

“郝建是自杀。”林菲看不下去了，接口说道。

“对。”郝玉点头，“我知道，郝老师肯定不想我就这么说出来，他的愿望就是能给你们留下一笔钱，可是，可是我也不能看着你就这么死了，郝老师肯定希望你能好好地活着啊。”

“证据！”郝龙冷冷地看着郝玉，“你就在这信口胡说，你有证据吗？”

郝玉点头，说：“我都录下来了。郝老师的保险就是我帮他办的。那天晚上，你走了之后，他就给我打了电话，问我保险是不是那天生效，我觉得不太对劲，过去看了一眼，郝老师当时在打扫房间，没看出什么异常来，可我就是觉得不安，谁在大半夜大扫除啊？所以我就架了相机，把那天晚上的事情全都录下来了。”

听到郝玉这么说，郝龙一下子就像泄了气的皮球，整个人都有些萎靡。

“但是很可惜，你在郝建家中的时候发生了什么，却没有录下来。”孙林说，“不过有一点可以确定，郝建的死，和你没有任何关系。”

“不。”郝龙失神地摇了摇头，“我爸的死，全怪我。”

郝龙提着蛋糕和鲜花到郝建家的时候，郝建正在厨房里忙碌着，餐桌上已经摆满了一桌子菜，荤素皆有，鸡鸭鱼肉俱全，极为丰盛，像是年夜饭一般。

“爸，我回来了。”郝龙一边换鞋，一边冲厨房里喊道。

听到声音，郝建从厨房里探出头，向郝龙的身后看了看，一脸疑惑地说道：“怎么就你自己？小晶呢？”

“小晶身体不太舒服。”郝龙说，放好花和蛋糕，“爸，你别忙了，就咱们两人，够了。”

“这孩子，怎么说话呢！”郝建斥责道，但赵晶没有来，他却莫名地松了口气，“多做点，小晶不来，咱爷俩多喝几杯。”

“算了吧。”郝龙有些为难，“小晶还在家等着呢。”

“她那么大的人了，还照顾不好自己了？”郝建说着，从厨房里又端出一盘凉菜，“你看看你，都瘦成什么样子了？”

郝建开了瓶酒，给郝龙倒了一杯，自己先抿了一口，问道：“说正事，你和小晶准备什么时候结婚？”

“快了，快了。”郝龙搓了搓手，“爸，我今天就想跟你说这事呢，小晶怀孕了。”

郝建端着酒杯的手顿了一下，但转瞬就恢复了正常，说：“好事啊，你们俩怎么考虑的啊？我看小晶也没家人，简简单单的就得了呗，房子不行先租着，我看小晶那孩子，一准儿能同意。”

“爸，话是那么说，但人家一个女孩子，不图吃不图穿的，婚礼得给人好好办办啊。这事您甭操心了。”郝龙说，“房子的事是不急，先租房住着也行，但咱也不能太亏了人家啊。”

“反正是你们俩的事，你们俩看着办。”郝建放下了酒杯，站起身，“你吃你的，我得再做两个菜去，看看你这瘦得，小晶这孩子，就是矫情，没了你，她都活不了，唉，你们俩这营养都得跟上，别亏了我大孙子。”

看着郝建忙碌的身影，郝龙无奈地苦笑了一下。

吃了几口饭，他也有些食不知味，工作的事怎么跟郝建说，他还没有个思路。

郝龙起身，走到沙发前坐了下来，翻看着茶几上的一摞作业本，老头儿肯定又利用闲暇时间给人义务补课去了。翻着翻着，他手上的动作停了下来，一份投资协议落入了他的眼底。

“三十万。”郝龙叹了口气，继续说道，“那是我爸一辈子的积蓄，那个什么投资，一看就是假的。”

“后来呢？”孙林问。

“我想带我爸去报案。”郝龙继续回忆道，“老头儿死活不同意，说我太紧张了。”

“你看啊，投资期限三个月，预期回报百分之三百，这好事，你一辈子能碰见一回吗？”

“爸，你也知道这样的好事难遇着，这不就是骗子吗？”郝龙无奈地说，“你攒点钱容易吗？赶紧报警吧，能追回来多少是多少。”

“你这孩子，怎么就说不听呢！等孩子出生了，吃穿用，哪个不得用钱？”郝建莫名地有些生气，“我告诉你，这钱是我的，我想怎么用，我就怎么用，你没资格在这儿指手画脚的。”

“那我也不能眼睁睁看着你让人骗啊，你看你投资那是什么公司啊？网贷公司。‘3·15’晚会你没看啊？那都是坑人的玩意，多少人让他们整得倾家荡产家破人亡了？警察抓他们抓得多严呢？你还老师呢，这点道理你都不明白了？你自己损失点钱，行，咱钱没了还能赚，人没事就行，可他们干的那都是断子绝孙的缺德事，你这不是当帮凶吗？”

“你说我助纣为虐？”郝建眼角一挑，指着郝龙，手都在颤抖，他看了看周围，随手抄起了电视机柜上的一只花瓶，对着郝龙的脑袋就砸了下去，“小兔崽子，你说我是帮凶？！你说我助纣为虐？！我还不是为了你！”

“你没还手？”

“没有。”郝龙摇头，“我知道他也是为了我好，想尽快赚点钱，让我和小晶过上好日子，我就告诉他，钱的事我会想办法的，就走了。我也没想到，后来会出那么大的事。”

“你说的办法，就是从栗国清那要了三十万给郝建，是吗？”

郝龙点了点头说：“也怪我，我当时要是能好好劝劝他，让他去报警，再不济，栗国清同意给钱的时候我就告诉他，案子破了，钱追回来了，不也就没后边那么多事了吗。我啊，真是，就少说了那一句话啊。”

郝龙长叹一声，懊恼不已。

迷　踪

“所以，你那天报警，其实是想让警察帮你演一场戏，告诉你爸，那三十万，你追回来了，是吗？”

坐在警用面包车里，戴梓萌看着对面戴着手铐的郝龙，问了一句。

郝龙看着窗外，点了点头，说：“警察来了，他们告诉我，我涉嫌杀了我爸郝建，我不知道那老头儿到底干了什么，但是，我知道肯定和钱的事有关，都是为了我，他才……”

他叹了口气，转回头，看向郝玉，问道：“我走之后，我爸到底干了什么？”

郝玉有些犹豫地说：“郝老师肯定不想让你知道的。”

"作为郝建法律意义上的儿子和继承人，郝龙有权利知道真相。"姜斌道。

郝玉点了点头，又看了一眼郝龙，郝龙的目光里充斥着哀求。他咬了咬牙，说道："那天，你走了之后，郝老师就给我打了个电话，问我他的人身意外伤害险是不是那天就生效了，我觉得不太对劲就过去看了一眼。"

郝玉赶到郝建家里的时候，门并没有关，郝建正把碎了的花瓶扫进垃圾桶里。

"郝老师，您没事儿吧？"郝玉问。

"哦，是小玉啊。"郝建这才抬头，看到了门边的郝玉，回道，"没事儿，没事儿，进来坐吧。"

他把垃圾桶放回厨房，又回到餐桌前开始收拾碗碟。郝玉注意到，餐桌上摆着两个酒杯，摆满了丰富的菜肴，但却显然一口都没有动过。

"郝老师，大龙这是没回来给您过生日？"郝玉问。

"回来了啊。"郝建说，"家里临时有事，就先走了。哦，对了，你找我，有事儿？"

"没事，没事，我就过来看看。"郝玉连忙说道，"那我就先走了啊。"

"那我不留你了，家里太乱了。"郝建说着又走回了厨房，开始仔仔细细地清理起那两个酒杯。

郝玉多少有些尴尬，他能看出，郝建明显有些心不在焉，便不再停留，起身回了自己家。

可是回到家之后，他却翻来覆去地睡不着觉，总觉得有什么地方不太对劲。他起身，走到客厅，拉开窗帘看向了对面，郝建家亮着灯，窗帘也没拉上，他清晰地看到，郝建正一寸一寸地仔细打扫着房间，连一个角落都不放过。

郝玉看了一眼表，已经十一点多了，他微微皱了皱眉，想了想，他将一个三脚架支在了窗户前，把相机放了上去，打开录像模式后，调好了焦距，本想坚持一下，看看郝建在干吗，可之前吃下的安眠药此时药效发作，他感到一阵阵头晕，蹒跚着走回卧室，便一头栽倒在床上，沉沉睡去。

"职业习惯。"看到郝龙疑惑的眼神，郝玉连忙解释道，"郝老师问的那个问题太奇怪了，我就是保险公司兼职搞理赔的，我也怕有事儿，郝老师的保险又是我给办的，到时候我怕说不清楚。"

郝龙这才点了点头，示意郝玉继续说下去。

郝建仔仔细细地打扫着房间，一个角落都没有放过，甚至就连地板的缝隙，他也是用抹布一点一点地清理着。而这，也直接将郝龙曾在这里出现过的痕迹彻底湮灭。

郝建的家并不大，不过是一室一厅而已，清扫整个房间，连一个小时都没用到。当最后一块地方清理干净，郝建直起身，伸手扶着腰，尽管有些腰酸背痛，但他脸上的神情却格外轻松。

稍作休息之后，他便拿起了郝龙带来的蛋糕和鲜花，走进卧室，打开了窗户，看着楼下一人多高的杂草丛，他苦笑了一下，看着手里的蛋糕和鲜花，满脸的不舍，几番犹豫后，终于还是咬牙将它们扔了下去。

随后，他带着一抹决绝，走进厨房，打开了煤气阀门，又点上了一支蜡烛，之后他回到了客厅，将电视机柜上剩余的那只花瓶在地板上摆好，站到沙发上，比画了一阵，毅然决然地倒了下去。

砰，沉闷，哀怨，那是郝建的头磕到花瓶上的声音，也是命运无可挽回的叹息。

哗啦，清脆，悦耳，那是花瓶碎裂的声音，也是彼时郝建一腔爱意冲破牢笼，涌向郝龙的声音。

随后，火光从厨房里蔓延出来，没多久就包裹了整间屋子。

他的爱，就如烈火，噬骨，焚心。

郝龙看着地板上那个白色粉笔勾勒出的人形，神情平静。

他只是那么愣愣地看着，良久，他才慢慢蹲下了身，伸出被铐住的双手，抚摸着地板，仿佛自己的养父仍然躺在那里一般。

“他，就是死在这里的？”他低声问，没有抬头，似乎也没有想从任何人的口中得到答案，只是想从郝建最后躺着的地方感受他留下的一丝气息。

“不必的啊，真的不必这样的啊。”郝龙说着，惨然一笑。

“对不起。”一边的郝玉看着郝龙那副魂不守舍的神情，无力地说道，“我那天要是警醒着点，要是没吃那两片安眠药，就……”

“不怪你，全都是我的错。”不等郝玉说完，郝龙说道，他站起身，笑了一下，“我应该再有点耐心的。”

“其实，有句话，我不知道该不该说。”戴梓萌有点看不下去了，“我如果说这一切都是你父亲计划好的，恐怕你会难以接受吧？”

看着郝龙不解的神情，戴梓萌苦笑了一下，她从包里拿出了一个档案袋，递到了郝龙的手里。郝龙狐疑地看着戴梓萌，没有说话，也没有去拆开那份档案，隐隐的，他有些不安。

“根据孙队长他们的调查，郝建一早就知道自己被骗了，他也报了警，但是结果并不太好，警方能够帮他追回那笔钱的可能性微乎其微。面对遥遥无期的破案时间，他才会萌生了这个念头，去买了保险，也就是说，”戴梓萌说，“无论你有没有发现，他都会走出这一步，你的出现，赵晶怀孕的消息，你和赵晶的婚讯，都不过是压倒骆驼的最后一根稻草，帮助他下定决心而已。”

原本以为郝龙对这个消息会有些难以接受，可他只是有一瞬间的难以置信，随即就是一脸的苦笑，说道：“错了，我错了，从一开始，我就错了啊。我要是听他的，回到我的亲生父母身边，他根本就不用走到这一步。他为了我，终身未娶，我的命是他救的，我的人生是他给的，这让我怎么还？你们说，这让我怎么还啊？”

“好好活下去，像他希望的那样，好好活着，做个好人。”始终没有说话的雷鸣沙哑地说道，“别忘了他这么做是为了什么。”

“做个……好人？”郝龙略略犹豫，释然一笑，说道，“那就，带我回去吧，虽然我没有杀人，可我知道，我犯了罪。”

“林检，你看？”孙林看了一眼林菲。

“林检，我觉得事出有因，情有可原，而且他家里情况特殊。你看，是不是？”不等林菲说话，姜斌就迫不及待地说道，“凡事有果必有因，发生这种事我也有一定的责任，如果不是为了那个任务，我抢了戏……”

林菲淡漠地看了一眼姜斌，脸上波澜不惊。郝龙的感触，悔恨，都没能给她带来一丝一毫的触动，倒是姜斌的话，让她颇有些意外。她低着头，想了想，就在大家脸上的表情越来越期盼，越来越忐忑的时候，她突然长长地出了一口气，从公文包里掏出首饰盒打开，将那枚斑驳的检徽庄重地在胸前戴好。

“开始了，开始了。”看到这一幕，姜斌莫名地有些激动，推了推不明所以的郝龙，说道。

“从检方的角度，我们认为，在郝建遇害一案中，没有证据能够证明郝龙入室抢劫并杀人，应属于无罪，不予批捕。但是，在本案的侦办过程中，郝龙却屡次提供虚假线索，误导司法机关的侦查，涉嫌妨碍司法。所幸，也没有造成严重后果，再考虑到郝龙未婚妻有孕在身，需要照顾，我的建议是，不予批捕，以批评教育为主。至于你和姜斌检察官之间的事，属于民事纠纷。如果你认为他通过不正当手段剥夺了原本属于你的东西，构成了不正当竞争，你可以向法院起诉，索求赔偿。”林菲严肃地说道。

“哎？哎？林检你这是什么意思？你怎么还把我给绕进去了？”姜斌跳了起来，“我那是为了完成工作，就算补偿那也应该是公安局和检察院，不能让我一个人扛着啊。”

然而对他的抗议，没有人理会，孙林只是看着郝龙，掏出钥匙准备打开他的手铐，笑了一下，说道：“真是说不上你运气好还是不好，遇到林检察官办这个案子。我们充分尊重检方的意见，鉴于你认罪态度良好，有悔过表现，我们本次不对你采取强制措施，希望你以后能严格要求自己，遵纪守法，做一个对社会有意义的人。恭喜你，你自由了！”

“现在还不行。”郝龙还来不及从震惊中回过神来，就听林菲继续说道，“刚刚我对你说的只是口头上的意见，正式的书面通知还需要一定的流程和时间，我可以保证的是，明天早上你会收到正式的书面文件。现在，有另外一件事，我不能瞒着你，作为郝建的唯一继承人，关于他的案子，我有必要向你讲清楚。”

林菲的话让郝龙又一次愣住了，就连姜斌都有些难以理解，问道：“不是都已经查清了吗？而且，人都死了啊。”

“有些东西，并不会因为当事人的死亡发生任何改变。”林菲冷冰冰地看了一眼姜斌，说道，“郝建涉嫌保险诈骗罪，这是一个不容更改的事实。”

“这时候说这个，你是不是有点太残忍了？”姜斌不满道。

林菲却是毫不在意，继续说道：“鉴于嫌疑人郝建已经死亡，依据《中华人民共和国公安机关办理刑事案件程序规定》第一百八十三条第五款，《中华人民共和国刑事诉讼法》第十五条第五款规定，对本案不予立案，对嫌疑人郝建不予追究刑事责任。至于民事责任方面，我个人建议，你需要和社区，和这栋楼的其他居民协商，我希望你能妥善处理。”

说到这里，林菲难得地露出了一抹怜悯，说：“我知道这很残忍，但真相有时候就是这么残酷。这是我的工作，无论结果怎样让人难以接受，我都必须在法律的框架内给出最优解，给事情画上一个句号，尽管它可能是残缺的。可这就是法律，我会因为某些不可抗力不去追究责任，但我不能肆意曲解案件的性质。道德上我同情他，尊重他，佩服他，可法律上，我必须这么定义他。否则，法律也就失去了它应有的尊严，人们就会失去对它应有的敬畏。”

“我明白。”听完林菲的话，郝龙露出了思索的神情，片刻后，他点了点头，说道，“这件事我一定会妥善处理。给你们添麻烦了。”

他说着，冲林菲等人鞠了一躬。

“其实，我还是不太明白。”在上车之前，姜斌终于忍不住问道，“郝建既然已经决定伪造成意外骗保了，那干吗还来一出自己被袭击的戏码？这不是画蛇添足吗？没这事的话，我们也查不到这么多东西吧？”

“大概觉得我们都是傻子呗。”孙林有些愤愤地说道，“想让我们找到一个无关的凶手顶缸，然后，再来一笔民事赔偿。命案嘛，命案必破。说真的，就现在这个法治环境，命案确实必须得破，但我们是真不在乎花多少时间，用一辈子去破一个案子的事，我们这行也不是没有。”

“不。”林菲上了车，系好了安全带，才说道，“郝建并不是那样的人。他只是爱得有点过分了，当爱超过了一定的限度，就会不自觉地演变成一种占有欲，他自己可能都没有意识到的占有欲，任何想要从他身边带走郝龙的人，都会被他在潜意识中当成是敌人，尽管这种敌意被他下意识地隐藏了起来。”

“这我真不是很懂。”姜斌一脸茫然。

“菲姐的意思就是，”戴梓萌在林菲的身边坐下，看着姜斌，微微一笑道，“郝建在潜意识里把栗国清夫妇当成了敌人，同时，也把赵晶当成了敌人，他也在考验他们，郝龙如果出了事，他们会是什么样的反应，会不会放任不管，离他而去。你们好好想想郝建对赵晶、对栗国清夫妇的态度就知道了。他也不可能不知道，我们会把郝龙当成第一嫌疑人的。”

“他人都死了，还算计这些有什么用啊？”姜斌更加不解。

“这才是他给郝龙最后的爱，用自己的死让郝龙去看清他身边人的本性。毕竟，那是他要托付照顾郝龙终身的人，而以他的性格，又不会强烈地去阻止郝龙的选择，否则，就不会有自己是优秀教师，郝龙的成绩却那么糟糕的情况发生了。”雷鸣也难得感慨道。

“这老头儿的逻辑，我还真是一点都看不懂，所谓占有欲，真有那么可怕吗？”姜斌看着这几个人，脸上的神情告诉他们，他对这个说法不太相信。

林菲没说话，不知为什么，她此时想起的却是黄色郁金香花海里的那三座墓碑。占有欲是否真的那么可怕，也许简明才是最清楚的吧。活着的时候，他没有得到过，死的时候，自己已经不能得到，那就大家都不要得到，维持着生前最开心甜蜜的那段时光里的关系，也挺好的吧。

她至今清楚地记得，当她不得不帮简明竖立起那两座衣冠冢，并将中间的那块墓地留给自己的时候，她问过他，明明两人已经结成了夫妻，为什么不肯让他们合葬？简明只是微微一笑，说出了“这样挺好”的话。

他没有留给自己任何机会，同样也没有留给林菲任何机会。那一刻，她就清楚地知道了他们最终的结局，只是始终不肯相信。

“那你们说，赵晶会不知道郝建其实不怎么喜欢她？”姜斌又问。

“她知道，女人的心思都是很细腻的，不用细节，有时候光是第六感就像给她们开了上帝视角一样。只不过，有些女人知道装傻，维系所谓的幸福，有些女人，只想亲手去抓住真正的幸福，不让自己受一点委屈。赵晶是前者，在福利院长大的她知道为了得到自己想要的，有些东西是可以忍受，可以视而不见的。”戴梓萌说。

“最后一个问题。”

“你问题真多。”戴梓萌翻了个白眼。

“真的是最后一个，我是真不能理解，大龙为什么非要寻死觅活的，就算是报恩，也不是这么个报法吧？活着不香吗？”姜斌问。

“这个……”戴梓萌少见地沉默了下来。这确实是个问题，一个她都没有深入去思考过的问题。

“你经历过绝望吗？”林菲突然问，不等姜斌回答，她就继续说道，“赵晶，孩子，工作，已经把他逼上了绝路，活着，尤其是在对毫无感情的亲生父母的委曲求全下，在对养父的愧疚中活下来，对于他来说是一种煎熬和折磨，死了才是解脱，如果能用自己的死来赎罪，那就更好了。”

姜斌不敢置信地看着林菲，问道：“你怎么知道？”

“我经历过。”林菲说完，便把头转向了车窗外，不再说话。

她的脸一如冰霜般清冷，双眼中甚至带着一丝死寂。

有一句话她没有说，她不仅经历过，如今，她依然正在经历。

“你说什么？”雷鸣骤然严肃的声音在办公室里回响着，吸引了所有人的注意，他罕见地有些紧张，开了免提，顺手打开了手机的录音功能，“你再说一遍。”

“好。”电话那头的郝龙回道，“那个当铺的老板给我的是一个暗网的地址，我上去后和对方联系上了，开的报酬很高，7天30万，我觉得不太正常。”

“这太不正常了。”姜斌喊道，“大龙，这种收入的，实话实说，我只在那种招募演员的小广告上看到过，还分露脸不露脸的那种，你知道吧？”

“嗯。”郝龙应了一声，“另外，他们还给了我一些资料，说是让我伪造一些证件要用，又跟我说，没人能查出来那是假的。”

“什么样的证件？”林菲问。

“一个警官证，姓名叫王洋，警官证号是210189。”

“是他？”

林菲抬头看向雷鸣，只见雷鸣脸色阴沉地点了点头。

“去当铺！”林菲径直冲了出去。

浓烟在翻滚，消防队员们仍旧在紧张地跑来跑去，民警正在驱散着围观的人群。

水枪里已经不再向外喷洒水流，地面上处处都是污水。

林菲等人从车里下来的时候，看到就是这一幕。尽管明火已经被扑灭，但余威仍在，空气中的热浪一股股地扑面而来，滚烫的水汽被吸入呼吸道，让人极不舒服。

雷鸣心里泛起一丝不安，他看到了刘鹏正直起身，摘下手套，示意殡仪馆的人将尸体拉走。

“老刘，怎么回事？起火的是哪儿？”孙林招呼道。

“你也来啦！”看到孙林，刘鹏几步走了过来，却压低了声音，“是一家当铺，但这家当铺有问题。”他紧张地看了看林菲，欲言又止。

林菲没说话，只是不屑地笑了一下。

“说吧。”雷鸣也道。

刘鹏咬了咬牙，说道：“死的是当铺的老板。不过，”他掏出相机，调出了一张照片，那是死者左肩的照片，似乎死亡的时候，死者将左肩压在了身下，因此并没有受到火焰的过度侵蚀，那里有一个文身，大半都已经被烧掉，但却留下了一个钩子，与毒蝎的标志性蝎尾文身极度相似，“明白了吗？”

“意外还是他杀？”林菲问。

“消防队说是意外，煤气爆炸。”刘鹏说，“初步尸检也没发现什么异常，我现在要去解剖中心做进一步的调查，你们呢？”

雷鸣抬头看了一眼当铺，消防队员仍在进进出出忙个不停，显然火场的清理工作在短时间内很难完成，他略一犹豫，看了一眼林菲。

“一起去。”林菲说。

“不去。”姜斌头摇得就像拨浪鼓，脸上毫无血色地说道，“给我留条命吧。”

毒蝎就像车窗外的那一团雷雨云突然降临在了S市，每个人的心情都极度压抑，每个人的精神都骤然紧绷，没有人知道，那道可能高达几十万、几百万伏的雷电会在什么时候落下，落到什么人的头上，会将谁劈得体无完肤。

勘查车里的气氛仿佛凝固了一般，姜斌几次想要开口说点什么，最后都无奈地咽了回去。

骤然响起的手机铃声，吓了姜斌一跳，见所有人都看着，他才意识到，响个不停的手机是他的。

他手忙脚乱地接起电话，问道：“哪位？”

“把电话给林菲。”听到这个声音，姜斌一愣，看向了林菲，就见林菲正拿出电话，屏幕上是被屏蔽了的电话号码，他又看了一眼戴梓萌，只见她的举动和林菲简直保持了超高的同步率。

他无奈地把手机向前递了一下，对林菲说：“林副检察长的。”

林菲接过电话，问道：“什么事？”

“你电话是怎么回事？”竖着耳朵的姜斌听到林礼祯有些恼怒的声音，但让他好奇的是，除了些许的怒火，他的语气里传递出的更多的却是担忧。

“没电了。”林菲平静地回应道，并没有因为谎言而有任何的不适。

“没电了？”林礼祯竟有些哭笑不得，“戴梓萌的电话也没电了？雷鸣的电话也没电了？你们几个，别以为我不知道在想什么。这个案子，你们谁都不能参与。”

“林副检察长，这我可就不太明白了，凭什么我们就不能参与了？这么大的案子，理应归我们市检察院管辖吧？”林菲反问，“再说，党委授权了的，我们外派期间认为有必要的案子，可以直接参与，无需再经过你们讨论通过。”

“你们那不叫参与，那叫捣乱。”

“喂？喂？林副检察长，你怎么不说话？”林菲毫无诚意地说道，“你那边信号不太好吧？”

“座机，座机！”姜斌赶忙提醒道，“他用的是座机。”

“哦，那可能是我的信号不太好，回头我们再说吧。”林菲说着就挂掉了电话，顺手把姜斌的手机关了机。

她刚挂断电话，刘鹏的脸色就变了变，他从口袋里摸出手机，看了一眼。

“神通广大啊，我们林副检察长连你的电话都能弄到？”姜斌大惊失色。

“是我们局长。”刘鹏说着接起了电话。听了几句，只见他脸色变了，整个人突然间无力地瘫坐在了椅子里，“好，我明白了。”

他挂断电话，看了一眼雷鸣和孙林，欲言又止。

“说。”雷鸣道。

“案子移交了。”刘鹏说。

“移交给了谁？”林菲问。

“不清楚。”刘鹏摇头说道，“说是上边来人提走的。看来，”他看了一眼雷鸣，“这是烤了一条大鱼啊。”

天色渐晚，华灯初上。

S 市的夜生活在这一刻悄然开启。

与前门的灯红酒绿，霓虹闪烁不同，这间酒吧后门开在一条阴暗逼仄的小巷里，小巷狭窄到只能容下三人并肩行走。

夜色中，许浩走进了小巷，他脚步不疾不徐，甚至有些轻松惬意。酒吧的后门前他停下了脚步，看着后门的门锁，他不屑地笑了一下。

他抬头看了一眼门上安装的监控摄像头，丝毫没有避讳自己的整张脸都能被监控那头的人看得一清二楚，他甚至还刻意停留了一会儿，好像生怕坐在监控器前的人看不清他一样。

他站在原地，仔细思考了片刻，抬手在密码锁的键盘上按动了起来，动作无比熟练。

他输入的密码，正是他从那支枪的枪管上取下来的那张纸上的数字。

一串长达十六位的数字输入完毕，嘀的一声，门锁上的红灯转绿，咔嗒，门弹开了一条缝儿。

许浩并没有觉得有什么意外，伸手推开了门，在阴暗的安全指示灯照射下，门后的画面也映入了眼底，那是一座螺旋向下的楼梯。他没有犹豫，抬脚就走了进去，密码门在他的身后缓缓关闭。

向下走了两层楼左右，又一座铁门出现在了许浩的眼前，门上仍旧是密码锁。这一次，许浩甚至没有去思考，径直将那张纸上的另外一组数字输入了进去，咔嗒一声，铁门应声而开，他刚要迈步，额头却被什么东西顶住了。

许浩不慌不忙地停下脚步，慢慢抬起了眼睑，看清了顶住他额头的是一把手枪，骤然面临如此危机，他却没有丝毫的恐惧，脸上依旧带着让姜斌讨厌的笑容，就那么安静地站立在那里，眼睁睁地看着那只搭在扳机上的手指慢慢收拢。

他的嘴角慢慢上挑，扯出了一抹讥讽。

第三章　深渊之下

牵　制

凌晨时分，万籁俱寂。

毒蝎基地，青竹的房间里却传来一阵敲击键盘的噼里啪啦声。她站在蝎针的身后，面沉似水，不时抬手看一眼表，离凌晨三点还有十分钟。

蝎针坐在电脑前，面无表情地敲击着键盘，虽然他只有一只手，可他操作电脑的速度却并不慢。一番操作后，他进入了一个奇怪的系统，密密麻麻的监控视频出现在了屏幕上，直到此时，他手上的动作才慢了下来，在那些监控视频中寻找着。

半个小时前，青竹接到一条消息，组织在S市设立的隐秘据点被一场大火摧毁，据点负责人命丧火海，所有资料也付之一炬，对他们而言，幸运的是所有证据也一并被大火焚毁。

青竹前所未有的震怒，这个据点是五年前他们被迫撤离时留下的暗子，五年里，毒蝎未向这枚钉子发布过一条指令，就是为了有朝一日能够神不知鬼不觉地重返S市，以雷霆之势垄断中国市场。然而，就在毒蝎苏醒之前，蛰伏的钉子却被人连根拔起，她绝不相信这是一场意外。

她又看了一眼表，“你还有五分钟。”

蝎针没有任何反应，只是查看视频的速度明显加快。终于，在距离三点还有两分钟的时候，他突然拖动了一份视频，拷贝进了电脑里，而就在视频拷贝完成的同一时刻，电脑的网络也突然中断。

蝎针起身，将位置让给了青竹。

青竹没说话，在电脑前坐下，开始播放蝎针找到的监控视频，视频的画质不太高，黑白的不说，还有些模糊。她回头看了一眼蝎针，有些不满。

“天网系统里唯一一个对着现场大门的监控探头。”蝎针解释道，“应该是并入天网的社会探头，不是警方专用的。”

青竹点了点头，重新将目光移到了电脑屏幕上。

一个走出当铺的人影引起了她的注意，让她下意识地皱了皱眉。这人是在火灾发生前半个小时离开现场的，走出当铺之后，此人并没有径直离开，而是在门边停顿了一下，点了支烟，监控摄像头成功捕捉到了他的脸——黄蜂。

“半个小时后，据点发生了爆炸，继而引发了大火。”蝎针说，“据中国警方的调查，据点负责人在火灾发生前就已经陷入深度昏迷，因此未能逃脱，尸检显示，他的头部遭到过重击。”

“你是想告诉我，这事和黄蜂脱不了关系，是吗？”青竹看着蝎针，面带玩味。

“不。”蝎针面无表情，“可能是意外造成的，也可能真的是遇到了袭击。在没有证据的时候，我不会怀疑任何人。”

青竹忍不住失笑，说道：“你现在不是警察了。看证据说话，那是那些警察才会干的事，我们只需要怀疑就够了。”

她的神态骤然转冷，“告诉 1 号，我要召集紧急会议。在下一个通信窗口通知黄蜂，今天晚上，1 号要看到他。”

黄蜂不甘心地从身下的女人身上爬起来，一脸怒容地接起了响个不停的电话。

“什么事？”

“1 号要见你。”蝎针的声音里没有任何的感情，“今晚。”

“今晚？”黄蜂皱紧了眉头，“我才刚到中国，这么快就让我回去？”

砰。

电话那头突然传来了一声枪响和几个女人的尖叫，黄蜂一惊，问道：“怎么回事？”

“没什么，青竹刚刚处决了一个不听话的人而已。”蝎针说着就挂断了电话。

黄蜂怔怔地举着手机。

“怎么了？”女人抬起头问。

她有着一张和青竹颇为相似的面容，至少有八九分相似，只是她的眉心多了一颗痣，这让她显得比青竹更多了几分妩媚。

“没事。”黄蜂收回了思绪，“我得出去一趟，生意上出了点问题，赶着去处理。”

“你才刚回来。”女人不满地说道。

“没办法。不过你放心，”黄蜂猥琐地笑了一下，“走之前，最好再留下一个种。”

“我们损失的，不仅仅是一个据点，而是一个基地，一个兵工厂，我们五年来的布置化为乌有，这个损失，谁来承担？”

毒蝎的基地里，坐在上首的依旧将自己的整张脸躲在斗篷里的1号，此时他十分严厉地质问着参加会议的众人。

“这是在问我？”黄蜂看了一眼青竹，有些不太确定地问道，“这跟我说不着吧？又不是我干的。那个据点又不是我负责，那是青竹留下的暗子，有什么事儿，您应该去问她才对。”

“我现在在问你。”1号扬手将一张照片丢到了黄蜂的面前，语气冰冷地问道，“出事之前，你去了据点，为什么？”

黄蜂捡起照片看了一眼，那是他离开当铺的时候看向监控探头的照片，开口道：“就因为这个，你们就怀疑我？”

他一脸的不敢置信，气急地说道：“我们执法堂办事，好歹还讲个证据，最起码也得有口供才能定罪呢。”

“所以我现在在问你。”

“你最好交代清楚，组织现在不想大动干戈。”青竹点上一支烟，吸了一口，淡淡地道。

“我真的没什么可说的。”黄蜂摊了摊手。

“你结婚了？”青竹突然问，她的目光死死地盯着黄蜂的左手，他左手的无名指上戴着一枚婚戒。

“你说这个？”黄蜂抬起左手晃了晃，“这是私事吧？”

“对组织来说，组织里的每一个人都不应该有秘密，更没有私事儿。我们的一生，我们的全部，都已经发誓奉献给了教父，奉献给了组织。”1号虔诚地说道。随后，他看向黄蜂，问道，“告诉我，为什么要去那个隐蔽的据点？”

面对1号的步步紧逼，黄蜂觉得有些难以招架，他试图闭口不谈，然而很快他发现眼前的形势不允许他沉默，他露出了一抹苦笑，恨恨地瞪了一眼青竹，说道：“执法堂的老大如今却被组织的人像对待犯人一样审讯，说起来，还真是一件可笑的事。行吧，我告诉你们，我是为了去拿回一样东西。”

当铺老板见到黄蜂的时候，吓了一跳。

他和那些后来加入毒蝎的人不同，那些人只不过是一群外围成员，更像是马仔一样的存在，随时都可能被组织抛弃。而他，是出生在毒蝎的基地，在基地里长大，而后被送往中国执行潜伏任务的人之一，他是拥有纯正血统的毒蝎，对组织的3号人物，执法堂的首脑，他无比熟悉。

“我，没犯什么错误吧？”当铺老板战战兢兢地问。

“别那么紧张。”黄蜂笑了一下，径自在沙发上坐下，“我是因为一些私事来的，和组织无关。”

听他这么说，当铺老板才长出了一口气，问道：“您有什么吩咐？”

黄蜂抬手，露出了左手无名指上的戒指，说道：“前阵子有个女人在你这当了一枚戒指，和这个同款的，拿来吧。”

当铺老板愣了一下，略一思索便明白了过来，然后忙不迭地跑进里间，不消片刻，拿着一个首饰盒跑了出来递到了黄蜂的手上，说道：“我不知道这戒指和您有关系，我要是知道，说什么我也不会收。”

“不，你做得挺好。”黄蜂打开首饰盒看了一眼，便收进了口袋站起了身，“换了别人，我可就没这么容易拿回来了。我走了。”

“那，那个女人，您看？”当铺老板一脸谄媚地问道，“需要我们特殊照顾一下吗？”

黄蜂回头，目光森然地问道：“你不觉得，你管得有点太多了吗？”

当铺老板一愣，讪笑了一下，明白自己这个马屁拍得可不太准，直接拍到了马腿上。

“还有，我今天没来过，你也没见过我。”黄蜂说着，走出了当铺。

“所以，他知道你在S市结婚了，有了新的家庭，而你对组织隐瞒了这件事，你害怕他向组织告密，就杀了他，毁了据点，对吗？黄蜂，你是想要脱离组织了吗？”

这个指控对于黄蜂来说有些严厉了，他连忙起身，向1号恭敬地说道：“您误会了。关于这件事，如果有可能，我希望能和您私下讨论，我更关心另外一件事。”他看向了青竹，嘴角微微挑起，露出了一抹嗜血般的笑容，“我想知道，这张照片你们是怎么得到的？”

“蝎针。”

这个答案并没有让黄蜂觉得意外，他的脸上反而露出了一抹“果然如此”的神情，问道：“你们不觉得奇怪吗？蝎针是怎么得到这份监控视频的？那可是属于中国警方的资料。”

“他是警察。”青竹说，想了想，她又补充了一句，“曾经是警察。他掌握着部分警方的账号和密码……”

“可你们不觉得奇怪吗？一个被判定殉职的警察，账号和密码仍旧有效？”

“他有他的办法，我也从没说过他使用的是自己的账号。”青竹道。

“好，既然你这么护着他，那我也说说我的想法，你也知道他是警察。”黄蜂冷笑，露出了反击的獠牙，“至于是不是曾经并不重要，我从来都不相信他现在就已经背叛了中国警方。我实在想不明白，你们为什么会相信一个警察？我自幼就在组织里长大，是组织教育了我，培养了我，我的一切都可以奉献给组织，蝎针呢，他能吗？”

“他奉献了自己的妻子，女儿……”

“可他唯独没有奉献他自己。”黄蜂说，“他就是一头受伤的野兽，而他的伤是我们造成的，只要有一丝机会，我相信他都会毫不犹豫地从我们的身上撕扯下来一块血肉。为了这点事，你们就要问责我，我觉得你们这个决定，很蠢。”他转向1号，说：“我并不是说您，我是说提起这个动议的人。你们可能不知道，这次据点被毁，虽然我不知道原因，但却未必是坏事，这个点的负责人很有可能已经被策反了，暗网上的联络方式被透露了出去，甚至还流传出了蝎针此前在警队的资料，让毒骡用蝎针此前的身份运毒，这本身就是在告诉中国警方来抓人。”

“你有什么证据？”青竹脸色沉了下来，“那个人是我亲自挑选的，我相信……”

“你相信的东西可真不少，但是你最应该相信的是我。”黄蜂说道，“蝎针不是能进入中国公安的内网吗？我说的这些，他应该都能核实，我也会去查，看看究竟是谁在暗地里保护我们的组织。”

“你的嫌疑还没有洗清。”1号犹豫了一下。

“不，就让他去查。”青竹却突然说道，“只是希望你别为了给自己洗刷罪名而做出什么蠢事。”

1号怔了一下，看了一眼一脸惊诧的黄蜂，又看了一眼一脸平淡的青竹，递过去一个询问的眼神，见青竹没有收回提议的想法，才不得已点了点头。

黄蜂皱紧了眉头，对于青竹的想法，他有点想不明白。

“现在，是不是该说说，你那个在S市的女人是怎么回事了？”青竹又点上一支烟，打断了黄蜂的思考，戏谑地问道。

“这，怎么说好呢？”面对这个问题，黄蜂竟有些纠结，“我可以说的是，我并没有在中国结婚，虽然我确实有一个女人，但，她只是一个女人。”

“只是一个女人，就能让你不顾规矩，擅自接触我们的隐蔽据点？”

“因为……”黄蜂犹豫了一下，释然地一笑，说道，“好吧，这个女人对我们很重要。本来我只是想把她作为自己的秘密武器来着。”

他从口袋里摸出一张照片，放到了长条桌上。

1号看到这照片，身子腾地一紧，险些直接站起身，青竹狠狠地瞪了他一眼，才让他稳住了身形，但他的目光却像要杀人一般死死地盯住了黄蜂，双眼中燃起了腾腾怒火。

那张照片，如果不仔细看，很容易会把照片中的人当成青竹，但如果仔细看就会发现，两人之间仍有细微的差别，最明显的就是照片上的女人眉心有一颗痣。

但就算是这样也不行，没人能亵渎组织的圣女，就是黄蜂也不行。

1号藏在长袍下的双手死死地握成了拳，他脸部的肌肉剧烈地扭曲着，带着兜帽都有些微微的颤抖。

“她叫何莉莉。”黄蜂却并没有注意到1号的反常，他只是看着青竹，说道，“就是我在S市的女人。”

青竹的反应反而异常平淡，似乎并没有因为被冒犯而生气。她淡淡地说道：“这种恶趣味，实在有些无聊。”

“你误会了。”黄蜂笑了一下，不知为何，他感到了一股莫名的快意，“她还有另一重身份，蝎针的妻妹。”

“你想用她牵制蝎针？”青竹淡然一笑，“省省吧，他连自己老婆都下得了手。再说，我怎么知道这不是你给自己的恶趣味找的借口？我可没听说，蝎针还有妻妹。”

“因为你们根本就不肯对他进行深入的调查。”黄蜂冷哼了一声，说道，“同母异父，一共也只见过一次面，她甚至不记得蝎针。”

对黄蜂的调查就这样虎头蛇尾地结束了，青竹似乎也只是想借机敲打敲打黄蜂，让他在做事的时候有所收敛，并没有真正要对付他的意思。

完成调查之后，黄蜂就决定离开，他真切地觉得，组织兴师动众将他从中国弄回来就为了这么点事儿，实在有点小题大做。只是在离开前，他还有几件事要办。第一件事，他是瞒着青竹直接找到1号的。

“谁？”当黄蜂敲响1号的房门时，里面传来了一个惊慌失措的声音。

“是我。”

“等一下。”1号道。

过了半晌，1号才打开房门，只是他身上的衣服有些凌乱。他看着黄蜂，问道：“什么事？”

黄蜂没说话，看了一眼1号的房间，房间里一张奢华的大床几乎占据了整个空间，床上铺着一床同样大得有些不合情理的被子，从轮廓上看，被子下显然不止一个人在瑟瑟发抖。黄蜂忍不住露出了一抹轻蔑的笑容。

“黄蜂，你到底有什么事？”1号加重了语气，又问了一句。

“我只是觉得，利用早晨那宝贵的五分钟通信窗口就为了把我叫回来申饬一顿，属实有点浪费，您完全可以在其他的通信时间用其他的方式来进行。”

“那是组织的事。”1号有些不满。

“您有点太宠溺青竹了。”

1号微微皱了皱眉，说道：“那是我的事，如果你来只是说这件事的，那你现在可以走了。”

“哦，还有一件事，货站换人了。”黄蜂说道。

“跟我说干什么？”1号有些不耐烦，“直接去跟青竹说。”

“您才是组织的领导人。”

“哦？哦，是啊。”1号似乎这才反应过来，“可你跟我说这些又有什么用？”

“没什么，我只是想告诉您，对那个人，我还在考查中。虽然货站向来只看信物不看人，都是上一任金盆洗手后推荐来的，而金盆洗手后的人，按规矩我们不能去打扰，不过我会抓紧对这个人的考查。”黄蜂说。

“这种事，你自己看着办就好，不用跟我说。”1号不耐烦地摆了摆手，关上了门。

黄蜂在门前站了片刻，仔细思考了一会儿，这才转身离开。

他没有看到，在他走后不久，蝎针就出现在了1号的房间前，他没有敲门，而是径直推门而入。砰，片刻之后，房间里便传来了一声沉闷的枪响。

夜色渐深，青竹的房间依然亮着灯，她还没有睡，此时正端着一杯红酒站在窗边，自斟自饮。

她喝得有点多了，脸色绯红，双眼迷离。

一阵沙沙声传入了她的耳中，酒精让她的反应有些慢，这里又是毒蝎的基地，她并不认为自己会有什么危险，便抬手推开了窗。窗外，蝎针手里拿着枪，正贴着窗边站着，面无表情。那样子似乎是在守护青竹，然而没有人猜得到，下一刻子弹会不会射入青竹的房间。

青竹没有丝毫的意外，更不在意自己那身简单的睡衣将一些部位毫无保留地展示给了窗外的这个男人。

她喝了一口酒，微微蹙眉，轻叹了一声，说道：“我在想，我是不是对他太宽容了。”

没有回应，青竹也没有去等回应，就继续说道：“我累了，要维持这样一个庞大的组织，我每一天都很累。身体的疲惫，心理的疲惫，外部的威胁，就连内部，也有人想要将我取而代之，想要我的人，还想要我的心。他们始终都觉得我一个女人，就应该在他们的身子底下讨饭吃。我不知道我还能坚持多久。我毕竟还是个女人啊，以前教父还在的时候，他可以做我的大树，现在教父不在了，我也失去了一切可以为我遮风挡雨的东西，而组织的存续和发展还要依赖他们这群人，我不能让教父的心血毁在我的手上，你懂吗？”

“我会是你手里的枪，是你的盾，会去除掉对你有威胁的人，也会为你遮挡来自四面八方的攻击。”蝎针回应了。

青竹惊讶地看着蝎针，莞尔一笑，说道：“你啊，真是什么都不懂。真想不明白，你当年竟也会有家庭。不过，教父就喜欢你这样的，会为了理想抛弃一切个人情感，所以，你才是蝎针。对了，听说你还有个妻妹？”

窗外的蝎针感到一股冰冷从头顶灌下，让他整个人都僵住了，然而青竹似乎并没有想从他口中得到答案。蝎针的沉默中，青竹的声音再次传进他的耳朵：“回去吧，你不用每天晚上都在这里守着我。”

她抬手关上了窗。

蝎针想了想，终归没有动，房间里熄了灯，青竹的声音再次传了出来：“你放心，我会警告黄蜂，别把她拉下水。经历了今天这件事，相信他不会再把我的警告当成是耳旁风了。”

以往这个时候，蝎针就会安静地离开，然而今天，青竹躺回到了床上，刚闭上眼睛，她就听到蝎针说话了。

“教父，现在在什么地方？”

青竹愣了一下，突然微微一笑，回道：“他啊，在一个我们永远也找不到的地方。”

她将右手抬到了眼前，默默地看着，仿佛从那里，能够看到教父的身影。

可除了虎口上一道不起眼的伤疤，什么都没有。

借尸一用

S 市检察院驻 S 市公安局检察官办公室里一片凌乱，每个人的办公桌上都堆放着如小山一般的卷宗，就连办公室的空地都没有被放过。

姜斌席地而坐，被那些卷宗围在中间。一摞一摞新的卷宗仍旧在源源不断地被送过来，众人连抬个头休息的时间都没有，更遑论停下来喝口水。

这些都是过去一周的报警记录，林菲他们需要核实 S 市公安局是否存在应立案而未立、不应立案而立案的情况，这也是他们被派驻 S 市公安局后最主要的工作内容之一。

当孙林又送来一摞新的卷宗的时候，正好看见姜斌看完了手上的卷宗，恶狠狠地丢到了一边。然后他抬头看了一眼孙林，吓了孙林一跳。

姜斌就像要吃了他一样，双眼散发着仇恨、凶狠，牙关紧咬，带动着他脸上的肌肉都有些扭曲。

“还有多少？”姜斌咬牙切齿地问。

“这么大的屋子的话，”孙林放下卷宗，抬手比画了一下，将整间办公室都圈了进来，“这个地面还能铺满两三层。”

“我要具体数字！”姜斌强忍着怒火，低吼道。

“那可没法说。”孙林摊了摊手，“就咱们整个S市来说啊，去年全年接警四十五万宗，平均下来，一天大概一千二百多个，今年差也差不了太多，可能还会多点。毕竟人民群众的生活水平在不断提高，我们人民警察的形象也在不断深入群众心中，大到有人杀人放火，小到需要上树救猫，老百姓有事第一个想到的就是咱们。”

“我不管全市的，我就想知道咱们这儿的有多少，别的地方有别的驻所检察官核查呢。”姜斌彻底崩溃了，有气无力地道。

“那还真不多，平均一天也就三五十个。”

姜斌看了一眼身边的卷宗，回头看向孙林，一脸的不信任，说道：“你告诉我这叫平均一天三五十个？你说三五百我都信。”

他猛地向后一仰，躺到了地上，闭上了眼睛。然后他就听到孙林竟唱起了歌。

“所以暂时将你眼睛闭了起来，黑暗之中漂浮我的期待，平静脸孔映着缤纷色彩，让人好不疼爱……”

姜斌睁眼，就见此刻孙林脸上挂着毫不掩饰的幸灾乐祸的表情，看到姜斌腾地坐了起来，他用力握了握拳，对姜斌说道：“加油，奥利给！”

“奥利奥，哪呢？”戴梓萌的耳尖突然动了一下，猛地从卷宗里抬起了头，看向了门边的孙林。

“哎哟，还真是什么样的人都有啊，看这个看这个。”姜斌突然扬了扬手里的卷宗，“大冒险输了，就跑到公安局报案，说自己被非法网贷暴力催收。”

“立案了吗？”林菲问。

“都说了是玩游戏输了的，压根没有暴力催收的事儿，还立什么案啊，孙队没关那小子几天就不错了。我看看是谁啊，郝利民？这名字耳熟啊。”姜斌挠了挠头，想了片刻，摇了摇头，“想不起来了。要说现在啊，这学校就应该大力加强普法教育，这给我们添多少麻烦啊。”他从档案里拿出一张照片，咂了咂嘴，照片上的郝利民鼻青脸肿，像被人狠狠地揍过一顿一样，胳膊打着夹板吊在胸前，“这摔得可够惨的。”

姜斌的手机突然响了一声，有一条新的短信进来。他把照片塞回档案袋，顺手扔到了一边，掏出手机看了一眼，脸上露出了一抹喜色，转头看向了戴梓萌，说道：“梓萌你神了啊，我这月还真涨工资了，你怎么知道的？”

“你入职年限到了。”戴梓萌扭开一块奥利奥，一丝不苟地在牛奶里蘸了一下，塞进了嘴里，“不过涨工资终究是件好事，晚上得吃点什么庆祝一下呢？”

“这好事，当然得和我的粉丝们分享一下了。”姜斌摆弄着手机，打开了一个直播平台，“老铁们走过路过不要错过，瞧一瞧看一看了，斌斌我今天涨了工资，开心，撒花。”

戴梓萌和林菲对视了一眼，俱是一脸的无奈，两人同时伸了个懒腰，起身走到了姜斌的身后。

“没多少人吗，还以为你粉丝基础多高，冲击流量天王有望呢。”看着姜斌直播房间里可怜的几百人在线观看，戴梓萌撇了撇嘴。

“这你就不懂了。”姜斌道，“别看就三百人，这可都是跟着我转战各大平台的坚定铁粉，只要一句话，分分钟给你拉来更多人。一支穿云箭，千军万马来相见，哥就让你看看什么叫人气。”姜斌说着，随手在直播间里发了一个大红包，转头看着戴梓萌，“等着瞧，不出五分钟，在线观看数给你弄到10万多。”

发完红包后，姜斌惊讶地看到，别说戴梓萌，就连林菲对他的举动都震惊不已，不由得得意万分。

“你一个月工资多少？三千八有吗？就算涨了工资，也就是四千二？一次发三万的红包，还真是出手阔绰。”就算是感叹，林菲的声音也是无比冷淡。

“多少？”姜斌却是脸上的得意一扫而空，惊叫出声。随即转头查看着自己的红包发放记录，刺眼的“30000.00”的支出记录让他脸色煞白，险些崩溃，“完了完了，我的积蓄啊。”他撕心裂肺地喊道。

“祈祷吧，但愿没人领。”戴梓萌幸灾乐祸地说道。

“怎么会没人领？谁都不是傻子。”姜斌沮丧地说着，却还是切回到了直播间，意外的是，他发出的红包竟然真的没人领，他不禁狂喜。

“梓萌你真是我的小福星啊，再说两句，快，再说两句好听的。”姜斌激动地说道。

“咦？怎么看直播的人还少了啊！”戴梓萌说。

“哎呀，不是这种，我要人多，看的人多了，人气才能上来嘛，要不然你以为我闲得蛋疼了，在直播间里发红包？这都是涨粉的必需技巧。”

“是真的少了啊。”戴梓萌指了指手机，姜斌这才注意到，本来还有几百人的直播间现在就剩下了几十人，而这几十人的观看量还在以肉眼可见的速度缩减着。

“怎么回事？系统故障了？”姜斌不甘心地甩了甩手机，他没有注意到，有人在他的直播间里刷了一条消息：隔壁在直播自杀，大家快去看。

“他们都去别的直播间了。”雷鸣不知何时也站到了姜斌的身后凑起了热闹，一把抢过了姜斌的手机，“有人说隔壁在直播自杀，都跑去看热闹了。”

雷鸣鼓捣了一会儿，终于成功进入了那一个直播间。

屏幕中是一个鼻青脸肿，胳膊打着夹板挂在胸前的男人。此刻，他正站在一栋写字楼的天台边缘，神情悲戚。

看到这个人，姜斌先是愣了一下，随即便手忙脚乱地在档案堆里翻找了起来。片刻后，他从一个文件袋里拿出了一张照片，问道：“你们看，是不是一个人？”

郝利民慢慢地在天台边缘坐下，看着手里的手机，叹了口气，实时在线观看人数已经超过了 50 万，对于多少直播主来说，都是一件值得庆祝的事，可郝利民却高兴不起来，因为，用不了多久，他就要永远地离开这个世界了。

他抬头看了一眼远方的天空，眼睛里满满的不舍。

“走到这一步，怨不得别人，只能怪我自己。”郝利民重新将脸对准了架设在一旁的摄像头，笑了一下，说道，“临死之前，我只想把我的经历告诉大家，希望你们不要走上和我一样的错路。”

“还跳不跳了？我们对你的故事没兴趣，只关心你什么时候跳。”

“警察，警察呢？有没有人报警啊？”

“黄赌毒了吧？年轻人啊，就是不知道珍惜自己。”

“及时行乐，管那么多干吗！自杀？你得多傻啊。”

直播间里，一条条粉丝留言刷了出来，郝利民只是淡淡地扫了一眼，就继续说道，“我借了网贷，714 高炮台的那种。网贷，太坑人了，不审查资料，不审查你有没有还款能力，只要你提供身份证、通讯录信息，他们就敢借你钱。但这真不是什么好事，你们知道砍头息吗？我借四万，砍头息就八千，到手只有三万二，然后说是七天还，实际第六天你就得还。还不上怎么办？就只能去别的平台继续借，可你想还上这四万，你就得再去借六万，八万，没完没了，一直就这么借下去。三个月都不到啊，利滚利我就欠了人家三十多万，我实在还不上了。”

郝利民停顿了一下，深吸了一口气，将已经到嘴边的哽咽硬生生地逼了回去，继续说道："还不上怎么办？他们就给你的家里打电话，给你的同事打电话，给你的亲戚朋友打电话，骂人，诅咒你死全家，说你欠钱不还，没有诚信，把你的生活搅得一团糟。他们上门堵人，还不上就打，就砸，你们看到我这一身的伤了吗？一次没还上，就废我一条胳膊，下次再还不上，就废我另一条胳膊，我要是敢报警，就堵我全家。这日子，没法过了。"

"我对不起我爸妈，他们辛辛苦苦把我养这么大，可是我太不争气了，干出这种事来，让他们的生活都不得安宁，还得白发人送黑发人。"郝利民终于忍不住痛哭失声，"下辈子还有幸为人的话，我做牛做马再报答他们二老。我也对不起我表哥，为了还债，我偷拿了他的钱，差点把他的公司搞破产，我真是混蛋啊，我不奢求你能原谅我，但是，表哥，我爸妈就拜托你了。"

他转头，看向了写字楼下，不远处，一辆警车正飞速驶来。

郝利民笑了一下，说道："好了，就说这些吧。请大家记住，无论你的人生里遇到了什么过不去的坎，去找你的家人求助，去找你的朋友求助，但是，千万，千万不要去碰网贷。网贷会毁了你的一生，毁了你一家。"

随后他站起了身。

"再见了，这个世界。再见了，爸妈。"他再一次不舍地看了一眼脚下的城市，毅然决然地一跃而下。

那辆警车飞速驶近，然而，一切都晚了。副驾驶上的林菲眼睁睁地看着郝利民从天而降，忍不住闭上了眼睛。

可郝利民的直播间里，观众们却依然不停地刷着信息。

"哎哟，真跳了啊？这么诚实的直播少见了，送你个火箭！"

"厉害，啥时候再来？"

"再来？再来那就是见鬼了！"

"不是特效吧？你们谁在现场，真跳了吗？现在这群搞直播的，造假的技术可溜了。"

……

"菲姐，这真的不怪你。"

戴梓萌蹲在林菲的面前，柔声安慰道，"我们一得到消息就通知了孙队长他们，以最快的速度赶过去了，虽然还是没能阻止悲剧的发生，但是你已经尽了你最大的努力了。"

林菲的眼圈有些发红，说道：“那有什么用！他还是死了。”

“可这和你没有关系啊。他是自杀，逼他走上自杀这条路的是非法网贷，是暴力催收，最应该为此担责的是他们，而不是你。”戴梓萌说。

“林检。”办公室的门被强力撞开，孙林手里拿着一张纸闯了进来，激动地说道，“上边同意了，公检法三方联手，对非法网贷展开联合打击行动。”

预料之中的兴奋并没有出现在孙林的面前，林菲只是淡淡地看了他一眼，嘴角甚至还带着一抹讥讽地说道：“非要死了人才想起做这种事？我提醒他们注意非法网贷不是一天两天了吧？”

“就是，孩子死了奶来了，有什么用？！”戴梓萌也起身嘲讽道。

“也不能这么说吧。”孙林有些尴尬，“至少，我们能阻止更多悲剧的发生啊。”

“这就是他的价值？他用命换回来的就是别人的命？那他的命呢？这个责任谁承担？”戴梓萌逼问。

孙林愈发尴尬了。严格来说，郝利民的死多多少少和他们也有一些关系。

郝利民的报案就是他接待的，那天轮到他下基层值班，郝利民是他接待的第三十二个警情，前面的三十一个警情都是些鸡毛蒜皮的小事，不是邻里之间的纠纷，就是消费者和商家的扯皮，要么就是醉酒闹事，他一共送了三个迷路的老人回家，帮失主找回了两条走失的狗，还买了一车的青菜，以免商贩占道经营。

就这样，还因为某个案子的一方当事人认为他的处理明显有失公允，而另一方当事人也姓孙，吃了亏的那个认定该人和孙林有亲戚关系，说孙林是徇私枉法，扬言要去上访投诉。

这一切让他焦头烂额，精疲力竭，接待郝利民的时候，脸色也有些难看。

他还清楚地记得，郝利民坐到他面前的时候那股卑微、恐惧的神情，那一身的伤痕让孙林也为之动容。

“报什么案？好好说说，是打架斗殴，还是被人抢劫了？”

就这么一句简简单单的问话，语气或许稍微严厉了一些，郝利民却抖了一下，整个人都往椅子里缩了缩。

可惜孙林当时的目光放到了手中的笔记本上，没有注意到这个细节。郝利民张了张嘴，想要说点什么，手机却响了，他掏出手机看了一眼，脸色剧变。

“你倒是说话啊。”孙林抬起头，不耐烦地问。

“没，没事儿。”郝利民难看地笑了一下。

“没事你报什么警？！”孙林啪地扔了手里的笔。

郝利民又哆嗦了一下，哭丧着脸说：“警察叔叔我错了，我是玩真心话大冒险输了，我选了大冒险。”

“你，”孙林指着郝利民的鼻子说不出话来，“你知不知道你这也是犯法的？警务资源这么紧张，你还拿我们开玩笑，真需要帮助的人我们腾不出手来怎么办？你担得起这个责任吗？”

“我真的知道错了，你饶了我这一回吧，我再也不敢了。”郝利民都要哭出声来。

“成年了吧？”孙林问。

郝利民点头。

“你说你也这么大岁数了，怎么还干小孩儿才干的事？”孙林一脸不耐烦，“把这个签了。”他把出警记录单向前一递，“当事人那栏，自己签名。我念在你没惹出什么大麻烦，认错态度还算良好，趁我还能控制脾气，就不追究你责任了，赶紧走。”

“谢谢，谢谢，谢谢警察叔叔。”郝利民忙不迭地签上了自己的名字，起身就逃一般跑了出去。

如果他能够仔细核查郝利民的报案，多一点耐心，至少能从郝利民的话中发现一丝疑点，或许，他们就能救下郝利民的命。

“走吧。”就在孙林不知所措的时候，林菲却已经站起了身，脸上恢复了往日的冰冷。

“去哪儿？”孙林下意识地问道。

“去郝利民家，既然决定要动手，那就先从这家公司开刀。”林菲冷冷地道，那股冰冷让见惯了大场面的孙林都忍不住打了个寒战。

“菲姐，你来了。我就知道你肯定得来，我拽上老雷先来打个前站。”

当林菲和戴梓萌坐着孙林的车赶到郝利民家的时候，雷鸣和姜斌已经到了，一看到林菲，姜斌就迫不及待地邀功道，“你绝对猜不着，这郝利民的老爹跟我们还是熟人呢。”

他指了指不远处的灵堂，郝利民的遗像前，跪坐着一个熟悉的身影，神情悲戚，正是郝大海。

“他的案子目前还在调查，家里出了这么大的事，上边特批，取保候审呢。”

姜斌解释道。

林菲没说话，径直走进了灵堂，从旁边的桌子上抽出一炷香点燃，插进了香炉，双手合十，默念了几句什么。

“谢谢。”郝大海双眼无神，完全是下意识地回应道。

“林检？”灵堂外又走进来两个人，看到林菲，来人有些惊讶。

林菲回头，就见江华和李沁携手走了进来，也是略显惊讶。

江华和李沁上了一炷香之后，才解释道：“我们是替何哥来的，他现在在国外，赶不回来。”

“何宇？这和他有什么关系？”戴梓萌不解。

“你们不知道吧？”江华苦笑了一下，“郝利民本来是个挺好的孩子，品学兼优，年年奖学金，可惜啊，却偏偏爱上了一个不该爱的女人。何哥当初陷入经济困境，公司都差点破产，就是这小子闹的。”

“不过严格来说，这事还真不怪郝利民。”江华又是苦笑一声，“借钱的不是他，是他那个女朋友，用利民的手机身份证借的钱，利民啥也没捞着不说，那女的还跑了。”

“没报案？”林菲眉头微皱。

“怎么没报案！”江华说，“可放贷那群人不管你这事儿啊，人家那清清楚楚地写着是利民借的钱，就找利民要啊。林检，孙队，”他看了一眼孙林，“这事你们可得好好查查，不能利民死了还背着一屁股莫名其妙的饥荒啊。”

林菲点头，看了看跪坐在地上的郝大海，深吸了一口气，走到他身边，蹲下，说道：“郝大海，你儿子的事，我需要你的帮助。”

郝大海侧头看向林菲，双眼慢慢聚焦。

不等郝大海说话，林菲的手就指向了身前的水晶棺说：“我要借你儿子的尸体一用。”

本是同根生

法医学尸体解剖室。

看着解剖台上满身伤痕的郝利民，郝大海心有不忍，哀求的目光看向了正做着准备工作的刘鹏，再慢慢滑向孙林、雷鸣、戴梓萌，最后，落到了林菲的脸上。

他嘴唇微微动了动，想说点什么，可每个人的脸上都是一副淡漠却又坚定的神情，让他知道自己的请求不会得到准许。

刘鹏双手合十，冲着解剖台上的尸体微微躬身，算是致意。随后他深吸了一口气，看了一眼郝大海，说道：“我要开始了。您……”

“我就在这看着，你们让我再看看他。”郝大海哀求道。

“这……”刘鹏有些为难地看了一眼林菲。

“他想看，就让他看吧。”林菲没有丝毫的犹豫。

“你们太残忍了，有没有人性？让人看着自己儿子被解剖，你们还是人吗？”门边的姜斌叫道，“江医生，李美女，你们也劝劝啊。真要看完这个，郝大海这心理阴影面积，你们能求得出来吗？”

“是啊，郝叔叔，您还是跟我们出去等结果吧。”李沁走到郝大海的身边，柔声劝道，“解剖，对于您来说，过于残忍了。”

郝大海却只是摇了摇头，坚定地站在解剖室里，寸步不移。

“你要是非得看，我倒是没意见。”江华笑道，“但是你看这样行不行啊，咱俩先出去谈点事儿，完了你再回来看着。”

他走到郝大海的身边，揽住了他的肩膀，拖着他就向外走，边走边说道：“你不信我，你还不信何哥吗？看在何哥的面子上，这事儿我还必须得跟你先说明白。”

郝大海略犹豫了一下，出人意料地在江华的搀扶下走出了解剖室。

林菲狐疑地看了一眼戴梓萌，却见戴梓萌也有些不明所以。犹豫了一下，戴梓萌跟在他们的身后走了出去。

一出解剖室的门，戴梓萌就看到，即便有江华的搀扶，郝大海竟也有些摇摇欲坠。

江华忙扶着他在门边的长椅上坐下，从口袋里摸出了一个药瓶，倒出一粒，塞给了郝大海，说道：“来，可能低血糖了，吃块糖，补充一下。”

郝大海不疑有他，接过那片药就塞进了嘴里，咽下去之后，问道：“你要跟我说什么？”

“不急，你先缓一会儿再说。”江华说完，微笑地看着郝大海，就见他的眼睛不受控制一般缓缓闭合，不消片刻，竟发出了轻微的鼾声。

“可以啊。”戴梓萌微微一愣，笑了一下，突然颇有深意地看了一眼李沁，说道，“老江这催眠的技术又长了不少啊。”

“这你可冤枉我了。”江华双手一摊，一脸无辜地说道，“我可没催眠他，只是顺从了他内心的想法。虽然同意了你们对郝利民的尸检，但他多多少少还有些抗拒，知道阻止不了，当然是希望能拖延一会儿是一会儿，我说聊完事儿再说，他可不就乖乖跟我出来了？”

“那他现在怎么回事儿？”姜斌蹲在郝大海的身前，仔细打量着一动不动的郝大海，“你给他吃的什么玩意儿？”

他回头看着江华。

“他就是太累了，我给他找了个舒服的姿势，又给他吃了一片安神药，然后不就这样了！”江华笑道，然而下一刻，他的笑容就凝固在了脸上。

一阵突兀的手机铃声突然响起，刚刚陷入睡眠状态的郝大海一瞬间就被惊醒，他掏出手机看了一眼，露出了一抹怒容，冲着电话吼道：“别打电话了，人都被你们逼死了。”

“死了？”听到郝大海的话，电话那头的人与其说是意外，更多的却像是不屑，“死了怎么了？想跟我们玩人死如灯灭那套？我告诉你，姓郝的，他死了，你还活着呢，债可还在呢。”

那人无比嚣张地说道。

郝大海呼吸急促，抓着电话的手都在微微颤抖。

“到底多少钱？我们还你就是了，别再打电话骚扰了，连死人你们都不放过，你们还是人吗？”李沁一把抢过了电话，凶狠地说道。

“早说还钱，不就没这么多事儿了！”那人语气轻蔑地说，“五十万。”

“前几天不还三十万吗？你们怎么不去抢？”郝大海气得声音都在发抖。

“废话，不要利息啊？”那人道，“明天可就不是这个数了。”

听到这个数字，李沁也有些犹豫了，她为难地看了一眼江华，却见江华一脸的爱莫能助。

“我们同意。”不等李沁说话，戴梓萌说道。

“痛快，下午三点，你们带着钱来兴华街路口的棋牌室，咱们当面清账，记住了啊，你们只能女的来。”那人说着就挂断了电话。

“梓萌，不是我说你，这事你做得太欠考虑了，你怎么能答应他们呢？”S市公安局会议室，看着换上了一身便装的戴梓萌和林菲，姜斌一脸不满地抱怨着，“你有钱还是我有钱？你看看这一屋子的人，哪个像是能一下子拿出五十万现金的人？孙队倒是能，但是人家凭什么给你拿这个钱？”

“我压根也没想给他们钱。”戴梓萌整理着衣服，在一个女警的协助下，将便携式的摄录装备在衣领处藏好，“这么好的机会，不利用一下可惜了，他不说当面交易，我还想说呢。”

“啊，那你就亲自上了？咋地，警察没人了，让咱们检察院的冲锋陷阵去？”

“还真没有。”雷鸣难得不好意思地笑了一下，“我一直觉得在刑警这份职业上，女性有天生的不可弥补的弱势，孙林有点继承了我的想法，刑警队里全是大老爷们，女的都调后勤去了。”

“你这是赤裸裸的性别歧视。”姜斌指着雷鸣的鼻子说道，“怎么就不能有女刑警了？隔壁消防队还来了个女指导员呢，那地方不比你刑警队更不适合女性啊？”

“话说回来，”江华看着一名女警在李沁的身上放置装备，有些不忍，将目光移向了雷鸣，摇了摇头，又转向了姜斌，“姜检，这时候不是应该你出马吗？你这模样，拾掇拾掇不就活脱脱一个女装大佬？”

“战五渣，去了给人送人头？”戴梓萌撇了撇嘴。

“我跟你们去。”孙林的声音从外面传了进来。接着，会议室的门被推开，一个戴着宽大墨镜，高大健硕的女人走进了会议室，她有着一头大波浪长发，穿着一件连衣裙，连衣裙有些小，紧紧地裹在她的身上，让她的行动都有些僵硬，活脱脱一个金刚芭比。

“我和你们去。”女人说话了，开口却是孙林的声音。

众人一愣，不敢置信地看着眼前的人。

“孙队长？”姜斌不太确认地问了一句。

对方点了点头，说道：“这种事危险性很大，我看还是我来吧。”他说着，摘掉了墨镜，露出了孙林那张粗糙的脸，为了遮挡粗糙的皮肤，他的脸上涂了厚厚的粉底，然而，就算这样，也依然无法掩饰他身上明显的男性特征。

姜斌看了一眼，就脸色大变，突然冲出了会议室，剧烈的呕吐声随后传来。

“杀伤力这么大？”孙林愕然。

“嗯，”江华沉着地点了点头，“你往那一站，基本就是大杀器，如花和你一比都自惭形秽。”

江华站起身，看了一眼面无表情的雷鸣，问道：“去厕所。雷检，一起吗？”

雷鸣没说话，只是站起身，快步走了出去。

两点五十五分。

兴华街路口棋牌室外不远处的一个停车场，一辆依维柯缓缓停下，车门打开后，林菲、李沁和戴梓萌下了车，戴梓萌的手上拎着一个行李箱，以她的体力，拎着这个行李箱仍旧显得有些吃力。

只是她吃力的表情看起来有些太过夸张了，换手的时候也显得有些太过轻松。

三人一起走向棋牌室，孙林并没有跟来，尽管他一再要求自己一定要去，却还是被三个女人联手抵制了。她们觉得，如果孙林跟去，她们根本连对方的影子都见不到。

此刻，孙林、雷鸣、姜斌、江华和一众警察就在那辆依维柯里，透过监视器关注着她们的一举一动。

三人走到棋牌室门前的时候，李沁停顿了一下，深吸了一口气，平复着内心的恐惧，这样的事，她还是第一次。

“别紧张，一切有梓萌呢。”林菲看出了李沁的紧张，难得微微一笑地鼓励道。

“就是，待会儿你们躲远点就行了，省得溅一身血，挺不好洗的。”戴梓萌放下行李箱，活动了一下全身的关节，才又重新提起行李箱，走进了棋牌室。

李沁再次深吸了一口气，这才跟在戴梓萌和林菲的身后走进了棋牌室。

棋牌室里空空荡荡的，只有四个人围在一张桌子前，有一搭没一搭地玩着牌。一个看上去像是服务员的人给几个人倒上茶水后，便站在一边，安安静静地看着几人玩牌，手上捻动着一串佛珠。

对于进来的这几个人，还是各有风情的美丽女子，这些人连正眼都没瞧一下。

看到这一幕，戴梓萌径直把手里的行李箱扔到了地上，发出了砰的一声，喊了一句：“来还钱的，人呢？来一个喘气的。”

李沁吓了一跳，别说是她，就是在车里等待接应的孙林也差点失控，掏出枪就要冲进去，幸好雷鸣手快，他一把按住孙林，说道：“等着，别激动。”

孙林这才意识到自己有些失态，不禁急促地喘息着，说：“戴检这也太粗暴了，这是生怕事儿不够大啊。”

戴梓萌这一嗓子终于引起了那群人的注意，一个看起来像是头头的人物打量了几个人一眼，冲那个摆弄佛珠的服务员说道："兰杰，拿份协议过来，让她们签了，把钱点一下。"

那个叫兰杰的人转过身，李沁惊讶地看到，他的胳膊上竟然还文着一个佛家的符号，她不禁哑然失笑，越是坏事做尽的人，却越想着求神佛保佑。这世界上还有比这更可笑的事吗？

兰杰走到吧台后，翻找了一会儿，拿出了一份协议。

"三份。"之前说话的人看了一眼兰杰，骂道，"你是瞎了还是不识数？她们三个人，你没看见啊？"

兰杰赶忙又拿出两份协议，走到林菲等人的面前，说："把这个签了，把钱留下，你们赶紧走吧。"

他的语气略显焦急，目光也不停地看向门边。

林菲接过协议看了一眼，脸色微变。

"这是借款协议吧？我们是来还钱的，不是来借钱的。"她说。

"我们这儿的规矩。"之前说话的那名男子看着自己手里的牌，头都没回，不容置疑地道，"想还钱，就得先借钱。"

"我头一回听说，还有不借不让还的。"在监视器前看到这一幕的姜斌气愤地道，"这是强买强卖了啊。"

"我要是不借呢？"监视器里传来了林菲的声音。

"不借？那你们也别走了。"那个发号施令的人话音刚落，哐当一声，棋牌室的卷帘门竟然放了下来。

随后，他又对兰杰说道："兰杰，跟她们说说，那些个不听话的妞，后来怎么样了？"

兰杰点了点头，只是在说话前，他却做了一个双手合十的动作，低声念了几句什么，才轻轻叹了口气，脸上竟带上了一抹苦涩说道："可能在哪个出租屋里接客，也可能被卖到哪个穷乡僻壤去了吧。"

"坏了坏了。"姜斌忙道，"这不光是非法高利贷，还强迫卖淫、贩卖人口啊。孙队，快动手！"

看到这一幕的孙林也不再等待，推开车门就冲了出去。他们没有看到，棋牌室里戴梓萌已经开始动手了，她突然拎起了行李箱，用力挥动了起来，虎虎生风。

当他们打开棋牌室的大门时，顿时目瞪口呆，李沁的脸上带着莫名的兴奋和崇拜，躲在一脸淡然的林菲身后，两人都离戴梓萌远远的，而戴梓萌正把最后一个人放倒，拍了拍手，显得意犹未尽。她回头看向孙林，一脸的惋惜，不满地抱怨了一句，让孙林后脊发凉。

“来这么快干啥？我还没活动开手脚呢。”她说。

这一次的行动算是取得了圆满成功，等在棋牌室里收账的五个人无一漏网，都被带回了刑警队，但林菲却示意孙林等一等，等尸检的结果出来，郝大海过来辨认后再进行审讯，在那之前，她想了解更多郝利民借贷这件事。

据江华说，借贷的人其实并不是郝利民，而是他的女朋友 Lisa，就是这个女朋友，也不过是郝利民的一厢情愿。

“混血？还是外籍？这郝利民可以啊，还泡上外国妞了。”听到这个名字，姜斌下调侃道。

“都不是。酒吧坐台的。”江华说。

“得，当我没说，又一个让人骗的傻小子。”姜斌不屑地撇了撇嘴。

郝利民和 Lisa 是在酒吧认识的，郝利民对 Lisa 一见钟情，她瘦削的身材和脸上浓浓的烟熏妆让她浑身散发着一股狂野豪放，让郝利民难以招架。当天晚上，两人就滚到了一张床上。

正当郝利民精疲力竭，昏昏欲睡时，蒙眬中他看见 Lisa 往自己的股间打了一针不知名的液体，然后整个人看起来好像进入了一个奇怪的状态里。

于是郝利民知道，Lisa 的烟熏妆不是纯天然的，是长期吸毒的副作用。只是，他那时候已经没有力气想太多了。

等到他一大早醒来的时候，Lisa 已经不见了，而他却从这个时候开始莫名其妙地欠了一堆外债。

“要说这笔钱还真不多，但这事说出去丢人不说，他爸要知道肯定得捶死他。女朋友找个坐台女就算了，偏偏还是个吸毒的。”江华说，“他自己没有经济来源，好不容易凑了一笔钱还了，结果就像今天你们见到的这样，还了旧的，还得借新的，越来越多，最后，就是这么个结果。”

“你知道的不少啊。”李沁打量着江华，问道，“我怎么觉得，你就像亲身经历了一样呢？”

“说得好像我想知道一样。”江华摊了摊手，一脸无辜地说，“他实在筹不到钱，把主意打到何哥身上了，事无巨细，交代得一清二楚。要不是太不雅，我估计他能把那个 Lisa 身上有几根毛都说出来。”

“后来呢？”戴梓萌兴致勃勃地问。

“后来？何哥那人你们还不知道？”江华说，“他不追究这小子的责任，没告诉他家里就算是给他一条生路了，拿钱帮忙，他才不干呢。”

“嗯，这确实是何宇能干得出来的事。”姜斌深以为然，“可这也算是害了这个郝利民吧？”

“谁说不是呢？何哥那人，老想着让人自己回头是岸，可不是所有人都有勇气去面对自己的错误啊。这郝利民不就是吗？偷了何哥的公章，差点把他搞死，这事儿要不是他自己承认了，到现在还是未解之谜呢。”江华叹了口气，“这也算是他咎由自取了吧。”

“Lisa 呢？那个 Lisa 哪去了？”林菲问。

江华摇头，说：“这还真不知道。我一个小时多少钱呢，我能掺和这破事儿？不过我听说，Lisa 到现在还没影儿呢。”

“Lisa？别逗了。”户籍档案室，孙林把打印出来的户籍资料递给林菲，“大名王春花，小学没毕业，今年二十三，五年前就到咱们市务工，主要从事特殊服务行业，被处理多少回了。”

“那她现在人呢？”林菲看了一眼户籍资料，问道。

“出国了，也就是前两个月的事。”孙林说，“对了，林检，你看这案子，咱们按什么名义办？非法拘禁，敲诈勒索，还是故意伤害？要不来个数罪并罚？”

“非法拘禁和故意伤害目前都没有确凿的证据，我觉得敲诈勒索比较合适吧？”姜斌看了一眼林菲说，“要不按抢劫来？他们这可有点巧取豪夺的意思了。”

“定性的事先不急，我更关心另外一件事。”林菲若有所思地道。

听林菲这么一说，姜斌的心一下子就提了起来。

“这群人只接受再次贷款来进行还款，这不太符合贷款公司回收资金的运营模式，难道他们就不怕一分钱都收不回来吗？”林菲问。

“我还以为啥事儿呢，给我吓的。”姜斌松了口气，忙抬手拍打着胸膛。

“就是，这不是什么大事儿，老刘那边尸检报告也出来了，咱们审审就知道了。”孙林也说道，姜斌讶异地看到，孙林竟在做着和他同样的动作。

本来众人以为是一场简单的审讯，进展得却并不顺利。尽管法医刘鹏出具的尸检报告显示，郝利民生前曾遭遇暴力殴打，全身多处软组织挫伤，其小臂骨折是遭遇外力击打造成的，头部也有明显的钝器击打伤。

但被抓的几人都不承认这些事情和他们有关。

“这不是开玩笑吗？”那个小头目对着林菲等人大呼冤枉，“我们是求财的，不是要命的，杀人犯法，那打人也犯法啊，那事儿我们不干。你们说的这个人，我们也是真不认识。”

“你是不是觉得我们没有证据，你想怎么说都行？”孙林冷笑道，“你以为这三个小姐是干什么的？”

“哎哟，我的警察同志，你可别提这三个姐妹了。”提到戴梓萌、林菲和李沁，这个小头目下意识地往椅子里缩了缩，然后开始大倒苦水，说着他把脑袋还往前凑了凑，试图让孙林和雷鸣、姜斌看清自己乌黑青紫的眼眶，“你看看，你看看，我这眼睛让她们打的，这都成什么了？那下手也太黑了。我说警察同志，我们才是被害人啊，你得给我们做主啊。”

“哼。”孙林冷哼了一声，“那你们关门干什么？”

“我们这行，毕竟有点见不得光嘛。”小头目不好意思地笑了一下，“这不管到什么时候，放印子钱的都有点过街老鼠的意思。咱们话说回来啊，这存在即合理，整天喊着叫着要整顿我们，可咋不想想我们帮了多少人呢？有多少人在银行借不来钱，都是我们帮他们解了燃眉之急，那都说不好救了多少条命呢。”

“你们还成圣人了？”孙林气得差点笑出声来，“能把非法放高利贷说得这么清新脱俗的，你还是第一个。”

“圣人不敢当。我们老板说，人活着，就得做点力所能及，对这个社会有意义的事。”小头目沾沾自喜地说道。

“你们也太臭不要脸了。”观其人，闻其言，就连姜斌都觉得这帮人不要脸的程度让人喟叹。雷鸣那张万年不变的脸上此时都出现了哭笑不得的表情。

“闭嘴吧你。”孙林啪地拍了下桌子，吓了小头目一跳，“你还真是不见棺材不落泪，你给我解释解释，为什么人家还了钱，你们还得让人再打一张欠条？”

饶是审讯经验丰富的孙林和雷鸣，在面对这样一群滚刀肉的时候也显得有些无可奈何。只有这个小团伙中的兰杰，在面对他们的时候倒是没有胡说八道，可他全程都一言不发，在姜斌看来，他这样还不如胡说八道的好。

虽然审讯过程让人哭笑不得，这个团伙犯罪事实清晰，但是摆在林菲等人面前的一个事实却是，他们的确没有确凿的证据证明郝利民身上的伤和这几个人有任何关系。

相煎加把火

"除了兰杰一句话都不说外，所有人的供述都如出一辙，要么是事实，要么是提前准备好了的。"哗啦一声，戴梓萌拉开抽屉，从里面拿出一块奥利奥，有仇一样地撕开包装，塞进嘴里咬牙切齿地咀嚼着。

"那还用想吗，肯定串供了呗。"姜斌说，"郝大海什么时候到？现在可就指望着他了。"

然而，郝大海的到来也没能改变林菲等人面临的不利局面，他将每个人的照片仔仔细细地看了一遍，又在单面镜后仔细地观察着每一个人，最终却无力地摇了摇头，丧气地说："认不出来，我是真认不出来啊。"

他蹲在地上，恼怒地捶打着自己的脑袋，嘴里说着："我咋那么笨，连给儿子报仇都帮不上忙。"

"这不怪你。"李沁连忙拉起他，安慰道，"这些人都很小心，去找你儿子的时候未必会让你看清，这也没办法。"她看了一眼林菲，心有不忍。

"先去休息吧。"林菲神情平静，并没有流露出任何的沮丧，只是看着郝大海叹息着离开了房间，她的脸色愈发阴沉了。

"林检，您看，接下来怎么办？"孙林小心翼翼地问。

"怎么办？"林菲没说话，戴梓萌却嘴角微微一挑，冷笑了一声，说道，"他们不是想把我们几个关起来，威逼利诱吗？以为软暴力就不违法了？"

"懂了。"姜斌打了个响指，扭头看着孙林说道，"孙队长，那可就麻烦你了，先关这帮孙子几天再说，他们试图囚禁林检、戴检和李医生这事儿可是坐实了的，就是运气差了点。"

"老江、沁姐，你们俩陪我一会儿。"戴梓萌盯着拘留室里的五个人，"我就不信，所有人的心理素质都那么好。"

“奥利奥！”她突然大喊了一声。

正准备离开的姜斌吓了一跳，看着将脸都贴在镜子上的戴梓萌，无奈地说道：“是奥利给，加油的意思。”

“我知道。”戴梓萌白了姜斌一眼，“我是让你们给我拿几块奥利奥来，还有牛奶。你去找刘法医，他实验室的冰箱里有。”

孙林怎么也没想到，不到半个小时，戴梓萌和江华、李沁就把选定的突破目标的资料送到了他的面前，正是那个在棋牌室里忙前忙后说话最多，面对审讯却又一言不发的兰杰。

看着兰杰的照片，孙林直皱眉，他看向了雷鸣，见雷鸣也是一脸不解。兰杰才是这几个人里最难对付的，是只有用铁证而无法配合口供来定罪的那种犯罪嫌疑人。

“没错，就是他。”面对质疑，戴梓萌却很笃定自己的判断，“你们看他现在干吗呢。”

孙林依言调出了拘留室的监控录像，其他几个人或坐或躺，悠然自得，只有兰杰一个人跪在一个角落里，双手合十，嘴里念念有词。

“垂老抱佛脚，临阵磨铁枪。这时候想起求神拜佛了，有蛋用？佛是有原则的，屠刀都不放下，还想着回头是岸，立地成佛？”看着兰杰的举动，姜斌一脸不屑。

“他这可不是临时抱佛脚。”李沁笑了一下，“他手臂上的文身是佛家的符号，我们进棋牌室的时候，他手上还有串佛珠。”

“信佛的人能去干那种罪大恶极的事儿吗？”江华也道，“我觉得他身上的秘密可能不少，值得你们好好挖一挖。”

兰杰的家异常简陋，连件像样的家具都没有，但却收拾得异常整洁，客厅的一角，摆放着一尊佛像，佛像前的香炉里，香灰早已满溢而出。

每日准时礼佛，就是兰杰的母亲刘芳的日常生活。

丈夫早逝，刘芳和兰杰相依为命，原本希望孩子将来能出人头地，所有教过他的老师都这么认为，可是谁也没想到，父亲去世后，兰杰会性情大变，最后竟然会走上邪路。

刘芳劝不动，只能每日诵经念佛，祈求佛祖的保佑，能让兰杰平平安安地走完这一生，娶妻生子，延续兰家的香火。

兰杰已经两天没回家了，以往这种事情也经常发生，但是这一次，刘芳的心却始终不能静下来，就连早已熟记于心的佛经都接连背错了好几次。

香炉里的香燃到了尽头，她起身抽出一支新香，点燃后插进了香炉，可是啪的一声，那支香居然从中而断。

刘芳愣住了，随即她连忙跪倒在佛像前，双手合十，祈求道："阿弥陀佛，佛祖保佑，保佑我们家兰杰平安无事。"

就在这时，门外传来了敲门声。

"嫂子，你在家吗？"门外传来了一个熟悉的声音。

"谁啊？"刘芳却还是问了一句，她的声音里带着些许的忐忑。

"我，兰图。"兰警官回道。

"是兰警官啊。"刘芳应了一声，"你等我一下。"

姜斌自诩见过各式各样的当事人，有拒不配合的，有油腔滑调的，有顾左右而言他的，有痛哭流涕追悔莫及的，也有死不悔改对抗到底的，但像刘芳这样的当事人，他还是第一次见。

刘芳甚至没有让他们进屋，打开门走出来的时候，胳膊上挎着一个布包，对于面孔陌生的林菲等人，她没有任何意外，只是随便看了一眼，就冲着兰警官点了点头，淡淡地说道："走吧。"

"去哪儿？"一时反应不及的姜斌下意识地问了一句。

"兰杰在哪儿？"刘芳问，"看守所还是殡仪馆？"

"您，都知道？"孙林难以置信。

刘芳摇头苦笑了一下，说道："我不知道。但是既然你们都来了，那也就是这两个地方了吧？那孩子，早晚都会有这么一天。"

"你知道他到底做了什么吗？"林菲问。

刘芳再次摇头，回道："他在外面干什么，这些事从来不跟家里说，但我知道，肯定不是什么好事。"她打开了手里的布包，里面是几件衣服，无一例外地，这些衣服上都沾染着血迹，大部分都已经发黑。"有几次回来的时候，他身上带着血，别人的血。这几件衣服，他都扔了，我又捡了回来。"

"你怎么不报警呢？明知道自己孩子在外面干了坏事，你就这么看着，你这是包庇罪你知道吗？"姜斌训斥道。

刘芳却不为所动，淡淡地看了一眼姜斌说道：“那是我儿子！”

“那你留这些东西干吗？扔了不是更没有证据了？”姜斌不屑地说道。

刘芳叹了口气，说：“我知道他迟早有这么一天，这个，算是自首吧，没准儿还能有立功表现。”

“这算盘打的。”姜斌无奈地摇了摇头，“好处全让你占了。”

再一次坐进了审讯室，兰杰的神情依旧平静，只是他的眼圈泛红，脸上还有一枚鲜红的手印。

五分钟前，他见到了自己的母亲，他以为她会大发雷霆，破口大骂，然后苦口婆心地劝他坦白交代，争取宽大处理，就像新闻里常报道的那样。然而，刘芳并没有那么做，只是那么冷冰冰地看着他，甩手给了他两巴掌后，便转身离开了。

那一瞬间，他看到了母亲眼神里的含义：心如死灰。

那些就算是他在外边闯了多大祸，受了多大的委屈，回到家依然能感受到的疼爱不见了。

他至今仍清楚地记得，就算是自己第一次逃学，在街上找了他整整一天的母亲，在见到他的时候，眼里充盈的也仅仅是担忧和强忍着才没有掉下来的泪水。她把他紧紧地搂在怀里，没有问他去了哪里，干了什么，为什么不去上学，只是问他饿了吗？想吃点什么？说妈给你做。

他心里的苦，她一直都懂。

就是催债的人找上了门，她也只是把他护在身后，苦苦哀求他们宽限一段时间，没有抱怨自己的儿子半分。她每天求神拜佛，或许只是等着有一天，他能自己走出伤痛，开始新的人生。

“是个意外。”在被带回公安局之后，兰杰第一次开口了，“郝利民的死是个意外。”

孙林看了一眼林菲，用眼神询问她是否开始审讯。

林菲却看了一眼表，说：“再等等，刘法医那边应该能给我们提供更有价值的线索。”

孙林点头。

可兰杰却等不及了，说道：“我们原本的目的并不是想逼死他。”

“废话，你们最终目的是要钱。人死了，钱就要不着了。”姜斌忍不住说道。

没想到兰杰却摇了摇头，无力地说道：“也不全是为了钱，是为了让他像我一样。”

“像你一样？”孙林不解。

兰杰点头，说：“我就是因为还不上钱，最后干的这一行。”

孙林看了一眼雷鸣，他实在听不明白兰杰到底要表达什么。

“他们是让你当打手，抵你欠的债，对吧？”雷鸣问。

兰杰再一次点头，回道：“他们想让郝利民也这样。”

“这我就不明白了，缺人，招聘不就完了？”孙林问。

“我也不是很清楚。”兰杰摇头，“我们大部分人，都是这样来的。其实，我们一般情况下，根本就不给男的贷款，都是贷给女的。”

“哟，犯罪还带性别歧视的？不是男女平等吗？就认为女性好欺负是吧？”姜斌再一次忍不住说道。

“为什么这么做？”孙林继续问道。

“我不知道。”兰杰摇了摇头，“那是上面的事，我只管跟着他们去要债。”

“你们对那些女性受害人做了什么。”林菲又问。

“催债，逼着她们还钱。”

“还不上呢？”孙林问。

“老板会安排人把她们带走。”兰杰说。

“带到什么地方去了？”孙林又问。

“不知道。”兰杰摇头，“那些事不是我干的。后来我也没再见过那些人了。

尽管兰杰对那些可怜的女人的结局一无所知，但他还是提供了几个被害人的信息，刘鹏鉴定后发现，那几件衣服上提取到的血迹，属于不同的女性。

孙林把搜集上来的卷宗放到林菲的办公桌上，说道，“根据我们的推断，兰杰所属的这家公司真正的意图很可能是强迫、组织妇女卖淫。这样才能解释，为什么他们手段如此激烈，让被害人承受了不可能承受的债务，先把人逼上绝路，最后只能任由他们处置。”

“如果能找到这些被害人，就能取得更多的证据。”林菲翻了翻卷宗，笃定地说道。

“你说得倒是轻巧。”姜斌翻了个白眼，“连兰杰都不知道他们把这些被害人送哪儿去了，你怎么找？他连大老板都没见过。”

“这是你们要做的。”

林菲看向孙林，孙林却求助似的看向了雷鸣，雷鸣笑了一下，说道：“我赞成林检的意见，兰杰不知道的事情，不代表其他那几个人也不知道。”

黄蜂一坐进车里就有些昏昏欲睡，连续的长途飞行让他有些吃不消。

开车的马仔见状连忙递给他一支烟，帮他点燃，看着他吸了一口，脸上浮现出了一丝血色后，才发动了车子。

可他透过后视镜看着黄蜂，欲言又止。

“有什么事赶紧说。”黄蜂说。

“是！”马仔点头哈腰地道，“咱们有批人让警察抓了。”

“嗯？”

“就是帮咱们抓骡子的那批人。”

“他们就是洗洗钱，物色几头骡子，都给他们合法的身份了，做得几乎天衣无缝，怎么会被警察抓？”黄蜂皱眉。

“这……”马仔犹豫了一下，还是说道，“实在是兄弟们大手大脚惯了，突然收入少了那么多，不太适应，就……”

“就怎么？”

“就碰了点皮肉生意。把暂时用不到的骡子挪去干了别的事。”

黄蜂没说话，只是脸色愈发阴沉，马仔见状，也不敢再说话，只是安静地开着车，握着方向盘的手却有些微微颤抖。

熟人自杀了

半个小时后，酒吧地下的拳击台上，看着被自己压在身下的许浩，黄蜂狠狠地抽了抽鼻子，把将要流下来的鼻血吸了回去。他真想把扬起的拳头狠狠地砸下去，砸烂那张好看得过分、此时笑意盈盈的脸，可是许浩已经举手投降了。

他赢了，可是他真的赢了吗？

看看许浩那张连乌青都没有一丝的脸，再看看自己，鼻青脸肿，整张脸就没有一处好地方。许浩灵活得就像一条泥鳅，在他狂风骤雨一般的攻击中摇摇欲坠，却总能觑准一条缝隙躲过他的拳头。然后，在他来不及反应的时候，狠狠地在他的脸上砸上一拳。而且每次都是砸完就跑，一点也不贪心。

他狠狠地吐了一口带着血丝的唾沫。

砰——

黄蜂戴着拳套的拳头还是狠狠落下，只不过是落在了许浩的头侧。

许浩咧了咧嘴，向旁边躲了一下。

黄蜂冷哼了一声，放开了许浩，站起了身。

“我看着都疼。”许浩也站了起来，问道，“进去那群兄弟，怎么安排？”

“放弃。”黄蜂果断地道。

“你倒是真舍得。”

“那依你呢？”黄蜂问。

“我认识个律师。”许浩说，“把这群人捞出来不难。但是要是拖久了，没准儿他们会交代点什么出去，那才是真麻烦。”

黄蜂打量着许浩，想从他的脸上看出他这么做到底出于什么目的，然而许浩只是一脸坦然地和他对视着。

“拉拢这群人，花了组织不少钱吧？放弃这个词很容易说，但是沉没成本呢，你想过没有？再找一批这样的人，又得投入多少？你就敢保证新找来的人能够保守秘密？别以为这群人没接触过业务核心就不用怕了，大陆的警察可不是你们那里那群废物，他们只需要一个小线头，最后他们就能给你捣出一个空间站来。”

黄蜂深以为然地点了点头，说：“那这件事，就交给你去办吧。还有一件事，组织认为，这个部门的负责人已经没有什么存在的意义了，这件事也交给你，作为你的投名状。”

“杀了？”许浩有些犹豫地问道，“就不怕事儿闹得太大，不好收场吗？”

“这是你需要考虑的事。”黄蜂摘下拳套，跳下了拳击台，“你上了那么多年的警校，不就是该用在这时候吗？”

“你这话说的，”许浩有些不满，“我学的是捉贼的本事。”

“白展堂他娘说，她教给老白的也是抓贼的本事。”黄蜂微微一笑。

肇源迎着林菲审视的目光，艰难地让自己尽量不去躲避。

“取保候审哈？”姜斌问。

“嗯。”肇源点头。

“全部哈？”姜斌又问。

“嗯。”肇源再次点头。

“林检不会同意的。”姜斌幸灾乐祸地说道。

“嗯。”肇源有些沮丧，也有些无力，这个结果他一点都不意外。

“至于原因呢，我给你解释一下。”姜斌笑嘻嘻地说道，“按说他们是符合取保受审的条件的……”

“不用了。”肇源无力地摆了摆手，打断了姜斌的话，“我知道，你们现在办的这个案子，突破口都在这几个人身上，他们是你们眼下唯一的线索，我要是你们，也不会同意的。这事儿怪我，被许浩坑了那么多回，还没长记性。”

“嗯？”一直埋首在卷宗里的雷鸣闻言突然抬头问道，“是许浩让你来办的？”

“可不是嘛，要不然还能有谁？”肇源摊了摊手，一脸无奈还带着些愤恨，“我就欠他几个人情，按说还得也差不多了，可这小子总能找出一堆我还没还完的理由。”

雷鸣却没心思听他继续唠叨，抓起手机就走出了办公室。

“问题不在这儿。”姜斌道，“林检察官那个人，你是知道的，她一向是按规则来，你提供的手续资料完备，真实有效，就算是明知道放了他们这案子就办不下去，那她也会放的。对吧，林检？”

他看向林菲，却见林菲脸色阴沉，眉头紧皱。

他又看了一眼戴梓萌，就见戴梓萌低头摆弄着手机，片刻之后，抬头看向了林菲，无奈地摇了摇头。

“你这个问题主要出在你提供的材料上。”姜斌拍了拍肇源带来的那一摞资料，恨铁不成钢地说道，“走点心行吗？五个人，一个病，出诊断书的是同一个医生，而且还是同一天出的。咋地？他们公司集体体检吗？就算是集体体检，你把病症换一个不行吗？你这整的，让我严重怀疑，他们不是得了同一个病，是医院的机器出了问题。”

“林检。”办公室的门突然被推开，孙林从外面探进头来，“我能单独和你谈谈吗？”

林菲愣了一下，略一犹豫，站起身走出了办公室。

孙林的手上拿着一张纸，有些心虚地站在门边，林菲一看到他这个样子，就忍不住皱起了眉。

林菲狐疑地接过那张纸，那是一份同意取保候审的文件，签发人是公安局长刘天明。

林菲忍不住冷笑。

“我要是不同意呢？”雷鸣阴沉着脸走了过来，扫了一眼林菲手里的那张纸，说道。

“雷头儿，你这何必呢？”孙林苦笑了一下。

“他这就是徇私枉法。”雷鸣道，“只要不是个瞎子，就能看出提供的医疗资料是有问题的。”

“但都是真的，有据可查的。”林菲突然道，她说得很平淡，但每个人却都能感受到她语气中的冰冷，“从程序上，我们没有任何理由阻止。”

“是啊，雷头儿。”孙林也劝慰道，只是他的劝慰里却多了那么些许的不甘，“兰杰不知道的事情，这些人也什么都不知道，至少他们不肯说。”

那些人走的时候，趾高气扬。

经过雷鸣等人的身边时，他们得意的笑容丝毫不加掩饰，雷鸣的阴沉，林菲的冰冷，都没有能让他们嚣张的气焰有任何的收敛。

那个小头目在路过林菲身边的时候，甚至还肆无忌惮地打量了几眼，说了一句：“下次用钱，记得找我们，放心，我们都是有合法金融牌照的，就凭你这个姿色，三五十万的，不在话下。”

“劳你费心了，三五十万的，我还真不在意，三亿五亿的我还能考虑考虑。”

林菲回敬道。

小头目不屑地撇了撇嘴，回头看了一眼落在最后磨磨蹭蹭的兰杰，吼道：“你麻利点儿，没待够啊？”

兰杰连忙点头哈腰地跟了上来，路过林菲身边的时候，他张了张嘴，欲言又止，最终只是微微躬身，便快步离开了。

“德性。”看着这些人的背影，姜斌狠狠地吐了口唾沫，却好巧不巧地都吐到了肇源的鞋上。

看着姜斌连句虚情假意的“对不起”都懒得说，肇源只有无奈苦笑。

谁叫自己接了这么一个不招人待见的活儿呢。

当铺废墟的清理已经告一段落，消防队确认火灾原因就是煤气泄漏，但是当铺发现一个地下室，里面的东西却引起了消防队的重视，不敢擅动，将情况告知了刑警队。林菲和孙林他们接到消息后急匆匆地赶了过来。

孙林和雷鸣先下去看了一圈，片刻之后，才爬了上来，两人俱是脸色阴沉。

“什么情况？”林菲问。

孙林的神情有些为难，他看了一眼雷鸣，咬了咬牙，说道，“林检，你自己看吧。”

他说着，让开了通道。

“姜哥，你下去。”看着林菲毫不犹豫地就往里走，戴梓萌一把拉住了她，冲姜斌使了个眼色。

姜斌把头摇得像个拨浪鼓，拒绝道：“不去。你看老雷和孙队那个脸色，肯定不是什么好事，保不齐里面死了多少人了，我才不下去呢。”

“动动你的脑子。”林菲看了一眼姜斌，“真有尸体的话，刘法医早就过来了，还能轮得到你？”

“欸？也是啊。”姜斌这才反应过来，眼看着林菲就要走入地下室，他连忙一个箭步冲了过去，“林检您歇着，放着我来就行了，要说我不是那么笨的人，笨的话，我哪能当上法学状元。就是跟你们这群人在一起啊，基本用不着动我这个聪明的小脑袋瓜，有问题你们就能解决了嘛。”

他边说边走进了地下室，当他的身影消失在眼前后，孙林抬手揉了揉额头，姜斌的滔滔不绝让他脑仁都疼。

“啊——”

地下室里蓦地传出了一声惨叫，林菲和戴梓萌脸色微变，看向了孙林，却见孙林一脸的无奈。

“里面到底是什么？”林菲问。

“枪，”雷鸣说，“还有火药。而且发生过一次爆炸。消防队判断，就是这次爆炸震裂了煤气管道，也震晕了当铺老板，随后发生了煤气爆炸。”

“就是个枪而已，你至于吗？”

戴梓萌等人走进地下室的时候，就见姜斌蜷缩在一个角落里瑟瑟发抖。她叹了口气，嘲讽道，但紧接着，她张开的嘴就再也无法合拢，慢慢转头，看向了雷鸣。

雷鸣说的没错，地下室里是枪。

但是他也说错了，地下室里不仅有枪，而且是大量的枪，长短皆有，挂满了整整一面墙，一个柜子里则放着大量的子弹，甚至还有手榴弹。

地下室的一个角落明显留下了火药爆炸的痕迹，所幸炸点离集中存放火药的地方较远，那些弹药才在爆炸中得以幸存，要不然后果难以想象。

地下室中间的空地上，放着一台机床，机床边上零散地堆放着各式各样的钢材。

“他们这是在……自己做枪？”戴梓萌不确定地问道，“这个数量，发起一场小规模的局部战争都足够了吧？”

她不禁感到一阵阵后怕。

“看来那个老板的身上藏着大秘密。这里的所有东西全都带回去，好好封存鉴定。”林菲果断地道。

然而，带回去封存鉴定终究只是林菲的一厢情愿，他们能够带回的，只有腿软到无法自己行走的姜斌。

看着所有的东西都被一辆没有悬挂任何牌照的军用卡车拉走，无论是林菲、戴梓萌还是雷鸣、孙林，每个人的脸上都透露着一股浓浓的不甘。

“算了，这事儿太大，不管是怎么回事儿，都有点超出我们的能力了。”孙林半是无奈，半是宽慰地说道。

“幸好这事儿太大。”脸色苍白被雷鸣扛在肩上的姜斌却是长出了一口气，“我们面对的这都是一群什么人啊？我可看见图纸了，他们连火箭炮都想造，这是毒贩子该干的事儿吗？就我们这样的，来多少都是送菜啊，人家一炮，咱们可就全都上天了。”

离当铺不远的一栋高层住宅里，窗边的许浩放下了望远镜，玩味地看着一边带着一抹高深笑容的黄蜂。

“可以啊，准备得挺充分的。可我就不明白了，咱们准备那玩意儿干吗？在中国境内，这玩意儿有用吗？”他问道。

“枪到什么时候都有用，打同行，打警察，干咱们这行的，没有束手就擒的说法。”黄蜂抬起手，拨弄着窗玻璃上一只顽强织网的蜘蛛，“死也得扯下他们一块肉来，让他们再动手的时候，好好掂量掂量。”他的语气骤然严厉，手指用力将那只蜘蛛捻死。

“那炮呢？你别跟我说，那是造着玩的。”

“没事打两炮，神清气爽。”黄蜂掏出一方手帕，擦拭着手指，一语双关地说道。

他说完，将手帕顺着窗户扔了出去。

看着那方手帕在风中飘荡，越飘越远，许浩的眉头不由自主地皱紧。

“拿到明面上的牌是谈判用的，底牌才是最让人忌惮的。”已经走到门边的黄蜂突然回头，对许浩说了一句，然后微微一笑，拉开门走了出去。

林菲的车刚在市局的停车场里停好，还来不及下车，就见几名警察步履匆匆地跑出了办公楼，每个人都神情紧张。

“出了什么事？”她连忙下车，拦住一名警察问道。

“郝龙要自杀。”那名警察说道。

“哪个郝龙？”林菲一时间竟没能反应过来。

“就前几天的那个郝龙。他发了视频，说是被咱们正查的那个网贷逼的，要在车里烧炭自杀，还说自己杀了网贷公司的老板。”警察说完，不等林菲再问，就急匆匆地上了车。

林菲只是略一愣神，就重新回到了车里，对戴梓萌说道：“跟上去。”

戴梓萌连忙发动车子，跟在了那辆警车后面。林菲拨通了孙林的电话，说道：“孙队，一定要找到郝龙，救下他，他有很重要的消息要告诉我们。”

“为啥？林检，我不是说不去救人啊，就是这个理由，你能不能认真点？”电话那头，孙林还没有说话，就听见姜斌忍不住发问的声音。

“第一，郝龙根本不需要从网贷平台借款。他和赵晶现在都在慈善基金会工作，他生父栗国清也入股了基金会，而且基金会开给他们的工资福利相对较高，吃喝不愁，住的地方也已经解决了；第二，他没有车；第三，他是男的，对方根本不会放款给他。”

林菲边说边用戴梓萌的手机找到了视频，视频里，郝龙坐在一辆越野车的驾驶席上，呼吸急促，脸上泛着异样的红，浑身无力地瘫软着。

越野车门窗紧闭，后座上，放着一个铁盆，里面炭火烧得正旺。

魅影尸踪

根据郝龙手机的定位，警方很快找到了他自杀的地点，在郊外的一条河边，只是他们赶到的时候，那辆郝龙用来自杀的车正在缓缓沉入水底，像嘲讽他们一般。

他们只好匆忙调来潜水装备，下水勘验。

半小时后，哗啦一声，一道身影破水而出，几名警察连忙迎了上去。

孙林在同事的搀扶下，费力地爬上岸，就势坐倒在岸边，摘下了潜水装备，大口大口地喘着粗气。

“有什么发现？”雷鸣当即看向他，问道。

“你也让人歇一会儿啊。”面对那几名警察不满的神情，姜斌抢先说道，又看向戴梓萌，“梓萌，你好意思自己吃吗？孙队消耗那么大，你还不赶紧奉献一下，给他补充点能量？”

戴梓萌就像没听到一样，生怕被人抢了一般将一块巧克力塞进嘴里，匆忙嚼了几下就咽进了肚子，随后掏了掏口袋，一脸无辜地说：“你不早点说，最后一块了。”

看着戴梓萌的举动，孙林忍不住失笑，随后他正色道：“林检说对了，郝龙的身上，绝对有秘密。”

“怎么说？”姜斌忙问，“他留信了？”

孙林摇了摇头，“车里没人。”

“没人？”林菲难得有吃了一惊的表情。

孙林点头，说：“不管是他自己跑了，还是被人救走了，总之是不在车里。

如果真是被高利贷逼的，他又杀了人，准备畏罪自杀的话，现在这情况可就说不通了。”

“兴许是临死的时候害怕了呢？”姜斌说，“这不少见，嘴上说死是一回事，动真格的就是另一回事了。”

“不会。”戴梓萌却摇头否定道，“他都烧炭自杀了，就没必要再把车开河里去，这分明是抱定了必死的决心才会干的事。现在他不在车里，恰好说明，他的自杀直播根本就不是自愿的。”

“找到他。”林菲只是略一思考，说道，“越快越好。”

“我这就安排。”孙林说着站起身，摇摇晃晃地走向了自己的车。

林菲的电话却在这时候响了，她接起电话，电话那头是兰杰恐惧慌张的声音：“救命！老板，老板要杀我！”

他似乎在奔跑，喘息声剧烈而急促，随着一阵一阵呜呜声传来，兰杰的声音戛然而止。

“今天到底是什么日子？怎么一个接一个地来？”

姜斌的脚边一大摊的呕吐物，有些都溅到了鞋上，他却全然不顾，此刻他要扶着墙才能不让自己瘫倒下去。

没人理会他，此时所有人都围绕在兰杰家楼下，周围已经拉起了警戒带，法医刘鹏正蹲在一具尸体前，做着初步的尸检工作。

“目击者说，兰杰是坠楼身亡的。”姜斌摇摇晃晃地刚走过来，就听到刘鹏头都不抬地说道，他下意识地抬头看了一眼兰杰家那距离地面也就三米高的窗台。

“这也太假了吧。”他忍不住说道。话音刚落，胃里又是一阵翻江倒海，他连忙抬手捂住嘴，跑到了一边。

“尸表暂时看不出什么来。”刘鹏起身，摘掉了手套，看着姜斌的方向嘿嘿一笑，便看向林菲，“弄回去做进一步的尸检吧。”

“死因能判断吗？”雷鸣问。

“不能。”刘鹏摇了摇头，看了一眼兰杰的尸体，嗤笑了一声，说道，“但肯定不是跳楼造成的。尸体双脚着地，除了一点挫伤，连骨头都没摔断。看看老孙那头能不能有什么发现吧。”

雷鸣点了点头。

“菲姐，上来看看吧。”戴梓萌从兰杰家窗口探出头喊道。

刘芳难得没有跪在佛像前诵经祈福，儿子的骤然离世让她的精神受到了剧烈冲击，此刻她坐在沙发上，双目无神。对于眼前走来走去，忙着勘验现场，搜集证据的警察视而不见。

老警察兰图就坐在刘芳的身边，想安慰几句，张了张嘴，却不知该说点什么，最后只发出了一声叹息。

林菲进屋，冲兰警官点了点头，走到了戴梓萌的身边，问道：“怎么样？”

戴梓萌摇了摇头，像是有什么事情想不通，说道：“有点不太对劲。”

“兰杰回家之后的情况，弄清楚了吗？”林菲又问。

“兰警官说他都看到了。”戴梓萌说。

兰杰被取保候审，作为辖区民警的兰警官在接到消息后第一时间就决定上门了解情况。

他刚走到兰杰家楼下，刚好碰到下楼的兰杰，他走路的姿势有点怪，颤颤巍巍的，仿佛双腿不能使劲一般，要扶着扶手才能让自己顺利行走，裸露在外的膝盖处还残留着明显的瘀痕。

兰警官不由得哑然失笑，不管是出于自愿还是被母亲胁迫，兰杰恐怕刚到家就跪到了佛像前，直到现在因为有事不得不下楼才得到了一点缓解的时间。

“兰杰，你干什么去？”兰警官问。

“哦，兰叔啊。”兰杰对兰警官的出现，丝毫没有感到意外，龇牙咧嘴地道，“没事，我去拿个快递。你找我？那你上楼等我一会儿吧。我妈在家呢。”

兰警官应了一声，说道：“你小子可别给我惹事了啊，你都这么大岁数了，你妈也那么大年纪了，你就不能让她省点心？”

“兰叔，咋说话呢，我啥时候给你惹过事啊？”兰杰有些不满。

“拉倒吧，咱们片区就你小子最能惹事，还能把刑警队招来，还能整个取保候审。你说说你，可真给你妈长脸啊。”兰警官瞪起了眼睛。

“嘿嘿。”兰杰嘿嘿一笑，“那啥，兰叔，我顺道去买点菜，晚上咱爷俩好好喝两口啊。”他说着，和兰警官擦身而过。

“兰警官说他和刘芳聊了一会儿，兰杰就回来了，也没拿快递，也没有菜，精神状态也不太对。”戴梓萌说，“就像……”

“就像吸了毒似的。”兰警官接话道，“兰杰当时精神恍惚，我和他打招呼也不理我，完了突然就张牙舞爪地喊着什么别抓他，别碰他妈，救命之类的。没等我反应过来，他噌一下就从窗户跳出去了。按说这才二楼，摔不死人，可我下去一看，这人都没气了。林检察官，这事儿，不太对劲。”

“这个是兰杰的吗？”孙林拿着一包白色的粉状物走了过来，神情严肃地问道。跟在他身边的雷鸣脸色也极为难看。

“这是什么？”兰警官看了一眼，狐疑地问。

“兰杰有吸毒史吗？”林菲问。

“没有啊。”兰警官皱了皱眉，“没听说他吸毒，至少所里没处理过。”

“应该没有。”戴梓萌想了想，“抓他们的时候，做了尿检，都很正常。”

孙林看了一眼雷鸣，雷鸣的脸色愈发难看了。

助手叮叮咣咣地把解剖工具收好，脸色难看。

刘鹏拉过一块白布，盖好了兰杰的尸体，抬头看了一眼外面，天色已经全黑了，不禁嘿嘿一笑，问道：“怎么，小子？又放女朋友鸽子了？干咱们这行，你就得有这个心理准备，7×24 小时全天候待命，私生活这事儿，还是别瞎做什么计划的好。这么多年，我是品出来了，你不做计划什么事儿都没有，你一计划，保准要出事。”

“没有。”助手气呼呼地道，“分了。”

“分了？”刘鹏愣了一下，“哎哟，那是真可惜了，你那个小女朋友，要模样有模样，要身材有身材的。”他不走心地惋惜道，“没事儿，回头师父给你介绍个更好的。要说咱们这行，终归还得内部消化，搁外边人还真没法理解咱们这个工作性质。”

“师父，我不想干了。”助手收拾着装备，突然说道，“这行太苦了，干的全都是脏活累活，没空陪家人就算了，人家出去说自己是大夫，那就是高大上，倒贴的都有。我出去一说是法医，人家都觉得晦气，恨不得离咱们远远的。”

“哎？怎么说话呢，臭小子？你知不知道法医有多重要？没有咱们法医，你知道每年得有多少人枉死啊？他们医生是救命的，我们也不差啊，我们替死人说话啊。”

“死人能起来跟我们说句谢谢？死人能起来给我们钱？”助手撇了撇嘴，“就算案子破了，那也都是他们的功劳，啥时候能轮到咱们法医啊？”

“死人给你的钱你敢收，有地儿花吗？”刘鹏开了个玩笑，突然语重心长地说，“你知道咱们最厉害的地方在哪儿吗？咱们是幕后英雄。许许多多的线索那都是我们通过尸体上的蛛丝马迹找到的，没有我们，他们想破命案？屁！他们能把案件当事件给处理了。你就拿这案子来说，我要是不说，你信不信老孙他们肯定得跑偏？”

“不信。”助手摇头，“不就是过量注射海洛因？”

“你这么觉得？”刘鹏神秘地一笑，让助手有些犹豫。

“这么跟你说吧，这小子没有吸毒史。”刘鹏道，“发展到注射吸毒的，那都是老瘾君子了，就算是注射，那也是先手腕注射，然后因为注射部位不断被针孔刺穿再愈合，皮肤会越来越厚，到最后血管就很难找到，那时候，这帮混蛋才会注射大腿，接着是股间。可你看看这个兰杰。”

刘鹏拉着助手走到了尸体前，一把扯开了盖在兰杰身上的白布，指着兰杰身上的针眼，说道：“看到了吗？他胳膊上没有注射过的痕迹，大腿上也没有，上来就直接注射股间，而且只有这一个针孔。”

“那能说明啥？”助手依言仔细看了看兰杰的尸体，果然如刘鹏说的那样，可他依然不解，转头看着刘鹏。

“你说他吸毒过量而死，也对，也不对。死因确实是吸毒过量，但是是他自己主动的，还是被人胁迫的，这案子的性质可就全都变了。”刘鹏说，“自己主动的，那是事件；被人胁迫的，那就是命案。依我看，这个兰杰绝对是后者。你说咱们这工作重要不重要？”

“结论无误？”黑暗中，突然传来了一个暗哑的声音。

正说到兴头上的刘鹏不疑有他，大手一挥，接口道：“错不了，你不看看是谁出的结论。”

“谢了，老刘。”孙林和雷鸣走到解剖室的门前，毫无诚意地道了声谢。

“哎哟，又被这两小子偷听去了。”刘鹏后悔得直拍大腿。

看着刘鹏那副气急败坏、后悔不迭的样子，助手终于忍不住笑出了声。

“哎，这就对了。”刘鹏一把揽住了助手的肩膀，“这份职业，心态相当重要。好好干，这一批人里，我就看好你。我跟你说，孙队有个妹妹，那也是如花似玉，家世还好，我要是再年轻点，我就动手去追了。回头我给你创造点机会，你要是把这事儿办成了，以后老孙敢折腾你，你回家几句话，他妹妹就直接弄他了，那多爽，对吧？走，师父今天请你吃饭，啤酒烤串可劲儿造。”

听他这么说，助手却有些慌乱地伸手捂住了自己的钱包，一脸惊恐。

“师父，女朋友的事先不说，说到吃饭，这回你带钱了吗？我现在一个月的实习补助可才一千出头。”

“吸毒啊？”姜斌只看了一眼尸检的结论，就把那份报告远远地丢开，脸上满是嫌恶。“我跟你们说，”他用力拍了拍桌子，“这吸毒就是死有余辜，罪有应得，是绝对绝对不能被原谅的，是一定要零容忍的。”

他的情绪莫名地有些激动，顿了一下又说道：“我就认识一个吸毒的，家产败光了，还欠了一屁股债，天天让人追得东躲西藏。我看他实在太可怜了，就帮了他一把，给了他点儿钱，结果呢？他宁可不吃不喝，也得去弄点毒品回来。我算看透了。后来，我宁可去帮流浪猫流浪狗，也懒得再搭理他，小猫小狗好歹还给你叫唤几声，陪你玩会儿，他呢？结果，你们猜那人怎么说我？说在我眼里，他难道还不如一只猫一只狗吗？我连猫狗都肯帮，怎么就不能帮帮他？我能怎么说？我当然说，对，碰了毒品的人，就是连一只猫一只狗都不如。”

尽管事情已经过去了很久，但姜斌说起这件事，还是愤愤不平。

“后来呢？”孙林问。

“我和我们家小区流浪猫分吃汉堡，它们吃肉，我吃皮，我也没再给过他一分钱。”

“我说那个吸毒的，咋样了？”

“哦，他啊，死了。”

“吸毒过量？”

“毒瘾犯了，实在扛不住，跳楼了。”姜斌说，语气中没有惋惜，没有怜悯，倒是充斥着一股快意，“我告诉你啊！那些吸毒的最会装可怜，毒瘾一上来，什么话说不出来！什么事儿做不出来！为了让你同情，自残的事都做得出来，千万别招上这些人，不然你会以为是自己做错了，好像是你害了他似的。”

“《门徒》。”林菲突然吐出了两个字，叹了口气，脸上莫名地浮现出了一抹无奈的苦笑。

在简明的病情发展到后期的时候，双倍的止痛药都已经无法遏制无孔不入的癌细胞给他带来的痛苦，每每在子夜的时候，他那高大的身躯都会蜷缩成一团，疼痛让他的身子剧烈地颤抖，他要紧咬牙关，才能不让痛苦的呻吟吵醒陪护的林菲。然而，当痛苦过去，虚弱来袭，他却再也无力去擦拭嘴角淌出的血丝。

林菲想过给他服用哌替啶，但这个提议却被简明毫不犹豫地拒绝了。

“那东西和毒品几乎没什么区别，我不想靠它活下去，他们也不会同意的。”当简明再一次在死亡的边缘挣扎过来后，林菲不顾简明的阻止，找医生开了哌替啶，行动上已经无力拒绝的简明却不肯在言语上有任何妥协。

林菲只是冷笑，说道：“他们会同意的。如果是罗大哥，他不会在意真的给你弄点那东西回来。”

“可至少她不会同意，我不能让她失望。”简明勉强让自己保持着笑容，“那东西，戒不掉的。”

“能啊，有什么不能的。”林菲倒是并不在意。

“我吸毒是因为我要证明毒是可以戒掉的……可是，我戒不掉啊！”病房的电视里突然传来了一个女人无助的声音，林菲看过去，电视里正在放《门徒》，张静初饰演的阿芬终于被古天乐扮演的老公找到，她不得已哀求阿力收留她和女儿，为了证明自己不会再吸毒，她不惜自残，却被阿力拦下，在阿力的怀中，阿芬哭着说出了这句话。

林菲有些尴尬，气呼呼地抓过遥控器关了电视，病床上的简明不由得失笑出声。

S 市第二监狱审讯室，林菲等人静静地等待着。

在兰杰死于他杀的嫌疑迅速升高之后，孙林他们就把此前取保候审的人又审了一遍。对于兰杰吸毒一事，这些人异口同声地予以了否认，而对于老板要杀兰杰，他们所有人都有可能有生命危险这件事，这些人你看看我，我看看你，神情怪异得就差要笑出声来。

“警察同志，我们老板三年前就被关进监狱了，还有七年才能出来呢。咱们有一说一，就这个公司，一共也就我们这几个人，我们互相杀着玩吗？”

有鉴于此，林菲决定，和在监狱服刑的这个公司的老板见上一面。

“吴德，好好交代你干的那些事，希望你能争取立功表现。”

“哎，一定一定。”吴德点头哈腰地道。

“你手下有一个叫兰杰的人，对吗？”孙林问。

吴德点了点头，看着眼前这几个人，有些茫然。

“他死了。”没等孙林继续往下问，戴梓萌就说道。说完，她刻意停顿了一下，等着吴德的反应。

震惊、不解的表情相继在吴德的脸上浮现，戴梓萌微不可见地摇了摇头，然后看了一眼林菲。

“他在临死前给我打了个电话，说你要杀他。”林菲冷冰冰地说道。

“啥？”吴德不敢置信地看着林菲，连珠炮式地问道，“我杀他？我杀他干啥？我在这地方，我怎么杀他啊？”

“这也是我们想知道的。”雷鸣阴沉着脸说道。

“几位同志，我们就是个催债的外包公司，哪敢弄出人命来啊。”吴德急切地解释道，“我这都判了十年了，我再把兰杰弄死，我是不想出去了还是活够了啊？再说我跟他又没仇没怨的，我至于吗？”

“你们不是放贷公司？”孙林愣了一下。

“不是啊，我们就是帮人要债的。”吴德说，“他们有那个坏账呆账，就都转到我这儿来了，这就是个没本的买卖，能要回来多少全凭本事，到时候抽成就完了。你说我又没啥投入，我至于玩命吗？”

“你是因为拐卖妇女儿童罪被判处的十年有期徒刑？”林菲看了看手里的卷宗，突然问。

“哎哟，这事儿我可冤死了。”说起这件事，吴德却是一脸的懊恼，“我是真不知道我怎么就摊上这事儿了啊。我们合作的有一家网贷公司，提出的合作条件就是，收不上来钱，找到人交给他们也行。我是真不知道他们把那些人怎么的了，警察抓我的时候我都是蒙的。”

“可你收了钱，你每交给他们一个人，他们都会给你一笔酬金，而大多数时候你都是采取暴力胁迫的手段将这些人带给你的客户。客观上，你已经符合了拐卖妇女儿童罪的所有要件以及从重量刑的标准。”林菲说，“三年时间里，你一共交给他们三十六人，三十六人均为女性。在最后一次交易中，被警方堵了个正着，当时你们正一手交钱一手交货，证据确凿。”

“听着，我们来不是问你这件事的。”雷鸣突然开口说道，“在那场交易中，你的交易对象逃脱，至今没有归案，你也没有提供任何有价值的线索。”

“我倒是想说。”吴德苦笑道，“我还不知道帮你们把那群人抓了是大功一件啊！可是我真的什么都不知道啊。”

“我们有证据表明，这些人现在又出山了，而且和你的公司再一次展开了合作，不过因为一些事情，”孙林说着扭头看了一眼戴梓萌，继续道，“行动失败了。也是因为这个，你的那些手下现在都很危险。兰杰是第一个，我不敢保证他是最后一个。你要是能提供点有价值的东西，也算是救人一命。要是等他们想起你，我真没法说，你会不会睡着觉就睡死过去了。这个地方，”他敲了敲桌子，“没有你想的那么安全。”

“这是威胁吧？这绝对是威胁吧？”姜斌看了一眼冷笑的孙林，推了推戴梓萌，一脸八卦地说道，“这算不算刑讯逼供？”

唐珂一手拎着满满一袋子营养品，另一只手搀扶着李雅，小心翼翼地上了最后一级楼梯，终于踩到了平地，李雅的脚步不由自主地加快了许多。

“嫂子，你慢点。”唐珂无奈地说了一声，把手里的东西换了只手，快走了几步，追上了李雅。

她们是来探望赵晶的。

在接受了孙林介绍的工作之后，赵晶和郝龙搬到了基金会提供的宿舍里住，尽管生活依旧艰苦，但条件改善了许多。李雅和唐珂几乎每周都会过来看一眼，尽管自己和雷鸣不太可能再要一个孩子，但对于赵晶肚子里的孩子，李雅却无比上心。

循着记忆中的距离，李雅快步走到了赵晶的房间前，刚要抬手敲门，就觉得唐珂拉了她一下。

“怎么了？”她有些茫然地问道。

唐珂没说话，机警地看了看四周，只是她浑身的肌肉都紧绷了起来，在发现周围没有什么异常之后，她紧绷的神情也没有丝毫的放松，而是慢慢蹲下了身，目光死死地盯着地面。

赵晶的房门打开了一条缝，没有上锁。

地面上，是一摊还没干涸的血迹。

人去楼空

杂乱的脚步声在赵晶耳畔回荡着，还有一些她不太能分得清的声音，似乎有人在喊着“让一让”“一号手术室”“去叫妇产科的大夫来”一类的话。

她努力想睁开眼睛看一看究竟发生了什么，可眼皮却像有千斤重一般，只是颤了几颤。

“大夫，我求求你，救救她，一定要救救她！”

她终于听清了一个带着哀求和哭腔的声音。听到这个声音，赵晶没来由地感到一阵心安，是郝龙，似乎有他在身边，一切她都不用担心。

眼皮似乎也没那么重了，一点微弱的光终于顽强地投射到了她的眼底，睁开眼，看到的就是摇晃的白色，让她有些狐疑。

她努力转动着眼眸，终于看到几个身穿白大褂，戴着口罩的人，他们似乎正在她身边奔跑，郝龙也在其中。他紧紧地抓着她的手，担忧地看着她，神情中带着焦急，还有一丝恐惧。

我这是怎么了？

赵晶的思维有些迟钝，她在哪里？发生了什么？她一点也想不起来。

但她知道，此刻最重要的就是告诉郝龙，自己没事。因此，她努力扯动了一下嘴角，露出一抹让人欣慰的笑容，嘴唇翕动，想要说点什么，声音却被堵在了嘴边。

她意识到，自己的嘴上似乎戴着什么东西。

所幸郝龙已经注意到了她的举动，他连忙俯下身，贴在赵晶的耳边，安慰道：“你别怕，我在呢，我在呢。”

下一刻，赵晶就发觉自己好像被推进了一扇门里，郝龙没有跟过来，他停在了门边。他骤然间抽离的手让赵晶一下子失去了依靠，她努力抬起手，想要去抓住郝龙，那扇门却在她的面前缓缓闭合。

她最终看到的是他紧握的双拳、担忧的眼神和鼓励的笑容。

如此矛盾，却又让她如此心安。

看着手术室的灯亮起，郝龙一下子坐倒在了手术室外的长椅上，浑身无力地垂下了头。到现在他还不知道赵晶身上到底发生了什么，他失魂落魄地回到家的时候，就看到昏迷不醒的赵晶被几名急救人员抬了出来，身下还在不停地滴着鲜血。

他连忙冲了上去，不安地问：“怎么了？出了什么事？”他听到自己的声音都在颤抖。

没有人回答他，基金会的负责人周红神色焦急地跑出了房间，看到郝龙，什么都没说，拉着他就跟在了急救人员的身后上了车。一路上周红什么都没跟他解释，他也无心去听，只是死死地抓着赵晶的手，生怕一放开，她就要离他而去。

他刚刚才死里逃生，她不能再有任何危险了。

犹豫了一下，郝龙掏出手机，编辑了一条短信发了出去，看着“已送达”的提示，他的神情也轻松了许多。

“你放心吧，大夫说了，没有生命危险。”周红走到郝龙的身边坐下，柔声安慰道，“钱的事，你不用担心，一切有我呢。”

“嗯。”郝龙闷闷地应了一声，他完全没有听出，周红的声音里夹带着一丝惋惜，一丝心痛。

“怎么了？怎么会来医院？”一个焦急的声音突然传来，郝龙讶然地抬起头，见李雅在唐珂的搀扶下正快步跑过来，李雅的脸上满是不安和焦虑。

“你们是？”周红有些诧异。

“告诉我到底怎么了？”李雅循着声音一把抓住了周红的袖子，哀求道。

“嫂子你别急，大夫不都说了吗，没有生命危险。”唐珂安慰道，冲周红笑了笑，“我们是赵晶的朋友。赵晶到底出了什么事？”

周红依旧有些疑惑。

“是雷检察官和孙队长的爱人。”郝龙连忙解释道。

周红这才释然，“是这样，”她看了一眼手术室，犹豫了一下，“我是赵晶的领导，赵晶今天没去上班，电话也打不通。她有孕在身，我怕出事，就到宿舍去看了一眼。孙队长和林检察官安排过来的人，我可不敢有什么闪失。”

“我赶到宿舍，敲门等了一会儿，房间里没有传来任何回应，我就用备用钥匙开了门，一进门就看到赵晶倒在地上，应该是脚滑摔倒了，也可能是低血糖犯了。那孩子，身体底子一直不太好。我就叫了救护车。郝龙，”她看了一眼神情木然的郝龙，“也是那时候回来的，我们就一起来医院了。”

“孩子呢？孩子怎么样了？”李雅不安地问道。

“孩子……”周红有些犹豫，转头又看了一眼手术室，欲言又止。

“都是我不好，都怪我！”郝龙突然抬手抓住自己的头发，死命地撕扯着，“我应该在家照顾她的，都怪我！”

呜呜的哭声从他的喉咙里破堤而出，伤心欲绝，撕心裂肺。

林菲赶到医院的时候，赵晶已经转到了病房里。

唐珂和李雅就坐在病床边，唐珂不无担忧地看着李雅，李雅仿佛一下子憔悴了很多，不时叹口气，抓着赵晶裸露在外的手，轻轻地摩挲着，神情里满是怜惜。

“这孩子，命怎么这么苦呢。”她眼圈泛红，“眼看着就要过上好日子了，再过一阵就能抱上自己的孩子了，可这孩子，说没就没了。”

雷鸣看了一眼躺在床上的赵晶，或许是因为药物的原因，此刻的她正陷入昏睡之中，可即便如此，她脸上的泪痕却依旧清晰可见。

一时间，雷鸣也不知道自己该说些什么。

“人还在就好。”孙林连忙道，“她和郝龙还年轻，孩子将来可以再要。嫂子，你可别太伤心，你要是再出点什么事，雷头儿可饶不了我。”

他看了一眼雷鸣，见雷鸣有些不满，便连忙道：“珂啊，你先送嫂子回家吧？这么多人在这儿，多闹腾啊。”

“不要。”李雅任性起来，说道，“我在这陪她一会儿。你们没经历过，不知道这孩子这时候有多脆弱，当年……”

“听话。”雷鸣打断了李雅的话，温和地道，“你先回家，你要是放心不下，晚上等她醒了，我们再来，我陪你。”

“是啊嫂子。”看着孙林不停地冲自己使着眼色，唐珂明白，他们突然出现在这里，是有任务和目的的，是雷鸣不想让李雅知道的事。于是便上前劝道，“先回去吧，赵晶正是需要休息和补充营养的时候，咱俩回去准备准备，等她醒了再过来。”

听唐珂这么说，李雅略犹豫了一下，说：“那，好吧。我们就先回去。雷子，今晚就不和你一起吃饭了。”

“嗯。”雷鸣闷闷地应了一声。

“郝龙呢？”唐珂和李雅离开后，林菲打量着病房，并没有看到郝龙的影子，皱眉问道。

“在这儿呢。”郝龙的声音从她的身后传了过来。众人转身，见郝龙提着一壶热水走了进来，他的脸上毫无生气，行尸走肉一般将热水壶放到床边，就势在床边坐下，愣愣地看着赵晶，怜惜，不舍，疼爱，心痛，丝毫不加掩饰地挂在脸上。

“你在短信里跟我说，是他们，是什么意思？你说的他们，指的是谁？”林菲说。

“林检，会不会太残忍了点？”姜斌忍不住道，“大龙他才刚刚失去了孩子啊。”

“孩子没了，难道还能复生吗？我知道他很难受，但是现在有更重要的事情等着我们去做。他已经陷入了一次危险，不快点解决这件事，谁知道他会不会有第二次危险？你自己也很清楚吧？要不然，干吗发那种模棱两可的消息？”林菲看着郝龙，丝毫不觉得自己的做法有什么过分的地方。

看着林菲的举动，就连对林菲最为了解的戴梓萌都觉得，林菲有些理智得过头了。尽管她说的都是事实，可就这样不加丝毫掩饰和铺垫地就丢给了郝龙，换成任何一个有正常情感的人，在这种情况下恐怕都难以接受。

她偷偷看了一眼郝龙，见郝龙只是木然地点了点头，才松了口气。

“菲姐也是一片好心，只是她说话的方式就是这样，你别介意。”戴梓萌连忙补充，“她没有任何恶意的。”

“和你一样，我不排除这种事情再发生的可能。”林菲语气稍缓，“但你得告诉我究竟发生了什么，我才好安排后面的事。”

“我确实不知道。”郝龙叹了口气，“我到现在也想不明白，我就是去试个戏，怎么就差点把命都搭进去。”

郝龙说，那天他突然接到一个电话，对方自称是一个导演，有一部戏想请他去试试，郝龙的联系方式他是从梁九水那里得到的。

郝龙不疑有他，按照约定的时间地点到了现场，到了之后才知道，这是一个法制微电影，他要演的是一个被网贷逼到了绝境，最终在车里烧炭自杀的人，自杀前他要对着镜头忏悔。

这看起来很正常。不过剧本里有一段，他却不能理解，他要承认自己杀害了网贷公司的老板。

“咱们这是法制电影，这个情节是不是不太合适？”郝龙当即提出了自己的质疑。

导演摇头道：“我就是要这种强烈的冲突，当一个比较轻的违法犯罪事件没有受到人们的重视，引起了更严重的犯罪事实时，观众才会受到剧烈的冲击，意识到这些东西是不能碰的。”

郝龙还是觉得有什么地方不太对劲，不由得有些犹豫。

“这是你的酬劳，干不干，给个痛快话。”

导演从包里拿出了两捆钱，郝龙打眼一看就知道少说也有一两万，他再次犹豫了，只不过这次的犹豫却是因为这只是一个微电影，制作成本恐怕都达不到这个数额，而他轻轻松松可以拿到这些钱，对于他来说，这简直就是天上掉下的馅饼。

导演并没有急着催促，看着郝龙挣扎的神情，他的眼角带上了一抹嘲讽。

“我干。”郝龙终于下定了决心。此时他全然忘记了，就在不久之前，他自己曾说过，天上不会掉馅饼，只会掉下陷阱。

当他沉浸在角色里，说完最后一句台词等着导演说“cut”的时候，却发现了异常，导演不见了，而他似乎也真的中毒了。他挣扎着想要打开车门，却发现提不起一丝的力气，而这辆停在河堤边的车此刻也开始慢慢移动，滑向水中。

第一次，郝龙感到了绝望，死亡离他是如此之近，比他当初求死时还要近。

但他此时并不想死，赵晶还在等他，她肚子里的孩子还在等他。

他尽全力挣扎着，可呼吸越来越急促，意识在越来越快地远离。

咔的一声，车门打开了一条缝隙，已经有些昏迷的郝龙还来不及察看发生了什么，就被人一把扯出了车外，那辆车则轰然坠入了水中。

劫后余生的郝龙连说句“谢谢”的力气都没有，就陷入了昏迷。

“我醒过来的时候，就已经在宿舍的楼梯间了，到底发生了什么，我一点都不知道。”郝龙说，“当时就想着赶紧回家，结果就遇到小晶出事了。”

“知道谁救的你吗？”孙林问。

郝龙摇了摇头，说：“没看清，好像个头不高，有点瘦。”

孙林看了一眼雷鸣，有些无奈，这根本就不是什么具有辨识性的特征，想据此找到那个人，根本就不现实，没有任何可操作性。

“那你怎么知道赵晶的事也是他们干的？”

“我不知道。”郝龙摇头说道，“周姐跟我说，门锁被人撬了，我没得罪过谁，想来想去，我也只能想到这伙人，可是，他们为什么要这么对付我？”

他抬头，不解地看着林菲等人。

“这个，我们也不知道。”林菲说，“你还有其他的线索吗？”

“有。”郝龙伸手从口袋里摸出了一张照片，“我醒过来的时候，手里抓着这个。”

他把照片递给孙林，孙林看了一眼，脸现疑惑。

“什么东西？”姜斌迫不及待地问。

“你们自己看吧。”孙林把照片展示给众人，那是一只正在捕猎的蝎子。

“这什么意思？”姜斌愕然，看了看林菲等人，却见他们也是一脸的狐疑不解，不由得暗暗松了口气。

郝龙把林菲一行人送去电梯的时候，看到孙林接了个电话，随后孙林神情就有些不太对劲。尽管有些好奇，但他知道，这不是他该问的，于是便转身回了病房。

走到病房门口的时候，他险些和一个刚走出病房的年轻男医生撞到一起，那个男医生戴着口罩，但丝毫不能掩饰他清秀的面庞，郝龙总觉得他有些眼熟，一时间却想不起来在哪里见过。

那名医生也没有多作停留，急匆匆地从消防通道离开了。

郝龙看着他的背影，愈发觉得自己一定认识这个人，随即，他脸色突然变了，连忙跑进病房，看到赵晶还安稳地躺在病床上，才长长地松了口气，一屁股坐到了椅子上。下一刻，他本已放下的心却又骤然提起。

床头柜上多了一张纸条，上面只有歪歪扭扭的两个字：快走！

他分辨不出那是什么人的笔迹，但是却知道和刚刚出去的那个男医生一定有关系，他赶忙追了出去，那人却已经不见了踪影。他站在门边寻找了片刻，电梯间的方向却走出来几个人，看着那几个人，郝龙一惊，连忙退回了房间里。

为首的那人面相并不凶狠，甚至还有些儒雅，但正是他冒充的导演差点让郝龙魂归天国。跟在他身边的那几个人个个五大三粗，一看就知道不是什么好招惹的角色。

郝龙看了一眼手中那张纸条，蓦然明白，这些人就是冲着他来的。

他赶忙跑到床边，想要抱起赵晶，可昏睡中的赵晶无法自主行动，带着她一起走显然并不现实。

郝龙重新回到门边，就见那几个人正围在护士站打听着什么，值班的护士尽管有些疑惑，但还是低头查看着电脑里的信息。

时间不多了。郝龙回头看了看赵晶，又看了看围绕在护士站明显有些不耐烦的那几个人，咬了咬牙。

“抱歉，你们没法提供患者的准确信息，我也不好查她到底在哪个病房。”

护士抬起头，微微一笑，笑容中带着些无奈，也带着一丝戒备。

她实在有些紧张，这些明明是来探视的人却连患者的姓名都不知道，这有点太不合乎常理了。在那几个人看不到的地方，护士的手已经放到了呼叫器上，如果这几个人表现出了什么敌意，她不介意叫保安上来解决。

嘎吱一声异响传来，领头的男人看过去，就见郝龙正拉开步行梯的铁门，匆匆地跑了进去。

“不用查了，就是他。”男人说着使了个眼色，身边的那几个大汉不动声色地跟了上去。

“郝龙，那是我朋友。”男人温和地说道，“能告诉我他女朋友的病房吗？”

听到男人准确地说出了郝龙的名字，护士放心了不少，连忙告诉了男人赵晶的病房。

男人道谢后，缓步走向了赵晶的病房，只是他脸上的笑容慢慢变了，原本的温和消失不见，却带上了一丝阴狠。

自己的几个手下被抓，这让他承担着莫大的压力，原本以为处决一个泄露了组织机密的郝龙能让自己将功赎过，却没想到出了意外，被他逃脱了。这一次再失手，他不知道组织上会怎么惩罚他了。

他从口袋里摸出了一支针管，看着里面几近透明的液体，眼中竟露出了一抹不舍。

男人抬手握住了门把手，微微用力推开了病房门后却是一愣，病房里空空荡荡的，根本就没有人。他连忙跑到窗边，见郝龙已经跑出了医院，上了一辆出租车，而他带来的那几个人才刚刚跑出住院部的大楼。

他的脸色愈发阴沉，双手微微用力。

啪的一声，那支他握在手里的针管应声而断。

一间写字楼的办公室里，孙林收起枪，脸色阴沉地看着凌乱的房间，所有的纸质文件都被付之一炬，房间里还飘荡着淡淡的烟雾。电脑虽然没有被带走，可也是机箱大开，保存着重要数据的硬盘全部消失不见。

身后的脚步声临近，孙林回头，就见林菲等人正走过来，他侧了侧身，将办公室里的场景展示给他们看。

“这就是你们查到的那个网贷公司的办公地点？”姜斌讶然地看着办公室里的景象，又转头看了看孙林，“跑得也太及时了点，有内鬼吧？”

孙林脸色难看，没有接姜斌的话，看着林菲问道：“现在怎么办？恐怕我们很难找到证据。”

“再难也得找。”林菲道，“没有证据，我们什么都做不了。”

“先找到负责人，他的手里一定会有证据。”雷鸣也说。

医院里，一名护士引领着一个挺着肚子、气质不俗的孕妇走向病房，说道：“按你们的要求，我们给你们准备的是一间单人病房，空调电视冰箱热水器都有。”护士说着，紧走了几步，推开了赵晶那间病房隔壁的房间，却愣了一下，那张原本应该空着的病床上，此刻安静地躺着一个沉睡的女人。

是赵晶。

数据库里的 BUG

“没有？没有是什么意思？”S 市公安局检察官办公室，雷鸣难以理解地看着孙林。

他们刚回到局里不久就接到消息，整整一箱子的电脑硬盘被人送到了技术科的门口，技术人员检查后发现，这些硬盘里存储的数据正是他们梦寐以求的网贷公司非法放贷的证据，包括大量被害人的个人信息。

但是送来硬盘的人却没有一个人见到。

孙林第一时间调取了局里的监控录像，结果却是一无所获。

“字面意思。”面对雷鸣的质疑，孙林摊开了双手，无奈地说道，“监控设备在那个时间段里被人为关闭了。”

“这个玩笑有点大吧？”听到孙林的解释，姜斌目瞪口呆，“局里的这些监控控制权都不在你们的手里啊。”

听到姜斌的话，孙林笑了一下，说道：“所以这事儿有点大了，我们好像碰了什么了不得的庞大势力。”

“你还笑得出来？”姜斌不满地说道。

“我觉得没什么啊。”戴梓萌插话道，“你们想啊，送硬盘的人显然是在帮我们，而帮他关闭监控的人级别显然也要比孙队长他们更高。这不就是说，送来硬盘的人是打入敌方内部的我方卧底，因为保密级别的原因，我们现在还没权利知道他到底是谁。”

“我再次重申，这就是一个非法放贷的网贷平台，至于搞得这么曲折吗？”姜斌不解。

“这恰好说明，我们碰到了一条大鱼，这个网贷平台的后面，还有需要我们小心应对的黑恶势力，这玩意儿最后要是被我们打掉了，这不是大功一件是什么？”孙林说道。

姜斌此时才恍然大悟，一旦这个案子成功告破，孙林提职晋衔指日可待，而他，作为参与了这个案子的检察官，好处也少不了，更何况还有一个秘密帮手暗中帮忙，这个案子似乎也没那么难破获。

一时间，姜斌看向孙林的眼神都变了。

“可这么一来，麻烦的却是我们。”林菲冷声道，“没有监控视频，将来怎么跟法庭解释证据的来源？”

“林检，你这盆冷水泼的……”姜斌一脸纠结，刚刚燃起的兴奋的小火苗转瞬间就灰飞烟灭。

“我只是在说一个事实。”林菲说。

“那怎么办？这份线索我们还不用了？”孙林赌气一样说道。

“不用它，你还有别的办法吗？”林菲的反问，让孙林一时气结。

“我还就不信了。”孙林气呼呼地道。随后，他转身让技术科对那些硬盘数据进行整理，自己发动了所有的关系，动用了所有的手段，对这家网贷公司的主要成员进行调查，结果却是没有任何线索。而且这个公司的法人代表是一个多年前就已经去世的人，公司的员工无论在劳动局还是社保局都没有任何档案记载。

在写字楼的监控录像里，警方也没有任何发现。据大楼的保安说，那间办公室实际上常年处于关闭的状态，根本没有人来上班，每年年底和年中的时候才会有人来，但每次来的人都不一样，他也没留下什么印象。

与其说这里是网贷公司的大本营，倒不如说，这里只是他们服务器的存放地点。

饶是斗志满满的孙林，此刻也不禁感到气馁。

在孙林像没头苍蝇一样到处乱撞的时候，雷鸣正站在办公室的白板前，对着郝龙提供的那张照片发呆。那人救了郝龙，并且留下了一个让人不明所以的信息，而郝龙差点被那家网贷公司害死，可郝龙和这家网贷公司之间似乎并没有什么联系。

隐隐地，雷鸣有一种感觉，救下了郝龙和送来电脑硬盘的应该是同一个人。而这个网贷集团的负责人显然是在公司的违法犯罪事实已经暴露，将要面临警方的重拳出击时，想通过设计一出自己被郝龙杀害的戏码，脱离警方的视野，摆脱警方的追踪调查。

雷鸣承认，这确实是一步妙棋，只是郝龙到底做了什么，才让这家网贷公司选择他作为目标?

在狱警的注视下，吴德端着洗漱用品进了浴室，在和一队刚刚洗完澡的囚犯擦肩而过，眼光扫到其中一个人的时候，他突然停下了脚步，回头看着那人裸露在外的手臂，面露思索。

那人的手臂上有一大片文身。

“你，停下来做什么？”狱警呵斥道。

吴德连忙收回心神，向狱警表示了一下歉意，快步走进浴室，打开了花洒，只是他脸上神情有异，似乎一直在思考着什么。

吴德心不在焉地抓起香皂，没有往身上涂抹，而是在手上打出泡沫后，随手就抹到了头发上。突然间，他身体一僵。“我想起来了。”他大喊道，“政府，报告政府，我有重要的事情要报告。”

顶着一头的肥皂沫，吴德忙不迭地跑向了门边，跑向了一脸戒备的狱警。

“毒蝎！”雷鸣突然道，一把从白板上扯下那张照片，神情激动，“是毒蝎，这个网贷公司和毒蝎有关。”

“你想毒蝎想疯了吧？”姜斌无奈地摇了摇头，“是不是看什么都是毒蝎啊！”

林菲和戴梓萌没说话，只是抬头对视了一眼，俱是露出了思索的神情。

“你们不是真的信了他的鬼话了吧？”看到这两个人的表现，姜斌急道，“就算毒蝎也是一帮十恶不赦的家伙，那你们也不能什么屎盆子都往人家身上扣吧？那是一个制贩毒集团，说他们搞网贷，专业不搭边啊。”

“如果确实是毒蝎，那就能解释他们为什么要对郝龙动手了，郝龙曾经向我们透露过一些和毒蝎有关的信息，尽管他自己并不清楚这些信息的重要性，但毒蝎为了尽可能不把自己暴露在警方视线里，一定会想办法除掉郝龙。”林菲语气急促。

“那就肯定和小耗子无关了。”戴梓萌突然长出了一口气，整个人都轻松了许多，“小耗子当过警察，以毒蝎这么多年的行事风格来说，小耗子敢去找毒蝎，那就是找死。”

雷鸣眉头紧锁，显然有不同的意见，但最终他只是缓慢地轻轻点了点头，什么也没说。

“我说，你们到底有没有听我说话？”姜斌不满地叫道。

“咱们还是把精力放在眼前吧。”戴梓萌就像没听到姜斌的话一样，大声说道。

林菲却微微皱眉，看了一眼戴梓萌，她太刻意了，分明是在强打精神。

林菲明白，对于许浩，戴梓萌不过是在自欺欺人，无论出于什么原因，许浩和毒蝎恐怕都已经密不可分地纠缠到一起了，而他的结局也似乎已经写好了，那是他们所有人都无法接受的场面。

林菲苦笑，一个需要他人安慰才能正常生活的人，却一点安慰他人的能力都没有。她能做的，只有默默地关注戴梓萌身上一点一滴的变化。

面对被病痛折磨的简明，她是真的无能为力，可面对戴梓萌，她真的什么都做不了吗？

看着戴梓萌有些刻意地伸了个懒腰，然后低头开始看案头的卷宗，林菲张了张嘴刚想说点什么，桌上的电话就响了，她接起电话，听了几句，脸上的神情慢慢变得十分严肃。

“是毒蝎！”她挂断电话，“那个吴德想起来了，每次他们送人过去的时候，接收的人身上都有蝎尾文身，兰杰曾经见过一次，所以才会遇害！”

孙林顶着乱蓬蓬的头发挂断了电话，从耳朵上摘下笔，烦躁地在面前的那张纸上将一个名字划掉。他已经打了几十个电话了，没有一个能联系上。

纸上的名字是从那些电脑硬盘里调出来的被害人名单，找到他们，就能掌握更确凿的证据。

然而，几十个号码拨出去，不是关机就是停机。总之，没有一个电话能够顺利打通。

“喏，最新的。”技术人员从打印机上扯下一张纸，递到了孙林的面前，顺手扔给他一支烟，说道，“排查嘛，就这样，别心急。”

“你是不急。”孙林点上烟，白了技术员一眼，“你就调个数据，打出来就完了，我可是得挨个打电话，这么多的被害人要联系，”他指了指桌子上那厚厚的一摞打印纸，“我得打到猴年马月去！”

“我看一眼下一次猴年马月是什么时候。”技术员笑道，作势转身去看日历。

“一边儿玩去。”孙林没好气地道。

砰的一声。

技术科的门突然被大力撞开，林菲、雷鸣和戴梓萌一阵风似的闯了进来，身后还跟着一个磨磨蹭蹭、不情不愿的姜斌。

孙林吓了一跳，神情愕然地看着突然闯进来的几人。

“林检，雷头儿，你们没事儿吧？”他小心翼翼地问。

进屋后的几人，除了姜斌一脸的不明所以，林菲、雷鸣和戴梓萌的神情格外严肃，就像发生了什么失控的大事一样。

“硬盘里都发现了什么？”雷鸣劈头盖脸地问道，“有没有毒蝎的线索？”

“毒蝎？”孙林愣了一下，“这怎么和毒蝎还扯上关系了？”

“有线索显示，这家网贷公司真正的幕后老板可能和毒蝎有关。”林菲道。

孙林一脸不解地看了一眼技术员，问道：“有吗？”

技术员缓缓摇了摇头，回道：“没有，不过……”

“不过什么？你能不能一口气把话说完。”孙林急道。

“在查看数据的时候，我发现这家网贷公司只对外放贷，没有任何款项回收的记录，这根本不符合网贷公司的操作模式。如果是毒蝎的话……”他转头看向孙林，眼含深意。

孙林的眼睛蓦然瞪大，好像有一道闪电劈进了他的脑海，让他如醍醐灌顶一般瞬间恍然大悟。他慢慢转头，看向雷鸣，竟有些紧张地舔了舔嘴唇，咽了口唾沫，说道：“如果是毒蝎，他们就是用这招儿招募毒骡，逼着他们给毒蝎干活。这就说得通了。”

“务必要查清这些被害人现在到底怎么样了，恐怕根本就不像兰杰说的那样，他们很有可能已经出境了。”林菲道。

“我这就去查。”

孙林腾地起身，刚要走，电话就响了，同时响起的还有林菲的电话，两人俱是一愣，然后接起了电话，听了几句，两人脸色都是微变，孙林脸上满是不解，而林菲却是一脸的阴寒。

“你也接到通知了？”挂断电话，孙林疑虑地问林菲。

林菲点头。

“别打哑谜了行吗？到底出了什么事？”戴梓萌急切地问道。

“提级管辖。”林菲丢下这四个字，便脸色阴沉地出了技术科。

“雷子，雷子，这到底是怎么回事？”医院里，李雅一把抓住了雷鸣，焦急地问道，“来的那些是什么人？他们为什么要把大龙和小晶带走啊？”

“你就别问了。他们没事。”看着郝龙和赵晶在一队全副武装的陌生警察的带领下上了一辆警车，雷鸣咬牙安慰道。

“你别骗我，警察为什么要抓他们？”李雅质疑道。

“不是抓，是请他们配合调查，很快就会送回来的。”雷鸣好言劝慰。

“什么事不能就在这儿问啊，那孩子的身体还没恢复过来呢。”李雅急道。

“嫂子，这不是咱们能管的，来的是部里的人。”孙林走了过来，苦笑了一下，跟李雅说道，随后和雷鸣对视了一眼。

一接到提级管辖的消息，林菲就意识到，他们必须在相关人员被带走，档案被提走之前迅速做出反应，掌握更多的线索。林菲和戴梓萌、姜斌去找吴德和那几个暂时被取保候审的人，而雷鸣和孙林则来找郝龙。

虽然他们第一时间做出了反应，但还是慢了一步。雷鸣和孙林赶到医院的时候，就看见郝龙和赵晶被带上辆警车，孙林试图过去交涉，那些人却连正眼都没给他一个。

“也不知道林检那边怎么样了，但愿他们那边一切顺利吧。”孙林道。

雷鸣没说话，只是脸色愈发阴沉了。上边既然连郝龙和赵晶这一步都能想到，又怎么可能遗漏掉更容易提走的吴德他们呢？

许浩上半身趴伏在拳击台的护栏上，手里拿着一瓶饮料，嘴里叼着一根吸管，津津有味地看着拳击台上的表演。

黄蜂赤裸着上身，在拳击台上挥洒着汗水。

砰砰砰，拳头打到肉上的声音不停传来，黄蜂却感觉不到任何快意，此刻他的脸色无比难看。

他面前的那个男人被绑在了一根柱子上，犹如一个人肉沙包。只是这人肉沙包的现状有点惨不忍睹，整张脸血肉模糊，容貌难辨。

“歇会儿吧。”许浩道，“差不多行了，再打下去，人可就打死了。”

黄蜂对许浩的话充耳不闻，舞动的拳头更加用力了。许浩忍不住嗤笑了一声，说道：“整天就想着打打杀杀的，难怪组织会沦落到今天这个地步。中国是法治社会，你当是你们那儿呢？抓个小偷都费老鼻子劲了，杀个人跟吃饭似的。中国是命案必破，还没有追诉期的说法，你就是不小心吐口唾沫，掉两滴汗到他身上，那帮条子都能把你DNA图谱画出来，到时候你就等着他们满世界追捕你吧。”

黄蜂挥出的拳头一滞，猛地回头，充满血丝的眼睛死死地瞪视着许浩，许浩却不为所动，喝了一口饮料，继续道：“咱们人手本来就短缺，留着吧，给个将功赎罪的机会。”

“我给他的机会还少吗？”黄蜂冷笑，看着眼前被绑在柱子上的男人，“组织让他招募骡子，结果呢？他连自己的手下都管不好，差点让人一锅端了，骡圈也不能用了；让他去杀个人，他连个蚊子都没杀死；让他去把人带回来，第一回让人在眼皮子底下跑了，第二回让警察抢了先。你给我个留着他的理由？”

“这可有点难办。”许浩挠了挠头，“听你这么一说，简直就是个干啥啥不行吃啥啥不够的废物啊。”

呜呜呜。

被绑起来的男人哀鸣着奋力挣扎，眼神中带着一丝恐惧，更多的则是哀求。

黄蜂啐了一口唾沫，说道：“我现在都不知道这骡圈该怎么弄了。”

他活动着手脚，显然并不打算放过这个一而再再而三犯错的男人。

“别打，别打。”许浩连忙道，“我就受不了这血腥味。骡圈没了，核心还在，没的就是个壳，换一个不就完了嘛。至于这货，”许浩眉头皱了皱，“有了，我那还有个事儿没干呢，让他去得了。”

黄蜂略一思索，点了点头，看着那个被绑在柱子上的男人，恶狠狠地说道：“听到了？这是你最后一次机会，要是再搞砸了，谁也保不了你。”

男人忙不迭地点头表示自己知道。

“下去好好收拾收拾。”黄蜂摘下手套，走到一边拿起衣服，从口袋里摸出了一个小塑料袋丢到了男人的脚边，“干好了，以后这东西源源不断；干不好，我亲手给你加倍！”

雷鸣回到家的时候，天色已经很晚了。

尽管案子已经被提级管辖，但有关的书面报告还是需要完成，这本应是姜斌的工作，但他的心思显然并没有放在这上面，做出的报告错漏百出，雷鸣不得不配合着林菲和戴梓萌，几乎将整个报告重做了一遍。

“我回来了。”雷鸣打开门，却愣了一下，家里没有开灯。

尽管李雅并不需要灯光，但家里的灯每晚依然会为他保留，这是李雅对他的一种无声的关爱。

沙发上似乎坐着什么人，雷鸣下意识地将手伸向了腰间，但那里空空如也。他不禁苦笑，自己已经几年没有摸过枪了，可长久的刑警生涯留下的习惯却始终没有任何改变。

“你是谁？”他沉声问。

沙发上的人没有回答，雷鸣微微皱眉，抬手开了灯。眼前的景象让他不由得瞪大了双眼。沙发上坐着的是一个男人，他鼻青脸肿，脸上全是伤，此刻早已经失去了呼吸。

如果郝龙在这里，或许就能认出，这人正是那个差点要了他命的导演。

他臂弯的静脉上还插着一支注射器，里面残留着纯净透明的液体。

让雷鸣恐惧的是，男人的虎口处，一枚蝎尾文身赫然在目。

雷鸣毫不犹豫地跑向卧室，刚到门边，他就一把抓住了门框，身体看起来摇摇欲坠，好像随时都会倒下。

没有。

卧室里没有李雅的身影。

李雅的手机安静地放在床头。

雷鸣果断地掏出了手机，找到了孙林的电话，在按下拨号键的瞬间，他却犹豫了。

雷鸣收到了一具尸体

黑暗中，电脑屏幕发出的微弱蓝光映照在雷鸣阴沉的脸上，让他的神情看起来格外狰狞。

他坐在电脑前，打开了家里的监控记录，对于身边沙发上就有一具尸体这件事，他无动于衷。

甚至不用做尸检，他就知道这个人死在三个小时前，有人在茶几上留下了一张纸条，上面只有16：30这样一组数字。毫无疑问，这组数字就是眼前这个男人的死亡时间。

雷鸣不知道是什么人留下的纸条，但他却隐隐有一种感觉，那个救了郝龙的人，送来硬盘的人和这个留下纸条的人是同一个。

会是他吗？

雷鸣竟有些忐忑，那双一向稳定有力的手，此刻在微微颤抖着。

他将监控录像调到了16：30的位置，犹豫了一下，又向前调了半个小时。家里空荡荡的，李雅并没有在家，雷鸣微微皱眉，握着鼠标的手有意再调整一下时间，监控录像里却有了动静。

许浩和那个死在沙发上的人出现在了门边的监控里，两人都没有丝毫的掩饰，就那么大大方方地站在雷鸣家的门前。

许浩抬手敲了敲门，说道："师母，我是小耗子，你在家吗？"

他等了一会儿，见没人回应，便从兜里掏出了一个小工具包，从里面找出了一样东西，插进了钥匙孔里，慢慢鼓捣了起来。

他的举动非常自然，丝毫不怕被人看到，倒是那个满脸是伤的男人，不时因为疼痛而抽搐的脸上多少带着些担忧，戒备地看了看四周。

"一定要这么干吗？"男人紧张地舔了下嘴唇，问道。

"再给你一次机会而已，你觉得你有谈条件的资格？"许浩头都没抬，专心致志地对付着面前的门锁。

"我就是不明白，他一个脱职的刑警，找他的麻烦，犯得着吗？"男人不解地说道，"为了组织，我什么都愿意干，但是，我不能干得不明不白啊。"

"他可一直找我们麻烦呢。"许浩手上微微用力，咔嗒一声，门锁应声而开。他舒了口气，率先进了屋，男人连忙跟了进去，就听许浩继续说道，"你以为就警察最可恨？这帮检察官也一样，逮着机会那可都是往死里整我们。再说，组织让你干什么，你就干什么。不问理由，这是行动准则之一，你都忘了？说句不好听的，你知道你手里掌握的那个网贷平台到底是用来干什么的吗？你以为组织真穷到了要靠放高利贷续命？"

许浩走到冰箱旁，随手打开从里面拿出了一个苹果，在衣服上擦了擦，咬了一口，看着男人，似笑非笑的脸庞上带着淡淡的嘲讽。

"这你可说错了。"男人在沙发上坐下，打了个哈欠，突然开始变得有些无精打采，“你级别是比我高不少，但你始终不算是组织内部的人。我级别再低，那也是在组织里土生土长的。”他晃了晃左手，将虎口处的文身展示给许浩，“看到了吗？有了这个才算是真正得到了组织的认可。我掌握的这个平台，当然不是为了放贷存在的，而是为了把那些贷款人逼上绝路，然后不得不答应我们的条件，给我们当骡子。”

“嗯，那又怎么样？”许浩撇了撇嘴，“你现在不还是得听我的？”他的神情严肃了起来，“好好听着，工作上点心，组织对你的工作很不满意，如果你不想被清洗，这是你最后的机会。你既然自认是组织内部的人，那你就应该清楚，对自己人，他们下手可黑着呢。”

男人又打了个哈欠，问道：“到底要我做什么？这雷鸣可是天不怕地不怕的主儿，上一任黄蜂的死，听说就是他干的。”

“是人就会有软肋。”许浩微微一笑，说道，“雷鸣的软肋就是他老婆李雅，我得到消息，李雅一会儿就会回来。”

“那个瞎子？”男人愣了一下，“那人我知道，一个瞎子，对咱们没用吧？用她做骡子，不划算。”

“谁说用来做骡子了？怎么用她那就不是你要考虑的事了。记住待会儿把她全须全尾地带走就行了。”许浩说。

“行吧，你怎么说怎么办。”男人有点忍不住了，哈欠一个接着一个，眼角都淌出了泪水，他抽了抽鼻子，从口袋里拿出了一个小塑料袋，又翻出一个注射器，将塑料袋里的白色粉末溶化成透明液体之后，抽进了注射器里，找准了臂弯上的静脉，刺了进去，慢慢地将注射器里的液体推进了血管。

他的脸上顿时露出了舒爽的神情，说道：“组织新研究出来的东西，就是不一样。”

他感叹了一句后整个人都靠进了沙发里，脸上还带着陶醉的神情，不过却慢慢失去了呼吸。

许浩走上前，踢了踢男人，见他没有任何的反应，嗤笑了一下，抬头扫视了一眼雷鸣家的客厅，目光对准了电脑桌上的一个摄像头，微微一笑。

咔嗒，门上传来了开门的声音，坐在电脑桌前的雷鸣一愣，连忙抬手关了电脑，将一个 U 盘从电脑上拔了下来。

“这怎么还从里面反锁了啊，雷头儿在家呢？”孙林推了推门，一脸疑惑。

他准备再用力的时候，哗啦一声，门从里面打开，雷鸣不带任何感情的脸出现在了门口。

“什么事？”他问。

“当一次护花使者，送女士回家。”孙林笑了一下，向身后微微示意，在唐珂的搀扶下，略显疲惫的李雅就站在他的身后，“你干吗？灯都不开，金屋藏娇呢？”他玩笑道，还故意踮起脚，想透过门缝看清门内的世界。

只一眼，孙林就看到了沙发上那个模糊的人影，不由得一惊，就见雷鸣竖起了一根手指放到了嘴边，示意他噤声。

孙林一愣，脸色凝重地点了点头，说道：“停水停电啊，嫂子，要不今晚去我们家吧？”

他回头冲唐珂使了个眼色。

唐珂只是微微一愣神，就悄无声息地点了点头，跟着说道：“是啊嫂子，咱在外边逛了一天了，一身汗，这停水停电的，太难受了。”

“不了吧。”李雅有些不太情愿，“今天太累了，凑合一宿得了。”

“哎呀，走吧。”唐珂一边说着，一边拉着李雅往外走，“你小侄子今天也回家来住，你都多久没看见他了？他都想你了。”

“你跟唐珂走吧，我和孙林有点事要谈。”雷鸣也说道。

“工作工作，你们男人都是工作狂。”唐珂不满地抱怨道，“满脑子要么只有工作，要么只有女人。孙林你今天晚上就在外边睡吧。”

姜斌看着刘鹏小心翼翼地将尸体上的针管拿下来，看了看，又放在鼻子边闻了闻，才放进了物证袋，差点就忍不住要冲向卫生间，却在最后一刻硬生生地停住了脚步，只是脸色的苍白却不是他能控制得了的。

“妹夫，你们法医都那么重口吗？”他忍不住问道，又冲着正蹲在尸体前，正抓着死者左手观摩的戴梓萌喊了一句，“梓萌，死人就那么好看吗？”

“死人不好看，可死人身上有线索啊。”戴梓萌放下死者的手，一把抢过了刘鹏手里的物证袋，丢向姜斌，“来，人形警犬，判断一下是什么东西。”

姜斌吓了一跳，下意识地向旁边躲闪了一下，所幸还知道伸出手接住物证袋，只是将物证袋举得远远的，头也侧向了一边，嘴里说道：“一股子海洛因的味，还挺纯的呢。”

“这鼻子，不当警犬确实可惜了。”刘鹏感叹道，“初步判断，吸毒过量而死。”

“死者到底是谁？为什么会出现在这儿？”林菲问。

“毒蝎的人。”戴梓萌直起身，拍了拍手，“至于为什么会在雷哥家，”她看向雷鸣，眼含深意，“这得让雷哥来回答。”

雷鸣摇了摇头，说：“我不知道，也不认识。我家的监控被破坏了，没有什么线索。”

“死者的身份有新的发现了。”孙林走了进来，摆弄着手机，“从死者身上发现的身份证件显示，他就是那个网贷公司的法人。”

“啊？不是一年前就死了吗？”姜斌一脸惊讶。

“显然我们之前掌握的信息并不准确。”孙林说。

“那这又是毒蝎，又是网贷，又跑到老雷家里嗑药的，这是什么意思？”姜斌微微皱了皱眉说道，“这是警告吧？这案子，咱们玩大了，他们逼急了连自己人都杀，更别说我们了，是这个意思不？”

“或许。”林菲平静地说道，但她眼里的阴寒却愈发浓郁了。

“这可真是无妄之灾。”姜斌同情地看着雷鸣，“这案子现在都不归我们了，他们还盯着我们不撒手。”

说着，他的脸色微微变了变，刚想要说点什么，林菲却已经冷笑了一声，“哪个庙里没有几个冤死的鬼，如果死得有价值，就不算白死。”

“那是对活着的人有价值，死了就是死了！”姜斌叫道，转头看向了孙林，“老孙啊，大舅哥，我能申请人身保护令吗？”

“就这出息！”戴梓萌撇了撇嘴，“人身安全保护令是一种民事强制措施，是人民法院为了保护家庭暴力受害人及其子女和特定亲属的人身安全、确保婚姻案件诉讼程序的正常进行而做出的民事裁定。你和毒蝎是夫妻关系？”

尽管在这样一个严肃的场合笑出来是不太合适的行为，但孙林发现自己就是忍不住，就连其他正忙着勘查现场的警察肩膀都是一抖一抖的硬忍着没笑出声，样子显得很滑稽。

S 市公安局局长办公室。

在刘天明的注视之下，孙林神情凝重地将一个 U 盘插进了电脑，U 盘里只有一份音频文件，他点击了播放，顿时一个带着些得意的声音从音箱里传了出来。

“我掌握的这个平台，当然不是为了放贷的，而是为了把那些贷款人逼上绝路，然后不得不答应我们的条件，给我们当骡子。”

这个声音尽管听起来带着些得意，但也不难听出声音的主人精神萎靡不振，这一句话中间就连打了好几个哈欠。

接着，又一个严肃的声音传了出来，只是这人明显使用了变声软件，听起来就像一个孩子，稚嫩的声音和严肃的语气形成了强烈的反差。

“好好听着，工作上点心，组织对你的工作很不满意，如果你不想被清洗，这是你最后的机会。你既然自认是组织内部的人，那你就应该清楚，对自己人，他们下手可黑着呢。”

音频到此为止。

刘天明看向孙林，用眼神示意他说明一下情况。

“U盘是从死者的喉咙里找到的。”孙林道，“第一个人应该就是死者无疑了，至于第二个人，我们没有线索。从目前的情况来看，这两个人到雷头儿家显然是想做点什么对雷头儿不利的事情，但是中间发生了意外，一个吸毒过量死了，另一个被迫中止了行动。”

刘天明点了点头，看向林菲，问道：“这份证据就坐实了这家网贷平台和毒蝎确实关系密切，也说明了它存在的意义，对吗？”

林菲点了点头。

“那就好。”刘天明说，“把这份证据也移交了吧，这个案子，就彻底和我们没什么关系了。雷鸣，”他看向雷鸣，犹豫了一下，“搬个家吧，他们既然盯上了你，就不会只有这一次行动。你现在不比在刑警队的时候，身手都落下了吧？真出了什么意外，你恐怕没法保护你身边的人。”

雷鸣却坚定地摇了摇头，冷冷地说：“我哪儿都不去。”

“我说，你不觉得这事儿有点奇怪吗？”林菲和雷鸣一进办公室，就看到姜斌正对着戴梓萌侃侃而谈，“毒蝎是贩毒集团吧？对于他们来说，什么最重要？赚钱啊。闷声发大财就完了，把事情搞这么大，这不是生怕我们不查吗？这里边肯定有问题。现场有两人，对吧？那人明显是在传递信息给我们。”

“傻子都能看出来的事情。问题是，究竟是谁在这么做。”林菲回到自己的办公桌前，说了一句。

“我想来想去，还真想到一个人。”姜斌神秘兮兮地说道，看着林菲等人，等着他们问下去。

然而遗憾的是，林菲自顾自地翻开了卷宗，雷鸣打开了电脑，戴梓萌专心致志地对付着手里的零食。眼前几人的反应，让他有一种错觉，刚刚他的慷慨激昂一直都在对牛弹琴。

“哎，你们怎么一点都不关心啊？”姜斌忍不住问道。

“案子不归我们管了。”林菲说。

“你说这话你自己信吗？”姜斌翻着白眼问道，“你们是不是早就知道了？都拿我当猴耍是吗？”

“不可能是那个人。”林菲头都没抬，“如果真的是他，会有更重要的消息传递出来。目前来看，这更像是转移视线的手法，把我们的精力都牵扯到这一边，暗地里去做一些其他的事情。”

“老雷，你是当事人，你说说。”姜斌看向雷鸣。

雷鸣却神情淡然，嘴角微微扯动，笑了一下，说：“没有那么复杂，这只是警告。”

“警告？”

“警告我们停止对这个案子的追查，否则他们会用更强势的手段反击。2013年的那一幕，他们不介意重来一次。”

“找错人了吧？那是我们盯着不放吗？”姜斌哀号道，“被逮了之后才轮到我们啊。”

“因为我们是战五渣，好欺负啊。”戴梓萌满不在乎地说道，“毒蝎，也就那样，就敢挑软柿子捏。不过这回，他们选错人了，有我和雷哥在，我们不光不是软柿子，还是冻得硬邦邦的冻柿子，想啃我们，就得先做好掉几颗牙的准备。”

雷鸣停好车，看了一眼家里的窗户，客厅的灯亮着。

他下车，走到门口，在掏出钥匙开门之前，抬头看了一眼门口的监控，工作指示灯亮着，一切正常，他这才稍稍松了口气。当他准备开门时，房门却先一步打开了。

他的身体下意识地紧绷了起来，才看清开门的人穿着一身警服，是局长刘天明的秘书。但这并没有让他放松下来，身体反而绷得更紧了。

雷鸣一言不发地进了屋，就见刘天明正坐在电脑前，看着监控画面，手边放着一杯茶。他看着刘天明，余光却看向了卧室。

从监控画面里看到了这一切的刘天明微微一笑，说道：“李雅没事，我送她去我家陪你嫂子了。我家总比你家安全得多。”

雷鸣苦笑，言辞间带上了一些锋锐，说：“我这都快成无人之境了，什么人都是想来就来，想走就走。”

刘天明却像没听出来雷鸣的不满一样，喝了一口茶，指了指监控画面，说道：“你这个东西不错，要是能和局里联网的话，有什么事，局里也能第一时间有所行动。”

“不必了。”雷鸣道，“我没兴趣直播自己的隐私。”

“也是。”刘天明点头，看向了自己的秘书，“小刘，你先出去一下，我和雷检察官有几句话说。”

雷鸣看着刘秘书退出房间，重又把视线挪回到刘天明的身上，等着看他今天到这里来的真正目的。刘天明却没说话，只是把一张鉴定报告递到了雷鸣的面前，那上面清晰地写着，那个U盘上的指纹与雷鸣的指纹完全吻合。

他看着刘天明，微微皱眉。

“我没告诉任何人。”刘天明说，“十年前我说过，你主导的行动我不参与，你也不用向我汇报，无论你现在是不是警察，既然当年行动是你发起的，你就有责任负责到底。”

莫名地，雷鸣就觉得一下子放下心来。

“死就死了吧。”

酒吧的地下室里，啪的一声，黄蜂干脆利落地将8号球打入底袋，端起酒杯喝了一口，说道：“组织有组织的规定，组织里的人不能碰触毒品，他犯了忌讳，不因为这次的事也会因为别的事被处理掉。”

“所以你根本就是在玩一石二鸟的游戏，压根没打算冲李雅动手？”许浩问。

“你不都说了中国是法治社会，打打杀杀那套现在不流行了吗？”黄蜂微微一笑，“你们中国有句老话，叫只有千日做贼，哪有千日防贼。让他提心吊胆这种事，我一辈子都干不腻。那小子吸毒，没控制好剂量，死了。这事儿，算不到我头上吧？”

许浩默默地竖起了大拇指，说道：“给你点个赞。组织里的大人物，果然个个都是人才啊。”

“过奖。”黄蜂呵呵一笑，“不过，你还真是个夙包。”

“这不叫尿。事可为而不为，谓之懦夫；事不可为而强为，谓之蠢汉。”许浩笑道，“对了，你给他的到底什么玩意儿？那么点儿的剂量，不应该会要人命啊。”

“唔，你不说我还忘了，那是组织最新的研究成果——失乐园。不过看起来还有很明显的缺陷，投放市场的时机看来还要再等等。”

刘天明的专车在家门前缓缓停好后，刘天明却没下车。

看着秘书那张欲言又止的脸，他忍不住笑了一下，说道：“有什么话，就说吧。”

“局长，”秘书纠结地道，“我知道我不该问这个事，可是，我实在想不明白，您这么做，到底为什么啊？”

“雷鸣那种人，”刘天明呵呵一笑，“你得给他个目标，要不然，他可就要来挖你的墙脚了，搞不好，他会把你的房子也拆成一片废墟的。”

秘书努力思考着刘天明的话，然而，他不得不承认，这是一个他无法想明白的问题。

乌托邦

黑。

如浓墨般黏稠，紧紧地包裹着她幼小的身体，让她甩脱不掉。

向来让人恐惧的伸手不见五指的黑，此刻却成了她最好的保护伞，最坚固的安全屋，将她与外界致命的危险隔绝。

她缩了缩身子，牙齿紧紧咬着自己的小手，将哭声堵在喉咙里，蜷缩在角落里瑟瑟发抖。

“她们是你女儿啊！”外面传来了一个女人凄厉的叫声。

“女儿？”一个男人冷哼了一声，大大地打了个哈欠，随后说道，“你不说我都忘了，我这还有两个女儿呢。”

脚步声临近，躲藏在黑暗中的女孩儿努力向后靠了靠，却已经避无可避。

“你简直就是禽兽！”外面的女人喝骂道。

“我禽兽？”男人抽了抽鼻子，显得有些无精打采，“这事怪谁？要不是你也碰了白粉，我至于到这个地步吗？你看看你现在这副样子，都皮包骨头了，想用你的身体换点钱都没人要你！女儿，女儿要来不就是这时候用的吗？你没背着我用她们换钱吧？”

男人突然紧张地问。

“你以为谁都像你一样吗？”女人怒斥道，“不行，你今天别想打我女儿的主意！”

“行啊。”意外地，男人笑了一下，“反正还有一针，那就归我了。你想要，就自己想办法吧。”

女人沉默了，似乎在犹豫着什么。

女孩儿偷偷地将衣柜门打开了一条缝隙，凌乱的屋子里，那张破败不堪的沙发上，一个不停打着哈欠的男人正将一条橡胶带缠在胳膊上，随后，他拿起一支装满了液体的注射器，对准了胳膊上凸起的静脉血管。

一个女人就站在他的身边，目光在男人和衣柜间游移着，神情挣扎。

针头刺破了男人的皮肤，他大拇指按住了注射器的推手，微微用力。

“不！”女人发出一声刺耳的尖叫，一把抢过了注射器，“我的，是我的！”她癫狂一般喊道。随后举起注射器对准了脖颈，猛地刺了进去，毫不犹豫地将里面的液体推进了血管里。

痛苦中夹带着愉悦的呻吟登时从她的喉咙里传了出来。

这一切都在电光石火之间发生，男人反应过来时，针管里已经空空如也，女人甚至没有拔下针管，就瘫倒在了沙发边，一脸的舒爽。

男人脸上的肌肉扭曲着，战栗着，怒火从他的双眼中迸发而出，骇得躲在黑暗中的女孩儿哗的一下拉上了柜门，黑暗中蜷缩得更紧了一些。

砰，外面传来了重物落地的声音。

哗啦一声，黑暗被撕扯开了一个口子，刺眼的光亮照射了进来，女孩儿抬起一只手挡在了眼睛上方，抬头看过去，就见那个男人站在衣柜边，他的身材并不高大，却遮挡住了她全部的视线，犹如一座山脉一般，让她升起自己绝无反抗之力的念头。

男人看向女孩儿的目光里充斥着狂热，他手上拿着一把铁锤，上面鲜红的液体正向下滴落着。

恐惧已经让女孩儿失去了行动能力，她惊恐地看着男人，不知所措。

男人嘿嘿一笑，准备丢下锤子，手上的动作却突然停滞了下来。

砰。

女孩儿听到一声枪响，接着，她感到脸上一热，一股滚烫的液体喷溅到了她的脸上。随后，眼前如山一般的男人身子晃了晃，骤然向她压了过来。

女孩儿看着眼前的一切抬手捂住了耳朵，尖叫出声，随即晕了过去，她最后的记忆停留在男人身后一个略显清瘦儒雅的男人身上，他嘴角带着和善的笑意，让人一看就觉心安，只是他的眼神却无比清冷。此刻他手里举着一支枪，枪口正飘着青烟。

青竹猝然惊醒，剧烈地喘息着，身上大汗淋漓，脸上写满了惊恐。

她挣扎着起身，抓起床头的一杯水一口喝光，才觉得恢复了些力气，虽然事情已经过去了很多年，但是教父的话却一直言犹在耳。

她至今难以忘记那个夜晚，那个男人牵着还是孩童的她，深一脚浅一脚地走在夜路上，男人的脚步稳定而有力，她几乎是被拉扯着向前走。

身后那间她曾栖身的小屋，此时早已被火光笼罩，她不停地回头，想要说点什么，可那支枪和男人杀人时的面无表情让她失去了所有的勇气。

除了身上的衣物和死死地抓在手里的一条项链，她什么也没带出来。男人不允许她带，她必须和过去永别，才能开始全新的人生。

她甚至还赤着脚，锋利的石头划破了她的脚，在她的身后留下了一串带血的足迹，她浑然不觉。

“你记住，要永远杜绝毒品只有一个办法，那就是控制毒品市场，然后切断毒品来源，让所有沾染了毒品的人痛苦地死去，这也是一次人类的净化。”男人柔声对她说道。

收起思绪青竹苦笑了一下，站起身走到了窗边。看着窗外的月色，她脸上的神情略有些怅然。这么多年过去，她始终在朝着那个目标努力着，她相信那个男人，毫无保留地信任他，是他把她从黑暗中拯救了出来，尽管自己的父亲也是被他所杀，但她从未有过怨恨。

只是，这么多年过去，那个目标依旧遥遥无期。

她抬手，从衣服里拽出了一条项链，那是那个夜晚，她唯一带出的东西。

她轻轻抚摸着项链，轻轻地问了一句：你还好吗？

啊——

一声声压抑的嘶吼在夜色中传来，打断了青竹的思绪。紧接着那声音越来越嘹亮，青竹愣了一下，转身披了件衣服，打开抽屉拿出了一支针剂，出了房间。

那间只有一台老旧电视，一把铁椅和一张行军床的简陋房间里，独臂的蝎针正躺在床上，满脸痛苦。

他紧咬着牙关，和一股看不见的力量对抗着。那股力量应该十分强大，以至于他双眼血红，眼眸突出，两腮鼓胀，用上了全身的力气，但嘶吼仍旧不时从他口中喷薄而出。他的身体更是剧烈地颤动着，带动着身下的行军床都发出了不堪重负的声响。

几条带子从床下探出，绕过他的手脚和腹部，将他死死地捆在了床上。

但他的挣扎实在太过激烈，以至于他的手腕和脚踝处已经伤痕累累，鲜血在肆意流淌。

一把枪就放在他的手边，他已经抓住了枪柄，只需调转枪口，对准自己的要害就可以结束痛苦，然而这个简单的动作，却因为自己被捆缚得太紧而无法做到，这个坚毅的男子脸上竟流露出了一丝绝望。

哗啦一声，铁门洞开，蝎针眼角的余光看到只穿着睡衣的青竹匆匆走到了他身边，接着，胳膊上就传来了一阵刺痛，他更加剧烈地挣扎起来，针头都险些被他甩脱。

“别动！”青竹低喝，快速将药液推进了蝎针的血管。

几乎是在同时，蝎针安静了下来，青竹站起身，松了口气。

蚀骨之痛的折磨让蝎针也失去了所有的力气，他躺在床上，大口大口地喘息着。青竹连忙端过来一杯清水，递到了蝎针的嘴边，令她意外的是，蝎针没有喝水，他看向青竹的眼神也并非她帮他解除痛苦后应有的感激，反而充满了怨恨。

青竹叹了口气，说：“有时候我真不明白，究竟是什么在支撑着你。我们早做过实验，没有一个人能像你这样坚持这么长的时间。”

蝎针嘴角微微一挑，竟露出了一抹不屑，冷冷地说道：“你们永远都不会懂的。我不想，也不会成为自己最讨厌的那种人，否则，我和我的女儿，我的老婆，有朝一日在另一个世界相见了，她们也不会饶过我。”

“可这并不是毒品。”青竹看了一眼手里的注射器，说道。

“不。”蝎针摇头道，“它比我接触过的任何毒品都可怕，它能控制人的思维和意识，再配合你们那些心理暗示，它能让所有染上的人成为你们的傀儡，将来就算是颠覆一个政权，对于你们来说都是轻而易举的事。”

说到这里，蝎针的脸色微微变了变，眼神里流露出了一丝迷茫，一丝抗拒，额头上传来一阵阵的刺痛，让他忍不住痛哼出声。

“我……”他犹豫了一下，想说点什么，却又说不上来。

“它救了你的命。”青竹清冷地道。

“我宁可去死。”蝎针挣扎着说道。

“呵。”青竹轻笑了一声，“你做不到的，你的任务还没完成呢。”她俯下身，在蝎针的耳边低语，“我对颠覆政权没兴趣。教父告诉我，我只需要享受掌控这个地下王国，然后看着它分崩离析，彻底坍塌，让所有染上毒品的人痛苦地死去，让这个世界得到净化就够了。你忘了吗？摧毁毒蝎制贩毒集团，是你为之奋斗的目标，只不过，你采用了和别人不一样的方式。”

蝎针的神情彻底放松了下来，微微一笑，说：“是啊，我们已经离目标更近了一步。”

“对，我们有一致的目标，所以，安心听我的话，我不会让你失望的。”青竹低声说道，“睡吧，睡一会儿吧，一觉醒来，你还是蝎针，毒蝎的一把利剑，也是将来斩向毒蝎的那把最锋利的利刃。”

伴随着青竹的喃喃低语，蝎针觉得眼皮越来越沉，不由自主地闭上了眼睛。

卫生间里哗哗的水声，伴随着一个女人清脆的歌声。

黄蜂穿着浴衣，坐在电脑前。电脑上的时间显示，此刻竟是凌晨两点四十五分。

他回头看了一眼卫生间的方向，接通了一个视频。

“怎么这么晚找我？”视频接通，青竹的声音从电脑里传了出来，只是她的视频画面显然经过了处理，看起来模糊不清，这让黄蜂大为恼火。

“不这个时间找你，其他时候，我没时间。”黄蜂道，“基地那个破地方，每天只有两个时间段通信卫星能覆盖到，我也没办法。”

青竹沉默了一下，问道：“什么事？说。”

“没什么大事。”黄蜂道，“想跟你说说货站新来的管家。”

“他怎么了？”

“挺好。做事滴水不漏，杀伐果决。如果能为我们所用，就是把好刀，反之，他就应该是需要第一时间被除去的人物。不过……”黄蜂犹豫了一下。

“不过什么？”

“他手上不愿意沾染血迹，这恐怕是个致命的弱点。”

“做这种事，干干净净的反而更好，不容易引起人们注意。”青竹道，“不是每个人都要打打杀杀。”

“我想让他做件事，这是最后一次考验。”

“你自己决定就好了。需要我向 1 号汇报吗？”

“不。”黄蜂摇头，微微一笑，说道，“我现在很清楚，谁才是真正的 1 号。”

“挂了吧，我忙着呢。”青竹说着，却没有主动切断视频。

黄蜂眼珠转了转，突然起身，走到卫生间前，一把拉开了门，走了进去，卫生间里顿时传出了女性的尖叫。

“你干吗？”

何莉莉惊魂未定，被黄蜂打横抱了出来。她全身上下只裹了一件浴巾，黄蜂却不在意，抱着她坐到了电脑前。只片刻，何莉莉便已开始迎合黄蜂。

而黄蜂却是看着电脑，脸上浮现出了一股快意。

天光大亮，街上人来车往，一片喧嚣繁华。

林礼祯今天没有乘坐专车，而是慢悠悠地走到了检察院门前，随后他停下脚步，目光看向了马路对面。

这几天，那里总会出现一对奇怪的父女。

女孩儿穿着一身高中生的校服，腿上打着石膏，想是发生了什么意外。父亲看上去已有四五十岁，身材瘦削，却一直将女孩儿背在背上，尽管显得有些吃力，甚至有时看起来会有一丝窘迫，时不时还要停下来，伸手揉揉腰，但他看向背后的女儿时，脸上却总是洋溢着幸福的笑容。

那女孩儿不时伸出手替父亲擦拭着额头的汗水，举止亲昵，甜蜜。略显奇怪的是，女孩儿总是尽可能蜷缩着身体，紧贴着父亲，一旦有男人离她到一定距离时，她总会显得有些慌张，本就蜷缩到了极限的身体总是会试图再努力收缩一些，似乎在躲避着什么。

两人不乘坐公交车，更不打车，就这么徒步走向学校。

每次看到他们，林礼祯都有些羡慕，要是自己也能那样，该有多好。

自从林菲被调到了市公安局，他肩上的压力一下子减轻了许多，可同时，他心里却又有些怅然若失。

或许人老了就是如此，每天和女儿面对面的，时间长了就会觉得不耐烦，可若隔了一段时间不见，却又有些思念。

对于林礼祯来说，更是如此。这些年来，关于他和林菲的关系，一直是横在他心里的一根刺。迄今为止，院里仍没有人知道他和林菲的真正关系，而他也完全不敢对外公开宣布林菲是他林礼祯的女儿，他怕人报复，更怕林菲的抵触。这根刺不知何时才能拔出，他也好有享受天伦之乐的一天。

或者，林菲什么时候也能受个伤，需要人在身旁照顾？

这样想着，那个背负着女儿的人就变成了他，而背后的女孩儿就成了林菲。

林礼祯被自己的这个想法吓了一跳，赶忙收回了心神，再看向马路对面的时候，却没有见到那对父女，他不由得微微皱了皱眉。

随即，他自嘲地笑了一下，这算什么？临渊羡鱼吗？

他缓缓摇了摇头，走进了检察院的大门，路过门卫室的时候，却被值班的法警叫住。

“林副检察长，有您的快递。”已经五十多岁的老法警拿出一个快递递给林礼祯，忍不住调笑道，“您还真是个潮老头儿啊，没事就网购，还净是些稀奇古怪的东西。”

一看到快递单上寄件栏里空空如也，林礼祯没来由地一阵紧张，他颤抖着接过快递，随口应付了一句“外甥女买的”便急匆匆地拿着快递跑进了自己的办公室，顺手反锁了房门。

他把快递小心翼翼地放到了办公桌上，并没有急着拆开，而是在椅子里坐好，深吸了几口气，接连舔了几次嘴唇后，才抓过一把裁纸刀伸向了快递，只是他拿刀的手却不受控地抖动着。

接连几次尝试，他都没能成功划开快递包装。突然间他颓然地扔下了裁纸刀，双手抱住了头。

他隐约知道快递里是什么东西，那是他梦寐以求，等待了多年的物件，然而，当这个东西真的送到手边时，他却发现自己根本没有勇气去面对它。

再做了几次深呼吸后，感觉自己的手抖得不那么厉害了，林礼祯才再次拿起裁纸刀，小心翼翼地划开了快递的包装，取出了一个精美的木盒。他慢慢打开木盒，只看了一眼，就猛地仰起了头，双眼泛红。

那个早上，每个路过林礼祯办公室的人都惊异不已，那扇紧闭的房门后时不时地传来阵阵压抑、沉闷却又让人心碎的哭声。

有胆大的人想上前问个究竟，然而得到的却只是“我没事，你们忙你们的”。

林礼祯终于迫使自己平静下来已经是一个小时之后的事了，他办公桌上那张照片里又多了一笔记号，照片上的女人，身体所有的部位终于全都被圈上了笔迹。他抓起电话，拨通了林菲的号码，静静等待着，然而，林菲的电话却始终无人接听。

一座桥上的护栏边，护栏已经严重变形，林菲的车卡停在护栏破损处，再往前一点，车就会撞破护栏，冲进桥下的滚滚浪涛中。汽车的发动机盖子扭曲变形，发动机舱正向外冒着烟，车内安全气囊都弹了出来，车里没有人。林菲的手机就掉落在车厢地板上，正响个不停。

车祸引来了围观，此刻一群人正站在大桥的护栏边，有人踮着脚，有人伸长了脖子，甚至有人掏出了手机，高举过头顶，只是围观的人实在太多，也让人无法看到里面究竟发生了什么。

第四章　初恋乐园

不好意思，耽误你自杀了

李沁披着浴袍走出浴室的时候，江华站在窗边刚挂断电话。看到李沁沉郁的脸色，他不禁有些担忧，“怎么了？”

“没事。”李沁摇了摇头。

“你那像是没事的样子吗？”江华苦笑，“又没怀上？这事你也不能太着急，这是两个人的事，再说，我也不是非要孩子不可，你要非得想要个孩子，大不了，咱回头收养一个呗。”

“我真没事。谁的电话？”李沁生硬地转移了话题。

江华长出了一口气，回道：“没事，一个患者，问咱们方不方便接诊。”

李沁眉头微皱，说：“咱们休假这事一个月前就发通知了啊。”

“这患者，经常搞突然袭击。”江华说。

“赵璐璐？”李沁心有所悟。

江华点头，想了想，问道：“她是什么病来着？我怎么完全没印象。”

“你当然没印象，她拒绝让你看诊。赵璐璐异常抗拒和异性之间的身体接触，到现在我也没找到病因。”李沁的神情中莫名地带上了一丝紧张，她抓起自己的手机，拨通了一个号码，“喂，戴检察官吗？麻烦你帮我找一个人，她叫赵璐璐，联系方式我等下发给你，一定要尽快找到她，她可能有危险。”

挂断电话，看到江华不明所以的神情，李沁解释道：“不是病情恶化到一定程度，这孩子不会主动来找我们。我一直很担心，任由她的病情继续发展下去，她很可能会有生命危险。”

“那报警啊，你找梓萌有什么用！”江华手忙脚乱地在手机里翻找着孙林的电话。

“她那是心理疾病，现场需要一个心理医生，警察干这事，不专业。”

戴梓萌一脚踩死了刹车，连手刹都来不及拉起，就和林菲一阵风似的下了车，林菲甚至连手机都忘了拿。

此刻的桥边已经里三层外三层围满了人，正在窃窃私语。

两人费力地挤过人群，看到消防队长李健正努力维持着秩序，他看到林菲和戴梓萌，愣了一下，问道：“林检、戴检，你们怎么来了？”

“情况怎么样了？”林菲问。

“不太好。”李健回头看了一眼，眼中满是担忧。

这里是桥正中间的位置，那段护栏和其他地方的护栏比较起来明显很新，似乎刚维修过不久。

一身校服的少女赵璐璐，此刻正毫不在意地坐在布满灰尘的护栏上，背向着桥下的河面，她低着头，轻轻晃动着双腿，一条腿上还打着石膏。

赵璐璐的身边坐着一个一身武警制服的女消防员，她不停地和赵璐璐说着话，可赵璐璐却一直在摇头。

那个女消防员离赵璐璐不算太远，几乎就是触手可及的距离，这让林菲下意识地看了一眼戴梓萌。戴梓萌却略有些无奈地摇了摇头，触手可及有时候也可以是咫尺天涯。赵璐璐并不抗拒女消防员的接近，但也只能到这个距离，想要更近一步，只会适得其反。

“让让，让让！”姜斌挤在人群里，奋力想要突破封锁，奈何他选错了路，前方堵着他的是几个壮硕的大汉，他努力了几次，对方根本就纹丝不动。

“出事的是我妈！”姜斌急中生智，喊了一嗓子，人群终于有了一丝反应，众人愣了愣神，便给他让开了一条路。

姜斌得意地穿过人群，待看清了里面的景象，那抹正在为自己的机智显得得意的表情就凝固在了脸上，他下意识地回头看了一眼，就见身后的人都强忍着笑意，脸皮厚如姜斌也不禁脸色通红。赶忙跑到了林菲等人的身边。

“这就是你们那个新来的指导员吧？”此时，姜斌才注意到那个英姿飒爽的女消防员，看着李健问了一句，“老李你们怎么想的？这种可是搁哪儿不得好好供着啊，你们怎么忍心让她上一线呢？”

“没办法。”李健的目光死死地盯在那个女消防员的身上，说道，“这孩子拒绝任何男性的靠近。”

“到底出了什么事，你整明白没啊？”

李健摇头，说：“过去两个点儿了，这小丫头油盐不进，就问那个人什么时候来，说好要带她走的。”

“谁啊？”

“我要是知道，就是抓，我也把那王八蛋抓过来。”李健无奈地叹了口气。

“那你得准备一辆大卡车，要不然都装不过来。”

人群中突然传来了一个略显嘲讽的声音。姜斌转头，说话的是一个穿着校服背着书包的男生，他举着手机，镜头对准了赵璐璐。

他不是唯一一个这样做的人，却是唯一一个这样说话的人。

不等林菲发话，戴梓萌几步就上前，一把将那个男生扯了出来。

“干吗？”男生下意识地将手机藏到了身后，惊恐地看着一脸肃杀的戴梓萌和林菲，指着人群说道，“我又没犯法。他们也拍了。”

“你和赵璐璐是什么关系？”

“同学。”听到林菲这样问，男生松了口气，连忙道，“一个学校的。”

“你都知道什么？别害怕，跟我们说说。”戴梓萌努力让自己看起来没有那么吓人，保持着微笑，问道。

男生撇了撇嘴，脸上竟浮现出了难以掩饰的嘲讽和厌恶，随即他开口说道：“那是我们学校的红人，和她上过床的人多了去了，打胎都不知道打过多少回了。”

姜斌仔细打量着这个男生，目光落在了男生胸口的校徽上，问道：“你们还是高中生吧？”

“我们可满 14 岁了。”男生忙道，“检察官同志，你们去给我们上法治课的时候跟我们讲过，咱们国家的性同意年龄是 14 岁，不犯法。”

“所以，你也参与了？”林菲的声音说不出的冰寒，男生下意识地打了个冷战，忙不迭地摇头，“那没有，我妈看得严，我天天就忙着学习了。那个谁，刚子，刚子？”

他突然冲着人群喊了起来，人群中一个穿着同样校服的男生低下了头，向后缩了缩，姜斌嘿嘿一笑，上前几步，将人拉了出来。

“对，就是他。”看着姜斌拎回来的刚子，男生道，“他说他干过。”

“我啥时候干过？”刚子急道，“你们别听他瞎说，我也没干过。”

“你上回跟我说的啊。”男生显得比刚子还急，“就那天咱俩放学一起回家那天，你跟我说的，你爸妈都没在家，你就把赵璐璐领家去了。”

“我那都是胡说八道的。”刚子忙道，“咱学校里男生都那么说，我那么说不是有面子么。”

“不可能，那些都是无中生有，子虚乌有的事。”听完了戴梓萌的话，李沁情绪激动，大声冲着电话说道，“我可以作证，赵璐璐绝不可能做出那种事情来。”

“沁姐，你先别急，我们还在调查。”戴梓萌连忙道。

“你们的方向根本就是错的，再调查下去也查不出什么来。”李沁道，“她根本就不能与异性有任何肢体上的亲密接触。让任何一个花季少女去承受这样的流言蜚语都是不人道的，这才是她这次自杀的诱因。你们应该去找她的老师，找她的家长，只有弄清楚她到底在等谁，才有机会说服她放弃自杀的念头。”

“孙队长和雷哥已经去找了。”戴梓萌说。

李沁这才放心了一些，然而电话那头却突然传来了一声惊呼。

“喂？喂？怎么了？梓萌，出了什么事？”李沁连忙问道，却发现电话已经被挂断了。

桥边。

坐在护栏上的赵璐璐抬起头，突然深吸了一口气，随后慢慢站起了身，她目光中带着一丝希望，在人群中慢慢滑过，看着那一张张或紧张或兴奋的脸，她眼中的那抹希望渐渐消散了，慢慢被心如死灰覆盖，最终只留下一抹自嘲。

站在狭窄的栏杆上的她摇摇欲坠，也许一阵微风便能将她带入另一个世界。

天堂，或者是地狱。

“对不起，先生，您不能进去！”一身职业装、面容姣好的女秘书礼貌却又坚决地制止了孙林前进的脚步，“李总正在会见重要的客人。”

“再重要有人命重要吗？他女儿正在试图自杀，你让开！”孙林低喝了一声，伸手抓住了女秘书的肩膀，把她推向一边。

女秘书一声惊呼，身形踉跄了一下，险些摔倒，紧跟在孙林身后的两名保安伸手摸向了腰间的橡胶棍，不怀好意地围向了孙林。

“李总交代过，就是有天大的事，也不能在这个时候打扰他。”稳住了身形的女秘书重又回到了孙林的身前，伸开双手拦住了孙林的去路，忠实地履行着自己的职责。

“警察，办案！”孙林不得已掏出了警官证。

“吵什么呢？”那扇紧闭的会议室门打开，李建林脸色阴沉地站在门边，“不是说过不管什么事都不要来打扰我吗？”

看清门外站着的是孙林，李建林愣了一下，惊讶道：“孙队长？”随即他阴沉的脸上换上了一副谄媚的笑容，“哎哟，下边人不会办事，耽误您了，这是哪阵风，把您给吹来了？”

“你们一天天的能不能长点眼睛？”他转头，冲着自己的下属呵斥道，“这是市局刑警队的孙林孙队长，他家里的孙氏集团是我们公司最重要的合作伙伴，都给我看清楚点，以后他要来找我，用不着你们通报，直接给我接到办公室来，懂了吗？”

几名下属一脸的委屈，却也只能唯唯诺诺地点头应是。

看到李建林，孙林也愣住了，他怎么也没想到，他要找的人竟然会是他。

一年前，就是眼前的这个李建林酒后驾车，在赵璐璐准备轻生的那座桥上和一辆正在出任务的救护车相撞，直接导致救护车坠河，五名出任务的医护人员无一生还。

如今他女儿要在几乎完全相同的位置上结束自己的生命，真说不好这到底算不算是命运的轮回了。

孙林探头看了一眼李建林身后的会议室，透过那扇没关紧的大门，他看到投影仪正将一个影视项目书投影到幕布上，梁九水站在幕布前，神情尴尬。

孙林忍不住冷笑了一声，问道：“李总还真是快活啊，不知道你最近晚上睡得怎么样？没人来找你索命吗？”

李建林的神情有些凝滞，他尴尬地笑了笑，说：“该赔的我都赔了，法院判我缓刑，这辈子我也不可能再开车了。这事，就算过去了吧？”

孙林点头，却依旧冷笑不已，“你心大，这事你肯定能过去。你闺女都要自杀了，你还有心情在这聊你的影视帝国呢。”

李建林终于沉下了脸，恼怒地道：“这个浪蹄子，我就知道，早晚有一天，她得给我惹出大事来。”

“跟我走一趟吧。”孙林说。

“不去。”李建林断然拒绝，“我供她上学，供她吃穿，我们没有任何血缘关系。她妈都死了，我已经够仁至义尽的了。她的事，以后我都不想再管，你们想怎么处理就怎么处理！和我没关系。”

砰，孙林上了车，将车门摔得震天响。

无论他怎么说，李建林就是拒绝去见自己的养女，这让他恼怒不已，对一个人的生命，尤其是生活在同一个屋檐下的生命能够漠视到如此程度，这让他简直难以想象。就算没有血缘关系，他们也已经在一起生活了将近十年的时间，十年，就算是自己养的一条宠物也足够培养起难以割舍的感情了。

放在仪表盘上的手机响了，是雷鸣，孙林连忙接起电话，问道：“雷头儿，怎么样？你找到她班主任了吗？”

“没有，联系不上，班主任的电话打不通，人也还没到学校，你那边怎么样？”雷鸣问。

“人是找到了，不过，李建林简直就是禽兽不如，对自己的闺女不闻不问，让我们自行处理。”孙林恼怒地道。

雷鸣沉默了片刻，说：“孙林，不管用什么办法，你都得把他带过去，这是我们唯一的希望了。如果他拒绝，你知道该怎么办。”

孙林咬了咬嘴唇，侧头看向了那栋豪华的大厦，此刻李建林正点头哈腰地将一名外宾送了出来，看着外宾上了车，离开了自己的视线，他站直了身子，板起脸冲着身后的工作人员训斥着什么。

孙林嘴角微微上挑，露出了一抹冷笑。

赵璐璐的视线仍旧在人群中搜寻着，嘴角带着淡淡的笑意，但那抹笑意正在渐渐消散，一丝不舍，一丝释然慢慢浮现了上来。

她身边的女消防员焦急万分，却不敢有分毫的动作，赵璐璐始终有一缕余光投放在女消防员的身上，只要她有多余的动作，她相信，赵璐璐会毫不犹豫地纵身而下，她没有任何把握能拦住她。

“他来了吗？”赵璐璐突然问。

女消防员微微一愣，忙不迭地点头，说：“来了，来了，已经在路上了。”

赵璐璐笑了，女消防员却没来由地一阵紧张，她笑得如此凄惨。

“他不会来了，是吧？”赵璐璐低下头，抬起手，从衣服里拉出了一条项链，轻柔地抚摸着项链上的吊坠，那是一枚戒指。

她的抚摸是那样轻柔，那样小心，生怕弄坏了一样，对女消防员说：“你们连他是谁都不知道，又怎么会知道他已经在路上了呢？不过，谢谢你。”

她冲着女消防员嫣然一笑，说道：“谢谢你在我生命的最后时刻依然帮我保留着希望，但是，我不需要了。”

人群中发出了一阵惊呼，惊呼声中，赵璐璐轻轻拉下了校服的拉链，慢慢褪去了校服外套。

闪光灯闪烁着，人们纷纷拍下这令人震惊的一幕。

“果然如此啊，都要死了还这么作践自己。”有人感叹。

“咋就这么想不开呢？”有人惋惜。

“姑娘，别跳！”有人制止。

“你们还有没有人性了！”戴梓萌忍不住冲着人群大吼，让人群瞬间噤声，“把你们拍的东西都删掉。”她阴寒着脸，咬牙切齿地道。

可这一切，在赵璐璐看来却是无关紧要的，她遵循着自己的节奏，脱下了校服外套后，又慢慢褪下了校服裤子，露出了里面的衣服——一条洁白的纱裙，就像一条简约的婚纱。

她小心翼翼地抚平纱裙上的褶皱，叹了口气。

“本来是给他准备的。”她似乎自言自语地说道，“他说白色代表着圣洁、干净，我想把最纯净的自己交给他，让他带我走，可是，现在，用不到了。”

她抬起手，再一次抓住了胸前的项链，作势想要扯掉，却犹豫了一下，说道：“算了，这是你给我的礼物，让我知道了什么是幸福，你不能陪我，那就让它陪着我吧。”

赵璐璐张开双臂，闭上了眼睛，嘴角慢慢挑起，露出一抹笑容，身体开始慢慢后仰。

“我需要一个机会，只要能接近她就行！”李健一把抓住姜斌，焦急地道。

“那你跟我说也没用啊！”姜斌看着赵璐璐，也是一脸焦急，“这时候要是有个牛仔就好办了。”

“你现在说这个有什么用！”李健恨得跺了一下脚，转身跑向了自己的队员们。

砰。

赵璐璐的身体即将失去平衡的时候，一声沉闷的撞击将她惊醒。她下意识地重新站稳了身体，就见一辆车斜斜地停在了桥边，一段栏杆都被撞得变了形，发动机盖子严重凸起，阵阵浓烟从发动机舱里喷涌而出。

姜斌扶着车门站稳后，目光看向了赵璐璐，当看到她稳稳当当地站在护栏上的时候，轻轻松了口气。

噼啪一声，是电流击穿了空气的声音，他连忙侧头看了一眼差不多要报废的车，一脸苦笑，这个结果可不是他想要的。

随即，他就感到衣领一紧，自己被人当小鸡一样拎在了手里，而手的主人正是戴梓萌。他无法控制地跟随着戴梓萌的脚步来到了林菲的面前。

“两位大姐，我真不是故意的。”看着脸色阴寒的林菲，姜斌急切地辩解道，“你们车没拉手刹，刚才溜车了，这围着这么一大堆人，真出了事咋整？那损失你们能承担得起吗？幸亏我发现得早，赶紧就去制止了这场有可能发生的重特大交通事故，我也是冒着生命危险的啊。”

“是吗？”

戴梓萌冷笑，十年驾龄的她可并不认为自己会犯那样低级的错误，可姜斌却忙不迭地死命点着头，一脸诚恳。

他偷偷看了一眼林菲，见林菲走向了那辆车，不由得松了口气。

李健寻求其他的解决方案的时候，姜斌也没闲着，他的目光一直在搜寻着可用的道具，最终落在了林菲的座驾上，只是眨眼间，他就有了决断。来不及打招呼，他几步就跑到了车前，伸手一拉车门，心中就是一喜，和他想的一样，面对这种紧急情况，不管是林菲还是戴梓萌都来不及锁车，他轻而易举地就坐进了驾驶位，更惊喜的是，她们连车钥匙都没带走。

姜斌搓着手，不停地做着深呼吸。

“点火，踩离合，挂挡，松手刹，松离合，给油。”他默默嘀咕着，按照流程一板一眼却又生涩地做着动作，然后，那辆车就如下山的猛虎一般冲了出去，让他惊讶不已，双手甚至下意识地放开了方向盘，挡在了眼前。

“我该感谢你吗？”林菲拎着用光的灭火器回到了姜斌的面前，一脸冷漠。

“不用不用。”姜斌连忙摆手，“应该的，应该的。”

“我倒是好奇你是怎么做到把车停成这样的？”戴梓萌活动了一下手腕，冷笑不已。

“那个，”姜斌不好意思地笑了一下，“我不会开车。”眼看着戴梓萌和林菲脸色微沉，他连忙解释道，“我也是上了车才想起来我不会开车的，什么离合刹车油门手刹的，我哪儿分得清哪个是哪个啊，我看车钥匙还在呢，点火我会啊，然后，就这样了。”他突然想起了什么，“现在也不是讨论这个的时候啊，那还有个要跳河的姑娘呢，你们有没有人性啊？”他痛心疾首地说完，看向了赵璐璐。

突如其来的意外让赵璐璐有瞬间的失神，眼神中甚至带上了一丝关切，但也只是一瞬间。当看到人们的目光重又看向她的时候，便露出了一抹自嘲的笑容，深吸了一口气，重又闭上了眼睛，张开了双臂。

“废物，这么好的机会都把握不住！”姜斌恨得拍了一下大腿，在赵璐璐的注意力都集到中到他身上的时候，那些消防员竟然没能接近分毫。

“姑娘，能等一会儿吗？”姜斌冲着赵璐璐喊道。

赵璐璐的动作再一次顿住了，她睁开眼睛，戒备中略带着些茫然地看着姜斌。

“我没别的意思。”姜斌举起双手，示意自己不会靠近，“我就是跟你道个歉，真不好意思，耽误你自杀了。”

说话的时候，他偷偷看了一眼戴梓萌和那个女消防员，两人都是蓄势待发，做好了随时扑击出去将少女从栏杆上拉下来的准备。然而，最好的机会已经错过，此时的赵璐璐太过警觉，她们根本就没有丝毫接近的机会，哪怕只是略移动一下脚步，赵璐璐都会向后退却几分。此时，她的双脚都只有半个脚掌踩在栏杆上，稍一疏忽，便有可能失足落水。

赵璐璐的反应，让姜斌说完这句话后，不知道自己还能再说些什么，只能求助似的看向了林菲。

林菲的脸色依旧冰寒，似乎眼前即将发生的惨剧没有给她带来任何的触动。她扔下灭火器突然向前走了两步。

“别过来。”赵璐璐连忙喊道，林菲突如其来的举动让她也有些慌张。

林菲依言停下了脚步，嘴角扯出了一抹讥讽，说道：“别误会，我没想着陪你一起死。”

赵璐璐有些不解，却听林菲继续说道：“我知道，对于一心想死的人，救，搞不好就会多搭上一条人命，我的命很金贵，不是浪费在这个时候的。我也知道，人间不值得，你想死，我不拦着，可你得让我明明白白地接受你自杀这件事。毕竟……”她看了一眼自己的车，面露惋惜，“为了救你，我的车都毁了，还差点搭上一条人命，虽然我不觉得那条命有多值钱，但加上你的故事，差不多就应该够了。”

“疯了吧？”李健一把把姜斌拉到了一边，一脸焦急地说道，“林检这是还嫌事不够大吗？姜检察官，想想办法，能别让那个女人给我们添乱了吗？”

姜斌若有所思地看着林菲瘦削倔强的身形，突然笑了一下，用力拍了拍李健的手，说：“放心吧，林检心里有数。”

“我没数啊！这出了事你们拍拍屁股走了，我怎么办啊？那可是活生生的一条人命啊。”李健急道。

戴梓萌走到了林菲的身边，微微一笑，跟赵璐璐说道：“菲姐说话可能不太好听，不过，菲姐的这个愿望，我相信你一定会答应的。你是个善良的姑娘，要不然你也不会让消防员接近了那么多。为难别人，让你很不舒服吧？就当帮菲姐一个忙，那辆车，”她回头看了一眼车，面露痛惜，“是菲姐的母亲留给她的遗物，你要是不说明白，她这辈子都没法原谅自己。”

“戴检察官怎么也跟着添乱啊。”李健愈发急躁了，他想要上前几步阻止林菲和戴梓萌，却被姜斌死死地拉住。

“别着急，有好戏看了。”姜斌笑了一下。

“这是看戏的时候吗？”

李健骂道，随即愣住了，赵璐璐原本激动的情绪竟平静了下来，她看着林菲，目光中竟带上了一丝怜爱。

“看吧，我就说嘛，等我再给她加把火，这事就算成了。”姜斌向李健微微一笑，转头冲着赵璐璐喊道，“姑娘，依我看，你压根就不是那么想死，要不然也不能被我们打断这么多次了，对吧？你就是想给我们施加点压力，让我们帮你把那个人带来，可你得跟我们说说你要等的人是什么样的，要不然我们怎么知道到底该去找谁啊？”

听完姜斌的话，赵璐璐却惨然一笑，说：“他要是想来，早就来了。既然不肯来，你们强行把他带来，又有什么意义？他的心，早就不在我这里了。”

“那看在我们这么帮你的份儿上，你能不能答应我一件事儿？”姜斌又道，“我想你不会拒绝的。刚刚那个小姐姐说得对，人之将死其言也善，做点好事，说不定下辈子你就能投生个好人家，有享不尽的荣华富贵呢。你别急着跳，这事儿对你来说一点都不难。”眼看着赵璐璐又有了想要跳下去的冲动，姜斌连忙喊道，“我没别的意思，我就是想知道，你身上究竟发生了什么，说不定将来，我就能救下和你有相同境遇的人，你这也算是善事一桩，对吧？”

他突然打了个寒战，紧了紧身上的衣服，继续说道：“咱们就在这儿说，不太合适吧？风大不说，你都折腾一早上了，饿了吧？想吃点什么？我请你，我叫姜斌，是个电影演员，你肯定看过我的电影，一个电影明星请你吃饭，这要是说出去，你想想，你得多有面子？”

姜斌热烈地期待着赵璐璐的回应，可少女却连看都没有看他一眼，转头看了一眼身后的水面，再转过头时，神情愈发凄然，说道：“这个世界上的每一个人都是罪人，都不值得拯救，我只想看到每一个人都下地狱。”

她的面容骤然间凶戾，双腿微微下蹲就要发力跃下护栏。

“等一下，人我给你带来了！”

雷雅鸣的故事

孙林连车都还没来得及停下，远远就看见赵璐璐做出了那个危险动作，他抓起车上的喇叭对着赵璐璐喊道。随后他一脚踩死了刹车，跳下车从后排座位上拖下来一个人就挤进了人群，挤到了赵璐璐的面前。

赵璐璐双眼中燃起了火苗，满是期待地看着孙林拖着那个人向自己走来。

“人我给你带来了，有什么事，我们下来慢慢说行吗？”

孙林薅着那人的衣领，把他拽到了身前，赵璐璐却犹如被一盆冷水兜头浇下，刚刚燃起的激动瞬间便被浇熄，看着眼前这个西装革履，只是脸上多了一块青紫的男人，她苦涩地笑了一下，抬手摸了摸胸前的吊坠，说道：“不是他，原来他和别人也没什么不同。”

“赵璐璐，你给我下来！”李建林对着赵璐璐吼道，“还嫌丢脸丢得不够吗？我供你吃供你穿，供你上学，你就是这么报答我的？你知不知道你耽误了我多少事？今天这单生意要是丢了，我跟你没完！”

“闭嘴！”孙林呵斥道，“给我滚一边待着去！赵璐璐，告诉我你要找的是谁，我去给你找！”

“不用了。”赵璐璐面带微笑，只是她的笑容看起来却无比凄然，她转头看向了远方，喃喃低语道，“说好的你会保护我呢？你要的，和其他人有什么不同吗？”

“喂，还跳不跳了？上学都要迟到了。”人群中突然传出了一个尖酸刻薄的声音。

众人的目光都被这个声音吸引了过去，没有人看到，赵璐璐惨然一笑，冲着围观的人群鞠了一躬，决然地跳了下去。

雷鸣一脚踩死了刹车，不敢置信地看着桥上的那一幕。

他眼睁睁地看着那个一身洁白纱裙的少女从护栏上一跃而下，随后，一个穿着消防制服的女官兵也毫不犹豫地跟着跳了下去。

“不要！”

李健嘶吼道，几乎就在少女和女消防员坠河的同时，他冲到了护栏边，探出去半个身子，伸手想要去抓住什么，可除了风，他什么也没能抓到。他只能眼睁睁地看着那两个身影扑通一声落入水中，先后溅起两朵水花后，消失得无影无踪。

那一刻，所有的声音都从李健的世界里消失了，他双眼通红，表情格外狰狞。他大张着嘴，想要嘶吼，却发不出一丝一毫的声音。

他伸出去的手徒劳地挥舞着，一无所获。

眼前只余翻滚的波涛。

一个年轻的生命在眼前消失，自己却什么都做不了，让雷鸣浑身充斥着无力感，他不知道自己是怎么推开车门下的车，只是心里那种无力感，让他感觉双腿都使不上劲，他要扶着车门才能站稳，摇摇晃晃，脸色无比难看地走向人群。

“是谁？谁喊的上学要迟到了？”他原本就嘶哑的嗓音此刻更加粗砺，凶戾的目光在每一个人的脸上一一扫过，所有与他对视的人都下意识地避开他的目光，向后退了一步，将那个喊话的男生孤零零地暴露了出来。

男生茫然地看了一眼四周，有些发慌，却又故作镇定地和雷鸣对视着。“是我，怎么了？”他故作嚣张地说道。

雷鸣的脸上露出了一抹残忍的笑容，看也不看孙林就向他伸出了手，说道：“手铐！”

孙林略一犹豫的工夫，雷鸣已经走到了他的身边，一把抢过他腰间的手铐，几步走到了那个男生的身前，抓过他的手反扭到了身后，咔嗒一声，铐上了手铐。

男生剧烈地挣扎着，喊道：“你知道我妈是谁吗，你就敢抓我？信不信我让你丢工作？”

“走失人口啊？”雷鸣笑了，表情无比狰狞地说道，“那你更得跟我回局里，去数据库里好好对对，家里大人得多着急啊。你放心，这事警察叔叔们上心着呢，你回局里坐一会儿。只要你家不是故意丢弃的你，报了案，找人可快了呢。”他看似嘲讽，语气却无比阴寒，像拎小鸡一样将男生拎向自己的车，“不过，像你这样的，要真是走丢的，你家里人现在恐怕都在摆酒席庆祝吧。”

看着被铐在审讯椅上的李建林，雷鸣冷笑不已。

“凭什么抓我？”李建林挣扎了一下，叫道。

“凭什么？”雷鸣“哼”了一声，“不作为犯罪听说过吗？”

“没听说过就让姜检给你科普一下。”戴梓萌推了推姜斌。

“所谓不作为犯罪……”姜斌清了清嗓子刚开口，却被李建林的律师肇源打断了。

肇源嘿嘿一笑，说道：“就是行为人违反法律直接规定，负有法定义务而拒绝履行，情节严重或者情节恶劣的行为。可从这一点来说，我的当事人并不符合这些标准吧？”

“好像……”姜斌怔了一下，看了一眼林菲，说道，“还真是那么回事儿。”

“赵璐璐虽然是你妻子和前夫所生，但她在你家的户口本上，法律上你就是她的父亲，对她负有抚养和教育的义务。”林菲阴沉着脸说道，“在她面临生命危险的时候，你有义务对她进行保护，救助。但是今天，你明明可以履行义务却没有履行，导致她最后落水，生死不明，你已经构成了不作为犯罪。不作为的故意杀人罪！”

“我怎么没有履行义务？”李建林辩驳道，“我为了她，连重要的客户都丢下不管了，我也劝过她了吧？还要我怎么履行？”

“还要你怎么履行？”林菲冷笑道，“你所谓的履行就是在她情绪不稳定的时候刺激她，逼迫她选择自杀对吗？我该收回那句话，劝说或者胁迫他人自杀，依然以故意杀人罪论处，视情节严重程度判处三年以上十年以下有期徒刑。”

“不多。”孙林冷笑一声，“但是毁掉你的商业帝国，毁掉你如今拥有的一切，足够了！”

“你们这就有点强词夺理了吧？”肇源急道，“我的当事人可没有一句让那个小姑娘去死的话啊。咱们关系好归好，但你们这么污蔑我的当事人，我也不会就这么干看着的。”

“喝口水，慢慢看。”姜斌不动声色地把水杯向肇源跟前推了推。

S 市公安局局长办公室。看着孙林那一脸无所谓的样子，刘天明脸色阴沉，心里没来由地泛起了一阵烦躁，连他最爱喝的茶都只抿了一口就重重地把茶杯蹾在了桌子上。

“你知不知道你们干了什么？”他厉声问。

“救人没救成，顺手抓了两个人回来。”孙林摆弄着手指，头都没抬。

“顺手？”刘天明冷笑道，“你说得轻巧，你知不知道，现在这事都闹到网上去了？说你们公权滥用！”

“管他们干什么！”孙林抬头，“呵”地一笑，“那就是一群瞎子，眼睛留着喂狗狗都嫌弃。一个小姑娘在他们眼前自杀，一个消防员跟着生死不明，一群消防员在那儿组织人手搜寻救援，他们看不见。他们只能看见人家长得漂不漂亮，身材好不好；只能看见我们为了调查请回来配合的是个未成年人，说我们公权滥用。他们又是什么？”

“教育局、招商局，能扯上点关系的，全都把电话打到我这儿来了，你们是不是一天天都闲得没事干了？放人！我不管你们是什么理由，马上把人给我放了。谁都不是瞎子，谁都知道是怎么回事，说他们犯罪，你们有证据吗？”刘天明猛地拍了一下桌子。

“放不了。”孙林摇头说道，“林检察官说了，抓这两个人，法理上说得通。您有意见，您跟林检察官他们说去吧，反正我是说不通。”

孙林说着，抓起放在刘天明办公桌上的帽子，扣到头上，转身走了出去。

“你！”刘天明抬手指着孙林，气得直哆嗦。

戴梓萌靠在洗手间的门边，看着林菲掬起一捧冷水扑到脸上，这个时时刻刻都精力旺盛的女检察官此刻双眼里却布满了血丝，看起来疲惫不堪，脸色也憔悴万分。

戴梓萌几次张嘴，想要说点什么，最后却只是轻轻地叹了口气。

林菲看着镜子里的自己，咬了咬嘴唇，低下了头，缓慢地做着深呼吸。她努力平复着自己的情绪，抓在洗手台边的手都鼓起了青筋。

“菲姐！”戴梓萌不安地叫了一声。

“放人！”林菲从牙缝里挤出了两个字，猛地抬起了头，双眼中满是不甘，“那个孩子，放了吧，从法律的角度，我们不能对他采取这样的强制措施。”

说完这句话，她仿佛浑身都失去了力气。“你去办吧。我累了。”她回头，冲着戴梓萌勉力笑了一下。

“李建林呢？”戴梓萌忙问。

“一并放了吧，说他是不作为犯罪，连姜斌都知道，其实有点勉强了。”林菲摇摇晃晃地离开了洗手间。

孙林掏出烟，抽出一支点燃，深吸了一口。烟头的火光明灭间，戴梓萌看到，孙林脸上的神情竟莫名地有些悲戚。

“如果雷头儿的女儿还活着，今年差不多也和赵璐璐一般大了。”孙林说道。

戴梓萌有些不明所以，她只是来通知孙林放那个孩子离开，他怎么会聊到雷鸣的女儿身上？

孙林把只吸了一口的烟在烟灰缸里摁灭，直视着戴梓萌，神情严肃地说道：“雷雅鸣的死就和校园暴力脱不了干系。”

2013 年 9 月 25 日。

和同龄的孩子比起来，十二岁的雷雅鸣显得有些格格不入。

她看起来就像十三四岁的大孩子，留着一头精干的短发，肤色黝黑，胳膊腿也比他们粗壮了许多，就是和那些热爱运动的男孩子比起来也不遑多让。

如果没有人告诉你她是一个女孩子，你会下意识地觉得她是一个男孩。

“两个连续偶数的和是 162，那么用 162 ÷ 2 = 81。因为是连续偶数，在 81 左右只有 80、82 是连续的，它们的最大公约数用短除法求出是 2，用 2 × 40 × 41 可以得出它们的最小公倍数是 3280。”

雷雅鸣简洁清晰地说出了问题的答案，老师赞许地点了点头。然而，她一张嘴发出的却是娇滴滴的声音，让同班的同学们窃笑不已，雷雅鸣下意识地低下头，抿紧了嘴唇。

下课铃声响起，孩子们一窝蜂地跑出了教室，雷雅鸣落在了最后，接下来是一节体育课，对她来说，这是最难熬的一段时间。

男孩子们不喜欢她，因为她是女孩子，男孩儿的游戏不会带上她；女孩子们也不跟她玩，因为她看起来就像个男孩，女孩子的游戏她玩起来实在太过违和。

她永远是最孤独的那个，当所有人都聚在一起有说有笑，开心玩耍的时候，她只能独自一人坐在角落里，羡慕地看着。

一只足球慢悠悠地在雷雅鸣的面前滚过。

“鸣哥，踢过来呗。”踢球的男孩子们喊道。

雷雅鸣起身，拍了拍屁股，走到了足球前，看了一眼那些男孩，又看了一眼那些聚在一起跳皮筋的女孩子，笑了一下，抬脚大力将球踢了出去，只是那球飞行的方向却是朝着那些女孩子。

听着一声声的惊叫，雷雅鸣畅快地笑出了声。

“雅鸣家长。”班主任看了一眼倔强地站在办公室门边的雷雅鸣，欲言又止。雷雅鸣低着头，脚尖在地面上画来画去，一副百无聊赖的样子。

“雅鸣是个好孩子，聪明好学，成绩一直挺好，只是，她和同学的关系一直不太好。”班主任咬了咬牙，对一脸担忧的李雅说，“同学们都很排斥和雅鸣相处，如果一个人两个人如此，可能是他们的原因，可现在所有人都这样，雅鸣家长，我们不得不考虑是不是雅鸣自己出了什么问题。”

李雅有些凄然地笑了一下，说道：“这孩子经历过一些比较大的家庭变故，大夫说，可能有自闭症。”

“哦。”班主任恍然大悟，再说话的时候，已经带上了一丝惋惜，“那可真是可惜了，这孩子差不多是我教过的学生里最聪明的了。”

李雅觉得这句话有些刺耳，微微皱了皱眉，说：“大夫说能治好。”

“那可太好了。”班主任说得有些言不由衷，旋即神情又显得有些为难。

“我给她办休学，回家休养一阵子，等好了，再让她回来上学。”李雅淡淡地一笑。

“这样啊，那这孩子可就耽误了啊。”班主任语气不舍地说道，可他偷偷松了口气的样子和嘴角那抹无法掩饰的笑容，统统落进了李雅的眼底。

“有什么需要我帮忙的，尽管说，我会尽我所能的。休学的申请，我会跟校长说，这个单子您先填一下吧。”班主任拉开抽屉，拿出一张休学申请单，递给了李雅，“签名就行，其他的，我会帮你填上的。”

李雅心里冷笑，一句话没说，抬笔在申请单上签了名字后，起身离开了办公室，带着雷雅鸣离开了学校。

李雅开着车，雷雅鸣坐在副驾驶上，神情木然，一言不发。

路过一个路口的时候，一直平静的雷雅鸣却突然发狂，她伸手抓住了方向盘，在李雅的惊呼声中，雷雅鸣用力扭动方向盘，车头对准了执勤的警察。

她的双眼中燃烧着仇恨的火焰。

慌乱中，李雅一脚踩死了刹车，却没能避过一辆飞驰而来的货车，在刺耳的噪声中，李雅感觉自己的车好像被一辆高速行驶的火车迎头撞上了一样，她试图去保护女儿，却发现即便在不停的翻滚中，雷雅鸣的视线似乎也没有离开过那个一脸错愕的警察。

她的脸上带着一股莫名的快意。

“你跟我说这些干吗？我来，只是告诉你菲姐的建议，以及我们可能面临的后果。”

戴梓萌不解地看着孙林，孙林却微微一笑，说道：“因为，人，雷头儿是肯定不会同意放的。林副检察长应该也快过来了，你们最好赶紧想好对策。”

他意味深长地看着戴梓萌，又补充了一句：“戴检，你也不想让一个失去女儿又想赎罪的父亲失望吧？至少，在法律规定的时间内，在合理合法的范畴里，我请求林检察官同意雷头儿继续对两名嫌疑人展开讯问。”

“赎罪？”听完了戴梓萌的话，林菲看了一眼神情淡漠的雷鸣，说道，“可我们正在做的事情却有可能涉嫌违法。”

“不至于。”姜斌摇头，“连违规都算不上。在这件事情上，咱们还有一定的操作空间。”

砰的一声，办公室的门被人强力推开，林礼祯几乎是跑着进门的，他几步跨到林菲面前站定，急促地喘息着。他全然不顾自己副检察长的身份，只是上上下下仔仔细细地打量着林菲，眼中是化解不开的浓浓的担忧。

他嘴唇动了动，似乎想说点什么，却始终开不了口。

“你来干什么？”林菲微微皱眉，不耐烦地问道。

林礼祯的神情一滞，但很快就反应了过来，将目光转向了雷鸣，神情严厉。

“雷鸣，你有什么权力要求警方拘捕一名没有任何证据能证明他违法犯罪的未成年人？你甚至还亲自动手了？”

“雪崩之时，没有一片雪花是无辜的。”不等雷鸣说话，林菲就冷冰冰地道，“林副检察长，他在现场说的那些话，我们可都听到了，那还不是证据吗？”

“那也轮不到你们来抓人吧？”林礼祯叹了口气，语气转缓，“他还是个未成年人，并没有直接动手杀人，只是一句言语上的刺激，就算没有他那句话，你们就能说那个女孩儿不会自杀了吗？这是显著轻微的情节，按法律，你们批评教育他几句就可以了。可是你们倒好，把人带回公安局，还给人上了手铐，你们是怕事不够大吗？”

“林副检察长，既然说到这儿了，那有几句话不知当讲不当讲。”林菲笑了一下。

“一般这种话最好别讲。”

姜斌嘟囔了一句，林菲自顾自地说道：“我从来不认为我们对待未成年人犯罪问题的态度和政策是对的。事实上，未成年人犯罪远比成年人犯罪更残忍，手段更为残暴，影响更为恶劣，为什么？是因为他们的心智不成熟，对法律的敬畏不够吗？您不妨问问梓萌，作为曾经未检科的检察官，这种事情她最有发言权。”

林礼祯将目光转向了戴梓萌。

看着林菲，戴梓萌轻轻叹了口气，说道：“菲姐说得对。那些人，他们很清楚自己做了什么，他们更清楚后果是什么，只是他们知道我们会本着‘治病救人’的原则，本着给他们一次机会的原则，最终会从轻处理甚至不处理。在很多时候，他们甚至会主动搬出《预防未成年人犯罪保护法》来为自己开脱。”

“听明白了吗，林副检察长？”林菲的嘴角扯出了一抹讥讽，“我们以为是为他们好，但实际上他们只当这是一个挡箭牌。法律有规定，作为一名执法者，我不得不遵守法律办理，但是我每给他们这群王八蛋一次机会，我都觉得自己身上的罪责又加重了一分。我就问你，谁给过那些被害人机会！他们受到的伤害谁来弥补，怎么弥补？！”

林菲的声音骤然提高，语气也严厉起来，躲在门外偷听的孙林和刘天明都吓了一跳。一向平静的林菲竟然突然爆发，让林礼祯也措手不及，他瞠目结舌了半天，却只能无奈地接受事实。

“我们做什么，都要在法律允许的范围内。”他干巴巴地说。

“好啊。”林菲淡然一笑，“那我们就讲法律。如果犯罪事实不存在，法律规定怎么处理就怎么处理，但在眼下，就在此刻，我不会放过他。劝人自杀视为故意杀人，法律早有明确规定。或许你认为，这符合从轻的条款，他又是未成年人，理应不捕不诉，但那也是我完成前期调查，将相关决定提交给你审批之后的事，而不是现在，更何况他已经年满16周岁了，有些刑责他必须担着了。”

林菲起身，走到门边，一把拉开了门，门外的刘天明和孙林让林菲微微一愣，但她随即转头看着林礼祯继续说道：“现在，这个案子是我的，在你能证明我违反了任何一条规定，有徇私枉法的嫌疑之前，你都不能随意干涉我对这个案子的办理。没什么事您就请回吧，我们还有很多工作要忙，没您那么清闲。”

戴梓萌挂断李沁的电话，转身进了审讯室。

得知他们终究没能救下赵璐璐，李沁和江华当即决定取消接下来的休假，在最短的时间内赶回S市，协助警方调查。

走进审讯室，戴梓萌看了一眼在审讯椅里坐立不安的男生，俯身在林菲的耳边说了江华和李沁的事，林菲点了点头，示意审讯继续。

“告诉我，赵璐璐在学校里究竟发生了什么？”雷鸣沉着脸问道。

那男生却仰着头，一副乖张的样子，对雷鸣的问话不理不睬。

“李刚，你最好搞清楚你自己的处境！”雷鸣砰地拍了一下桌子。

李刚吓了一跳，却轻蔑地看了一眼雷鸣，不屑道：“你知道我妈是谁吗？就这么跟我说话？”

“现在这孩子，不知道是真没脑子，还是坑爹上瘾。”姜斌撇了撇嘴，“孩子，你没搞明白一件事，就你这个态度，倒霉的是你妈。你妈出了事，你能好得了吗？看到了吗？”他指了指胸前的检徽，“检察院的，贪污受贿渎职那些东西，都归我们检察院管，你想让你妈进去待几天？你现在这生活回头可就全都没了。”

李刚的脸色变了变，气势委顿了几分，抽了抽鼻子，闷声问道：“你们想知道什么？”

“都谁和赵璐璐发生过关系？”林菲把纸和笔放到李刚的面前，“写下来。”

李刚却摇了摇头。

雷鸣微微皱眉，有些不解地看了一眼林菲。

“这帮兔崽子之间流传，说赵璐璐和学校的男生之间不清不楚，说她和学校里大部分男生都上过床。”姜斌连忙解释道。听到姜斌的解释，雷鸣看着李刚，脸色更加阴沉了。

“别动气，老雷。”姜斌忙道，“我看八成是谣言。李大夫说了，这个赵璐璐有心理疾病，不能和异性有密切接触。”

“嗯。”李刚忙不迭地点头，“平时碰她东西一下她都会发疯，更别说碰她了。那都是胡说八道的。”

“你们凭什么抓我儿子？”

审讯室外传来了一个尖锐的声音，接着，审讯室的门被人从外面打开，一个衣着雍容华贵，拎着最新款LV包，脸上涂着厚厚粉底的中年女人闯了进来。看到审讯椅里的李刚，她几步就跑了过去，伸手捧住了李刚的脸，心疼地道：“乖儿子，让妈妈看看，受没受伤？”

“妈。”李刚看着自己的母亲，嘴一撇，哇的一声哭了出来。

中年女人连忙将李刚揽进了怀里，轻拍着他的后背，“不怕，不怕，乖孩子，没事了，没事了，妈妈在，妈妈在。”

她说着回头看向林菲等人，双眼中满是仇恨。

十分钟后，在李刚母亲的强烈要求之下，问话的地点改在了林菲的办公室。

“你们不要以为我不懂法，他还是个孩子，未成年，按照法律规定，除非是重大刑事案件，否则你们没有权力抓他。你们对他问话的时候，也必须有我这个监护人在场，否则，你们就是违反了《未成年人保护法》，侵犯了他的人身权利。对未成年人的问话更不能在那种地方进行，你们是把他当犯人对待吗？信不信我投诉你们？”

中年女人趾高气昂地表达着自己对法律的熟悉，在弄明白了究竟发生了什么之后，她脸上的轻蔑愈加明显，她看向自己儿子的眼神，甚至还带上了一丝让林菲等人费解的鼓励。

“我儿子没错，他是见义勇为！”中年女人转头，骄傲地看着林菲，“你们去学校打听打听，谁不知道那个女孩都干了什么事？！才多大点啊，就知道到处勾引男人了。她死了，对学校都是一种解脱，留着她，别说学校受不了风言风语，我们这些当家长的都害怕孩子跟着学坏了。”

林菲淡淡地一笑，问道：“你有证据？”

“这事儿还要证据？”中年女人嗤笑了一声，“苍蝇不叮无缝的蛋，你挨个家长去问，看看谁不这么说？天天坐着劳斯莱斯上下学，又不是什么大富大贵的家庭，那不是让人包养了是啥？这事儿早就传开了，也就是你们，不好好调查就抓我儿子，我儿子将来是要考清华北大的，要是因为这事有了心理阴影，发挥失常了，这责任你们担得起吗？”

“考不上就出国留学呗，将来当个海归，不也挺好的，你们家的家庭条件，不差这点儿钱。对吧，李老师？”姜斌突然道，他在笑，只是脸上的笑容和以往的不同，戴梓萌觉得，他的笑容里似乎带着一丝恨意。

中年女人愣了一下，打量着姜斌，一脸茫然。

“您还真是贵人多忘事，我是您带的第一届学生啊。”姜斌笑呵呵地道，“您还让我当着全班同学的面做过检讨。”

中年女人听了姜斌的话，眉头紧锁，努力思考着，但显然毫无头绪。

“也不怪您不记得，全班那么多孩子，您怎么可能记得我这个不爱说话，做完检讨第二天就转学的孩子呢。”姜斌道，“不过那个时候，我就觉得，您不适合当一个教师，听说您现在高升了？”

李老师下意识地点了点头。

“那还真是不幸。”姜斌痛心疾首地摇了摇头，突然恶狠狠地说道，“就你这样儿的，能带出什么好的教师队伍吗？我真想不到，我们精心呵护的这些祖国的花朵，在你们的培养下，将来会长成什么歪瓜裂枣。你知道吗？你不配拥有教师这个称号！”

“你！”李老师腾地站起身，额头青筋直冒，两腮的肌肉剧烈地颤抖着，带着脸上粉都簌簌掉落。

姜斌却是得意地哈哈大笑。

“我要投诉你！”李老师尖叫道。

“你去啊！”姜斌寸步不让地说道，“你去投诉我，我也去投诉你，咱俩谁不去谁孙子！看看你这一身的名牌都哪儿来的？你别当我不知道，当年就是因为我不愿意参加你那个补课班，你就到处给我小鞋穿。这么多年过去了，你还是没什么长进，怪不得你儿子也这个德行！”姜斌看了一眼李刚，哼了一声，“就他，还考清华北大？没你这个妈，他也就是个‘九漏鱼’，九年义务教育的漏网之鱼！”

李老师脸色涨红，整个人都有些站不稳似的，摇摇晃晃。

“姜斌！”林菲适时低喝了一声。

姜斌乖巧地闭上了嘴，只是他看着李老师，脸上是难以掩饰的得意。

“好，你，你们，等着瞧，我不会放过你们的。”李老师放下一句狠话，拉着李刚气冲冲地离开了林菲办公室。

“切，谁等着瞧还不一定呢。”姜斌嗤笑了一声，毫不在意形象地冲着李老师的背影竖起了一根中指。随即，他意识到了什么，连忙正襟危坐，看向了林菲，难得诚意满满地道歉道，“不好意思菲姐，看见她，一些不好的回忆就全都涌上来了，没控制好情绪。”

“算了。”林菲摆了摆手，难得地没有追究，这让姜斌大大地松了口气。

鲇　鱼

赵璐璐的班主任李牧南在公安局门前徘徊了许久，却始终没有勇气抬腿走进那扇门。他摘下眼镜擦了擦，却不由得苦笑，这么一会儿，他已经擦了三四次眼镜了。门卫怀疑的目光始终盯在他身上，手都伸向了面前的电话。李牧南不得不硬着头皮走了过去，告知了自己的身份后，门卫让他去一楼的检察官办公室。

李牧南磨磨蹭蹭地到了林菲的办公室前，却再一次犹豫了，他实在不知道该怎么去面对接下来的事情。

“赵璐璐的班主任还没来吗？”正犹豫的时候，他就听到里面一个冰冷的女声问了一句，于是连忙抬手敲了敲门。

“请进！”

得到允许后，李牧南揉了揉酸痛的腰，深吸了一口气，推门走了进去，入眼是一个面容清瘦、神情冰冷的女检察官。

“我叫李牧南，是赵璐璐的班主任！”他自我介绍道，语气显得有些怯弱。

“你怎么才来？”雷鸣问道，语调严厉。

“对、对不起。”李牧南忙道，他微微欠了欠身，这个举动，让他看起来有些唯唯诺诺，“我手机丢了，路上又堵车，就迟到了。一接到消息，我就赶紧赶过来了。”

“坐吧。”林菲示意了一下，李牧南连忙在她面前的椅子上坐下，身子缩了缩，目光在几个人的身上快速划过，随即低头看着自己的脚尖，脸上是化不开的疑惑。

这是一个平日里胆小怕事，有什么事绝不会冲在最前面，遇到纠纷也会选择吃亏化解的那种人，甚至做事总是小心翼翼。戴梓萌默默给他下了个定论，冲林菲不易察觉地点了点头。

“找你来，没有别的意思，就是想了解一下赵璐璐平时在学校是怎样的。我们怀疑，她的自杀和校园霸凌有关。”林菲道。

“目前这不是正式的调查，只是出于某些个人原因的一个简单的情况了解过程。”戴梓萌补充道。

李牧南脸上的疑惑散去，但仅仅是一瞬间，就又带上了一丝不解。他看着林菲，微微皱眉，然后说道：“校园霸凌，这不太可能吧？璐璐平时挺乖巧的，成绩很好，老师们都很喜欢她，她怎么会遭遇校园暴力？再说，我们学校也是省级示范高中，校园霸凌这种事，是不可能有的。”

雷鸣冷笑道：“你刚刚说，老师们都很喜欢她，我是不是可以这么理解，你们都很关注她，那学生们之间流传的那些谣言，你会一点都不知道？”

雷鸣话音刚落，李牧南的身体在某一瞬间显得有些僵直。

戴梓萌微微一笑，说道：“985、211 高校校园里还有凶杀案呢，一个省级示范高中存在霸凌现象并不是不常见的事。相反，如果你一味隐瞒，一旦最终我们确认这是一桩刑事案件，你可能就要背上做假证的罪名了。”

听到戴梓萌的话，李牧南面露纠结，片刻之后，他突然长叹一声，苦笑不已地说道：“是啊，我怎么可能不知道！我就是，我只是没想到，事情会发展到今天这个地步。”

赵璐璐是一年前转到他的班级的，刚来的那天，他就注意到，赵璐璐似乎有社交障碍，和所有的男同学都保持着距离，从讲台走到座位前的几步路，她走得格外胆战心惊，小心翼翼地保持着和男生们的距离。

几天后，他发现学生们之间似乎开始流传一些风言风语，除了一个叫邵一帆的女孩儿，其他人在看到提到赵璐璐的时候，都带着一丝轻蔑和浓郁的嘲讽。

赵璐璐对此没有反驳，也没有反抗，只是默默地承受着，依旧独来独往。

赵璐璐的沉默，让这些半大的孩子几乎把所有的能想到的恶作剧都用到了她身上。李牧南记得，有一天早上，赵璐璐刚推开教室的门，一桶冷水就兜头浇下，将她整个人都淋透了，彼时还是初秋，单薄的校服被水一淋，紧紧地贴到了她的身上。

男孩子们顿时发出了一阵怪叫。

“看看，我没说错吧？”李刚得意地说道，“这个身材，比那些女演员好多了！”

“够了，你们太过分了。”一头短发，戴着耳钉的邵一帆吼了一声，起身走到赵璐璐的面前，帮她擦拭着头发和湿透的衣服，只是她这个善意的举动却让赵璐璐的衣服更加紧密地贴合在了身上，男孩子们的怪叫更加激烈了。

“一群色坯！”邵一帆恶狠狠地骂道。

“我没事。”赵璐璐紧抿着嘴唇，冲邵一帆摇了摇头，抬步走向自己的位子。

她在位子上刚刚坐好，从桌子里拿书的时候，带出来一样东西，让她脸色煞白。

那是一枚还未开封的安全套。

“你才十六，做那事儿的时候小心点，别这么早就当妈了。”李刚怪叫道。

“当也是当你妈！”邵一帆一把抓过那枚避孕套，冲着李刚丢了过去。

教室里顿时传来一阵哄笑，李刚有些气恼，随即就嘿嘿一笑，捡起那枚避孕套倒坐在了赵璐璐的前座，不顾赵璐璐紧张地向后退了退，笑嘻嘻地道：“要不，咱俩睡呗，我也不差钱，反正跟谁睡不是睡呢！”

“那你咋不跟你妈睡去呢？”邵一帆抢白道，“有多远滚多远，别在这儿烦姑奶奶！”

她抓起书，冲着李刚丢了过去，吓得李刚落荒而逃。

她又偷偷看了一眼赵璐璐，却见她就像什么都没发生过一样，只是脸色苍白，紧抿着嘴唇，拿出书做好了上课的准备。

“你是老师啊，面对这种事，你就没做点什么？”姜斌恼怒地道，“对一个女孩子做出这种事，太过分了。”

“我能做什么啊？”李牧南显得有些无力，“我是他们班主任没错，可是他们也得听我的啊。我在家长会上也说过这事，可是，”他叹了口气，“谁不觉得自己的孩子是最好的？几乎所有家长都觉得是璐璐的问题，肯定是她勾引他们的孩子。”

“你也这么觉得，对吗？”林菲问。

“我没有。”李牧南用力地摇了摇头，“我一直很小心地保护她，我劝她可以请假，不用来上学，我可以单独给她上课。”

“凭什么？”戴梓萌冷笑，“赵璐璐做错了什么？做坏事的是那些小畜生，凭什么这个代价要赵璐璐承担？”

“我……”李牧南再次缩了缩身子，说道，“我也是没办法。”

“呵，你这个老师当得，也是够可以的了。”林菲嘲讽了一句，随后问道，“我想知道另外一件事，赵璐璐在自杀的时候，一直在等一个人，她说那个人会带她走。我们怀疑，可能是她男朋友，你知道是谁吗？”

听到这个问题，李牧南眉头微蹙，用力思考着，片刻之后，他失望地摇了摇头，说：“她和同学们的关系都很糟，不太可能发展成那种关系。或许，是社会上的人？”他试探地说道，见林菲等人等着他继续说下去，连忙道，“她和邵一帆的关系最好，邵一帆在老师们的眼里就是个问题少女，会不会和社会上的人不清不楚的？”

“你是想说，赵璐璐和邵一帆一样，对吗？”林菲冷笑了一下。

“不，我没那个意思。”李牧南连连摆手，忙说道，“我的意思是，会不会是通过邵一帆认识的人，我只能想到这个了。”

林菲没说话，只是看着李牧南，那眼神分明在说，赵璐璐在李牧南的眼里，和她在其他人的眼里并没有什么不同。

一身黑色皮衣，上面还缀着几条金属链子，前额的短发有几缕挑染成了咖啡色，脸上化着浓浓的烟熏妆，脚上踩着一双布满了铆钉的马丁靴。这身绝不应该出现在一个在校高中生身上的装扮此刻就搭在了邵一帆的身上。

她坐在教室外走廊的窗台上，无意识地嚼着已经没有什么味道的口香糖，对着手里的一张照片发呆。她身边还放着一摞零钱，五块十块的都有。

她身边围着不少人，与邵一帆不同，他们都规规矩矩地穿着校服，几乎每个人的手上都拿着一张照片，聚在一起，窃窃私语。

赵璐璐跳河自杀的消息已经在同学们之间流传开了，邵一帆无法相信，赵璐璐竟然会走到这一步。

她们是朋友吗？

也许是。

至少赵璐璐这样认为。

她们在一起的时候，邵一帆能从她的脸上看到不带丝毫戒备的笑容，她几乎愿意和她一起做任何事情，一起吃饭，一起逛街，一起去泡温泉，把那具被同学们下流评判的身体毫不在意地展示在她的面前，甚至不拒绝她用相机记录下她们在一起的一切。

除了她从来不会邀请她去她的家，每次见面，赵璐璐都让她在小区的门口等着。

可她把赵璐璐当过朋友吗？

她不知道，或者说，她不太愿意承认自己对赵璐璐的态度。

邵一帆突然抬手，用力抓了抓那头短发，黑色皮衣上的金属链因为她突然间的举动发出了哗啦哗啦的响声。

林菲等人在李牧南的带领下来到教室外的走廊时，看到一个打扮出格的女生坐在窗台上对着手里的照片发着呆，一群男生围在她身边，每个人手里都拿着一张照片正在低声讨论着什么。

“干什么呢？”李牧南板起脸，呵斥道，“你看看你们有点学生的样子吗？看什么呢？”

看到李牧南，学生们匆忙将照片藏到了身后。李牧南几步走上前，从一个学生手里抢过了照片，只看了一眼，就涨红了脸，拿着照片的手都在微微颤抖。

那是赵璐璐的照片，照片上的她只穿着一套紫色的内衣，脸上带着淡淡的微笑。

“你，你们！”李牧南指着眼前的这群学生，气血上涌，“你们才多大？整天就想着那些乌七八糟的事情。家里掏钱供你们上学，是让你们好好学习，将来考上一所好大学出人头地的，不是让你们来搞这些龌龊事的。”

“让人拍就别怕让人看，自己骚就别怪人家的眼睛总盯着她。”一个尖酸刻薄的女生不屑地说道。

“你！”李牧南指着那个女生，气得说不出话来，“滚回去，都给我回教室去。”

他粗暴地挥了挥手。那个女生哼了一声，转身回了教室。

“李老师，”戴梓萌阴沉着脸说，“麻烦你把那些照片全都收上来，一张也别放过。”

李牧南愣了一下，慌忙点了点头，说：“你放心，交给我了。”

围在身边的人一哄而散，让窗台上的邵一帆彻底暴露在了林菲等人的面前，她双手一撑，从窗台上跳了下来，拍了拍手，抓起那把零钱胡乱地塞进口袋，噗的一声，将嘴里的口香糖从窗口吐了出去，双手插在皮衣口袋里，转身走向教室。

李牧南连忙喊道：“邵一帆，你等会儿，找你有点儿事。”

邵一帆停下脚步，漠然地看了一眼李牧南，没说话，只是等着他继续说下去。

李牧南冲着林菲等人无奈地摇了摇头，说：“现在这群孩子，都太早熟了，家长也都惯着，我们管松了管严了，都不对。他们压根没想着孩子将来怎么样，拿我们就当个看孩子的保姆。”

在李牧南的办公室，邵一帆坐在林菲等人的对面，侧着头怔怔地盯着窗外，一言不发。

办公室的窗正对着学校的操场，操场上，一个班级正在上体育课，在老师的带领下，学生们正欢快地进行着一场足球赛。

邵一帆的目光盯在一个游离在集体之外的男生身上，他站在一边，看上去有些紧张，显得手足无措。他身上那身与众不同的校服告诉邵一帆，他应该是一个新来的转学生，还不太清楚该如何融入这个新的集体。

除此之外，窗外别无他物，姜斌实在不明白，这个男孩有什么好看的。

姜斌有些不耐烦，恍惚间，他看到邵一帆的嘴角似乎扯动了一下，露出了一抹甜美的笑容。他连忙揉了揉眼睛，确认他没有看错，但这却让他更加狐疑。

姜斌忍不住又看了一眼窗外，见那个体育老师正俯身在那个孤独的男生耳边说着什么，她的脸上带着柔和的笑容，男生却紧张地不停摇头，最终，老师拉着男生的手走进了球场，让男生替换下了一个人，加入了比赛。但他太紧张了，第一次触球就将球打进了自家大门。

这让他更紧张了，手足无措地站在原地，但没有人责怪他，同伴只是围上来，拍了拍他的肩膀，以示安慰。

“没事儿，兄弟，怪我没准备好。”守门员笑呵呵地说道，“知道为什么让我当门将吗？”不等男生回答，他就继续说道，“我第一次上场的时候就进了三个乌龙球，他们觉得还是让我当守门员合适。丢了，咱再赢回来就是，加油！”

他用力按了按男生的肩膀，回到了球门前。

中圈开球的时候，同伴甚至直接把球交给了他。他微一愣神，看了看同伴，他们都鼓励地看着他，这让他有些感动，深吸了一口气，抬脚就是一记中场的大力抽射，足球划着一道诡异的弧线，擦着对方守门员的指尖飞入了球门死角。

对方守门员已经竭尽全力舒展自己的身体，却只能望球兴叹。

“靠，世界波！”姜斌都忍不住兴奋地挥了挥拳头，同伴们更是呼啸着将男生围在了中间，兴奋地将他抛了起来，接住，又再次抛起。

男生的脸上也渐渐露出了笑容。

邵一帆一脸的羡慕，良久，她才收回目光，把玩着李牧南放在桌子上的保温杯，红色的枸杞满满当当的，随着她的动作在杯子里晃动着。

“你们听说过鲇鱼效应吗？”邵一帆的嘴角则带着一抹淡淡的笑意，“挪威人喜欢吃沙丁鱼，尤其是活鱼。市场上活鱼的价格要比死鱼高许多，所以渔民总是千方百计带活的沙丁鱼回港。虽然他们尝试了各种方法，经过了种种努力，但是大部分沙丁鱼还是会在中途窒息而死。后来，有人在装沙丁鱼的鱼槽里放进了一条鲇鱼。沙丁鱼见了鲇鱼四处躲避，这样一来缺氧的问题就得到了解决，大多数都能活蹦乱跳地回到渔港。虽然它们最终还是逃不掉被吃掉的命运，可它们的身价却已经完全不同了。”

她抬头，见姜斌一脸茫然，微微一笑，说道：“璐璐就是那条鲇鱼。”

“可你们也不是沙丁鱼啊？”姜斌不解。

邵一帆却点了点头，“所以大家都很排斥她，不愿意接纳她成为集体的一员，想尽各种办法，想要把她赶出去。”

“所以，他们就造谣，是吗？”林菲问。

邵一帆再一次点头，说：“璐璐人长得漂亮，身材又好，开始的时候，大家也就是说她是狐狸精，后来，不知道怎么就传成了她被人包养了。”

“最早是谁说的？”林菲又问。

“王一鸣。”邵一帆道，“我们班的一个男生，他妈是医院的大夫，他说有一次他去找他妈，亲眼看到璐璐从他妈那出来，是去做人流的。那时候，璐璐还没转学过来，王一鸣说他第一眼看见璐璐就认出来了。”

林菲将这个名字记了下来，继续问道：“对这件事，赵璐璐怎么说？”

邵一帆摇了摇头，说：“她什么都没说过，没承认，也没否认。”说到这儿，邵一帆的脸上露出了一抹疑惑，“现在想想，还真是奇怪，别说反驳了，我觉得她好像从来都没生过气，让传言反而成为人们眼中的事实。渐渐地，越来越多的男同学开始说自己和璐璐上床的经历，借此博得大家的关注。”

“对待流言，有两种方式去处理，一种是用证据和事实去打脸，另一种就是随便他们，流言止于智者。我想，赵璐璐选择的是后一种方式，你觉得她是鲇鱼，而她只想做一条不起眼的沙丁鱼，她不想惹麻烦。”戴梓萌说。

“也许吧。”邵一帆想了想，点了点头。

“赵璐璐有什么比较亲密的异性朋友吗？我是指男女关系的那种。”林菲继续问道。

听到这个问题，邵一帆果断地摇了摇头。

“你别急着否认。”林菲笑了一下，“我们知道她和同学的关系不太好，所以我想问的是，她在社会上的关系。我听说，你有很多社会上的朋友？你没介绍过他们认识吗？”

“没有。”邵一帆没有丝毫的犹豫，“她没有任何社会上的朋友。”说到这里，她突然笑了一下，“我也没有。”

听到她这么说，所有人都愣住了，姜斌更是不敢置信地打量着她，显然并不相信，“你都打扮成这样了，怎么会？”

“打扮成这样，就一定要有社会上的朋友吗？”邵一帆反问道，“李老师还整天穿着运动服呢。”她没再往下说，只是晃了晃手里的保温杯。

姜斌立时哑口无言，他不得不承认，自己对人有些标签化了。

邵一帆却又叹了口气，她似乎有着和她这个年龄段完全不相符的愁绪，开口道：“其实我也是条鲇鱼，只不过我这条鲇鱼不想坐以待毙而已。”

邵一帆话音刚落，办公室的门被轻轻敲响，随即，李牧南脸色铁青，抱着一摞照片走了进来，他把那些照片放到了戴梓萌的面前，说道：“戴检察官，所有的照片都收上来了。”

说这些话的时候，他快速地看了一眼邵一帆，目光落在了她手里的保温杯上，顿时有些尴尬。

“辛苦你了。”戴梓萌微微一笑，随手拿起一张照片看了起来，发现李牧南还没有离开，她忍不住问道，“你还有事儿？”

“哦，没，没事了。”李牧南连忙欠了欠身。

“那你在门边等一下吧，作为她的老师，我们问话的时候，你最好不要离开太远。”戴梓萌道。

“好。”李牧南点头，转身出了办公室。

“所以，你假装你有很多社会上的朋友，你也是混社会的，这样，他们就不敢欺负你了，是吗？”看着李牧南出了门，却留下了一条缝隙，戴梓萌微微一笑，没有点破。一边看着照片，一边问道。

“我也没办法。”邵一帆苦涩地笑了一下，“我爸妈因为工作的原因，我经常转学，璐璐经受的那些痛苦，我深有体会，我想帮她，所以……”

“你想帮她？”雷鸣突然伸手拿起了一张照片，打断了邵一帆的话，语气严厉地问道。

站在门外的李牧南吓了一跳，连忙透过门缝看进去，就见雷鸣的目光阴沉得像要杀人一般。

邵一帆下意识地缩了缩身子，目光也瞟向了一边，求助似的看向了林菲，然而林菲不为所动。

“你和赵璐璐之间的关系，真有你说的那么好吗？那些照片是你卖给他们的吧？”雷鸣问。

“不是我，我没有。”邵一帆急道。

“你没有？”雷鸣冷笑，啪的一下把手里的照片扔到了邵一帆的面前。

那是一张在试衣间里拍摄的照片，照片里的赵璐璐面带微笑，可眼睛里分明写满了抗拒。试衣间的那面镜子里清晰地映出了摄影师的容貌，不是邵一帆又是谁？

看到这张照片，邵一帆脸色煞白，血色尽褪。

“说说吧，为什么要这么做？”林菲不动声色地道。

“我能怎么办？”邵一帆突然带着哭腔大吼道，“他们是不敢再欺负我，可是他们也不跟我一起玩啊，我也想要一个朋友啊！能做沙丁鱼，谁愿意做一条沙丁鱼群里的鲇鱼啊！他们让我这么做，他们说，只要我这么做了，我就能成为他们当中的一员。再说了，这样一来，璐璐也不会觉得孤独了，我这么做有错吗？”

李牧南第一次觉得，自己这个老师当得实在太不合格了，他从来没有关注过学生们的心理情况，他在意的只是他们的学习成绩。赵璐璐、邵一帆，这还只是两个人，就暴露出了这么多的问题，那学生们之间是不是还有其他隐藏得更深、危害更大的问题？

他靠在办公室的墙边，听着邵一帆的哭声，自己也忍不住流出了泪水。

他仰着头，死死地握住了拳头。

这时，他兜里的手机突然响了起来，他连忙擦了擦眼泪，掏出手机，是一条微信，内容却只有一个字：好。

他莫名地松了口气，快速将这个人从自己的好友列表里删除。

咔嚓一声，门开了，李牧南匆忙收好手机，看到林菲等人从办公室里鱼贯而出。

“进去陪陪她吧，这时候，你这个当老师的，得好好开导开导自己的学生。”姜斌拍了拍李牧南的肩膀，示意道。

李牧南点了点头，进了办公室。

这节课本应是李牧南的课，但因为林菲等人的到来，临时换成了自习课。这不是一个好主意，看看课堂上学生们的表现就知道了，没有了老师的管束，除了那些自制力较强的学生仍旧埋首于课本之外，大多数人都有些无所事事，有睡觉的，有摆弄手机的，更多的是聚在一起，有说有笑。

而他们谈论的主题，自然是目前仍旧生死未卜的赵璐璐，以及被单独带走问话的邵一帆。

站在门边，戴梓萌看着这群孩子，轻轻地叹了口气，说道：“这样的环境，璐璐恐怕很难不患上抑郁症，这可能也是她自杀的原因之一。”

“不就开开玩笑吗，是有点过分，但也不至于那么极端吧？”姜斌不解。

“你为什么从来不穿凉鞋？就算在演尸体的时候，脚上也一定要穿着袜子？”戴梓萌突然问。

姜斌的神情滞了一下。

那是一段他决不愿提及的回忆。那时候他只有十三岁，刚跟随工作调动的父亲转到一所小学上六年级，班主任就是李刚的母亲李老师。

父亲几乎每天都在加班，母亲则要经常外出演出，姜斌长时间处在一个无人照顾的环境下，这让他的衣服总是脏兮兮的，满是褶皱，头发也经常要比别人的长很多，让他显得和身边的人格格不入。

事情发生的那天，他依然是独自上学，穿衣服的时候，看着那双有些发硬的袜子，他犹豫了一下，赤脚换好了鞋。

课间操结束的时候，大家排着队走回教室，走在他后面的男生离他太近了一些，一不小心就踩掉了他的鞋，人群中发出了一声惊呼。

“好黑啊，他怎么不洗脚？”那是一个很轻的声音，但在姜斌听来，却格外刺耳，他不由得脸色涨红，低下了头。

“姜斌，你怎么回事？怎么这么不讲卫生？”李老师走到他身边，低头看了一眼他黢黑的后脚跟，微微皱眉，嫌恶地道，“给我做检讨，不许少于八百个字。”

那一刻，姜斌觉得自己就像被人剥光了衣服，地面上如果有一条缝隙，他会毫不犹豫地钻进去。

那天晚上，他把自己关在浴室里，一边流泪，一边用搓澡巾不停地死命搓着身子，直到皮肤通红也不肯停下来。

“不习惯，至于表演的时候一定要穿袜子，那都是尸体，没有点特征，谁记得住我？”姜斌尽可能平静地说道。

“是吗？”戴梓萌看着姜斌，一脸的不信，“所以现在你明白了吧？玩笑和霸凌之间的界限其实很模糊，如果玩笑让你很不舒服，那就是霸凌，会给你留下非常深重的心理阴影。”

姜斌下意识地点了点头，“看来，造成赵璐璐今天这个结果的就是校园霸凌，可是，当前法律对此并没有一个明确的处理办法。而且这些人并没有动手杀人。”

“可他们的诛心却更加可怕。”林菲冷声道。

“我们又能怎么办呢？”姜斌摊了摊手，满是无奈，却见林菲抬手推开了教室的门，走到了讲台前，众人连忙跟了进去。

林菲毫不在意学生们惊讶的目光，微微一笑，笑容中带着一丝清冷，淡淡地说道：“我希望你们记住一句话，雪崩之时，没有一片雪花是无辜的。你们做过什么，你们自己清楚，以目前的法律，我的确无法严惩你们的恶行，甚至《未成年人保护法》都成了你们的挡箭牌。你们总觉得，犯错的时候，法律不能拿你们怎么样。但你们忘了一件事，当你们面对霸凌的时候，也不会有人保护你们。我对你们没有太高的要求，你们也做不到，我只希望你们不作恶就是善良了。”

看着这些人满不在乎的目光，姜斌冷哼了一声，说道：“我知道你们听得懂，都不是小孩子了，你们很多人懂得比我都要多，所以，你们最好别把林检察官的话当耳旁风，要不然，我们，至少我，很乐意在哪本卷宗里看到你们的名字。”

“我没撒谎！”角落里，一个男生站起身，突然大声说道。

“还真有不怕死的啊！”姜斌吃惊地看着这个男生。

“我说的都是真话！”男生轻蔑地看着姜斌。

“王一鸣，你胡说什么呢？”匆匆赶来的李牧南连忙厉声呵斥道。

“我真的没有撒谎，不信你们就去医院，去问我妈我说的是不是真的。”

王一鸣梗着脖子，倔强地说道，“我妈说过，有些话可以选择不说，但是绝不能说谎。”

雷鸣微微蹙眉，突然将孙林拉到了一边，在他耳边低声说了句什么，孙林看了一眼王一鸣，轻轻地点了点头。

遗 传

鉴于当时赵璐璐是主动跳入河中，除了她在现场的只言片语表明她可能在等待某一个身份未知的人之外，没有任何其他证据能够支撑她的“自杀”是一宗值得深入调查的案件。刘天明决定将赵璐璐一案作为一宗意外事件结案，然而这个决定却遭到林菲和雷鸣的强烈反对。

在局长办公室里，刘天明颇为无奈地看着站在他面前气势汹汹的林菲和雷鸣，无奈地说道：“两位检察官同志，你们希望我们继续调查下去的心情我能理解。一个花季少女就那么没了，我也很遗憾，我也很想知道，在她的身上究竟发生了什么，可我们是司法人员，我们不能感情用事，我们得在法律的框架内工作。调查，行。法理依据呢？证据呢？”

“她在等人。”雷鸣阴沉着脸道。

刘天明差点被气笑，说：“那能说明什么？即便她真的在等某一个人，也没有足够的证据支撑他们是相约自杀吧？反倒看起来更像是私奔。私奔这事儿，犯法吗？”

“你也说只是看起来更像是私奔。”林菲笑了一下，“可是相约自杀这条怀疑并不能被排除吧？按照我国的法律体系，在司法实践中，相约自杀是可以被认定为故意杀人的，这就构成了犯罪，我们有理由继续调查下去。”

“好。”刘天明点了点头，火气有些涌了上来，“既然你这么说了，那咱们就讲讲相约自杀是否构成故意杀人。按照我所知悉的司法解释，相约自杀，是指二人以上相互约定自愿共同自杀的行为，实践中有多种具体表现形式，从刑法角度应当分别作不同分析。相约双方均自杀身亡的，不存在犯罪问题；相约双方各自实施自杀行为，一方死亡而另一方未逞的，未逞者的行为与对方的死亡结果之间不具有因果关系，也不构成犯罪；相约一方先杀死对方后，再实施自杀行为未逞的，其行为应以故意杀人罪论处；相约双方同时实施自杀行为，一方未逞的，是否构成故意杀人罪，应以其行为与对方的死亡结果之间是否存在因果关系来综合判定。是不是这样？”

林菲脸色难看，只是咬着牙不情愿地点了点头。

“说回到眼下这个事。即便真的是相约自杀，可对方根本就没出现，赵璐璐的自杀行为只是她单方面的举动，与你们怀疑的另一个人之间存在直接的因果关系吗？你们凭什么认定这是刑事案件？更何况，我们已经调查过赵璐璐的通信记录，至少在她自杀前两天和当天都没有和任何人联系过，假如她真的是在等人，她当时能一个电话都不打吗？我看，等人这件事情上，她等的那个人知不知道都是个问题。你们不是说她有心理疾病吗？当时是不是发病了也说不定啊。”

雷鸣面无表情地瞪视着刘天明，呼吸粗重。良久，他突然开口说道：“就算你就这样结案了，我也会自己查下去。”

“我的雷大检察官，那是你的个人自由，我无权干涉。”刘天明无奈地道，“但局里必须要考虑结案了。我们的警力和精力都是有限的，还有很多案子等着处理。”

“你凭什么结案？”戴梓萌那带着怒火的声音从办公室外传了进来。接着，砰的一声，刘天明的办公室门被一脚踹开，杀气腾腾的戴梓萌几步就到了刘天明的面前，啪的一下，双手撑在了办公桌上，和刘天明对视着。

她浑身的肌肉都紧绷着，宛如一头蓄势待发的猎豹。

“说啊，你凭什么结案？！”看着刘天明躲闪的目光，戴梓萌冷笑道，“尸体找到了吗？尸检做了吗？万一尸体上就有证据能支撑这是一宗刑事案件呢？她是不是被胁迫的？是不是受到过故意伤害？是不是遭受过痛苦的折磨，不得不选择这条路来解脱？一个本来应该无忧无虑的花季少女，却要自寻短见，不值得怀疑吗？这种情况下，你还认为我们不应该深入调查下去吗？”

这话说得很不客气，让刘天明都有些不舒服，虽然听起来多少有些强词夺理的味道，但他也不得不承认，真要斤斤计较起来，戴梓萌的质问确实让他无从反驳。

“那只是你们的猜测。”刘天明无力地道，眼看着戴梓萌还想再说点什么，他连忙道，“好，我就依你们，但是，如果到时候你们还是找不到任何证据，我就不得不结案了。”

“那到时候就随你。”

林菲转身离开了刘天明办公室，雷鸣紧随其后。戴梓萌冲着刘天明哼了一声后，也趾高气扬地走了出去。

看着这几个人离去的背影，刘天明苦笑着摇了摇头，忍不住抬手揉了揉生疼的太阳穴。

难怪林礼祯那里总是被林菲和戴梓萌搞得鸡飞狗跳，就她们这样的脾气，如果没有人护着，恐怕早就被人赶出检察院了吧。

而护着她们的人，要是没有点过硬的心理素质，还真容易被气个好歹。

“你们找李总，有什么事吗？”

赵璐璐家所在的小区入口处，身高足有一米八、容貌俊朗的保安反复检查着林菲的工作证，狐疑地问道。

“找他了解点情况。”林菲不动声色地道。

“那……”保安犹豫了一下，“我带你们去吧。”

他抓过帽子戴在头上，对着镜子仔细地整理了一下着装。今天发生的事情应该可以算是这个小区里的一个大事件了，一年前小区里发生的那件事他没赶上，这让他在和同事们聊天的时候总是被当成菜鸟，这回，自己应该也有资格和他们谈天说地了吧？

“李建林家里的情况，你熟悉吗？”一行人走在园区的小路上，雷鸣突然问了一句。

听到这个问题，保安却是叹了口气，“也是一家可怜人啊。”

“怎么说？”雷鸣问。

“这一家，估计是连着过本命年，犯太岁，打从去年起，事就没断过。”保安叹息着摇了摇头，“就我到这上班之前一个月吧，李总的夫人莫名其妙地就服毒自杀了，他们家那个男孩儿，叫什么，李铭扬的，这名起得多好，名扬四海。孩子也争气，八岁就上五年级了，成绩老好了，就不是个一般人。唉，”保安又是一声叹息，“谁能想到，他妈头七还没过呢，这孩子突然间就成了个傻子，连人都不认识了，只能辍学在家。你说这还没过一年呢，他家大女儿又来了这么一出跳河自杀，可能这李总惹了什么能人，让人把风水给坏了。”

“风水？”姜斌嗤笑了一声，“净扯淡，这和风水有什么关系？没听说吗？天才和疯子就一线之隔。”

“我们队长就那么说的啊，我也纳闷。”保安说，“要说这家里闹出喝药自杀这事的，一准是家里有大矛盾，不是男的包小三儿，就是女的养小白脸，可我们队长就说了啊，这一家人，老和谐了，妻贤子孝，李总在外打拼，准点回家，女的深居简出，他家连访客都少有。还有更倒霉的呢，李总的夫人过世也就一个多月，李总又出了一场车祸，你们是没看着，老惨了。酒后驾车，超速行驶，就在一桥上，”保安突然舔了舔嘴唇，压低了声音，神秘地说道，“就是李总的闺女自杀那地儿，跟一救护车顶上了，当时那救护车就给顶河里去了，车里的医生护士，一个都没救上来，那也就是李总的车好，车都报废了，人啥事没有。你说，这要不是坏了风水，他能那么倒霉吗？”

“我咋觉得，他那是走了狗屎运了呢？那么缺德的事都干了，他竟然没死，那些个白衣天使招谁惹谁了？这还真是，好人不长命，祸害活千年啊。”姜斌摇了摇头，惋惜中夹杂着一丝哀忿，“你也别觉得大户人家就都是什么好鸟了，越是光鲜亮丽的地方，越是藏污纳垢之所。这风平浪静的外表之下，指不定藏着什么‘惊天秘密’呢。”

“你这回倒是说了句正经话。”

林菲难得给了他一个正面的评价，让姜斌不禁有些飘飘然。

“那是。接触那个圈层的人多了，你就知道，林子大了，什么鸟都有，更多的说的就是他们。”姜斌扬扬自得地道。

“你要是能把研究这些乌七八糟的事情的精力分一半到案子上，我们也不至于那么累。”林菲却是又摇了摇头。

姜斌讪讪地笑了笑，看了一眼若有所思的保安，问：“还有多远啊？你们这小区也太大了点，走了有小十分钟了吧？”

“你这么说，好像还真有点道理。”保安没接姜斌的话，似有所悟一般说道，“按说以他们那个身份地位，这丧事怎么也得大操大办一下，可我听说啊，当时就直接拉走火化了，连葬礼都没有。骨灰盒到现在还在火葬场摆着呢，连块墓地都没给买，这可不像是他们能干出来的事。”

“哦，到了，就这儿。”他突然回过神来，不好意思地笑了一下，快走了几步，走到一栋单元门前，刷卡打开了单元门，冲着林菲等人说道，“你们上去吧，四楼，就是顶楼，走步行梯吧，电梯我也没有权限用。我就不上去了，公司有规定，不让我们和业主有私交。有什么事你们再联系我。”

他掏出手机，低头摆弄了几下，说：“加个微信吧，找我方便点。”

他满怀希望地抬起头，看向林菲和戴梓萌，却见几个人已经径直走进了单元门，只留给他几道背影。

在林菲几人上楼的时候，李建林家那间向阳的小卧室里，李建林将几本明显带着少女风的日记本在书桌上整齐地码好，直起身轻轻地吐了口气。突然响起的门铃声，让他微微一愣，慢慢退出了小卧室，关上了房门。

他刚关好房门，门铃又一次响了起来。

“来了。”他应道，走到门边将房门打开了一条缝隙，看着外面的几个人，他面露狐疑，“你们？”

“我们见过。”林菲道，“就在你女儿坠河的现场。”

“对。”李建林点头，却依旧一脸的不解，“可是你们来找我？”

“关于你女儿的事，我们能谈谈吗？”林菲问。

李建林略犹豫了一下，便点了点头，将林菲一行人让进了屋里，请他们在沙发上坐下，又给他们倒上了茶水之后，他便低头摆弄着自己的那杯茶，问道：“我不明白，你们还想知道什么？”

“你女儿当时在等一个人，你知道吗？”林菲问。

对这个消息，李建林没有表现得十分意外，先是摇了摇头，又点了点头。

“点头又摇头的，你这是什么意思？”姜斌不解地问道。

“意思就是，你不知道他在等人，但是她在等人这事，你也不觉得奇怪？”戴梓萌盯着低头不语的李建林，不太确定地问道。

李建林终于肯定地点了点头，随即整个人都靠进了沙发里，似乎浑身都失去了力气。他无力地说道：“我还以为她和她妈妈不一样，会学好，会走一条正道，结果呢？都说江山易改，本性难移，看来，一点都没错。”

雷鸣微微皱了皱眉，看着李建林，说：“详细说说。”

李建林再次点了点头，说道：“璐璐她妈妈，我们认识的时候，我不知道她已经结婚了，而且还有了璐璐，直到我们准备结婚的时候，她才告诉我，可是，我那时候已经深陷其中，无法自拔了，所以……”

他抬手捂住了脸，情绪有些激动，接连做了几次深呼吸，才让自己平静下来，他尽可能在用一种不去伤害亡妻的语言诉说着自己和赵璐璐母亲之间的往事，他并没有说得太过深入，只是点到为止。

“后来，我们把璐璐也接过来一起生活，再后来，我们有了儿子，铭扬，一切都挺好的，是不是？”他抬起头问林菲几人，又像在问自己。戴梓萌惊讶地看到，他眼圈泛红，目光中竟夹杂着一丝丝的哀求。

“我觉得挺好的，儿女双全，就算不是我亲生的，可是我一直都把她当成亲生女儿对待。那个女人，那个女人……”李建林的呼吸再一次急促了起来，他急忙做了几次深呼吸，重又垂下了头，似乎他将要说的是一件让他难以启齿，难以抬起头的事。

“大概就是一年前吧。”待情绪稳定了一些，李建林继续说道，“那天晚上，我本来要通宵加班的，但是没想到工作提前完成了。我没告诉她，想给她个惊喜，可是，我怎么也没想到，那会是我们这个家庭劫难的开始。”

那天晚上，李建林回到家的时候，已经是凌晨了，他小心翼翼地开门进屋，尽可能不发出一点声音，生怕吵到家人休息。

他进屋后看到主卧的灯还亮着，透过门缝，点点荧光洒在昏暗的客厅里，让他心头一暖。

他蹑手蹑脚地走到卧室门前，抬手抓住了门把手，刚要开门，房间里却传出了一个女人若有若无的呻吟。

李建林一愣，腾的一下，整张脸都涨红了。他竭力压抑着身体的颤抖，慢慢推开了房门，昏黄的灯光下，自己的妻子正骑坐在一个年轻俊朗的男人身上。

轰的一下，李建林觉得整个世界都坍塌了，他不记得之后发生了什么，只记得等他再回过神的时候，自己衣衫褴褛，浑身伤痕累累，那个男人早已经逃之夭夭，自己的妻子倒在床上，手里抓着一只已经空了的安眠药瓶子。

她的眼睛大大地睁着，无神地看着天花板。

赵璐璐和李铭扬就蜷缩在房间的一角，她死死地把李铭扬的头按在自己怀里，不让他看到母亲的死状。

“你儿子，就是那时候……”戴梓萌小心翼翼地试探着。

李建林仍旧低垂着头，点了点头，说：“大夫说是大脑受了刺激，不知道能不能恢复。”

“那之后，你和赵璐璐，你们之间有没有什么问题，比如，你不再管她？”林菲又问。

“她失去过一次家庭，不是吗？”李建林难得抬起头，眼里满是怜爱，“她又失去了母亲，我怎么能再不管她？”

阁楼上突然传来了一阵突兀的砰砰声，李建林皱了皱眉，吼道：“李铭扬，你给我老实点！”

他不好意思地冲林菲等人笑了笑，说：“抱歉，是我儿子。我儿子出事之后，璐璐就成了我们家唯一的希望，我把家里最好的卧室给了她，每天上学放学，也都是让我的司机接送，就怕她有一丁点儿的意外。我啊，那天也是气急了，才会说出那样的话。那天那部戏对我特别重要，关系到公司的生死存亡，关系到我们这个家是不是还能保持现在这样的生活水平。我一直想把璐璐培养成我的接班人，等我百年之后，总得有人照顾铭扬吧，我总得给他们留下点什么。我承认，我是有私心，我把那丫头逼得太狠，可是，我也是为了他们好啊。是不是？”

他一脸哀求地看着林菲等人，希望从他们的脸上得到认可的答复，可惜，林菲的神情依旧是那样冰冷，雷鸣依旧面无表情，戴梓萌若有所思，只有姜斌的脸上带着一丝同情，却也仅此而已，更多的则是好奇。对这种豪门内幕，他似乎格外感兴趣。

“赵璐璐在学校的事情，你又知道多少呢？”戴梓萌问道。

李建林张了张嘴，却发现自己无话可说，不禁苦笑道：“是啊，我忽略了她最需要的是来自家庭，来自一个父亲的爱，我把她在学校的所有事情都交给了司机去办，对她在学校的事，我几乎一无所知。”

他抬起手，擦了擦眼角，一脸悲戚。

“那你就一定不知道，赵璐璐有严重的心理障碍，无法和异性建立任何过于亲密的接触，为了这件事，她去看过心理医生。”戴梓萌道。

正擦拭泪水的李建林一怔，难以置信地看着戴梓萌，“这是什么意思？”

“从心理学的角度来说，你女儿的心理障碍应该源于一次性侵，如果那个侵犯她的人用一些小手段，很容易就能让她患上斯德哥尔摩综合征，让她只能接受那个男人。”

李建林没说话，他颤抖着抓起自己的茶杯，慢慢地喝了一口，却有大部分的茶水都洒到了外边，隐隐地，他有一种极其糟糕的预感。

“我们有理由怀疑，赵璐璐当时在等的就是这个人，斯德哥尔摩综合征会让她接受那个男人的任何命令，如果是这样，你女儿的死就是一桩谋杀案。”林菲冷冰冰地将这个残酷的现实丢到了李建林的面前。

“会不会，太残忍了？”姜斌一脸不忍地看向雷鸣，却见雷鸣依旧没有任何的表情。

“找到他，求求你们，一定要找到他！”李建林咬着牙，双拳紧握，双眼中似要喷出火来一般。

“所以，我们来找你了。你觉得，谁最可疑？”雷鸣阴沉着脸，问。

李建林张了张嘴，却没能说出任何一个词。

“你知道吗？你不是个合格的父亲。”雷鸣说道，伴随着他的话语，李建林觉得一股庞大的气势压得他喘息都有些不顺，明明雷鸣只是语气很平静地在叙说一个事实，那句话不带任何感情。

“你对你女儿根本一无所知，你不知道她每天在学校经历了什么，你不知道她在别人眼里是什么样子，你不知道她承受着什么样的压力，你女儿的死，你至少也有一半的责任！”

“是啊，我对她的情况根本一无所知。”李建林颓丧地坐在沙发里，苦笑不已。

“所以，你必须想起，谁最可疑。她活着的时候，你没能尽到一个父亲的责任，她死了，你必须要有找到凶手，替她报仇的决心！”雷鸣低吼。

那声音振聋发聩，让李建林一个激灵，坐直了身子，大叫了一声：“我知道了，是司机，是我的司机！”

不等林菲等人有反应，他就快速说道：“除了在学校，就是我那个司机和她在一起的时间最多。璐璐出事那天，司机也辞职了，他分明就是要跑。”

“司机的电话给我。”雷鸣说。

李建林当即翻出手机，找到了司机的电话，递给了雷鸣，雷鸣拨通了那个号码，却收到号码是空号的提示。

“这就注销了？肯定就是他，没跑了。”姜斌笃定地道。

“没关系，如果是他，他跑不了！”看到雷鸣的脸色再次阴沉了下来，林菲自信地说道。

芭比娃娃

戴梓萌站在赵璐璐的卧室门前，脚抬起又放下，难得看到她局促得手足无措。

粉色的窗帘，粉色的床单，粉色的壁纸。

整个房间一尘不染，床单连一丝褶皱都没有，光滑的地砖上都能清晰地映出倒影。

这孩子就像是有洁癖一样，可戴梓萌明明记得，她当时可是毫不在意地坐在满是浮灰的桥栏杆上的。

她侧头看了一眼李建林，小心翼翼地问了一句："那我就打扰了？"

李建林点了点头，戴梓萌屏住了呼吸，踮着脚尖，像做贼一样轻手轻脚地走进了房间，在书桌前停下了脚步，伸手拿过了一个日记本，开始翻了起来。只是她的动作无比轻柔，又小心翼翼，只是用手指搭上一点，生怕一不小心弄脏了东西。

让人失望的是，日记本里空荡荡的，一个字都没有。

她回头看了一眼林菲，摇了摇头，随即，又用两根手指尖拈住了把手拉开了书桌的抽屉，里面只有几支笔和几本课外书，同样都是崭新的。

戴梓萌不禁有些狐疑地回过头，看着门边的李建林。

"我什么都没动过。"李建林苦涩地笑了一下，"再怎么说，我养了她那么久，感情还有，我也不相信她就那么死了。我总觉得，"他顿了一下，侧过头，抬手擦了擦眼角，声音哽咽，"也许下一刻，她就回来了呢，跟我说，爸，对不起，让你担心了。"

看到这一幕，姜斌都觉得鼻子酸酸的，他用力抽了抽鼻子，说了一句节哀。

"我没事。"李建林深吸了一口气，"这里有什么对你们有帮助的，你们尽管拿走，就是……"

"用完之后，会给你送回来的。我保证！"雷鸣说，"不会有任何损坏。"

"谢谢！"

雷鸣这才戴好手套走进屋子，将那些日记本收进物证袋，装进了随身的包里。

李建林似乎不忍心看到这一幕，转过了身，看着林菲说道："有什么需要我的地方，你们尽管说。"

"我能看看你儿子吗？"林菲突然道。

李建林微微一愣，林菲的要求完全出乎了他的意料，不由自主地露出了一丝惊讶。

"怎么？不方便吗？"看到他神情凝滞，戴梓萌微微蹙眉。

"那倒没有。"李建林连忙否认，抬眼看了一眼楼梯的方向，又舔了舔嘴唇，"我就是怕你们不太方便，我儿子这里，"他抬手指了指头，"有点问题，我怕吓到你们，再说，他和璐璐这事也没什么关系吧。"

"其实我倒是觉得，你女儿和你儿子的关系可能会更好一些，说不定，有些话她不会对你说，但是可能会告诉自己的弟弟，毕竟，没有人比他更能保守秘密吧？"戴梓萌看着李建林，说道。

李建林微微蹙眉，随即缓慢地点了点头，却又有些不解地问道："你说的也是，可是，就算那样，你们怎么让他说出来呢？"

他舔了舔嘴唇，嘴角不由自主地挑了挑。

"就是啊。"姜斌也有些狐疑，"再说，那孩子的脑子有问题，他的话能作为有效证据吗？"

"那就是我们该操心的了。"戴梓萌看了一眼林菲，冲她不易察觉地点了点头。

李建林明显有些为难，神色纠结，林菲也没有催促，只是默默地等待着。

过了一会儿，雷鸣收拾好了自己需要的东西，李建林也终于下定了决心，说："你们跟我来吧。"

说着，他带头上了楼，林菲一行人连忙跟了上去。

相比于楼下，阁楼的层高明显低矮了许多，雷鸣不得不微微弯下腰。

李建林走到紧闭的门边，从兜里翻出了一把钥匙，插进了锁孔，在拧动钥匙之前，他回头看了一眼林菲，似乎有话要说，可林菲不为所动。李建林咬了咬牙，拧动钥匙，推开了房门。随后他便看到，林菲的神情明显一怔，戴梓萌更是抬手捂住了嘴，一脸惊愕。

"我去！"姜斌也忍不住发出了一声惊叹。

李建林回头，屋里九岁的李铭扬正将一个芭比娃娃压在身下，裤子褪到了膝盖处。

那个芭比娃娃的身上原本穿着一套精美的公主裙，此刻已经被撕成了碎布条，散落一地。

孙林坐在医生的办公室里，尽量耐心地看着那个四十岁左右的刘姓女医生弯腰在档案柜里翻找着什么。

“找到了。”刘医生发出了一声欢呼，将一本医疗档案抓在了手里，回到了自己的办公桌后。

孙林的视线追随着那本医疗档案，上身微微向前倾了倾，刘医生却并没有把那本医疗档案递给孙林。

她拢了拢额前的头发，有些为难地看着孙林，眼神中略带着些戒备地问道：“我能问问，你为什么一定要这个孩子的档案吗？”

“调查需要，至于为什么要调查，”孙林微微一笑，“我暂时不能告诉你。”

刘医生的眼角挑了挑，说：“保密规定？我明白，可这份档案我恐怕不能给你，你说是调查需要，可你没给我提供任何手续文件。我作为一名妇产科医生，有义务保护我病人的隐私。”

孙林没有反驳，而是平静地点了点头，说：“这我当然知道，但我现在也不是一定要拿到这份档案了。”

刘医生狐疑地看着孙林，却见孙林已经站起了身。

“我已经拿到我想要的答案了。”孙林笑了一下，“谢谢你了，刘医生。”

只是略一思索，刘医生便恍然，这个叫孙林的警察想要知道的只是那个叫赵璐璐的女生是否曾在她这儿就诊过，并不是一定要拿走医疗档案，从她找到那份档案的时候开始，孙林就已经有了答案。至于赵璐璐为什么来这里，根本无须多言，谁叫这是一家妇产科的专科医院呢？

刘医生不由得失笑。

“关于这个赵璐璐，你还能想起什么吗？”孙林问。

这句话似乎打开了什么开关，让刘医生一下子陷入了回忆之中。

她接待过很多患者，其中不乏独自前来就诊的，但赵璐璐绝对是最独特的一个。

那天，她处理好手头上的一份医疗档案，理了理头发，正准备呼叫下一个患者时，就看到赵璐璐已经站在了她面前，她是什么时候进来的，她竟完全不知道。

赵璐璐就那么安静地站在那里，微微低着头，双手摆弄着洗得干干净净的校服衣角，看上去有些紧张。

她看上去也就十六七岁的样子。

刘医生的心不由得一紧。

“你家里人呢？”她尽可能柔声地问道。

赵璐璐微微摇了摇头，刘医生不由得一声叹息，跟赵璐璐说：“别害怕，需要我帮你报案吗？”

她见过太多不自爱的女孩儿，但对眼前的赵璐璐，她直觉地认定，她不是那种女孩儿，她身上一定有故事。

听到刘医生这么说，赵璐璐微微一怔，有些慌张地迅速摇了摇头，说：“不是因为那个，我……”

刘医生微微一笑，阻止了她继续说下去，问道：“那好吧，你想做哪种？”

赵璐璐从校服的口袋里掏出了一叠钱，看上去有两三千块的样子，“我只有这些钱。”

“可以做最好的了。”刘医生说，“这样不会对你的身体造成太大的伤害，也不会耽误你明天上学。你跟我来吧。”

赵璐璐莫名地松了一口气，亦步亦趋地跟在了刘医生的身后，走进了手术室。

她看上去依旧很紧张，但眼神里却满是坚定。

又接待了几位患者之后，刘医生脑海里赵璐璐的身影依旧挥之不去，她信步走进了病房。赵璐璐的点滴已经空了，可她却并没有呼叫护士，正试图自己拔掉针头。

刘医生连忙走了上去，帮她拔掉针，忍不住埋怨道：“你这孩子，怎么不知道叫护士呢？”

“我，”赵璐璐低下头，“我看她们太忙了。”

“你啊！”刘医生无奈地摇了摇头，见赵璐璐下床之后身体有些虚弱，连忙道，“我送你吧。”

“不用不用。”赵璐璐连连摆手，却拗不过刘医生，只能在她的搀扶下走出了门诊。

“你在这等我，我去给你叫辆车。”刘医生叮嘱道，“钱还剩下一些，你回去之后一定要注意补充营养，知道吗？”

赵璐璐却冲着刘医生鞠了一躬，说：“不用了刘医生，谢谢你，你是个好人。”

说完，她就转身上了一辆早已等在那里的劳斯莱斯。

眼前的一幕，让刘医生觉得简直难以置信。

她回到办公室后，还久久难以从震惊中醒来。

“我记得那孩子是一个人来的，胆子挺小的，说起话来低声细语，好像生怕惹恼了别人一样。她穿着打扮也挺朴素的，还听话，让做什么就做什么，看着就像个普通家庭的孩子。看她可怜，走的时候我送她走的，真没想到，竟然有人开着劳斯莱斯来接她，可惜车牌我记不清了。”

孙林微微一愣，随即笑了一下，说道：“那应该是她父亲的车。谢谢你了，刘医生。”

蜿蜒的河流在转过一个弯后汇入了一个湖里，原本湍急的水流好像也一下子温柔了起来。

在经过不眠不休连续几十个小时的搜寻之后，搜救队终于找到了落水的赵璐璐和那个女消防员，只是，她们早已失去了生命的气息，成为两具冰冷的尸体。

消防官兵们退到了一边，将岸边那块草地和林菲他们赶来之前的这段时间都留给了消防队长李健。

李健就那么毫无顾忌地坐在岸边，顾不上河水的湿冷，死死地将那个女消防员抱在怀里，似乎是想要让自己的体温温暖她一样。

他面无表情，没人知道他在想什么。他呼吸平稳，看上去似乎也没什么异常，可对于身边人的议论，他却无动于衷。

“老李，这么地也不是个事。”法医刘鹏在他面前蹲下，不忍去看那两具尸体，柔声道。

李健的嘴唇动了动，从他的喉咙里挤了出来一句：“可你得保证不能再让这孩子受一点伤害，一丁点都不行！”

他紧了紧手臂，如果刘鹏不答应，他就绝不会把怀里的女孩儿交出去。

刘鹏有些为难，正不知该怎么说的时候，一个同样压抑着悲伤的声音传来：“我女儿也不能再受一点点伤害！”

伴随着话音，李建林面带哀伤地走了过来，身后跟着林菲和孙林一行人。

“你放屁！”李健蓦地抬起头，布满血丝的双目圆睁，气势汹汹地盯着李建林吼道，“要不是你女儿找死，我怎么会失去女儿！”

所有人都愣住了，怔怔地看着急促喘息的李健，李建林的目光在那个女消防员的脸上停留了片刻，又看了看李健，嘴唇微微动了动，难以置信地问：“她，是你女儿？”

“要不然呢？”李健仰起头，闭上了眼睛，两行浊泪顺着脸颊滚滚而下，“二十三岁，她才二十三岁啊。她还有大把的年华没有去享受啊！”他哽咽着。

“对，对不起！”李建林颤抖着道歉，“你说得对，我，我们没有资格让你女儿再受伤害，是我女儿对不起你们！”

李健却突然吐出了一口浊气，无力地道：“算了吧，她是军人，从她入伍的那天起，就应该有这样的心理准备。我，我只是无法接受。她才刚回来，才几天啊！”

他又看了一眼自己的女儿，小心翼翼地把她放下，站起身，决然地转头对刘鹏说道：“你们看着办吧。”

说完这句话，他整个人都佝偻了起来，仿佛一下子苍老了几十岁一样。

那背影显得无比孤独，萧瑟。

看着刘鹏和几名民警将女消防员和赵璐璐的尸体搬上了车，孙林拉着雷鸣走到了一边，在雷鸣耳边低声耳语了几句，雷鸣的眼睛一下子瞪大了。

“你没弄错？”他看了一眼李建林，又不放心地问孙林。

“不会错的。”孙林笃定地道。

“好。”雷鸣点头，转身走向李建林，“我们要对你女儿进行尸检。”他直截了当地说道。

李建林有些不敢置信地看着雷鸣，说道：“尸检？不！我不同意！”他反应过来，断然拒绝道，“她已经这样了，我要是连她的尸体都保护不了，我还算是个父亲吗？”

“你女儿堕过胎。”孙林也走上前，说道。

李建林的眼睛也瞪大了，说：“不可能，你这是污蔑！我女儿怎么会做出那种事？”

“我去过医院了。”孙林平和地道，“也看到了档案。”

“就算这样，那为什么一定要做尸检？这两件事之间有什么关系吗？”李建林怒斥道，“你们到底想干什么？”

“老李，还记得我们跟你说过什么吗？”刚刚只是看了一眼尸体就蹲到一边吐到不行的姜斌缓过劲后走了过来，“你女儿的死，隐藏着一个天大的秘密，或许曾遭遇性侵，又或者她已经恋爱了。而从她死前的表现来看，她是和人约好的，很有可能是相约自杀，而且是那个人主导的，他肯定是怕自己的秘密泄露，劝说她一死了之。劝说他人自杀和故意杀人一样都是犯罪，这是一宗刑事案件，警方有权就此展开更进一步的调查。”

“我也跟你说过，”戴梓萌也上前劝道，“你女儿有严重的心理疾病，并不能与异性建立正常的男女关系，这和她被性侵有直接关系，那个男人应该是唯一能和她保持亲密关系的人，这让我不得不考虑是斯德哥尔摩综合征。他一直在控制你的女儿，你想让他就这样逍遥法外？”

“我……”李建林依然有些犹豫。

“这不是你同不同意的问题，我们有权力这样做，而你有义务配合我们的工作。”林菲不耐烦地说道。

林菲说完，没有再去看李建林，看着雷鸣和姜斌，说道：“雷检，姜检，尸检的事，你们负责。梓萌，我们再去趟学校，问问李老师有没有什么线索。”

听到林菲这样说，姜斌因为呕吐而毫无血色的苍白的脸一下子就苦了下来，不满地抱怨道：“还去什么学校啊？你们没看到李铭扬吗？我看这事儿还得着落在这小子身上，要不我去找他吧？”

“他才九岁。”林菲冷冰冰地道。

“你信吗？”姜斌嗤笑了一声，“谁家九岁孩子就能干出那么恶心的事？保不齐那孩子是个侏儒呢，就跟抗日剧里那孩子似的，叫啥来着？”

姜斌微微皱眉，苦苦思索着片名，林菲的脸却已经沉了下来，这让他悚然一惊，怯怯地哀求道：“那个，我去学校行吗？”

他的声音里都带上了一丝哭腔。

李牧南看着神情严肃的林菲和戴梓萌，脸色苍白，他端起保温杯，想要喝口水，颤抖的手却将大半杯水都泼洒在了外面，他连忙向后撤了撤，手忙脚乱地清理着。

“你一点都不知道？”林菲不无怀疑地问，“按你的说法，她一天假都没请过，刚做完手术，怎么可能一点异常都没有？”

李牧南摇头，神情中带着一丝懊恼，说道：“怪我，都怪我，我要是早点发现，她就不会死了，对不对？”

他抬起头，哀求地看着林菲和戴梓萌，大有一种将这责任归咎到自己身上才能好过一点的意思。

林菲和戴梓萌对视了一眼，难掩失望。

“既然如此，那我们就告辞了。”林菲和戴梓萌站起身，“李老师，您尽量仔细想一想，究竟是谁会干出这种事来。”

“我，我尽力。”李牧南苦笑了一下，“如果是在校外的话，那可就难了。”

“老李，你可以啊。”一个听起来极力压抑着怒火的女性的声音从外面传了进来，接着一个中年女性推开门走进了办公室，脸上带着冷笑，将一张纸摔到了李牧南的面前，“我去支教的申请刚批下来，还没走呢，你连下家都找好了？我就知道，你给赵璐璐补课就没安好心！”

李牧南惊慌地看了一眼林菲和戴梓萌，一把将那名中年妇女扯向了一边，低声道：“你胡说什么呢？”

“我胡说？”中年女人冷笑，“半年前咱家的账户上就有一笔莫名其妙的支出，我就没多问，想着你有一天能回心转意。结果两天前又有一笔，都是打给一个人的，你真当我是傻子？”

“回家再说！”李牧南压低了声音。

“回家？回什么家？你也配叫那是你的家？正好两位检察官同志就在这儿，咱把话说明白点。王一鸣说了，赵璐璐打过胎，那孩子是不是你的？”中年妇女转头看着林菲和戴梓萌，“你们把他带走，最好枪毙了这个禽兽不如的东西！也算是为民除害了！”

雷鸣回到家的时候，夜色已深，华灯初上。

他在楼下停好车，抬头就看到自家的客厅里正亮着灯。李雅不需要任何光源，他知道，那是她专门留给他的。

每到这个时候，他一身的疲惫都会一扫而空，板了整整一天的脸也会带上一丝笑容，脚步轻快地走向家中。

然而今天却与以往有些不同，雷鸣刚走到家门前就停下了脚步，脸色狐疑。

他家门前放着一个芭比娃娃，一个衣服被撕得破破烂烂的芭比娃娃。

他不知道的是，与此同时，在林菲和戴梓萌的家门前，在姜斌的家门前，都放着一个衣服同样破烂的芭比娃娃。不同的是，林菲和戴梓萌跟雷鸣一样疑惑不解，而姜斌却一脸厌恶地将娃娃扔进了垃圾桶。

通往天堂的专列临时停车

一口吃下了没有肉的干瘪汉堡，又喝光了牛奶后，姜斌意犹未尽地打了个嗝，把空了的牛奶盒举过头顶，做了一个帅气的投篮动作，牛奶盒在空中划过一道优美的抛物线，啪的一下砸在了门边垃圾桶的边缘，弹了起来，掉落到了地上。

他不禁有些懊恼，刚要起身，办公室的门就被推开了，首先映入他眼帘的竟是一个破破烂烂的芭比娃娃，接着才是神情凝重的戴梓萌、冷若冰霜的林菲和依旧比二维码还没有内涵的雷鸣的脸。

雷鸣的手上也拿着一个芭比娃娃。

“你们这是集体捡破烂去了？”姜斌惊讶地看着他们，“不对，你们也收到了？”

“你也收到了？”戴梓萌愣了一下。

“嗯。”姜斌还是没想明白发生了什么，迷迷糊糊地应道，“我还以为是谁不要的垃圾，顺手就扔了。”

“有人特意给我们送过来的。”雷鸣说，“孙林正在调监控。”

“没落下姜斌，还真是看得起他。”林菲走到自己的办公桌后坐下，讥讽地看着姜斌，“很遗憾，一份重要的证据就这么遗失了。”

她好像并不觉得这有什么。

“现在的问题不是应该赶紧找到是谁送过来的，又为什么送过来吗？”姜斌急道，“万一下回这里面给你塞两个炸弹呢？”

“那得用猴赛雷的玩偶。”戴梓萌抛着那个芭比娃娃，笑了一下，“说实话，一看到这两个芭比娃娃，我第一个想到的就是李铭扬。”

“那你是想瞎了心了。”姜斌说，“他一个 9 岁的孩子，能有这能耐？”

“确实不是他。”孙林的声音传来，接着，他顶着一头乱蓬蓬的头发和浓重的黑眼圈进了林菲的办公室，“看了一宿监控，送东西给你们的是个成年人，隐藏得很好，戴了帽子和口罩，视频侦查组正追踪呢。”

“那你不盯着他们，跑我们这儿来干吗？”姜斌问。

“跟你们汇报点儿事。”孙林随手拿过雷鸣刚放到桌子上的一杯豆浆，插上吸管用力吸了几口，“李牧南放了，昨天晚上就放了。”

“放了？那可是重要嫌疑人啊，你们说放就放了？”姜斌跳起来道，看了一眼林菲和戴梓萌，却看到她们并没有什么特别的表现，对这个结果似乎早有预料。

“不放怎么办？你们不是没批捕吗？那人什么都不知道就算了，我们这刚开始审，基础信息还没录完呢，他老婆就来了，说自己说的都是气话，给赵璐璐补课是真的没错，但真正上课的人不是李牧南，是她。”

“这话你们也信？那可是两口子。她有证据吗？”姜斌不满。

“我们同样没有证据能证明李牧南对赵璐璐做过什么啊。”孙林摊了摊手，“你们也不想想，赵璐璐那个脾气，让她和李牧南独处，那不得疯啊。”

“那两笔钱怎么回事儿？不能当证据吗？”姜斌又问。

“真不能。”孙林摇头，笑了一下，“而且是刚刚好能证明李牧南和赵璐璐之间不可能发生点什么。”

“怎么？”姜斌不解。

“他那玩意儿早不能用了。那两笔钱是给一个老中医的。李牧南腰子不怎么好，这事又不好意思跟人说，自己偷偷治呗。”

“还真是。”姜斌突然间恍然大悟，目光转向戴梓萌，“他保温杯里泡着枸杞来着，没事还一直揉腰。”

戴梓萌却并没有看他，视线一直看着窗外，突然笑了一下，说：“来活了。”

姜斌连忙看出去，见李建林正拉着李铭扬的手走进市局。

李铭扬的怀里还抱着一只没拆封的芭比娃娃。

对于主动走进公安局这件事，李建林明显有些不太适应。坐在会客室里，他明显有些紧张，不停地摆弄着水杯，倒是李铭扬没什么反应，自顾自地玩着手里的芭比娃娃。

“李大导演，今天怎么这么有空？”孙林拉过一把椅子，在他对面坐下，似笑非笑地问道。

“导演？”姜斌的眼睛一瞬间亮了起来，随即，他想起了什么，忍不住冷哼了一声。

“怎么，同行才是赤裸裸的冤家？”戴梓萌整理着头发，随口问了一句。

“谈不上，不是一路人。”姜斌撇着嘴摇了摇头，“我和梁导那种呢，那是有理想的正经的影视从业人员，眼前这位李大导演呢，他的理想就是赚钱。”

两人自顾自地谈论着，丝毫不顾忌被他们谈论的对象就在他们眼前。

李建林尴尬地笑了笑，说：“姜检察官说的是梁九水梁导吧？我们公司正在评估他的下一部戏，就我个人来讲，我很欣赏他的创作水准，我是很有想法参与一下的。”

“那他可真是堕落了。”姜斌毫不客气地呛声道，“我再也不想参演他的任何一部戏了，现在就拉黑。”

他作势就掏出了手机。

林菲突然咳嗽了一声，看着李建林，说：“李先生来这儿，不是为了跟我们讨论你的戏的吧？”

“梁九水又向你推荐让我们林检和戴检当主演了？”姜斌摆弄着手机，嗤笑了一声，头也不抬，“还真是贼心不死。我告诉你，没戏，也没空。”

“到这儿来，其实也是个意外。”李建林愈发尴尬了，他看了一眼自己那个依旧自顾自摆弄着娃娃的李铭扬，“我儿子，你们也知道了，总是把娃娃玩坏，还干出那种事，我一气之下就都给扔了，哪承想，这小子哭着闹着非得要新的。这不，买完了正好顺路就到你们这儿来看看。”

“那你这路可真够顺的。”孙林点了点头，“你家在城西，商场在城东，我们局在城南，怎么，东西快速干道又维修呢，你得绕到南边来回家？李大导演，咱还是直奔主题吧，我们没那个时间在这陪你绕来绕去的。”

“这……”李建林竟有些犹豫。

“有啥不能说的啊。”姜斌讥讽道，“不就是想问问你女儿的事吗？尸检完了，我从头跟到尾，处女膜陈旧性损伤，别的没发现什么。”

“那我什么时候能带她走？”李建林连忙问。

“随时……”姜斌看了一眼林菲，连忙补充道：“……吧？”

“在我们有确凿的证据指向嫌疑人或者确定不牵扯刑事案件之前不行。”林菲说。

“那我能看看她吗？”李建林又问，一脸的希望。

“老铁，不是我说，你这时候同意家属见死者，绝对不是什么明智的决定。”刘鹏叹了口气，一边戴好手套，一边冲门口的姜斌说道。

“咋地，你还得帮她化个妆？他们那关系，是不洗头也能见面的，没那么多讲究。”靠在门边的姜斌说。

“创口我都没缝合呢，家属见了，能受得了？那心得多大啊。”刘鹏哗啦一下拉开了冰柜，赵璐璐的尸体安静地躺在冰柜里，脸色雪白如纸，睫毛上带着一丝冰霜。他静静地看了一会儿，惋惜地摇了摇头，冲门外喊道，“让家属进来吧。”

刘鹏等了一会儿，李建林并没有如他在会客室时所展现出的那般急迫地走进停尸间，门边的姜斌也有些诧异，忍不住回头，看到李建林靠着墙，双腿微微颤抖。看到姜斌看过来，他扯出了一抹难看的笑容，说：“我……我有点……”

“理解，理解。”姜斌走上前，拍了拍李建林的肩膀，“那毕竟不是一具正常的尸体。”

“可是，那毕竟是我女儿啊。”李建林慢慢蹲下身，懊恼地用双拳狠命地砸着自己的脑袋。

“嗨，那也不是你亲生的啊，情有可原，情有可原。要不，等我们都处理好了再给你看？”姜斌试探着问道，“你放心，咱找最好的化妆师，给你化得栩栩如生的，那时候你就不害怕了。你在这圈子混了这么多年了，啥样的化妆师你找不着？”

“我那都是给活人化妆的啊。”李建林哭丧着脸。

“啥活人死人的。”姜斌拉起李建林，搀扶着他重新走向会客室，“我跟你说，你还不熟悉这群人？不干活那是钱没到位，钱到位了，别说给死人化妆，给鬼化妆他们都干。”

“还看不看了？”刘鹏从停尸间里探出头不满地问道，却见姜斌抬起手胡乱地摆了摆，回头看着他，脸上带着讥讽，无声地说着什么。

“就这个胆儿，还不如我呢。”他说，竟还带上了一丝得意。

刘鹏先是愕然，接着无奈地摇了摇头。

李建林接连喝了几大杯热水，脸上才恢复了一丝血色，面对林菲等人毫不掩饰的嘲讽，他略带着惭愧地垂下了头，含糊不清地说道：“没什么事的话，我就不打扰你们了。”

“这个你认识吗？”戴梓萌举起一个物证袋，里面是一串项链，项链的挂坠是一枚戒指，正是赵璐璐一直戴在身上的那串。

李建林飞快地抬头看了一眼，眉头皱了起来。他突然起身，一把抓过了物证袋，举到眼前仔细地看了看，又将物证袋放到了眼前，掏出手机飞快地翻找着什么。他的视线在那串项链和手机之间不停地移动着，似乎生怕错过了什么细节。

片刻之后，他沮丧地坐回了椅子里，摇了摇头，说道：“项链是璐璐妈妈留下的，她一直戴着。戒指，我不认识，和凶手有关是吗？”他目光灼灼地看着孙林。

“现在还说不好。”戴梓萌微微一笑，“你女儿似乎很在意这枚戒指。”

李建林点了点头，问道：“我的司机你们找到了吗？”

“你怀疑他？”林菲微微皱眉，“有什么理由？”

“他未婚，但是我记得他一直戴着一枚婚戒，和这个很像。”李建林说。

雷鸣马上将目光投向了孙林，孙林一脸无奈地看着雷鸣，说道：“雷头儿，不用这么看我，正在找。真的，所有的线索，我都安排人去排查了。老刘说了，现在就全力配合你们办这个案子。”

“他能那么好心？”姜斌下意识地问。

“老刘说了，这案子要不赶紧办明白，你们肯定不会让我们安心办别的案子的。”孙林叹了口气。

和刘天明一样，孙林无比怀念和林菲他们只是单纯的工作上往来的时候，而不是像现在这样，几乎时刻生活在同一个空间里，一点自由都没有。

据说如非必要，刘天明一整天都会待在自己的办公室里，连饭都是秘书送进去，就为了避免林菲他们出现在他的视线里。

“还不如坐牢呢，坐牢还有个放风的时候呢。”刘天明不止一次对自己的秘书发出过这样的感叹。

中午的时候，江华和李沁拖着行李箱，风尘仆仆地出现在了市局。“怎么样了？”一见到林菲，李沁就迫不及待地发问，不等林菲回答，她就继续说道，“赵璐璐第一次就诊的时候，说自己惧怕男人的靠近和接触，我推测她很有可能是遭遇过性侵才会有这样的心理创伤，但那孩子什么都不跟我说，我就算报警，警察也管不了。过去的一年里，她没有复诊过，这只有两种可能，一种是她已经治愈，第二则是她一直承受着这种痛苦。从结局来看，第二种可能性更大。你们查出什么了吗？”

林菲点头，“你说的这些情况，我们都已经掌握了。另外，赵璐璐留下的遗物里有一枚戒指。梓萌发现，赵璐璐在跳河前，想过丢掉，但不知出于什么原因，她没有那样做。所以梓萌推测……”

“那戒指就是她等的那个男人送的，她对那个男人还抱有一丝幻想。”戴梓萌说道。

“那枚戒指是定制的。”雷鸣也走过来，一边收起电话一边说道，“从这个突破口出发，一家家金店找过去，相信很快就会有发现的。”

缓过气来的姜斌抬头看了一眼食堂里挂着的钟，12 点刚过不久。

“你呢？你不想说点啥？”江华捅了捅姜斌，挤眉弄眼地问道。

“我？”姜斌笑了一下，摇了摇头，“能说的都让他们说了，我没什么可说的。”

林菲的电话突然响了，她掏出电话看了一眼，微微皱眉，有些不情愿地接起了电话，听了几句，就深吸了一口气，说道：“我知道了。”说着，她不等电话那头的回复就挂断了电话，看着眼前的几个人说，“我有点儿事儿要出去一下。”

说完，也不等这些人的答复，径自站起身离开了办公室。

S 市公安局，那间接待李建林和李铭扬的会议室里，保洁员费力地从柜子后掏出一个崭新的芭比娃娃，困惑不已。想了想，她查询了一下会议室的使用记录，便拨通了孙林的电话。片刻之后，孙林、戴梓萌和雷鸣、姜斌就赶到了会议室，看着这个将近一米高的芭比娃娃同样感到疑惑万分。

“这孩子有病吧？”姜斌皱着眉，摩挲着光滑的下巴说道。

“他本来就不正常。”戴梓萌说道，突然想起了什么，转头看着姜斌，“李建林没敢进去见赵璐璐？”

“是啊。”姜斌点头，“怎么？和这个倒霉娃娃有关系？”

戴梓萌没回答，静静思考了片刻，嘴角露出了一抹神秘的笑容，说：“你们研究后边的工作吧，我有点事儿得出去一趟。”

说完，她就径直离开了会议室。

姜斌一脸的茫然，喊道：“哎，不带你们这样的啊，一个个的都跑了，翘班也找个正经点的理由啊！”

然而没人理会他，戴梓萌连手都懒得抬一下，雷鸣和孙林只是对着那个芭比娃娃皱眉苦思。

这是一间很宽敞的卧室，窗帘紧拉着，让卧室里显得有些昏暗。

房间里没有床，只在原本应该摆放着床的地方放着一台硕大的冰柜，冰柜前放着一张香案，香炉里满是香灰，香炉两边摆放着两支白色的蜡烛，烛光在压缩机的嗡鸣中摇曳着。

整间屋子充满了诡异的感觉。

冰柜的门敞开着，林礼祯就跪坐在冰柜前，脸上带着淡淡的笑意，随后他把手伸进了冰柜里，轻轻地摩挲着什么。

林菲轻手轻脚地走到了林礼祯的身后，目光看向了冰柜，常年波澜不惊的面孔此刻有了些许的变化，带着些柔情，似乎又有些不忍。

冰柜里躺着一个安详的中年妇女，正是林礼祯办公桌上那张照片里的女人。

妇女的面容和林菲有着八九分相似。

她穿着一身检察官制服，因为长年躺在冰柜里，她脸上带着些许的冰霜，即便这样也无法掩盖她的美丽。

“你妈妈其实最喜欢穿裙子。”林礼祯没回头，声音里带着些微的战栗，“可我没办法那样打扮她，我没有勇气去面对那些创口。”

“嗯。”林菲轻轻地应了一声。

“我想了很久。”林礼祯继续说道，仿佛下了很大决心，又带着浓浓的不舍，“到了该和你妈妈说再见的时候了，我们不能让她一直这样，应该让她入土为安了。”

林菲俯下身，伸手擦去了妇女脸上的冰霜，不容置疑地说道：“我不同意。在彻底摧毁毒蝎之前，我要让她就这样安静地在这里睡着，直到她瞑目的那天。”

“毒蝎不是你能碰的。”林礼祯骤然严厉起来，转头死死盯着林菲。

林菲轻轻一笑，说：“这世界上就没有什么是我不能碰的。”

“你会死的，我已经失去了你妈妈，你想让我连你也失去吗？”林礼祯的声音里带上了一丝哭腔，哀求地看着林菲。（关于林菲母亲之死，请参阅《生死裁决·追寻》“无罪辩护”案。）

可林菲却根本不为所动，只是淡淡地一笑，说：“死了不是更好？死了，就能和他在那个世界团聚了，妈妈一定会同意我们在一起的。”

"我也没有反对过。"林礼祯哀求道，"为什么你就是不肯原谅我呢？"

"是，你没有反对过。"

林礼祯脸上浮现出了一抹喜色，却听林菲继续道："你压根就没管过我，你的眼里永远只有工作。"

林礼祯感到眼前一黑，身子不由自主地晃了几晃，抬头发现林菲已经走向了门边。

"你现在这样，和当年的我又有什么区别？"他压低了声音，却严厉地呵斥道。

"那不也是拜你所赐？"林菲站在门边，头都没有回，"还有，你太高看自己了。我不是不原谅，而是我觉得没什么可原谅的。你做了你以为对我们来说最好的选择而已，我理解，抱歉的是，我不能接受。就算我是一朵花，也不要做温室里的花，我要做一朵长满了刺的玫瑰，他们敢碰我，就扎他们个遍体鳞伤。而现在，我要做一朵食人花，不分四季，没有昼夜，随时准备，给他们致命一击。"

林菲没想到，孙林更没想到，只是过了一个中午，案情便取得了突飞猛进的进展。

林菲刚回到办公室，屁股还没坐稳，办公室的门就被人撞开了，李建林拽着一个血肉模糊的人闯了进来，身后还跟着一群严阵以待的警察。

"你要干吗？"姜斌厉声斥责的同时，悄悄向雷鸣的身后躲了躲。

"李建林，你知不知道你这是在犯罪？"赶来的孙林也严厉地警告道。

李建林没说话，只是扫了一眼眼前的这些人，扯了扯嘴角，不屑地笑了一下，然后松开手。他手里抓着的那个人砰的一声摔在了地上，痛苦地呻吟了几声。

随后，他把手伸进怀里。这个举动让众人更加紧张，不由自主地握紧了手里的武器。

"我警告你，不要乱动啊。"姜斌从雷鸣身后探出头喊道。

李建林轻蔑的神情愈发浓郁，手从口袋里拿出来时，手中却多了一张被血浸透了的纸，他把那张纸扬了扬，说："你们办不到的事情，我替你们办了。"

他上前几步，走向林菲，雷鸣赶忙拦在了他们之间，戒备地看着李建林。

"没事。"林菲淡淡地道。

"你们还不如一个小姑娘。"李建林嘴角挑了挑，嘲弄地笑了笑，绕过雷呜，将手里的那张纸拍到了林菲的面前。

林菲拿起那张纸看了看，又看了一眼蜷缩在地上的那个人，眉头微皱，问道："这么说，他就是你那个司机郝帅？是他劝赵璐璐自杀的，他全都承认了？"

李建林点头，说："就是这小子，我给他开着高薪，他却对我女儿下手。林检察官，人我替你们找来了，接下来怎么办，不用我说了吧？"

李建林下手很有分寸，看上去血肉模糊的郝帅，其实并没有受到特别严重的伤害，伤口经过了简单的处理后，甚至连住院都不用，更没影响到对他的审讯。

可相比于即将面临的牢狱之灾，郝帅似乎更关心一些其他的东西，在医生给他处理伤口的时候，他就不停地在追问自己会不会破了相。得知不会留下任何疤痕后，他才长长地出了口气。

这让孙林很不爽，忍不住阴阳怪气地怼了一句："长得帅并不能让你在法官那儿得到什么从轻发落的机会，老实交代你的罪行才行，坦白从宽……"

死　士

"抗拒从严吗，我懂！"审讯室里，郝帅点了点头，却又开始大呼冤枉，"我和璐璐是真心相爱的，我可没强迫她干什么。不信你们看啊。"

他举起左手晃了晃，得意地展示着无名指上的那枚戒指，和赵璐璐的遗物显然是一对。

孙林却嗤笑了一声，说："赵璐璐无法和异性建立正常的男女关系，我们的心理专家分析，她遭遇过性暴力，长期被人 PUA，患上了斯德哥尔摩综合征，只能和那个强暴她的人在一起。这么说，那个人就是你？"

郝帅愣了一下，随即怒火上涌，吼道："饭你可以乱吃，可话你不能乱讲，更不能血口喷人啊，你这是对我们纯洁爱情的玷污！你这是对璐璐的侮辱！就算你是警察我也要告你诽谤的你信不信？哼！"恼火于孙林的口不择言，他干脆把头扭向了一边，不去看孙林，"跟你讲，她跟我在一起的时候没那么多乱七八糟的事，我们俩是情到深处的时候水到渠成，那时候她还是个雏儿呢。你知道那代表什么吗？我看是你们想多了吧？心理医生，我懂，啥玩意儿都想找个心理创伤出来，要不然显得他们多没水平啊。我了解璐璐，她那是忒爱我了，那叫忠贞不渝！唉，”说到这，郝帅突然叹了口气，“她还为我打掉了一个孩子呢，在这事上，我确实挺不是个东西的，可你得合计合计，她那时候才多大啊？这事要是传出去，她还要不要做人了？我那也是实在没办法啊。”

监控室里的姜斌听到郝帅这么说，忍不住看了一眼江华和李沁，一脸狐疑。刚想说点什么，孙林已经继续问下去了，他连忙将注意力重新移回到审讯上。

“说说赵璐璐为什么会自杀吧。”孙林问。

“这个……这个……”郝帅有些吞吞吐吐。

“你不是说，是你劝她自杀的吗？”孙林看着面前那张被血污染过的纸，冷冷地问道。

“是。”郝帅点头，“我那也是被逼的，我要不承认，那我都得让人打死。再说，劝我是劝了，那我就是顺着她随便说说，那句话咋说的来着？女朋友永远是对的，女朋友要是错了，就参见上一条。我哪想到她会真死啊，我要是知道她真敢跳，打死我也不能那么劝她啊。”

“你为什么劝她自杀？”

“嗐，还不是学校里那点事闹的。”郝帅露出了一抹痛心疾首的神情，“她在学校里那些事你们都知道了吧？她一个小姑娘哪受得了啊，就让我带她走，那我哪儿敢啊！先不说她还未成年，我要是带她走了，那能有我好吗？单就说我为啥跟她谈恋爱，那我还不是想攀个高枝，少奋斗几年吗？”

“所以呢？”

“我就跟她说啊，就现在这社会，到哪儿都一样，也就死了能一了百了。我没想到她把这话当真了啊，她跟我说，也行，到了那个世界，有她妈妈在，她妈一定能保护她，还让我跟她一起走。我的天，我得疯成什么样啊？我琢磨着，这也就是小女孩儿闹脾气，过一晚上就好了，这事儿也不是一回两回了，我就答应她了，那毕竟我们是男女朋友，我得宠着她啊。我是真没想到，她真跳下去了啊。”郝帅一脸哀求地看着孙林，“警察同志，要说这事我有责任，她有那个念头的时候我就应该报警，可咱话说回来啊，我要是那时候就报警，你们是不是得把我当神经病啊？”

“呵，”孙林忍不住冷笑，“合着这事的责任还在我们了？”

姜斌看着审讯影像，转头看了一眼林菲，问道：“菲姐，你觉得他说的是真的吗？我觉得可信啊，一个渴望一飞冲天圆滑世故的底层抠脚大汉，要糊弄一个空虚寂寞不食人间烟火未经世事的富家少女，那还不是几句话就手到擒来的事？偏偏他那套理论还都是网上流传的真经，小姑娘就好这口。这赵璐璐自杀，恐怕他是真没想到。”

林菲看了一眼雷鸣，却见雷鸣眉头紧皱，她又看了看江华和李沁，问道：“你们怎么认为？”

“唔。”江华摸了摸光滑的下巴，一副高深莫测的神情，转头看向了李沁，“沁儿，你觉得呢？”

姜斌一口气差点没喘上来，翻着白眼说道：“合着你不知道啊？那你在那装什么高深啊。”

“我觉得，”李沁略一犹豫，“郝帅可能真不知道赵璐璐的情况，这就有点奇怪了。”

“不过他想赵璐璐死，这绝对跑不了。”雷鸣说道，“赵璐璐能活着和他走到最后自然最好，但是，只有她死了，才能隐藏起一些不能见光的秘密。你们谁听说过安慰自己女朋友的时候劝她去死的？那话听听就算了，有点脑子的都不会信那种理论。”

“问题不就在现在这群小年轻，基本都没脑子吗？”姜斌摊了摊手。

“没脑子的人里会包括你，却绝不会包括赵璐璐。”林菲冷冰冰地说了一句，随后她拨通了戴梓萌的电话，电话刚一接通，就传来了一阵砰砰的敲门声，她忍不住皱了皱眉，“你在哪儿呢？”

“在干正事。”戴梓萌回道。

“那个司机郝帅到案了，坚称自己和赵璐璐是男女朋友关系，但是他不知道赵璐璐不能和异性建立正常关系的情况，而且就劝说赵璐璐自杀这件事，他辩称是顺着赵璐璐的脾气来，以为赵璐璐自己会回心转意，这不正常。”林菲说。

“给他看过戒指吗？问问他戒指的事。”戴梓萌想了一下，说道，“我还有事，先挂了。”

戴梓萌收起电话，看着眼前紧闭的防盗门，又看了一眼身边神情亢奋的保安，犹豫着要不要回去再说。

“那个，戴检察官，”之前带他们来李建林家的保安说话了，“要不，我去拿钥匙？”

“你有钥匙？”戴梓萌微微一愣。

“有。”保安忙不迭点了点头，“所有的备用钥匙，在我们那儿都有。不过，”他突然有些犹豫，“你有搜查令吗？一定有的，对吧？”

郝帅无精打采地坐在审讯室里，不停地打着呵欠。

他不知道自己还要在这里坐多久，但是他相信，时间永远站在他这边。自己只要咬定最初的口供，警察不会找到任何证据给他定罪。

吱呀一声，审讯室的门被推开，一个好听却带着些清冷的声音在他耳边响起：“郝帅？”

“哎呀。”郝帅不好意思地笑了一下，试图抬起手摸摸脸，却因为被铐着而无奈地放弃，“我现在也还行？”

他抬头，就看到一个身穿藏青色检察官制服，神情冰冷的飒爽女检察官正走到审讯桌后。

她身后还跟着两个检察官，以及刚刚讯问他的那个警察孙林。

“别往自己脸上贴金了，林检察官是在和你核实身份，不是在夸你。”姜斌没好气地撇了撇嘴，“有我在这儿，你还敢说自己帅，谁给你的勇气，梁静茹吗？”

“郝帅，认识这个吗？”林菲举起一个物证袋，那里面装的是赵璐璐留下的那枚戒指。

郝帅身子前倾，仔细看了看，点了点头，又打了个呵欠，说：“认识，我给璐璐买的，跟我这个，”他晃了晃左手，“一对儿嘛。”

“跟谁买的？”林菲问。

“那我上哪儿记得去！”郝帅摇头，“就一地摊货，俩才十块钱，逛夜市的时候顺手买的。我跟赵璐璐谈恋爱，爱情是一方面，我这不还存着点别的心思嘛，我那点工资，够干啥的啊？”

林菲没说话，只是看了一眼雷鸣，见雷鸣脸上也是一副果然如此的样子。

“哥，你告诉我是哪个摊呗？”姜斌笑嘻嘻地看着郝帅，“十块钱能买到这个，你淘到宝了！这可是纯铂金戒指，这一对儿，没有一两万可下不来。”

郝帅愣了一下，突然嗤笑了一声，说道：“你们就忽悠吧。我买的，我能不知道？”

他打了个大大的呵欠，眼泪都流了下来。

“郝帅，别在这跟我们嬉皮笑脸的，你最好老实交代！”孙林沉下脸。

“你还让我交代啥啊？”郝帅却是一脸无奈，他用力吸了吸鼻子，“我是和赵璐璐在处朋友，我们俩都是心甘情愿的，这不犯法吧？你们成天吵吵要提高什么性同意年龄，那不还没通过立法吗？法律这玩意儿我懂，从旧兼从轻。再说就算立法了，你们也不能拿我咋地。你们说我杀人了，我哪杀人了啊？”

“劝说他人自杀以故意杀人罪论。”姜斌说。

“哎哟喂我的哥哥们哎，我不都说了，我那不是有意的，你们咋就不信呢？”

“那你得拿出能让我们信的证据来啊。”姜斌说道，“空口白牙一张嘴，你当自己是诸葛亮在这舌战群儒呢？”

“我哪儿有证据啊？”郝帅哭笑不得，“谈个恋爱，我还得装个监控？”他突然停了下来，神情微变，怔怔地看着眼前的几个人，呼吸渐渐粗重，“我好像还真装了个监控。”

孙林重重地把一台笔记本电脑摔到审讯桌上，盯着郝帅，脸色难看。

蜷在椅子里的郝帅缩了缩身子，侧着头，目光怯弱，眼角的余光不停地瞟向孙林，就见孙林挽起了袖子，嘴角露出了一抹狰狞的笑容，缓步走到了他的身前。郝帅连忙又向后缩了缩身子，可被固定在椅子里的他已经缩到了极限，再无可能后退半分。

“你要干吗？”郝帅惊恐地问道。

“聊聊。”孙林咬牙切齿地道。

郝帅努力抬起手指了指审讯桌，讨好似的笑道：“孙警官，您能坐回去咱们再聊吗？你离我这么近，我害怕。”

“离你远了，我害怕。”孙林笑了一下，“我是真害怕，你身上是不是藏着摄像头，把我这张脸也拍得一清二楚。”

“好好说说，你在家里装那么多监控，到底为什么？”孙林拍了拍郝帅的脸，“想清楚了再说。”

“我不是说了吗？防小偷啊！”郝帅的声音都开始发颤。

一向嘻嘻哈哈的姜斌此刻面色铁青，面前的投影幕布上密密麻麻的都是郝帅的电脑里存着的监控录像，光看每一段监控录像下标记的名字就能知道录像的内容和他“防小偷”的说法南辕北辙，那是一个个人名，全都是女性的名字。

“光这个就能判他个十年八年的吧？”他转头，看向同样面色难看的林菲问道。

“那要看他用这些做了什么。”林菲说，目光在那些视频中寻找着什么，“以及他对视频里的女主角们做了什么。”

“甭管他做了什么，反正这是偷拍的，一样够他喝一壶的。”姜斌哼了一声。

林菲没说话，只是盯着那些视频，片刻之后，她就找到了自己想要的东西，一个标注着“赵璐璐”的视频，但她随即就微微皱了皱眉。和其他人拥有几个到几十个视频片段不同，赵璐璐的视频就只有这一段。

她刚要说点什么，雷鸣也发现了这个视频，不等林菲下令，他就径直点开了视频。随着视频的播放，众人的眼睛一下子瞪大了。

郝帅家客厅里的小沙发上，赵璐璐和郝帅并排而坐，郝帅的手不安分地在赵璐璐的身上不停地摩挲着，让赵璐璐的衣服都凌乱不堪。此时的赵璐璐对郝帅没有任何抗拒，顺从地任由他作乱。

她微闭着眼睛，呼吸急促，双手垂落在身体的两侧。

在两人面前的茶几上，放着一个矿泉水瓶，水瓶里烟雾缭绕，一根吸管就插在瓶子里。

郝帅的动作越来越狂野，赵璐璐似乎也难以抑制自己的欲望。

啪的一下，雷鸣扣上了电脑，脸色阴沉。

“要不你们现在就把他交给我，要不你们放走他之后我再逮他一次。”李建林双手撑在办公桌上，居高临下地看着坐在办公桌后的林菲，“我看出来了，你们压根就不觉得他有罪。”

“行了，别在这儿给我添乱了。”孙林不耐烦地摆了摆手，“要不是考虑到情况特殊，现在早按故意伤害把你逮起来了，别得了便宜还卖乖啊。该干啥干啥去。”

“早知道我就不应该给你们送来。”李建林恨恨地吐了口唾沫，转身出了办公室，反手将门摔得震天响。

“嘿，反了他了。”姜斌跳起来，走到门边看了看，“得亏门没事，这门要是坏了，我非告他个毁坏公物。菲姐，你说是不是？”

他回头看向林菲，却见林菲正摆弄着手上的东西，只不过这一次不是那枚斑驳的检徽，而是赵璐璐留下的那枚戒指。

她很随意地摆弄着，但思绪显然并不在这上面，轻蹙的眉头告诉姜斌，她的大脑此刻正高速运转着。

“你老摆弄那玩意儿干啥？它又不会说话。”姜斌有些烦躁地道。

“它在说话，只是你没有用心去听。”林菲淡淡地一笑，“这枚戒指能很明显地说明两个人并没有在谈恋爱。”

“那录像你怎么说？”姜斌反问。

雷鸣只是稍稍一愣，就反应了过来，他突然拉开门跑了出去。众人一愣，连忙跟了出去，就见雷鸣步履匆匆，大步跑到了法医实验室门前，径直闯了进去。

雷鸣的突然闯入吓了刘鹏一跳，他握着试管的手一颤，一根试管险些掉到地上。

“该死的。”刘鹏狠狠地瞪了雷鸣一眼，恨恨地骂了一句，然后小心地把试管在架子上放好，“下次进来的时候，你就不能先敲门？这个毛病你什么时候才能改？”

雷鸣干脆没搭理他，径直问道：“赵璐璐有没有吸毒？”

“那我上哪儿知道去？”刘鹏白了雷鸣一眼，“至少尸检没有发现她吸毒。你怎么突然问起这个了？”

“我们找到了一份视频，怀疑她参与了吸毒活动。”紧跟着雷鸣进来的姜斌道。

“什么时候的视频？”

“一年前吧。”

“你们跟我扯犊子呢？”刘鹏瞪着眼睛，怎么想都觉得这些人是来拿他寻开心的，“我这最长也就能检测到七天内涉事人员有没有吸毒，一年，你全身上下的细胞都差不多换一遍了。你当毒品是什么，不可降解的塑料？一存在就几百几千年的？”

“老雷，你是不是觉得这里面有问题？”姜斌迫不及待地问道。

看着林菲和孙林也同样询问似的看着自己，雷鸣叹了口气，说：“吸毒这种事，我一直坚信，只有零次和无数次，尤其是自愿吸毒的人。”

姜斌瞬间恍然，接口道：“你就直说你不认为赵璐璐吸毒了就完了呗，还这么曲折。别的咱先不说，这事上，郝帅涉嫌性侵害是没跑了。”

“郝帅的尿检呢？”雷鸣问。

“他肯定是吸毒的了。”孙林说，“冰毒阳性。”

说着，他突然掏出了手机，微微皱了皱眉，转身走了出去。

“你们说，会不会是这样的。”看着大眼瞪小眼默默不语的林菲和雷鸣，姜斌轻咳了一声，“郝帅是老瘾君子了，他在家装监控，拍那些不雅视频，目的就是牟利，要不然就他那点工资，可供不起吸毒这种高消费。他迷奸赵璐璐，存的也肯定是这个心思，那毕竟是个富二代。要我说，赵璐璐是不堪骚扰，才走上自杀这条路的。”

他眼巴巴地看着林菲，等着林菲的评判，林菲神情却没什么变化，淡淡地说道：“和现场不符。”

“符啊，怎么不符了？”姜斌说，“她等的不是这个郝帅不就符了吗？”

“可那就和郝帅交代的不符了。”雷鸣也道。

“郝帅的话，现在能当真吗？咱们再审一下不就完了吗？”姜斌挑了挑眼角，笑了一下。

“审不了了。”孙林推门进了办公室，一脸的苦笑，“郝帅死了，半个小时前，吸毒过量。”

“啥？”姜斌忍不住瞪大了眼睛，就连雷鸣和林菲也震惊不已地看着孙林。

“开玩笑吧？”姜斌艰难地咽了口唾沫，“看守所啊，他怎么把那玩意儿带进去的？”

郝帅的面前坐着一个西装革履的男人，男人对这身衣服好像并不太适应，在椅子里不停地扭来扭去，目光不时瞟一眼站在不远处的民警，不停地舔着嘴唇。

他一只手也始终插在西装的口袋里没有拿出来。

“老板让你来的？”郝帅看着这个陌生的男人，小心翼翼地问道。

男人点头。

“你让老板放心。”郝帅向前倾了倾身子，舔了舔嘴唇，压低了声音，“我都按计划好的来的，那群傻帽，”他回头看了一眼民警，“最后肯定得信我的，证据我都给他们准备好了。”

听郝帅这么说，来探视的男人却一脸的茫然，过了一会儿，他悄悄把口袋里的那只手拿了出来，在监控的盲区将手掌冲着郝帅摊开，手掌上是一粒胶囊。

看到这粒胶囊，郝帅的眼睛亮了一下，不易察觉地瞟了一眼一旁的民警，快速拿到手里，犹豫了一下，问道：“这是最后一步了吧？”

男人点头。

郝帅不再犹豫，将那粒胶囊扔进了嘴里，咕咚一下咽了下去。

“你回去跟老板说，只要他遵守约定，我就遵守约定。”

男人点头，站起身刚要走，站在一边的民警脸色突然变了，他快步走向郝帅，却见郝帅已经闭上了眼睛，面带笑意，嘴角开始向外流淌着涎水。

蝎　影

那个把毒品带进看守所交给郝帅的神秘男人蜷缩在审讯椅里瑟瑟发抖，脸上是掩饰不住的惊恐。

看守所的负责人坐在他的对面，脸色沉郁得像要滴出水来。在他的地盘上出了这么大的事，不管真正的责任在谁，他都逃不掉一顿处罚，脱掉身上这身衣服或许都是好的，弄不好还会有牢狱之灾。当务之急就是从这个胆大妄为敢把毒品带进来的男人嘴里挖出整件事情的真相，那多少能减轻点他的责任。

让他恼怒的是，眼前的这个男人却一问三不知。

男人是以代理律师的名义来探视的，然而事后已经查明，他所持的证件是假的，连委托书都是伪造的，可他却称自己并不知情。

他本来是个在街边行乞的人，有人联系他，给他一大笔钱，让他来探视郝帅。那个雇他的人明显知道，在这个阶段看守所是不允许家属探视的，便让他以律师的身份探视郝帅，告诉他所需要的证件就放在超市的储物柜里。

雇主要求他到指定地点买颗胶囊带进去，在警察不注意的时候交给郝帅。

可那个雇主的身份他却表示不认识，对方是通过微信联系他的，至于一个乞丐为什么会有微信，不用他自己说，姜斌就已经给出了一个合理到无可辩驳的理由：与时俱进，乞讨也讲二维码收款了。

想起姜斌，这个看守所负责人的怒火又烧旺了几分。他侧头看了一眼那几个人，林菲、姜斌、雷鸣，还有刑警队的孙林，他们似乎对审问这个乞丐并没有太大的兴趣，注意力都集中在了面前那个包装袋上，正在窃窃私语。

乞丐交代说，那是他买雇主交代的胶囊时就有的。

看守所的负责人不太理解一个包装袋有什么可研究的，那只是普普通通的塑料袋，要说有什么奇怪的，就是上面有一个模糊不清的蝎尾图案而已。

但是他必须暂时压下这种不满，他还能坐在这里，这几个人出了不少力，尤其是林菲。

“我们谁都不愿意发生这种事，但这不能怪你，你们已经很好地履行了自己的职责。”在他被恐慌包围，瑟瑟发抖，浑身大汗淋漓不知所措的时候，林菲如是说。

“我翻译一下，这句话的意思就是不是我军太无能，实在是敌军太狡猾。”姜斌说。

“我再问你一遍。”看守所的负责人勉强让自己平静下来，盯着坐在审讯椅上自称是乞丐的男人，问道，“你真的什么都不知道？那人怎么不找别人，就找了你？”

“我真的什么都不知道。”男人一脸哀求地道，“为啥找我，那你应该去问他啊。”

“废话，能找到他我在这儿跟你费什么口水！”看守所的负责人猛地拍了一下桌子，让男人顿时缩了缩身子。

“你就没想过他让你来能有什么好事？这种活你也敢接，你想钱想疯了吧？”姜斌抬眼瞥了一眼男人，语气中带着些许的调侃。

“就看个人，我哪儿知道会出事啊？再说，好几万呢，傻子才不干呢。”男人有些委屈。

“哼，傻子才干呢。”姜斌撇了撇嘴。

“你说，你给郝帅的是蛋白粉？”雷鸣抬头问道。

男人点头，“交给我这个东西的人说是蛋白粉。好几百块钱呢，都从我劳务费里出的。”

“蛋白粉，蛋白粉！”孙林咬着牙，脸上却带着笑，这种诡异的交错让他的神情格外狰狞，“一盒蛋白粉也才两三百块钱，你一颗胶囊就给人好几百，你是不是以为我们都是傻子？”

“我又没买过蛋白粉，我哪知道行情！”男人低声嘟囔道。

“和你交易的人是谁？为什么会有毒蝎的东西？”林菲的情绪明显有些激动，她要极力控制才不让声音中的颤抖泄露出来。

“卖我东西的人我不认识，我就是按给我钱的那个人的安排去拿东西。”男人快速答道，脸上又露出了一抹茫然，“你们说的毒蝎，那是什么？”

雷鸣、孙林和林菲同时沉下了脸，目光盯住了男人，六道凶狠的目光让男人差点尖叫出来，他连忙喊道：“我付的钱，微信转账的，你们查查那个不就行了吗？！”

他的声音里甚至带上了一丝哭腔。

“兄弟，你得帮我个忙。”

许浩举着电话，听着电话那头的声音，微微皱眉，“你不是都金盆洗手了吗？你还告诫过我，以后绝对不会有任何联系了？”

电话那头传来了一声苦笑，“你当是过家家呢？这行不是你想进就能进，也不是你想走就能走的，我下半生能保住这条命，就算是烧高香了。”

许浩犹豫了一下，“我能怎么帮你？我现在可是顶了你位置的人，不暴露你的行踪，就算是仁至义尽了。”

“帮我传一条消息，今天下午，北郊烂尾楼，会有一笔交易。”

许浩一惊：“你疯了？你这是要另起炉灶？”

“那你别管了。”那人说，“想来想去，那地方可能最适合我，没人能把我怎么样，还有人一天二十四小时拿着枪给我当保镖，想死都难。”

“就你做过的那些事，你死一百次都不够。”许浩说。

“不会。”那人笑了一下，“具体的我不能和你说，你只要帮我这个忙就行了。对了，”那人突然想起了什么，“有个事忘了跟你交接了，青竹有一个妹妹，就在国内，她一直想找到她，找了十好几年了，以后这个活，就交给你了。”

“你找了这么多年都没找到，屁的信息都不给我，你让我怎么找？”许浩气急败坏。

“那就是你的事了，我要有线索，还轮得到你？别怪我没提醒你，这可是个接近青竹的好机会，你能把这事办成了，说不定，整个毒蝎都能成给你的陪嫁。”

“滚！”许浩恼火地挂上了电话。

在走进那栋烂尾楼之前，郝亮有些犹豫，他站在荒凉的入口前，一脸茫然地掏出手机看了一眼对方发来的定位，确认没有错误后，心中的迷茫没有得到丝毫的缓解，反而更加浓郁了。

几年前这里曾发生过一场血案，尽管警方已经尽可能对外封锁了消息，淡化了事情的严重程度，但一些流言蜚语早就已经在市民间流传开了，曾有一个如花似玉的女人在这栋楼里遭到了惨无人道的折磨，最终惨死。甚至有流言说，女人死得太过凄惨，怨念深重，以至于不仅仅是在晚上，就是遇到阴天，太阳不那么足的时候，这栋楼里也会传来阵阵哀号。

案子发生的时候，他才 15 岁，被父母明令禁止到这个地方来，哪怕接近也不行。

郝亮至今也没想明白，市里为什么仍然留着这栋楼，而不是拆掉重建。在地价飙涨的今天，光是这一块地就能给市里增加不少收入，那可能是他几辈子都赚不来的钱。

但只是略思索了片刻，他便抬脚走进了楼里，和那个他只能当成数字想想的事情相比，眼前能赚到的钱无疑对他更有吸引力。刚一进楼，一阵阴风和一声惨嚎让他差点一屁股坐到了地上，慌乱地抓住身边一根粗砺的水泥柱子才稳住了身形。

一只野猫跳上了窗台，喵地叫了一声，和刚刚那声惨嚎一模一样，它悠然自得地舔着爪子，看着脸色惨白，瑟瑟发抖的郝亮。

郝亮这才长出了口气，忍不住伸手轻拍着左胸，低声骂了一句，弯腰捡起一块石子冲着野猫扔了过去，野猫受惊，不满地叫了一声，跳下窗台跑远，郝亮得意地笑了一下，目光在楼里扫射了一圈，找到了楼梯，径直走了过去。

他没看到，在这栋烂尾楼外一个隐秘的角落里，停着一辆重装版 G500，或许他看到了，只是没有在意。

看到郝亮走上了扶手都没安装，还裸露着钢筋的楼梯，G500 的车窗玻璃降了下来，露出了四张神情各异的脸。林菲依旧面无表情，目光深邃，姜斌一脸好奇，而孙林正死死地按着双眼冒火的雷鸣。

没有人比孙林更理解雷鸣此刻的心情，就是在这个地方，他失去了自己最为重视的一个战友。

“放开我！”雷鸣低吼道，用力挣扎着。

孙林就差将自己整个人都压到雷鸣的身上去，冲雷鸣说道：“雷头儿，你别干傻事，我们来是干正事的，我好不容易才从线人那得来的消息，要是因为你的冲动让人跑了，就亏大了。”

雷鸣扭动的身子突然顿了一下，孙林连忙说道：“雷头儿，我什么事都可以顺着你，但这事不行。冷静点，我们不是为了抓一个毒贩子来的，要抓他，我早就抓了，我们是为了璐璐！”

听到孙林的话，雷鸣整个人好像突然失去了力气，他接连做了几次深呼吸，才道：“我没事了。”

孙林却没敢放手，脸带狐疑。

“我真的没事！”雷鸣又重复了一次。

“他知道自己是来干什么的。你再不放开，人都跑了。”林菲突然说道。

孙林一愣，愕然抬头看向窗外，就见郝亮一脸愤愤不平地走出了烂尾楼，他身后跟着一个瘦削的中年人。这个中年人嘴里叼着一根烟，右手腕上还缠着一圈绷带，微眯着眼睛，一脸不屑地瞟着郝亮。

嗒的一声，林菲打开车门下了车，孙林连忙松开了雷鸣跟了出去。

突然出现的人让郝亮愣了一下，他回头看了一眼中年男人，不悦地道：“咋地？还要强买强卖啊？”

随即，他就愣住了，中年男人的脸上竟慢慢失去了血色，身体也在微微发抖，连嘴里叼着的那支烟都跟着在战栗，烟灰扑簌簌地掉落，他却浑然不顾。

蓦地，他喊了一声，转身朝烂尾楼里跑去，孙林和雷鸣紧随其后跟了上去。

他们进去不久，就传来了砰的一声，郝亮的身子下意识地战栗了一下，眼睁睁地看着那个中年男人从三楼一跃而下，回头冲着楼上恨恨地竖起了中指，然而，他没有料到的是，那个面无表情的男人没有丝毫的犹豫，跟着跳了下来。

郝亮怔怔地看着这一幕，一脸的难以置信：“多大仇多大怨？咋还连命都不要了？”

他摇了摇头，转头就想走，却发现自己的去路也被堵死了。

那个面无表情的女人什么都没说，只是将一张镶嵌着很像是国徽样式徽章的工作证递到了他的眼前。

“检察院的，跟我们走一趟吧，有点事情需要你配合一下。”那个年轻的制服男人似乎有意落后了几步，将自己隐藏到了女人的身后，探出头小心翼翼却又笑嘻嘻地说道，“这不是逮捕，只是请你配合我们的工作，当然如果你拒绝，我们可以把这事改成抓捕行动！我们可以这样做，对吧？”姜斌看了一眼林菲，有点不太确定地问了一句。

全小林缩在审讯椅里，紧张让他的双腿不停地抖动着，目光不住地瞟向面无表情的雷鸣，脸上带着一缕震惊，一丝疑惑，还有一点恐惧。当意识到自己被警察盯上的时候，他没有丝毫的犹豫，转头就跑，他很清楚，他干的是要命的勾当，被抓住就是个死。所以当他爆发出全部的力量，在烂尾楼里暂时摆脱了雷鸣和孙林的追捕，跳上三楼没有窗户的窗台时，他也没有一分一毫的停顿，径直跳了下去。

他的运气很好，地面很松软，他没受什么伤，也松了口气，回头看了一眼楼上，面无表情的雷鸣已经探出了头。仝小林不屑地笑了一下，冲着雷鸣竖起了中指，然而，接着他就看到雷鸣想都没想地跳了下来。

这一幕让他目瞪口呆，他怎么也想不明白，他是为了活命，这个检察官为的又是什么？那只不过是一份养家糊口的工作而已，一个月的工资未必能有他一次生意的零头多，犯得上这么玩儿命吗？

然而，无论是他的哀求，还是贿赂，这个男人都是不为所动。仝小林只记得，自己被塞进车里的时候，那个年轻的检察官跟他说："老雷啊，没啥想要的，他就是想要你们这群人的命！"

这让他更加茫然，他实在想不通自己什么时候得罪了这尊瘟神。

"仝小林，绰号仝胖子，因为这个绰号，误导了不少人，让我们几次行动都找错了目标。你可以啊。"孙林翻动着眼前的资料，冷笑了一声。

沉浸在自己思绪中的仝小林下意识地点了点头，随即连忙道："警察同志，我就是小打小闹，我可没干过什么伤天害理的事，没杀过人，都没和人暴力冲突过。"

"你贩毒，比杀人更可恶，不知道让多少人家破人亡。"雷鸣说。

"这位检察官同志，这你可就冤枉我了。"仝小林莫名地显露出了一抹得意，"你说的那都是大毒枭，那群人为了抢地盘什么事都能干出来。我跟他们可不一样，不说别的，就我手里这批货，那都是低纯度的，无论是成瘾性还是危害性，那跟那群人的都没法比，而且我这还便宜。咱就这么说，这生意我不做也有人做，他们不从我这儿买，也是从别人那儿买，从我这儿买，至少他们在家破人亡这条道上，能坚持得久一点，对吧？"

姜斌愣了一下，看了一眼林菲和雷鸣，明知仝小林这番话纯粹是颠倒黑白，强词夺理，他竟生出一种无从反驳的感觉。

林菲和雷鸣只是似笑非笑地看着仝小林，就连孙林也只是点了一根烟，没有说话的意思。

姜斌左右看了看，突然抓起一个物证袋扬了扬，呵斥道："毒蝎的东西，你说纯度不高？”

“看，又误会了吧？”仝小林一脸无语的表情，“假的！我那是借用了毒蝎的名头。”

“是真是假，你说了不算。”雷鸣突然起身，走到仝小林的面前，麻利地拆开了他手上的绷带，却愣了一下，仝小林的手腕上是一块明显被烫伤的疤痕。

“这不犯法吧？”仝小林愣愣地看着雷鸣，“开水烫的，真的，不是你们打的，我能证明。”

“说说吧，为什么要冒充毒蝎。”看着愕然不解的雷鸣，林菲平静地问。

“嗨，混这圈的，谁不知道毒蝎的货最好？但这两年他们没货，我借用他们的商标，快速打开自己的市场，知道这叫什么吗？”他冲着姜斌挤了挤眼睛，“有个经济学术语叫劣币驱逐良币，等我成了气候，毒蝎真再回来的时候，那也没他们什么市场了，你说我这一下，我得救下多少被毒蝎害的人？”

“我是不是该给你申请一个好市民勋章，再给你开个表彰大会？”林菲冷笑了一声。

“那不用。”仝小林连忙摆手，“干咱们这行的，那过的就是刀口舔血的日子，属于隐蔽战线上的无名英雄。”

“别啊，既然是英雄，那就得让人民记住啊，尤其是被你坑了的毒蝎，不能在谁手里吃的亏都不知道啊。”孙林吐了个烟圈，“这屋里的有一个算一个，谁不是上了毒蝎的名单的？你也不能例外啊！”

仝小林额头上的汗水止不住地淌了下来，他艰难地咽了口唾沫，苦着脸看着眼前这几个人。他太清楚，一旦让毒蝎知道他背着他们搞出了这么一套，就算他躲到天涯海角，躲到监狱的最深处，也逃不过他们的魔爪。

“说说吧，说好了，我给你个痛快。”林菲不带任何感情地道，“保证你家里人的安全。”

“只要他们没参与的话。”姜斌补充了一句。

“你们太不讲武德了！”仝小林的声音里都带上了哭腔，“说，我说，你们想让我说啥？”

“你手里的毒品，怎么来的？”雷鸣终于说出了进审讯室后的第一句话。

“我自己做的。”仝小林耷拉着脑袋，有气无力地回道。

“自己做的？”雷鸣微微皱眉，声音里带上了一丝寒气。

“真是我自己做的啊。”仝小林委屈地道，“你们都查过我的底了，总该知道我干这行之前是医院的药剂师吧？”

“这倒确实。”孙林看着手里的资料，点了点头，“因为利用职务之便盗取贩卖违禁药物被医院辞退，同时还被判处有期徒刑一年，缓期一年执行。”他抬头看向仝小林，“所以，你那些毒品是从处方药里提炼加工的？可是我怎么记得，有可能提炼加工的药物现在药房都不允许出售了呢？”

“嗐，那是你们不知道方法。”仝小林说，紧接着又补充了一句，“这办法我可没跟任何人说过，这是我赚钱的根本，我没泄露出去，这算立功表现吧？”

“你想得倒是挺美的。”孙林冷笑，“处方笺哪儿来的？”

“那玩意儿网上一搜一大把，我又找人刻了个医生的印鉴，自己就开了。”

“做了多少次，盈利多少？”孙林又问。

咳。

林菲突然轻咳了一声，让孙林和雷鸣都是一愣，随即反应了过来。孙林笑了笑，说：“先不说这事，稍后会有专人审你。我问你，你和郝亮是什么关系？”

仝小林愣了一下，茫然地看着孙林，问道：“郝亮是谁？”

“你和谁交易都不知道？”姜斌气得忍不住笑了出来，“都到这时候了，瞒着不说对你可没什么好处。你想想，小事情的话，犯得上是我们检察院和公安一起搞你吗？”

听姜斌这么一说，仝小林这才恍然大悟，说道：“你说那小子啊。嗨，我真不认识他，熟人介绍的，要货还挺多，差不多是我手里所有的存货了。”

“那你怎么没卖？”林菲微微蹙眉。

“嗨，不知哪儿来那么个大傻子，硬说我卖的蛋白粉价太高了。他真不是你们的人？”仝小林不太确信地又问了一次。

“谁介绍的？”他没等到答案，等到的只是雷鸣带着冰寒的问话。

“郝帅。干啥的我不知道，我就知道，他没事总开个劳斯莱斯，有钱人。在我这儿买货两三年了，家底没掏干净不说，去年还换车了，还是劳斯莱斯，估计是家里有矿，还得是金矿。”仝小林痛快地交代道，随即却又惋惜地叹了口气，“唉，我家里要是有金矿，我才不干这买卖呢，没准儿我现在还是大慈善家呢。我不怕跟你们说，我现在还资助着好几个大学生呢。”

“可别往自己脸上贴金了，没金矿的人多了去了，也没谁像你一样跑来干这个。还资助，你说的是你包养的那几个吧？”姜斌忍不住翻了个白眼。

“一条胳膊？一条大腿？这样的钱，你们用着能安心吗？”林菲抬起头，冲审讯椅里坐立不安的郝亮晃了晃他的手机，微信零钱余额里的二十几万存款格外刺目。

可郝亮却是一脸的茫然，问林菲：“什么胳膊大腿的？你们说什么呢？买蛋白粉也犯法吗？”

林菲愣了一下，侧头看了一眼雷鸣，却见雷鸣也难得地露出了一抹愕然。

“蛋白粉？”雷鸣下意识地脱口而出。

“是啊。”郝亮点头。

“为什么要买蛋白粉？”林菲问。

“我哪知道啊！”郝亮没好气地道，“我哥让买的啊。说好了给我百分之一的劳务费还没给呢。”

雷鸣微微皱眉，从林菲手里拿过手机，快速地摆弄了起来，可眉头却越皱越紧。他头也没抬地问道：“你钱是哪来的？”

“你提这个我更来气。”郝亮气呼呼地道，“我哥让我给他们老板发一个加密的压缩文件，发过去没半个小时，他们老板就给我打了一大笔钱过来。我合计这挺好啊，赚大了，哪承想，紧接着第二天，我哥就让我去找那人买什么蛋白粉，就用这笔钱，这不扯犊子么？”

雷鸣已经在微信的收藏中找到了郝亮口中的加密文件，他拿起手机，一言不发地离开了审讯室。

半个小时后，在信息技术部门的协助下，加密文件被破解，是一段车内行车记录仪记录下来的视频。

劳斯莱斯豪华的后座上，赵璐璐衣衫不整地半躺在座椅中，一动不动，面若死灰，双眼空洞无神。一个看不见脸的男人坐在她的身边，心满意足地整理着衣服。

“你比你妈可强多了。”男人笑了一声，伸手掐了掐赵璐璐的脸，“别一脸要死要活的样子，你是我的，这是我和你妈结婚之前就说好的，要不然，你以为她一个人老珠黄的半老徐娘，凭什么能上得了我的床？”

那声音是她的继父李建林。

赵璐璐的眼睛动了动，那目光中是绝望，更是刻骨的仇恨。

“这一步又一步的，步步为营，处处陷阱啊。嘶——”正往姜斌血肉模糊的右手上一圈圈用力缠着绷带的雷鸣突然发力，姜斌吃痛忍不住叫了出来，“老雷，这是疗伤，不是捆猪，你能不能轻点？”

“好了。”雷鸣狠命地把绷带系了个死扣，面无表情地道。

姜斌试着活动了一下，不由得苦笑道：“你这捆得跟木乃伊似的，我还咋干活啊。”

“知足吧。”孙林把姜斌办公桌上被姜斌因为愤怒而砸碎的显示器搬到一边，笑了一下，“雷头儿捆了一辈子人了，治伤吗，他一直是被治的那个。”

“人说久病成良医，他这……”姜斌无奈地摇了摇头。

“哎，话说回来，姜检，你好像明白点什么了？”孙林问。

“这还有什么不明白的？”姜斌冷笑，“郝帅是在被抓前一天敲诈李建林的吧？第二天郝帅就被逮着了，他都被逮了，还怎么让他弟弟去买什么蛋白粉？这要不是李建林搞的鬼，你信吗？他这就是想坐实郝帅是瘾君子这事，为他死在看守所里做铺垫呢。郝帅那个傻子，还什么最后一步，我琢磨着，李建林是想造成郝帅和璐璐都吸毒的假象，证明郝帅就是用这种方式控制的赵璐璐。至于发视频敲诈，那也是在坐实他自己才是被害人。不信咱们等等看，他到案后肯定说视频是假的，自己只是不想事情闹大，又说不清楚，才答应给钱的。菲姐，你要不信，你就让梓萌回来咱们再审一次，让她用那个什么微表情微反应分析分析……”说到这儿，他突然想起了什么，“梓萌干什么去了？这都多长时间没露面了。”

14 岁那年的雨季

李铭扬坐在一把椅子里，身上的衣服破烂不堪，血迹斑斑，他惊恐地看着自己的父亲喘着粗气扔掉了手里的鞭子，用力扯开了衬衫的衣领，仰头喝光了一杯水，转头又看向了他。

他无法描述父亲此时的神情，是兴奋，是癫狂，是厌恶，更是仇恨。

李建林从茶几的抽屉里找出了一根棉绳，对折之后，将绳子的一头在窗户上系好，用力拉了拉，满意地点了点头，转身走到李铭扬的身边。

李铭扬不知道他要干什么，但他知道，他要干的绝不是什么让他愉快的事情，他努力向后缩着身子，可是被捆缚住的他根本就没有躲闪的余地。他的父亲一把抓住了他的衣领，就像拎一只小鸡一样拎着他到了那根绳子旁，将绳子套上了他的脖颈。

李铭扬开始用力挣扎，可他的力量在李建林面前是如此渺小。

“嘘——嘘——”李建林示意李铭扬噤声，俯下身在他的耳边低声道，“你不是喜欢那些变态的游戏吗？我今天就带你体验一次。韩国圈子里除了作品真的好，玩这种变态的东西，更比岛国那群人胆子大。”

他慢慢收紧了手里的绳子，李铭扬的眼睛瞬间瞪大，脸色涨红，双腿用力蹬踏着地面，徒劳地挣扎着。看着李铭扬的挣扎，李建林却笑了，笑容中带着一丝扭曲：“我告诉你，我根本不差你这一个孩子，你以为我不知道你和你那个婊子姐姐之间的事吗？”

李铭扬的动作一滞，有些不敢置信地想要转头去看看自己的父亲，可他父亲的目光此时却看向了沙发。

他知道，就在沙发的后面躺着一个女人，那女人的腿都没有能完全被遮挡，一枚检察官徽章就掉落在女人的脚边。

他曾以为那女人会是他的救星，却从没想过，他们可能会同时上路。

李铭扬慢慢闭上了眼睛。

戴梓萌坐在沙发里，林菲站在她身边，将一个冰袋按在了她的脑后。

戴梓萌的脑子还有点不太清楚，她只记得，因为一些细节她察觉到李铭扬似乎有些问题，便独自上门想问个清楚。她完全没想到，就在她送走保安，来到李铭扬的门前时，她的后脑便重重地挨了一下重击，后来发生了什么，她完全没有印象。再睁开眼睛的时候，她就看到李建林正被孙林的人铐上带走，而她正压在姜斌的身上，一手按着他的后颈，一手抓着他的右手反扭到了身后。

“你们不觉得，作为一个男孩儿，玩具却是芭比娃娃，还是那么残暴的玩法，他分明是想要暗示我们什么吗？”面对着林菲询问似的眼神，戴梓萌说道。

“一个傻子，能暗示什么啊？”姜斌离戴梓萌远远的，一脸委屈地揉捏着自己的肩膀，“我就是想叫醒你，你犯得上使这么大劲儿吗？谋杀亲夫也没有下这么狠的手的吧？”他忍不住抱怨道。

戴梓萌脸色微红，略有些尴尬地说：“李玫瑾教授有个观点，圈养的孩子玩阴的，长期被控制欲强的家长管控的孩子和大人之间是有隔阂的，他们有自己的秘密，永远都不会让大人知道。”

“因为一旦被知道，就要被控制了。”在房间里看着警方勘查现场的江华接了一句。

“是这样的。”戴梓萌点了点头。

“所以，你就想来看看？那也应该跟我们打个招呼啊，你知不知道刚刚有多危险？如果不是刘天明授权定位了你的手机……”蹲在那群警察身边的雷鸣回头看了一眼戴梓萌，言语中竟带上了一丝责备。

戴梓萌歉意地笑了一下，说：“其实主要还是我突然想起了李建林的一些反应。在我们提出想见见李铭扬的时候，他有两次舔嘴唇的安慰反应，他怕我们见到李铭扬，但似乎又准备好了我们会见到李铭扬。那时候我虽然觉得不太对劲，但李铭扬的状态让他做出那样的反应似乎也符合逻辑。可是接下来，李建林却不敢见赵璐璐，这与他之前的迫切要求太矛盾了。赵璐璐已经死了，还有什么不敢见的？我猜测，他害怕的不是赵璐璐这个人，他害怕的是自己对赵璐璐做过的事被我们发现，只能硬着头皮营造一个慈父的形象。”

“那你觉得，他干什么了？”姜斌问。

“你们不是已经知道了吗？”戴梓萌微微一笑。

“也幸亏我们来得及时，要不然，恐怕就得给你收尸了。下次再做这种事情的时候，能不能先跟我们打个招呼？”

姜斌忍不住翻了个白眼，却又下意识地缩了缩脖子，林菲的目光如冰寒的刀锋一般狠狠地扎在了他的身上。

“姜斌说的没错。”林菲的声音柔和了些许，“我还等着你给我拔管呢，你要是死在我前面，我的后事谁给办？”

戴梓萌讪讪地笑了笑，问：“李铭扬怎么样了？”

没有人回答他，只是众人的目光却不约而同地看向了江华。

“看我干啥？”江华被盯得有些发毛，“行行行，我说，李铭扬以后就姓江了。”他摊了摊手，又补充道，“不愿意改也行，我们家姓氏自由，随母姓也一样。”

李铭扬安静地躺在病床上，脸上没有了疯狂和懵懂，只是不时蹙紧的眉头告诉李沁这孩子曾经遭受过的磨难。

她下意识地握紧了李铭扬的手，眼中流露着一丝痛惜。

“我还是不明白，李医生你怎么连个智障都要收养，这不是给自己找麻烦吗？”姜斌终于还是忍不住问出了这个问题。

“你要觉得他是智障，那你自己才是智障呢。”江华翻看着一摞旧档案，笑了一下，“这个李铭扬做的事可是大部分智力正常的人都难以完成的。”

“你是说他有犯罪的天赋吧。”姜斌带着些不屑地道。

“你看看这个吧。”江华把那摞档案递给了姜斌。

姜斌接过去随手翻了翻，那是一叠成绩单，但他依然有些不解地说道：“年年第一，这没什么吧？小学嘛，我那时候也是年年第一呢。”

“可他才九岁，八岁的时候上的就是五年级了。你八岁的时候在干吗？过家家还是和尿泥？”江华问。

“你真恶心，我八岁的时候都已经下水摸鱼了。”姜斌道。

“你也就那点出息了。”江华鄙视了一句。

“说得好像你八岁的时候就挺牛了似的。”姜斌忍不住呛道。

“至少那时候我知道带着小姑娘下河洗澡了。”江华嘿嘿一笑。

“闭嘴！”李沁没有抬头，声音里带着一丝寒意，“一切的变故都发生在一年前，一年前一定发生了什么。从这孩子做的那些事来看，他很有可能目睹了赵璐璐身上发生的一切。”

看着搜查员从赵璐璐的书桌下扯下了一个用胶带粘贴在桌板背面的透明塑料袋，雷鸣脸色阴沉，他很清楚，那里面的白色粉末是什么东西。

看到雷鸣神情不善，孙林连忙道：“看看指纹。雷头儿，先别想那么多，没准儿这回真让姜检察官说对了，李建林连这一步都算计好了，姜检也不能回回都错，你说是吧？”

搜查员将那个塑料袋举到眼前仔细看了看，就冲着雷鸣和孙林道：“上边没有任何指纹。”

“看看，我说什么来着。”孙林松了口气，“赵璐璐要真是吸毒人员，按郝帅的视频，那可有段时间了，她不可能控制自己一个礼拜不碰毒品，还没有任何异常反应吧？”

“我说什么了吗？”雷鸣斜了一眼孙林，“做做微量物证，看看那东西到底是谁的。”

看着雷鸣的反应，孙林不由得失笑。

“不光这上边没有任何指纹，”搜查员又说道，“我刚看了，这屋里基本上就没有指纹，连足迹都少，感觉那孩子走之前，对这屋子做了大扫除，还是请的家政，用专业工具做的。”

“说得过去，那孩子毕竟已经准备离开了，不想留下自己的痕迹没什么奇怪的。”孙林随口回应道，“你没看到她在现场的时候，恨不得赤条条来赤条条去呢。”

“她没那个时间。”雷鸣皱着眉说道。突然，他想起了什么，转身就跑上了阁楼，孙林愣了一下，连忙跟了上去。

雷鸣站在门边，目光在狭小的房间里梭巡着。房间并不大，摆下一张小床后几乎就再没有什么多余的空间，而这张上次他们看到时还有些凌乱不堪的小床此刻却是整整齐齐。

房间略有些低矮，如果他们要进去，就必须微微弯腰才行。

整个房间只有一扇小窗，也被死死地密封着，与其说这是李铭扬的卧室，倒不如说，这里就是囚禁他的牢笼。

雷鸣轻轻叹了口气，目光随即就被一抹异样吸引了，在狭窄的窗台上摆着一个花盆，黄色的玫瑰此刻开得正旺，显然平日被人照看得不错。

他愣了愣，微微蹙眉，忽然间，他露出了一抹微笑，弯腰进屋一把将那张小单人床挪到了一边，俯下身查看了起来。

“螺丝刀！”他冲着孙林伸出了手。

孙林连忙探头看了一眼，眼睛也是一亮。在靠近里面床脚的位置，一块地板明显翘起。

“你怎么知道？”他忍不住问。

“黄玫瑰，代表着歉意。”雷鸣说，“每年去扫墓的时候，你嫂子都会给雅鸣带一束。如果是赵璐璐养的，那就代表她对李铭扬的歉意，如果是李铭扬养的，那就代表着他对赵璐璐的歉意，不管哪一种，这里面都有秘密可挖。螺丝刀！”他又说了一遍。

孙林连忙在身上摸索着工具，雷鸣却有些等不及了，他径直将手放在了那块地板上，发力一按让地板翘起得更多一些，随即他抓住那块地板用力一掀，露出了里面隐藏的秘密。

那是一本日记本。

肇源一进林菲的办公室就怔住了，办公室里的每一个人都脸色阴沉，他一推开门，所有人的目光都看向了他，那些目光如刀子一般锋利，让他下意识地摸了摸自己的身子，生怕已经被刺得千疮百孔。

“怎么了这是？”他惊疑不定地问道。

“你来干什么？”姜斌问，他的声音中都难得地带上了一丝怒气。

“我……”肇源有些艰难地咽了口唾沫，“我来问问李建林那个案子的情况。”

“和你有关系吗？”林菲冷笑。

“有。”肇源硬着头皮，“李建林外面还有几个私生子，按我国法律来说，他们也有李建林财产的继承权。”

“他一时半会儿死不了！”戴梓萌恶狠狠地咀嚼着一块巧克力，咬牙切齿地道。

肇源愣了一下，说：“我不是那个意思，是他的那些非婚伴侣想让我担任李建林的辩护人，男的女的都有，再说，我毕竟也长期担着他法律顾问的名号呢。”

“那你真是瞎了心了，看看这个吧。”啪的一声，雷鸣将一本日记摔到了肇源的面前。

窗外，电闪雷鸣，大雨滂沱，一声声炸雷时不时吵醒沉寂的夜色。

李铭扬蜷缩在母亲的怀里，躺在床上，睡得香甜。

咔嗒，入户门开了。

李铭扬的睫毛动了动，他知道是父亲李建林回来了。母亲揽着他的手臂却紧了紧。“睡觉！”母亲在他的耳边轻柔却不容置疑地说道。

李建林的脚步走到了卧室门前停了下来，迟疑了片刻，脚步声又响起，他没有进屋，而是径直走上了楼梯。

李铭扬感觉到母亲的身体一瞬间变得僵直，随后她轻柔地抽出了手臂，下床打开门走了出去。

母亲没有穿鞋，因为她脚踩在地上却没有传来任何声音。李铭扬想。

楼上住着的是自己同母异父的姐姐，父亲对她从来都不太关注，这么晚了，他要去干什么？

母亲好像很紧张。

咚的一声，楼上传来了一声异响。

李铭扬睡不着了，他轻手轻脚地起身，赤着脚走出了房门。

小小的阁楼里，房门并没有关严，李铭扬小心翼翼地凑上前，透过门缝看进去，就见姐姐衣衫不整面带惊恐地蜷缩在房间的一角，父亲的脸上带着狰狞的笑容，正扯掉自己的领带，而母亲摔倒在地上，额头显然磕到了桌角，正向外冒着鲜血。

他用自己的零用钱给姐姐买来的小小的生日蛋糕也摔到了地上，被父亲一脚踩碎。

小小的李铭扬不知道发生了什么，他想要推门而入，可缩在角落里的姐姐却冲着他慌张地摇了摇头。

“你不能。”母亲挣扎着想要爬起来，虚弱地道。

父亲停下脚步，转头看着母亲，脸色冰寒地说：“我不能？我们结婚的时候就说过了，等她满十六岁，她就得成为我的女人。今天是她十六岁生日，我这个当父亲的可是为她精心准备了这一场成人礼啊。”

“禽兽，畜生！她是你女儿啊！”母亲扑上去，对着父亲又抓又打。

可是在强壮的父亲面前，母亲的踢打显得那样柔弱无力，他只用一只手就抓紧了母亲的脖颈，将她拉到了自己的身前，看着她涨红的脸，他呵呵一笑，说道：“我女儿？是你的女儿，她跟我可没什么血缘关系。我今天就要了她，至于你，你的任务已经完成了。”

他猛地用力一掼，母亲再次摔倒在地，头重重地磕到了桌角，再也不动了。父亲却视若无睹，转身走向了姐姐。

哭喊，嘶吼，哀号，那个晚上，李铭扬只记得这些声音，他甚至不记得自己是怎样回到一楼那个小卧室，怎么回到床上的。

他只记得，当窗外的雨停下来的时候，赵璐璐来到了他的房间，她如同一具行尸走肉一般，面无表情，对身上破烂的衣衫全然不顾，她只是爬到他的床上，把他紧紧地揽进了怀里，在他的耳边低声呢喃：“妈妈死了，你要活下去就要装傻，装作什么都不知道。”

房间外，正传来李建林暴怒的嘶吼：“偷汉子偷到家里来，现在还有脸死在我家里。你以为死了就能了结一切了吗？”

李铭扬下意识地缩了缩身子，躲进姐姐的怀里，茫然地点了点头。

肇源翻看着日记本的手颤抖着，脸颊的肌肉因为愤怒而战栗，他抬起头，双眼血红地看向孙林，咬牙切齿地道：“这么大的事，你们警察是干什么吃的？竟然一点都不知道？意外死亡的案件，一定要经过警方的调查的吧？”

“可如果李建林买通了医生开具了正常的死亡证明，继而火化，根本就没有报案的话，那就是另外一回事了。”孙林无奈地摊了摊手。

“真难得，我们肇大律师竟然也有这么怒发冲冠的时候，你不是有钱就赚吗？”姜斌有些不合时宜地调笑了一句。

“呸！”肇源毫不犹豫地啐了口唾沫，“什么钱都赚才是王八蛋呢，你们以为我是许浩呢？查，这事你们得好好查，要不把这瘪犊子弄死，我就让你们下半生都不得安宁，我天天上访去。”

“等等。”戴梓萌眉头微皱，“你说许浩怎么了？”

“那小王八蛋，打着我的旗号搞了个法考培训班，钱都收了，他人跑了，现在都在找我要钱。”肇源气呼呼地道。

“你正常上课不就完了吗？”姜斌不解。

“我也没见着钱啊。”肇源郁闷地道。

“我钱可交了啊，一分不少。咱可丑话说在前头，你要是敢不上课，我就告你诈骗！”姜斌威胁道。

戴梓萌转过了头，和林菲四目相对，眉头紧锁。

放狠话容易，可真要做起来却是难如登天。面对李铭扬的日记和郝帅留下来的视频证据，李建林坦然承认自己性侵赵璐璐的犯罪事实，但却辩称自己与赵璐璐的法定监护人，她的母亲之间是有双方认可的书面协议的。而对于杀人一事，他却拒不承认。

“别随随便便说我杀人，你们可是警察，检察官，每一句话对我都是极为严厉的指控，没有证据就乱说，这个后果我承担不起。再说，就算性侵又怎么了？”李建林不屑地笑道，“我们有协议的，赵璐璐年满十六岁的时候就要成为我的情人，协议是赵璐璐十四岁生日那天签的，那上面可还有她的签名呢，有法律效力的。真就算我性侵，那也是她违约在先。”

“禽兽！”姜斌狠狠地摔上审讯室的铁门，从牙缝里挤出了两个字，“人渣！菲姐，一定要枪毙了他，子弹我掏钱。”

“不够！”林菲却是脸色阴沉，“以现有的证据，他的最高上限根本不够死刑。”

“孙队，这可就得看你的了。”姜斌转头看向孙林，“你们总不能眼睁睁看着一个杀人犯逍遥法外吧？”

“我能怎么办？你以为我愿意这样啊！”孙林也是一肚子的火，“尸体都没有，我连尸检都没法做，这案子根本就没法定性！”

“医院。”雷鸣简洁干脆地道。

“我早想到了。”孙林却苦笑了一下，“李建林家里出事之后的三个月内，那几个急救大夫都死了。”

“死了？”姜斌愕然。

孙林点了点头，说：“车祸，出一个急救现场的时候。肇事的另一方就是李建林，醉驾，得益于他那辆豪车，他屁事没有，就有点擦伤。”

“他，他分明就是杀人灭口！”姜斌叫道。

“也许是，也许不是，但是现在，我们没有任何办法能证明，而我们的原则是……”

“疑罪从无！”戴梓萌缓慢地把一块巧克力塞进嘴里，有仇一般用力咀嚼着，“我们都知道是怎么回事，可没有证据！没有证据就意味着我们什么都做不了。他被捕的时候，怎么就没拒捕呢？”

戴梓萌突然阴恻恻地说了一句，语气中带着难以掩饰的惋惜。

失乐园

孙林脸色阴沉地看着眼前这一幕，他难以相信李牧南竟会走上这样一条不归之路，而缘由就是一篇自媒体记者发布的通稿。

自媒体记者在报道中信誓旦旦地表示，赵璐璐正是不堪忍受为人师表的李牧南长期的性骚扰才走上自杀的绝路。

这是一篇处处充斥着捕风捉影的报道，根本没有任何实质性的证据，可李牧南却难以忍受这样的压力，一死了之。

此时，他静静地跪坐在书房的地板上，一根绳子在他的脖子上绕了一圈，另一头系在窗上。此时，他脸色青紫，舌尖微微吐出了唇外，已经失去了生机。

李牧南的遗体被移走之后，林菲和戴梓萌信步走进了这处李牧南给自己选择的长眠之所。这是一间很典型的教师的书房，墙面都被硕大的书架填充着，书架上塞满了书，却并不整齐。

一张书桌摆在靠窗的位置上，书桌上同样凌乱不堪地摆放着一些学生的作业。

戴梓萌突然轻咦了一声，快步走到了书桌前。戴梓萌看着这张略显凌乱的书桌，书桌中央格外整齐，只摆放着一张集体照。

她拿起那张照片看了一眼，呼吸骤然间急促了起来。那是一张全班同学的合照，赵璐璐就站在李牧南身后，笑颜如花，甚至双手都放在了李牧南的肩头，隐蔽却又甜蜜地做出了一个类似搂抱的亲昵举动。

“这不可能。”林菲蹙眉，似乎有什么东西在她脑海里一闪而过，她却无法抓牢。

“是不可能。”雷鸣不知何时也来到了他们的身后，“按江华和李沁所说，半年前，赵璐璐还患有严重的心理疾病，无法和任何男性有肢体上的亲密接触。除非……”

戴梓萌看了一眼雷鸣，慢慢翻转了照片，一行墨迹还未干涸的字迹呈现在他们的眼前。

她在等的人，是我。

雷鸣把从李牧南家中找到的照片递给眼前这家金店的老板，老板却苦着脸央求道：“不是我不想说，实在是我们有义务为客户保密。雷队，您能别逼我了吗？”

“你这家金店是怎么开起来的？”雷鸣神情不变，“十年前，你因为盗窃罪入刑，价值二十几万的赃物一直没找到，那批赃物都是金银首饰吧？放到现在，起码值个百八十万的。”

老板的神色马上就变了，冷冷地说：“你威胁我？”

“我只是怀疑，你最初的启动资金是哪儿来的？”雷鸣冷笑了一声。

“我家里拆迁了，不行吗？”老板没好气地道，“法院当初判的罚金我可一分没差地交了。”

“店里没收过赃物？”雷鸣又问。

老板的脸色有些涨红，说：“我吃了十年牢饭，我比谁都知道失去十年自由的滋味。你知道那十年我怎么过来的吗？改过自新，重新做人，我现在每天早上睁开眼睛脑子里闪过的第一个念头就是这个。那个地方，没人想去第二次。”

“看来那十年你没白待。”雷鸣笑道，“告诉我买那个戒指的是谁，否则你就是拒不配合我们办案，说不准我就得让孙林那边有所行动了。”

“你……”老板瞪着雷鸣，一句话都说不出来。良久，他才吐出了一口浊气，重重地在照片上指了指，“就是他，前两天还给了我一笔钱，让我保密。还有，我不是怕了你们，我什么事都没有，我只不过是不想失去我现在拥有的一切。”

看着老板指出的那个人，雷鸣没有丝毫的意外，收起照片转身离开了金店。

赵璐璐自杀的前一天夜里，李铭扬躺在床上睡得正香，平静的面容让人丝毫看不出这是一个智力有障碍的孩子。

突然，他卧室的门打开了一条缝隙，赵璐璐拄着拐杖的身影闪了进来。李铭扬当即警觉地醒了过来，看到门边站着的是姐姐，他戒备的神情才慢慢放松，然而，他很快又察觉到不对，姐姐的脸上竟然带着笑，那笑容甜蜜中带着一缕忧伤，目光是行将到来的解脱，也有一丝丝的不舍。

他疑惑地看着姐姐，赵璐璐却竖起了一根手指，示意他不要说话。

她费力却又坚决地走到床边，在弟弟的身边坐下。“姐姐恋爱了。”她幸福地说道，“是我的老师，李老师，你见过的，他很好，是不是？我把所有的事都跟他说了，你猜他怎么说？”

看着面前故作镇静的少女，李牧南难掩震惊，一股热血上涌，怒火不断地冲击着他的大脑，然而仅存的理智却告诉他，对这件事他无能为力。他和李建林，一个地下，一个天上，一只蚍蜉，一株巨树，就那么硬生生地撞上去，除了自己会头破血流，对方连一点印迹都不会留下。

他无力地坐下，嘴唇动了动，想说点什么，最终却没有发出任何声音。良久，他才听到自己嗓音嘶哑地说道：“这不怪你，不是你的错。”

他知道，这样的安慰毫无力度，却还是选择了继续说下去：“你是个好女孩儿，只是，只是你遇到了一头禽兽，一个猪狗不如的东西，有错的是他，犯罪的也是他，将来受惩罚的也会是他，你不应该责怪自己。”

赵璐璐突然笑了一下，她的脸上还挂着泪花，笑容却无比灿烂。

“只是，这件事你不要告诉别人，不要再告诉任何人。现在的社会变了，那些一再反转的性侵事件让大家不敢再轻易相信，只会给你带来无穷无尽的麻烦。”

李牧南注视着赵璐璐的眼睛，郑重地说道。

赵璐璐的目光有一瞬间的黯淡，她努力维持着笑意，问道：“那，老师，你相信我吗？”

李牧南点头，没有丝毫的犹豫。

“老师，你真好。”赵璐璐眼中恢复了神采，“你，老师，你能抱抱我吗？”

李牧南愣住了，片刻之后，他试探着伸出手，伸向赵璐璐，赵璐璐浑身僵硬却没有躲开，直到李牧南轻轻揽住了她，将她拉着靠向自己的肩头，她突然一软，整个人都失去了力气。

“你知道吗？”赵璐璐看着李铭扬，笑得无比甜蜜，“那一刻我才知道，原来男人的胸膛并不只有冰冷，还可以很柔软。原来，我只是没有找到对的人。我想像个正常人一样生活，所以我就请他配合我，希望能治好我的病。”

翻看着眼前那一摞厚厚的剧本，李牧南神情挣扎，良久才叹了口气，“璐璐，男人和女人之间，并不是只有爱情一种关系。”

“可是，我希望能建立一段正常的恋爱关系啊。”赵璐璐微微一笑，“女人嘛，总是要出嫁的，总是要附庸在一个男人身边才行。”

“璐璐，你这样想就不对了。”李牧南的爱人端着水果走了进来，严肃地说道，“女人凭什么天生就要附庸于男人？我们想带你出来，想让你考上一所好学校，摆脱你的家庭，你的过往，是想让你有自己的人生，有自己的生活，而不是又成为另一个男人招之即来挥之即去的物件。”

“可是，我将来总要嫁人的，不是吗？”

“你可以不嫁人。”李牧南笑了一下。

“我真的好想体验一下浪漫的爱情啊。”赵璐璐笑着，“要不然，我总觉得自己的人生缺了点什么。”

不知什么时候，赵璐璐的眼角挂上了一丝泪花，她笑着抬手擦去了眼泪，看着李铭扬，继续说道：“我也没想到，事情会发展到那个地步。姐姐……姐姐我入了戏，却再也出不来了。那是很久很久以后，我们终于还是在一起了。”

“你爱我吗？”赵璐璐靠在李牧南的怀里，小手满含爱意，轻柔地抚摸着李牧南的脸庞，目光不曾有片刻的离开，仿佛要把他的一切都刻进眼睛里，留在记忆里。

“爱。”李牧南重重地点了点头，“也只有我还爱着你。”

“有多爱？”赵璐璐又问。

“我愿意把一切都给你，一切。”李牧南说，“就像你的一切只属于我，也只有我才会接纳你。”

“那你能送给我一份礼物吗？”

“难道我还不是你最好的礼物吗？”李牧南反问。

“我想要一枚戒指，就像每一对夫妻都有的那样。”

“就像是这样的吗？”李牧南变戏法一样拿出了一枚戒指，微笑着看着赵璐璐。

赵璐璐噌地一下起身，一把接过了戒指套在了手上，眼里满是掩饰不住的欣喜，她晃着戴着戒指的手，不停地问：“好看吗？好看吗？”

那枚戒指有些偏大，戴在她手上，晃来晃去的。赵璐璐撇了撇嘴，说：“好像有点大，不过没关系。”赵璐璐像护着一件心爱的宝贝一样，将那枚戒指紧紧地护在怀里。“我还会长大的，这戒指现在不是戴在手上的。”她从脖子上摘下一条项链，把戒指穿进去，当成了吊坠，“帮我戴上。”

她靠进李牧南的怀里，让心爱的人给她重新戴好了项链，然后小心翼翼地把戒指放进了衣服里。

“这样就不会被人看到了，这是属于我们的小秘密。”赵璐璐突然转身，吧唧一声，在李牧南的脸上亲了一口。

这突如其来的偷袭让李牧南猝不及防，他的脸腾的一下就红了。

“你明白了吗？”趁着李沁喝水的工夫，戴梓萌看向姜斌。

“我明白什么啊？”姜斌一脸茫然。

“在这个故事里，两人相爱了，不过看上去是赵璐璐坠入爱河，却小心地隐藏着李牧南控制了她的事情，而李牧南用自己的死给这个故事做了背书。”

“这怎么了？”姜斌依然表示自己什么都没懂。

“我只想知道这故事是不是真的。”林菲说。

“我觉得是。”戴梓萌点了点头，“情窦初开的年纪，又有那样不幸的遭遇，李牧南对她的好，很容易让她产生爱意，李牧南只要稍稍用点手段就能拿下她。”

“雷检，你觉得呢？”林菲又问雷鸣。

“戒指的来源查明了。”雷鸣说，“确实是李牧南买的。”

“这样的话，是不是就是说证据确凿了？”姜斌若有所思地道，“可我还是不明白，我们知道了这些又有什么用？”

“故事还没完呢，李铭扬讲的可不止这些。”江华笑了一下，看了一眼李沁。

李沁点了点头，神情却有些凝重。

“他当时脸红红的，好可爱呢。你说，他都那么大的人了，怎么还会露出那么害羞的表情呢？”赵璐璐看着李铭扬，笑着问他，却未曾想着从弟弟那里得到一个答案，她不过是感叹一下罢了。

然而下一刻，李铭扬就感到身上一紧，已经被赵璐璐死死地揽进了怀里，她的力气如此之大，像要把他揉进身体里一般。

他意识到姐姐的身体在颤抖，肩膀那里传来了一阵阵的湿热。

姐姐哭了，却死命地克制着自己不哭出声。

李铭扬手足无措，不知过了多久，赵璐璐才直起身抬手抹了一把眼泪，脸上虽然还带着笑，却多了一丝苦涩，说：“我编不下去了。没有，我们什么都没有发生，可是姐姐多希望我和他曾经发生过什么啊。”

她用力吸了一口气，抬手擦去了泪水，脸上又恢复了那甜蜜的笑容，说：“说点正事吧，我们在做一件大事，一件很大很大的事，做完这件事，姐姐就要走了，以后，你就要一个人生活了。你明白了吗？”

李铭扬茫然无措地摇了摇头，他不懂姐姐在说什么，可他却能看出来姐姐目光里充满着不可动摇的坚决。他有一种感觉，姐姐就要离他而去。

他紧紧地抱住了赵璐璐，说：“我不想让姐姐走。”

这句话，他说得无比流畅。

“不行啊，姐姐一定要走呢。”赵璐璐抬手摩挲着弟弟的头，惨然一笑，“这世界对于姐姐来说宛如地狱，我爱上的人，他并不能爱我。记得啊，将来有一天，你要把这个故事讲给值得信任的人。姐姐走了后，你要好好地活下去，你会找到自己的天堂。”

她最后一次揉了揉李铭扬的脑袋，动作轻柔，饱含爱意。然后，她站起身，决绝地离开了房间。

那是李铭扬最后一次见到姐姐。

“大事？她在做什么大事？这个‘我们’，又是谁和谁？”姜斌微微皱眉，茫然地问道。

“‘大事’我们已经知道了，而这个‘我们’，还用猜吗？”林菲冷哼了一声，伸手摸出了口袋里的首饰盒，想要打开却顿了一下，情绪骤然间低落，有些心不在焉地将首饰盒扔进了抽屉。

“你是说李牧南和赵璐璐？他们这么做到底是想干什么？我怎么完全看不懂？”姜斌依然有些茫然。

“想想我们现在查出了什么？”戴梓萌徒手捏开了一枚核桃，将核桃仁扔进嘴里慢慢咀嚼着，那样子颇有几分咬牙切齿。

“李建林？这也太扯淡了吧，想让我们查李建林，直说不好吗？”姜斌难以置信地摇了摇头。

“直说？你觉得你们会信吗？或者说，赵璐璐会认为你们会相信她的话吗？和李建林这种人斗，对于赵璐璐、李牧南他们来说，无异于是鸡蛋碰石头，连鱼死网破都做不到，连骨头渣子都剩不下。他们只能这样迂回下来，一点点引导你们。”江华趁着戴梓萌不注意，偷了一枚核桃，说道。

“我站江医生。”办公室的门被人推开，孙林拿着一沓照片走了进来，冲着房间里的人扬了扬，“引导我们往李铭扬身上想的，也是李牧南做的，视频侦查组那边传来的消息，把那些芭比娃娃放到你们几个家门口的人，就是李牧南。”

“行，就算你们说的都是真的，可李牧南为什么要死呢？他们的目的已经达成了不是吗？还有那个故事又是怎么回事？赵璐璐通过李铭扬的口想要告诉我们的到底是什么？有没有明白人照顾一下我，给我好好讲讲啊？”姜斌觉得自己快要崩溃了，似乎大家都已经知道发生了什么，唯独他自己还被蒙在鼓里。

刘天明从茶叶罐里摸出几片茶叶，想了想又放回去一片，才将剩下的茶放进茶杯里，随即便把茶罐放回抽屉，顺手反锁了抽屉，然后一脸戒备地看着孙林，见他没什么反应才松了口气，自顾自地往杯子里倒上热水，斜眼看着神情严肃的雷鸣，说：“照这么说，李牧南是过不去自己那道坎，他没能保护好赵璐璐，最后还要用她的死来揭示真相，作为这个计划的制订者，他认为自己就是个杀人犯？”

“对。”姜斌忙不迭地点了点头，“而且，林检说，李牧南并不知道我们能查到什么程度，赵璐璐需要一个真的在等的人，他不想让她白死，必须有一个人为她的死付出代价，如果不是李建林，那就是他李牧南。”

刘天明端起茶杯，吹了吹热气，说：“我不能理解这种想法，这完全不符合逻辑。”

“谁说不是呢！”姜斌摊手，“我们搞戏剧的最讲究人物逻辑，可林检他们不这么觉得啊。”

“没有人付出代价的话，赵璐璐永远是那个不知自爱的女孩儿。”雷鸣暗哑着说道。

“雷检的意思，”见刘天明一脸不解，孙林连忙补充道，“李牧南是在把赵璐璐塑造成一个受害者。”

刘天明这才恍然大悟地说道：“受害者是清白的，一切都是被迫的。李牧南不想让赵璐璐带着污名离开，又不想让伤害了赵璐璐的人逍遥法外。所以他一直在等，等你们给出一个可以接受的答案。可他的目的不是已经达到了吗？那为什么还要死？”

他狐疑的目光在眼前这几个人的脸上慢慢扫过，希望有人能给他一个答案。然而，孙林和雷鸣显然知道为什么，却犹豫着没有说出口，那个跃跃欲试的姜斌想说点什么，可他并不觉得姜斌真的明白为什么。

“被自己的继父性侵和被自己的老师诱导陷入爱河，哪一种更浪漫，更让人心碎却又温暖？”戴梓萌看着一脸狐疑的林礼祯，问道，“尤其，她和她的继父之间还存在着那样一纸协议？”

“都差不多，我觉得都挺惨的吧？”林礼祯不太确定地道。

“和只有悲惨的黑暗比起来，人们更愿意相信一段美丽的童话，更敬佩一个为了爱情奋不顾身的女子。我们找到了真相，媒体替他保存了赵璐璐最后的尊严。”林菲笑了一下，笑容中带着些许的苦涩，她并没有看向林礼祯，而是将目光瞟向了窗外，只是眼睛却没有任何焦点。

林礼祯和戴梓萌都知道，此时的林菲心思早已飘向了远方，跨越了时间与空间，抵达了那片只有她自己才能到达的彼岸。

两人不由自主地轻轻叹了口气，又不约而同地看向了彼此，苦涩一笑。

“我听你的意思，怎么觉得那个自媒体记者也是李牧南找过去的呢？”林礼祯轻咳了一声，问。

“要不然呢？”林菲收回目光，看着林礼祯，“他可是想把赵璐璐塑造成一个完美的受害人的，只是他大概也没想到，赵璐璐会在最后一刻修改了剧本。”

听到她这么说，戴梓萌的脸色突然变了，她腾地站起身，惊呼道：“李铭扬。”

“什么？”林菲和林礼祯同时不解地看向了她。

“李铭扬也危险了。”她说着，已经一把拉起了林菲跑向了门边。

“他还是个孩子，他能有什么危险？”林礼祯忍不住喊道，“事还没办完呢，你们这风风火火的，像什么样子！”

可戴梓萌连头都没回，只是喊道：“就因为他还是个孩子。”

“扬扬，看李妈妈给你带什么了？”李沁脸上洋溢着甜蜜的笑容，手中举着一个乐高积木玩具，推开了病床的门，随即她却愣了一下，病床上空空如也，被褥叠得整整齐齐摆放在床头，床单连一丝褶皱都没有。

“扬扬？”

李沁觉得有些不安，声音中都带上了一丝不易察觉的战栗。她慢慢走到病床边，看到床上放着一张纸，她连忙拿起来，上面青涩幼稚的字体写着：

江爸爸，李妈妈，谢谢你们，谢谢你们帮姐姐报了仇。我也该走了。姐姐说，我要活下去，活下去会有好心人收留我，会有我的天堂，可是姐姐不知道，没有她的地方，天堂也是地狱。

“扬扬！”李沁丢下信茫然地在房间里寻找着李铭扬的身影，可所有李铭扬的痕迹都从这个房间里消失了，就像他从未来到过这里一样。

她冲到窗边打开窗子，在楼下来来往往的人潮中搜寻着那个孤独瘦小的身影，她看到江华正从停车场走出来，一路上还和保安打着招呼，她看到林菲和戴梓萌的车一路风驰电掣地冲进停车场，两人跑下车，连车门都顾不上关，更顾不上江华，就从他身边飞驰而过，可她却没有看到李铭扬的身影。

她咬了咬牙，转身刚要跑出病房时身后却传来砰的一声，她的身体猛地一颤，缓慢却又有些没有勇气地转身。

世界在这一刻仿佛停滞了，她看到楼下所有人都停止了动作，林菲和戴梓萌还保持着奔跑的姿势，脸上的神情却难以置信。她慢慢低下头，一个小小的身影趴伏在地上。

李沁只感觉眼前一黑，软倒在地。

林礼祯怎么也没想到，案情的最后竟然发生了这样的一幕。

看着站在那座小小的墓碑前神情冰冷的林菲，他不知道该怎么安慰她，甚至不知道该和她说点什么。

他把手里的花在墓碑前放下，不停调整着花束的位置，问道："除了李建林涉嫌性侵赵璐璐，你们没有任何其他的证据来佐证李牧南做的事，是吗？"

话一出口，他就有些后悔，可看林菲没什么反应，他咬了咬牙继续说道："李铭扬的话并不能作为证据使用。你无法证实赵璐璐最后的遗言是不是李牧南的设计，甚至就连李建林杀人你们都没有足够的证据支撑。"

"但是我相信这才是真相。"

林菲的声音不带任何感情，林礼祯却松了口气，只要她肯说话，没有把自己封闭起来，那就还没到最糟糕的时候。

"你想让李牧南承担所有的骂名？"他问。

"那是他希望的。"

"你想过他家人怎么办吗？这辈子还抬不抬头了？"

"一个半年之后才发现银行账户有问题的人，一个突然申请去偏远山区支教的女教师，你以为她会不知道这一切吗？要说这件事里没有她的参与，你信吗？我还是那句话，在这之前，他们只是无能为力罢了。一个可以让一群知晓秘密的人集体死亡，自己却仍旧活得好好的人，不是两个小小的老师能够对抗得了的。"

"你有证据吗？"

"没有。但是，还重要吗？"林菲突然笑了一下，"梓萌说得对，有时候，有些事不是一定要刨根问底。这世界需要一些温暖。法律也不全是冷冰冰的，在有限的范围内，它可以是一束光，一团火，在有些人那里，它甚至可以是一颗炽热的太阳。"

林礼祯直起身，苦笑了一下，说："你让我怎么对外说？"

"为什么要说？"林菲不解地看着林礼祯，"未成年人的隐私需要保护，又涉及性侵，我们有理由对这个案子的任何细节保密。至于真相，让他们自己去猜不就好了？"

"这，好吧，这也是个办法。"面对林菲的这个回答，林礼祯多少有些无奈。

那栋二层的小楼从外表看起来，除了富丽堂皇外，与村子里其他的自建房没有任何的区别，然而一走进去便会发觉，这栋楼里竟别有洞天。

让戴梓萌更感意外的是，楼里似乎许久没人住过，布满了灰尘。

隐藏在厨房里的地下室入口已经被找到了，姜斌不情不愿地跟在林菲和雷鸣等人的身后走了进去，入眼便是一整排制毒的仪器，粗看上去，如果全功率运行的话，这里一年的制毒量就足以支撑整个 S 市一年的消费量，这让姜斌目瞪口呆。

“我滴个乖乖，我们这是钓了多大的一条鱼啊？我还以为仝小林就是个小虾米呢，合着这位才是真大佬啊。”震惊过后，便是狂喜，不顾林菲和雷鸣、戴梓萌凝重的神情，姜斌笑得合不拢嘴，“这回我们可是立了大功了，老林好意思不给我们涨工资吗？”

听到声音，正指挥一群警察固定证据的孙林回头，“你们来了。”他皱眉打了个招呼。

“咋了？”姜斌不解，“破获了这么一个特大制毒基地，你怎么一点都不兴奋呢？”

“你们看看这个吧。”孙林把一张纸递给林菲，林菲接过去看了一眼，也是眉头微蹙，那是一份用电统计表，看起来这栋楼的用电并没有什么异常。

“林检也看出来了？”孙林说，“这么大的机器，开动起来，用电量必然高涨，但是……”

他话还没说完，雷鸣转身就往外走去。

“老雷干吗去？”姜斌愣了一下。

“去找仝小林。”戴梓萌说，“这地方，就是留给我们看的，根本没启用过。”

“没启用？”姜斌不解地挠了挠头，“那他干吗跟我们说这个地方啊？嫌自己死的慢了？”

仝小林自在地坐在一辆囚车的后面，身上没有任何束缚器械，如果不是身上那件特殊的马甲，他或许会被误认为是一名准备出任务的便衣警察。

一辆重装版奔驰 G500 呼啸着和这辆囚车擦肩而过，看着车里的那几个人，全小林下意识地缩了缩身子，直到那辆车过去，他才松了口气，随即忍不住笑了出来，那几个人注定要扑个空了，真想看看他们看到那纸提级管辖文书的时候是什么表情。

他不无恶意地想。

“有烟吗？”他敲了敲栏杆，问坐在副驾驶位上的人。

那名警察没有回头，只是递过来一支烟，帮他点燃，全小林深吸了一口，一脸陶醉，“你们的人这会儿应该找到那地方了吧？”

“做得不错，证据确凿，没想到，你玩得这么大。”那名警察笑了一下。

“不大不行啊，不大，你们可没理由把我带走。”全小林又吸了一口烟，“提级管辖，雷鸣那几个人，这回拿我没辙了吧？”

“只要我们不同意，他们任何人都不能对你采取任何措施。”

“那就好，不过，话说回来，玩这么大，不会真要了我的命吧？那我可就亏了。”全小林突然有些担心。

“放心，你帮了我们大忙，国家在这种事上向来拎得清，在任务结束之前，对你的判决不会下来的。”警察忍不住失笑，旋即转头，神情严肃，“但是，如果你管不住自己的嘴，让行动失败的话，那可就要新账旧账一起算了。”

第五章　毒骡鸣泣

善　心

神秘的东南亚热带雨林有着一切原始森林的美丽、神秘和不可预知的危险，连最久负盛名的冒险家都不愿擅入。

一阵带着些惶恐的急促的喘息声突然传来，接着哗啦一声，一丛灌木突然分开，一道人影从里面跌了出来。

他有着一张西方人的脸孔，身材瘦削，须发凌乱，身上的衣服破烂不堪，看起来不知道他在这片森林中迷路了多久。此时，他脸上带着难以掩饰的惊恐，目不转睛地看着手里的一台仪器。然而，失去了网络，那台仪器并不能给他带来任何帮助。

他有些懊恼地拍了拍那台仪器，随即停下慌乱的脚步，愣在了原地。他发现此刻自己正站在一条公路上，他有些难以置信地蹲下身伸手摸了摸路面，入手的触感告诉他，这不是他吃了毒蘑菇后产生的幻象。

他站起身四下看了看，这条公路在林间蜿蜒伸展，谁也不知道它的起点在哪儿，终点又在何处，也许下一个转弯就走到了尽头，也许永远没有尽头。

他从随身的登山包里摸出了一张地图看了看，那上面有一条红色的笔迹勾勒出来的曲折线路，或许就是他过去几天里走过的路，可这条线尽头的图示只是一片丛林，没有关于这条公路的任何标记。

他不死心地再次举起了手里的那台仪器，可右上角的信号格依旧空空如也，似乎在嘲讽他的徒劳。

男人无奈地放下了仪器，又从登山包里摸出了指南针等设备，摆弄了一圈后，在地图上将那条红线延长了少许，在尽头处做了一个显眼的标记，似乎那就是他此时在地图上的位置。

看了看重新标记好的地图，男人满意地点了点头，小心翼翼地贴身收了起来。

就在这时，一阵发动机的轰鸣声由远而近地传来，男人不假思索地转身钻进了他刚刚走出的那片灌木丛，只露出一双眼睛盯着公路。

一辆没有悬挂任何牌照的大巴车转过一个弯，突兀地出现在了公路上，看上去驾驶员对路况颇为熟悉，始终保持着恒定的速度，就连转弯的时候都没有明显的减速，眨眼间就消失在了男人的视野中。

看着大巴车走远，男人才从藏身处走了出来，看着大巴车行驶的方向若有所思。

大巴车里坐满了人，奇怪的是，车里除了驾驶员和前排几个凶神恶煞的男人外，其他的乘客全都是年轻的女子，有着东亚人标志性的黄皮肤。她们每个人都戴了眼罩，这让她们的脸上流露出了难以掩饰的不安，但却没有一个人乱动，因为那几个男人的怀里都抱着武器，尽管长短不一，型号各异，但却是实打实的真枪。

“屠夫，真不管那男的吗？”司机突然问了一句，“生人走到这地方，可不是什么好事。”

“什么都不用管。”前排的一个男人头都没抬，“他什么也带不出去，包括他自己。”

说着，他动了动身子，调整了一个舒服的姿势，不消片刻竟发出了轻微的鼾声，就连身后蓦然传来的让所有的女孩子色变的凄厉惨叫都没能让他有丝毫的变化。

何莉莉就坐在大巴车最后一排靠角落的位置，相较于其他人的不安，她却镇定了许多，甚至还带着些许的期盼。

车身震动了一下，终于停了下来，吱呀一声，车门打开，随后，那个绰号屠夫的男人站了起来，对车里的女孩说道：“到地方了，摘掉你们的眼罩，下车。”

他的声音带着些冰冷，让女孩们下意识地缩了缩身子。

屠夫皱了皱眉，咔啦一声拉动了枪栓，女孩们更加恐惧了，开始瑟瑟发抖。

屠夫刚想再说点什么，最后排的何莉莉突然一把扯掉了眼罩站起了身，屠夫的枪口立时对准了她。

何莉莉吓了一跳，连忙举手示意自己并无恶意。

屠夫晃了晃枪口示意她下车，脸上的神情已经有些不耐烦，何莉莉连忙走到车门边跳了下去。

她有些不敢相信自己的眼睛，这应该是在原始森林的深处，周围都是她没见过的根本叫不上名字的植物，可就在这些植物之间却是一大片的现代化钢筋混凝土的建筑，有工厂，有住宅，甚至还有一些娱乐设施。形形色色的人在这些建筑物之间穿梭着，叉车、货车这样的重型装备也随处可见。

几个小孩子看向她的时候，眼中都露出了一点好奇。

看起来，他们就是这里的原住民了。可他们每个人手上几乎都带着枪，就连小孩子也不例外，这让何莉莉多少有些花容失色。

“你们动作快点，否则就把你们扔进原始森林。”车里的屠夫又在威胁那些女孩儿了。

一路上这样的威胁无时无刻不在，但这个办法也确实有效，车里的女孩子慢慢摘下眼罩，一个接一个惶恐不安地下了车，自觉地在何莉莉的后面站成了一排。

“姐，这是哪儿啊？”站在何莉莉身后的一个女孩儿低声问道，“他们不会把我们怎么样吧？”

何莉莉记得她叫小楠，一路上，她都在担心自己的未来。

“不知道。”何莉莉摇头，“能把我们怎么样？来的时候说的就是让我们出来工作的，把欠的钱还上就放我们走。我看，这地方大概也就是哪个军阀的黑作坊，没准儿是弄毒品的。”

“毒品？”小楠顿时大惊。

“心放肚子里。”何莉莉笑了一下，“不是让你吸毒，顶多让我们帮他们带点货回去。做成了，债就还清了。”

“那可是杀头的事情。”小楠用力地摇着头，“我宁可回去，也不想碰这玩意儿。”

“都到这时候了，说这些还有用吗！”何莉莉叹道，“妹妹，想开点，做完这一次，咱们就彻底自由了。”

“自由？”小楠的脸上露出了一抹痛苦，“他们逼着我去卖身的时候也是这么说的，结果呢？欠的钱却越来越多。我一天接十几个客人，连利息都不够的。自由。”小楠突然抬头，看了一眼在国内甚少能见到的湛蓝的天空，眼中露出了一抹向往，但眨眼就被灰败取代。

最后一个女孩儿下了车，那几个男人也下了车，他们随意地活动着有些僵硬的身体。那个会说中国话的屠夫看了一眼何莉莉和小楠，喝道：“不许说话，跟我走。”他说着，带头向远处一个高大的建筑走去。

这些女孩儿并不知道，从大巴车停下的那一刻，她们的一举一动就都在某些人的监视之下。

在最高的那栋楼里，青竹就站在窗边，看着那些女孩儿鱼贯走进了宿舍，眉头微皱，问道：“都是女的？”

“女的可比男的要好控制得多。”黄蜂就站在青竹的身边，有些百无聊赖地修理着指甲，“这可是你请来的那些个心理专家跟我说的。”

青竹没说话，眉头皱得更紧了。

“而且，女的也比男的好训练得多。”黄蜂笑了一下，“你也知道，骡子可不是随便找个人都能当的，光训练他们吞货就得花不少时间，就说先让他们吞的是苹果条吧，不大不小可也是一笔支出。可这群人就不一样了，带过来之前，我让她们先学着怎么取悦男人，关键是不光不用我们花钱，还能给我们赚钱。”

他突然抬头盯着青竹的嘴，脸上是丝毫不加掩饰的猥琐。

“黄蜂，你听好了。”青竹脸色阴寒，“我们是做毒品生意的，不是做皮肉生意的。我们赚钱，但我们不侮辱女人和孩子。这种事情，只有这一次，让我知道有第二次，你知道会有什么后果。”

“干的都是杀头的买卖，你还在这里行妇人之仁，犯得着吗？”黄蜂不置可否，可青竹那丝毫不肯退让的神情让他无奈地举起了手，“好，我保证，不会有下一次了。”

“还有，仝胖子找到了吗？他知道我们太多秘密，这种人，想要脱离组织，只有一条路。”

“难。”黄蜂咂了咂嘴，“听许浩说，胖子把文身洗了，去了一个打死我们也想不到的地方。”

“找，就算他躲到天涯海角，也要把他找出来，他的命是毒蝎的，只能是毒蝎的。”青竹冷冷地道，“我不管你用什么办法。”

“他要是躲进监狱呢？”黄蜂随口道。

"那你就进去陪他，让他闭嘴。"

一大早，何莉莉一行人就被带到了食堂。

早餐很奇怪，每个人的餐盘里都堆着像小山一样高的苹果条，餐盘边还放着一杯牛奶。

昨天还忧心忡忡的小楠精神状态好了许多，她伸手扒拉了一下苹果条，撇了撇嘴说道："营养是挺营养的，就是厨子的手艺糙了点，这都赶上大拇指粗了。"

"那不是给你吃的。"小楠身边的一个女孩儿苦笑了一下。

"不是吃的？那是干什么的？"小楠不解。

"吞。"女孩儿说，"一整条吞下去。"她似乎想起了什么不太好的回忆，面露痛苦，"这些苹果条都要吞下去，这是培训骡子必备的课程。"

小楠又看了一眼那些苹果条，脸色发白，问道："这么多，都要吞下去？"

"这还算少的，只有五六十条，多的时候要吞一百多条。"女孩儿说。

"你怎么知道？"小楠问。

女孩儿冲着小楠苦笑了一下，说："我最多一次吞了156条。"

"把你们面前的食物吞下去，不许嚼。"屠夫走进食堂，看了这些女孩儿一眼，冷冰冰地说道，"我在这儿看着你们，有谁不按规矩来，就像这样。"他突然抽出枪，冲着食堂门口的一条狗扣动了扳机。

啪的一声枪响，那条狗连声呜咽都没来得及发出便倒在了地上。

"搞毛啊。"后厨里传来一声怒吼，接着一个粗犷的男人怒气冲冲地走了出来，"你是不是变态啊，把我这里搞这么血腥干吗？"

"杀鸡儆猴。我要不真杀个鸡，她们能听话吗？"屠夫并不恼火，只是看了一眼已经瑟瑟发抖的女孩们。

"你叫黄蜂来啊，收拾她们他有的是办法，一直都是他来，这次干吗让你这个屠夫来啊。"厨师恼火地道。

"他不方便。"屠夫笑了一下，"赶紧收拾收拾，中午加餐。你们也想成加餐的食物？一条狗可不够我们这么多人吃的。"

屠夫扫了一眼女孩儿们，似笑非笑地道："提醒你们一句，这条狗昨天刚吃过一个人，一个迷路的人，我们一点都不在乎。"

下一刻，所有人都顾不上恐惧，纷纷冲向了自己的餐盘，抓起苹果条便往嘴里塞，生怕慢一点自己就会成为那条狗，或者更凄惨一点，成为其他什么动物的食物。尽管吞下那些苹果条并不容易，尽管很快就有人开始干呕，可却没有一个人敢停下手上的动作。

那个刚刚还抱怨弄脏了食堂的厨师此刻正在她们面前肢解着那条可怜的狗。

每下一刀，他都要看一眼这些女孩儿，似乎是在观察，在思考等一会儿该怎么肢解这些女人。

何莉莉几乎是跪在自己的呕吐物里吞完了最后一根苹果条。

她抹了一把嘴，抬眼看了看才发现，那些和她一起的女孩都已经被带走了，食堂里只剩下那个被称为屠夫的男人和那个仍旧在处理狗肉的厨师。

她有些茫然，但紧接着，一股无法遏制的呕吐感便骤然袭来，她连忙抬手捂住了嘴，却仍旧无法阻止那些被她吞到胃里的苹果条混合着她的胃液一股脑地喷了出来，满地都是。

她大口大口剧烈地喘息着，整个人跪在地上佝偻成了一团。

厨师皱了皱眉，问道："这娘们儿不是有什么问题吧？这么大的反应，我还头一回见。"

"黄蜂亲自挑的，应该没事。"屠夫吐了个烟圈，"再给她来一盘，还不行的话就只能处理了，缺的人就让黄蜂自己想办法吧。"

"我看你还是让医生给她做个检查再说，我这是吃饭的地方，不是你的屠宰场。搞活人医生更在行。"厨师不满地说道。随后他拽过拖布，一下一下用力地擦拭着地面，动作粗野，何莉莉匆忙闪躲，才没有被拖布怼到身上。

看着青竹在烟灰缸里按灭了烟蒂，黄蜂还是有些不敢相信，他掏了掏耳朵，问道："我没听错吧，你刚刚说，这次你亲自带队？"

"你在担心我？"青竹不屑地嗤笑了一声，"被他们抓住也比在你身边安全，你信不信？"

"我是对你有想法没错，"黄蜂却难得严肃，"可那是在不影响组织生存的前提下。从大局出发，我建议你放弃这个想法。"

"业务在中国的开展非常不顺，渠道接连被打掉，我有义务亲自去考察一下。我对留在大陆的那群人，已经没有任何耐心和信任了。我这么说，你明白吗？"青竹再一次点上了一支烟，"我已经安排好了，医生会给我做一个手术，我会以一个普通骡子的身份参与进去。这是最终决定。"

“如果你出了事，别指望我会去救你。”

“你别在我背后放冷枪我就谢天谢地了。”青竹起身，走向了门边。

“那你是想多了，我没有开枪的习惯。”黄蜂语气中莫名地带上了一丝惆怅。

青竹走到基地的手术室门前，停下了脚步，手术室里传来的声音让她微微蹙起了眉。

“她不行，她的身体状态不适合干这个活。”医生的声音从手术室里传了出来。

“少一个也没什么，就是处理起来有点麻烦。”屠夫满不在乎地道，“我杀过不少人，可是女人我还没碰过。青竹说了，不能动女人和孩子，毒蝎什么时候这么仁慈了？要不，你来处理？”

“这个玩笑一点都不好笑，我是医生，我干的是救人的活儿。”医生明显有些不满。

“你是毒蝎的医生，哪个毒蝎的手上没有几条人命？我怎么听说，青竹找到你的时候，你可是一把手术刀屠了一个毒贩子的窝点，一条活口都没留，因为什么？就是因为他们拿假货坑你，害你在手术台上犯了瘾丢了医生执照？”

医生没回话，可是呼吸明显粗重了许多。

青竹推门走了进去，见医生手上握着一把手术刀，那双稳定的手微微颤抖着，双眼像要冒出火来一样。

病床上躺着一个女人，看到这个女人，青竹愣了一下，她和自己有着七八分相似，只是眉心多了一颗痣。

她随即恍然，这个女人大概就是黄蜂口中的那个何莉莉了。

想到这，她忍不住露出了一抹讥讽的笑容。

何莉莉醒过来的时候，发现自己躺在一个陌生的地方，发生了什么她完全不记得，只记得自己吐着吐着就失去了意识。

“你醒了？”一个有些清冷的声音传来，何莉莉循声看过去，见窗边的躺椅上半躺着一个女人，她正翻看着一本她没听过的书。

“《人造天堂》，法国人夏尔·波德莱尔的书，一本关于毒品的书，这家伙以细腻、抒情性的语言，描述了酒、鸦片和印度大麻给吸食者所带来的种种奇妙、精致、如梦如幻的感觉。那种迷醉感恰似一座人造天堂，一个辉煌却虚假的世界。”青竹合上书，看着何莉莉，“是不是挺讽刺的？一个做毒品生意的，竟然看这种书。”

不等何莉莉回答，她就继续道：“还有更讽刺的，波德莱尔说这本书不纯粹是生理学的，而是伦理学的，他想要证明的是，那些追求天堂的人所得到的是地狱。然而七年后，他自己就死在了鸦片上，掉进了地狱里。”

看着何莉莉茫然的神情，青竹笑了一下，说：“现在你知道我们是做什么的了，也知道你要做的事是什么了。也许你早有准备，但是同为女人，我必须告诉你，你怀孕三个月了，如果你要参加这次行动，会有生命危险。”

“我有必须参加的理由。”何莉莉仰面躺在床上，看着屋顶，心如死灰。

做出这个决定，她竟没有丝毫的犹豫，这让青竹也有些诧异，但只是一瞬间，青竹就笑了一下，说道：“那好吧，我不需要知道在你身上都发生了什么，我可以给你这个机会。打掉孩子，你就可以参加这次行动。”

何莉莉点头，依然没有丝毫的犹豫。

“我需要有个人来管理这群人。”青竹起身，走到何莉莉的身边，拍了拍何莉莉的肩膀，“好好休息，三天后我们出发。”

“你不用带货。”快走到门边的青竹突然转身说了一句，“钱不会少你的，管好那群骡子就是你的工作。还有，我会在你的脖子上做一个文身，有了这个文身，就没人敢欺负你了。至于孩子，”她顿了一下，目光中似有深意，“我建议你还是再考虑一下。”

合作愉快？

车驶过那个离市中心不远，只建到一半却已经两年没有继续动工的物流园的时候，林菲困得已经有些涣散的目光突然亮了起来。物流园紧闭了两年的大门此时是打开的，一辆大巴车正开进去，她狐疑地回头看了一眼，见几个男人鱼贯下了车。

他们身材魁梧，身上的西装紧紧地绷在身上，毫不掩饰地显露着他们的线条，刀削一般的脸上面无表情，带着一股杀气。

她想回头再多看几眼，可戴梓萌已经驾车远离，她只能透过后视镜看到，一阵风将一栋建筑上已经有些破烂的横幅吹了起来，横幅上“恭祝李氏影视产业园奠基”的字样随风飞舞。

她没有看到的是，物流园的大门在她们离开后不久重新又关上了。在几个满脸横肉的精壮男人的引领下，蒙着眼睛的女孩子们踉踉跄跄地走下大巴车，穿过杂草丛生的院落，走进了一间外表看起来很像是废弃写字楼的所在。

何莉莉走在队伍的最后，有意放缓了脚步，她不知道前面等待自己的是什么，但她却知道，绝不是什么好事。

当从青竹口中确认了自己的猜测的时候，她就知道这是一条不归路，尽管青竹没有让她当骡子，但挨枪子的往往就是管理骡子的人。

她甚至不能反抗，那只会让她更早迎接黑暗的降临，她无力阻止那一刻的到来，只能尽力迟滞。

她仔细听着不远处传来的汽车的发动机声，鸣笛声，甚至还有行人说话的声音，那是她熟悉的口音，于是她知道，这里不仅不是一个很偏僻的地方，很可能还是她的家乡，至少不会很远。

这让她兴奋不已，身子都忍不住战栗，她有了逃出去的机会。

背后的男人有些不耐烦，用力在她的后背上推了一把，何莉莉险些摔倒，眼罩却也因此脱落，她下意识地看了一眼四周，呼吸骤然急促了起来。这里离市中心并不远，远远地就能看到本市的地标建筑，那个她无比熟悉的电视信号发射塔。

周边的环境也在她匆忙一瞥之下映入眼底，这应该是那个烂尾的物流园，于是她彻底知道了自己的所在，自己的家离这里不会超过三公里。

“别乱看，进去。”身后的男人呵斥道。

何莉莉连忙调整了一下呼吸，走进了那栋略显荒芜的建筑。进门之后，她才发现楼内别有洞天，门边设着门卫室，进门是一个宽敞的大厅，穿过大厅，再走过一条走廊，她们来到一个更加宽敞的地方，这里才是她们最终的目的地。

异常宽敞的空间里，摆放着几十张简易的行军床。

“姐，我们这是回家了？”小楠凑到何莉莉的身前，声音中带着一丝激动和不敢置信地问道。

“嗯。”何莉莉含糊地应了一声，视线在这群小姐妹们之间游移，寻找着那个身影。

她很好找，和这些被强迫，被恐惧包裹着的人不同，她就安安静静地坐在属于自己的行军床上，身上自然而然地散发着一股凌厉的气场。

不知为什么，何莉莉觉得今天的青竹有些不同，她总是微微向前躬着身子，胸部的规模也和她初见的时候完全不可同日而语。

深吸几口气，何莉莉鼓起勇气走向青竹，可青竹只是抬头看了她一眼，冰冷的目光便把何莉莉所有的言语都堵了回去。

没有任何感情，眼神中带着一丝浓浓的警告，何莉莉觉得那一瞬间，自己浑身的血液都要凝固了。

她有些不知所措，青竹却突然起身，表情痛苦地说："我，我想去洗手间。"

"洗手间？"何莉莉愣了一下，环顾四周，没明白青竹的意思。

"对，洗手间，你带我去。"说是让何莉莉带她去洗手间，可青竹却走在了何莉莉的前面，径自走向了门边。

何莉莉又是一愣，这几句没头没脑的话让她茫然无措，但还是抬脚跟着青竹走了出去，让她惊讶的是，站在门边的那两个男人不仅没有阻止，还主动帮她们开了门。但随即她就恍然，这一切都是拜眼前这个女人所赐。

"姐，"她连忙紧跑了几步，跟上青竹的脚步，略有些胆怯地道："我，我想回家看看我妈。"

青竹停下脚步，回头看着何莉莉。

"我都三个月没见过她了。我家离这不远，我很快就能回来，两个小时，不，一个小时就行。"何莉莉急切地说道，"我就看她一眼，她生病了，每周都要去透析，我就是想确认一下她现在是不是平安。"

青竹笑了一下，说："这个忙我帮不了你，事情结束之前，谁也不能离开这里。"

何莉莉眼中的火苗迅速黯淡了下去，又听青竹继续说道："不过，我会替你去看看，顺便帮你带些礼物给你妈妈。"

何莉莉眼中那就快彻底熄灭的火苗终于又跳动了一下，她忙不迭地鞠躬致意："谢谢姐。"

"不用谢我，这是你应得的。"青竹道，"管好这群骡子，美好的生活正在向你和你的妈妈招手。回去吧。"

何莉莉应了一声，转身要回去，青竹却突然叫住了她，对她说道："回去之后告诉她们，我不会回去了，因为我要跑，被你们打死了，就埋在门口。"见何莉莉一脸狐疑，青竹微微一笑，“这会给你减少很多不必要的麻烦。”

这么说着，她突然伸手从旁边一个男人的手里拿过了一把枪，然后毫不在意地扣动了扳机。

砰，震耳的枪声在狭小的空间里回荡着，让何莉莉脸色苍白。

青竹从隐藏的入口走出来的时候，一辆崭新的黄色科迈罗已经停在路边了。黄蜂靠在车边，百无聊赖地晃动着手里的车钥匙，见到青竹便将钥匙丢了过去。

青竹却皱了皱眉，冷冷地问道：“你是怕他们不方便找我，才弄了这么一辆扎眼的车？”

“这可是经典款，大黄蜂变形的那辆，你不觉得和我很搭吗？”黄蜂笑了一下，“再说了，你要去的地方，你要办的事，不弄这么一辆车，那小子会信你？”

“这就是我不喜欢你的原因，藏在人群里才是最安全的。”青竹这样说着，却还是打开车门上了车，熟练地发动了车子。刚要走，却见黄蜂趴在车门边，一脸严肃地看着自己。

“我们得谈谈，我觉得那群骡子交给何莉莉不是什么好主意。”他难得正经地说道。

“交给你只会让事情更糟。”青竹不置可否，“还有，她不是何莉莉，她现在是青竹。”

“金蝉脱壳？”黄蜂眉毛微挑，“虽然我接近她有我的目的，但毕竟是我的女人，就这么抛弃，我有点于心不忍啊。”他语气带着些不舍，可脸上的笑容却异常灿烂。

“那你就祈祷一切顺利吧。”青竹戴上墨镜，猛轰了一脚油门，驾车远去。

黄蜂站在路边，看了看即将落下的夕阳，突然冲着科迈罗的尾灯喊道：“这身材不适合你，我还是喜欢你搓衣板的样子。”

他知道，青竹一定听见了，因为一根竖起的中指伸出了车窗外。

他笑了一下，回头看了一眼物流园却并没有走进去，而是溜溜达达地走远了。

许浩坐在吧台前，边看着手机边摆弄着一只酒杯，身子随着音乐的律动轻轻晃动着，不时啜一口杯子中清澈的液体。

吧台前只有他一个人，在所有人都在舞池里随着音乐舞动的时候，他的举动显得格格不入，但也没有人来打扰他，谁都知道，他是这家酒吧的老板，而且是个一毛不拔的铁公鸡，恨不得让酒保拿尺量每杯酒的高度。

他突然收起手机，抬头看到了酒吧后门那块闲人免入的牌子旁多了一个女人，她穿了一身得体的西装西裤，和这里的环境显得格格不入，可也正是这身衣服展现出了她的冷艳。

她的目光在人群中搜寻着。

一个大腹便便的男人率先反应了过来，狠狠地瞪了一眼许浩，“死耗子，这么靓的妞你竟然藏私？”然后端着酒杯迎了上去。

“小姐，不知我是否有幸请你喝一杯？”男人觍着笑脸，热情地问道，目光有意无意地停留在了在女人的胸部上。

青竹的目光在他的身上半秒都没有停留，便落在了许浩的身上，随即她伸手推开了男人，径直走向许浩。

“小姐，不要不给我面子。”男人脸色一沉，他的身后几个身形壮硕的男人当即围了上来，堵住了青竹的去路。

青竹微微皱了皱眉。

“死胖子，我告诉过你，不能在我这惹事吧？”许浩懒洋洋地说道，随后他理了理衣服，无意间露出了腰间的枪套。

“死耗子，你不是以为我真怕了你吧？”男人说道，却有些色厉内荏，目光死死地盯着许浩的腰间。

“那是，你怕过谁啊！”许浩笑道，“可你不想想，我为什么敢露这个东西吗？”

男人终于有些犹豫，恨恨地看了一眼许浩，又看了一眼青竹，说道：“我的枪更好，简直就是一把小钢炮，小姐真不要试试吗？”

青竹理都不理男人，径直走到了许浩的身边，上上下下仔细打量着眼前这个看起来还像个大男孩儿的男人。

“不用找了，我身上没有你们那些东西。”许浩笑了一下，“这种地方，没有任何标记才是最安全的。”

“那你怎么证明你就是我要找的人？”青竹问。

“这个还不够吗？”许浩从腰间摸出了一把枪，递到了青竹的面前。青竹认得，这是蝎针的枪。

看着青竹脸上的表情放松了下来，许浩捏了捏鼻子，说：“人与人之间就不能多点信任吗？你看，我都没有怀疑你的身份。”

“那是因为我能从后门进来。”青竹笑了一下，看了一眼许浩的酒杯，脸色不悦，“你知道我要来，还喝了酒？”

“大姐，你怕不是对酒吧老板有什么误会吧？”许浩端起酒杯示意了一下，“就跟制毒的大多都不会吸毒一样，我这个酒吧老板在酒吧只喝白开水，谁都知道这地方的酒价高质低。”

青竹接过酒杯闻了闻，脸色稍霁，问道：“东西都准备好了吧？我时间不多。”

“知道你要来，我哪敢怠慢！不过你开那辆车来，是怕条子找你不方便？而且你迟到了。”许浩起身走向酒吧的后门。

“没办法，有点私事要处理一下，很重要的私事。”青竹拍了拍包，说。

“比你的命还重要吗？”许浩不解。

“万一，我是说万一出了什么意外的话，这东西就能救我的命。”

和青竹从后门进来不同，许浩走到酒吧的后门处，却打开了墙上的一道暗门，啪嗒一声打开了一盏灯，一条直通地下的螺旋楼梯露了出来，许浩抬脚走了进去，青竹也没有丝毫犹豫，跟在了他的身后。

两人谁也没有看到，那个大腹便便的男人恶狠狠地瞪视着两个人的背影，掏出了手机。

带着血色的污水打着漩流进下水道，似乎想要努力带走所有的罪恶。

许浩仔仔细细地清理着手上的血渍，连指甲缝都不放过。他身边的垃圾桶里胡乱丢着一副橡胶手套，鲜红的血液还没凝固，兀自流向低处。

他身后不远的地方就是那张泛着金属光泽的吧台，只是此刻，它被当成了临时的手术台，换了一身浅绿色手术服的青竹就躺在手术台上，在麻醉药的作用下她双眼微闭。她原本高耸的胸部此刻已变小了很多。

旁边的金属托盘里，手术器械上的血迹还没来得及清理，胡乱地丢在里面，和它们丢在一起的还有一些胶囊状的物体，上面同样血渍斑斑。

“你怎么会用这种方式运货？”许浩问，“我还以为只有在你不能顺利排出货的时候才轮到我出马呢。这给我紧张得，我以前一直在道具身上动刀子，真人身上还是第一回。”

“看来我是成功的，不是吗？”青竹说，“入境的时候，他们什么也没发现，那种传统的方式还要偷渡，风险太高了。”

“你这种方式成本太高了。”许浩说着，甩了甩手上的水渍，掏出手机看了一眼，眉头微蹙。

孙林带着一队警察已经找到了暗门的位置，只不过还没找到如何打开这道暗门的办法，可许浩却很清楚，这对警察来说连时间问题都算不上，用不了几分钟，他们就会采取一些暴力手段破门了。

许浩没有丝毫的犹豫，快步走到了青竹的身边，说：“条子来了，我们得走了。”

青竹愕然，猛地睁开了眼睛，看向许浩的目光里多了一丝怀疑，冷声问道：“警察怎么会找到这儿？”

她的声音中带上了一丝冰冷。

“不知道。”许浩的回答没有丝毫的犹豫，看了一眼青竹，眼角挑了挑，突然笑了，“好吧，我知道你们不能信任我，这里有另外一个出口，你知道的。我出去挡一会儿，你快走。”

青竹盯着许浩，没说话，目光却越来越锐利，像一把刀子要把许浩剖开一样。

“别这么看我，你这么看我我发毛。”许浩不自在地笑了一下。

“为什么？”青竹说话了，冰冷的语气中却带着一丝不解。

“什么为什么？”许浩掏出枪，熟练地推弹上膛，“你那眼神，就像要吃了我一样，我能不毛吗？”

“我问你为什么要出去挡他们，你很清楚，出去就是个死。”青竹说。

“万一我侥幸活下来了呢？”许浩满不在乎地道，“我这人一向命大。”

“那你还是会死，我们会杀了你。”

“真酷！”许浩打了个口哨，随即脸色沉了下来，“我就知道那王八蛋根本就没给我活路。可是你不能有事，你要是有事，我全家都得死。”

他说着，扯下口罩狠狠地啐了口唾沫，催促道：“赶紧吧，就一把小破枪，一共才五发子弹，我顶不了多久。”

说完，他转身出了地下室。

青竹躺在手术台上没动，她不知道自己能不能信任这个叫许浩的男人，虽然资料上说他都三十多岁了，可看上去就是个乳臭未干的毛孩子。许浩能拿出所有蝎针留下来的信物，说话办事也滴水不漏，可她就是有些不安。

这种对危险的敏锐触觉曾经让她数次逃离险境，最近的一次就是上一次从大陆撤离的时候，警察摸到据点那一刻，她才刚刚离开。

她突然自嘲地笑了一下，许浩说的没错，明知必死，他却也必须得上，因为他不去的话，他一家都要没命。

想到这，青竹一下子就释然了。

外面已经传来了凌乱的枪声，脚步声也越来越近，青竹翻身坐起。

砰的一声，地下室的门被撞开，一道人影闪了进来，随即狠狠地撞在了门上。

许浩靠着门，剧烈地喘息着，一只手拿着已经空仓挂机的枪，一只手捂着嘴，血不停地从他的手指缝里流出来。

他中枪了，那一枪似乎直接穿过了他的面颊，他一只手根本无力阻止鲜血的流淌。可他已经顾不上那么多了，只是瞪大了眼睛，不敢置信地看着坐在手术台上的青竹，随即双眼中便冒出了一股怒火，似在质问她为什么还在这里。

青竹读懂了他眼神里的意思，笑了一下，说："麻醉药还没过劲，我走不了，而且……"她指了指自己的前胸，那里血渍氤氲，"所以，你走吧。你放心，我有办法保命，你家里人不会有事的。"

门外传来了脚步声，快速向地下室接近着。

"走吧。"青竹催促道，"带上我的包，那里有能救我出去的东西。"

许浩冲着青竹竖起了一根大拇指，却不是鼓励和赞美，看他的表情更像是气恼，但他也没有丝毫的犹豫，把已经打空了子弹的枪塞进腰间，抓起青竹的包头也不回地顺着地下室的另一道暗门跑了出去。

就在暗门闭合的一瞬间，孙林也撞开了地下室的正门，他一马当先地冲了进去，随即愣在了原地。

一个身形窈窕的女人，眼中充斥着惊恐和绝望，双手无措地悬浮在胸前，想要阻挡那宛若盛开的花一般氤氲扩散的血迹，却又显得有些无力。

她看向孙林，满脸哀求："救救我！"她翕动双唇，无声地说道，随即她身子一软瘫倒在地，人事不省。

毒蝎，毒蝎！

戴梓萌看了一眼副驾驶上熟睡的林菲，放缓了车速，尽量让车行驶得平稳一些，又伸手调了一下空调的温度，从播放器里找了一首舒缓的音乐。

狭小的空间里，飘荡着一股让人昏昏欲睡的熏香，戴梓萌连灌了几口咖啡赶走了瞌睡，却又叹了口气。

她不喜欢这种感觉，更不愿意用这样的方式让林菲放松，可是除此之外，她别无他法。林菲太累了，一直以来她的精神都高度紧张，一个案子接着一个案子，连喘息的空隙都不肯给自己留。

她最大的愿望大概就是死在自己的工作岗位上。有时候，戴梓萌都不无恶意地这样想，就算死了，她都会阴魂不散地托梦给他们指导工作。

吱嘎一声，戴梓萌猛地一脚踩死了刹车，剧烈的晃动让林菲猝然惊醒，“怎么了？”问话的同时，她的目光看向了车前，那里站着一个男人，他就像一匹受伤的孤狼，双颊还向外淌着血，目光充满戒备，身体紧绷着，随时可能暴起伤人。

他的手上还拎着一个女式的手包。

是许浩。

没有犹豫，林菲和戴梓萌同时解开了安全带推门下车。

“天啊，小耗子，你到底是怎么了？”戴梓萌忍不住问，“快上车，我们送你去医院。”

许浩站在那里没有动，只是目光里多了一些歉意。

林菲的眉头微微皱了皱，看向了他手里的手包，问道：“你到底做了什么？”

她的语气冰冷阴寒。

“都什么时候了，你还问这个？”戴梓萌有些不满，上前要去拉许浩，自己却被林菲拦住了。

“你受的是枪伤，身上还有硝烟味。你刚开过枪，抢劫去了？你那么缺钱？”林菲又问。

许浩依旧没有说话，只是目光中的歉意更加浓郁了。接着，戴梓萌就目瞪口呆地看到许浩从腰间掏出了一把枪，枪口径直对准了林菲的额头。

“小耗子，你失心疯啦！”戴梓萌叫道，一把把林菲拉到了身后，“你抽什么风？看清楚，是我们啊。”

许浩依旧没有说话，只是摇了摇头，定定地和林菲对视着。

“不要逼我！”戴梓萌看到，许浩在努力传达着这样的意思，他满是血迹的脸庞让他显得格外狰狞。

“杀了我们，你也走不了。”戴梓萌沉下脸，缓缓握紧了双拳，小腿的肌肉也紧绷了起来，她快不过子弹，但绝不会给许浩开第二枪的机会。

林菲寸步不让地和许浩对视着，眉头越皱越紧。突然，她笑了一下，抬手按住了戴梓萌的肩膀，说道：“让他走。”

那一瞬间，戴梓萌看到，许浩竟露出了一丝轻松。

林菲扯着戴梓萌走到了一边，许浩也不啰唆，举着枪径直上了车。

似乎害怕戴梓萌有所举动，经过她的时候，他的枪口直直地顶到了她的脑门上。

“别弄坏我的车，刚修好没几天。”林菲竟还难得地开了个玩笑。

许浩愣了一下，只是点了点头，就将手包放到了副驾驶位，发动车子扬长而去。

“菲姐……”戴梓萌转头看向林菲，就见林菲看着许浩离开的方向，嘴角竟带着一抹若有若无的笑意。她愣了一下，若有所思。

一道闪电骤然间在她的脑海中炸响，她明白了林菲的目的。

“他从这个胡同突然跑出来的。”戴梓萌指了指身边的一个胡同。

“这个，这个，还有这个，都要小心收集起来，带回去仔细化验。”姜斌神气活现地指挥着警察固定着现场的证据，全然不在乎那些人连看他一眼都欠奉，“千万要仔细了，这可是个大案子，一点纰漏都不能出，毒品的案子，证据尤为重要，一丁点的重量都不能出错。这个案子搞成了，你们就等着立功受奖吧，升官发财都不在话下。回头我再运作运作，把你们飒爽的英姿搬上大荧幕，到那个时候，呼风唤雨可能差了点，但走到大街上，谁不得对你们高看三分？”

“那他们的命，他们家人的命，回头都得算到你的头上。”

林菲冰冷的声音突然传来，姜斌下意识地打了个冷战，他回头僵硬地笑了一下，说道：“林检、梓萌，你们来了啊。”

“贪生怕死莫入此门，升官发财请走他路。”林菲狠狠地瞪了姜斌一眼，便将目光转向了孙林，质疑道，“这么大的事，为什么没通知我们？毒品案指望犯罪嫌疑人主动交代，坦白从宽是几乎不可能的事。证据至关重要，一点疏忽都可能让我们前功尽弃。”

“这个……”孙林看了一眼姜斌，目光中带上了一丝质询。

“是这样的，林检，这不是休息日吗！我合计着，你们都累了一周了，就……”

姜斌刚说到这，林菲就抬手打断了他，依旧看着孙林，说道：“说说现在是什么情况。”

“我们接到举报……”姜斌捏了捏鼻子。

“孙队长，你来说。”林菲毫不客气地阻止了姜斌。

“都一样吧，姜检也是亲历者。”孙林尴尬地笑了一下。

“我们不信他。”戴梓萌带着嘲讽，冷哼了一声，“共事了这么久，孙队长你还不明白吗？我们这位姜检，除了耍嘴皮子，一门心思想的就只有出名了。听他说，我都怕他给讲成西部牛仔片，你们永远是事情完了才到的警察。”

扑哧，孙林忍不住笑了出来，他连忙捂住嘴，却被呛得连连咳嗽，好半晌才平复下来，才开口说道：“好吧，那就我来说，从我们接到举报开始？”

戴梓萌点头，又补充道：“一个细节都别落下，最好连吃什么都说说。”

“一个细节都别落下啊——”孙林看了一眼姜斌，目光里饱含着深深的同情，“行，我明白了。那我就从晚上值班的时候开始说吧。”

姜斌啃了一口鸡蛋饼，又灌了一口咖啡，狠狠地甩了甩头，才将困意赶走。他实在搞不明白，自己只是个驻公安局的检察官，怎么还要晚上陪着这群警察值班？值班就算了，加班费却连听都没听林菲提过一句。

他找了个舒服的姿势趴到了桌之上，准备眯一会儿，桌上的电话突然响了，吓了他一跳，还没等他反应过来，一起值班的孙林麻利地接起了电话，问道：“市局刑警队，哪里？”

电话里的人不知说了些什么，孙林的眉头皱了起来，说道：“好，我知道了。”

挂断电话，孙林起身，看了一眼有些迷糊的姜斌，说：“接举报，有家酒吧涉嫌毒品交易，对方持有武器，派出所的人不敢做主。姜检，通知林检他们，酒吧集合。”

说完，他急匆匆地跑了出去。姜斌愣了一下，赶忙掏出手机找到林菲的电话，却又犹豫了一下，随即收起手机追着孙林的身影跑了出去。

“就是这儿，错不了，我眼睁睁瞅着他们打开门从这儿进的地下室。”酒吧里，大腹便便的男人带着孙林到了那扇暗门前，信誓旦旦地说道。

看着那面光滑的墙壁，孙林依旧有些怀疑。

“警察同志，赶紧的吧，我可不知道他们是不是还有别的出口。我可不是为了奖金，更不是要报复啥啊，这要是晚了，人跑了，那得给社会治安带来多大的影响啊，这毒贩子最可恶，整得多少人倾家荡产，抓住了就应该枪毙，都不用审。”男人催促道。

“林检和戴检还没联系上？”孙林回头问姜斌。

“这俩今天也不知道怎么了，平时 24 小时开机，今天可倒好，全关机了。”姜斌举着手机，擦了擦脑门上的汗，“孙队，这哥们说得对，毒贩子最可恶，不等了吧？晚了人真跑了，那影响可就大了。还有，给我件防弹衣呗，你们都有，我这啥也没有，心里不咋踏实。”

孙林犹豫了一下，远远地看到雷鸣正走进酒吧，终于下定了决心，说道：“不等了。姜检，麻烦你配合我们的人疏散群众，雷头儿和我们一起下去。”

“得嘞，这活儿我拿手。”听说自己不用身犯险境，姜斌也松了口气，“散了吧散了吧，警察执行公务了，无关人等回避，小心待会儿有交火误伤了你们。”一边喊着，他一边快步跑到了维持秩序的警察身边，和他们一起疏散着人群。

“然后，我们破门而入的时候，下面就传来了枪声，乒乒乓乓的，放了五枪。等我们赶到这里，就发现一个女人，应该是刚做完取出毒品的手术，人我们已经送医院了，我们现在在固定证据。”孙林说。

听到双方竟然交火了的时候，戴梓萌和林菲对视了一眼，俱从对方的目光里看到了浓浓的担忧。

“没人受伤吧？”戴梓萌关切地问。

“那没有，对方开了五枪，我们连个弹头的影儿都没见着，那人枪法也够臭的，但是他们肯定有人受伤了，我们发现了血迹。”孙林道。

“嗯，抓紧化验，就算不能确定嫌疑人身份，也算有个抓手。”林菲说着缓步走到了手术台边，看着托盘里面带血的手术器械和同样带血的胶囊，“这上面的血迹也抓紧化验，落实清楚它们是从什么地方取出来的，让你们控制住的那个人无话可说。”

“老刘在实验室等着呢，我们这边的检材一到，他马上就开工。”

“雷检呢？”林菲四下看了一圈，却没有发现雷鸣的身影，不禁有些困惑。

“他说肚子不舒服，去洗手间了。”姜斌凑上来，带着一脸谄媚地说道，“林检，您可得说说他，这么重要的时候，啥事不能放放啊，别说闹肚子，只要还有一口气，就应该坚守在工作岗位上。您说的那句话太对了，贪生怕死莫入此门，我深刻地意识到了自己的错误。”

姜斌的话没有得到任何回应，林菲连正眼都没给他一个。

姜斌又看了一眼戴梓萌，想要让她帮自己说说话，却见戴梓萌的脸上是丝毫不加掩饰的鄙夷，而孙林等人则干脆转过了身，没有一个人看他。

“你收敛点不行吗？”姜斌忍不住冲着戴梓萌道，“我不要脸的吗？”

“啊？有那么明显吗？”戴梓萌一脸无辜，“那只能说我对你的鄙视已经浓重到了无法掩饰的程度。”

雷鸣站在洗手池边，神情疲惫，往日高大挺拔的身躯这一刻也显得有些佝偻，整个人靠在墙上，好像只有这样他才能不让自己倒下去。

他手上夹着一支烟，脚下的地板上散落着数枚凌乱的烟蒂。

他戒烟很久了，但今天的这一切显然唤醒了他心中深埋的某些回忆，让他只有借助烟草才能得到稍许的麻醉和安慰。

为什么？为什么你们还要回来？为什么？为什么就不能让自己安安稳稳地度过后半生？为什么？为什么一定要在自己已经不再想那件事的时候，又要跑出来在他的心上狠狠地挠上那么一下？

我就不配拥有一个普通人的生活吗？我的战友，我的家人，我失去的还不够多吗？你们还想从我这里拿走什么？我还有什么是值得你们拿走的？就不能等我死了再说吗？

雷鸣的心中，犹如有一头怪兽在嘶吼，在撕扯，扯下他所有的防护，所有的伪装，释放出他的怒火和他已经泯灭的决心。

他整个人都在微微战栗着。

“因为这个？”

林菲清冷的声音突然传来，雷鸣转头，见林菲和戴梓萌就站在他身边。林菲冲他摊开手掌，手心中央躺着一枚胶囊，胶囊被仔细地擦拭过，但依然还残留着一些血迹，那是缴获的毒品中的一枚，胶囊上一个清晰的蝎尾标记赫然在目。

雷鸣的目光下意识地盯紧了胶囊。

“是毒蝎，没错吧。”林菲问。

“不是。”雷鸣没有丝毫犹豫地回答道，林菲的脸上却露出了一抹耐人寻味的笑容，见状，雷鸣连忙又道，“不能确定就是毒蝎，毕竟他们已经消失那么多年了，有人冒充也说不定，上次我们抓到的那个毒贩子不就是吗？”

“我已经让孙林那边抓紧鉴定了。”林菲说，“可是我们都知道，那不过是你的一厢情愿。”

“作为一个曾经的警察，现在的检察官，我只相信证据。”雷鸣说着，丢掉了烟蒂，“没什么事的话，我就先回去了，我有点累。”

说完，不等林菲说话，他便自顾自地离开了。

他的背影显得孤独又倔强，渐渐消失在了黑暗之中。

戴梓萌犹豫了一下，侧头看向林菲，问道：“小耗子的事，真的不告诉他吗？”

“不用。”林菲轻哼了一声，“该知道的人不会比我们知道得晚，不该知道的人，知道了只会坏了大事。”

说完这句话，两个人似乎都不知道接下来该说点什么，雷鸣的反常让这里的空气似乎都要凝固了。沉默了一会儿，戴梓萌开口才打破了这股让人难受的沉寂，看着林菲说：“他这是怕了？”

“他不怕。”林菲摇头，“他只是不愿意相信，不愿意又回到那个动荡不安、血雨腥风的生活中去。为了毒蝎，他失去了太多，也牺牲了太多，他不想再失去身边的任何一个人了。所以，我相信，他会比任何一个人都冲得更靠前。”

天刚蒙蒙亮，戴梓萌就被吵醒了，耳朵边似乎有一个男人正大声呵斥着什么。

她睁开眼睛的第一件事就是看了一眼林菲的方向，发现她不在，于是马上就坐了起来。

随即就看到林菲站在门边，正活动着身体，整理着身上的检察官制服。

办公室的睡眠条件自然和家里没法比，林菲的脸上带着一丝疲倦，双眼布满了血丝。

“你醒了？”看到戴梓萌起床，林菲道，“收拾收拾，准备出发了。那个女性嫌疑人经过治疗没有生命危险，已经醒了，雷检正在医院等我们。”

“哦。”戴梓萌应了一声，抬手拍了拍脸颊让自己清醒，随后起身拉开抽屉，翻出几个蛋黄派和两盒牛奶，递给林菲一份后，快速消灭了自己的那份，小脸上写满了不开心。

咔嗒一声，办公室的门开了，姜斌走了进来，手上拎着两份早餐，看到林菲和戴梓萌，一点也没觉得意外，只是举起手里的早餐示意了一下，说道：“还没吃吧？我们家楼下早餐店的，老字号了，比我活着的年头都长，肉包子和豆腐脑是一绝，赶紧尝尝。”

戴梓萌的眼睛里一下子闪起了精光，不等姜斌把早餐放到桌子上就跑过去接了过来，径直抓起一个包子扔进了嘴里，几口就咽了下去，脸上也露出了满足的笑容，说道：“这才是生活啊。”

“喜欢的话，以后我天天请你吃。”姜斌笑了一下。

戴梓萌犹豫了一下，看了看姜斌，又看了看手里的包子，表情纠结地说：“你要是这样就想泡我的话，成本低了点吧？”

说着，又一个包子被她丢进了嘴里。

“我疯了才想泡你。”姜斌没好气地撇了撇嘴。

林菲拿过自己那份早餐，随口问道，“孙队那边进行得怎么样了？”

“哦，他那边啊。”姜斌想了想，“可以确定，我们这回缴获的毒品就是毒蝎的货，那上面的标记做过比对，真真的，跑不了。”

“血迹呢？”

“绝对没问题，那些东西就是从那个女人身体里拿出来的。那女的叫何莉莉，她身上带着身份证呢，还是咱们本地人呢。”

“另一份血迹呢？”林菲又问。

姜斌却愣了一下，问道：“不就一份血迹吗？”

“现场发生了交火，有人受了伤，孙队昨天不是这么说的吗？”戴梓萌暂时从早餐里抬起头，不解地问。

“哦，你说那个啊。”姜斌顿悟，却又忍不住失笑，“别提了，一个大乌龙，刘法医差点把带回那份检材的警察生吞活剥了，那就是红颜料，仪器都差点毁了。就刚刚，老刘正发火呢。”

林菲和戴梓萌抬头对视了一眼，均是眉头微蹙若有所思的样子，过了一会儿，林菲才缓缓点了点头，说：“让他们抓紧落实其他的证据吧。”

“这不用你说，我都跟他们说了。”姜斌说道。

枫叶红了，如火一般。

肇源现在的心情也如火一般。

他想不明白，江华和李沁这两口子爬山赏枫叶为什么一定要叫上他，直到他看到那两个人手牵着手步履轻松，而自己却要背着一个大大的登山包时，才明白其中的门道。

“你们两个臭不要脸的，就是拉我来当苦力的是吧？”肇源冲着这两个人的背影破口大骂。

“别说那么难听啊，老肇。”江华回道，“我们这不也是为你好吗？你说你，一天天的除了案子就是案子，除了家就是法庭律所，你这生活跟个清教徒似的，有乐趣吗？”

“我现在就不像个苦行僧了？”肇源道，“你们俩就不能帮我分担着点？要点脸吗还？”

“最重要的东西都在我这了，你拿的都是无足轻重的，就别那么多废话了。”江华用力搂了搂李沁的腰，快走了几步，转过了前边的一条弯路，催促道，“你快点哈，晚了可没早饭吃。”

“谁稀罕啊。”这么说着，肇源却也加快了脚步，可是当他转过那条弯路的时候，却没有看到江华和李沁的身影时，不由得愣了一下，目光四下转了转，最终落在了茂密的树林上，脸上露出了一抹坏笑冲着树林喊道，“年轻人，悠着点。”

他喊了一嗓子，一屁股坐到了路边的一块石头上，伸手想拉开包取瓶水出来，却摸到了拉链上的一个定时锁。“你们也太没人性了。”他忍不住骂道。

“他们也是迫不得已，不装个定时锁，没等到地方，补给品就都被你吃光了。”

一个有些熟悉却带着点别扭的声音突然从他身后传来，那人的嘴像漏风了一样。肇源微微一愣，转头就见身后站着一个戴着鸭舌帽的男人，宽大的口罩挡住了脸，但仍能看出男人的脸庞异常清秀，脸上似乎还带着一抹若有若无的笑意。

接着，一支黑洞洞的枪口却直直顶到了他的额头上。

“我的枪有点老，我说不好会不会走火。”

男人的手里攥着一把制式的警用手枪，肇源辨认出那是换装前比较普遍的 77 式。

熟　悉

雷鸣站在病床前，眉头紧锁，双眼死死地盯着病床上那个脸色苍白得可怕的女人，仿佛要把她的样子刻进自己的眼睛里一样。

医生说她没有生命危险，只是失血过多，又被注射了麻醉剂，所以有些虚弱，但是用不了多久就能醒过来。

雷鸣突然抬手按住了头，口中发出一声闷哼。就在刚刚，他的头部传来了一阵难以忍受的疼痛，这样的疼痛已经折磨了他一整晚。

“雷子，你没事吧？”一个带着些许担忧的声音从身后传来，雷鸣回头，见李雅在唐珂的搀扶下站在病房的门边。

“你怎么来了？”雷鸣极力掩饰着虚弱，语气略带着些责备地走到李雅的身边，伸手扶住了她。

“雷头儿，你这可就有点狗咬吕洞宾了，你一晚上都没回家，嫂子急得都不行了，就这还怕耽误你工作，一早上才给我打的电话呢。”唐珂不满地说道，“要不是孙林说你在医院，我都不知道上哪儿去找你。我们家孙林也是，也没说清到底发生了什么事，嫂子可吓坏了。你平常不是一个小时打一次电话汇报的吗，这次怎么……”

“太晚了，我怕打扰你嫂子休息。”雷鸣歉意地道，目光却看了一眼病床上的何莉莉。

这个细微的动作没能逃过唐珂的眼睛，她脸上马上露出了质疑的神情。

“一个嫌疑人，我总觉得她眼熟。”雷鸣说道，唐珂眼中的怀疑却并没有因为他这句话消散，反而变得更加浓郁了。

“没事就好，没事就好。”此时，李雅长出了一口气，微微笑了笑，扬了扬手里的袋子，“我给你带了这个。”

雷鸣接过去打开，里面是一套检察官制服。

“你忙了一晚上，身上的衣服都皱了，我想今天肯定不能穿着这身上班，就给你带过来了。”

“哟，嫂子，你这是知道雷哥什么事都不会有啊，那你还急成那个样子！”唐珂忍不住翻了个白眼。

“我不知道。”李雅笑着摇了摇头，“我就是知道，你雷哥只要还有一口气，还能下床，就绝不会老老实实在床上躺着的。”

雷鸣看着李雅，不禁有些歉疚。

“别站着了，赶紧把衣服换了吧。”唐珂催促道，“看见你没事，嫂子也就放心了，我还得把她送回去呢。”

雷鸣点点头，走进了病房自带的洗手间。洗手间里的镜子映照出了他此刻的面容，憔悴不堪，双眼布满了血丝，头发凌乱，下巴上一圈胡楂，身上的衣服布满了褶皱，整个人看起来就像几天没有休息过。

看着镜子里的自己，雷鸣并不奇怪，虽然他只熬了一个晚上，可这一整夜，他的大脑没有片刻的休息。女人随身携带的身份证件显示她叫何莉莉，S 市本市人。对这个名字，雷鸣却持怀疑态度，她的容貌让他始终有一种熟悉感，他花了一整晚的时间在思考，自己在什么时候，什么地方见过这个女人？

他有一种感觉，这个女人，会给他的生活带来难以想象的震撼。

他想不起来了，或者说，他本能地不愿意想起。每当有个线索蠢蠢欲动，想要钻破他内心封印起来的那个无光之地的时候，都会遭到强有力的镇压和反抗，随之而来的，是难以忍受的剧烈头痛。

他知道，答案就藏在那里，可是他却没有勇气面对。

雷鸣很快换好了衣服，出来就见唐珂举着手机正对着病床上的何莉莉拍照，她绕着病床走了一圈，从各个角度都拍了一张照片，才收起手机，警告似的瞪了一眼雷鸣。

“那我就送嫂子回去了。”她说着，走过去扶住了李雅，“看来你们又有得忙了，要不，让嫂子先去我那儿？”

雷鸣犹豫了一下，慢慢点了点头，随即突然问道：“对了，洋子结婚的时候，好像给了我们一张婚礼的影碟，还在家里吧？”

“在。”李雅点头，有些不解，“就放在你那些奖状证书的柜子里，你要用？那我回去给你找出来。”

“不用，我回去自己找，你就先去唐珂家待几天，忙完这个案子我就去接你回来。”

“呵，嫂子，你说咱俩这叫啥？寡妇互助会？”唐珂叹了口气，“要不让他们两个男人一起过算了，有一个算一个，没一个正经回家的，都把家当酒店似的。”

“干他们这行的，不就这样？”李雅笑了一下，“那我们就走了，你忙吧，别忘了吃饭。”

林菲和戴梓萌一行人来到医院的时候，何莉莉已经醒了过来，尽管仍有些虚弱，但已经可以回答一些简单的问题了。

“我叫何莉莉，半个月前出国，去做一个整容手术，昨天才回国。”面对孙林等人的询问，何莉莉有些惊惶，强作镇定地回答道。

姜斌随手翻了翻前期调查到的资料，冲着林菲道：“和出入境的记录吻合。”

可林菲却冷笑了一声，说：“去东南亚的一个小国做整容手术？韩国、泰国，随便哪个国家都比你去的那个国家更合适吧？据我所知，他们那里的特产有很多，但绝不包括美容医疗。”

“朋友介绍的，便宜。”何莉莉脸色微红，目光也有些不自然地游离了一下，就连声音也低了下来，“韩国泰国那种地方，我去不起。”

“做的什么手术？”孙林又问。

何莉莉的脸更红了，神情也愈发不自然，小声回答：“隆……隆胸。”

姜斌下意识地扫了一眼何莉莉的前胸，嘟囔了一句：“这手术效果不咋地啊。”

何莉莉猛地抬起头，微微皱眉，和姜斌对视着，语带不满地问道：“我不明白，我也是被害人，为什么你们要盯着我不放？”

“你到底是嫌疑人还是受害人，现在可还不好说。”戴梓萌微微一笑，“虽然我们应该本着疑罪从无的原则办案，可你是嫌疑人的证据太多了，不解释一下吗？只是一个隆胸手术，为什么填充物会是高纯度的毒品？”

“我怎么知道？”何莉莉有些恼火，“手术全程我都是麻醉的状态，昏迷不醒，他们给我塞了什么进去，根本就不是我能控制的。”

“好吧，那我们再说说，为什么昨天晚上你会去酒吧，而且躺在了手术台上？”戴梓萌笑容不变，“大夫叫你去那复诊的？”

让所有人意外的是，面对戴梓萌这个明显的玩笑，何莉莉竟一本正经地点了点头。

“到此为止吧。”面无表情的雷鸣突然说道，语气却是无比森寒，“你和我们都知道到底是怎么回事，这么试探下去没有任何意义，你说出你知道的，我们做我们该做的。”

“我不明白你在说什么。”何莉莉瞥了一眼雷鸣，面露不屑。

“你知道。”雷鸣突然上前一步，一把抓住了何莉莉的头，在何莉莉的尖叫声中强迫着她低下了头。

“哎，老雷，你这可就不对了，你怎么能动手呢？”姜斌连忙叫道，可雷鸣已经一把撩开了何莉莉的头发，露出了后颈，一枚刺眼的蝎尾文身显露在了大家的眼前，咔嚓一声，他拍了张照片，放开了何莉莉，将那张照片递到了何莉莉的眼前，“这是毒蝎的标记，只有内部成员才有，你是毒蝎的人。”

何莉莉怔了一下，眼睛瞬间睁大，嘴巴也微微张开，下意识地抬手抚了抚后颈，无比惊讶：“我不知道，这是什么时候的事？我从来没有文过身啊。”

“何必呢？”戴梓萌摇了摇头，“一个人感到惊讶的时候，脸上的表情停留不会超过一秒钟，你都快三秒了。”

“篮球场上，裁判这时候就吹哨了。”姜斌说，“在我们这儿，吹哨的就是戴检，她大学主攻微表情和微反应的，别那么惊讶。”看着何莉莉明显更显惊讶的神情，姜斌笑了一下，“我知道有很多人说这玩意儿是玄学，太玄乎了，假的，不存在的。那是你见识太少，没接触过，我可以明确地告诉你，大灯塔国FBI都用这玩意儿，咱们国家这两年对这东西的研究一点也不少。”

“毒骡在用身体运毒期间不能进食，不能饮水，因为可能会导致包装破裂，毒品进入消化道和血液会造成严重的后果，甚至死亡，整个运毒的行程一般不超过24小时。你明知道酒吧不是医院，却还要去接受所谓的复诊，你说你不知道这里面的危险，你自己信吗？”孙林笑了一下。

“咱们为什么就不能配合一点？坦白从宽，抗拒从严，小孩子都知道的事，你一个成年人怎么就这么不懂事呢！”姜斌一脸哀其不幸怒其不争的表情，“悲哀啊，你现在可是被放弃的那一个，出钱出力出人救你照顾你的，可是我们啊。”

然而面对众人的轮番上阵，何莉莉却是缄口不言，到最后干脆微微闭起了眼睛。

“你是不是觉得只要你不说，我们就拿你没办法了？”林菲起身，走到何莉莉的身前，微微俯下身，面带笑容，只是她笑得很阴冷，“零口供你应该听说过，在其他证据确实充分，证据之间、证据与案件事实之间的矛盾得以合理排除，且根据已认证的证据对案件作出的判定结论具有唯一性的情况下，我们一样可以依法起诉，法院依法审理判决。”

何莉莉猛地睁开了眼睛，和林菲对视着，呼吸急促，就连苍白的脸颊都因此红润了少许，她气急地问道：“还不是嘴上一套实际一套，口口声声说无罪推定，可你们现在做的不就是让我认罪吗？你们想过去认真核实我说过的那些话吗？”

“她不会有任何事的。你们那个姐们儿，早就安排好了。”许浩喝了一口水，一不小心，他双颊还没有完全愈合的伤口便冲出了两条水柱，他颇为无奈地放下水杯，“这叫什么事？人家受伤好歹还能吃个流食，我这只能下胃管了啊。这算工伤吧？你们得给我报销吧？”他看了一眼不停地走来走去的黄蜂，微微皱眉，“我说你能不能别晃来晃去的，我跟你说过我头晕没？你就是把鞋底磨漏，地表走穿，现在也什么都干不了，安安静静地等着就完了。”

“你懂什么？”黄蜂瞪了一眼许浩，“每过一分钟，我们就多一分危险。”

“看来，你对你们的人不是很信任啊。”许浩若有所思地摸了摸下巴，“怕把你们供出来？”

“干这行，除了自己，谁都不能信。”黄蜂从牙缝里挤出了这么一句话，“这地方不能待了，得赶紧转移，你弄回来的那两个人，处理掉，作为报复。”

“我真是服了，就你这样的脑子都能做高层，我现在开始怀疑自己是不是跟错了人。两件事——”许浩伸出了两根手指，“第一，干革命工作的还对自己的战友有最起码的信任呢，你的人什么该说什么不该说，她自己比谁都清楚，她会给我们争取到足够的时间，也给自己准备好了脱身的后路。主办这个案子的人我了解，他们等着放长线钓大鱼呢，现在一动不如一静，你根本不知道有多少双眼睛在盯着这个城市里每个人的一举一动。第二，中国是一个法治国家，他们再怎么心不甘情不愿，再怎么笃定，没有确凿充分的证据，也只能干瞪眼，老老实实一句话一句话地去核实，出国去调查都有可能，那还不是你们随便安排的事？可要是你真处理掉那两个人，那就是雪中送炭、锦上添花了，正瞌睡呢，你给人塞了两个枕头，我要是他们，都能给你供长生牌感谢你。”

“那你说怎么办？”黄蜂恼火地道，“我们策划了这么久，每一个环节，每一个步骤，都经过了反反复复的核验，最后还是出了问题。”他突然掏出枪，对准了许浩，“你是内鬼，对不对？问题就出在你那里。”

面对黄蜂黑洞洞的枪口，许浩不置可否地说：“那我这代价可大了点，连医院都不能去，在这个鬼地方，万一伤口感染，我就死定了。再说了，”他突然笑了一下，“没我的时候，你们的行动好像也总出问题吧？”

“不是吧？”孙林的重装版G500里，姜斌哀号着，“还真要一句句核实她的话啊？她可是在国外做的手术，我们还得出国去不成？目前这些物证还不足以证明她涉嫌运毒吗？”

“当然已经够了。”戴梓萌嘻嘻笑道，“但是毒品案子，不能这么办，尤其是涉及毒蝎的案子。何莉莉是一个突破口，我们要找到她的上线，如果有可能，直接找到毒蝎的基地，那才有意义。所以，我们必须彻底摧毁她的心理防线，让她无话可说，老实交代我们想知道的事情。”

“还基地？”姜斌难以置信地瞪大了眼睛，用力摇头，“疯了，你们都疯了！还打算和一群武装贩毒分子正面交手，你们嫌自己活得太久了？作死别带上我。”

“不止她一个。”林菲突然说。

“我当然知道不止她一个。”姜斌叫道，“咱这车里的，除了我，你、你、你、你……”他伸出手指，从孙林、雷鸣、戴梓萌和林菲的身上一一点过，“有一个算一个，你们都是疯子！”

“林检的意思是毒骡不止何莉莉一个。”孙林叹了口气，看了一眼脸色凝重的雷鸣，“是吧，雷头儿？”

雷鸣点头，说：“按毒蝎的风格，一次出货的量不会这么少，这可能连百分之一都不到，至少还有五十到一百个和何莉莉同样命运的人。”

“那不就是说……”姜斌的脸色一下子血色尽褪，苍白无比，“要是我们今天不能撬开她的嘴，那些和她一样的毒骡可能就死定了？我们这次行动，太草率了！”

他看着车里几个神情严肃的人，咕咚一声咽了口唾沫。“哈，哈哈，你们可真会开玩笑。”他干笑了几声，“放轻松点，毒蝎肯定不止这一个卸货点，毕竟是经营了那么多年的庞大组织。”

“这当然是最好的结果，宁可暂时放过毒蝎，也得保证这些人的生命安全。”林菲抬手捏了捏眉心，“可我们不能将希望寄托在好的想法上，还是要做最坏的打算，最大的努力吧。孙队，想办法查查何莉莉的经济来源，看看有没有可能找到相同的人。”

“别抱太大希望。”孙林苦涩地笑了一下，“他们这群人就防着我们这个呢，基本都是现金交易。”

“我知道，但我们现在没有其他的办法不是吗？”林菲苦笑了一下，看了一眼表，便又看向了车窗外。此时，他们正行驶在一条狭窄破烂的路上，路两旁是破败不堪的民居，这里还残存着林菲的一丝希望。

唐珂的红色甲壳虫停在了一个地下停车场，她下车四下看了看，没有走客梯，而是走向了一台货运电梯，刷卡进入后，便掏出了手机，拨通了一个电话，一脸的肃穆。

电话很快接通。

“收到了吗？去查查这个人的底细，她的所有行程，一点儿细节都不要漏掉。”她语气凝重，带着淡淡的威严，和平日里的活泼俏皮判若两人。

“这人是谁？”电话那头，一个声音带着不解，“看着眼熟，不会是……你怎么拿到这些照片的？”他的呼吸骤然急促。

“我拍的。可能就是我们一直盯着的那个人。前几天突然失去消息，有线报说她到国内了，但我们一直没找到任何线索，现在警方已经介入了。”

电话那头的人犹豫了片刻，才道：“你想怎么做？”

“她不能有事。”唐珂道，“有她在，事情还在我们可控的范围内，如果她不在了，我们会面临更大的挑战。”

“我明白了，如果真是我们盯着的那个人，我会打招呼的。”电话那头的人想了想，便道。

“还有，查清楚她到这里之后的落脚点，她不可能一个人来，我不希望在我们的地盘上发生不可控的重大事件。”

“放心。查到后要我们的人去处理吗？”

“不必，通知刘天明，他知道该怎么收尾。”

唐珂挂断了电话，神情凝重，她翻动着手机里的相册，找到了一张照片，那是一条项链的特写，项链就挂在医院里那个女人的脖颈上。

看着这条项链，唐珂思绪飘远，整个人都有些走神。在她眼前，一幅画面渐渐清晰，夜色下的熊熊烈火中，一个瘦弱的小女孩儿从废墟里挣扎着爬了出来，随后她抬头看向了远方，那里，一个赤着脚的小女孩儿正被一个男人拖着渐行渐远，小女孩手上紧紧地抓着那条项链。

王子与灰姑娘

宽大的重装版G500慢慢减速，停在了一条小路前，孙林一脸无奈地下了车。

小路两旁是成排的平房，有些连个窝棚都算不上，让整条路都狭窄逼仄，他的车根本无法进入。

空气中带着一股令人作呕的腐败气息，就和住在这里的那些人一样。一辆豪华SUV的出现并没有给他们带来任何触动，他们只是忙碌着自己手上的工作，将捡拾来的垃圾分门别类，麻木的脸上没有任何表情。

他们只是想活下去，而活下去的最终目标却是死亡，就和这里一样，终有一天化为历史的一粒尘埃，无人记得。

林菲丝毫没有受到周围环境的影响，下车后就径直走进了小路，她的目的地是小路尽头的一间屋子，和其他屋子相比，这间屋子就整齐了很多，说不上窗明几净，但至少不会让人觉得污迹斑斑，窗台上甚至还放着几盆绿植，彰显着屋子主人和这里的居民们与众不同的生活格调。

屋子的主人曹明琴将刚刚做好的教案收好，她是这里小学的义务教师，这份教案不仅是她的教学工具，更是那群孩子的希望。

摘下眼镜，起身伸了个懒腰，拿过电话看了一眼，电话安安静静的，没有短信，没有未接电话，眼中不由流露出了一抹担忧，随即她笑了一下，抓过水壶，给窗台上的几盆花浇了浇水。

和这里生活着的大部分人不同，她的一头秀发经过了精心的打理，梳得整整齐齐，身上的衣服尽管朴素，清洗得干干净净，裸露在外的皮肤和这里的人比起来简直云泥之别，像是精心护理过。

只是简简单单地站在那里，她的身上就自然而然地散发着一种气势，像是见过大场面的人。

她已经六十多了，本来她不应该生活在这里的，因为一场变故，她迫不得已才和女儿选择栖身于此。

放下水壶的时候，曹明琴感到一阵眩晕。

她连忙稳了稳身形，走到书桌边，从抽屉里拿出降压药和酮酸片就着温水吞了下去，静坐了片刻才感觉舒服了一些。

又坐了一会儿，她起身拿起包，翻了翻里面的现金，不多了，只有几百块。女儿应该在几天前就汇款过来，可是一直没有消息，她也没有去打扰。女儿被那个男人坑了后，好不容易才得到了这个工作的机会，她不想在这时候给女儿添麻烦。

她又找出存折，看着上面的余额，再一次苦笑不已。原本她们已经有了快十万块的存款，可却在三个月前被人一次性取走了。

她还记得那天，女儿兴冲冲地回到家，开着一辆黄色的科迈罗，一脸掩饰不住的甜蜜。

“怎么了？有好事了？”曹明琴调笑道。

“妈，黄峰回来了。”何莉莉道。

曹明琴脸色微变，说：“闺女，你不是又答应他什么了吧？你可别忘了，要不是他，咱们家能成现在这样吗？那辆车怎么回事？他给你的？”

“妈，你想什么呢？”何莉莉埋怨道，神情却有些惊慌，“那车是我从黄峰那收的利息。对了，妈，我有个警察朋友，说他有办法把黄峰从咱们这拿走的钱都拿回来。”

“还有这好事？可是，那些抵押什么的，可都是以你的名义办的，那警察凭啥抓黄峰啊？”曹明琴有些不放心。

“哎呀，要是那么容易抓，我那个警察朋友不早就帮忙了？”何莉莉说，“这事要办成，还得费点力气，不过我朋友说，只要抓住黄峰，他就有把握办成。妈，咱们还有多少钱？”

“你想干啥？”曹明琴戒备地问。

“办事啊。”何莉莉说，“这事想要办成，那得疏通不少关系呢，咱也不能让我朋友拿钱是吧？”

曹明琴有些犹豫。

“妈，你想想，那可是几百万呢，咱们就花几万块就能办成，凭啥不试试啊。”何莉莉劝导着。

“你让妈再想想。”

曹明琴没敢直接答应，然而她怎么也没想到，自己的女儿何莉莉对这件事已经着了魔，她竟然偷了存折，取出了里面所有的存款。

然后，这笔存款终究肉包子打狗，而她们也莫名其妙地又多了一笔债务，那辆科迈罗也成了高利贷的抵押品，却只能偿还一部分利息。

实在不行，少做一次透析，应该也没什么吧？

她想。

咚咚咚。

门外突然传来了敲门声。

“谁啊？”她下意识地问了一句，走到门边拉开了门，却怔了一下。门前站着的三男两女都穿着制服，她认得他们里面有一个警察，四个检察官，可是她不明白，他们为什么会出现在这里。

那个看着她微微皱眉的中年男检察官似乎有些眼熟，但曹明琴实在想不起来在什么地方见过他。

“你们找谁？”她问，面露狐疑。

“曹老师，是吗？”那个短发的女检察官开口了，“我叫林菲。”

“我是曹明琴。”曹明琴点头，眼中的狐疑愈发浓郁，“你们是？”

“我们……”

林菲刚说了两个字，一旁的年轻男检察官就等不及了，他掏出证件在曹明琴的面前晃了一下，曹明琴看到证件上的名字是姜斌。

“检察院的，找你有点事。”姜斌说。

“检察院？”曹明琴的狐疑中带上了一丝担忧，下意识地抬手拢了拢额前的发丝。

林菲瞪了一眼姜斌，冲着曹明琴歉意地笑了一下，说：“您是何莉莉的母亲吧，我们想找您了解点情况。”

“莉莉怎么了？”曹明琴骤然间又感到一阵头晕，一股不太好的预感猛地浮了上来。

“她涉嫌贩毒，已经被公安机关控制了。”姜斌说，话一出口，他才注意到林菲神色不善。

曹明琴更加不堪，急道：“那不可能！”她只来得及说出这句话，便身子一晃轰然摔倒在了地上。

曹明琴再次醒来的时候，躺在医院的病床上，床边那台熟悉的仪器正将她身体里的血液抽走，过滤掉一些杂质毒素后，再重新注回到她的血管里。新鲜的血液带给了她一些活力，让她看起来精神了少许。

那几个检察官和警察就站在她的床边，那个叫姜斌的检察官更是一脸的歉意。

"我，阿姨，我不知道……"他张了张嘴，想要说点什么，却又说不出口。

曹明琴笑了一下，示意这没什么，问道："莉莉怎么了？"

"她暂时没事，很好。"姜斌忙道，"她跟我们说她是无意中卷入这个案子的，根本不知道自己参与了贩毒，我们正在核实这件事。"

听到女儿没事，曹明琴的表情放松了一些，说："我想也是。我没上过大学，对她的教育可从来没落下过，毒贩子都是丧尽天良的，她不可能去做那种事。"

曹明琴的语气中带着淡淡的骄傲。

"何莉莉跟我们说，她前阵子出国了一段时间，去做了一个整容手术，就是那时候，她在不知情的情况下，被人当成了贩毒的工具。她出国这件事，您了解吗？"林菲问。

"出国？我们这样的家庭，我这样的身体，怎么可能负担得起？"曹明琴惊讶地看着林菲，随即她就恍然，"我知道了。"

"什么？"林菲翻开笔记本，抓起笔，做好了记录的准备。

曹明琴先是苦涩地笑了一下，这才开口："我这个身体，莉莉也没办法离家工作，她就做网络直播，勉强维持生计，前一段她说有个剧组看中了她，请她演一个角色，戏份还挺重，我就劝这孩子去试试，我能照顾好自己。可能，整容也是剧组安排的？"

林菲唰唰地在笔记本上记录下了曹明琴的话，眉头却微微皱了起来。

"能跟我们说说何莉莉的事吗？她的过往，她的人生经历，我挺好奇的。还有，你们怎么会住在那种地方？我看过她的户籍信息，你们原来有一套房子的啊，你还有退休金，足够支撑你们生活的。"戴梓萌问。

曹明琴的笑容愈发苦涩了，说："曾经，那些都是曾经了。"

何莉莉并没有见过自己的父亲，在她出生的那天，她的父亲因为一场车祸离开了这个世界，或许这就是命运，何莉莉第一声啼哭的时间和她父亲的心脏停止跳动的时间竟分毫不差。

来不及庆祝，更来不及悲伤，曹明琴一头扎进了生活的苦海里，凭借着一己之力将何莉莉拉扯大。

所幸，在那之前，他们刚刚买下了新房子，肇事司机又赔了一大笔钱，这让何莉莉的童年生活除了缺少父爱之外，并没有遭遇过多的苦难。

可是人生太过一帆风顺并不是什么好事。

大概七年前，二十二岁的何莉莉认识了改变她一生的男人。

那个男人有车，有房，甚至，还有一艘游艇。他比何莉莉年长了几岁，但对何莉莉却疼爱有加，将房子、车子都转到了何莉莉的名下，两个人已经开始谈婚论嫁了。

对曹明琴这个未来的岳母，男人更是孝敬有加，为了方便照顾，男人劝说曹明琴卖掉了老房子，和他们搬到了一起。

然而，没有人知道意外和明天哪一个会先到来。

曹明琴和女儿畅想着未来的幸福生活时，男人却突然失踪了，随后放高利贷的人找上了门。那个时候，曹明琴和何莉莉才知道，他们此刻居住的房子，包括车子都已经被那个男人抵押借了高利贷。

巨大的打击让曹明琴一病不起。何莉莉无奈只能搬出了那个地方，搬到了她们现在的栖身之所。

“贪婪是万恶之源，其实仔细想想，我们家莉莉何德何能能让大富豪看中？”曹明琴叹了口气，“原本以为，我们可以慢慢恢复元气，可是放高利贷的人却不肯放过我们，不停地追着我们要利息。我的身体没办法工作，莉莉为了照顾我，也不能离开我太远，那群放高利贷的就给她开了个直播账户，每天直播赚钱。那种直播你们都明白，就是打擦边球，莉莉怕我担心，总是在我睡着了之后才直播，可是我看到过。”

曹明琴闭上了眼睛，两行浊泪慢慢淌下，她没有看到，床边的雷鸣呼吸急促，双拳紧握，眼中似要喷出火一般。

良久，曹明琴的情绪才平复下来，看到雷鸣的神情，她感激地冲他点了点头。

“她为这个家，为了我付出了太多。”

“直播那些收入呢？”

“都进了放高利贷的人的口袋。直播账户绑定的是莉莉的卡，可那张卡在放高利贷的人手里，他们每个月只给我们一点钱维持生计。贩毒莉莉绝不会去做的，我看倒是那群放高利贷的人在坑我们家莉莉。”曹明琴咬牙切齿，“本来我们这些年该还的都快还清了，可就在三个月之前吧，莉莉跟我说，那个男人又回来了，然后我们就又莫名其妙地多了一笔债务。莉莉没跟我说到底发生了什么，但是我也能猜到，她肯定是又没扛住那个男人的花言巧语。那个男人啊，就是用同样的手法再一次骗了我们。要我看，剧组什么的，都是那个男人和放高利贷的人一起给莉莉设的套。警察同志，检察官同志，”她看着林菲，看着孙林，目光灼灼，“你们一定要抓住他们，还我们家莉莉清白。”

“我会的。”林菲平静地道，“如果她是清白的，我保证会亲自送她回家。”

“我的女儿，我知道，她一定是清白的。”曹明琴笃定道。

林菲点头，直起了身子。想了想，问众人道：“你们谁带钱了？有多少拿多少。”

说着，她将钱包里的现金都拿了出来，放到了曹明琴的床头，戴梓萌和雷鸣都没有丝毫的犹豫，只有姜斌在拿出现金的时候多少有些纠结，看了看钱包，又看了看病床上的曹明琴，咬了咬牙，还是连最后一张票子都没给自己留下。

放下钱，姜斌觉得自己的心都在滴血。

“这才乖嘛。”戴梓萌却悠悠地说道。

姜斌一阵后怕，显然，如果刚刚自己留下点什么，戴梓萌就要上手抢了。

“这……”看着床头花花绿绿的票子，少说也有几千块，曹明琴愣了一下。

“抱歉我看了你的钱包，里面没多少钱了，透析是一笔不小的开支，你自己恐怕无力负担。”林菲道。

“真是给你们添麻烦了。”曹明琴不好意思地笑了一下。

“应该的。”孙林冲着曹明琴笑了一下，“那个骗了你们的人，你知道叫什么吗？要是有照片就更好了，我帮你找找。”

孙林发动了车子，坐在驾驶位上沉思着，他眉头紧锁，似乎有什么地方想不明白。

“等啥呢？我们赶时间。”姜斌催促道。

“你们还记得郝龙吗？”孙林开动了车子，驶出一段后突然问。

“大龙啊，不是让上边整走了？也不知道怎么样了。”姜斌想了想，“怎么想起他来了？那案子不是提级管辖，跟咱们没关系了吗？”

“曹明琴刚刚说的一句话让我有了一点想法。”孙林笑了一下，将车子驶出了停车场，“她说何莉莉去贩毒是被放高利贷的人骗的。我想了想，郝龙接触过的那家网贷平台，他们只有放贷的记录，没有回款的记录。据当时归案的人交代，他们就是用这种方式逼毒骡就范，何莉莉的情况，和那个案子有很多相似之处。而且，我突然有种感觉，他们也是在通过网络直播打赏的方式洗钱。”

“不是没可能啊。”戴梓萌恍然大悟，“这简直太有可能了。孙队，这可是个新的方向，有必要深挖一下。”

“哼，有什么用？”姜斌却冷哼了一声，“我们就算知道了是谁，也不可能查到他们现在在什么地方吧？距离预计那些人遇害的时间可不足……”他看了一眼表，“五个小时。”

“至少未来我们可以沿着这个方向查下去，说不定会有意外收获。”林菲一锤定音。

“前面停车。”始终眉头紧锁，一言未发的雷鸣突然说道。

孙林依言在路边停下了车，雷鸣打开车门跳了下去，冲车里众人说：“我有点事先回家一趟，咱们在局里会合。”

林菲没有问雷鸣在这个争分夺秒的时刻，有什么急事是他现在必须去办的，只是点了点头，对雷鸣说：“去医院，在何莉莉那里会合。我想我有办法让何莉莉开口了。”

雷鸣把那一盒子的勋章证书胡乱地丢到一边，小心翼翼地拿出了压在底下的一张光盘。

光盘上的封面显示这是一张婚礼的现场记录，他像是抓捕犯人一样，将王洋押到了他的爱人面前。

奇怪的是，照片里的王洋一身崭新的刑警制服，可雷鸣的身上却是一身交警制服，而且一脸的风尘仆仆。

看着这张照片，雷鸣不禁感慨万千。

那是他们最高兴的日子，就在王洋的婚礼当天，一纸调令，王洋正式成为了一名刑警。毒蝎还远在万里之外，没有来打扰他们平静的生活。

摄影师敏锐地抓拍下了这个细节，然后在雷鸣的强烈要求下，这张照片制成了光盘的封面。

不，我要的不是这个。

雷鸣用力晃了晃头，重又投入到那份回忆里，在记忆里婚礼现场的人群中搜寻着。

终于，他看到了，那个躲在王洋爱人的身后略显羞涩稚嫩的女孩，以及那个站在女孩子身边眼中满是幸福的中年妇女。

尽管那时的她们和现在有着巨大的差别，可还是能看出来眉眼间和此刻躺在病床上的何莉莉、曹明琴是同一个人。

不一样的是，那个年轻女孩儿眉心有颗痣。

局中局

何莉莉半躺在病床上，看着手机，手机是林菲的，上面是曹明琴在医院接受治疗的照片。她神情平静，眼神如一口古井毫无波澜。

“给我看这个干什么？”她把手机还给林菲，面露不解，甚至带着淡淡的嘲讽，“威胁我？”

“我想，你是有什么误会。”姜斌呵呵一笑，“我们找到你妈妈的时候，她手里的钱连一次透析都不够，如果不是我们恰好找上门，她现在可能连命都没了，这就是你想要的？”

何莉莉先是惊讶，继而一股怒火喷涌而出，咬牙道：“不可能！”

“你的家庭条件你自己清楚。”戴梓萌说道，“不过你不用担心，你母亲的所有医疗费用孙队长全包了，你没有任何后顾之忧了。硬扛到底还是让你妈妈白发人送黑发人，就看你怎么选择了。”

“戴检这可不是危言耸听，《中华人民共和国刑法》第三百四十七条第二款，走私、贩卖、运输、制造毒品，有以下情形之一的，处十五年有期徒刑、无期徒刑或者死刑，并处没收财产：（一）走私、贩卖、运输、制造鸦片一千克以上，海洛因或者甲基苯丙胺五十克以上或者其他毒品数量大的。（五）参与有组织的国际贩毒活动的。有组织的国际贩毒这就不用说了，咱说说你贩毒的数量吧，你知道你带回来的海洛因有多少吗？”姜斌竖起一只手掌，“五百克，整整一斤，这要都不判死刑，那些死在禁毒战线上的无名英雄都能气得活过来，生吞活剥了主审法官。”

“骗子！都是骗子！”何莉莉从牙缝里挤出这句话，猛地抬头，死死地瞪着林菲，抓着被子的手颤抖着，刺啦一声，那床被子竟被她硬生生撕裂。

姜斌吓了一跳，猛地向后躲了一下，看到林菲和戴梓萌、孙林都站在原地没动，就连表情都没什么变化，尴尬地咳嗽了一声，说：“我们没有必要骗你，你要不信，我们可以带你去看看你母亲。”

“他们说好会把钱亲自送到我妈妈手里，他们骗了我！”何莉莉双眼血红，让人毫不怀疑如果那个骗了她的人就站在她的面前，她会毫不犹豫地撕了他，就像那床被子一样。

“这么说，你承认了？”林菲淡淡地笑了一下，“说说吧，究竟是怎么回事？”

何莉莉闭上了眼睛，呼吸急促，恍若一座火山正积蓄着能量，随时可能爆发。

那是大概两三个月前的事了。

看着暗红的血液从曹明琴的血管里流出，顺着透明的管子进入床边的那台机器，在一系列她无法搞清原理的程序后变成鲜红的颜色重又注回到她的血管里，何莉莉却无论如何也无法高兴起来。

曹明琴已经因为疲倦沉沉地睡了过去，可何莉莉还不能睡，她还有更重要的事情要去做。咬了咬牙，她起身悄悄地走了出去，进了洗手间。

一在马桶上坐下来，她整个人仿佛都失去了力气，如果不是身下的马桶和身后的水箱撑着，她恐怕就要直接倒下去了。

静静地坐了一会儿，她打开包看了一眼，里面只有几张零散的票子，面值最大的也不过20块。她把里面所有的钱都拿了出来，一张一张仔细地数着，加在一起只有几十块。

小学生都能数明白的事，她却数了一遍又一遍。

她不甘心，打开了包的每一个夹层，伸手进去摸索着，然而，除了最近签的一份抵押贷款合同和几张彩票，包里已经别无他物。

她叹了口气，打开手机浏览器，找到开奖信息，带着一丝期盼和一丝畏缩，小心翼翼地和那几张彩票上的数字比对着，渴望着奇迹的发生。

但生活就是这样，当你渴求奇迹的时候，奇迹却只会发生在别人的身上。

那几张彩票连末等奖都无缘。

她苦笑不已，包从她的腿上滑了下去，彩票也从她的手中滑落，顺着缝隙飘出了门外，终于，她忍不住抱头痛哭，却又不敢发出声音，双肩剧烈地耸动着。

隔断外传来了清脆的高跟鞋敲击地面的脚步声，走进洗手间的人似乎愣了一下，慢慢走到隔断前，捡起了那几张彩票。

随后，隔断上响起了敲门声。

咚咚咚。

“是个很年轻的女人，她问我出了什么事。”何莉莉依旧闭着眼睛，慢慢说道，“人在脆弱的时候，哪怕面对的是一个陌生人，只要她表现出一点点的关心，就会让你忍不住把什么都说了。”她苦笑了一下。

女人轻轻拍打着何莉莉的后背，尽管何莉莉的泪水已经打湿了她的衣襟，尽管何莉莉死死地抓着她的衣服，让她那身名贵的衣裙都布满了褶皱，她也没有选择放开，只是轻声安慰着何莉莉：“每个人的人生都会经历一段特别难熬的时候，坚持下去就好了。坚持下去，熬过去，一切都会好起来的。”

“这话谁都会说。”何莉莉摇了摇头，终于睁开了眼睛，看了看林菲，“那时候，我连明天是什么样子都不知道，她却让我坚持，我问她，坚持到什么时候？坚持到我再也坚持不下去吗？我受够了，这个世界根本就不公平，我妈妈没做错什么，我也没有，可为什么要让我们遭受这样的磨难？”

“她怎么说？”面对何莉莉的怒火，林菲没有劝解，只是问道。

“她说，我们有缘，她就是来帮我渡过这个难关的。”何莉莉冷笑。

“你信了？”姜斌难以置信地问。

“我还有别的办法吗？”何莉莉反问，“我连下一次透析的钱都拿不出来啊，她就是我唯一的救命稻草，我不抓住，还能怎么办？”

“后来呢？”林菲又问。

“后来……”何莉莉叹了口气，“她帮我出了钱，又问我愿不愿意跟她干。”

“你同意了，都没问是要你做什么，是吗？”这是一句问话，可戴梓萌的语气却又无比肯定。

“这话，她也问过我。”

何莉莉打量着女人，她一身干练的西装，身材纤毫毕现，奇怪的是，一张面纱却挡住了她鼻子以上的部分，让人看不清她的面容。

但她一定很美，何莉莉想，而且她看上去很年轻，可隐约的目光却又好像已经看透了这个世界，饱含疲惫和精明。吸烟的动作更是熟稔无比。

她嘴角那一抹淡淡的笑容更像是对这个世界的嘲讽。

“我还有选择吗？”何莉莉苦笑，“只要有钱，我现在什么都愿意干，不就是卖身吗？我早该明白，要不是我死守着那点底线，我至于混成现在这样吗？”

“你想清楚了就好。”女人轻轻一弹，手里的烟蒂划着一道优美的弧线，落向了楼下，“准备准备吧，你得跟我出去，你母亲的事我会安排。但是这件事不能让你母亲知道。”

“除非我傻了才会跟她说实话。”那一刻，何莉莉的眼神里多了些什么。

是嘲讽，更是对这个世界的憎恶。

“我以为最差也就是卖身了，那个来钱挺快的。”何莉莉自嘲地笑了一下，“可我怎么也没想到，那么一个柔柔弱弱的女孩子，干的竟然是杀头的买卖。可我要是不干，我得死，我妈妈也活不了。死在异国他乡，不一定被随便埋在什么地方。你们说，我冤不冤？”

“知道她叫什么吗？”林菲没回答她，而是开口问道。

何莉莉摇头，说：“她让我管她叫青竹，她说这是她的代号，那地方没人叫名字的，他们管我叫大丽花。”

“你见过这个吗？”孙林突然掏出一张照片，那上面是一枚蝎尾文身。

“见过。”何莉莉点头，“他们每个人身上都有这样的文身。”

孙林看了一眼林菲，两人都有些激动，尽管种种线索都指明这次的案子和毒蝎有着密不可分的关系，但在得到何莉莉的亲口承认之前，毕竟只是他们的猜测，现在这个推理终于得到了证实。

就连林菲都深吸一口气才平复下了自己激动的情绪，她对何莉莉说道：“现在有一个立功的机会就在你面前，如果你能把握住，也许你能救活很多人，你也有机会活下来。”

面对林菲灼灼的目光，何莉莉却一脸的颓丧，说：“我知道你们想知道什么，但我什么都不知道。”

“哎，你这个人怎么回事？连自己的命都不要了吗？他们都那样对你了。”姜斌忍不住呵斥道。

“能活着，谁想死？”何莉莉叹道，无力感充斥着她的全身，“我是真的什么都不知道，等我能看清自己在哪儿的时候，就已经在那家酒吧外面了。”

“老雷是怎么回事？说好了在医院会合，咱们这都完事了，他怎么还一点动静都没有？”对何莉莉的讯问除了她承认参与了运毒，本案和毒蝎有关之外，再没有任何其他有效的信息，这让姜斌的内心充满了愤怒，一路上他都在喋喋不休，想起谁就要抱怨谁几句。

“雷头儿从来不打没把握的仗，耐心等通知就是了。”孙林笑了一下，“咱们去干点别的事。”

“别的事？”姜斌一愣，随即有些无奈，“我说大舅哥，这都火上房了，你还有闲心搞别的？那老太太的事，什么时候不能办？咱们现在最重要的是救人啊。”

“我只是觉得有点奇怪。”孙林微微蹙眉，“何莉莉的男朋友黄蜂，为什么这么大费周章地骗她，还是两次。只是骗色的话，你们不觉得这个投入有点太大了吗？用房子作抵押借高利贷，一个房子的原价如果说是一百万，高利贷肯借你二十万那都是大发善心，怎么看这笔买卖都是稳亏不赚。”

“你觉得这事也和毒蝎有关？”林菲微微皱眉。

“我不太肯定。”孙林略有些犹豫，“我们对毒蝎的了解并不多，但他们做出什么来，我都不会奇怪。而且他们组织里有两个头目的代号就是黄蜂和青竹。”

“我明白你的意思了。”姜斌这样说着，那眼神却像在看一群白痴，“你想告诉我们，这是黄蜂和青竹一起给何莉莉下的套，就为了让她加入毒蝎当毒骡。知道前后他们花了多少时间吗？六七年啊，那么长的时间，那么大的精力，就为了一个毒骡，是你们傻，还是毒蝎都是一群闲得蛋疼的蠢货？”

“显然，毒蝎不是笨蛋。”姜斌喝了一口水，“要不然也不能耍得你们团团转，还弄死你们那么多人。”

“我们也不是傻子。”戴梓萌白了姜斌一眼，“所以，只有一种可能，何莉莉身上还有什么我们不知道的秘密。”

“那就去问何莉莉啊，现在回局里有啥用？”姜斌叫道。

唐珂拎着两袋水果，慢慢爬上楼梯走到自家门前，刚要掏钥匙开门时，电话响了起来，她赶忙掏出电话看了一眼，脸上的神情瞬间严肃起来。接通了电话后她没有说话，仔细听着电话里的人说，只是她脸上的神情却愈发凝重，更有些犹豫和纠结，她不停地在门前徘徊，踱着脚步。

良久，她才吐出了一口浊气，下定了决心，压低声音道：“你听着，必须保证她的安全，她关系到背后的那个人到底是谁。所有线索都表明，现在我们掌握的这些人都只是那个人放到台前的工具，我们不知道他背后还偷偷培养了多少人，只是代号就已经沿用了不知道多少代。我毫不怀疑，今天我们拿掉她，明天就会有一个新人来继承她的位置。面对一个未知的人，我们会更加被动，前期所有的努力都会白费，所以，一天没有摸清背后的真相，我们就一天都不能动她。你现在就通知刘天明，就说这是老板的意思，明白了吗？”

确认对方没有误解她的意思后，唐珂才松了口气。她挂了电话抬手揉了揉面颊，一抹俏皮的微笑立时浮现在了脸上，她打开门，弯腰拎起水果。

“嫂子，我买了点草莓，雷哥特意交代的，说你就爱吃这口。”她说着，进了门。

雷鸣从曹明琴的胳膊上抽出一管血，小心地放进了物证袋，又用棉签从她的口腔里提取了一些组织，谨慎地放进了试管里，做完这一切，他才松了口气。

从始至终，曹明琴都没有任何反抗，顺从着雷鸣的一举一动，只是眼圈略微泛红，看着雷鸣的目光里充满着怜爱和疼惜。

她突然抬起手，仔细地擦拭着雷鸣的额头。雷鸣这才注意到，自己的额头竟已经冒出了细微的汗珠。

他怔了一下，想笑一笑，只是他的笑容看起来却无比苦涩。这个细微的动作似乎勾起了曹明琴的回忆，本就眼圈泛红的她终于再也无法控制，泪水滚滚而出。

“那，您好好休息。”雷鸣有些手足无措，慌乱中竟想到了逃走。

“你去吧。”曹明琴努力止住哽咽，“我没事。抓住他们那天，你一定要告诉我。”

“嗯。”雷鸣用力点头，随后，便逃出了病房。

一出房门，他就觉得浑身都失去了力气，要靠着墙才能让自己站稳。缓了片刻，他掏出电话拨通了孙林的号码。

孙林从档案员手里接过一份档案，看了一眼来电显示，见是雷鸣打来的，赶忙开了免提，把电话放到了桌子上，同时拆开了手里的档案袋抽出档案看了起来。

“孙林，你听着，何莉莉有一个同母异父的姐姐。”雷鸣说道。

孙林却惊叫了一声，甚至连呼吸都有些急促地问道：“她姐姐嫁给了王洋？”

电话那头的雷鸣似乎愣了一下，他没有回答孙林的问题，而是问他：“你知道了？”

“我刚刚才知道。”他说着，把手里的档案递给了林菲，林菲赶忙接过去，和戴梓萌、姜斌一起看了起来。

“这样就说得通了。”戴梓萌说，“有这层关系在，黄蜂才有了对何莉莉动手的前置条件，享受某种变态快感的同时，更是对我们警方的报复。”

“几年前，王洋殉职，也就是那个时候，黄蜂离开了何莉莉，让何莉莉陷入了困境。”林菲点了点头道，“这确实合理。”

“合理什么啊。”姜斌却道，“这么多年了又来招惹何莉莉，犯得着吗？”

孙林仰头看着天花板，抬手揉了揉鼻子，又用力抓了抓脖子，说：“也许只是个巧合？”

他知道为什么，然而，在得到雷鸣的首肯之前，他决不能把那件事情告诉任何人，就算是刘天明，也不能让他知道一丝一毫的信息。

他浑然不知，戴梓萌敏锐的目光已经盯上了他。

“你知道什么，是吧？”戴梓萌问。

“我？”孙林微微一愣，“我知道的和你们知道的一样多。”

“不是巧合。”就当孙林不知所措，视线都开始转移，不想和戴梓萌对视的时候，雷鸣声音突然出现在了办公室里，“现在我们抓到的何莉莉并不是真的何莉莉，两个人确实很像，但是真的何莉莉眉心有一颗痣，现在的这个人没有。”

“不是何莉莉？那会是谁？”孙林忙问。

“青竹。”

雷鸣缓缓吐出的这个名字，让所有人都脸色剧变。

“你能确认吗？”林菲紧张地问。

“我已经提取了曹明琴的检材，很容易就能确认她到底是不是何莉莉。”

“我问你能不能确认她就是青竹？”林菲急道。

“我们不能。”不等雷鸣说话，戴梓萌却苦笑了一下，“我们没有青竹的任何资料。但是，这个人既然冒充了何莉莉，并且提到了青竹，从心理学上来说，她确实可能是青竹。”

“我需要证据。”林菲盯着戴梓萌，“不管用什么办法，就算让她自己交代也行。”

“那可不行。”姜斌说，“现在重证据，轻口供，只有口供是不会被定罪的。”

“我们还有机会。”眼看林菲神色不善，孙林忙道，“这个假何莉莉满嘴谎话，只要我们能戳穿她的所有谎言，她就不得不交代，证据我们总会找到的。”

“孙林说的没错。”雷鸣把车开到公安医院的停车场前，等待着栏杆升起的空隙，他拿出手机，翻出一个号拨了出去。电话一通，他就冲着手机说道，“倒查监控，我相信会有线索的，还有，我在公安医院，你们也过来，我们再突审一次。”

几乎就在雷鸣面前栏杆抬起的同时，出口那一边的栏杆也抬了起来，一辆车漆斑驳，有些老旧的奥迪 A4 慢慢开了出去。雷鸣下意识地转头看了一眼，那辆车他总觉得有些眼熟，车后坐着的那个穿着病号服的女人身形也给他一种莫名的熟悉感。

但是，两辆车很快擦肩而过，后边的车又在鸣笛催促，让他无暇仔细分辨。

逃出生天

唐珂进屋只看了一眼，就闭上了眼睛，然而眼前的那一幕却已经深深地刻进了她的脑海里。

李雅被人五花大绑地捆在椅子上，嘴里塞着一团破布。

旁边的沙发上，坐着一个西装革履的男人，跷着二郎腿，正悠闲地修剪指甲。

他没有做任何的掩饰，英俊，带着些邪气的脸庞就那么赤裸裸地呈现在了唐珂的眼前。

看到唐珂的举动，黄蜂忍不住笑了出来。

“自我介绍一下，我是黄蜂。”黄蜂道，“你可能不知道我，但你老公和这位女士的老公一定很熟悉我。”

听他这么说，唐珂却啪的一下扔掉了手里的袋子，抬手捂住了耳朵，说道：“我知道你们的规矩，我没见过你们，更没听过你说话。被你绑住的姐姐失明好多年了，耳朵也不太好使，我有诊断书，不骗你。你想要的东西在卧室的保险柜里，密码是 131413，存折首饰银行卡，还有现金，密码都一样。但是我先声明，这可不是我老公贪赃枉法来的，那都是他爹妈给我们的，在做生意这件事上，他们没有动用我老公的任何关系，倒是我老公当警察这事上，他们出了不少力。”

黄蜂叹了口气，对唐珂说：“你很聪明，可你不听不行啊。我来不是要你们的命的，我手上的人命已经够多了，下半辈子吃斋念佛不近女色一天做一百件好事都不一定能洗刷我的罪恶，钱我也有的是。我是来寻求合作的。”

“我们配合，不管你提出什么要求，只要保证我们的安全。”唐珂闭着眼睛，干脆利落地说道。

“没那么严重。”黄蜂掏出手机，“帮我打个电话，放我们一个人出来。先别说话，我既然来找你们，当然就知道你们的身份，别跟我说你们是平民老百姓，你们要是没权没势，那我可就是连蝼蚁都不如了。”

他话音刚落，手里的电话就响了，看到来电号码，他愣了一下，随即接通了电话，电话里传来了一个冰冷的女声：“我没事了，放了她们吧，我们也该走了。”

黄蜂有些不甘心地看了看眼前的这两个女人，还想要说点什么，电话那头的青竹又说话了：“我们是来求财的，有些事，不必做得那么绝，效果反而会更好。”

黄蜂立时恍然大悟，说：“我懂了。中国有句老话叫不怕贼偷就怕贼惦记，大概就是这个意思。”

他挂断电话，解开了捆缚着李雅的绳子，说道：“你们命好，我这次是来合作的，但是下一次可就不一定了，我这个人，以前不介意，现在也不介意手上沾点血。”

“你怎么找到这里的？”一恢复自由，李雅声音无比冷静地问道。

李雅的举动让黄蜂有些惊讶，他忍不住竖起了大拇指，说：“不愧是前刑警队长的老婆，够冷静，知道君子报仇十年不晚。不过，你应该没有机会再见到我了。”他笑了一下走向了门边，“至于告诉我们这个地址的，叫什么来着？”他看上去很努力地想了一下，“许浩，对，他说你们都叫他小耗子。”

他回头，脸上带着迷人的笑容，微微弯腰行了一礼，冲着脸色惨白，震惊到难以复加的李雅和唐珂道：“那么，祝你们好运，后半生平平安安的，别再碰到我们。”

在走出门之前，他突然看了一眼表，距离整点还有几秒，不禁笑了一下，说了句：“时间刚刚好。”

黄蜂的话音刚落，李雅的电话就响了起来。

又一个女孩儿倒下了。

午睡之后，那些人送来午饭的时候被发现的，她倒在床上，任凭那些男人粗暴地推搡，全无反应。

那男人恶劣地咒骂了一句，就出去叫了人进来。

何莉莉看着他们一人抬腿，一人拽着胳膊，就像抬一件垃圾一样把女孩儿抬了出去。

那些男人的脸上写满了厌恶。

那些同样被关在这里的女孩儿，脸上充斥着惧色，都有意无意地离死去的女孩儿的床远了一点，聚集在角落里，瑟瑟发抖。

如果说之前倒下的几个女孩儿只是让不安和恐惧在这个密闭的空间里蔓延，这一次，何莉莉却感到了深深的悲哀。

这一次倒下的女孩儿是小楠，那个和她关系还算密切的姑娘。

几个小时前，当一个女孩儿在吃早饭的时候突然倒下，被抬走的时候，小楠还活生生的，只是满脸的担忧，她问何莉莉，下一个会不会就是自己？

那时候，何莉莉还能强颜欢笑，劝慰小楠："怎么会？那么困难的时候我们都坚持过来了，现在眼看着就要解脱了，这时候要是倒下了，那也太倒霉了吧？"

"我的运气一向很糟，要不然也不会沦落到今天。"小楠苦涩地笑了一下，"开始的时候，我只是想换一个手机，然后，也只换到了一部手机，就到了今天这步。莉姐，要是有机会出去，你能替我去一趟老家，替我跟我妈说一声我对不起她吗？她一个人把我拉扯大，供我上学，可是我不学好，不能给她尽孝了。"

"别说傻话了，我们肯定都能出去的。"何莉莉说，可小楠却目光灼灼地看着她，视线不肯偏移半分。

"好，我会去的。"何莉莉无奈地道。

小楠这才笑了一下，快速吃完自己的那份早餐，回到床上躺了下去。

那时，她的脸色就有些发黄。

她究竟是什么时候离开的，离开的时候是不是经受了难以忍受的痛苦却无法对人言说，何莉莉并不知道，但她觉得自己应该做点什么了。

她霍地起身，这个动作吓了身边的人一跳，她们本能地向后躲闪，惊恐地看着她。何莉莉顾不上这些，径直走向了正缓缓合拢的铁门。

正关门的独臂男人看到她的举动，眉头微蹙，手上的动作却停了下来，神色不善地看着她。

何莉莉走到男人的面前，看着他腰间的枪，舔了舔嘴唇，强作镇定：“我要见青竹。”

男人怔了一下，随即，他冰冷的脸上带上了一抹笑容，说道：“你就是青竹。”

“你知道我不是。”何莉莉深吸了一口气，平复着激动的情绪，“我要见那个青竹。”

“永远只有一个青竹。”男人语带深意。

“别跟我打马虎眼，不见她也可以，告诉我，我们什么时候能卸货。”

“那可不是我能决定的。”男人说，“回去坐好，我不想对你动手。”

“我们就要死了！”何莉莉终于控制不住火气，喊了起来，“别以为我不知道我们身体里的是什么东西，再不卸货，我们都会死。那几个被你们抬出去的，她们都死了，对吧？”

男人的眉头皱得更紧了，他看了一眼屋子里的女孩子们，恐慌的情绪在她们之间蔓延着，有几个女孩子已经蠢蠢欲动，为了活命，他不知道她们会做出什么来。

没有任何犹豫，男人拔出腰间的枪，对着空处扣动了扳机，砰的一声枪响，子弹贴着何莉莉的耳边飞了过去。

所有人的身体不由自主地战栗了一下，何莉莉更是呆呆地站在那里，嘴巴微张，不敢置信地看着男人。

“我说过，永远只有一个青竹，所以，永远不要怀疑我开枪的可能。”男人说完收起枪，转身关上了铁门。

何莉莉的身子不受控制地颤抖着，就连嘴唇都在剧烈地抖动着。她艰难地咽了口唾沫，慢慢转身，挪动脚步，想要回到自己的床上，可那双腿却不像是自己的一样，她的脚甚至无法离开地面，就那么在地上一步一步地磨蹭着前行。

但是，她的动作很快就停了下来，眼睛也慢慢瞪大。

她没有听到铁门上锁的咔嗒声。

她猛地转身扑向门边，用力推了推铁门，那扇铁门果然露出了一道缝隙。一点狂喜瞬间浮上了她的心头，她又微微用力，那道缝隙终于勉强能让她侧身通过。

没有犹豫，她当即挤了出去，却又呆立在了当场，从这里走到户外，还要经过那个大厅和大门边的门卫室。

此时，那个独臂的男人就面朝外坐在门卫室里，几个男人站在他面前，对他说着什么。

“埋了，和之前那几个一样，可惜了这批货。究竟什么时候才能卸货？这么损失下去，咱们这一趟可就白跑了。”

何莉莉隐约听见一个男人问道。

那个独臂男人没说话，但却让何莉莉感到浑身冰凉，整个人僵在了那里，那男人的目光不偏不倚地投到了她的身上。

大约过了那么一两秒钟，男人张嘴了，说：“上边没来通知，贸然卸货会给我们带来大麻烦，你们首要的任务就是看好了这批骡子，别让她们出去给我们惹麻烦就够了。”

何莉莉怔了一下，她不明白男人为什么对她的出现没有反应，但此时，她已经来不及多想了。她蹑手蹑脚地走向了门边，走过了门卫室。

她觉得，那男人的目光始终都跟随着她移动着，也许，他想要玩一场猫捉老鼠的游戏？在这个要命的时候，何莉莉的脑子里竟冒出了这样的想法，但是对她来说，跑，也许还有一条生路，留下来，却只能等待死亡。

手已经碰到了门把手，门卫室里那个独臂的男人又说话了，他吩咐手下的几个人道：“去看着点那群骡子，逼急了，骡子也会尥蹶子踹人。”

没有时间了，何莉莉一把拉开门跑了出去。

突如其来的刺眼的阳光让她眼睛微闭，可她不敢停下脚步，跑，一直跑，用力跑，跑出这里，跑到外面去，跑到大路上，只有跑到那里，自己才有得救的机会。

她听到身后传来了慌乱的脚步声，他们追来了。

她踉踉跄跄地奔跑着，几次险些摔倒，可也许是老天都在护佑这个女孩儿，她竟然奇迹般地始终没有摔倒，但是她却跑进了一条死路。紧锁的铁门，高高的围墙，何莉莉不知道自己的生路在哪里。

“跑，快跑！”一个清脆悦耳的声音在她的耳边喊道。

她认得那个声音，那是小楠的声音。

她没命地向着围墙冲了过去，然后，不知哪里来的力气，她用力跳起，伸手去抓围墙的顶部。

一阵风吹了过来，轻拂着她的后背，她突然感到自己的身体一下子轻了许多，就像有什么人在托着她一般。

双手抓到了什么东西，何莉莉立即死死抓住，双脚用力，借势一翻就上了墙头，回头看向了那间屋子。

她看到，小楠就站在门前，脸上带着微笑，用力冲她挥着手，身影慢慢变淡，消失。

顷刻间，何莉莉泪流满面。

“我会去的，我一定会去的。”何莉莉冲着那道身影喊道。

何莉莉知道，她听到了，因为，她看到，她又举起手挥了挥。

何莉莉抹了一把眼泪，不再犹豫，转身跳下了墙头，墙外就是一条宽阔的马路，来来往往的车流将她带回了人间。

她打量了一下四周，确认了一下自己的方位，选定了一个方向，便快步跑了下去。墙内的嘈杂很快就平息了下去，何莉莉知道，这些人的死活就系在她的身上，她没有时间耽搁了。

远处，一辆巡逻车正慢慢开过来，何莉莉连忙站定，用力挥着手，开车的警察看到了她，巡逻车慢慢向她靠近，何莉莉紧绷的神经终于有了些许的放松。

吱嘎。

刺耳的刹车声突然响起，接着，一辆黄色的科迈罗抢先停在了何莉莉的面前。黄蜂跳下车，一脸吃惊地看着何莉莉。

“莉莉，你怎么在这儿？我去你家找你，他们说你都好久没回家了。”他一脸急切地说道，“这么长时间，你跑哪儿去了？”

看着眼前的这个男人，何莉莉百感交集，要不是这个男人，她又怎么会丢了房子，欠了高利贷，被逼着去做直播；要不是这个男人，在失踪了多年之后又突然出现，怎么会让她怀了孩子，可最后她连那个无辜的生命都无法保全？

“跟我回家吧。”

黄蜂伸手去拉何莉莉，可何莉莉却挣脱了他的手，然后，她抬起手，用尽全力一巴掌抽在了他的脸上。

啪的一声脆响，黄蜂愣住了，何莉莉也失去了所有的力气，眼前一黑，瘫倒在地。

在彻底摔倒之前，她只感到黄蜂一把抱住了她，在她的耳边喊着：“青竹，青竹，你怎么了？你没事吧？警察同志，救人，救人啊！”

“好，你最近就在孙林家先待几天吧，等这边的案子忙完了我去接你，正好孙林暂时也没空回家了。”雷鸣带着淡淡的笑意，挂断了电话，和林菲一起走出了电梯，走向“何莉莉”的病房。远远地看见病房，两人的脸色都慢慢沉了下来，原本安排在门外看护的警察此时不见踪影。

林菲当先走进了病房，病床上空空如也，一个五十多岁的女性护工正在整理床上的被褥。

“患者呢？”林菲问。

“我哪儿知道？我又不是你们请来看人的。”林菲一副质问的语气让护工很不爽，她没好气地回道。

“出院了还是换病房了？”林菲又问。

“那你得问大夫，我可不管病人的事，说不定是死了呢。”护工翻着白眼，抱着叠好的被褥走向门外，“让让，别耽误我工作，扣钱算谁的啊。”

林菲微微皱眉，转头看着雷鸣，说：“问问局里是怎么回事，是不是把人提走了？”

“直接问刘天明？孙林要知道的话，会通知我们。”雷鸣神情凝重地问，见林菲点头，便掏出电话，径直拨通了刘天明的号码。

“刘局，何莉莉是不是你安排人提走了？”电话一接通，雷鸣就直接问道。

“提人？没有啊。”接到雷鸣的电话，刘天明一脸蒙，“我都多少年不直接参与办案了，这事你应该问孙林。”

“他一直和我们在一起。”雷鸣说，“你最好查一查，是谁下令撤了监控何莉莉的人的。”

“你等一下。”刘天明突然想起了什么，他拉开抽屉，从里面拿出了一份文件，翻开看了看，“你说的这个何莉莉是不是昨天晚上抓回来的涉嫌运输毒品的犯罪嫌疑人？”

“是。”

“取保候审了。”刘天明道。

“取保候审？谁批准的？谁签的字？”

听到电话里冷冰冰、毫不客气的质疑的声音，刘天明下意识地皱紧了眉，他苦笑了一下，刚要说话，电话那头的林菲却又是一连串的灵魂发声。

“刑诉法第六十七条有明文规定，只有对可能判处管制、拘役或者独立适用附加刑的；可能判处有期徒刑以上刑罚，采取取保候审不致发生社会危险性的；

患有严重疾病、生活不能自理，怀孕或者正在哺乳自己婴儿的妇女，采取取保候审不致发生社会危险性的；羁押期限届满，案件尚未办结，需要采取取保候审的四个类型的情况可以批准取保候审，但仍需有担保人或缴纳保证金。何莉莉的情况很复杂，现在有证据证明，她一直在对我们说谎，甚至冒用了身份，完全不符合取保候审的条件。”

“我的林大检察官，你起码听我说完啊。”刘天明苦笑，“取保候审是我批准的，所有的手续文件齐全，你可以随时来查。何莉莉之所以能够被取保候审，是因为她提供的一份医疗证明显示，她目前有孕在身，不适合由公安机关继续羁押。至于担保人，也符合法定的条件，是律师肇源。”

听到这个名字，林菲愣了一下，下意识地问道：“肇源，他怎么参与进来了？”

“这我可就不知道了。总之，我是按程序、按法律规定办事，取保候审没任何问题。”刘天明说。

“有，问题大了。”林菲冷笑，“如果这个人不是何莉莉，她提供的身份信息都是虚假的，那就根本不符合取保候审的条件了。”

“假的？你这是什么意思？喂？喂？”刘天明等不到他想要的答案了，至少目前不能，林菲根本就没打算再听他说什么，就直接挂断了电话。

“去找肇源。”林菲把电话丢给雷鸣，“现在只有他知道，这个假何莉莉去哪儿了。”

两人一前一后出了病房，刚到一楼，就见一辆警方的巡逻车停在了门外，两名巡警抱着一个年轻的女人跑了进来，喊着：“大夫，快救人！”

林菲和雷鸣连忙让到了一边，几名医护人员匆匆从他们身边跑过迎向了巡警，引导着二人把那个女人送进了急救室，随后两名巡警被推了出来。

“知道患者信息吗？”护士问。

“好像是叫青竹，他男朋友是这么说的。”巡警说，突然愣了一下，看了一眼外面，面露犹疑，“奇怪，她男朋友呢？怎么没跟过来？”

他没有注意到，面露犹疑的还有刚刚和他们擦身而过的林菲和雷鸣。

“停一下。”站在孙林身后的戴梓萌突然说道。

此时的电脑画面正是酒吧门前的监控画面，一辆黄色的科迈罗正在停车。

姜斌诧异地看向戴梓萌，说：“可以啊，这么多车里，你一眼就看中这个了，不是最贵的，但绝对是最拉风的。”

“注意看开车的人。”戴梓萌白了姜斌一眼。

姜斌连忙看过去，微微皱眉，诧异道：“何莉莉？她哪来的钱开这么好的车？”

“都说了那人是假的。”戴梓萌无奈地摇了摇头，示意孙林继续播放视频。

那辆黄色的科迈罗驶入停车位，车门打开，何莉莉提着一个包下了车，走到酒吧门前看了一眼，并没有从正门进入，而是绕向了酒吧的后门。

“很好，这太可疑了，我倒要看看，这回她还有什么好说的。”姜斌“哼”地冷笑了一声，“要是对这地方不熟，可找不到后门在哪儿，而且，后门是密码锁，没有密码她可进不去，她是毒蝎的高层人物青竹这事儿，没跑了。”

“倒查监控，我要知道，她是从什么地方来的酒吧，那个落脚点就是我们要去救人的地方。”戴梓萌笃定地道。

姜斌却大惊失色，说：“你疯了？你当是电影呢？大数据人脸识别，咔一下就定位了？她要是从城市另一边来的，你知道这工作量得多大？”

“你有更好的办法吗？”戴梓萌反问。

姜斌张了张嘴，却哑口无言。

孙林无奈地笑了一下，说：“戴检这个不是办法的摸排方案确实是眼下最好的办法了，最笨的往往却是最有效的。”

“也没有你想的那么麻烦。”戴梓萌微微一笑，“沿路调取各个路口的天网监控，确定开车的人和来的方向，最后缩小到一个路段内，我们大体就能确定一个方位了。”

孙林略沉吟了一下，说：“一个小时，我发动所有视频侦查员一起。”

“还有，你们在现场找到她的包了吗？”戴梓萌又问。

“没有吧？”姜斌有些不太确定。

孙林皱着眉头想了想，确认道：“没有，我可以确认。怎么，那个包有问题？”

“唔，没有。”戴梓萌摇头，强迫自己笑了一下，“就是好奇，她的包里装的是什么。”

不知怎么的，许浩的身影一下子出现在了她的眼前，她可是清楚地记得，许浩的手上当时就拎着一个一模一样的包。

“但愿菲姐没有看错你。”她自言自语了一句。

病房里传来了一阵压抑的哭声。

林菲探头看了一眼，就见曹明琴坐在床边，对着病床上昏迷不醒的“青竹”默默垂泪。

这让人心酸的一幕却让林菲松了口气，她回头看了一眼雷鸣和刘鹏。

“可以确认，这个人就是真正的何莉莉。”雷鸣直视着林菲的眼睛说。

林菲点头，又问刘鹏：“具体是什么情况？”

“送来得及时，命是保住了。”刘鹏说，“而且她携带的毒品量不多，至少不足以致死，不过，她应该不久前做过引产手术，所以身子比较虚弱，一时半会儿恐怕醒不过来。”

“引产手术？”林菲愣了一下，和雷鸣对视了一眼，两人突然间都明白了青竹那份怀孕的医疗文件是从哪里来的，“还真是一副好心机，步步算计啊。”她忍不住冷笑，“这么好的棋子，就这么放弃了？这可不像是毒蝎的风格。”

“断尾求生呗。”刘鹏说，“你也说了，何莉莉只是青竹的棋子，是棋子就可以放弃。我要是没猜错，这应该是青竹给自己准备的后路，原本她也没打算用，但哪想到歪打正着，被我们摁住了，她也只能抛出这枚棋子，转移我们的注意力，好给自己脱身留出时间。”

“断尾求生？”林菲再次冷笑，“我知道南美有一种蝎子，紧急情况下就会断尾求生，但是，同时也会丢掉自己的毒刺，还有排泄器官，最终，它们会被自己的排泄物活活憋死。毒蝎做断尾求生的事不是一次两次了吧？我很好奇，他们这么断下去还能坚持多久。”

“你说那个蝎子，我也知道，”刘鹏说，“而且，这种蝎子在断尾之后仍然能存活八个月，八个月的时间足够完成繁衍任务、安心离去了。”

雷鸣脸色一变，急忙道：“调监控。各个路口，机场，火车站，包括出城的国道路口，全面安排警力设卡筛查。青竹要跑，而且会尽快离开大陆，她要回到基地再做图谋，但是从我们发现她离开到现在，还没过一个半小时，这点时间，就算走最近的出城道路，应该也来不及。”

“我们也未必来得及。”刘鹏却一脸苦笑，“调派警力就需要时间，再说，这么大规模的警力调动，要上边点头才行。”

“把在路上的巡警先调过去。”雷鸣果断地道，“我不信刘天明会在这种事情上拖后腿。”

他看了一眼林菲，却见林菲微微皱眉，对他的建议没有否定，却也没有赞同。

见雷鸣看向了自己，林菲才点了点头，说：“先按雷检的意思沟通吧。”

雷鸣微微皱了皱眉，停车场里那辆和他擦身而过的斑驳的奥迪 A4 一直在他眼前浮现，似乎有什么东西就要呼之欲出。

“肇源那边怎么样了，找到他了吗？”林菲问。

“我的林大检察官，我是法医，不是侦查员，这事儿你应该问孙队长去啊，要不是要提取检材，我连医院都不应该来。”刘鹏一脸苦笑，感觉在林菲的面前，警种的区分根本就不重要，她是想起来什么就随手抓过眼前的不管什么警察就要安排任务。

“肇源？”雷鸣却是眼前一亮，“对了，就是他！”

一向稳重的雷鸣如此激动，让林菲都有些惊讶，刘鹏更是吓了一跳。

雷鸣目光灼灼地看着林菲，说：“青竹的取保候审是肇源担保的，我来的时候他刚走，就在停车场和我前后脚进出，青竹应该就在他的车里，接下来不管是暂时藏身市内还是尽快出城，也一定会有肇源的参与，查他的车，查他的手机信号，调他所有的行动轨迹。”

“他们既然已经算到了被我们抓到后如何脱身，在肇源这件事上恐怕也不会留给我们太多的机会。”林菲苦笑，“不过，就这样安排吧，现在也没有更好的办法了。让孙队长那边多费点心，我们的当务之急还是在这边，只有何莉莉才能帮我们救人，她什么时候能醒？”

“麻醉还没过。”刘鹏无奈地摊手，放弃了自己并不是主治医生的争辩。

“想办法叫醒她，现在只有她知道那群人被关在什么地方。”

“菲姐，我们知道大概在什么地方了。”戴梓萌人未到，声音就先传了进来，紧接着病房的门就被推开，戴梓萌、姜斌和孙林快步跑了进来。

“我们调取了那个假何莉莉的监控视频，基本确定了她的行动轨迹，她最可能的出发点在青年大街，彩电塔附近。”姜斌得意地道，就像这是他找到的一样，“我已经建议孙队长对那条路进行全面摸排，调取附近的民用监控影像辅助调查，一个小时之内保证有结果，就算他们躲在耗子洞里，也跑不出我们天网系统的监控。”

林菲看向孙林，却见孙林有些无奈地耸了耸肩，该说的，都被姜斌说了，他还能说什么呢？

“其实根本不用那么麻烦。”戴梓萌笑了一下，“他们那么多人，人吃马嚼的，食物肯定是个大问题，自己开火很容易暴露，就只剩下叫外卖或者去超市采购速食，不管是哪种，必然都是大宗的，只要我们重点排查这几个地方，就一定会有发现，然后按图索骥就行了。”

“对啊，我怎么没想到。”姜斌一脸懊恼，“你怎么早不说？现在说这个，不觉得晚了点吗？”

“早说？早说这功劳不又是你姜大帅哥的了？”戴梓萌冷笑，“也不用担心我现在才说，来之前，我就已经让孙队长安排下去了。”

“我作证，戴检还说了，这事告诉谁都行，就是不能让姜检察官知道。”孙林无良地笑了一下，看得出来，案情即将有重大突破，他的心情也不错。

姜斌愣愣地看着戴梓萌，终于忍不住吐槽：“连自己一个办公室的同事都防着。梓萌，你可真行。”

“抢起革命战友的功劳来都能毫不手软，你有什么资格说我？”戴梓萌翻了个白眼。

“你们不跟着他们一起去调查取证，来这儿干什么？”林菲打断了两人的争吵。

“因为有更直接省事的办法。”戴梓萌看了一眼病床上昏迷不醒的何莉莉，又警告似的看了一眼林菲，“我打赌，你正想办法叫醒这个何莉莉，一旦她开口，你最好的处理方式就是一边赶过去，一边告诉我们。但是，我绝不允许这种情况发生。菲姐，你是检察官，你根本不知道，冲在第一线有多危险。”

“无非就是个死。”林菲无所谓地道，默认了戴梓萌的推测。

“要不，试试掐人中？”一脸为难的刘鹏看着病床上的何莉莉，小心翼翼地道。

“抽嘴巴子吧。”姜斌撸起袖子，跃跃欲试，“我看过，有护士为了叫醒术后昏迷的人，那大嘴巴抽的，跟不要钱似的。”

“回头人家说咱俩刑讯逼供，你能给我做主吗？”刘鹏看着姜斌冷笑，“反正要是我验伤的话，肯定会把你交代出去。”

“那我和菲姐都会感谢你的。”戴梓萌精准地落井下石。

“那你们说怎么办？干等着？是，你们有后手，可时间有多宝贵你们不知道吗？”姜斌不满。

哗的一声，就在三人还在为怎么叫醒何莉莉争执不休的时候，一盆凉水却兜头浇到了何莉莉的头上。

“菲姐！”戴梓萌惊叫出声，连忙看向了门边，却见曹明琴就站在病床边，手里端着一个空盆，林菲才刚刚出现在门前，手里的那盆水显然还没来得及出手。

“醒了？”曹明琴看都没看戴梓萌等人，紧盯着病床上的何莉莉，冷水的刺激让她瞬间清醒，但意识显然还有些模糊。

她看了一眼病床边的人，又看了一眼曹明琴，眼中这才有了光，对曹明琴说道：“妈？你怎么在这儿？”

“不在这儿我在哪儿？停尸间，殡仪馆，还是在骨灰盒里？”曹明琴没好气地呛声道，“何莉莉你给我听好了，既然醒了，就给我向警察同志好好交代，你已经犯过一次错误了，现在让你主动坦白，是给你一个改过自新的机会。你要是还不知好歹，我就算死了，也不会再要你一分钱，我就当没你这个闺女。”

听到曹明琴这么说，何莉莉脸色苍白，说：“妈，你都知道了？”

“哼，做了这种伤天害理的事，还指望能瞒过我，妈得这一身的病，那都是你干坏事的代价，你以为自己没遭什么报应就敢胡来了，那是我替你担着呢。”曹明琴教训道。

“妈，你听我解释。”何莉莉急道。

“我没空。”曹明琴干脆把头转向了一边。

“这小老太太，脾气可真够火爆的，之前咋没看出来呢？”姜斌幸灾乐祸地捅了捅刘鹏。

“这就叫为母则刚！”刘鹏感叹。

“要不要给你们俩抓把瓜子，搬俩马扎，坐着吃瓜？”戴梓萌斜着眼睛瞪了二人一眼。

“还认识我吗？”雷鸣此时上前一步，看着何莉莉，“我们见过，就在你姐姐的婚礼上，你姐夫曾经是我的同事。”

“我姐夫……”何莉莉微微皱眉，“我听说……”

“对，你姐夫死了，执行任务的时候，光荣殉职了，连具全尸都没留下，你姐和你小外甥女也死了，同一天，同一个地方，被炸碎了。”曹明琴接过话，“他们被毒贩子折磨得那么惨，吭过一声吗？求过一句饶吗？他们为什么？他们辛辛苦苦求的什么？你姐夫是警察，你说他英勇就义是职责所在，义不容辞，那你姐姐呢？你小外甥女呢？一个平民老百姓，一个孩子，她们都知道什么能做，什么不能做。你再看看你都做了什么？帮毒贩子干活，那是断子绝孙的营生。你不要脸，我还要脸呢，你要是还不知道悔改，警察不枪毙你，我亲手打死你，反正我也没几天活的了，打死你为民除害，值了。”

“阿姨，你先消消气。”眼见着曹明琴的情绪越来越激动，脸色都有些涨红，林菲连忙劝道，“何小姐也是受害人，也是被人欺骗的，我相信她会跟我们实话实说的。”

“妈，我知道错了，我真的知道错了。”何莉莉也连忙道。

“哼，最好是这样。”曹明琴哼了一声，“雷同志，你想知道什么尽管问，有一句回答你不满意，就跟我说，让我教训教训这个死丫头。”

“这个人你认识吗？”雷鸣径直将假何莉莉青竹的照片递到了何莉莉的眼前。

“认识。”何莉莉点头，“就是她让我冒充她的，说我不用运毒，还能得到更高的报酬。我想多赚点钱，就……”

“几个小时前，她用你的身份办理了取保候审，逃走了。”姜斌说，看了一眼刘鹏，“某种意义上，如果刘法医没能在生物学上确认你和你母亲的亲子关系，你就是青竹，需要为她做过的事承担法律责任。”

“我知道自己什么处境，我愿意配合你们。”何莉莉说着，主动伸出了胳膊，“你们想知道什么，我都可以告诉你们，但是现在，你们得赶快去救人，已经有人死了。就在彩电塔附近，地方挺大，是那个建到一半的物流园。”

何莉莉看了一眼刘鹏，有些奇怪他怎么无动于衷，却见刘鹏不好意思地笑了一下，“你昏迷的时候，该取的检材我都取走了。”

何莉莉恍然大悟。

林菲却微微皱眉，她的眼前闪现过一扇锈迹斑斑的铁门，一辆大巴车停在杂草丛生的院子里。

“你们是坐大巴车去的？”她问。

“是。”何莉莉点头。

“我知道是哪里了。”林菲笃定地道，“彩电塔附近有一个烂尾的物流园，后来被李建林的影视公司收购准备改建成影视基地，但因为审批的事，一直没有下一步动作。他们就在那里，我亲眼见过她们。”她有些咬牙切齿，为什么她早没发现那辆车和那些女孩儿是有问题的呢？

早一步，是不是就不会有现在这样严重的后果？

她闭起了眼睛，用力咬着嘴唇。她感到自己的手被什么人握住了，讶然睁眼，就见戴梓萌站到了她的身边，抓着她的手，目光看着她，那目光里有鼓励，也有宽慰。

她知道，戴梓萌是在告诉她，一个正常人，谁会去怀疑那辆车呢？这不怪她。

可是，她可是检察官啊。

“你还有什么想要告诉我们的。”林菲深吸了一口气，强迫自己冷静下来，继续问何莉莉。

“我们都是被逼的，没有一个是自愿的，逼迫我们的是一家网贷平台，他们说我们的酬劳也会通过网贷的方式发放。”何莉莉说。

“你们信？”姜斌嗤笑，“这摆明了是不想给你们钱，就算你们拿到了钱，他们反手就能说这是借给你们的。真是吃肉连骨头渣子都不留啊。”

“我们有什么办法？不去，他们就往死里折磨我们。我以前干的事，你们也应该都知道了。”何莉莉苦笑。

“知道公司在哪儿吗？”林菲问。

“知道。”何莉莉报出了一个地址。

“孙队，梓萌，我们去救人，固定证据。”公安局的作战会议室里，看着全副武装的警察，林菲想了想，说道：“雷检、姜斌，你们配合另一队，去端掉那个网贷公司。”

“我去救人，你们去网贷公司那边。”雷鸣拿起孙林递过来的一把枪，检查着枪械，不容置疑地道，“仓库那边有人看着，他们手上可能有武器，和武装毒贩战斗，我更有经验，你们去只是添乱。”

“别小瞧人，我也是练过的。”戴梓萌不服。

雷鸣看了她一眼，说：“他们可不是死靶子，是会和我们拼命的。”

“我同意雷头儿的意见，我们是老搭档了，论配合，他一个眼神我就知道该干吗。”孙林发言道。

“我去网贷公司那边，或者，我留下坐镇指挥中心也行，帮你们协调。”姜斌举起手说道，“冲锋陷阵确实不适合我，真上了战场，你们还得分精力照顾我。”

“就按雷检说的办。”林菲考虑了一下，不得不承认，雷鸣和孙林说的有道理，但与此同时，她也毫不犹豫地忽略了姜斌的意见。

“还有，叫上救护车，随时支援。那就……”林菲看了一眼表，果断下达了命令，“行动。”

一众参会的警察下意识地看向了会议桌尽头主位上的刘天明，从始至终，身为公安局局长的刘天明一句话都没插上，他尴尬地抠了抠嘴角，叹了口气，苦笑了一下，说：“那就行动吧。但是，你们给我听好了，”他换上了一副严肃的面孔，“都给我全须全尾地回来，少一根毛，老子就调你们去后勤，让你们一辈子都没机会上前线。”

毒骡鸣泣

一队全副武装的警察在行动组长的带领下乘坐电梯到达了目标楼层，另一队警察则从消防通道快速走了上来。

一出电梯，行动组的组长就组织警力将林菲和戴梓萌护在了身后，看了一眼空荡荡的走廊，竖起两根手指用力向前一挥，身后的警察迅捷而又无声地跑过走廊，将目标办公室的出口牢牢封锁，等待着组长的命令。

组长深吸了一口气，刚要下令，就感到脚下传来一阵晃动，接二连三的爆炸声不断传来，那扇并不结实的房门轰然炸开，直接将门前守着的两名警察拍倒在地。

他下意识地回身扑向林菲和戴梓萌，就见戴梓萌早已经将林菲死死地护在了身下。

爆炸声很快过去，硝烟却在走廊里肆无忌惮地蔓延着。

"有没有人受伤？大龙，二虎，你们俩怎么样？"组长大声呼喊着，快步跑到倒掉的房门前，用力掀开了那扇门，露出了趴伏在地上的两名警察。

"呸，死不了。"一名警察应道，起身啐了口唾沫，用力晃了晃头，"我没事，没受伤，虎子也没事。你们俩干什么？"

警察惊呼了一声，组长回身，就见林菲和戴梓萌先一步进了办公室。

他连忙快步追过去，将两人护在了身后，紧张地举起了手里的武器。"你们俩不要命了？"他呵斥道。

"不会有第二次爆炸的。"林菲异常冷静，"他们不想伤人，只是想给我们一个警告。"

行动组长这时才注意到，办公室里空无一人，几台电脑主机正闪着火花，爆炸应该就是从那里引发的，威力不大，但毁掉所有的数据信息却已经足够了。

他回头看向门框，果然，那里还残留着一些爆炸物的碎片。显然这里的人一早就得到了消息，不仅能够及时撤离，甚至还来得及给他们布下一个陷阱。

尽管有惊无险，但是下一次呢？

他的脸色顿时无比难看，就算今天抓到了人，没有了这些证据，到头来还是无法给这些人定罪。

"到底是谁走漏了消息？回去我一定要严查到底。"他恶狠狠地说道。

"对自己的人，要有最起码的信任。"戴梓萌说，随后她目光在房间里巡视着。门边上闪烁的摄像头引起了她的注意，略一琢磨，她嘴角微挑，走到门边仰头看着上面的一个监控探头，冷笑不已。

"这妞可以啊，这么快就发现了。"看着手机屏幕里那张圆润甜美，却又冷笑不已的脸庞，黄蜂咂了咂嘴，抬头看了一眼对面的许浩，"你也可以啊，说说看，你是怎么知道，他们会突袭这个据点的？"

他信口问道，却有意无意地抬了抬另一只手里握着的枪。

"说多少回了，别拿那玩意儿对着我。"许浩翻了翻眼睛，身子并没有移动，"你要是真想杀我也就算了，这要是枪走火了，你说我冤不冤？"

他端起水杯，喝了口水，两腮还没有愈合的伤口顿时又淌出了两道细细的水流，不由得有些懊恼，"我不知道他们会突袭这个据点，我只不过是在出事的时候就通知所有人撤离了，草蛇灰线，马迹蛛丝，隐于不言，细入无间，那帮条子精着呢，挖地三尺这事儿，他们干得出来。至于这点小礼物，我挺看不上的，我这人，要么不玩，要玩就玩大的。”

“就像你脸上挨的那一枪？”黄蜂动了动手里的枪口。

“嘶。”许浩下意识地抬手摸了摸脸颊，倒吸了一口凉气，不满地看着黄蜂，“你就非得提醒我这事儿？”

“你自己知道是怎么回事，青竹不可能永远保着你。”黄蜂重又低下头，看向了手机，一队警察正穿过铁门，闯进了那个关押着毒骡的物流园。

这地方并不难找，但是在没有任何提示的情况下，谁也不会想到这个李建林准备重新改造成影视基地，因为审批手续迟迟办不下来而被迫中止的地方会藏着这样的一批人。

安排好警员控制周围环境，就连狙击手都找到了狙击点就位之后，雷鸣和孙林一马当先冲了进去。

两人交替掩护前进，动作标准规范，都可以作为警校的教学指导了，然而让两人意外的是，一路上他们并没有遇到任何抵抗，直到两人冲进了大厅，连个人影都没见到，孙林一度怀疑他们是不是找错了地方。

面对孙林询问的目光，雷鸣一时间也有些恍惚，他站在大厅看了看，当目光落到门卫室的时候，笃定地点了点头。

孙林连忙看过去，就见门卫室里虽然凌乱，但显然不是长期没人的情况，桌子上没什么灰尘不说，还堆放着一些新鲜的快餐盒。

“来几个人，提取一些检材。”孙林吩咐道，当下便有几名警察进了门卫室开始工作。

雷鸣继续寻找，当目光穿过连接大厅的走廊，看到那扇厚重的大门时，他终于长出了一口气，那扇大门和何莉莉的描述一模一样。

他连忙走过去，走近发现大门并没有上锁，而门后阵阵压抑的哭泣隐约传来。

雷鸣微微皱眉。

“门没锁，她们为什么不逃出来？”孙林也察觉出了异样，语带奇怪地问道。

“里面有人吗？”雷鸣喊道，“我们是警察，别怕，我们是来救你们的。现在，我们准备开门，你们确认一下是否安全。”

“不要。”门里，一个女孩子惊恐地叫道。

接着，一阵窸窸窣窣的声音传来，一个信封从门缝里递了出来，雷鸣连忙接过来打开，抽出了里面的信纸，匆匆看了一眼，顿时面沉似水。

警官同志敬上：

很抱歉，又给大家添麻烦了。我本无意如此，我们本来也不是天然的对立面，美国、墨西哥，如你所知，有很多警察是我们稳固的盟友。你会发现，在利益面前，没有什么永恒的敌人，甚至，是我们共同维护着这块市场，让它能够有序地存在。

毒品从被发现至今，已经有几百几千年的历史，总有人想在自己的国度里将它彻底禁绝，然而无一例外地，这些人全部都失败了。

这说明了什么？黑格尔曾经说过：存在即合理。

然而，我很遗憾，我们始终没能与中国警方在这件事情上达成一致意见，但我仍然不愿与贵方为敌。我的朋友们想要给你们一个教训，在这扇门后安装了炸弹，血色嫣然的烟花是他们尤其渴望看到的。

我不想这样的事情发生，所以留下这封信给你们，希望你们能够接受我的善意。

啊，友情提醒你们一句，如果半个小时内你们依然不能拆解炸弹，那么很遗憾，它会爆炸，至于会带来什么样的损失，我也很想知道。这一次，你们打算付出怎样的代价。

你们的朋友　黄蜂

信的末尾是一枚蝎尾文身的图章，这个独特的标记让雷鸣明白，这封信绝不是危言耸听，更不是什么恶作剧。

从王洋传递出的有限的信息里推测，黄蜂是毒蝎的绝对高层之一，有着悠久的历史传承，历任黄蜂无一不是心狠手辣足智多谋之徒，上一任黄蜂就是策划了王洋一家惨死的主谋，甚至不惜以自身为饵，被消灭在那场惨烈的战斗里。

“它动了。”门内又是尖叫。

“什么动了？”雷鸣连忙问。

“表，炸弹上的表，它开始倒计时了。”女孩儿的声音都在颤抖。

“救救我们，求求你们，救救我们，我们不想死。”女孩子们叫喊着，哭泣着，惊惶无措，绝望在门后蔓延着。

“都往后退，离门远点。”雷鸣喊道。可接下来究竟该这么做，他也是一筹莫展。

“后面还有。”孙林突然道。

雷鸣一愣，见孙林指着他手里的信纸，连忙翻了过来，果然，信纸的背面还有一行字，字迹潦草，显然是匆匆写就的，而且，更像是用非惯用的那只手写下的，一笔一画都带着些扭曲。

“通风扇。”

只有这三个字，但雷鸣却是眼前一亮，转身跑了出去，绕到了这栋楼的后面，果然，一扇通风扇就在后面的墙壁上，然而仅仅是刹那的高兴，雷鸣的心便又沉了下去。

通风扇离地面大约有三米高，这倒没什么，他拉过孙林，将他垫到脚下，踩着他的肩膀就爬了上去，可那扇通风扇极为狭小，即便是队里最瘦弱的警察也没法从通风口进入到房间里。

也许只有孩子才能做到。

“孙林，叫人破拆，半个小时内从墙上掏一个洞出来。”他恨恨地道，然而他很清楚，即便只是简单的砖混结构，也不是他们徒手能够拆掉的，调工程器械过来，半个小时时间远远不够。

砰。

一声沉闷的枪响，接着，雷鸣就觉得有什么东西从自己的耳边飞了过去，那东西蹭到了他的耳朵，让他一阵火辣辣的疼。

然后，那东西飞过了狭窄的通风扇缝隙，准确地打到了房门的炸药上，啪的一声，那块倒计时的液晶屏轰然破碎。

那是一枚子弹。

要爆炸了。

接连两个念头浮现，雷鸣却连躲避的动作都做不出来，他只是下意识地回头，寻找着子弹射来的方位。

开枪射击的人似乎有意暴露了一下自己，瞄准镜的反光闪烁了几下，直到雷鸣的目光看过来，那人才优哉游哉地收起枪。

来抓我，或者，去救人。

二选一。

雷鸣脸色难看，但做出选择并没有花费太长的时间，当他意识到里面的炸药没有爆炸的时候，就噌地一下从孙林的肩上跳了下来，一言不发地冲向了楼前。

他们已经够快了，至少孙林觉得，他们已经做到了能够做到的极致，还能让他们怎么样呢？他们只是普通人，不是超人，没有超能力。

虽然他们已经拼尽了全力，可结果却依然让人高兴不起来，当他们破门而入的时候，能够坚持站立着的女孩子已经屈指可数，而就在赶往医院的路上，又有几名女孩子永远地闭上了眼睛。

“坚持住，再坚持一下啊。”急救医生声嘶力竭地喊着，徒劳地动用着自己能想到的所有急救措施，却无法得到任何回应了。

“怎么样了？”这是救出那些女孩儿后，雷鸣第一次开口，他的声音更加沙哑了。

此时，他半蹲在一栋楼的天台上，从这里看过去，关押那些女孩儿的那栋楼的背面完整地映入眼底。

那个开枪的人就是从这里射出了那枚精准的子弹。

“你猜得没错，有人在这里开过枪，一把威力极大的狙击枪，就架在你面前的栏杆上，枪我们已经在通风井里找到了，自制的，材料和当铺地下室里留存的那些一样，加工手法也很像。”孙林背靠着栏杆，嘴里叼着烟，“痕检的哥们说的，不过有个地方，他没搞明白，”孙林直勾勾地盯着雷鸣，“那把枪得两只手才能拿稳，但是枪上只有一只右手的指纹。”

雷鸣神情不变，只是抬头看了一眼孙林，淡淡地说道：“能在枪上检测出指纹，这才是我不明白的地方。”

孙林看着他，想从他的神情中看出哪怕一丝丝的异样，然而，遗憾的是，许久以前姜斌对他的评价依然有效，那张如浓硫酸浸泡过一般的脸上没有任何表情，就连二维码都要比他的脸有内涵得多。

“行吧，你说什么就是什么吧。”孙林将烟蒂弹了出去，看着它在空中划出了一道优美的弧线，“何莉莉辨认过，除了我们救……”他犹豫了一下，这次惨烈的营救行动失败得已经不能更失败了，他实在无法用“救”这个字眼，“除了我们找到的这些，起码还有十个下落不明，都是她没逃出来之前就被拖出去的，我调了警犬过来，帮我们一起搜寻。林检、戴检和姜检都过去了，你呢？不过去看看？”

“你先去吧，我待会儿就去。”雷鸣说。

“行，我在下面等你。”孙林说着，走向铁门。

雷鸣突然做了一个双手端起一把狙击枪的姿势，他把那把看不见的狙击枪架到了栏杆上，于是，他发现自己的左手毫无疑问地会蹭掉栏杆上的灰尘，留下清晰的痕迹。

可是面前的栏杆上，除了架设的狙击枪的痕迹外，再无其他。

越接近墙角，姜斌的脸色就越发苍白。

当那只警犬搜寻到墙角，张开嘴正准备示意的时候，姜斌就已经忍不住哇的一声吐了出来。

“就是这儿了，挖吧。”刘鹏看了一眼姜斌，说道，“小心点，尽量别动用器械，别伤了她们，要不然对家属不好交代。”

他嘱咐了几句，带头蹲下身，徒手挖掘了起来。

光是看照片，刘天明就觉得血压有些飙升，密密麻麻，层层叠叠，至少十几具尸体就堆放在浅浅的土坑里，等待着腐烂，等待着消失。

已经有多少年没有经历过这样的大案子了？甚至在自己的从警生涯中，经历过这样的案子吗？

他哆哆嗦嗦地抽出一支烟，点燃狠狠地吸了一口，努力平复着激动的情绪。

办公桌上的电话突然响了起来，刘天明吓了一跳，烟灰掉到了身上，他手忙脚乱地拂掉那些烟灰，接起了电话。

“我是刘天明。”

“刘天明，你可以啊。”电话里，是政法委书记冷冷的声音，“搞这么大的阵仗，结果却是嫌疑人音讯全无，证据被销毁得干干净净，犯罪分子竟无一人落网。咱们两个都要‘名垂青史’了，无一人落网啊。你全国各地打听打听，谁不是说无一人落网？”

“也没有那么糟糕。”刘天明擦了擦汗，“至少，咱们这边也没有一个伤亡。”

“你还挺骄傲？”政法委书记的声调都提高了八度，“我不管你现在在干什么，立即，马上，到我的办公室来，还有那个林礼祯，你们俩一起来。我干不下去了，你们俩谁也别想好。”

夜色下，一条游艇倏地穿过了入海口，驶入了广阔的大海，宛如冲出了牢笼的鸟儿，开始在广阔的天空肆无忌惮地翱翔。

许浩走上甲板，就看到蝎针一个人站在船尾，遥望着陆地的方向。

“是不是没想到，我们最后会走水路？那群傻子，就想着机场，火车站，累死他们也想不到。当然我也没想到，我们还有这玩意儿。”许浩用力拍了拍围栏。

“就算想到你有，也想不到你会用这东西逃命。不说S市基本都是内河，怎么看我们也不可能靠它回到蝎巢。”蝎针难得回应了一句。

“这可能也是他们最大的失误了，我也以为他们高估了我们，但现在看，他们还是低估了毒蝎这个组织的庞大。黄蜂跟我说他可不止这一艘游艇，以组织给他的行动经费，买个几百辆科迈罗也不是什么难事。”许浩咂了咂嘴，“科迈罗啊，我这辈子能买上一辆就知足了。”

“你的理想和目标从来就不是科迈罗。”蝎针看向许浩，竟笑了一下。

“说正事，他们叫你过去商量点事。”许浩没接蝎针的话，只是转头冲着船舱示意了一下。

蝎针点头，转身走向船舱，走了几步，见许浩站在原地没动，不禁有些诧异：“你不去？”

“我？”许浩摇头，抽出一支烟点燃，靠在栏杆上吸了一口才道，“讨论的就是我的去留，这事儿我哪有发言的地方。”

“就在这儿，把他扔下去，命大就回S市，命不好算他倒霉。”黄蜂呷了一口酒，“当然，就算他回到S市，结果也和喂鱼没什么区别，那些警察能手撕了他。”

“带他走。”青竹摇晃着手中的红酒杯，“他已经证明了自己的忠心，而且他很聪明，知道用最小的代价换取最大的利益，我已经很多年没见过这样的人才了。”

“他那也叫忠心？”黄蜂嗤笑了一声，“必死的局都能活下来，对面放的不是水，简直就是海。”

“我也给你脸上来一枪，让你去做卧底，你干吗？”蝎针冷冷地注视着黄蜂。

“你连自己的老婆孩子都能放弃，连自己的一条胳膊都能不要，他只是给自己一枪，你们中国警察为了任务，什么做不出来？”黄蜂反问。

蝎针的呼吸粗重了起来，双眼中也腾起了怒火。

“蝎针属于毒蝎，这已经不需要再证明了。”青竹警告似的看了一眼黄蜂，“而且，许浩的信物原本就是蝎针的，既然我相信蝎针，就没理由怀疑许浩。”

“那好，既然你这么坚持，我反对也没用，但我需要许浩先完成一个任务。”他看着蝎针，嘴角微挑，露出了一抹若有深意的笑容，“蝎针只能有一个，历来如此，而且，是谁给警方留下了救人的线索，青竹你就不好奇吗？”

吃过早饭，何莉莉站在窗前活动身体时，看到雷鸣下车走向了住院部，他身后跟着那几个检察官和刑警队长孙林。

他们的脸色不太好，这让何莉莉有些忐忑。

“我们找到了你说的那个地方，但是很抱歉，我们到得有点晚，目前还有三十几人生命垂危，暂时没有脱离危险，其他人……”林菲没有再说下去，何莉莉却知道，那些人，十死无生。

她抬手捂住嘴，不敢去看林菲他们，眼圈泛红，深吸了一口气，才没让眼泪掉下来。

“对不起，都怪我，都是我不好。”她哽咽道。

“现在不是自责的时候。”雷鸣说，“这个人你认识吗？”他递给何莉莉一张照片，那是从那两名巡警的执法记录仪里截取的黄蜂的照片。

“认识。”何莉莉看了一眼，用力点头，“化成灰我都认识，他就是让我家破人亡的那个人，黄峰。”

“你在厨房，我是说，在贩毒组织的基地里，见过这个人吗？”孙林忙问。

“那倒没有。”何莉莉愣了一下，仔细想了想，缓缓摇头。随后她一下子意识到了什么，“孙队长，你的意思是，他一开始接近我就有别的目的？”

“据我们掌握的线索，毒蝎高层就有一个叫黄蜂的人，他驾驶的科迈罗和冒充你的青竹开的是同一辆。至少牌照是同一张。”孙林说。

何莉莉不敢置信地微张着嘴，问道：“可是，为什么啊？”

孙林看了一眼雷鸣，有些犹豫，说：“这我不能细说。总之，和你姐姐，姐夫有关。”

何莉莉有些了悟，但更多的依然是不解，如果是报复，那黄蜂的投入似乎有些太大了。

“发通缉令吧。”姜斌突然说，“也别说咱们这回一败涂地，毫无所获，至少咱们现在掌握了毒蝎高层两个人的影像资料，从此以后，只要他们敢来，让他们连机场都出不了。”

“他们可未必走的是机场。”戴梓萌冷笑，“至少现在我们还没有他们的任何行踪。”

“水路。”何莉莉突然道。

“水路？”姜斌愣了一下，似乎听到了什么可笑的事情，“可别逗我了姐姐，咱们S市那几条小河，够干什么的？没有一条能出境。”

“可有一条河穿过S市后会和另一条能够入海的河流汇合。”何莉莉说，“黄峰有一条游艇，几年前就有，我见过，那也是他当年唯一没有转入我名下的财产。”

姜斌蓦地瞪大了眼睛，不敢置信地看向了林菲等人，然而，他们却神情淡然，对此没有丝毫的意外，似乎早就知道了这个结果。

这让他有些难以理解，想要说点什么，雷鸣却已经开口了。

“你的事，经过我们的调查，并不是你有意的，而是被胁迫的，处理意见已经下来了，你被解除强制措施了。”他突兀地岔开了话题。

“换句话说，你无罪了。”戴梓萌道，“这是通知书。”

她从公文包里摸出一份文件，递给何莉莉。

“你的工作和住处，孙林会安排的，以后不要再轻信别人了，不管到什么时候，我们这群人都会管你。我们已经失去了一个兄弟，不能再让他的家人受到任何伤害了。”雷鸣又道，“住院的费用，我们替你交过了，你不要有负担，好好休息，我们先走了。”

一栋废弃的厂房里，肇源被蒙住了眼睛，被捆缚在了一把椅子里，孤独而又宛如行为艺术一般杵在空荡荡的厂房正中央。

陪伴他的只有放在他脚边的一个硕大的登山包。

不知那个绑架了他的人出于何种目的，给他选择的眼罩是他的领带，而捆住他双手的则是他的皮带，一把定时锁扣住了皮带头。

肇源有气无力地挣扎着，他不知道已经过去了多久，还需要多久。放在脚边的手机已经不知道是第多少次响起了，特殊的铃声让他知道，打来电话的人是孙林。

“爷爷，快接电话啊！”

铃声不知疲倦地响着，终于突然中断，手机也耗尽了最后一丝电量关机了。

肇源叹了口气，一脸绝望。

然而，就在这时，一阵悠扬的警笛声却由远及近，飞驰而来。

接着，咔嗒一声，定时锁竟然开了。

那一抹微笑，灿烂如花

“眼罩是你自己的领带，捆住你手的是你自己的腰带，定时锁是你登山包里的。”一身便服的孙林每说一句，便将一样东西放到肇源面前的桌子上，冷冷地看着坐在审讯椅里的肇源，“登山包。”哐的一声，孙林把硕大的登山包拎到桌子上，一样一样开始往外掏东西。

“矿泉水，干粮，护照，外币……啧啧。”坐在一边，同样一身便服的姜斌咂着嘴，“肇大律师，你让我们怎么才能往你是被胁迫的这件事上想？你这分明是干了缺德犯法的事儿，准备跑路的架势啊。”

“孙队长，姜检察官，现在不是说这个的时候。”肇源急躁地道，声音里都带上了哭腔，“你们要相信我，我没有说谎，江医生和李医生确实被他们绑架了，他们就是用他们俩的命逼我给他们做事的，你们得去救人，晚了就来不及了。这样，你们先别管我说的是真是假，反正我就在这儿，我也跑不了，你们先去找人，行不行？找到他们俩，就什么都清楚了。”

“什么都清楚了？”孙林冷笑，转头冲着审讯室外喊道，“江医生，李医生，麻烦你们俩让肇大律师明白明白现在到底是怎么回事吧。”

听到孙林的话，肇源顿时愣住，正当愕然不解的时候，审讯室的大门打开，江华和李沁在一身运动服的戴梓萌的陪同下走了进来，江华的手里还端着一碗螺蛳粉。

看到肇源，江华举起手里的螺蛳粉示意了一下，问道：“吃了吗？要吃点不？正宗柳州螺蛳粉，味儿老冲了。”

“你，你们？”肇源张嘴结舌，却不知道该说些什么。

“我们怎么了？”江华摇头，“我说老肇，你可真太不够意思了，说好的一起，你怎么能自己抄近道，把我们俩扔山上呢？所有补给品都在你那儿呢。你知道这一天一夜我们俩是怎么过来的吗？要不是梓萌，我们俩非困死在山上。”

“许浩……”

“关许浩什么事？”江华不满地道，“你说这事我更来气，我可都听说了，老肇你放跑了一个重要嫌疑人，还拿我们俩做幌子，说什么我和李沁让许浩绑架了，威胁你做事，咋地？拖我们俩下水还不够，还得带上小耗子？”

“不是，这，这到底是怎么回事啊？”肇源急得都快哭了，他看看孙林，又看看戴梓萌，接着看向江华和李沁，想搞清楚自己的身上究竟发生了什么，然而，没有人想告诉他答案。

“好好想想吧，说点实话，老实配合我们的工作不好吗？坦白从宽，抗拒从严，有那么难理解吗？亏你还是律师呢。”孙林说着，和众人一起离开了审讯室，留下肇源自己一个人迷茫。

一出审讯室的门，进入到一片黑暗的空间，孙林就再也憋不住了，扑哧一声笑了出来。

“严肃点，办案呢。”戴梓萌警告道，但也同样是强忍着笑意。

“我说，咱们这么干合适吗？”姜斌不安地看了一眼审讯室，“老肇可是律师，这要是让他明白过来咱们是在耍他，那不得把局里闹翻了天啊，告我们个滥用职权，那都是轻的。”

“我跟他说请他配合我们办案了吗？你跟他说你是检察官，请他配合了吗？”孙林撇了撇嘴，“那都是他自己想的。咱们身上可没带任何能证明我们身份的东西。”

他用力咳嗽了一声，走廊里的声控灯顿时亮了起来，只是灯光的颜色却是带着些暧昧的紫色，在这些紫色灯光下的映照下，铺着同样紫色地毯的走廊清晰地呈现在了众人的面前，走廊两侧是一间一间的房间，每个房间门上都贴着门牌号，门锁则是刷卡的感应锁。

这里根本不是什么公安局，而是一家主题宾馆。

“给他个教训也挺好。”江华阴险地笑了一下，“谁叫他觉悟那么低，还跟毒贩子联手了，就算是被威胁的，不会想办法报警啊？没机会，不会示警啊？亏他还是大律师呢。”

“再说了，我和江华就是那么怕死的人？”李沁也冷笑不已，“绑我们的人是许浩不错，我跟他交往不多，但从有限的几次来看，他非常懂权衡利弊，杀人对于他来说就是亏本的买卖，亏本的买卖他绝对不会做。”

"看吧。"戴梓萌撇了撇嘴，"亏肇大律师还和小耗子是朋友呢，还没沁姐了解他呢，关他一阵子，纯属活该。"

"说起许浩。"姜斌皱了皱眉，"上次我就想问了，你们到底怎么想的？还有青竹和那什么黄蜂，你们可有放水的嫌疑啊。"

"不放水他们就跑不了了？"孙林耐人寻味地笑了一下，"接下来怎么办，等局里通知呗。我估计你们那边的指示也快下来了，林检不是开会去了？咱们现在基本没什么事了，回家好好睡一觉，这都好几天没休息了。"

孙林刚停好车，就看到雷鸣的车跟了上来。想了想，他从副驾驶前的储物格里拿出一份档案袋，才推开车门下车迎了上去。

"来接嫂子？"孙林靠在车门边，问。

"该回家了。"雷鸣说，"不能总麻烦唐珂，她也有自己的生活呢。"

"那倒没什么，也不差这一会儿。我先和你说点事。"他把手里的档案袋递了进去，"酒吧那天晚上弹道实验的结果出来了，是一把不应该在这时候出现的枪，或者说，是一把早就被上边提走了的枪。"

雷鸣微微皱眉，却并没有显露出过多的意外。

"血迹鉴定也有结果了，是许浩的。这些我都瞒着林检呢。"

雷鸣点头。

孙林不由得笑了一下，说："看来你这个脑袋还没锈住，早知道了吧？"

"猜到了。"雷鸣说，"就是不知道老刘在这里扮演了什么角色。"

"这你可猜错了。"孙林笑了一下，"老刘什么都不知道，那份检材在送到他那儿的时候就被调换了。他那个人你还不知道？让他演戏，那就是尬演，看着都想死。"

"那这鉴定？"雷鸣皱眉。

"检材可不止一份，经历了那么多事，再不长点心眼，我早死多少回了。"孙林嘿嘿一笑，"还有个事，嫂子应该是怕你着急，就没告诉你，许浩向毒蝎透露过我们家的地址，嫂子和唐珂都被黄蜂威胁过。"

雷鸣顿时脸色铁青。

"黄蜂就是留了个话，没伤害嫂子和唐珂。"

"什么话？"雷鸣问。

"他说，祝我们后半生平平安安的，永远别再碰到他们。"孙林笑了一下，

“毒蝎的人，什么时候这么好心了？”

雷鸣仔细想了想，冷哼了一声，说：“他是在警告，他那句话的意思是让我们永远别碰和毒蝎有关的事，否则下一次，就不是这个结果了。”

“这个警告，他可用错地方了。”孙林呵地一笑，换了个话题，“你准备怎么收拾许浩？”

“知道这件事的有多少人？”雷鸣问。

“不多，大概也就你、我，再加上老刘应该也能猜到，老刘知不知道这个事得打一个问号，鉴定报告我偷偷做的。”

“那就烂肚子里吧。”雷鸣说。

“真不是你的人吗？我可什么都没安排。”孙林有点不死心。

“你忘了，我早就不是警察了。”雷鸣苦笑了一下，“我想做点什么，也没那个能力了。”

二十几人伤亡的案子无论如何对外是瞒不住的，但在如何处理舆论上却有很多讲究。很不幸，案子发生的地方属于李建林的影视公司，李建林入狱后，他的公司也树倒猢狲散。说不上是李建林想借此争取一个良好表现，还是他真的良心发现，当林礼祯和刘天明告诉他，这口黑锅需要由他的公司以拍摄事故的名义来背的时候，他毫不犹豫地就点头同意了，甚至没有提出任何附加条件。

“能为国家，为政府，为社会分忧，作一份贡献，是我应该做的。”李建林义正词严地道，“我还可以以保险公司的名义出一笔钱，如果在剧组工作的她们连保险都没有，那就太假了。”

然而有人对这个决定并不满意，林菲就是其中之一，以至于她和刚刚走出林礼祯办公室的刘天明擦身而过的时候，连个招呼都没打。

“林副检察长，我需要一个解释。”她气呼呼地道。

“解释？”林礼祯气笑了，“你让一个副检察长给你这个检察官一个解释？这是检察院和公安局的一致决定，示敌以弱，外松内紧。只有这样，毒蝎才敢再来，只有他们再来，我们才有机会把他们一网打尽。这个解释行不行？”

“你们疯了！”林菲咬牙道，“毒蝎有多可怕，你们不知道吗？你们这是打算拿 S 市成千上百万人的命去赌？”

“要不然怎么办？见一次打一次？不从根上铲除毒蝎，我们一辈子都别想安稳。毒品案的办理，与一般的小偷小摸的案子不同，追求的就是连根拔起。”

林菲沉默了，她知道林礼祯说得对，可她依然无法接受还要再看着毒蝎在她生活的城市里胡来。

“我想回来，公安局的工作并不适合我。”良久，她吐了口浊气说道。

“刘天明也是这个想法。”林礼祯呵呵一笑，笑容中有些无奈，“他也觉得你不适合留在那边。就一年，你就把他们搞得鸡飞狗跳的，再待一年，他就得给你退位让贤了。丫头，你什么时候能让我省点心？”

“你死了，或者，我死了。”林菲淡然一笑。

林礼祯却为之一滞，柔声道：“好好活着不好吗？”

“为什么不去问问那些犯罪分子，好好活着，别犯罪，不好吗？既然他们不怕犯法，那我就不能怕冲在最前面，将他们绳之以法。”

林菲依然保持着淡然的笑容，林礼祯却有些急了，急道：“履行职责和鲁莽不是一回事，做事要动脑子。你知不知道这一年，你有多少次差点就回不来了？”

林菲愣了一下，看着林礼祯，脸上的笑意愈发明显，只不过那抹笑意从淡然变成了嘲讽，盯着林礼祯问道：“你动过脑子吗？你要是动过脑子，自己那一身伤哪来的？你要是动过脑子，我妈怎么死的？一个没脑子的老头儿来教育我做事要动脑子。林副检察长，你不觉得有点太搞笑了吗？”

说完，她就起身离开了，留下林礼祯一个人怔怔地坐在椅子里，对着对面那把已经空了的椅子发呆。

他实在有点想不明白，好好的一次谈话，到最后，林菲莫名地哪来的那么大火气。

他唯有苦笑，也只能苦笑，十几年陪伴的缺失让他并不了解自己的女儿。

毒蝎在惊鸿一瞥后翩然离去，留下一地鸡毛，似乎终于给这一年画上了一个句号，尽管这个句号并不完美。

林菲带着雷鸣等人重新回到了检察院，依旧承担着公诉检察官的职责，但并没有什么案子交到他们的手上，这让姜斌乐得清闲，终于开始用心准备司法考试，但他显然不是一个适合学习的人，这不，他又一次在看肇源的司法考试教程的时候睡了过去。

一阵急促的脚步声让他猝然惊醒，他还来不及从迷茫的状态中走出来，孙林就已经撞开门跑进了林菲的办公室，他急促地喘息着，手上抓着一个 U 盘。

“什么事，这么着急忙慌的？”林菲微微皱眉。

孙林举起那个U盘，上气不接下气地说："王洋，王洋死了。"

"什么？"雷鸣腾地起身，一脸难以置信，"怎么回事？"

那是三天前的事了，一艘出海的渔船打捞上来一具独臂的尸体，当地警方在这具尸体上发现了S市公安局的联系方式，他们不敢怠慢，连忙将此事向S市公安局进行了通报，尸体也当即进行了转运。

一见到这具尸体，孙林就知道了他的身份，刘鹏对尸体进行了解剖，发现他的胸口一道致命的刀伤，而在他胃里的，就是此刻孙林手里拿着的那个U盘。

"U盘里是什么？"雷鸣紧张地问。

"我还不知道。"孙林说，"我一拿到这个就赶紧过来了。"

戴梓萌起身，一言不发地接过U盘，插进了电脑里，U盘里是一份视频。

夜色下，一艘游艇的前甲板上，独臂的王洋抱着一个略显瘦弱的男人，下巴就靠在男人的肩头，嘴角带着一抹若有若无的笑意。

王洋慢慢后退，离开了那个瘦小的男子，也露出了他胸前插着的一把匕首。

他低头看了一眼，胸前血色氤氲，然而他脸上的笑意却愈发浓郁了，那是解脱，是释怀，是夙愿得偿后的满足。

他又抬头看了一眼眼前的男人，嘴巴动了动，似乎想要叮嘱些什么，但最终什么都没有说，只是直直地盯着他。

那个男人微不可察地点了点头，王洋似乎松了口气，他慢慢后退，贴近了围栏，然后，他身子微微后仰，仰头看着星空，神情里充满了迫切，张开了唯一的臂膀，似要乘风飞翔。

男人转身，却让所有人悚然一惊，竟是许浩，他的嘴角带着一抹淡淡的笑容。

他像什么都没发生一样，在船舷边坐下，掏出了电子阅读器，点开一本书看了起来，似要嘲讽看到这个视频的人，他冲着摄像头晃了晃手里的阅读器，向电脑前的观众展示着自己阅读的内容：

唐三藏路阻火焰山，孙行者一调芭蕉扇。

【《生死裁决·梦魇》完，敬请期待《生死裁决·传承》。】